朱峙三 著
周國林 胡念征 整理

朱峙三日記
（八）

荆楚文庫編纂出版委員會
華中師範大學出版社

民國三十三年（1944年）甲申日記

校峙三日記訖因題其後

　　殘叢百卷羨隨身，字挾風霜筆有神。此是西遷真志料，承校二卷由宜昌西上作。篝燈循誦味津津。

　　漫推越縵與湘鄉，更有東洲舊草堂。蝯叟日記視李、曾景印本更□。旌節平分堪鼎峙，晚年何幸預參詳。

　　四海論交愧子由，擷抄手蹟快雙眸。附記多人豐舊識。空山風雨慚無俚，展卷懷人慰白頭。

　　書眉經寸楷如蠅，逐日編排歲有增。一舸東歸好收拾，吉雲舒卷照行騰。

甲申秋　世教弟陳逢英

正　月

初一日　雨　寒甚　戊子　翼星　雨達旦未已
一月廿五日　星期二

　　晨五時雨聲中聞四鄰炮竹聲喧，頗動鄉念，繼思在敵人監視偽組織之下作居民，其行動當不自由，窘困或亦有難言者。天欲曙，雨更濃，鳥聲大作，又有喜鵲棲樹狂噪。予以身疲畏寒，午後半時乃起，飲酒飯畢欲試筆，而楊覺民昆季、萬儒綱、龔姓兩生同來談甚久去。曹印陀、周漢中來，未坐即去。雨中泥深路滑，予亦不能出外答拜，悶悶而已。二時寫紅箋書蘇詩，寫松一株藉以自喻，作詩二首紀試筆，舊例也，文人積習未忘，每每如此，清代尹文端公元旦試筆詩"攬鏡人將老，開門草未生"，其年五十，誠不知後來有開府入相之事蹟也。晚寫詩二首，尚待改定者三四字，容心定興暢時再爲之。十一時寢，夢予已回鄂城，非原住宅也，高大，深四五進。見先師程松年先生與其子稚松、少松二人招扶入予前宅，其住客似一大商家。未幾有飛機低飛過屋頂，其中人物亦均見之。

初二日　雨終日　寒　一月廿六日　星期三

十一時起，正午吃飯飲酒，張孝思、陳慶復、王繼武先後來拜年，均談甚久去。門外泥深，予未敢出門。度此氣候明日亦未必晴，真悶煞人也。午後三時補寫《清季學術思想變遷記》，繼思此名不妥，仍改存《歷變記》爲妥，明日當易之。晚間仍雨，十一時寢，展轉不寐，腰痛體衰，非復五十歲時精力矣。轉鐘以後仍不能寐，雞鳴時予頻聞之。夢境奇離，近兩年來夢中所見其事理所無之者，真幻夢也。

初三日　雨　雪　寒甚　晚雨達旦　一月廿七日　星期四

十時半起，包貢九來拜年，留飲去。自後陳挽瀾、傅康屏、杜威先後來談甚久去。改正元旦試筆詩，另寫一紙，明晨當帶府中給同仁一閱。晚讀唐詩十餘首、古文三篇。十一時寢，多雜夢，夢中事奇特甚。

初四日　雨　午後雪子一陣　寒甚　雨聲達旦
一月廿八日　星期五

六時半起，七時早點畢，八時半到省府，今晨途中泥濘三四寸，滑如油漿，稍一不慎即傾跌矣。到時尚未開會，與省府同仁及與會委員、顧問、參議等見面喊一聲"恭喜勝利"，以爲應酬而已。今日議案不多，其首列爲收復武漢建築計畫，此等文稿計畫書等等前二年予等已草擬矣，何時實行歟？午後至包宅、蔣笠庵寓坐談甚久歸。攜回報紙，載湖南沅陵一電，謂廿六日晨四時二十六日即初一與初二分曉時。該地西北望天空中有巨星一顆，彩雲環擁，光芒四射，歷廿餘分鐘始爲雲掩云云。可見沅陵係晴天。今年正月初一日日食，中國未見也。又載秘魯國北部日食全見，天黑約三分鐘云云。今日爲先祖母忌辰，未能祀典，深爲愧怍。憶先母昔年與予言祖母病故時苦況，不忍述也。閱唐詩三頁，十一時寢，展轉不寐，三小時猶不成夢，遂默改元旦試筆詩，始改意，繼換均矣。雞鳴時乃定，明晨當改書之。

初五日　雨　寒甚　一月廿九日　星期六

九時半起，飯後改書元旦所作兩詩，中有警句，如"間曹倖免銜參苦，厚祿能安著述心"，"昨歲嘉年追遠祖，今朝春酒助高吟"是也。又書《甲申日曆感作》，頸聯改爲"畢竟王楊無晚節"，寫閩城軍署時事，切其姓。對句"須知閩洛有彝倫"，洛派二程，閩派吾先祖文公也。王永泉、楊杰癸亥在閩，一爲督辦，一爲參謀長，聲勢赫赫，次年以驕橫故卒敗於周蔭人、孫傳芳。予鑒其內幕，甲子元宵後托詞回鄂，幸免於難。武人軍閥只知勢利是圖，何常①有絲毫人心及民衆哉。今天晴，小雨頻作，予檢日記，去臘初三晚雨起，迄今日止，雨天二十五，陰寒者六，已②蓋已三旬又一日不見天日矣。霪雨爲害，談不到國瑞也。午後姜昌培與李生來談半時去。晚十一時寢。

初六日　雨　寒甚　一月卅日　星期日

九時起，飯後命僕往省府取信件，孟廣漳撥款千元與其妻，馮藝林寄證明書來，謂其家去歲除其家七人火食雜用外，尚餘款數萬元，一小生意獲利如此，公務員可憐如此哉。政府迭禁公務員營業，而各部長與其妻女營大商業，贏利數百萬千萬者則不之禁，何也？午後閱雜書，改正詩稿。晚十一時寢。今日舒峻山來談。

---

① 常，應爲"嘗"。
② 已，疑爲衍文。

初七日　陰　寒甚　一月卅一日　星期一

十時起，飯後整理詩稿，午後飲酒二次。晚飯後改詩稿，欲寄陳豫生並答其東坡生日詩也。晚十一時寢，展轉不寐。轉鐘一時似聞雪子聲大作。天欲曙時聞雨雪聲。

初八日　雪終日　寒甚　晚又雨　二月一日　星期二

十一時半起，正午吃飯寫信二件，囑劉僕往省府取信件。報紙無多記載，惟美總統羅斯福一月卅日爲其六十二壽辰，吾國政府亦致電賀，此真可稱世界偉人，國富兵強，當此列強爭戰聲中可以左右一切者，羅斯福耳。晚寫詩數頁，十一時寢，多夢，不可思議之境。

初九日　雨　寒甚　二月二日　星期三

十一時起，飯後寫信二件，寫詩話一則，恐忘之，乃急書於簿。年來腦力已衰，偶觸一事，無紙筆在前，又懶書之，或偶爾忘之，亦不能補書也。晚接李佛波自沅陵來函，謂常德失時彼有器具房屋被炸。又稱黃杰爲遠東軍某軍軍長云。報紙無甚新聞。晚寫復包貢九、陳寅周、鄒乃仁、徐慧、陳肖峰、洪英、朱茂林等信件畢，十一時寢。

初十日　雨　寒　二月三日　星期四

九時起，飯後閱雜書，甚悶，天氣如此久不晴霽，路滑亦不能出門。午後寫連日所作詩稿數份。晚飲酒，十一時寢。

十一日　陰　小雨數次　午後見太陽約十分鐘　晚小雨　二月四日　星期五

七時起，正飯間魯祖珍來談一時許去，予匆匆帶僕出門，今晨十時教院約開會也。行一時許乃到，路滑泥深，在在堪虞失足，院中路泥尤深難行。十時開會，至十二時方畢。院中今日辦菜多，院長即以此作春酒請客。飯畢與王秘書長便訪李、劉諸人，未多談。至陳豫生寓中談甚久，豫生必欲予和其東坡生日詩四律，已許之，四時回寓。飯後秉筆爲之，十時草草成矣，十一時寢。

十二日　陰　寒甚有風　晚間寒冷異常
今日立春　卯正一刻　二月五日　星期六

九時起，十時飯畢。帶僕出門至圖書館借書，便訪朱新銘、辜卓齊、陳肖峰、張皥樂及省府吳于等，五時歸。飯後閱報看雜書，十一時寢。

十三日　陰　晚月色大佳　二月六日　星期日

八時蔣立庵、高運籌同來，予未起。八時半起床，九時半飯畢。欲寫復各處函，朱新民來談甚久去。午後王幼良同其弟來，問之，彼已在利川初中畢業矣。年僅十五，無人照管，竟能自立如此，令人欣羨無已。三時李春華來談黨部各事，留之酒飯，五時半乃去。晚見月色清朗，此五十餘日未見者也。明日或者天晴歟？十一時寢。

十四日　早霜重　午後陰　晚雨一陣　二月七日　星期一

早起，飯後至楊光第住宅略談即出，至民廳晤段繼李談甚久。至省府借米油歸，聞朱賢守、張翰卿來寓，未與遇談也。晚寫孟廣潼信，十一時寢。

十五日　陰寒　二月八日　星期二

九時起，飯後王一鷗來談甚久，陳右軍、葉鍾裕來談半時去。午後至沈碧舫寓一談，渠今年亦作詩二首，並以和豫生東坡生日詩相示。歸寓吃飯，飲酒過量，疲甚小睡，八時再起寫信二件，十一時寢。

十六日　晴　晚月明如畫　二月九日　星期三

八時起，清理室中各事。飯後囑工役洗曬各衣服冠屨等等，五十餘天未晴，今日乃得整天晴空無雲，亦大快事。晚寫信四件，十一時寢。

十七日　晴　午後三時陰　晚有月色　二月十日　星期四

早起，今日仍曬衣服，飯後至教院、省府各一次，晚飯後小睡一時許，晚寫信六，復陳漢存、孟廣瀛等也。晚寫雜詩，十一時寢。

十八日　陰　二月十一日　星期五

早起至省府開會，途遇黎少卿，云朱廳長為長官部電話兵毆打一陣，到府列席時簽到未畢，始聞此事顛末。午後一時在府辦理鹽油米谷等購單事。三時畢回寓，飯後又寫信二件，十一時寢。

十九日　晴燥　二月十二日　星期六

早起寫信與魯伏生、龍詩樵。飯後帶同劉役往教院掃除並糊窗等等，耽延四小時方歸，足軟難行，薄暮到寓。飯後寫信二件，十一時寢。

二十日　雨　二月十三日　星期日

九時起，飯後寫周鵬程、嚴立三、魯堅、龍詩樵函，明日可發出。改和陳豫生東坡生日詩已就緒矣。晚閱雜書，十一時寢。

廿一日　陰　二月十四日　星期一

早起，飯後往省府包宅略坐談。至圖書館借書，午後歸，飯畢閱雜書，欲補寫《歷變記》，以目力疲乏遂止。十一時寢。

廿二日　陰　小雨片刻　二月十五日　星期二

早起，八時出門至土橋壩搭車至城內。先訪林縣長，遇劉維漢。為夢閑事與林縣長言，已許之矣。至葛芝岩處談甚久，就其家午飯後至東門渡河到教院，遇朱守一，遂與談院中各事。折至搭車處，人多不能上，遂折轉至北門，步行至武陽壩，途遇學生胡太山，述院中內部變動事甚詳，又遇楊固安，堅邀予至其寓便飯，實不欲往，固安堅約，謂晚間有人送予歸。同席者僅張少春非熟人，餘則教院同事王、李、徐諸人也。晚八時席散，固安派其次子送予回寓。十一時寢。

廿三日　陰　二月十六日　星期三

早起，飯後至省府、圖書館、建設廳等處，晚歸。飯後清理各事，寫信二件，補寫《何憶集》。十一時寢。

廿四日　陰　午後轉晴　二月十七日　星期四

早起，飯時韓英華來，說不了話，因留飯，與同出，到省府略坐，往包寓與貢九談後同出。至洗爵溪陳志純處，得悉張春霆確願就教院國文系主任矣。至院會舒連景、沈建明兩方述各事，予約舒、沈明日回信，勸舒決計勿堅辭，此事總可平和下地。晚歸，飯後寫信二件，十一時寢。

廿五日　晴　二月十八日　星期五

早起至省府開會，無多要案。午後至圖書館並王實甫處請其挽留舒連景。陳挽瀾必欲予到民享社，同席者俱鄂城同鄉，該社兼辦筵席且可飲酒矣，予實不知也。席價一千元，菜甚豐，以之較城內館中，可值千三百元矣。席散回寓，閱書報，十時寢。

廿六日　陰寒　二月十九日　星期六

早起，飯後清理各事，十時半往教院，知舒連景已願蟬聯，王實甫在其寓與談片刻，王去與葉、沈、包略談，張春霆先生亦到席。正午開飯，午後一時再談片刻回寓。晚抄自己詩文，至十一時寢。

廿七日　陰寒　二月二十日　星期日

早起補寫雜稿，此時再不謄寫，散失後難記憶矣。近五年所爲詩文，理法似有進境，不如卅前後之有魄力耳。午後梅先霖、楊世英、汪復東先後來談甚久去。晚補寫詩稿，稿多寫之費力，九時以後閱學生考試卷，至十一時寢，展轉不寐，多雜夢。

廿八日　陰寒　微雪　二月廿一日　星期一

十時起，天微雪，寒甚，原擬今日進城，遂作罷論。定兒今晨在校歸，前日亦未上課，云去遲不准入堂云云。遠路無人送，早起又必在寓吃飯牽延，附近無小學，此亦大困難事也。晚飯後補記詩稿並寫《西遷詩稿》數首，十一時倦甚寢。

廿九日　陰　寒甚　二月廿二日　星期二

早起，飯畢至教院授課，上午音樂科，下午理化系學生少，自放寒假後耽延許久，尚未來齊，以讀書爲名耳。院中管理人亦不過問，可怪也。今日送午餐到室，予亦未吃飽。四時過縣誌館與胡、陳一談。歸後吃飯小睡，晚仍寫詩稿，十一時寢。

三十日　陰　小雨數次　寒　二月二十三日　星期三

早起至院授課，聞學生已爲遠東軍學生入伍送行去矣。予遂晉城訪梅先霖，買零件，訪李曉圓，聞張難先致彼函以證明豫生所談辛亥史料事。回看張幹青，便在合作社買牙粉廿三包。回途逢小雨，遂至建設廳陳肖峰處借傘歸。晚飯後寫詩稿及復羅年鳳、張文慶函，十一時寢。

二　月

初一日　大霧　晴　二月廿四日　星期四

早起，飯後曬衣履等件。今日又得晴一日，此地自去冬十一月下旬起，晴者不過十餘日，濕氣重，真不適於鄂東人體質也。囑僕磨墨準備寫對聯二付，此則宜昌失陷後未寫大聯。前日周恩九云藝術展覽會請予作字畫陳列也。晚寫詩稿，十一時寢。

初二日　陰寒　二月廿五日　星期五

早起，至省府開例會，午飯菜不甚熱，予食過急，午後至店子坪買雜物又受風寒，回寓胸膈俱悶塞難過，亦不思食，臨睡服小蘇打粉以助消化。上床即睡熟，轉鐘三時腹漲痛起，水泄甚多，藥性之速如此，甚於服大黃也。自是上床後腹內鬆動，稍安。

初三日　陰　二月廿六日　星期六

九時起，仍大泄一次。十時早飯不多食，懼生病也。午後寫大對二付，四年未寫大字，生疎多矣。聞重慶六尺宣紙每付可值洋百餘元，今日試筆之紙近三百元，然寫此二聯適不當意。晚閱報一小時，無多新聞。十一時寢。

初四日　陰晴不定　二月廿七日　星期日

八時半起，飯後將聯款寫就，補作畫條《秋林亭子圖》並題句，兼補各畫款字、鈐印畢。龍詩樵來坐談半時去。晚閱雜書，十一時寢。

初五日　陰　晴　二月廿八日　星期一

八時起，飯後到省府、教院各一次，省府科秘諸人於上午已到城內組織檢討大會去矣。予歸後亦準備入城，惟寓僕從均往鄉間未歸，擬待明日再定。十時寢。

初六日　晴　二月廿九日　星期二

八時起，補寫字畫俱竣，聞此次展覽會只集畫件不及字，殊爲偏枯。午後久候僕從不歸，夢閑又爲做屋事常不在寓，不得已乃命遲生提囊與予同往土橋壩，無車，遂步行入城。先至劉九經寓，因劉今日請予晚餐也。同席者十餘客，僅認識陳國苢、鄭華清二人，擾擾至七時半方開席。

予至會，因無行李，乃開招待所宿。會中諸事紛亂，亦未與于科長多談也。在所展轉不寐。

初七日　陰　午後晴　晚雨　三月初一日　星期三

五時起，六時到大會，八時半舉行開幕典禮。午後予搭車至土橋壩，到寓吃飯，仍往城內，知明日方正式審查議案也。晚仍宿招待所。

初八日　晴　三月二日　星期四

八時到會，今日開審查會，予未參加。下午搬行李至參議顧問室，同室饒杰吾、李士魁、陳雨樵、施方白、馮子恭、包貢九，外加入者爲曾振瀛、傅汝楫二人，笑談尚不寂寞。晚飯後外出一次購各零物。施城自開會後百物增漲，較一星期前約三倍，當局亦不知禁，奇哉。九時半寢。

初九日　晴　三月三日　星期五

早六時起升旗，予未參加。雨樵、方白年老興高，每晨必往，其精神可佩也。今日始與范瀛槎見面，談十五年以前事並追述辛亥起義事，彼亦供予材料以補《歷變記》。午後開會晤見楊縣長幹、游錦章、王勉、帥雲屏諸縣長，徐會之專員，張德亭、張耀先、易演道諸校長，均與談耳。餘則邱書記長、龍詩樵、張天則及高啓圭諸人，均略與敷衍談數語。晚與參顧諸人談笑至十一時寢。

初十日　陰　寒　三月四日　星期六

今日回寓一次，上、下午均有會議，晚間訪問各友。出外二次，送書與周大集。晚至各室略坐談，十一時寢。

十一日　晴　三月五日　星期日

今日上午回寓，下午仍到會，因陳國苎約予與周菊村宴會也。四時與周同往，同席者鄭復初團長及周仲甫、鄭華清、吳局長諸人，酒肴甚豐，聞菊村為國芭親家，謂其對家庭昆季均好云。八時與菊村同步月而歸，並與方白、少仁閒談至十一時寢。今日公祭石故議長，典禮甚隆重。

十二日　陰　三月六日　星期一

六時起，天小雨，上、下午均開會，晚間外出至周恩九寓略坐談，九時歸，又與少仁等談各事，聞貢九之女確與鄭桓武定婚，因憶過去諸事，不知何以又成就如此之速，真所謂姻緣前定也，惟未聞貢九與予言。十一時寢。

十三日　晴　三月七日　星期二

今日行政會議無可紀者，照例皆決議通過，是否能行又一事也。晚與方白、子恭談各事，十一時寢。

十四日　陰　三月八日　星期三

六時起，今日上、下午開會，予均參加。晚間外出至各處買零物。晚睡時貢九始為予明言已將其女許鄭桓武為繼室，並迷述兩年來經過情形，對鄭從前為人及在職時各事已曲諒矣。予未置一詞，懼惹是非。寢已十一時矣。

十五日　晴　三月九日　星期四

六時起，上午開會，朱廳長多誥戒各縣長之語。晚間外出訪恩九問各事。十時回團與施、陳諸人閒談。十一時寢。

十六日　晴熱　晚月色佳　大風　三月十日　星期五

六時起，今晨大會閉幕禮，孫長官來講話。八時半忽聞警報，與貢九、逸塵往防空洞避之，一時半乃解除，予與諸人搬行李出團矣。晚會演戲，吳太太之《鐵弓緣》唱做均佳。九時半大風寒甚，予不及待觀第三齣也。步行至包宅借宿。

十七日　早雨　午後陰　晚大雨　三月十一日　星期六

六時起，予匆匆起，欲回寓，行至民政廳大雨已至，遂至省府休息，午後貢九請客，爲其①訂婚。四時長官部請至民享社並在該部觀戲。九時出，大雨，回寓宿。

十八日　晴熱　三月十二日　星期日

早起曬各衣物，親自料理，飯後陳慶復來，云不日即往萬縣，囑托各事，予已允之。今日未出門，晚間收衣物，予自料理。僕從、妻子俱懶而不可靠，予甚恨之。晚閲雜書，連日疲勞思睡，午間又無暇睡也。十時寢。

十九日　晴　午後三時大風　至黃昏時乃止
轉鐘二時聞雨聲　三月十三日　星期一

早起補昨日未竣事，飯後一時往教院授課，爲理化系學生講文，並及詩之作法。以予黃州詩示之，惜學生無根底，未能領旨趣也。四時半過縣誌館與鳳喈、志純略談。回寓飯後知定生逃學，在後山中未回寓，小兒慣技不改，其母亦不知禁，奈何奈何！增予煩惱耳。十二時半寢，夢孟夫人與予同居施南住宅。窗檻臨街，長寬如大門，並未糊紙。寢室中寬虛無多什物，臥時可見街上。兩年來夢夫人者不止十餘次，回思癸酉七月以前諸事，感於施州家室，時時嘔氣，尤令予想夫人不置。屈指已十一年，傷哉！

二十日　雨大　午後三時轉晴意　三月十四日　星期二

四時醒，聞雨聲大作。天無三日晴，此地氣候真與予不相宜也。飯後整理案上諸事，十一時出門，着釘鞋，泥深難行，至土橋壩民享社公讌鄂南專員蔡文宿，請其報告鄂南十縣情形。與會者五十人，每人份金

---

①　其，後疑脱"女"字。

一百元，僅通城、蒲圻二縣無人到，共開八桌。劉先雲、黎子玉發起，以故大冶、鄂城人最多。四時到省府，汪文伯、靳介中、馮挽瀾三人請宴魯伏生，外客僅李股長爲社會客，餘均省府同仁。七時回寓寫請客帖，因久許請龍詩樵、王勉諸人，彼等以時間衝突未能舉行者也，約定十八號星期六爲期。十一時寢。

廿一日　陰　十時以後晴熱　三月十五日　星期三

早起未食物匆匆出門至教院授課。正午至舒宅食麵飯半碗，至城內向周恩九取畫件，訪葛芝岩，告以武昌來函。在汽車站無車可搭，步行歸。天熱，汗出如瀋，脫衣置左手，右手持傘與桿，極以爲苦。晚飯後疲甚，十一時寢。

廿二日　陰　三月十六日　星期四

早起欲外出，恐有雨，未果。飯後韓英華來談，請寫函與徐縣長。午後未作事。晚寫復各處函十件，蓋積壓甚久者也。十一時寢。

廿三日　早陰　小雨一陣　旋晴熱　午後大風
三月十七日　星期五

六時起，七時飯畢，至省府例會。今日有專員二人列席，王開化、蔡文宿，委員李石樵則首次出席也。午後三時到曲水洞張篤周家宴，同席者鳳喈、笠漁、季賢、校文、沈歧生、袁某數人，酒肴均佳，爲今年所僅見，魚及麵餃等尤難辦此精美者也。經商有餘錢，公務員一月所入不及此一席之費，可慨也哉！六時歸，九時食糍粑半碗，十時半寢。

廿四日　晴　三月十八日　星期六

早起，夢閑已往土橋埧買菜，正午肴菜俱配就，今年初次請客，近時物價奇漲，而此次諸人又不能不請。午後一時賀伯銘、葉鍾明先來談，王伯彥送其兄自貴州息烽來函，知其尚在人世，可爲忻慰。其母年近八旬，思子甚切，予前三年爲之打聽消息無結果。伯良事父母素孝，宜其不遭橫死也。三時以後汪、賴、龔、靳、馮五股長俱來，張耀先、龍詩樵俱到，未來者王勉、戴肇瓊，張天則來函辭謝。四時開席，六時散去，約計今日用費千二百元矣。徵之往昔物價，奢侈爲人指摘矣。未抗戰前漢口魚翅席較此豐富二倍，價十二元一席，然今日千二百元實不敵當日十元也。法幣代價或亦等於第一次歐戰德之馬克、俄之羌帖歟？晚間疲甚，十時寢。

廿五日　晴　三月十九日　星期日

早起，八時飯畢清理各事，十一時到土橋坳搭車，今日星期，男女人多，數次不能上，乃步行入城。途遇惠質夫、施方白，云嚴立三先生已來施，住招待所，爲青年團監選也，已爲段繼李、許雲漣、賀保三歡迎去矣。予出南門時熱甚，幸着單呢服且攜有傘，汗出頭暈，目矇難過，見公務員均着棉制服，無一攜傘者，均行烈日中，可推想其苦矣。至王伯母處，慰其子有信回，伯母樂甚。老母愛子，人情所同，古人所謂"天下無不是之父母"也。談半時，食麵一碗，已午後四時。匆匆入城，途遇賀葆三，云立三住招待所接見賓客，現已往省府矣。五時過秘書處，途遇之，叙數語。予到處取信件，回寓已黃昏，今日共行路卅六里，疲勞甚。飯後思睡，九時寢。轉鐘二時醒，竟不能睡，又類傷風狀，遂起挑燈補寫日記，雞鳴二次復寢。

廿六日　晴　熱　三月二十日　星期一

八時起，九時飯畢，往省府借洋四百元送包貢九禮。十一時到教院檢視予房，一切凌亂如前，予憤極，囑童事務員答復，彼以院中無錢購石灰等等。予借墊二百四十元囑其辦各事，謂明日即搬家來也。如此辦事較陳友松長院時代更無頭緒，可慨也哉。下午在理化系授課二小時，傍晚歸。飯後小睡，九時補寫日記，十一時半寢。

廿七日　晴燥　午後四時雨至天明　三月廿一日　星期二

早起，飯後至教院上課。連日行路多，足軟難行。十一時半課畢，回家頭額俱作痛，脚更軟矣。飯後解衣睡至六時半方醒，渾身骨節酸痛，似已受寒矣。晚七時半起，食米泡半碗，精神疲甚，又不耐坐。翻古文，閱之難入，延時而已。十一時半寢。

廿八日　早雨　九時以後陰　三月廿二日　星期三

六時聞遲生從小關上學去，八時起，體不適，早飯僅一碗，胸中似漲痛。清理書籍。午後三時又食，亦不多，晚食麵半碗，頭暈痛，晚十一時寢。今夕始聞蛙聲。

廿九日　晴　三月廿三日　星期四

八時半起，天氣已晴，寓齋四週桃李怒放，菜花黃而香烈，予前年春間作詩起句所謂"桃紅李白菜花黃"是也。出門數之，桃樹約八十餘株，李樹十餘株，桃李共數約百株矣。古人詩"繞屋梅花三十樹"，極以為豪。寓週有百株桃李，寧不足以自豪與？沈雪師為張虎臣寫《繞屋梅花三十樹圖》，予乙丑年在武昌購得之；《三春夜宴桃李園圖》，本籍熊致堂所藏絹本，予壬戌年購得之。此二本度可存在江漢子寄廬，似可名桃李園矣。惟鄰居無素心人，屋主又不識字，且屬下流，屋之兩側廁溷如塘，污穢萬狀。前年屢囑其改為清潔上做去，屋主不願，且非笑焉，真負此春景，為之浩歎。十一時因包貢九約午餐，其女德培歸寧也。男客三桌，予與省府同仁坐一席，每席十二人，菜少人多，每出一盤，敏捷者能夾二次，否則一次而已，其婿匿而不出，亦創例。予鄉嫁女回門不請外客，僅女賓一桌陪女子，男戚一桌陪新郎耳。午後二時回，至省府買各物，四時回寓，足力已疲。予自廿三日出施門南門，行路往返卅餘里，氣力俱傷，兼之咳嗽十餘日亦未痊，飲食稍減，連日應酬又多，疲頓之狀屢見矣。晚欲作詩，以"桃紅李白菜花黃"作題目，得三首，明日當另錄之。十一時疲甚寢。

三　月

初一日　陰　晚十時以後雨　子正大雨如注
三月廿四日　星期五

　　早起至省府例會，無多要案。李石樵報告鄂東情形，調高和寡，群疑其有不實不盡者也。午飯後回寓，未繼續與會。晚閱陳漢存自成都來信，後附報數語，謂劉菊坡患神經病甚重，不能作字，故對於陳豫生數年函不能復云云。菊坡中年得志，一連十年爲廳長者、五次爲秘書長者、四次爲縣長、二次專員、一次爲部秘書、一次在本省府爲主任、一次蟬聯不空，月俸有餘，酒食衣服嫖賭俱享極人生幸福。遷川以後聞以妾逃女死妻死而繼以窘困，致成今日現狀，亦大可哀。回思與予同學兩湖學堂時意氣之壯，同官皖垣時其器宇之昂，同寄居武昌時亦皤然老矣。西遷前一月予在漢口與彼談片刻，其狀似憤慨，類似神經錯亂，予沈着無一言，坐片刻即起別，彼謂君何不發一言耶，似亦疑予有別意者。蓋平時相見必久談，且謔浪笑傲，談必數小時或酒食而後去也，是以有此一段意見橫胸中。予自到宜五年來未與通函，雖賀靜山父子、范寄滄等告予以菊坡住址，實未通候也。菊坡寫作俱佳，聰明過人，倘或其疾長此不愈，真爲吾鄉惜。彼亦有日記數十年，但甚簡，不知病後尚有續記否，但證以漢存來函，恐未必有耳。晚十一時寢，夢境奇離，有廟宇畫壁神像四大天王像，大雨如瀑，有作弧形，有太陽廟，壁能活動伸縮，路途有泥水，有人遺矢如蛇形，此真奇妙幻境，可見予腦筋日弱，奈何！

初二日　早雨　午後陰　三月廿五日　星期六

　　八時起，清理各事，午後至教院一次，知員生提前下班，今晚放電影，學生自治會歡迎新教授諸人也。五時回寓，足疲甚，飯後小憩。晚八時服蔣立庵所開方藥，有十二味，龍骨、牡礪，予平生未服過此物者，且證之明日也。十一時寢，多夢極雜，醒則咳嗽大作，連日因咳牽連，腦中痛甚。

初三日　早陰　正午小雨　午後大雨　晚見星斗
三月廿六日　星期日

八時半起，服藥一碗，十時半至圖書館取所借《陶菴集》八本，《寶顏堂秘笈》四十八本，命有才攜歸，予則往舞陽壩招待，因前第一師範學生請聚餐也。到者二十餘人，認識者僅三分之一。教員則張春霆、高光炯與予三人而已。學生年少者亦四十餘歲，民國二年十月為一師範開學之始，予為習字圖畫教員，郭時雨校長短期僅兩月，三年一月予調內務司呈督署巡按署為委員矣。十年再任一師教員至十二年離校，甲子春又續聘為該校教員。十五年三月任沙市徵收局長，乃辭去。以故諸生今日見面者不①其名或知當年有此姓名而不能證其為何人也。酒席三桌，一時半散席。予與張、高兩先生先出，大雨，僅余有傘，行至建廳訪肖峰，略坐談。三時着草鞋回寓，布鞋已沁透矣。今日上巳，曲水洞之約因雨無人赴，寓前桃李為雨打落，紅白片滿地。噫！此兩種花艷僅二日，何其遭時之短歟。晚飯後閱覽今日所借書，十一時寢，今夕聞蛙聲大作。

初四日　晴　夜十二時聞雨聲　三月廿七日　星期一

八時起，九時半飯畢清理各物，準備搬師範學院去。午後一時往院授課，四時半回寓，頭暈足軟，飯後小睡起，欲閱所借諸書，以目力疲中止。十時寢，轉鐘後聞雨聲，再睡熟，夢境奇離，不可思議。

初五日　早雨　午後陰　夜大雨　三月廿八日　星期二

九時起，午後一時往院授課。雨後泥深難行，到後即上課，四時半

---

① 不，疑應為"不知"。

回寓，以書囊雨傘交劉僕，予折而由省行路歸，較乾易行也。到門見桃李花爲雨打謝者三分之二矣。桃李花開，晴者一日餘，未免氣運太短。晚飯後疲甚，小睡再起，寫信三件，分致王安雪，因受其匯款五百元，云作爲予之湯資者，此人尚有一點良心。又致雲海霞、陳季明各一函。十一時寢，轉鐘後又聞雨聲作矣。

初六日　早雨　午後三時晴　三月廿九日　星期三

九時起雨未止，予以院中早課未去。飯後至院知已放假，今日所謂革命先烈紀念日也。鄭仲元、胡漢民、陳其美、廖仲愷、朱執信、黃興諸人死難之時不同，併於此日舉行，即中央近年頒定三月廿九下半旗志哀者也。與張春霆先生談片刻歸，经縣志館與志純、鳳嗜先生谈甚久並在其館晚飯歸。四時半到寓，脚指爲皮釘鞋夾傷，施南多雨，雨後晴着皮鞋又難行，真以爲苦矣。十一時寢。

初七日　早陰　十時以後晴　月色昏黃
三月卅日　星期四

八時起，九時早飯畢，帶同劉役往土橋垻圖書館借書。到省府知楊世英、于國楨已發表，四六區專員吳良琛改任省府委員兼軍區副司令，劉幕曾則尚未發表云云。一幅陞官已新出現，有辦法者終是有辦法，受苦耐勞固是一層，然人力運氣一佔大半矣。午後至陳肖峰、石砥丞處坐談，再至省府買得榨菜三斤，在郵局取兌匯款歸寓，内衣褲俱汗濕矣。因着棉制服，幸持有傘。此地早晚氣候劇變，十一時至下午四時前熱不可耐。夜郎地陰氣沉沉，濕氣過重，真不宜於吾輩也。門外桃花爲連日大小雨打盡，枝上微呈紫色，此花所以昔稱"薄命"者歟？少年輕浮之人可以對此生感想矣。晚十一時寢，多雜夢。

初八日　晴燥　月色昏黃　三月卅一日　星期五

早起，八時半到省府例會，朱、趙、張、譚四廳長俱往渝，由劉秘書長代舉行談話會，無多議案。十時半予與穆子斌往供應處買洋布及零件，因明日四月一號，該處又須漲價，名爲供應公務員又曰平價，却一月必漲價三四次，奸商遂藉口官家漲價，乃乘而起，此則省銀行作惡於前，是以各廳處公務員供應平價爲名，而該行處各員司受其實惠也。各廳長亦知此弊，但該處對於各廳長之眷屬又屬例外。如稀洋布每尺百元，廳長委員眷屬如零用品由省行批交發貨，洋布每尺僅十餘元也，此與專制時代之達官小民不平等者有以異乎？午後回寓，汗濕衣褲，換衣後又往師範學院開訓導會議，四時散。回寓晚飯，今日行路多，足力疲矣。晚間不能看書，十一時寢，夢奇離甚，但有時睡甚熟。

初九日　晴　晚大風　小雨一陣　四月一日　星期六

九時起，飯後至七里坪趕場，百物漲價。予數月未趕場，今日乃知極粗白棉布每尺十五元，稍細略寬白棉布每尺卅五元，奇矣。戰事不解決，以後物價三天一漲不足奇矣。計予初到施南，一切物價僅現時五十分之一耳。下午往省府，因余文傑、嚴道生請客，計三桌，嚴、余均有餘款，故其手筆較大，估計三席用費大約四千元，公務員有不感窘困者，嚴等是也。今日聞嚴立三病重，宣恩縣長約楊光第去看病，省府帶洋一萬元去作費用云云。晚歸，十一時寢。

初十日　陰晴不定　風　四月二日　星期日

八時起，飯後寫信二件，托江炳靈帶長沙孫稚屏處取物件，昨晚爲稚屏之母作壽詩一首，午後磨墨寫之，冷金朱箋，前月自城內取歸者也。惜幅太小，僅能容七律一首。寫楷書能免俗，詩不愜意，彼無事略寄來，實無話可說，只有敷衍而已。晚飯後寫稚屏信，另寫復他處二函。十一時寢。

十一日　晴　午後大風　時有小雨　四月三日　星期一

七時起，八時飯畢，早清零件等等，囑陳、劉二僕挑至師範學院。

予十時去清理房中，佈置一切。午後一時吃飯，因路遠，寓中送去飯菜俱冷矣。四時半上課畢，遂回寓宿，因所洗被裏未乾也。十一時寢，多雜夢。

十二日　陰晴不定　晚月色昏黃　四月四日　星期二

九時起，十時飯畢，十一時至郵局發孫稚屏詩箋，挂號寄長沙。今日為兒童節，民享社開飯廿餘桌，土橋垻空坪站隊甚熱鬧，近年在施舉行多次者，所謂青年節、記者節、婦女節、兒童節等等。噫，公務員無節，老年人無節。教育黨部各當局乾鬧而已，用錢以買虛面，於國計民生有關耶？連日報載中外戰訊極壞，如日俄協定，日調關東軍南下，日以庫頁島油鉄之利益讓蘇俄，又續訂漁業利益五年，印度已有日軍發現，意大利某境盟軍退却矣。種種壞消息，此五日內畢現，我軍反攻之説，省會議席上予迭聞之矣，何時反攻乎？吾國外交不如日，兵力僅恃英美海空少數之牽制乃得延長苟免，可慨也。晚寫復劉貴穆、袁次璋、黃覺非、徐梵塵、李芳等函。十一時寢，夢天雨，電光如火，又見水邊有船行，又夢見先父母如平時。

十三日　陰　午後小雨一陣　晚十時大雨　聞雷聲數作
今日清明節　四月五日　星期三

早起食雞蛋一枚，與劉僕同出至省府用電話問徐梵塵地址，陳季明托帶款之人也。至郵局匯二百與雲海霞，還前月渠帶來烟價也。至三孔橋王一鷗家中坐談各事。彼留予早飯，囑劉僕逕見余子垻取款。午正與劉至民廳後山上遥祭先父母及亡室孟夫人、亡兒根生，點燭香，焚包袱錢紙，望東致敬。予自廿七年在胡林鄂城祭各祖墳後，屈指離鄉間已六清明矣。古人不輕去其鄉，又以別離邱墓為不孝，西遷以後不孝之人多矣，傷心哉。倭奴何時可滅耶？報紙所載，一是聞敵燄甚凶，我國外交如是如是，反攻之説已數傳矣，是則不能不搔首而問天也。午後祭畢，又到省府候徐梵塵來交款，付回函與陳季明去。二時半回寓，晚閱雜書如陳眉公所輯及自撰者。陳氏於明代負盛名，然亦非偶然者，予甚佩之。十一時寢，轉鐘後大雷雨。

十四日　早雨　陰　午後轉晴　夜轉鐘二時大雨如注　雷聲震屋　四月六日　星期四

　　九時半起，飯後清衣服、書籍置箱簏中。室中濕氣重，可恨。幸有貓，鼠傷咬近一月稍免耳。此地天時氣候、風俗習慣、人心險惡，均非予所能安，二十七年五月激於義憤決意西上，今已六年，受盡萬苦，思數年所經過，不禁涕淚之落也。傍晚省府送來三函，一王勉謝函，一省府星期五例會，一包貢九約星期日至其寓賞牡丹，作駢文印小啓，予不知其何以如此得意也，一歎。晚九時半又雨聲作矣。遲兒昨日入城搭車，今午回寓云車未開又回寓。上學不及一旬，回家亦非慰父母者，又索四百元去，讀書半月計費八百元矣。予童年離父母住學校，廿以後月必兼差賣文得薪寄家養父母，每假旋歸家，見父母年老必戀戀而不忍急回校。故父嚴而愛予，母慈而憐予。乃不料遲兒年已長，而無一點孝思存於其胸中也。十一時寢，夢回武昌，謂予已考取某科，派隴海鐵路南局局長，於小帽裏中書考次及官階。又夢蒲圻舊士紳歡迎予再爲該縣長，至不能自決定。又行一新造大室數十間，自樓上行不得出，後有二人亦誤入者，一人指板數條撤去，乃一樓口，予得先下，距地僅及尺許也。醒後大雷雨正盛，憶夢境，宛然在腦海中。噫！以何事而動名心耶？連夕跳蚤多，寢極不安。

十五日　雨　晚雨達旦未已　四月七日　星期五

　　九時半起，連日身不適。飯後又清理書籍、衣服、零件，愈清愈多，頭爲之暈。將來回武漢時，則此物件如何帶法，賤値以售恐亦無受之者。然則何時回武漢乎？本府去冬今春迭次會議討論收復武漢計畫如何如何，似照眞收復時辦理，殆古人所謂凡事豫則立者耶？予實信其爲眞也。晚間雨止，屋外半里蛙聲大作。偶憶辛丑從高幼泉師讀書時晚間景況，屈指四十餘年矣。流寓施州，遥望故園，憶及兒童時事，感慨多矣。九時寫復王勉、孟廣瀶、廣瀛、陳季明等函，至十一時四十分乃寢。轉鐘後雷聲震屋，膽俱動，遂醒，聞大雨傾盆矣。再睡熟，夢亡友朱次誠困窘猶昔，又忽見其着夏布衫紗馬褂，云係在周鵬程家祭其父云云，真是幻哉。予晚間腦海如此煩雜，奈何奈何！

十六日　雨　四月八日　星期六

八時半起，飯後命劉僕送信、發函、取書等事。午後清理各事，寫詩稿，去年所作未入集者一一抄之，至晚十一時乃止。寢後夢境幻境極奇，又似到兩湖學堂上樓下樓尋出路，其路非昔所經也。

十七日　早雨　午後陰　小雨時作　四月九日　星期日

八時半起，清理桌上各事，預備還圖書館及省府借書。十時半出門，途遇沈碧舫，因今日包貢九請客賞牡丹，至則花因雨已萎矣。候客至十二時開席。春霆、鳳喈、碧舫另加女生王璈，共坐十二人，極擠。尚有葉叔良、饒校文、陶季賢、畢斗山未到，則十六人能難坐矣。席散後由碧舫出題，並限十四字均，予分得"花"字。二時回寓，四時晚飯。晚間雨止，蛙聲因風到耳甚亮。十一時寢。

十八日　陰　晚雨　四月十日　星期一

六時起，七時早點畢，匆匆出門。路滑泥深，着釘鞋尤不易也。到院上課，音樂科學生從前讀書甚少，講文字非展轉引喻不能了解，奈何。午後在理化系上課，人數僅及半，春假後尚未回院，餘則趕習算、理、化三門。月考予亦未講，因無講義印頁，只好在堂上坐一小時而已。陳登甫自荊門來，寓其戚李漢記家中，予往談半時許，別後事不知從何處說起。登甫有子，已就事四五年，在陝西，欲接其往住，此人總算有後福也。四時半回寓，足疲甚。飯後小睡，九時起再寫各詩稿雜文，至十一時寢，又聞雨聲，轉鐘後夢幻境。

十九日　早雨　午後陰　小雨時作　四月十一日　星期二

八時起，因雨未到院上課，飯後寫詩稿及雜文稿。近年所作多未騰正，懼散失，乃整理之，興趣不佳，無佳文字，較之四十歲所作似氣勢弱矣。晚間省府取回劉伯陽、范寄滄、劉貴穆三函，伯陽又到漢口矣。函中述及胡林予所存書籍、衣物均尚在，鄉間穀每石一千三百餘元，肉每斤八十元，油每斤一百卅元，鹽一百四十元，甚至草每石二百八十元，較此間更貴。日鈔及偽法幣價高，所以迫上、中等人去做漢奸，下等人去供役使賺日鈔以圖生存。辣哉！敵偽真所經濟統制也。我軍何時勝利，以解除淪陷區民痛苦乎？今日錦文筆店轉交香蕈一斤、葛粉二斤，五峰張伯名托人帶來者。閱函，係去年十月一日所帶，奇哉。晚寫詩稿雜文，至十一時寢。

二十日　陰寒　下午五時小雨　四月十二日　星期三

早起，八時飯畢至師院上課，時間已過，僅上一時許。到室清順詩稿預備裝訂，寓中送飯去，食畢又清理各事。下午二時半與馮子恭往張春霆先生寓中略坐出。五時回寓，歸途遇雨。今日泥深路滑極難行，回寓衣已汗濕矣。飯後小睡，晚間寫詩稿。連日未看報，不知敵人近在宜都、枝江等處又作若何舉動，然聞情報甚可慮也。十一時寢。

廿一日　早有日光　旋陰寒　四月十三日　星期四

八時起，九時張天則來，留之便飯。崔冠侯、馬文綱來，云圖書館失書卅餘本及報本二册，爲張祖成之子竊去。田樹生自太平溪來，述龍惠東喪子情狀，甚慘。惠東年逾六十，僅此十餘歲獨子，亦無親支姪輩，殊可憐也。樹生並帶來香烟十包，云每包四十元，即惠東托魏金聲轉購以贈予者。前本戲言，不料其難中踐前言也。晚飯後小睡，近三月中均如此現象。午睡不常作，而晚飯後身倦目疲，必睡半小時乃已。八時寫信二件，十一時寢。

廿二日　陰　晚雨　四月十四日　星期五

　　早起至省府例會，賀癡瘦、田珍至省府來會，談數語。午後至師院借書，四時半與陳登甫約其星期日來寓便飯。五時回寓，崔冠侯、馬文濱來，爲圖書被盜事，約張祖成夫婦答復此事，取書廿一本去，餘書待尋交案。晚閱雜書至十一時寢。多雜夢，似回漢口，聞共黨大作，衆人逃難，又見亡兒根生攜一包袱。

廿三日　雨　午後陰　小雨時作　四月十五日　星期六

　　九時起，飯後爲張天則作畫，紙甚劣，畫少興趣。午後四時往省府，因高運籌、王曉耕等十人請公讌。爲張九剛書事打聽話問遲生，答只借五本，但昨日張夫婦云其借八本，此事支離，累人嘔氣。七時回寓，泥深路滑，設今日不爲此事，予可不往省府也。陳慶復今日來函述萬縣物價高漲，勢必然也。十一時寢。

廿四日　陰寒　小雨　四月十六日　星期日

　　八時起，連日精神不足，睡眠時少。思過去未來，又時時念及家鄉，心極不安適，飲食不如從前，且非案時而食也。老境俞增，看書不能記憶，真所謂過而輒忘者也。飯後爲張天則補畫立軸已竣，並寫一條。紙劣，書畫俱無趣。午後二時陳登甫談該縣敵人情況可畏，甚哉，國之不可亡也。吾國凡敵人所佔各地，敵人對民衆均以亡國奴看待。且生命危險，頃刻之間敵兵可以隨便殺人活埋人，無敢訴者。噫！國軍何時反攻，逐此寇出境耶。晚八時自寫文稿，屢欲書而未行者，毅力全無，殊自愧惡，寫一頁即止。十一時寢，多雜夢，疲甚。

廿五日　晴　四月十七日　星期一

　　十時起，倦甚，飯後張天則來談半時許，取字畫去。午後一時半有警報。二時半往省銀行晤王夢生談片刻出，遇朱伊仲又談片刻。至民廳晤段繼李，至警務處訪麻志成，約其同往楊世英家送行，未晤，與其妻說明來意而已。世英前來寓，予未請其便飯，今日須往送也。回寓已晚，飯後疲甚，今日行路多，足軟甚，十一時寢。

廿六日　晴熱　晚有風　天沉黑又似有雨意
四月十八日　星期二

八時半起，九時飯畢，寫復周鵬程函，內附致嚴立三函，慰其病愈也。函中多激烈過當語，對証下藥，不得不爾。復朱陽春函，並檢去歲其家帶來二函，此人無良，雖教訓之，恐亦不悟也。十時半有警報，聞敵機飛聲似甚高。午後二時帶同工人去省府還借書畢至師範，值下班，未能借書。此院辦公遲到早退，而辦公時間又短，規矩全無，一切放任。其施政狀況真所謂無生氣也，可慨也。每年費國家鉅款以言培植人材，吾實未之能信。五時歸，足不能行，疲甚。今日早晚如冬，衣棉猶寒；中午如炎夏，農人赤膊作工，予與僕行路汗出如瀋。此種怪氣候之地，吾輩近江水之人何不幸而至此耶。晚寫信復王恕、吳瑞偉，此二人太勢利，因李石樵來施，欲托予為之關說求官而有信，本不欲復，繼思指其勢利心，不能不復也。另寫胡升、魏全聲二函。十一時乃寢，夢先君如平時狀，似為予說某項事。

二十七日　雨　午後四時似轉晴意　四月十九日　星期三

八時半起，飯後因定兒未上學，教之寫字。此兒頗有手聰，寫字筆法甚好，惟頑劣異常，且不愛用心耳。予八齡時下塾後，先君仍教之習字讀書。予讀過之四書及《三字經》，雖背誦數次，而書仍似新本，即摺角亦少。噫，豈料後人不象賢如此哉！近兩月中每思及兒時情況，聞螻蛄鳴於窗外，尤觸動往事不少眷念。先父母教予讀書，期望之語，燈下訓示予與大姊時所講古人遺訓。先君自述遭逢身世之苦，不知涕泗之何從也。午後小睡二時，精力漸衰，不如去春多矣。晚疲甚，得鄂東孟濂來函，閱《黃貞文遺集》，論人論事無一不合聖賢道理，真千百後之一人矣。十一時寢。

廿八日　晴燥　今日穀雨　四月二十日　星期四

早起，飯後往財廳晤傅逸塵、趙朗山、柳東川，各有所托。到圖書館晤崔冠侯、馬文濱答其函詢事。到省府僅晤閻任之，值各員已下班矣。便晤蔣立庵談片刻出回寓。晚飯小睡一時許。八時閱《寶顏堂叢書》，僅檢查其目，方知予四十以後未讀各叢書爲恨，今則老境侵尋，閱亦不能記，亦不能抄矣。古人有福讀書則必視其境遇如何耳，時過而後學，境迫桑榆，奈之何哉。竊怪富豪之子家有藏書而不讀，日事戲遊嫖賭爲其生活，如吾邑鄭、張兩家有書不讀，中落以後子孫流爲竊盜與乞丐，不勝感慨矣。十二時寢，疲乏甚。轉鐘後夢見亡友尉遲敏深，蓋已十五年未見矣。今其子女已成人，且添孫輩。予丁、戊二年在冶校讲學，予家曾賴彼照顧，至今猶系念之。

廿九日　晴熱甚　四月廿一日　星期五

八時半起，疲甚。飯後命僕洗曬衣履，午後日烈如六月，此地氣候劇變，如行人只可着單衣也。師院送函來請明日閱卷。晚寫必送部履歷表已起稿，予懶甚，遲延三月矣，不知何時可送出，人之無毅力乃如此哉。十一時寢，連夕蛙聲喧甚，頗憶吾鄉予幼稚時景況，心實不寧。

三十日　陰晴不定　晚大雷雨一次　轉鐘後大雨
四月廿二日　星期六

七時起，八時半到師院閱學生期考試卷，就院中午餐。下午一時將試卷分數判定。四時回寓，飯後欲作事，以與夢閑嘔氣中止矣。近一旬中心神極不安，情緒惡劣，心中每發不平之氣，繼以太息。寢後不安，晨起腦痛眼疾時作，真所謂百病俱發矣。妻子無好臉，說話無一商量語，厲聲以答，橫目而視，值此景況令予益思孟夫人不已。噫！孟氏卒已十一年矣，猶使予傷心不置矣。九時取《陶庵文集》閱之，其《自監錄》

云：看人詩文不宜違心過譽以求惑説，此處害亦不細，待人不誠亦是心過，非但口過也。又一則云：董思白論畫云，畫之道所謂宇宙在乎手者，眼前無非生機，故其人浩浩多壽。至於刻畫細巧爲造物忌者，乃能損壽，蓋無生機也。此言似謾而有實理，推之作文、臨事亦然。又曰：古人膽力真是可畏，如覆楚、復楚、推秦等事何等堅猛沉摯，子胥、包胥事皆即成，子房事不成而佐漢亡秦，則亦終成，以三子觀之，荆軻不足道矣。予對此條則尤有所感，夫摯鳥捕雀，深藏其形。豪傑善謀，深潛其志。古人所謂"有報人之志而使人疑者危，無報人之志而使人疑者殆"，敵寇壓境據要塞而我迭昌言反攻，豈不危殆哉。

四　月

初一日　晴熱　四月廿三日　星期日

九時起，飯後寫信二件。正午李曉波同其弟用焕來請予作保，用焕在軍郵局，不日當調三斗坪，談二時許，留之吃飯去。晚間改正師院所印課程，司馬相如《長門賦》，模糊殊甚，紙劣，油印工人無技術，錄事寫時錯又多，累予三小時乃改成，目炫睁痛矣，十一時半乃寢。

初二日　晴熱　晚大南風　星斗燦耀
四月廿四日　星期一

早起食飯半碗，至省府問各事。報載平漢路敵人已佔鄭州，此地支持數年未失者，敵欲打通平漢，其計劃已實現。吾軍事機關屢言反攻，終未實行，靠英國蒙巴頓計劃，偉語大言終未見之行事，印度且有敵人矣，其他尚堪問哉。到省銀行會朱伊仲取買布襪等件歸，飯畢又①師院上課，今日天熱，行路又多，疲甚。午後四時過縣誌館與鳳喈先生談一

---

① 又，疑應爲"又至"。

时许归。晚阅《陶庵集》，十一时寝，跳蚤嚼人，展转不寐。

初三日　早阴　九时大阵雨　午后大雨如注　水深六七寸
四月廿五日　　星期二

九时起，十时饭毕，大雨。十二时予往师院授课，行一里许风雨又来，衣湿又畏冷，遂折回寓，自是大雨如注者数小时，室暗，点灯写字。晚省府送来四函：一田紫城已得乡长。二甘肃张重心航函云仍居肃州，已为予购得枸杞付邮寄。西迁前吕受图自甘肃寄枸杞半斤，惜予未携来也。三重庆许艺农函复寻黄松庵先生地址不得，附言许学源亦在渝。四袁次璋述近况。今日未看报，不知郑州战事如何。九时写文稿，俾作著作品送部也。十二时半寝，展转不寐。

初四日　阴雨　晚转钟以后大雨数阵
四月廿六日　　星期三

八时起，以泥滑未早到院，午后始达，领得本月份薪水。三时往省府打电话至小关，不能通。至民厅问各事，五时半归。晚饭后写文稿一篇，至十二时寝。展转不寐，心烦甚。连日呕气至正事亦未做，殊可恨也。天未明又闻雨声。

初五日　早阴　旋晴　四月廿七日　星期四

八时起，饭后改旧作文写新本内。十一时林牖民、马文滨、崔冠侯来，为张宅书，谈二时许，予心烦甚。晚间写旧作文一篇，至十二时寝。

初六日　晴热　四月廿八日　星期五

早起，陈登甫来借予军制服去。予至府开例会，便购油及木油白布等等，白粗布今年涨价每尺三元，外边市价已逾卅元矣，此即公务员之福利也。下午开会予未列席，竟出至图书馆与林馆长谈半时许。遇毕斗山，刺刺不休，予乃辞出回寓。饭后足疲身软，头痛极不适，晚遂不能寫抄諸作。十時寢。

初七日　早晴　九時陰　正午大雨約半時
四月廿九日　星期六

　　早起，飯後訪陳肖峰談半時，至周適安處談片刻。聞周鳴皋在渝甚得意，此人精明，與朱一成契合，亦其官運亨通也。三遊洞中之楊世英、周鳴皋、馮少岩、朱澤霖、周方立俱力爭上游，有志竟成。予與包貢九隨便度日，不求外放，是以仍消聲匿迹。然只夠衣食不受窘困，乃予之願也。十二時至貢九寓吃飯，與談師範學院近況約一時許出。至省府未久坐，大雨忽來。遂匆匆回寓，衣履俱濕。晚得劉中權函，中權，希無之子也，能自立做事，並述許學源亦在渝。又陳子谷自滇來函，述物價奇漲。傅幼虛自湘來函言該醴陵縣更貴，且作詩紀之。恩施物價近日何曾低於渝、滇哉！然有錢尚能買到手，特恐將來供不應求，甚至貨物汲盡，雖用多數法幣亦不能得，法幣更如第一次歐戰時德之馬克、俄之羌帖，則更可慮也。九時寫文一篇，十一時寢。

初八日　早陰　微雨　午後晴　四月卅日　星期日

　　早起，飯後寫文一篇。午後李用焕攜其新婚妻來，帶襪子二雙、毛巾二條，均予所需用者也，以現價論值三百餘元，從前價三元已足。傍晚房主之妻來云，嚴立三先生卒於醫院。初六省府開會，聞方白云立三先生以病重來施診治，昨途遇石灼華、曾祥俊，尚談及立公病狀。劉僕不在寓，予乃囑張榮華作伴導予至院，始知立公正午即殯，省府各機關聯合公祭矣。棺停於外，香案中燭閃閃光，淒涼萬分，其子善明與惠質夫同坐一旁，予慰問後涕淚如雨。立公心地光明，待人能恕，今之君子也。細問疾革情況畢，叩奠而歸。途遇鐘守元補述彌留時情況，寫遺囑而不能，全以拇指案印，尤淒慘也。噫！鄂之正人已矣，省政國事無補救之人矣，傷哉！九時歸，幸有榮華扶予，否則跌已數次。十一時寢。

初九日　晴熱　午後一時日有暈　五月一日　星期一

　　早起至師院授課，十一時回寓，便過胡鳳老處談片刻。飯後疲甚，睡二小時。晚得孟廣潙函、鄧實函，知玉生又添一男孩。九時寫雜件，十一時寢。

初十日　晴熱　午後五時半有陣雨　五月二日　星期二

　　早起至圖書館略坐，與馬文濱同至林館長家中，爲張宅交書事，談一時許不得結果，回寓吃飯。正午出門，過胡鳳嵦處僅坐片刻，往教院授課時間尚早，與陳同唐、胡太山等改挽聯、祭文，因理化系學生雷用鳴在醫院病故也，現在院中爲之開追悼會，並國文科柯樂善、鄔義箴、劉瓊生等四人同時舉行。院長爲雷出棺費三千元，尚存古道矣。雷生家有妻女，施南僅農學院有同鄉，其籍隸禮山，民國廿年成立之新縣，安、孝、陂三縣截角所分者，故同鄉不甚親愛。此生予曾問話一次，現時不甚記憶。柯生則前在國文科教填詞時甚稔者，聞其死在建始，已一年矣。國難未平，冤死者何止此四生哉。四時半課畢回寓，飯後作嚴立三先生挽并此四人輓章，均非予今年所及料者，傷哉！十一時憊甚，寢後腦筋極痛，從前痛在左邊，今日移右邊矣。

十一日　晴熱　五月三日　星期三

　　早起至師院授課，講時費力，所選之《長門賦》又深奧，此係教育部所指定課程也。午後歸，晚間①《越縵堂日記補》。從前影印李蒓客日記予未見過，今夕閱此書，其體例立言多有與予日記同其旨趣者。惟李喜攻訐人短，中有一段言在京某筵中遇其鄉人某編修談詩文，其人卑鄙，攻訐真所謂體無完膚也。此是其短，與曾滌生日記之不同者。閱至十二時方寢。

---

①　間，此處疑有誤。

十二日　晴熱　五月四日　星期四

早起帶同劉僕往省府買油米均未得，買黃豆十六斤歸。午後至龍洞弔嚴先生靈櫬，與其兄談過去事甚久，遇閻任之、賀葆三爲立三先生擇墓地。今日足力已疲，五時半回寓，崔、馬二君來，仍爲張宅不能歸還書籍事，心煩亂甚，八時方去。九時閱《越縵堂日記》，中間叙事多與予之日記相合者，奇矣。十一時寢。

十三日　晴熱　晚月色佳　五月五日　星期五

早起到府開例會，先與石信嘉談片刻。朱廳長云重慶繁華不減昔之滬、漢，驕奢及各官署舞弊情形如清代，男女奢侈，每至下午四時買影戲票者途爲之塞，一小户人家每月過活須二萬元。可見重慶錢易賺，不慮物價高。噫！此真亡國現象也，人心尚知有抗戰之事哉？午後閱報，豫西南戰事極壞，敵人如入無人之境，平漢路已通，洛陽危急，西安、漢中、吾鄂之光化、棗陽亦震恐萬分矣。午飯後便與寶衡之、蔣立庵、江炳靈至朱廳長宅細詢國事，云中央現時手忙脚亂，對目前戰局已焦灼萬分矣。坐片刻歸，三時有警報，我機十餘架飛起，未見敵機。至晚十一時寢，疲甚，夢閑在新宅未歸。

十四日　晴熱　晚月色大佳　五月六日　星期六

早起，飯畢至師院，今日院中開追悼會，爲雷用鳴、柯樂善、劉瓊蓀①、鄔義箴四人先後病没，今日合舉行也。雷、柯係男生，予曾教其國文詩詞。劉、鄔俱女生，鄉教系未畢業者也。午後三時會畢，就院中剃頭，四時半回寓，陳登甫在此坐候予歸，與談一時許乃去。晚早寢。

十五日　晴熱　晚曇無月　五月七日　星期日

早起，八時飯畢，囑家清檢衣服並曬衣服檢置樓。十二時登甫來談

---

① 蓀，初十日日記作"生"。

甚久，並爲寫信與段繼李調職務。午後熱甚，連日飛機聲鳴鳴軋軋，午睡不能安枕。晚閱李蒓客《日記補》，對人批評有過火處。其少年時亦急功利之人，惟對親及祖母甚孝，詩詞、史學均擅長，科名得之亦不早，喜讀書、購書，其學術均足以傳世也。十時半寢。

十六日　晴熱　晚大雨　五月八日　星期一

　　早起至師範授課，十二時便到省府問消息，豫南吃緊，戰況極壞，得王宇澄函知渝方亦無辦法，僅物價飛漲不已，而一切上下男女奢侈較從前尤甚。噫！大廈將傾，燕雀處堂，望歡樂耶？晚寫雜文，看書不入，連日又爲張宅書事甚煩悶，十一時寢。

十七日　雨　五月九日　星期二

　　八時起，飯後寫信三件，致周、王、孟三人。午後爲楊達五作挽嚴立三先生挽並代書之，又爲之寫祭幛二文。晚頭痛，十一時寢。

十八日　晴　晚月色佳　五月九日　星期三

　　七時起，今晨有課，予以頭痛未往。飯後至省府，知豫戰不利，敵人已向南陽方而來，問之包貢九，該地數縣無山阻隔，可慮也。府中人談渝事，可爲痛心。國之將亡尚爭意氣，行見離心離德，奈之何哉。聞謝君新自渝來，言國事民俗，真堪痛哭流涕矣。午後一時至林牖民處談一時許未有結果，所希望於予往者，予實不願往矣。此真無味嘔氣者也。吾鄉家事，此地課程交際，更兼近時時局不利，心煩意亂，腦筋益痛，身體愈弱，所謂百憂撼其心也。十一時半寢，今夕聞警報三次。

十九日　晴熱　五月十一日　星期四

　　六時起聞警報，飯後未作事，正午睡一小時。午後至縣志館，志純、豫生、春霆、養吾諸老均在座。轉述渝事無佳況，河南戰事極壞。四時半楊維領武昌人民廳科員持談君訥先生介紹片來談甚久去，知昨夜萬縣被炸三次，敵機先後去者九十餘架，亦往渝二次，萬縣工廠、機場被炸，有損失，施場飛機師數十人均在幹訓團飲酒觀劇，致我機不能起飛，幸敵機未發覺投彈，不然殆矣。吾不知施南某界必欲於昨夕月明時譐飛機師何意也。楊、彭二人又告予以鄂北、鄂東情況吃緊，有長途電話請示省府，今日不能答復云云。晚閱《曲洧舊聞》數頁，高先生於九時來此請予改挽嚴先生聯語，予已另作一聯，明晨當交之。十一時寢。

二十日　晴熱　五月十二日　星期五

早起往省府開例會，十二時畢，無多重要案，便詢河南戰況，極壞。午後到土橋坪一次，旋回寓。晚間閱雜書，十一時寢。

廿一日　晴　極熱　晚九時以後雨　子正大雨如注 至天明未已　五月十三日　星期六

早起，飯後帶同陳僕至圖書館還書。午後至省府買油鹽，至教院搬物件。今日途行熱極，目眩發暈，足行不動，真難受也。回寓後身已疲乏。晚九時大雷雨，滿屋皆漏，自起接漏，疲甚，睡後蚤嚼人，竟不能寐。子正雷聲震屋瓦，更不能寐。天明時夢先君與予話舊事。又欲立脉案、開舊方，其貌甚閒適。嗚呼，父歿已卅年矣，猶時時以夢示予。久客思歸，益令人懷念先人之墓也。

廿二日　雨　午後陰　五月十四日　星期日

晏起，午後傅康屏來請予代改其作挽嚴先生聯，聞係副處長要彼代作者，彼此均外行，何不請財廳秘書代辦耶？聞戰事未轉好，洛陽恐已失陷矣。晚辦理文稿證件，送部文表已竣，明晨當送師院與葉、沈一商也。十一時寢。

廿三日　陰　十二時以後雨　晚雨甚大 五月十五日　星期一

早起，飯後至民廳與朱廳長晤，詢以時局，云緊張矣。到包宅訪百熙、仲威，張金光事也。與貢九同到師院上課，歸時路滑身寒，回寓後換衣御棉。晚辦送審未竣之稿。十時寢,轉鐘三時醒,傷風涕出,自是展轉難寐。

廿四日　陰　曇　小雨晚晴　五月十六日　星期二

八時起,飯後往教院,時甚早。與馮、沈閒談,到理化系授課,與談時事及中國文學變遷半時,餘則講長卿《長門賦》也。此篇爲教育部選定之文,以之授,近時學生聽者少領悟,講者吃虧不少矣。近廿年來學生未讀四書五經,遑論子史。雖諸生傾耳而聽,予逐字句講解,逆料澈悟者三之一耳。午後四時半回寓,晚飯後辦理報部表及證件。十一時寢。

廿五日　陰　午後轉晴　五月十七日　星期三

早起帶同程僕至龍洞,今晨省府及各機關公祭嚴立三先生也。予七時半達到,各官長並各機關高級職員熟者見面寒暄數語。八時半連續舉行祭禮、讀文,靈堂中小聯約百六十頁,新例以長六七寸、寬四寸之信紙寫之,治喪處先登報聲明者也。既減省,頗與嚴先生平素之儉約相合。施城挽聯亦不易買,長聯亦有用紙寫者,價亦不少。典禮能表示哀痛,較之今春幹訓團爲石議長公祭典禮,覺誠敬也。正午至參議會與李範一、段鴻軒、吳獻之等談甚久。段留予與張伯熙、吳毆照等便餐,三時到師範學院與葉院長商議送審事。五時歸,晚飯後看呂晚村《四書講義》,真有獨到之處。此爲清代禁書,不知圖書館向何處搜得者也。十一時寢。

二十六日　上午陰　下午晴熱　五月十八日　星期四

早起,今日未出門,午後命僕送件到師範並寫函分致葉院長與盧主任,爲送審事也。四時楊維領同譚世兄來取薦信。晚閱晚村《講義》十頁。今夕飲酒二次,早寢,身疲甚,十時成寐。

廿七日　上午陰　晚雨轉寒　五月十九日　星期五

九時起,疲倦甚,飯後寫復傅幼虛、袁次璋、朱祐亭、陳漢存、段炳麟、洪英、孟廣瀛等函，寫字多，費時損目，真不節約。晚飯後因小事觸萬氏怒，予罵之。彼年老無知識，徒有尖刻細心，殊可惡也。晚仍寫復各處信，計鄧實等五件。十一時寢，夢孟春溪家有數柩，彼仍生存且著羊裘。

廿八日　陰　五月二十日　星期六

早起，飯後命僕送昨寫信十三封付郵。午後又寫復張重心、張文慶及田紫城、魏金聲、王伯彥、馮漢驥等六函，積壓信件已清矣。晚閱《黃陶庵集・自監錄》數則，其聖賢之言也。其人格足以流芳百世者固宜。惜公之制藝予幼時未讀過，僅聞之先輩云其佳耳。十時寢。

廿九日　陰　時有小雨　五月廿一日　星期日

九時起，飯後至省府探詢戰事，敵人停止未進，渝方政局開會後恐有變動。得雲海霞信，李充美同學尚存在，函中所告，似李對於予與施南同學不甚關心者。鄂北人多怪，如單家燊、彭壽堂等是也。至圖書館取書，便與張伯熙一談，知其不日出差。午後四時回寓，晚閱呂晚村《四書講》，仍係宗朱排陸，以前予所聞者誤也，見解有獨到之處。十一時寢。

閏四月

初一日　雨　丙戌　土心執　五月廿二日　星期一

早起至師範學院上課，十時在房中清詩稿印本六份，十一時半回洗爵溪吃飯，便與豫生、鳳喈、志純談半時。午後一時再往院授理化系學生課，《長門賦》已講畢。油印字模糊，實無異再寫一次，講者困，聽者以典多又經予展轉相告，揆其意已領悟者約三分之二，不知教育部何以指定選此類文也。民國三四年之學生，予授駢文多能瞭解，且可作駢文，蓋皆讀過四書五經，舊學有根砥，今非其時矣。晚歸閱陶庵雜文，聖賢立賢，實可欽佩景仰者。十二時寢後多雜夢。

初二日　早大雨　午後小雨時作　五月廿三日　星期二

八時起，飯後往師院，臨時考理化系學生作文，四時半未畢也，予遂回寓。飯後足軟身疲，小睡一時許乃起，欲寫文稿，以疲甚止，十時半即寢，似停食狀。

初三日　午前大雨時作　午後晴　晚見星斗　五月廿四日　星期三

早醒頭暈不能支，腹亦不餓。八時半到師院授課，畏寒，着棉袍棉套褲，求其出汗也。着釘鞋行不動，身疲甚。與諸生講，參以他事減予心煩悶。十二時過洗爵溪與張幹青談半時歸，足無力，汗出如漿，到寓疲不能興。吃飯一碗，和衣睡，起後腹隱隱作痛，晚飯僅食包子四枚，七時半寢。

初四日　晴　五月廿五日　星期四

早起食包子三枚，昨因胸胃閉塞，似停食狀，未敢多食。出門至省府，又至師院取薪水。足無力，疲不能行，途中又餓，在土橋埧購得冷餅食之。自師院益疲難行，回寓後僅食飯半碗。晚腹痛甚，泄瀉二次，喝救急水並小瓶稍鬆，八時雖餓不敢食，九時寢，尚痛數次。

初五日　晴　陰　午後小雨數次　五月廿六日　星期五

九時起，食炒米半勺。出門遇張國魂來，予便詢軍事及渝政事，均不佳，到府已十時矣。今日開會予未列席。正午吃飯，以餓甚亦食兩碗，又不能忌量也。回寓足亦疲，李教授學曾來托覓居屋，談一時去。傍晚食飯半碗，今日蔣先生開方，以僕未歸未能去檢藥也。十時半寢。

初六日　晴熱　五月廿七　星期六

八時起，腹痛已愈，九時早飯畢至省銀行朱伊仲處略坐談。聞今晨六時老河口有敵機十八架，投彈二次，想損失不小。正午往沈碧舫寓略談，與同往饒聘卿家弔其太夫人之喪。太夫人母家金姓，年八十八，勉卿之生母也。靈位書庶母，存舊禮教。勉卿中癸卯舉人，以後在軍政界曾握權居高位。聘卿以嫡子，對書靈猶不讓步，則清代張仲忻太史、譚延闓會元之事可想及也。在饒宅略坐，今日足力疲，在縣志館休息二小時，與志純、鳳喈、豫生、幹青談一時許乃歸，借得畢斗山之《目耕齋制藝初集》，閱黃淳耀金聲文，忠義之氣溢於言表，似不可作八股文讀。前數日閱《陶庵文集》，自謂其俗學不佳，甚所鄙棄。然欲當時藉以取功名養親，又非從事於俗學不可，似知其不願以八股文傳也。予習八比文時年甚稚，僅聞父師云目耕齋所選八股爲當時人人必讀之文，師實未以此等給予讀，所讀者惟十四層《小題正鵠》《七家詩》《賦學正鵠》而已。下季清廷明令廢八股，習策論四書義。先師高公教予有法，遂脫制藝之束縛，故未中八股之深毒也。晚早寢。

初七日　晴　午後五時暴風雨一小時
五月廿八日　星期日

九時起，十時飯畢，清理案上書籍，腹中仍不適，時時尚痛。午後二時至張篤周寓，因渠今晨來柬請客也。至則爲詩社同仁，外客爲魯岱，_{號魯山，駐湖北審計處長也，湖南寧鄉人。}同來者姚□□。_{邵陽人。}篤周謂新成一亭名待雲亭以讌會，出詩題爲《待雲亭晚眺》。四時半席[①]，予遂回寓，途中遇暴風二陣，衣履濕透，傘又折柄，狼狽到寓，急用熱水洗抹，慮增予疾。繼思今日何必去食此一餐，致受此一段痛楚耶。晚閱雜書并改《西遷詩稿》自序，至十二時寢，多奇離可駭怪之夢。

---

① 席，後疑有脱字。

初八日　晴熱　五月廿九日　星期一

七時起，胸臆不舒。八時半早飯畢，欲去授課，以脚軟不敢行。午後在寓寫復各處函，計朱光祖、龔敏、譚則、王伯彥、張伯民、孫祖榮、孫壽山、梅先霖、鄢雲齋等，明日可發出。晚間得劉曉庶函并《兩湖總師一覽》一本，檢閱則考禮字齋學生入堂時所印者。屈指計之，是丁未年冬季所印者，尚無仁齋三堂學生名姓。予家所藏者爲宣統二年所印，予同學有名有字，是時頂冒學生已准復其原名矣。此本果爲第一次印行，真堪爲通志館材料，當送與張春廷先生編入選舉類也。劉石逸帶來臘豬腿一隻、信一件，爲其姪媳及姪孫考學校事。今夕服藥，以疾未愈也。十時半寢。

初九日　晴熱　五月卅日　星期二

早起仍服藥一次，飯後聞警報，云有大批敵機襲渝。午後小睡，今日足軟不便出門。午後又泄二次，藥性之烈也。予向不服大黃，今乃用至二錢五分矣，瀉後腹甚適。傍晚朱伊仲來談甚久去。八時有警報，予又泄一次。九時半寫信二件。十一時寢。

初十日　晴熱　五月卅一日　星期三

八時起，昨睡甚恬者約四小時，午後疾似較鬆，思食。晚寫信三件，閱雜書，十一時寢。

十一日　晴熱　六月一日　星期四

八時起，連以足軟未出門，飯後往省府探近日情況，云戰事不佳，渝方政治尚未談到合作。至省銀行送款與朱士堪，途遇潘寧舫，贈予以襪子一雙。歸後疲甚，汗出如瀋。晚寫二函，閱雜書，十一時寢，多雜惡之夢。

十二日　晴熱　六月二日　星期五

八時起，飯後擬外出而足軟，又畏熱，遂中止，命僕購藥送信等事。晚補寫詩稿，欲趕送油印也。連日聞戰事不佳，渝方政事亦未解決，內憂外患，恐召瓜分之禍矣。十一時寢，多夢。

十三日　早陰　午晴　晚雨　六月三日　星期六

七時起，飯後寫詩稿，細檢之與已油印者不相同，此須再校對者，《偶憶集》蓋非一時所印也。凡事先不立根本計畫，必有錯誤。晚仍清理印件，服藥一次。十一時欲再作事，已疲不能矣，遂寢。

十四日　雨　早陰　六月四日　星期日

七時起，清理各事。午後寫詩稿，清理印本，則尚有未書印者卅餘篇，是《偶憶集》又不止二百十一首。敘言須再改之。然益以所記幼時詩卅餘首另加附集中，當有二百六十餘首也。晚十一時寢。

十五日　早陰　午後雨　六月五日　星期一

八時起，連日因病未出門，今日飯後遂決意往師院與馮、沈晤，未上課，便在洗爵溪吃飯，屋小地濕，見之難過。至鳳喈、豫生處一談，遇傅逸塵談甚久，予與同出，途中談江西事，夏乃卿過後尤有人指其短而詈之。甚矣，人之不可不立名自重也！便至蔣立庵處一談，四時歸。飯後疲甚，予懼雨天行，今日又值雨，殊可恨也。晚十時寢，多夢，寢亦不安，展轉至天明。

十六日　陰　六月六日　星期二

八時起，今日仍不能去上課，已着人送函與理化系、音樂科學生，恐其候予也。午後寫雜件及信二封。足軟不能出門，四時半理系學生朱榮熙、陳同庚來看予病，勉強與談一時許，並以予文及日記示之。朱、陳甚講禮，殆類從前武昌一師學生，六時半別去。晚十一時寢，今日夢閑同定生回寓。

十七日　早陰　九時半以後雨　悶甚　六月七日　星期三

八時起，八時半飯畢，九時持傘往蔡家河饒宅弔喪，因前有簡來請客也。行過蔡家河雨已漸大，予着布鞋，滑而難行，又慮回時甚難，遂又過河回寓，頗吃苦。饒聘卿爲人正直，今日雖雨，予病未痊，出於誠意弔其太夫人，否則他家可不必去矣。衣履俱濕、歸途喘氣，然不嗔怨也。小睡一時半乃起。飯後閱雜書，八時半聞警報，我機起飛逃避之，不知如何情況。晚閱雜書，十一時寢。

十八日　晴陰不定　六月八日　星期四

早起，八時飯畢，乘輿至鴨子塘訪黃文卿，談一時許歸。午後寫信二件，得省府電話，云長沙電匯之款已到。予初疑穉屏說話不可靠，然此人爲長沙縣人，彼之公司撤退時能以六千元寄予，甚可感也。晚改詩稿並《西遷吟草》自叙，備明晨省府開會時帶往，請劉召南寫油印也。十一時寢。

十九日　晴　六月九日　星期五

七時起到省府，未開會之先辦理予之私事。十時往農民銀行取匯款，付款爲同鄉范漢僧之孫、哲之之子也，名治民云。此款係上月廿五電匯到施長河農民銀行，廿七即撤退矣。對此事則尤感孫之助予也。正午省府飯畢即歸。聞師範學院學生缺食糧，以後如何尚難逆料。晚閱《越縵堂日記》，十一時寢。

二十日　晴　六月十日　星期六

八時起，命僕至店子坪買雜物，星期日約陳瀛周、劉召南等來便飯也。囑僕送油魚六枚，請省府劉厨子辦治。午後有警報。晚閱書、寫字、寫信，至十一時寢，多夢。

廿一日　晴熱　六月十一日　星期日

早起，囑家辦菜畢，十時用電話告知建廳、省府約客。十時半有警報，正午立庵、沛霖、道全、召南、瀛洲、勉之先來，午後一時半豫生、泮香、肖峰、砥丞來入席。三時席散，又叙談二時許乃散去。予送肖峰三人甚遠，同學中施南僅有五人，老境已臨，較親切也。回想諸人在清季科舉中，少年科第睥睨一世，不料科舉旋停，乃投身學堂以求上進。辛亥起義同學中握政權者多，然曇花一現，四閱月各人下台，凡在武漢任要職均一時崩潰。予等散在外縣者，民國二年上季亦各去職，僅予在黃安能得士民心至陰陰①中秋前交卸。當時執政如夏壽康、饒漢祥、阮毓崧輩皆腐敗官吏，無時不以摧殘辛亥革命諸人爲事，以圖鞏固其共和黨，乃不久爲北洋軍閥所乘。民國五年夏、饒等亦不體面下台矣。噫！福國利民、救國救民，吾國圓滑官吏每以此流行不誠意之語欺國民者也。回思當日事，歷歷如在目前。以後編政治史者不知對當時事有公論否。晚九時清理室內諸②，十時準備功課，明日須往院授課。十時寢，轉鐘後略醒，聞警報鐘聲甚清晰，未幾敵機來上空矣，機槍聲大作，予驚起視之。敵機時時經屋上過，炸彈聲、高射炮聲甚厲，約一刻鐘始止。閱時計已上午四時矣。

廿二日　晴熱　六月十二日　星期一

九時起，聞昨夕所炸係紅廟北門汽車站、飛機場等處，城內未投彈，死傷共計不過數人耳。梁山、萬縣等處又遭炸矣。午後一時至師範學院授課，四時半方歸。飯後疲甚，晚閱雜書，十一時寢。

---

① 陰，應爲"曆"。
② 諸，後有脱字。

廿三日　晴熱　六月十三日　星期二

早起，今日上午有情報、警報。正午往院授課，在理化系講課甚久且吃力，病後元氣未復也。四時半過縣志館與胡、陳、張諸君談一小時歸。晚早寢。

廿四日　陰　晴熱　十一時大雨如注
六月十四日　星期三

早起，八時半到院音樂科授課畢，天已沉黑，予匆匆歸。至洗爵溪新宅大雨已到，因着布鞋單衣，遂就新屋吃飯，室中雨漏甚，地又濕，望之難過。以飢甚食飯二碗。精力疲，午睡一時許，僕持釘鞋雨傘至，予遂回寓。晚爲學生改文，至十一時寢。

廿五日　雨終日　天氣轉寒　六月十五日　星期四

八時起，疲倦殊甚。飯後爲學生改文，午後省府送函，附有孟廣沄、孫穉屏函。孫函在湘垣未吃緊之前所發也。晚閱雜書，欲作何事，苦無一定而所欲作者，如自錄文稿及詩稿，提筆就懶，其無勇氣。予卅歲以前，每思一事，提筆即辦，毫無停滯，真有廢寢忘餐之慨。噫！老境已臨，精力就衰，處此不安定之時局，居此潮濕之地，室窄而暗，心目已先懶矣。晚閱雜書，十一時寢。

廿六日　小雨　陰　六月十六日　星期五

五時半即聞警報，予未起。八時半到省府開會，途遇馮股長，謂今日例會已改在主席公館舉行，至則尚早，問朱廳長以戰況如何，彼云不佳，予亦未往下問矣。云美飛機九十餘架飛東京炸日寇，其結果如何，今日下午乃得悉也。午飯後續開會，予未列席，今日乃見官邸之華麗，不異從前武漢時陳設，不知供應處何以有此能力與金錢也，然因之有感矣。午後四時回寓，晚改《西遷吟草》後一段，備再印全。十一時寢，多夢。

廿七日　晴　六月十七日　星期六

早起，飯後電臺人告知謂昨美機炸東京，據漢口偽組織廣播云，已損失空中堡壘十架，日機無損失。然宣傳如此，不可盡信，逆料日寇防空不似中國，任寇機炸之，揚長而去也。晚閱雜書，十一時寢。

廿八日　晴　六月十八日　星期日

早起，午後二時將應補之畫件一一補齊全，又將存餘之紙及于瑩徵等囑畫之件一一秉筆迅速成，畫蘭為予所長，腕筆、墨法、姿態、神韻，自信與蔣矩亭不相上下。吾邑光緒中孝廉柯進治寫蘭甚妙，可與蔣齊名矣，而伏居鄉里，至武漢時亦少，晚年目瞽，其畫卒止傳於一邑，可慨也。四時半竣六七幅。晚閱雜書，十一時寢。

廿九日　陰　午後四時雨一陣　六月十九日　星期一

六時半起，七時至教院授上午音樂科，下午理化系，並將所改文卷分發各生，便講予幼年事，辛亥以後處順境，西遷以後處逆境，一一告之，囑諸生以求飽學，勿輕棄光陰，負此青年時期也。予少年聰穎，惜嘗屢為境所牽，未能多讀多看，致今日記書不多。人生腦力充滿在三十歲前後，過四十家事雜、嗜欲多，書讀六七次僅能記十之二三，過五十真不能記憶，近年看書，折置即忘之矣。四時半回寓，飯後小睡，足疲甚。晚閱雜書及《越縵堂日記》，十一時寢。

三十日　早小雨　午後大雨　六月二十日　星期二

早起，飯後預計往師範學院授課，帶予日記與理化系學生一閱。天雨路滑，七年日記十四本，笨且重，慮路遠，未果，亦不能上課也。此週應停課，下週期考不去亦可。午後補各畫件俱竣，檢各小聯出，又再寫一聯一畫，明天可交余文傑、于瑩徵、龔沛霖、陳豫生等。又蔡樸周請寫條二件、又畫一件，予並檢二聯贈之，因春初曾向其謀得紅冷金箋贈孫稚屏之母以壽詩者。孫前月寄洋六千元，以此物得之者也。四時省府送信來，係胡升匯款一千元送予過端節者，此人尚有良心。晚將各字畫蓋印畢，十一時寢。

五　月

初一日　陰　小雨　今日夏至　六月廿一日　星期三

早起，今日未去上課，因院中定廿六日即大考也。午後補作未竣畫件，命有才送城內蔡君。晚閱雜書，連日湘戰我軍節節敗退，已失湘陰、益陽、寧鄉、衡山、瀏陽、湘潭、醴陵、株州、衡山①等縣。長沙失後，重要邑城相繼淪陷，可恥甚矣。平時自誇，而敵人偏不爲吾國軍官留顏面。噫，何以對湘人及中國全民耶。傷心嘔氣，早寢。

初二日　陰　六月廿二日　星期四

早起，飯後往省府及土橋壩包宅，均略有耽擱。閱報，知戰事愈壞。回寓後命僕清理室內外各事。晚閱《陶庵集》，深歎崇禎非亡國之君，當時所生忠義能抗滿清者俱爲文人，如史可法、瞿式耜②、張蒼水、黃陶庵先生等。惜人數太少，真所謂報國有心，回天無力者也。若吳三桂、耿、孔等真狗彘不食者。當時四鎮不同心，而馬、阮當國，又以報復爲事，致福、桂、唐三小朝廷亦不旋踵而滅，可慨也已。十一時寢。

初三日　早小雨　九時以後大雨如注　午後二時乃止
　　　　六月廿三日　星期五

早起至省府開會，到達官邸時已八時，候人齊乃開會。聞湘戰愈壞，

---

①　衡山，與前面重復。
②　弒，應爲"耜"。

失地尚未爲報紙所登載。正午開飯已添二菜，作爲端節請客也。午後一時回寓，水田水足，路滑難行。晚飯後閱雜書，至十一時寢。

初四日　晴熱　六月廿四日　星期六

七時起，天已晴，午後程僕要回家，給錢與之去。晚命劉僕辦理各事，至爲煩冗，至十二時半乃寢。

初五日　晴熱　悶極　今日端午　六月廿五日　星期日

早起將室內外打掃乾凈，整理書籍及案上之淩亂者。今日又是端節，鄂中公、石、宜、松等縣淪陷，湘邊奇緊，敵人西進，岌岌可危。今年則長沙已失，湘垣附近之縣無不淪陷，其所謂長驅直入矣。衡山既失，衡陽亦不能保。我國月前上下宣傳，謂敵如攻衡陽，我之機械步隊、精銳武器及重要軍官均待敵至決一死戰，以轉環國際之觀覘，必能提高我國地位。噫！過去宣傳無一可靠，真所謂自欺也。然予終信其言之可驗也。今日肉菜俱備，而夢閑在洗爵溪新茅屋過節，定兒亦不回寓，僅留劉僕在寓幫忙一切。程僕昨一定要回鄉，留之不可，既感寂寞，又悲國步之艱難，抗戰七年，吾輩受多少痛苦。彼重慶之驕奢淫逸者仍不感亡國之痛，發國難財之奸商細民衣食奢華，舉止闊綽，更不願戰事結束。莊子曰：哀莫大如心死。前兩月河南淪陷，非敵人之攻入，乃鄉民各縣一律暴動驅逐國軍及不肖官吏。蓋軍隊、官吏、奸商在抗戰聲中，小民無不受其蹂躪，積怨已久，遂因敵攻而先起，以驅此必死之官兵、奸商，非小民之心死也。今午有警報。晚閱《陶庵集》，十一時寢。

初六日　晴　悶熱　六月廿六日　星期一

晏起，疲甚，飯後思外出，以熱遂止。命劉僕發信五件，並寄廣渾、季明等字畫四件。晚間疲甚，室中悶熱，十時聞警報，敵機一架掠此高空過。噫，敵機無月亦能飛行，一切軍事均高出吾國之上，可慨也。十一時寢。

初七日　陰　午後二時大雨如注　晚仍雨
六月廿七日　星期二

　　八時起，疲倦甚，足軟。早點後往省府，聞劉孟曾所談湘戰失敗原因，軍隊不戰而退，軍官可殺。敵人打通粵漢路綫，未費大力，衡陽、攸縣相繼失陷。前月宣傳在衡陽待敵至決一死戰者，果係自欺欺人者也。至師院取薪水，并問連日院中諸事、考試情況，敷衍而已，天下事均可作如是觀。二時回寓，至洗爵溪大雨已至，在縣誌館避雨，談甚久，程僕送雨具至乃歸。晚間寫信、閱雜書，至十一時寢。

初八日　陰雨竟日　晚大雨達旦　六月廿八日　星期三

　　八時起，飯後清理室中各事。今日爲予生辰，夢閑在新宅備酒三席，請街鄰及租地皮鐘某，又張、田、趙等家男女，以新宅成曾許彼等酬情者也。知予生者均送情。劉桂軒欲晤予，予以路滑不願去。午後在寓飲酒二次，萬氏亦往新宅去，程僕同其父來此宿。九時作詩二首，有感而言。西遷以來日日望我軍勝利，今若此則勝利不可望，而施南一隅，敵即不來攻，此間數十萬民衆與軍隊，將來糧食何自出耶？此間民衆對軍隊印象極壞，以後有警，更向何地退却？一旦糧食接濟不來，恐變生矣。靠天靠天，如恃軍隊抗敵，不可靠矣。歷年事實俱在，此無可諱言者。十時倦乏殊甚，詩成待潤色。明日院中大考，須早起，十一時寢。

初九日　雨　六月廿九　星期四

　　五時半起，匆匆出門至教院考理化系學生，音樂系學生仍在本教室作文。午前十一時雨未止，予過新宅，餒甚，欲吃飯須候一時許，天雨路滑，心殊焦灼，遂回寓吃飯，泥深足軟極難行，回時已疲乏不堪矣。屋內又漏，濕氣重，殊難受，逆料新茅屋晚雨大漏，尤難受也。十時閱雜書，至十二時寢。

初十日　終日大雨如注　晚雨尤大　直到天明
六月卅日　星期五

早起至省府交油印之件與劉召南。八時半至主席公館開會，席間朱廳長談及省府改組，主席爲王東原，秘書長黃某，保安司令黃仲恂，民政廳長劉崇高，其餘均有更換，問之傅軼塵，云趙廳長來電亦如此説，則從前所傳聞者皆事實矣。會畢飯菜均好，午後一時在劉夢曾處坐談甚久，至圖書館晤李、崔、林三君談半時，回家路極難行。晚飯後閱昨所爲詩，不愜意。十時倦甚遂寢，多雜夢，且廿餘年未遂之事亦見之。妄念慾念俱集，則心歉矣。

十一日　早雨　午後小雨時作　七月一日　星期六

十一時半起，疲甚足軟，午後一時飯畢，室中濕氣重，悶甚，借得報紙閱之。衡陽似尚未失，然不過時間問題耳。晚閱《陶庵集》，第一序爲吳梅村，第二序爲錢謙益，文均佳，惜其人與公薰蕕不同也。紀年僅書甲子，未記順治國號，殆有愧於心歟？第三序爲公之同邑同年蘇淵，四序爲秀水朱錫鬯，五序爲常湖陸隴其，六序爲嘉興李良年，即選刻《明六家文》者也。中有句云：當明之季，士大夫以下空字。寡廉鮮恥。即號爲能文章侃侃議論，而臨事濡蹏，貪禄苟活，其末路有不可言者云。蓋指錢、吳諸人也。七序爲長洲沈德潛，八序爲王鳴盛，字光禄。九序爲同邑錢大昕。蓋乾隆間而公集始蒐集完備待刊，未敢竟刊者，邇時文字獄正盛也。光緒八年同邑周文禾爲重刊之序，蓋已大備矣。十一時寢，多夢。

十二日　陰　七月二日　星期日

早起，午後師院兩生來代徐聲和取書，予照單抄之，許以明日送還。蓋先後借書廿餘種，笨且重也。晚間閱《陶庵集》，讀先生所爲壽序數篇，亦佳，其叙事與歸太僕、耿恭簡不同，方靈皋作壽序多空洞而不能填實，先生序同邑蘇母金孺六十壽中有一段云：淳耀聞古之賢母，有樂其子與李杜齊名者，有翦髮供饌爲其子延四方奇士者，有聞義養不聞祿眷者，許其子不就科目者，高風淑行焜耀彤史。然亦幸有大賢人焉以爲子，故其每得藉之以傳，即不幸而其子不賢，母之傳與否未可必也。孟子推仁義禮智之德，皆本於性而又以爲有命焉。彼所爲高風淑行，其殆出乎其性者與？有其母適有是子，其殆得乎其命者與？世稱君相能造命，然又以爲孝子百世之本，仁人天下之命。則夫孝子仁人，盡性以至於命，其權國與君相等與？昔漢世有赤眉、銅馬之亂，而劉平、趙孝之徒至信格於盜賊。唐至元和之後王澤竭矣，而董召南獨隱居行義，化及雞狗，此皆性命精微之極致，不可思也，不可言也。云云。十一時寢。

十三日　晴　晚月色佳　七月三日　星期一

早起，飯後往省府並送書還師範學院，由徐聲和接收清楚矣。午後三時回寓，倦甚，飯畢小睡。晚間閱雜書，十一時寢。

十四日　晴　極熱　午後有小雨一次　七月四日　星期二

早起，飯後到省府欲取油印歸。到府已十時，坐未定，警報大作，遂在立庵家休息，而警急報至矣。遂入防空洞，約半時乃解除。正午回寓，飯後小睡。晚起閱蓴客日記，謂閱錢竹汀《廿二史考異》，云其論《史記》中祖禰廟一條，謂《說文》無"禰"字，"禰"即"爾"字，蓋言父於我最近，故曰爾，後人加"礻"旁。《尚書》作"藝祖"，馬融曰"藝禰"也。又旗志一條，謂"志""識"通用，《說文》無"幟"字，旗所以識別，故"幟"當爲"識"，《史記》屢見"旗志"字，用古文也。又親戚一條，親戚者，舜之父母弟妹，皆非是。古人以親戚稱父母，《大戴禮》云：親戚死，誰爲孝？孟子云：人莫大焉忘親戚君臣上下，可知親戚之單指父母也。皆極精確。竹汀著書多，蓴客看書鈔多、讀多而天分又足以副之，所以成大名。今之從政者不讀書、鈔書無論矣，而國內所謂文學各教授讀書、鈔書者不知有幾人。抗戰以來各大學學生程度太低，教國學者僅向商務、中華、中正、大東各書局出版之文字學、文學批評、文字源流一類之書摘鈔，名曰編講義以示學生，自信口雌黃一頓。噫，以視當日錢、李諸人未從政時而求學，既從政及休政以後仍不廢學，寧不愧死哉！閱至十二時寢，多夢。

十五日　陰　小雨時作　七月五日　星期三

早起，帶同有才至省府買得猪肉、猪油等等，還省立圖書館各書已清楚矣。今日報載戰事無變化，行政院尚未開會提鄂主席案。今日悶熱。午後歸，閱雜書，晚寫復洪英、馮藝林等函，馮漢驥有復函，謂《叢書集成》已售罄矣。寫《待雲亭晚眺詩》並生日有感之作，不甚愜意也。十一時寢。

十六日　晴陰不定　悶熱　晚尤悶熱似有雨
七月六日　星期四

早起，命有才去挑米、換米等事。午後寫信二件，爲李清拂寫單條一張。孟廣漳自内江寄來宣紙三件，請書聯條等。重慶仍有宣紙，不過價昂耳。晚閱雜書，今夕夢閑回寓宿。十時寢。

十七日　早小雨　陰　今日小暑節　七月七日　星期五

八時半起，疲倦甚，足軟。十時半飯畢，今日爲七七抗戰紀念，省府例會改在下午舉行。一時半往省府，二時在主席住宅開會。今日出席列席各員殊冷淡，蓋省府改組消息證實也。七七抗戰紀念已過七年，年年説勝利而重要都會俱失，傷哉。晚六時回寓，心煩亂，十一時寢。

十八日　晴熱　晚有月色　七月八日　星期六

八時起，倦甚，午後寫信三件，補畫件，命有才送三信，約明日便餐者七人。晚九時三刻有警報，似聞敵機掠高空過去，自是以後我機一架飛空偵察，擾擾至轉鐘一時方解除警報，同居各家均未睡，蓋均以此機爲敵機也。疲勞起視，不敢安寢。今日始聞知了聲。

十九日　晴熱甚　七月九日　星期日

早起，聞昨夜敵機卅架襲梁山、萬縣等機場，我機損失二架，敵損一架，蓋已空戰矣。十時包貢九即來，午後二時運籌、召南、先林、寅周俱到，遂着人請陳超來。因去臘予曾與陳超決言，今年五月端節後可收復沙、宜，彼即請予。否則，予估計吾國戰術不確，須請彼也。噫！予之見識不如陳超，蓋迷信迭次可收復失地之言也。晚十時寢。

二十日　晴熱甚　七月十日　星期一

早起寫詩稿，九時半楊子莒同徐濟群來。楊任宣恩縣科長已經年，予未知也，留便飯去。午後至省府一次，晚歸。熱甚，飯後洗澡、寫信、抄書、默詩，至十二時寢。今日聞蟬聲。

廿一日　晴　熱甚　晚陣雨　七月十一日　星期二

早起，八時至民政廳，九時開圖書儀器清理會，十時畢回寓。飯後小睡，晚閱雜書、默寫詩稿。連夕床上憶及之詩起而遂忘，今夕須備一簿就床上用鉛筆記要領。予丁巳至庚申間睡不熟即作詩，用此法次晨補寫，殊便利也。十一時寢。

廿二日　晴熱甚　有陣雨　晚轉鐘後大電電　風雨震瓦屋　七月十二日　星期三

早起補寫偶憶之詩，連日續默出者廿餘首，腦海中又轉靈耶。午後閱雜書，室中陰氣重，蚊密集，大者如蠅，此地真非吾輩所戀之者也，不知施南人何以安之。晚十一時寢，轉鐘二時雷聲震山谷久不散，類史載災異所謂天鼓鳴者耶。大雨驟至，山鳴谷應，吼聲大作，怪現象也。設初居者必以爲災異矣。予起二次，慮屋漏，床上因濕而跳蚤大作，燭之得二枚，處以夾死刑，殊可惡也。

廿三日　晴　悶甚　小雨時作　七月十三日　星期四

早起，早點後往省府探信，渝方尚未發表鄂主席人選，取得新做制服歸。張伯名寄茶葉、香蓋各一斤，俱收到，郵費八十一元。噫，從前八十一元可以買茶葉一擔、香蓋四斤矣。現時茶價三百餘元一斤，香蓋四百元一斤矣。接各處來函七件，晚間擇要復之。晚十一時寢。

廿四日　晴熱　七月十四日　星期五

早起，往省府例會，無多案，僅恩施林縣長辭職照準。午飯後歸，熱甚。晚閱雜書，十一時寢。

廿五日　晴熱　午後暴雨一次　平地水深三寸
今日初伏　七月十五日　星期六

早起倦甚，午後默寫舊詩，又得七首，如此漸漸默出，可得予存漢口原稿三分之二。惜文稿廿餘篇未能默出。午後大雨，晚間蚊多，閱書、寫信，至十一時寢，在床上復默詩三首。

二十六日　晴熱　午後暴雨約半小時止
七月十六日　星期日

早起，飯後寫信二件，午後大雨如注，三時半萬儒綱來談一小時去。遲生今日回寓。晚寫復子穀、伯民、慶復等函七件，轉鐘一時寢。

廿七日　晴　午後一時大雨如注　七月十七日　星期一

早起，飯後至省府探改組事，聞民政已易羅貢華。午後至笠庵家坐談，又轉至省府取油印詩稿，四時歸。晚間寫致季明、海霞等六件，至十二時寢。

廿八日　晴熱　午後四時陣雨　晚十一時大雨至天明
七月十八日　星期二

　　早起，飯後準備外出，以默詩及清理各事未果，繼又怕熱、眼朦，只好安心默寫，又續記十餘首矣。午後四時陣雨，來此一連四日未斷雨，吾鄉俗語爲"漏伏"。蓋初伏下雨，日日必雨，俗言可驗如此，似不可解矣。晚清理各事，十時寢。

廿九日　早雨　九時以後晴熱　午後三時陣雨一次
七月十九日　星期三

　　早起，八時至郵局，八時半至圖書館略坐，至省銀行，九時半開圖書審查會第二次會議，新來兩錄士王淑方、鄧淑□兩女學生，男錄事沈年祥未到，皆潘作之、林振聲所薦之人。省行便爲朱懷冰餞行，朱開會畢以腹疾辭去。昨渝院發表民廳爲羅貢華新加秘書王原一，委員黄仲恂、徐會之、劉公武，被去委員劉叔模、吳良琛、朱懷冰也。近時官吏如走馬燈，真所謂無足重輕之官，而懷冰似甚介意者，前次例會耿耿在心，而又情見乎詞矣。午後一時開席，雞鴨魚肉之外兼有甲魚、海參、海味數事、點心等等，計值總在二千元以上，非省銀行不能辦此。噫！提倡節約者何如哉。今日周菊村、饒杰吾、張春霆、楊子敬、林振聲、朱廳長與予及廖西平、潘作之九人俱到，飯畢便過省府與諸至好一談，三時回寓，途中遇雨。晚飯後以蚊多早寢。

六　月

初一日　晴熱　夜轉鐘時雨　七月二十日　星期四

　　早起，今晨四時大雨，飯後清理各事。午後未出門，作畫一件。晚閱雜書，不能深入，而目中熱甚，眼糞多，竟至朦朦不明，十時寢。

初二日　晴熱　午後四時大雨二次　七月廿一日　星期五

早起至省府開例會，今日參、顧諸人到者多。與貢九、立庵等倡議請朱、劉、劉三位委員公讜。朱已落職；劉千俊去，秘書長雖去而委員尚存；劉叔模停職矣。午後三時在縣志館坐談，四時與鳳喈、志純、幹青、峴皋、甲三、豫生、校文、季賢、和軒同往饒聘卿家賞荷花，到後暴風雨至。五時半開席，同席外人僅楊、劉二君，餘均社友也。七時散席，歸途泥淖難行，遂在洗雀①溪寄廬宿，屋矮地下，潮濕過甚，展轉難寐。

初三日　晴熱　七月廿二　星期六

早起至師院與張春霆先生談片刻，馮、沈諸人談數語，圖書室鎖門，辦公廳男女數人斜坐談天，無事可辦，真奄奄無生氣。噫！此大學也，可慨也哉。推之國內各大學，或者相同。十一時回寓吃飯，陳登甫來坐談，留便飯去。二時回寓，孫祖榮取薦信去。晚間以目疾未作事，十時寢。

初四日　晴熱極　七月廿三日　星期日

早起清理案上諸事。午後爲沈碧舫作畫，又補作元旦試筆未竣之松，至四時半止。晚間室內蚊多，不能作事，十一時寢。

初五日　晴　酷熱　七月廿四日　星期一

早起，午後仍補作未竣之畫，題一詩，愈改愈長，只好候沈碧舫就職時送去當禮物也。今正碧舫以紙請予畫，遲至今日始成，若爲其添議長頭銜而後書款者。今日聞蟬聲大作，晚閱雜書，十一時寢，枕上默記予於甲辰六月初五入學，今已四十一年矣。昔時年少倜儻，今日幡然老

---

① 雀，前文均作"爵"。

翁，真無窮感慨矣。

初六日　晴熱極　午後三時暴風雨一小時
今日中伏起　七月廿五日　星期二

　　早起至省府詢知新任尚不來接事，省府以委員等未用盡之茶油平價售與各職員，參、顧每人分五斤，價廿餘元。設非改組二科，不得以此分售諸人矣。至教院領薪，便晤秦、馮諸人。至合作社購毛巾、肥皂等等，去價七百元，昔時購此等物九元足矣。午後三時歸，晚補作詩。今日已將肥皂零件檢查一遍，預之明日當將各處送茶清理之。晚十一時寢。

初七日　晴熱甚　七月廿六日　星期三

　　七時起，飯畢乘轎至鐵廠，中經通天洞遊覽，尋得寶祐元年刻石，字方寸餘，約二百餘字，惜石黑又非直立，凹形中，似當日工人仰臥而刻此石者也。聞有某人搨數紙去，他日當覓而觀之。可見此洞著名在元以前矣。行至七晏溝略憩，至鐵廠係沿山直上石坡，記之有八百餘級，抬轎者係二僕，不善行，予下輿行約二里，到時休息，與張春霆先生、楊子敬、林牖明、馬文濱、崔冠侯議定辦法，飯後即至周宅開始清理。午後陽光直射，室中極熱，至四時半已清點三箱。好書甚多，書面蓋印多"兩湖書院南北書庫藏書"字樣，真不勝今昔之感矣。晚飯後洗澡，予以未帶蚊帳去，與子敬同榻，熱甚。十一時子敬起自置鋪，予实未安寢也。

初八日　晴熱甚　七月廿七日　星期四

　　早飯後與楊、張、馬諸人清書，多碑帖、集郵一類之書，午後三時已清畢，四①陳僕來接予，四時遂與同步行下山，到寓已五時半矣。熱甚，疲乏至極，飯後洗澡小憩，十時寢。

---

①　四，疑應爲"四時"。

初九日　晴熱甚　晚有月光　七月廿八日　星期五

早起，至省府例會，無多要案。林牖明免職，張翮繼任，教廳一面以林爲清理圖書委員，一面免其職，蓋以敷衍參議會提案也。午後五時本府全體參議顧問爲朱廳長、劉秘書長、劉慕曾、于瑩徵、余文傑餞行，以李達可參作主人，故酒肴豐而價廉。如外人辦此席，每桌非二千元以上不可。八時席散，予同陳僕歸。十一時寢。

初十日　晴熱甚　午後有陣雨　七月廿九日　星期六

早起，飯後與程僕同往鐵廠清書，因前日曾許星期六必往也。過陳次宗寓略坐談，次宗述迭次以書函勸諫朱懷冰改脾氣，爲將來再登台地步，但朱願聽與否，則盡彼之友誼而已。噫！人一上台，志氣驕矜，必非有學問有器識之人。懷冰上台不止一次，其在位也驕矜萬分，其去位謙態畢見，良由自信自大自用之心太過，所以迭遭失敗。友朋之諫勸，彼在台上時不信之。前年蔣少垣、胡舜生、徐癡愚離施時均與予言之，似迨與予廿年在民廳任秘書時，朱之驕矜已過從前十倍，雖欲諫之，又何益哉。別陳出，天熱如蒸，行路汗出如雨，至山上鐵廠門遇張春老乘輿下山，謂彼決不再任清書事。至廠內周菊村已來，予遂與周、楊略敍數語，林振聲始以情況相告，予遂乘轎歸。午後睡二時許。晚補默詩稿，又得六七首，十一時寢。

十一日　晴熱甚　七月卅日　星期日

早起，飯後爲沈碧舫補作畫。九時往曲水洞張寓，因胡鳳喈先生十四日生辰，於此日預借張宅宴會也。鳳喈今年七十五歲，強健如四十許人，謂得天獨厚歟！據云從前境遇亦不甚佳，身體亦非堅實，且嗜鴉片，數十年飲酒爍精，今年高轉健，此則不可以常理度之。早麵後至洞中乘涼，與春老、志純、豫生、篤周諸人談詩說禮，聘卿社長不多話，氣甚平，吾輩不如也。餘客則分爲博弈，久戰不休，累予等至午後二時不得食，予疲甚，回張寓睡半時，請高和軒謀得餅乾半盤食之，餒稍平。五時半方開席，七時歸。今日受熱甚、出汗多，疲乏早寢。十一時聞大風，電光閃閃，入室雷聲震瓦，颱動甚。約一時餘乃止，小雨一陣而已。

十二日　晴　極熱　午後三時半天劇變　風雨雷電交作　平地水深一尺　冰雹　七月三十一日　星期一

早起，飯後爲碧舫補畫，已成三分之二矣。作詩一首，明日當題在款前。午後熱甚，三時半天忽劇變，大風雨挾沙至，直所謂"飛沙走石"矣。雷電駭人，屋瓦豎立或飛田中。予在廁內望之，大風折樹不少。《書經》所謂"大風拔木禾盡偃"，今乃徵之。冰雹擊瓦木有聲約一刻鐘，後聞高山冰雹大如雞卵，蓋災異也。室中水流，牆土崩塌有聲，予懼屋倒，然急遽中不知如何是。大約一時半乃止。嗣各家慰問，無不受水濕者。晚見月光，補作長古，爲碧舫畫中備題，因前詩未說盡意也。十一時寢。

十三日　晴熱　陣雨暴風一次　八月一日

早起，飯後至省府領薪並另購米一百斤，招待室所餘者公配高級職員在府甚久者也。嗣聞分配亦不公，周文到府僅兩年餘，無眷屬，亦分米百斤、油五斤，似浙籍爲秘書長所批發者也。噫！世間安得有公平存心如嚴立三先生者耶。立三在職，其妻向本府買面盆二個，係分配平均只一家一個，立三當命退出。蓋庶務處以主席夫人通融購之者也。在府與諸人談甚久出，回寓飯後寫信二件。晚補沈詩已成矣。十一時寢。

十四日　晴熱　小雨一次　夜月色佳　八月二日　星期三

早起，飯後至省府續買各物。聞新主席快到，予向陳、劉等催印詩稿，四時回寓，晚間補寫詩稿，又默出四首，明日當着人送府請劉續印出。寫復各處函。十一時一刻疲甚欲睡，警報大作，當有敵機掠此間高空過去，行甚速，似入川者。十二時半乃寢，又聞警報，予未起視。

十五日　晴　極熱　八月三日　星期四

早起命二僕往省府挑米送信，午後又命之送信去。僕回云，新主席快到府中，站隊歡迎者絡繹於途云。晚間府中來函，明晨仍開例會。今日曬衣服，呢毛等衣濕氣重，又生蟲蛀等等。晚十時寢。

十六日　晴熱　八月四日　星期五

早起至省府開例會，聞新主席昨日午後四時已到。例會十一時畢，今日民享社辦午餐甚豐，參、顧同仁十八由陶季賢約往拜會新主席，至官邸座談，分詢各員略歷，茶罷即出。天熱甚。今晨饒聘卿又請予與包、陶、饒諸人賞花，時間趕不及，均未去。至洗爵溪寓略憩，至縣誌館與鳳喈、志純、豫生諸君一談，並以貢九爲予作《西遷詩草》駢文序示之，均稱善。此是貢九用心之作，非曩日隨便成篇者也。今晨作詩一首贈朱廳長，有規勸其改改脾氣之意，逆料彼不能受。《傳》曰，惟善人能受盡言。從前嚴立三先生雖虛衷，對予言亦採納者少，況朱不虛衷耶。四時歸寓，晚閱雜書，十一時寢。

十七日　晴熱　小雨一次　八月五日　星期六

早起，十時至省府，今日聚餐二十桌，便請新秘書長。此款則合作社餘利所提出者，菜豐盛。午後取加薪，自五月起至七月共加三個月，設非換主席，此款財廳不得補發，恐新任掠美，趙志垚爲人厲害，可畏哉。三時回寓，晚以目光發濛早寢。

十八日　晨陰　十時以後悶熱　十一時大雨如注
　　　水深五六寸　四時晴　八月六日　星期日

早起，飯後欲爲沈碧舫補畫，適陳登甫來，遂止。命程僕往省府取信件兼送各處信，未幾大雨傾盆，雷電交作，震屋有聲。四時仍晴。晚閱雜書、補寫雜稿，十時寢。

十九日　晴熱甚　八月七日　星期一

早起，飯後爲碧舫畫題款，書"春三月"，因邇時所成已半矣。午後寫自留三畫款及詩，頗得意。沈畫費二日之力乃成，爲近年所作之佳者。彼能畫且懂畫，是以精心爲之。晚十時以目力不佳遂寢。夢閑今日與定兒回寓。

二十日　晴熱甚　有風　今日子時已立秋　八月八日　星期二

早起，足軟疲甚，擬今日出門，以天熱如此未敢出。爲沈畫寫詩並予未添款之畫一一寫成，心慰之。至晚寫信二件，十時寢。

廿一日　晴熱　八月九日　星期三

早起，飯後爲胡鳳喈先生作畫已成矣。晚間又爲作壽詩二首，和聘卿詩一首。四日聘卿招飲未能往，作一詩謝之。又和其填詞一闋，惟彼就《雙荷葉》詞牌，則非予所喜，因中間有疊句也，拉雜成詞而已。十時寢。

廿二日　晴熱　八月十日　星期四

早起，飯後至縣誌館與胡、陳諸先生一談，晚歸爲鳳老寫款、寫詩畢，閱唐詩並補作詩餘二首，皆從前起稿中止者也。

廿三日　晴熱　八月十一日　星期五

早起，清理案上各事。九時貢九來，留便飯，與談省府各事並研討詩文，至下午四時貢九方去。晚間寫信二件，十一時寢。

廿四日　晴熱　八月十二日　星期六

早起，飯後寫信三件，午後命僕送鳳喈、豫生、聘卿詩詞並畫軸。

此一段情債今日方結，心胸一快。晚補作未竣詩詞，十一時寢。轉鐘一時醒，聞警報心中測度，今夕爲廿四，何以有警報耶？未幾緊急警報作矣。予披起視，月初升，立門外聽之，無甚動靜，視時計已一點半，仍寢。

廿五日　晴熱　八月十三日　星期日

早起，王伯彥來，並帶萬縣野菊一包充抗者也，係義女性叔①托人帶施也。與談各事，留早飯去。正午往洗爵溪新廬，登甫在座，云明日回荆門接家眷往安康，再不經此地，遂留之飯畢，予往師院開會，係張春霆先生與各教授組織者，成立教授會議，所以挽師院頹風，欲整一切也。葉叔良尚未回，事已至此，真無對省府與教育部也。學院爲清高機關，教授爲清高人格，陳友松覆轍在前，葉叔良必欲蹈之，何也？延來者既不稱職，總務上反不如陳友松時代之較有條，聞教部自改國立後，先後來款已二百餘萬，予等知之僅爲八十萬之數，經濟何不公開。噫！陳友松所獲幾何？諺所謂"殺人只落得一雙血手"。葉未歸，將來此一本糊塗帳誰與清算耶？三時半返新廬再與鳳、志、豫三先生談一小時回寓。晚補寫日記，十一時寢。

廿六日　晴熱　八月十四日　星期一

早起，飯後爲饒聘卿畫白蓮，用渲染法，惜紙劣未能顯白色與筆力，幸姿態尚活潑也。晚閱雜書，十一時寢。

廿七日　陰　午後二時大雨　四時半止
　　　八月十五日　星期二

早起，飯後至洗爵溪寄廬，便帶各畫與志純、鳳喈、豫生一閱，遇聘卿來，與談半時許。聘卿又示近作咏白蓮填詞一闋，其實牌名用《金

---

① 叔，應爲"淑"。

縷曲》不如用《賀新涼》也。"荷淨納涼時"尤與咏蓮尤切。四時回寓，途中雨大，路滑甚。飯後填詞和聘卿，十時寢。

廿八日　晴熱甚　八月十六日　星期三

早起，飯後至新寓，便往縣誌館訪豫生。因今賀伯名來商予爲同鄉會長，予允勸豫生爲之，彼不可。午後與貢九同往教院開會，知葉院長事無更變，已有電來云云。教授會今日成立，公選春霆、先正、維新三人爲第一次理事，討論各事約三時許。餒甚，五時半出院回新寓吃飯，六時帶定生回寓。九時補寫日記，十一時寢。

廿九日　晴　極熱　八月十七日　星期四

早起，飯後至師範學院與沈、馮談一時許，就院中午飯。午後至新廬，便往縣志館談各事，胡、陳、周、陳均在座。晚歸，寫信三件。十一時寢。

三十日　晴　極熱　八月十八日　星期五

早起至新廬，遇梅先林夫婦來，留之便飯。午後往省府訪劉慕曾取印詩稿，回寓補寫饒聘老畫件之款。晚間清理案上書籍等等，閱《通志·選舉門》，始知饒鳳瑛癸卯科未中舉人也。擬自七月朔日起以後，寫日記宜求簡，微論現時物價高，但亦不易得，例如此日記紙一頁需洋一元，餘以後更可推想矣，宜切記切記。十一時寢，明天記事須變更之。

七　月

初一日　晴　極熱　八月十九日　星期六

早起，寫信與劉召南，答復薦趙凱事。收到師院聘函一件，隔送出期已廿日，奇哉。院中紛亂，前日張春老組織教授會議，維持學生食糧，予認爲此舉有功德，贊助之。連日秋氣重，午熱如蒸，早晚涼甚。

初二日　晴熱　晚小雨　八月二十日　星期日

早起，十時入城候車不至，遂步行去，在東門民享食堂開同鄉會成立大會。鄉人迭商推予爲監事主席，峻拒之。乃舉佘子祥，以彼住城內便於開會也。下午三時畢，至曲水洞，與饒聘卿、陳豫生祝壽。饒六十九，陳六十三，隔日同誕辰，合併行之，亦奇談也。五時歸，寫信二件。晚閱《大學章注》，不能入。

初三日　晴　極熱　晚大雨　八月廿一日　星期一

早起，寫字一幀，閱唐詩。午後欲復各處函，以疲乏中止。惠質夫來請介紹函。

初四日　晴　極熱　八月廿二日

早起至新廬，帶同定生往師院，去訪劉亦農，還借書。彼留予父子吃飯，未便卻之，並借得王國洋所著《大學》。見解超過立三先生之作，筆情暢達。近日負盛名者，聞王著作尚多云。晚間又閱五頁，彼能引時事作證，故閱者喜之，寫詩三首。

初五日　晴　極熱　八月廿三日

早起至省府，與劉榮焌談半時，細問其離鄉後事並其戚黃志雲後人如何。黃爲十六年冬摯友，十九年彼病故在漢陽，其長子即榮焌之姊夫也。

初六日　晴熱　晚雨　八月廿四日　星期四

早起，清理書案上各件。飯後寫信三件。晚閱雜誌及師院借來各書，真是翻閱而已。晚宴寢。

初七日　晴熱　晚未見星月　今日爲七夕
八月廿五日　星期五

　　早起，到師院去領薪水，知已改照國立待遇，比照上月所得加一倍半矣。如此辦法有春□，人多之教授頗吃虧也。在縣志飯，與胡際諧君談甚久，四時歸。

初八日　晴熱　月色佳　八月廿六日　星期六

　　早起，十時半至圖書館。正午至包貢九家略坐。今晨林均中來，留便飯去。午後六時王主席請四院教授及附近中小學校長到民享，云是孔子聖誕節，又明天爲教師節。孔子生期是周夏正，予不精考據，不知之以陽曆爲孔子誕辰者何？廿三年，南京考試院長戴傳賢所議定，通令全國遵照者也，凡中國舊節氣一律須用陽曆。以故元宵無圓月，三月三天氣大熱，端午無榴花，中秋無月色，重陽在舊七月下旬，除夕有月光，均屬奇事。今日民享社到教師百餘人，計席十二桌，以肴菜現時價格，每桌至少二千五百元。主席演詞得體，時間不長。從前吃一次飯，演詞甚至一小時。食畢致答詞。如李曉園、胡忠民諸君須必一時至二時，吃飯乃爲苦事。去年教育學院迭爲各長官邀約聚餐，予是以不敢去也。今夕無人致答詞，真好景況矣！因沈議長不善說，郗院長老誠，農學院長欲試而不能。黨部諸位雖欲言似不便也。七時半散席僕接予歸，月色佳，抵寓多感觸亡室孟夫人，七月初九日爲其忌日，屈指十一年矣。果如當日所說即投人生已十一歲，元微之"他生緣會更難期"，傷心語也。

初九日　晴熱　晚月色佳　八月廿七日　星期日

　　早起，飯後送廿六年至廿九年日記與胡鳳喈、陳志純、陳豫生、張幹青分看予之錯誤處。日記原不可以送人看者，惟語多傷時，指斥語更不可以政界少年看。彼四位年高純謹，可以閱予日記也。閱報知盟軍已入巴黎，德國已開始敗退，倭寇勢漸衰，奧援失，自身亦危矣哉！四時半回寓，飯後欲爲亡室焚楮具香燭，繼思已逾十一年。死者果有知乎？只鑒予思念之心可也。無知則亦不必有此儀式。

初十日　晴熱　晚月色佳　八月廿八日　星期一

飯後至省府買油鹽米等物。至劉慕曾處，托其轉詢各事。至新廬略息。至縣志館與胡、陳、張諸君談各事。志純謂予日記須塗去者數事，此指廿七年所記各事慮患深，應改之。途中遇張文華求寫介紹信考六中，近來初中、高中學生投考之難，與從前科舉同，真進身不易也。回寓飯後已六時。七時月已出。警報作，敵機一架在此盤旋約一小時，投彈三次，第二次有一彈似投在七里坪過去不遠之地。

十一日　晴熱　晚月光大明　八月廿九日　星期二

林均中早來，留便飯去。午後自浣衣服，萬氏又令予嘔氣，益令人念及孟夫人也。陳季明、章宗輝同來，謂係黨部資格到施受訓者。季明、田彬生、胡文卿俱帶酒煙來贈予。前日均中亦帶煙來施南，煙價高，得此可省此一筆費用。予西遷後始吸紙煙，近年爲環境不佳，晚間飯後必吸之，此不良嗜好不謂五十三歲以後乃得之。晚八時又有警報，我偵察機在上空逡巡約一時許，想城內、土橋壩、紅廟三處民衆又擾擾兩時矣！

十二日　晴　極熱　晚月昏黃　八月卅日　星期三

早起，盥漱畢出門去。寓中今晨無水，至新廬吃飯。至師院，聞葉院長已回部，派督學徐瑞祥號耀周，江蘇人。來院查賬，並傳學生代表談話。省參議會已有油印代電至渝分致各院，並湖北參政孔、陳、李諸人，說明師院辦理不善，須換人主持。學生已將此代電貼於大禮堂。此李副教授告予者，索原電觀之不可得。議會代電不應翻印分發各學生，近於散傳單也。是非公論，部既派人，當有住院各教授可談話，且師範學院既歸國立，如議會如此主持，將來部中必疑該會爲學生背景也。此事不知沈議長知之否。四時半回寓，八時警報作，敵機三四架看不清楚，投彈甚多，以理度之，似在飛機場與北門外一帶，約十分鐘乃散去。

十三日　早陰　午後雨　八月卅一日　星期四

早起，至省府探問各事。魯祖軫來送予月餅二枚、襪子一雙。省銀所購者，價廉，外人不能享受。渠就銀行事已二年矣。晚《閱字辨》知予幼時所讀誤字尚多，他日必立一簿記之，以免害後人也。

十四日　陰雨　午後大雨　晚雨達旦　九月一日　星期五

早起至新廬吃飯，便與陳、陳、張諸君一談，午後雨未止。今日應無警報，城內居民可安睡矣。晚閱元明人散曲、套數，曲之語句較詞靈活多，此所以代表元末明初文字之美也。

十五日　雨　九月二日　星期六

早起，倦甚，命僕買肉菜等等。午後三時祀祖宗，燒包袱，具酒肴，今年只說盡心而已。遲生出外三日未回，夢閑亦不回寓，命僕引定生回寓。五時祀祖畢，吃飯後定生欲回去，命僕送之歸。晚閱王國維所編詞話。

十六日　雨　午後更大　九月三日　星期日

早起，看雜書。今日師範午後開教授會議不能去。晚寫信四件，閱唐、宋、明諸家之詩，明詩有獨到處，不減宋詩風格也。

十七日　雨　九月四日　星期一

早起，命僕買油鹽。省府自秘書處改組後熟人少，托辦之事甚難。晚為改送陳豫生、饒聘卿壽詩，一為六十三，一為六十九歲，非整壽，非不易說也。

十八日　雨　夜雨　九月五日　星期二

早起，至省銀行開圖書、儀器清查會，第二會主任委員已易羅貢華，周菊材、楊子敬、廖西平、潘龍霖俱到，張春霆先生表示不到。從前有此說，今日未來。林牖民、張德廷兩館長新舊交替，俱來列席。正午在行吃飯，菜飯俱佳。午後一時便訪包貢九，病不甚重，談片刻，往至省府取薪水歸。晚自訂《西遷詩草》《偶憶集》《詞抄》三種，分送至好。至轉鐘一時方寢。

十九日　雨　九月六日　星期三

早起。連日雨未止，室中濕氣重，又不能出門，悶甚。午後惠質夫、梅先霖、龍詩樵先後來談去。晚仍雨，省府送函來，請予代擬陣亡將士紀念塔銘。

二十日　雨　晚雨達旦　九月七日　星期四

早起。午後寫信二件。傍晚定生回寓，云未吃飯，予疑其逃學也，與之飯畢，命陳僕送之回新廬。

廿一日　雨　晚雨達旦　今日白露節　九月八日　星期五

早起。午後閱報，祁陽之失已久，現在守零陵，湖南要地俱失矣。

廿二日　雨終日　九月九日　星期六

早起。午後閱雜書。閱報戰事，湘戰仍敗，盟軍對德似勝利。晚寫信二件，清理案上各事。

廿三日　雨　九月十日　星期日

早起。飯後寫信二件。命僕至省府取信件。午後閱報，無甚緊要事。

廿四日　早雨一陣　似有晴意　午後仍大雨
　　　晚雨達旦　九月十一日　星期一

早起。飯後至洗爵溪新廬，便至縣志館與陳、胡、陳、王、佘諸君談天及雜事約三小時。聞師院葉院長決辭職，此一誤會，鑄成大錯，致學院事一切停頓。學生起風潮，教授對院事不滿矣！四時半飯畢回寓，十二時寢。

廿五日　雨　午後一時大雨至晚　九月十二日　星期二

早起。飯後疲甚，又睡二小時，再起閱書。寫信與貢九，告知各事，程僕未歸，命遲生送往，恐其望信也。

廿六日　陰　午後二時見太陽約一小時　九月十三日　星期三

六時起。飯後閱雜書，真是瀏覽，因前借各書已還清，所餘小字諸書，閱之久傷目力。予目至今未廢，未帶眼鏡，以故寓中現有書搬來檢去，真看未入也。設在太平時局安心讀書，何等快樂耶。晚間圖書館著人來請予明晨到鐵廠清書，且云張春霆先生亦願再去，予遂不得不允之。

廿七日　晴　九月十四日　星期四

七時飯畢，有財與老程抬轎，八時動身，到鐵廠時甚早。周菊材及圖書館有三人在此候楊、張二先生來，予帶遲生去幫忙檢查。正午飯畢開始再清，今日共清八箱。晚飯後與張、周、楊諸君談甚久。寢後臭蟲多，極不安。

廿八日　晴　九月十五日　星期五

六時起。今日清書十六箱，疲乏甚。搬鋪在堂屋中挂帳子，無臭蟲、蚊蟲，睡甚安。

廿九日　晴　燥　九月十六日　星期六

早起，今日清書共十八箱。昨今兩日發現明版書印工模糊，紙張甚劣，非善本也，或係清初就原板刷印者。予家藏汲古閣初印之《陸放翁集》，書品好，紙色佳，較今日所見霄壤別矣。總之連上次所清，所謂明板者徒有其名，當時捐書者未必以佳者相贈。館長如馮畢談諸君，當時亦不能以重價購書耳，至宋、元版則未見之。今夕疲乏甚，學生劉，嘉魚人，姚宏磷，沔陽人，來此爲臨時録事，已考取師院英語、數理系，尚未入院者。英文書籍三箱皆姚幫忙，周、楊二君能讀英文者也。

八 月

初一日　晴　九月十七日

早起，清書一箱，再食稀飯，又清二箱，已上午十二時矣，轎子來接予，遂回寓。飯後睡三小時，償連夕未睡之債而已。聞今日惠質夫同段家慶來寓，未説什麼徑去。

初二日　陰　時有小雨　九月十八日　星期一

五時半起，飯後往新廬，至師範晤葉院長、舒峻山諸人，談一時許歸。便與縣志館諸君一敘。下午四時回寓，今日爲先叔森亭公忌日，未能具香楮。先叔殁於光緒己亥，今已四十五年矣，記往事不勝愴然。

初三日　晴　九月十八日　星期二

早起。飯後至省府並圖書館，借得《詞律》一部。晚接鄂城朱茂林、周淬成挂號信二件，閲郵戳並二函内日月，已百餘日矣。本籍來信以此爲最遲，洪英復予函每每一月或四十天即到，不知挂號函何以如此，想別有故矣。孟款五百元已撥交，内附愚溪夏曆五月初四收條，親筆並蓋私章。又淬成函内附有撥孟廣緯家春款五百元，係孟燮義堂代收收條一紙，明後天即轉廣緯。

初四日　晴　九月十九日

早起，連日天未曙即醒，醒即起床，否則鼻涕横流，如傷風疾，此民國十年狀態。在武漢教學時屢見之者。午後閱《詞律》，晚疲目倦早寢。

初五日　晴　九月二十日　星期四

六時起。七時帶僕至土橋垻菜廠買物，物價高至不可思議，藕一斤半、極小乾魚半斤、蔥三把、黑乾子五塊共去價一百廿元。從前在武漢生活，予每月只用四十元，天天魚肉，今則抵從前三個月用度。紙幣不值錢，恐將來尚有不可思議者在也。須往省府、師院商各事，午後三時方回寓。

初六日　晴熱　九月廿一日　星期五

早起。飯後寫信四件，命僕送出。午後約趙凱來寫油印文稿，當交二篇。先寫《先君行狀》《先妣行述》，二篇字數過多，餘篇當續寫之。

初七日　晴　熱甚　九月廿二日　星期六

飯後往師院、省府各坐一小時。在新廬吃飯，在縣志館談甚久。

初八日　晴　熱如暑天　月色大明　九月廿四日　星期日

早起，命程僕隨予同往土橋垻買菜，因今日陳季明須來寓吃飯也，午後竟未來。晚間七時警報大作，敵機炸萬縣、巫山等處，報話筒此間聽之甚晰也。

初九日　晴　熱如伏　晚有月色　九月廿五日　星期一

早起。午前九時舒峻山來談，師範今日不能發薪，予留之早飯去。晚四時劉慕曾、周印澄來談甚久去。傍晚月出，警報大作，時間甚長，大約敵機又襲四川也，十時解除。想城內居民難安矣。

初十日　晴　熱甚　九月廿六日　星期二

早起，飯後閱醫書，前自鐵廠借回者也。先君醫術深，看書多，記古方尤熟，予昔未學。先君病甚時，屢欲學而不能傳授矣，語曰：爲人子者不可不知醫。是知醫者利人利己之學。先代讀書者無不知醫，今則西醫爲時髦矣。西遷以來西藥缺乏，西醫無用武之地，中醫乃得救急，如是施南七屬中醫又行矣，一盛一衰，可以推其他各事也。傍晚警報大作，敵機又襲川，六時四十分發警報起，至十一時半尚未解除。十二時聞敵機過上空，大約係炸成都，不然非如此長時間也。

十一日 晴 午後雨 晚大雨達旦 九月廿七日 星期三

早起。飯後至師院與葉、季、盧諸君略談，取得薪水回寓。晚大雨，予於枕上聞之已轉鐘矣。

十二日 早雨 午後放晴 甚熱 晚月色大明 九月廿八日 星期四

早起。飯後命僕買油挑米等事，予亦往省府去一次。晚月光大明，慮有空襲，十一時寢後竟未聞也，轉鐘後聞風雨聲。

十三日 大雨 九月廿九日 星期五

早起。天氣已變，風雨大作。昨夕十一時天晴月朗，今忽風雨。可見人事不可測，軍事勝敗不可必，亦如天道矣。噫，何怪人情反復爲。飯後寶衡之來談甚久去，謂渠不久須往萬縣住家，其子已匯款萬元約彼去也，本府薪津欲托予代領，予已許之。晚七時警報大作，天雨，敵機何能出發耶。

十四日 雨 九月卅日 星期六

早起。飯後劉子奎導其姑父送好酒二斤半，月餅二盒來酬謝予者，卻之不恭。午後命僕至城內送信，云未晤梅先林，原紙煙帶轉矣。

十五日　早陰　午後三時仍雨　晚雨達旦　十月一日　星期日

八時半起，九時飯畢。今日周汶與湯女醫生結婚，送洋二百元，今年一百元實不及未抗戰時送賀禮二元也。因魯魯山請予讌，以初交不能不去，遂在周處匆匆不待其行禮，竟約貢九同往審計處，談一時許開席。酒肴極豐，同席者皆漢聲詩社同人，僅張春霆先生因事未到耳。午後二時半回寓。今日龍詩樵亦送月餅二盒來，去價四百元。予以彼不應送予物，便以煙二包付來人帶去轉贈，亦可抵二百元禮物也。晚間仍大雨，中秋無月，愁象滿天。噫，乖氣耶。

十六日　陰雨　十月二日　星期一

早起。飯後擬出門，以路滑中止。閱目耕齋八股文，此等與清末制藝殊，有古文氣概，如金聲、黃淳耀兩先生之作，不可以時文俗學目之也。晚間杜威來談半時去。補作中秋詩，以興趣不佳中止，因限題無甚意義。

十七日　陰　時有小雨　十月三日　星期二

早起，連日四時即醒，醒則不安枕矣。類傷風，噴嚏鼻涕流清。予每逢秋季必月有十餘天如此狀，肺屬金，應秋氣。殆肺間有毛病，醫生無確切之答復，抗戰以前診過，民國十一二年在武昌三一中學住宿時，此病最利害，可惜未向同仁醫院求治也。午後一時至包宅、教育廳、省府等處一談。三時為閻任之餞行，在民享社予與篤周、貢九、傅逸塵，陳豫生為主人，五菜一湯，酒煙在外，去價一千元。據說如在館中請此席須增二百元也，此席該社前年開張時價四十元，今增廿四倍矣。傍晚歸。

十八日　晴　晚月色昏黃　十月四日　星期三

早起。飯後至師院談各事。在洗爵溪草廬吃飯。四時歸，途中聞警報。到寓飯後閱雜書。晚十時欲就寢，聞飛機聲甚厲，出門視知爲敵機，未幾又來一架，約十分鐘後炸聲、高射炮聲齊，投彈似在城内，敵機過去後聞小炸彈聲，似在七里坪附近。擾擾至十一時半方寢。

十九日　雨　陰　十月五日　星期四

早起。午後又至師院，今晨接貢九信，知昨所說師院換院長楊玉清不確，既不確，何必向人云已見電報耶？凡此緊急之事，又關係院方怠工，學生洩憤或短氣，真不可亂說也。晚閱詞選及蘇文、歐陽散文。竊歎文忠公有子能傳父文、繼父業矣。今日爲亡兒根生忌日，屈指已逾六年，傷哉。宜昌鎮景山距市區僅四里，不知兒墓尚無損壞否。

二十日　雨　午後稍有晴意　晚仍雨　十月六日　星期五

早起。十時往師院與程秘書文燁說夢閑事已妥。晚閱雜書不能記憶，腦力漸減矣。

廿一日　雨　午正稍止　下午五時仍雨　十月七日　星期六

早起。十時到洗爵溪，十二時飯畢。午後帶夢閑至院會程、劉諸人。二時半予往大禮堂開教授會議，四時半散，回新廬，飯畢回寓。

廿二日　雨　今日寒露　十月八日　星期日

早飯畢，帶程僕至圖書館借書，便在包貢九寓坐談一時許，午後至笠厂、運籌二處談甚久。四時回寓，短袵汗濕，前一件未洗，無第三件，乃着舊洋布袵。室内可着棉衣，行路汗出如瀋，連日雨多轉寒，此地真難衛生，可保不染病也。聞寶顧問秉鈞來寓，言渠雨住即赴利川云。

廿三日　雨　十月九日　星期一

早起。飯後子駿來約請寶衡之餞行，定明日午後一時，予贊成之，以二菜相拼，僅接衡之一人，彼有四菜一湯夠矣。晚接石信嘉轉來朱次誠之甥余非畏一函，想係其第二甥，抗戰前在武昌學賈者，函中敘及其父母已卒，並探次誠尚在武昌否，彼尚不知次誠廿七年冬已故矣。閱之傷感，皆倭寇之賜。天雨已十一日，至今夕仍未止，戰事又失利，天心助惡歟？然吾國從前政治、近時兵力，皆可推想，天果何心助惡哉！

廿四日　雨　十月十日　星期二

早起。飯後寫信二件，十一時閱雜書。午正衡之來，午後二時杜子駿開席，予以二菜併入，三時席散，與衡之再談各事，天雨恐彼不能成行也。

廿五日　陰雨　十月十一日　星期三

早起，連日晨五時即醒，醒則不能安枕，不起床即類傷風，鼻涕並出，極難受矣。飯後天陰，至土橋垻、省府並略坐，至包宅談數語即出。四時歸，晚雨，氣候轉寒。

廿六日　雨　十月十二日　星期四

早起。喬淑子來求轉學至國文系，喬生文筆甚佳，去冬予囑其轉入國文系，彼未注意，因音樂科夏之秋不許彼轉系也。已許其明晨爲彼幫忙。陳季明、陳懷任來談，便留之飯去。季明贈洋二千元與遲生作住學補助費。彼上月來施受訓時即已言之，彼在前方與人合貿，在此爲區區之數，予欲籌二千元則不易矣。晚雨頗可恨，今年下季收成已到手而天變如此，乖氣所鍾歟。

廿七日　早陰　午後大雨　晚雨達旦　十月十三日　星期五

早起。飯後路已乾可行，遂至師院，途中逢小雨，與張春老談喬生事，知開會決議不能行。今日新生登記，院中逢雨泥滑難行，學生之住、食、行均不佳，只好説國難能讀書範圍其身心而已。正午回，過新廬。大雨，以皮鞋滑不能行，遂在縣志館與胡、張、陳諸君談二時許，陳僕送釘鞋去乃得歸。晚雨更大，計至今日止已下雨十六天矣，此真亡國天氣，予西遷後住施南所僅見者。

廿八日　陰雨　寒　十月十四日　星期六

早起。午後閱《近代文學變遷史》，論詩詞頗有見地，惜其爲白話論列也。晚間寫復各處函，今日雨中有警報二次。

廿九日　午前陰　午後雨　十月十五日

早起。今日囑遲生上學，該校至今方開課，名爲高中，教員亦不全，簡直誤人子弟耳。湖北之計畫教育，識者譏之。

卅日　雨終日　十月十六日　星期一

早起。飯後閱南洋一書，中華書局出版，十五年以前事也。寫孟廣緯聯已成，備明日送寄。袁子青、王安雪均來函，王似已有存款。如此世界真所謂有力者居之。子青函云：鄉間似不太平，大約敵人抓伕事也。

九　月

初一日　陰雨　十月十七日　星期二

早起。飯後寫影本三張，爲定生習字之用。午後閱報，倭寇似敗勢，美軍海空俱進，然倭寇亦未示弱，並擊沈美國航空母艦三艘，據此則美亦受損失矣。

初二日　雨　十月十八日　星期三

早起。連日雨未停，殊爲愁悶，在圖書館借來參考書閱之，遣悶而已。師院新生尚未上課，已屆十月下旬矣，不知何時上課。予不知當局辦事何以如此遲滯。學生在外間住者，每日花錢多少不知院中曾念及否。既誤光陰，尤非道德心，爲之浩歎耳。

初三日　晨雨　午後陰　晚仍雨　十月十九日　星期四

早起，到師院送表及中等學生補助費公事與盧俊，院中公事八月竟失去，各教員並未閱此文件，真屬怪事。午後四時回寓，路滑甚，幾不能行，如此霪雨可謂乖氣，可謂亡國氣象也。

初四日　雨　十月二十日　星期五

早起。午後爲蔡樸周寫一宣紙單條，系鐘鼎文，頗得意。今年因宣紙不易得，乃爲渠多寫幾字，如廿七年以前在武漢，予不寫此紙矣。物質漸少，此時用錢亦無處購得。噫，抗戰何時結束耶。

初五日　早雨　九時以後陰　晚十一時以後大雨達旦未已　十月廿一日　星期六

四時起，天尚早，又睡去，九時再起。程僕買菜及肉，自城內購得者也。飯後清理各事。午後二時至包貢九寓坐談至晚方歸，路難行，幸有僕人扶之。到寓後閱《文選》至十二時寢。

初六日　早大雨　午後陰　十月廿二日　星期日

早起。飯後包貢九來，與同至七里坪訪鄉公所，新鄉長姓魯，前五年在遠安縣見過者。小坐即出，至劉子奎家，彼爲其侄結婚請客也，送二百賀禮。下午四時酒三席，半爲省府同仁。六時歸，路滑甚。

初七日　雨　十月廿三日　星期一

早起。飯後爲蔡樸周作畫。下午四時已大致成就矣。晚間有警報。

初八日　陰雨　午後似有晴意　晚仍大雨　十月廿四日　星期二

早起。飯後補蔡畫已成，擬一詩明日寫款時書之。西遷以後作畫甚少，畫就必題詩一首或二首，或古風一章，此與抗戰前不同之點。

初九日　早大雨　午後三時晴　十月廿五日　星期三

早起。飯後寫信二件。十一時有警，十二時半尚未解除。下午至曲水洞菐會，仍去年舊人，沈碧舫社長未到，詩題則春霆社長與貢九所擬。既有曲水洞又加岫廬題目，嫌長矣。三時半又有警報，傍晚席散回寓。

初十日　晴　晚有月色　十月廿六日　星期四

早起，天氣已晴，囑僕預備浣衣。十時往民享社，因今日湖堂同學聚得十三人，連理化博物並約只有此數。今年參議會開會任岱青未至，張嘯青回鄂東，鄢雲齋回鄂北，不然共有十六人矣。公請張春霆、談君訥二先生作歡聚。談先生年七十三，張先生六十八，同學之長者，聶守經亦六十八，最少者李範一，亦五十四矣。回首卅三年前事，真有感慨也。餘爲饒校文、述吾兄弟、熊鐵華、張幹青、易泮香、石砥丞、吳道南、苑思濱、曾義成、陳肖峰及予共爲十五人，酒肴均豐，則李範一之力。今日本擬公份，範一必欲歸其一人，已預付價與該社矣。四時盡歡而散，今日算晴大半日矣。歸後有警報二次，十一時半敵機方過上空去。

十一日　晴　晚雨一陣　有月色　十月廿七日　星期五

早起。有情報，飛機起飛數次。午後一時到省府買布并取信紙等件，至縣志館略坐即回。夕陽西下，慮有警報也。五時半吃晚飯未畢，緊急警報大作矣。聞敵軍近敗於美，晚趁月色連夕襲梁山、萬縣飛機場云。今日寶衡之來辭行，云明晨赴萬縣。

十二日　雨終日　十月廿八日　星期六

五時聞風雨聲作，七時半起。飯後爲林啟賢、蔡樸周作畫，已大體布置畫水墨山水，甚簡單，易成也。晚閱《湖北通志》一至四冊畢，繪圖多不確，舊法，不及民國初年出版地圖精而準，不限定現地圖與歷史圖也。

十三日　晴　月光如畫　十月廿九日　星期日

八時起。午後爲蔡、杜補畫俱成矣。晚飯後剛六時緊急警報大作，自是至九時半來敵機六架，往返回環投炸彈七次，低飛掃射者三次，每次約六七分鐘方去。施南自有夜襲以來無此長時間，且有一次震予住宅甚搖搖者。十二時猶未解除，可見城內與土橋壩居民避洞中之苦矣。今日爲先母誕辰，未能焚楮致奠，心傷甚。倘吾母在世，今年九十一矣。

十四日　陰　大雨數陣　傍晚大雨　十月卅日　星期一

九時起。十一時到院。午後閱《清文評注》，陳祖範、號見復。李榮陞文均佳。晚閱雜書，十一時寢。

十五日　陰　晚小雨數陣　十月卅一日　星期二

九時起。午後至省府取薪遇包貢九，云人事處鄭某有什麼話說，予告以答覆各事。傍晚歸，晚閱《清文鈔》十頁。今夕無警報，安然寢。

十六日　半晴陰　十一月一日　星期三

九時起，昨睡甚恬。飯後至七里坪趕場並會魯鄉長，托柴六十斤，去價二百卅元。彼照前歲價分之，今年柴價每百斤三百餘元，去秋價高時不過八十元，以後猶難推測矣。訪警察所長李，五峰人，爲漁洋關皮升如之甥。據說漁關房屋去年敵人到時俱焚毀矣。前日來查戶口之戶籍警，利川人。予問其所長何姓，答云姓王，問爲何處人，則云不知，異哉，此戶籍警察也。

十七日　陰　小雨時作　晚大雨　十一月二日　星期四

早起。飯後看《清文鈔》十頁。午後三時往洗爵溪新廬，匆匆數語。至縣志館略談，慮晚間雨大，遂回寓。

十八日　雨終日　十一月三日　星期五

早起，命程僕去龍鳳垻挑花生六十斤。歸，至師範略談各事並送杜世傑畫幅，請李毓華轉辦。午後在新廬吃飯，以雨大傍晚回。明日又須往財廳宴並至師院開會也。十二時寢。

十九日　陰　小雨　十一月四日　星期六

早起。飯後至省府，聞高運籌、王小耕云，鄭桓武以殃民爲參議會及地方呈控省府撤職查辦矣。旋在府晤貢九，予以其心不快未問此事。十一時至其寓略坐，與同往財廳，傅軼麈始告桓武被控有廿六條，貢九以翁婿關係頗難爲情。午後一時半開席，同座聘卿、鳳喈、志純、葆三、春霆，校文未到。今日始飲紹興酒，渝方浙人所釀者也。三時席散，與貢九、志純往五峰山，途遇春霆，已約師院同人至城內民享社開會。五時半聚餐，七時半方散。予着釘鞋行路，極以爲苦，與志純、茂先等攜燈行至洗爵溪新廬，已八時半矣，衣汗濕，足疲軟。十一時方寢，疲倦殊甚。

二十日　陰　小雨　十一月五日　星期日

早起。飯後作畫。今午張春霆先生請客，又是城內民享社，予已作函辭謝矣。晚閱雜書，十一時寢。

廿一日　陰　雨　十一月六日　星期一

早起。連日天氣陰鬱愁慘，自八月十一日起陰雨卅六日，晴霽共計不過六天，餘爲陰沈陰寒而已，吁！此亡國天氣歟？令人遐想清光緒間鄂東南風調雨順時也。晚閱《清文選》畢，二本朱一是、賀貽孫、陳祖範、周容、李榮陛諸人之文，昔年未見過，立論見解均有獨到處，而筆力足以達之。從前科舉時代所讀者《古文觀止》而已，何其陋也。今日師院始送課表來，明日上課，新班學生遲至此時授課，徒誤光陰。其實中央對此院已撥款近千萬元。噫,誰之咎歟?

廿二日　陰　小雨數次　今日立冬　十一月七日　星期二

早起。飯後至省府並包宅,九時到院,十時授課,教室極不佳且無黑板、講臺等等。學生國文、英文合班,約四十餘人,囑各書籍貫。鄂北學生最多,外省學生八名,鄂城亦有一人。予在教院三年矣,聞鄂城共不過六人,予實未教之也。十二時在舒峻山寓吃飯。午後一時國文學會成立,教師講話太多,耽誤時間,予已□之不奈,已先出。嗣春霆先生與朱源滔必欲予往城內聚餐,又耽延至八時半方畢。步行至下官坡購得燈籠,到新廬時倦頓不能動矣。夢閑今日生辰,有女賓數人來,具夜餐,予未食。十時半寢,傷風。

廿三日　早晴　九時仍雨　十一月八日　星期三

早起。七時至院上課,以天晴不攜雨具去,九時上課,大雨又至,如此天氣,問之本地人,云向來不如此。噫,怪哉。十一時借雨具回新廬吃飯。午後一時回寓。晚閱庚子聯軍入京及辦理天津救濟難民日記事,筆墨甚佳,已閱竣方寢。

廿四日　晴陰不定　十一月九日　星期四

早起。飯後寫信二件,閱雜書。欲爲劉曉庶之尊人作墓碑文,以心緒雜未執筆也。然一旬內必成之,恐過遲無以對學友也。今日有警報二次,晚間亦有警報,聞安康、老河口均被炸。

廿五日　晴　十一月十日　星期五

早起。午前十時有警報。午後至師範學院授課。晚七時半有警報,聽放音器報告敵機由五峰過來鳳云云,十二時方解除。今年敵機每每夜襲萬縣、梁山等處,近兩夕皆黑夜也,彼竟能飛行,可見敵人進步矣。

廿六日　晴　午後七時仍雨　晚大雨
十一月十一日　星期六

　　早起。飯後帶同程僕至坪趕場買柴，並寫函分邀李少仁、劉榮焌明日來寓便飯，藉與少仁餞行也。下午一時有警報，敵機未至。傍晚夏衛民、韓鎮東來談半時去。

廿七日　陰　晚大雨　十一月十二日　星期日

　　早起，清理家中各事。午後二時劉榮焌、魯國興、任琦瑛、任開玉先後來，而黎子玉、李少仁竟未至。少仁來片請改至星期二，遂開席，此因琦瑛之父送予香煙，國興前送予桃栗，少仁不久赴竹山任，不能不請渠便飯一次。然每次請客麻煩一日，似於此物力維艱之時不相宜也。五時散去，晚閱雜書至十一時寢。

廿八日　陰雨　十一月十三日　星期一

　　早起。飯後到洗爵溪新廬，便約盧俊、崔思賢及縣志館居住之陳志純、畢斗山、余甲三、王茂先到廬便飯，菜則寓中所辦，今日再添三肴，午後二時飲畢。豫生、幹青已往金子壩，今日未與此宴也。明日有課，遂宿新廬，睡極不安。

廿九日　陰小雨　十一月十四日　星期二

　　早起。九時往院授課，午後回寓。晚飯後早寢，室中有貓，鼠被咬斃三。睡甚安。

三十日　陰　午後四時見太陽片刻　十一月十五日　星期三

　　昨睡甚恬，八時半乃起，九時匆匆至院授課。午正回新廬吃飯再去上課。三時半乃回寓，足力疲矣。昨午後李少仁、盧子剛來便飯。

十　月

初一日　晴陰不定　十一月十六日　星期四

早起。飯後往師院、新廬各耽延甚久。晚閱《醫學入門》，明版之不精者字大易看，醫學理太精邃，予當日未曾學焉，乃知先君子從前看書之精密。幼時見家藏《醫宗金鑒》《景岳全書》《黃氏八種》諸大部無不朱墨圈點三四次者，真難能也。

初二日　晴　十一月十七日　星期五

早起。十一時至院。午後一時上課二堂，四時歸。聞近日敵人在宜、沙增兵，廣西戰事慘敗，真可慮也。

初三日　早大霧　晴　十一月十八日　星期六

八時起。午後至師院取款，僅得一條云："下星期三發欠薪。"聽之而已。晚閱雜書並參考講義，字小極難看，目力受傷不少。今日報載戰況極壞。

初四日　霜　晴　十一月十九日　星期日

八時起。飯後往余保誠家弔喪，其父病故也。與少仁、貢九略談，十一時至沈碧舫寓談一時許。午後回寓，任琦瑛在此乞予講《大學》數節，留便飯去。陳季明函，知今日來寓吃飯，竟未至也。

初五日　陰晴不定　十一月二十日　星期一

早起，至省府交涉油鹽米穀事；至分配所交涉柴煤事；至省銀行交涉糖與布事。凡事皆自己料理，僕人不中用，欲托之必錯誤。正午在姜文山寓吃飯。今日戰況聞更不佳，傍晚歸，晚閱醫書三十餘頁。

初六日　大霧如雨　晴　十一月廿一日　星期二

晏起，視時計上課鐘點已過，遂未到院。飯後至圖書館借書三種歸，備參考也。六時半往看王繼武談片刻，警報大作遂回。七時聞敵機偏空掠過。

初七日　晴　十一月廿二日　星期三

早起。今日上午下午俱到院，授講四小時，頗吃力，晚歸。飯後閱畫冊，藉以解悶而已。清代畫家著名者多，亦有功力。二百餘年中除洪楊之亂、庚子聯軍之役，國家均屬太平年歲。風調雨順、物阜民康，故藝術家得享承平之福而成其高名也。噫，今何如時乎！洪楊之亂、聯軍之役，亂者不過數省。

初八日　晴　十一月廿三日　星期四

早起。午後至省府圖書館借書，買油米。便詢時局極壞，國內戰況，桂湘屢敗，已至不可收拾地步。素以能守能戰之白崇禧，今亦不知作何解說也。晚有警報。

初九日　晴　十一月廿四日　星期五

早起，清理各事。飯後往院授課，午後三時畢。四時取得補發欠薪一萬三千元，此乃意想所不及者，不料部令須照中央待遇，自本年一月份補起也。陳友松欠予等十餘教授部給補助費約四萬以去，至今無從追討，然渠亦自隳其人格而已。晚飯後看雜書，晏寢。

初十日　陰雨　晚雨更大　十一月廿五日　星期六

早起。飯後帶小伢往省府買油鹽歸，路極滑，不易行。晚閱雜書，九時寢，疲乏甚，睡甚恬。

十一日　雨　午後四時晴有日光　十一月廿六日　星期日

九時起，倦甚。飯後擬外出，以足軟路滑遂止，閱畫册。晚欲寫函，以疲勞且目力不佳，不敢執筆也。

十二日　晴　寒　十一月廿七日　星期一

早起。飯後往省府、師院。午後至土橋壩，晚在縣志館談各事。宿新廬，今日寒甚。

十三日　晴陰不定　十一月廿八日　星期二

早起，至師範學院上課。聞學生索欠款，院長許以每人發二千二百元。三百餘舊學生需款六十六萬元云，此款從何處挪用乎？晚仍宿新廬。

十四日　小雨　陰寒　高山有積雪　十一月廿九日　星期三

早起，往師院上課，午後又上二次。晚四時半回寓，飯後閱雜書。連日桂貴戰況極不佳，敵人勢如破竹，我軍節節敗退，奈何奈何。今年下季氣候反常，陰雨多、晴日少。據土著云，昔無此天氣，蓋乖氣也。憶《記園瑣記》《守汴志略》《明季北略》等書所載，水火刀兵土匪兵變爲匪等事均出自季年，而闖獻之亂愈熾，致史閣部一人無能爲力，哀哉。回憶前車，不勝慄慄也。近時來鳳、鶴峰一帶，彭匪勢而此縣百果壩及芭蕉附近某鄉，殺鄉長之事以起，尤爲可慮也。

十五日　陰寒　小雨　十一月卅日　星期四

早起。午後至省府。晚閱雜書，寒甚。聞今日戰況不佳。

十六日　陰　寒甚　高山有雪　晨微雪
十二月一日　星期五

早起。午後至師範授課，以教室寒甚，僅上一堂，令諸生散往寢室。

取十一月份薪歸，晚以寒早寢。

十七日　晴　十二月二日　星期六

早起，囑家人洗曬衣服。午後至店子坪、圖書館等處。晚早寢。

十八日　晴　十二月三日　星期日

早起。飯後至新廬，帶同定兒往省府、店子坪、包宅等處一遊，買糖果數事與之。益陽劉述陶等來施云，湘敵人據地後尚未大擾。然居其地民衆仍似亡國奴耳。數年抗戰，結果兵潰自亂，雖有盟機炸敵，其如我軍不進何哉。

十九日　陰晴　十二月四日　星期一

早起。飯後至省府取十一月份薪。至師院取研究費竟未得。與葉叔良話別，渠已知新院長快來，院事歸艾毓英代理，以後從此多事矣。國家用如此鉅款培植師資，而光陰輕便過去。學生讀書，下季僅兩月，所獲幾何？四時歸，有情報。晚間有我機盤旋，似往西飛者。黃仲恂來杜宅吃飯，予便陪之，與談一時許而散。九時寢，倦疲甚。

二十日　雨　寒甚　十二月五日　星期二

晏起，倦甚。今日寒極未出門，命僕往城內買醬油等物歸。晚寫復寶衡之函並匯款與之，湊足二千元，郵匯費共六十元。

廿一日　陰　寒　午後雨　十二月六日　星期三

早起。飯後往師院授課。下午四時半回寄廬，候程僕送釘鞋、雨傘乃得回寓。晚閱雜書。今日聞湘、黔戰事最壞。

廿二日　陰　十二月七日　星期四

晏起，倦甚。午後至省府人事處、包宅均略坐。晚閱報，戰況仍如前，貴陽吃緊矣。

廿三日　陰寒　十二月八日　星期五

早起。午後至院授課，四時半歸。晚寫復盧海霞、任岱青函，致謝者也。海霞、岱青均送予紙煙，至今未復者也。

廿四日　陰寒　十二月九日　星期六

早起，閱戰況有好轉，獨山已恢復，八寨、六寨相繼克復云云。午後在師院授課並取得補發研究費。院長葉叔良早已離校，一切皆由艾主任負責云。晚歸早寢。

廿五日　陰寒甚　十二月十日　星期日

晏起。飯後至包宅、省府略詢各事，謂戰事確有好轉。正午至陶季賢、張克宦寓略坐談。二時至舞陽招待所，曹校長與崔女士結婚，予與夢閑、定生均往，送賀禮四百元。傍晚方回寄廬宿。

廿六日　陰寒　十二月十一日　星期一

早起。飯後至院取補研究費。鄭南宣與予似有所說，予約以改日再談。李毓華約鄭便飯，紀廷藻、艾毓英同席，午後二時散去。予至城內買書，詢之兩家無有，至蔡樸周店中略坐。傍晚歸，足力已疲矣。飯後早寢，轉鐘一時有警報，二時聞飛機聲，以天黑予亦未起。

廿七日　陰寒　時有小雨　十二月十二日　星期二

早起，食餅二枚。至軍管區司令部訪黃仲恂，知其往省府矣，與其參謀長喻建章談半時歸。飯後往省府取得補給鹽條，並訪立菴、廖西平，談一小時歸。接胡文卿與袁次璋函。夢閑回寓。

廿八日　陰　寒甚　小雨　十二月十三日　星期三

早起，至師院授課二小時。午後又授二小時，講話多，頗吃力。五時半學生鄂南籍者卅餘人，爲史地系學生張友群青年從軍送行，約予與趙、劉、賈三君吃飯，演說耽延二小時。八時半同程僕歸，途中寒甚，早寢。

廿九日　微雪　小雨寒甚　十二月十四日　星期四

晏起，疲甚。午後自配菜，熬枸杞、當歸膏，耽延三小時乃成。今日寒甚，門外風緊，料他處大雪矣。

十一月

初一日　陰　寒甚　早大霜結冰　十二月十五日　星期五

早起。飯後往師院授課。今日寒甚，閱報，戰爭似趨穩定矣。晚閱文錄並復各處函。

初二日　陰寒　結冰　微雪　夜見星斗
十二月十六日　星期六

晏起。晨微雪，未去上課，風烈奇寒。午後至土橋壩、省府、包宅略坐談，四時半歸。以寒重早睡。

初三日　陰寒　十二月十七日　星期日

羅學生來寓，予未起，附洋帶與遲生去。韓英華來，予仍未起，因渠所談多重復語，予厭聞之也。午正乃起，飯後至洗爵溪。張春霆先生借縣志請客，托該中代辦，菜多食且飽。五時半回寓。

初四日　大霜　嚴寒　晴　十二月十八日　星期一

早起。天氣放晴，囑家人洗曬衣服及蚊帳等等。正飯間，楊昭恕來訪，久約而未見者也。楊號心如，穀城人，清代西路小學畢業，後往北京大學習哲學，於古樂有研究。韓仲祁約今日往參議會，看七弦琴。彼如遲來，予往龍洞相左矣。留便飯，談三小時乃去。午後二時半往軍管區司令部晤黃仲恂，談一時許，便托各事，彼已一一許之。訪邊清辰，談半時。歸途寒甚，到寓已昏黑矣，晚未作事。

初五日　晴　早大霜　寒甚　十二月十九日　星期二

林均中來坐談，予以爲有所求，遂起，已九時矣，留之飯去。午後一時至省府教廳、食糧部等處談各事。四時歸，飯後六時一刻聞警報，七時解除，旋又聞警，八時解除，九時半又有警報，十一時猶未解除也，予遂寢。

初六日　大霜　晴　寒甚　十二月二十日　星期三

早起，至師院授課。午後又授二次，傍晚歸。夜寒甚，寫信二件，閱古文參考各書，十一時寢。

初七日　霜　晴　寒甚　十二月廿一日　星期四

晏起。飯後至省府、土橋壩、食糧部等處，交涉買柴炭等事。晚歸，熬藥膏子，費三小時之乃成。今日有警報二次，黃昏時也。

初八日　霜重　晴　寒甚　今日冬至節　十二月廿二日　星期五

飯後至洗爵溪略坐。午正至教院授課。傍晚歸，復胡文卿、張重心等函，備明日發。重心贈予枸杞約斤許，須謝也。從前在武漢，聞甘枸杞佳，慮藥肆欺人以僞者相與也。

初九日　晴寒　早大霜　十二月廿三日　星期六

早起，至師院授課。午後在新廬吃飯，三時乃歸。晚閱雜書，早寢。

初十日　霜　晴寒　十二月廿四日　星期日

晏起。昨以足冷甚，又時時夢魘足彈動甚。晨疲乏，乃補睡二小時也。飯後爲張文慶、魯國興各寫長條一副。晚飯後覺疲，小睡一時乃起，閱雜文二小時，補作題胡玉齋六十談往詩六首，藉代函復也。

十一日　霜　晴寒甚　十二月廿五日　星期一

早起，倦甚。十一時往省府買米、油條出，赴高運籌先生之約，在管卷室吃飯，同席者賀采庭及民廳白秘書、朱裕璧院長、立菴等十二人。肴多蒸菜魚肉等等，均熱而爛，且有白木耳等物。醉飽後至建廳訪肖峰兄，略談即歸。晚九時半寢，倦疲殊甚，睡恬而安也。

十二日　晴　晚有北風　寒甚　星月大明
　　　十二月廿六日　星期二

晏起，足軟未出門。飯後林均中來談謀事，約一時許去。晚間寒甚，擬作劉曉庶之尊人墓誌，久未秉筆，生疏竟不敢作也。

十三日　陰　寒　十二月廿七日　星期三

早起，至師院授課。午後又授英語系一小時。晚歸，寫復各處函。閱報，今日情況甚好，各地下雪，盟機不時襲日本本土及漢口各重據點，毀其軍事建築云云，如果非虛，豈非快事耶。夢閑今晚歸宿。

十四日　陰　寒甚　十二月廿八日　星期四

晏起。飯後至土橋堋發信、買零件。至圖書館，至省府探閱各事歸。晚飯後以天寒指僵早寢，轉鐘二時聞雨聲。

十五日　陰寒　小雨　微雪　十二月廿九日　星期五

十時起，食麵一大碗，至師院問各事。午後便至縣志館一談，三時歸。飯後擬作劉曉庶之尊人碑文。

十六日　陰寒　十二月卅日　星期六

晏起。師院學生韓鎮東來談半時去。午飯外出至土橋壩買零物，四時半歸。晚寫復孫壽山等函五件。

十七日　陰　晚晴　十二月卅一日　星期日

早起。飯後至洗爵溪寄廬，帶同定生至各處遊覽，午後四時回寓。晚飯後補寫各處未復之函，十一時寢。

十八日　晴　中華民國三十四年元月一日　星期一

早起。飯後至洗爵溪新廬，因今日約任開玉到此吃飯也。開玉明日回鄖縣，托帶《偶憶集》《西遷吟草》《詞鈔》《文鈔》各一册。候至傍晚彼方到，幸今日未約人陪，晚七時半散去。今日新元旦，天氣可喜也。九時至鳳喈館中談一時許歸，宿新廬，寒甚。今日師院有聚餐演戲之舉，予未去。

十九日　陰　元月二日

早起。十時至土橋壩，進城訪黎子玉、佘子祥，遇陶季賢立談數語。午後回寓，今日行路多，疲甚早寢。

二十日　陰　晚小雨　元月三日　星期三

早起。飯後至省府，遇高先生談數語，便至土橋壩購物，便過包寓。午後三時回寓。新年以來無所見，無新聞，戰事亦無特殊情形，主席返施亦無所表示政見。閱報所載文字滯目而已。

廿一日　陰　寒甚　雨　元月四日　星期四

早起。午後往省府買油鹽，□僕愚甚，諸事必人引導不可。午後歸，聞師院已上課，泄泄沓沓，將來新院長到院如何整理耶。用教育部許多金錢，徒令學生荒廢時日，則陳、葉之罪也。

廿二日　陰　元月五日　星期五

早起。午後到院授課，四時半回寓。晚復各處函，寫字條二件，不得意，久未作書，生疏多矣。

廿三日　陰　早寒甚有風　午後微雪　今日小寒節
元月六日　星期六

早起，至院授課。十一時就趙子香處午餐。午後二時半院中開教授會議，解決數事。午後五時方回寓，餒甚，食之過飽又脹甚，老境也。晚補寫日記，九時寢。今日目力似稍好，上月準備學生功課。十一時尚看小字，而課本紙劣，印刷又模糊，致予目幾廢，且不能久瞪也。

廿四日　陰雨奇冷　夜十一時聞大雪子聲數次
元月七日　星期日

早起。飯後以天冷小雨路滑未外出，在室中亦未作事。昨七時因樓上風大，且慮貓外逃也，以箄置樓門口覆之。凳小，予立足未穩墮地上，左手及右足均跌傷，痛甚，乃取三七嚼細吮酒診之。八時遂寢，轉鐘後覺左腕痛甚，不靈便。聞雪子聲甚厲，旋睡熟，夢先父母俱在鄂城舊宅，予請先君買肉歸。記壬子癸丑間，先君每日親入肆購魚肉也。予又向先母問曩日存款，則云在妝臺下第二小盒中，取視則鈔洋無有，僅存小銀元廿餘枚。又夢先姊亦居室中。噫，此半年間未夢親人，今夕跌傷腕足，呼父母而父母至矣，奈之何世有不孝之人哉。

廿五日　雪　平地盈三寸　高山上似已盈尺矣　奇冷
元月八日　星期一

十時起。寒甚，飲酒以三七粉沖之，冀跌傷早愈也。午後劉紹湘來，許以明日來取薦信去，此人機會不好，薦警局、保安處俱無效。

廿六日　陰　奇冷　元月九日　星期二

十時起。飯後寒甚，未出門。連日報載美軍勝利，且可在呂宋登陸矣。太平洋大戰，日美優劣不久必可判定矣。

廿七日　陰寒　元月十日　星期三

九時起。十時飯畢，至省府換油米條子等事，至土橋壩購零物。晚十時寫信二件，十一時寢。補寫日記誤列前後，此廿七日事也。

廿八日　陰　寒甚　微雪　元月十一日　星期四

九時起。張篤周派人來請予，見紅箋首座沈碧舫，共十人，大約其家有喜事。午後二時訪李受多，便托其帶詩詞、文稿各一份至渝交鄧寶與徐若霖者，在其寓談半時出。至曲水洞篤周宅，乃知其兄幹青生日也。幹青年齡小於予而衰象過之。同席者鳳喈、斗山、聘卿、豫生共八人，晚七時席散，回洗爵溪廬宿，今夕更寒。

廿九日　陰寒　元月十二日　星期五

早起。早點後匆匆入城，至錦文筆店略坐談。十時至東門民享社，為本縣青年學生從軍送行。同鄉會先有餘款數千元，就以請同邑從軍學生及各機構挑選職員共十八人。十二時人數到齊，由予與子祥、紫玉三人略作慰勉語。午後二時畢，同拍一照以為紀念。四時回寓，今日走路多，疲甚。

三十日　陰　寒　元月十三日　星期六

早起，至院授課。午後與舒連景、包貢九談各事。取薪不得，院中諸事紛亂，無人負責，汪奠基未到，再過一星期，予逆料其不成景象也。費國家如許金錢，所得效果如此。陳友松、葉叔良兩人實造成此現象。

噫，此真所謂誤人子弟者也。傍晚夢閑歸宿。

臘　　月

初一日　陰寒　元月十四日　星期日

早起。飯後至楊光第寓中晤及朱裕璧，便托各事。至醫學院問任琦瑛近狀，據稱病尚未大愈，其父已寄款來此不少矣，如此住大學六年畢業，不知需錢若干矣。遇陳雨樵與談各事，便至貢九寓商之，值其出，留字出，與陳分手，予回寓。

初二日　晴　寒　午後四時有情報　元月十五日　星期一

九時起，倦甚，足軟未出門，午後二時貢九來談各事，謂不聚餐且看省府對參顧諸人如何辦法。附來陶季賢一函，令予莫名究竟也。賀常、梅先霖來談半時去。今日有情報一次，我機停此者俱飛渝矣。

初三日　大霜　晴寒　元月十六日　星期二

早起。早點後到省府、包宅，轉至高運籌寓中吃飯。午後到師院晤劉亦農、艾毓英等，取得藤椅一把，此馮子恭任職總務時久索不得者也。天下事強者為王，弱者彼輕視之。新來教授均有椅子二把，予教課三年矣，久存客氣，其奈辦總務人多勢利之徒耶。聞汪奠基今晚到施，毓英已派各級級長去城歡迎云。回寓後早寢。

初四日　大霜　晴寒　元月十七日　星期三

晏起。昨睡早致展轉難成一寐。十一時飯畢。午後室中寒甚，室外陽光大，時時出門曝之，寫信二件，為學生改文十篇。十二時寢。

初五日　晴　元月十八日　星期四

晏起。飯後寫信二件。至省府、土橋壩等處購物，至縣志館略坐。

午後三時回寓，晚寒，爲師範學生改文六篇。十一時寢。

初六日　陰寒　元月十九日　星期五

早起，清理各事。飯後爲學生改文至晚，十四篇不費力，僅改少數，加圈點者僅六篇耳。十一時寢。

初七日　陰晴不定　寒　元月二十日　星期六

早起。至省府，至供應處買柴炭，取條子出，帶同老陳挑米。至省立醫院，至楊光第寓中略談。今日行路多，足已疲矣。午後三時回寓，晚飯後爲師院學生改文十篇，頗費力，蓋須改竄三分之二也。白話文女生爲多，平鋪直寫，俗不可耐，幾幾千篇一律濫調，閱之刺目，欲改歟，則近時風氣，白話文俱如此作法，實不能何者爲優何者爲劣也，圈點而已。胡適、周作人輩倡之於先，然當時爲文尚有曲折，或夾以新意，流毒至今。學白話文者，真吾鄉諺語"數蘿蔔下窖"而已。年羹堯曰："不敬先生天誅地滅，誤人子弟男盜女娼。"吾國自五四運動以後，白話文由北京各大學提倡之。現時教育部對各省大學，須給國文課程專選古奧之文言文，矯之過甚，仍有流弊。噫，胡、周諸人將來其入地獄乎。

初八日　陰寒　元月廿一日　星期日

晏起。十一時正飯間舒連景來，留便餐，談師院事，汪奠基尚未到院，三長人選尚未定云云。江炳靈來談甚久去。午後五時爲學生改文十餘篇，至晚十時乃畢。另書分數册誌之，至十二時寢。

初九日　雨陰寒　午後下雪子一次　元月廿二日　星期一

早起，命老程買物，取鹽。取考試紙寫信二件，致石信嘉與佘子祥也。近四日未出門。予以足力不健，身體近日亦不適。明日學院大考，清理試卷，十一時寢。

初十日　陰　時有微雨　元月廿三日　星期二

早起。十一時至師院考學生期考。聞上午學生食稀飯，新院長汪奠基不給款，又見艾毓英布告各事，此中情形一望而知，以後院事恐要鬧大亂矣。下午四時回寓。

十一日　陰寒　微雨時作　元月廿四日　星期三

早起。飯後到城內，途行與熊洗銘遇，正談話間紀廷藻坐轎經過，下轎與予說師範學院事，有調和汪、艾意見意，予厭聞之。與熊急走到城內，晤子祥談片刻，買雜物並六味地黃丸。歸途迭遇學生並艾、盧諸人，聞師範事極複雜。噫，如此好機會，汪真不善處矣。

十二日　陰寒　微雨數次　元月廿五日　星期四

早起。飯畢，帶同程僕往省府買油鹽並購穀米等等，囑其歸。正午予往參議會回看楊必如，彼來予寓廿餘日，尚未回看。便閱其借周季霙琴，予試彈之，手生澀而曲已忘記過半矣。此琴音甚清脆，二面均有牛毛斷紋。回思予之藏琴，倭寇東侵武昌及鄂城住，共失去好琴四張，其中一張潞王琴，為予所甚愛者，不知落於倭寇或流氓之手。今日周琴之音頗與予琴相似也。下午五時半回寓，已昏黑矣。在會中相見者沈碧舫、賀賓王、周菊坡、潘龍霖、段鴻軒，均以師院事相問訊，均太息汪奠基不善處此好環境也。

十三日　陰寒　微雨時作　元月廿六日　星期五

早起。飯後至師院問及本月份薪津，毫無消息。聰明者早已借支或透支矣。予輩愚笨者七八人，竟一元未借，蓋平素以君子之心度人也。晤舒峻山、趙子香、艾毓英得悉，汪、艾意見不甚簡單，各系主任謁汪已二次，艾與汪接談六七次，汪竟未到院回看，並不派與院中諸人答覆。據說驕矜自大殊甚，逆料以後無好結果矣，可為一歎。下午四時回寓，八時寫紅臘箋小長條，補高荷軒續弦時賀禮。彼既送束帖，不能不應酬，題文五行頗有趣。世勢變態多，予亦從俗，翻新花樣而已。

十四日　晴　元月廿七日　星期六

早起，食麵一大碗。十一時至縣志館，十二時王茂先請午餐，同席者縣志館諸君，外客僅春霆、篤周、毓華三位。午後一時至省府理髮、理容。聞陽曆十二月尚有加發底薪一月，所謂節賞者，以前並未一次發，事後又未通知，二科負責人殊爲可惡。今日借得民元五月出版之《革命實見記》，證以予所擬之《歷變記》。辛亥八月十九日夜，工程營放槍確有程鎮瀛，而黨史史料及胡玉齋所引者，必曰熊秉坤使其部下程定國，究竟程定國何人耶？

十五日　陰晴　寒　元月廿八日　星期日

九時起。十時爲任開倫、開玉作畫，率爾操觚，紙粗澀，勉強成蘭石二幅。午後外出一次。晚閱《古文觀止》五六篇，歐陽公《送李寔①序》，深明琴理，知公當日學琴遲，明琴理，説之透闢。幼時未讀此篇，是以忽略耳。

十六日　陰　寒　元月廿九日　星期一

早起。飯後至省府取信數件歸。晚閱古文十篇，作劉曉庶之尊人碑文，屢作屢輟，不能生出意境，奈何。今日爲先君忌日，父殁卅年矣，傷哉。

十七日　陰　寒　元月卅日　星期二

早起。飯後至縣志館略坐。午前二時師院開第一次會議，汪院長所召集也，各教授、講師均到，説話甚長，無非索欠薪、催發元月份薪及

---

① 李寔，當爲"楊寔"。

改良院事而已。午後餒甚，匆匆歸。晚閱雜書，十一時寢。

十八日　陰　元月卅一日　星期三

早起。飯後寫信四件，爲寶衡之匯款三千一百七十元至萬縣，始覺郵匯費尚有六十元未開列。午後三時歸，閱張難先作《辛亥革命知之記》初稿。此老近蘄，文筆修潔，摹仿古人，勝於胡玉齋所編之《六十談往》，本來張之文筆優於胡也。科舉時代沔陽州爲大邑，不易入學，故張終未取得附生資格。嘉魚，小邑也，非文風不甚劣，玉齋自述僅應試一次，後則投入營當新兵，故舊學較差耳。

十九日　陰　二月一日　星期四

早起。飯後至省府探問各事，午後歸。今日閱報，盟軍勝利。太平、呂宋大部登陸。東京、名古屋等處迭遭轟炸。日人前三年施之中國者今日躬自受之，且較彼炸中國之慘數倍。烏呼，孰謂天道不好環哉，聞蘇聯攻德國快到柏林矣。

二十日　陰　寒　子正聞下小雪聲　北風甚緊
　　二月二日　星期五

早起。今日接萬縣函，張文慶稱已匯款，由農民銀行寄予，尚未之見也。晚閱古文，似領略有味。唯年近六十，已不記憶。予壯年厄於環境未多讀古文。中年從政，荒廢甚久，思之赧然耳。

廿一日　早大雪　正午止　放晴　陽光甚烈　四時以後陰寒甚
　　二月三日　星期六

九時起。寒甚，大雪紛飛，平地約厚二寸。十一時半天忽放晴。日光頗烈，積雪化水，真天心之不可測也。至師範開教授會議，取得元月份薪津，係以九折發放者，不知何意。今日會議艾毓英來出席，大約已與汪奠基說妥矣。五時寒甚，予未終席即歸。晚閱《革命實見記》，摘抄要點，此事予於民元四月間能悉記。今日乃抄，勿乃笨拙耶。十一時寢，展轉不寐。

廿二日　陰　寒　結冰　今日立春　二月四日　星期日

八時起。十一時任開倫來，留便飯，以畫付之去。晚閱雜書，又閱《史記》數篇，惲子居文中所指爲屈原、伯夷兩列傳不能增減一字者，因檢出讀之。

廿三日　陰　小雨　寒　二月五日　星期一

早起。飯後至店子坪、省政府，午後歸。今日報載俄人攻入德境，且距柏林不遠矣。吾國境内江西贛州一帶敵已侵入，我軍未能抵抗，逃走而已。

廿四日　陰　微雪　寒甚　二月六日　星期二

早起。飯後至府探聽各事。至師院索欠款無結果，午後歸，寒甚。昨天夢閑歸宿，予囑其明日往看王伯母，已備豬肉、糖果等件。晚寢失眠。

廿五日　陰　微雪　寒甚　二月七日　星期三

早起。飯後至府補取二月份借薪，五千元付價與馮挽瀾，請其代買豬肉、豬油等件。歸時，天已暮矣。報載敵人已得贛州等處，晚寢不成寐。

廿六日　陰　雪　寒甚　二月八日　星期四

早起。飯後與茂先、志純往師院催索薪津，午後歸。晚寫復各處函七件，連夕寢不成寐。心中並無不安之事，身體衰弱之象也。

廿七日　雪　寒甚　晚大雪紛飛　二月九日　星期五

早起。飯後往洗爵溪約茂先、志純等同往師院，催發欠薪，恐一時難成，因寫算人不願去，已支過借過薪津之教授不努力追索，據李鼎輔云，其中大有原因。予鞋已濕，雪大，遂先回。在洗爵溪寓囑劉僕取傘及皮鞋乃回寓，已天黑矣。飯後甚寒，七時大雪盈五寸矣。

廿八日　微雪　奇寒　十時又大雪　二月十日　星期六

早起。今晨未能往師院，寫信與茂先、志純，另寫條要求開教授會議。午後夢閑帶同定生回寓，云教院各事，已過歲闌，教職員薪津均不發放。葉叔良貽害全院師生，而汪奠基又視為非彼任事，互相推諉，負責之艾、劉亦避而不見。孟子所謂無惻隱之心非人，無羞惡之心非人，蓋為此輩人而發也。晚飯未食飽，九時食麵一盂。睡後極不適，雞鳴時腹脹雷鳴，又受寒□寒起，大泄一次，天曙時似睡熟一刻鐘。

廿九日　晴　寒　二月十一日　星期日

早起。命程僕至府取信件，十時其弟來約其回家，予贈以二百元並襪、筷、火柴等等，約值二百元，囑其明年早來。午飯後檢室中各物，清理書籍，佈置桌上諸①，補輟樓板壁上諸紙，頭為之暈，約五小時乃畢。韓英華送橘子來，說話甚長，留其飯，彼又堅不可，乃去矣。連日戰況如何，未閱報不知之。施南機場飛機出發二次，不知往何地助戰也。晚寒甚。

三十日　大雪　奇寒　二月十二日　星期一

早起。大雪紛飛，天氣又轉寒冷。十時半，因師院未發款，予往王茂先處探問。十二時半寫函囑有材持往問艾毓英，予遂帶同定生回寓。四時半略具酒肴祀祖先，僅表儀式而已。西遷以來，此為第七除夕，"抗戰勝利"四字年年存於心而喧於耳。美對倭雖云勝利，佔呂宋後而艦隊尚未進至小笠群島以逼東京、臺灣猶進攻，勝利尚不知何日。至於吾國，

---

①　諸，後疑有脫漏。

倭又進據贛州一帶，内地未淪陷者相繼淪陷。蘇俄與盟軍協攻希特勒，距柏林不遠之報已一星期矣，尚未見柏林攻下，何也？國運、天心、人力三者相關，吾國所希望之勝利，美國也。人力全無，僅持天心、國運耳。晚間借來曹亞伯所著《革命真史》一部，其自述説理甚詳，似不偏倚，民國十九年三月中華書局爲之出版。其年十月予在安慶各書肆中見有售者。其子文錫以一部借予閲之，次年即爲民國政府嚴禁出版，蓋敘事多有過火之處。其實真事實即天下之公論，何必禁之。噫，紫陽直筆難存於後世，天下誰有真是非哉。閲竟廿十餘頁，已十二時矣。轉鐘一時寢，夢閑及定生、家人等俱已早寢，予上床後展轉不寐者一時餘。睡熟夢避飛機於大廟中，未幾，空戰甚烈，予出視天空，不知懼也，又見包貢九、夏秋舫等，極離奇複雜。

民國三十四年（1945年）乙酉日記

乙酉年正月小建戊寅
初一日癸丑木觜閉元旦
積雪滿山，枝頭小鳥時時鳴春而已。

予讀朱子書，觀其上孝宗諸封事，及與陳同甫往復書，力持□天人之界、王伯義利之辨，每爲之愀然變容，洒然易慮，曠然發蒙覆而躋千仞之上也。烏乎，古今之變，生死之故，不可勝窮。然而天地則有位矣，日月則有度矣，星辰則有行矣。是理也確乎其不可變者也，浩乎其無際者也，先聖後聖其揆一也。予嘗讀《論語》而得之曰，自古皆有死，民無信不立。一言而天人之幾決矣。孟子述孔者也，曰行一不義，殺一不幸而得天下，不爲也。一言而王伯義利之辨明矣。彭尺木讀《朱子語》、惲子居與舒白香書云然，於近世文人病痛，多能言之。其最粗者如袁中郎等，乃卑薄派，聰明交遊客能之。徐文長等乃瑣異派，風狂才子能之。艾千子等乃描摹派，佔畢小儒能之。侯朝宗、魏叔子進乎此矣，然搶掊氣重。歸熙甫、汪苕文、方靈皋進乎此矣，然袍袖氣重。能捽脫此數家，則掉臂遊行，另有蹊徑，亦不妨仍落此數家。不染習氣者，入習氣亦不染。即禪宗入魔法也。

乙酉正月朔日上午十時開筆後錄此。

峙山山人　朱繼昌

正　月

初一日　陰　寒甚　午後四時見陽光　晚見星斗
二月十三日　星期二　癸丑木豬閉

九時起。早點後朱賢守、朱翰崑、賀佰民等先後來拜年，談甚久去，午後同居、林、周諸人來，坐未久去。研墨開筆，寫朱箋數十行。定兒亦用紅箋寫，開筆十餘字，寫詩一首，抄惲子居文二篇。去年元旦有試筆詩一律，又作畫一幀，今年無此興趣。晚閱亞伯所著《真史》，信乎有可傳者。十一時寢。

初二日　晨四時又大雪　午後時時飛雪時見陽光晚微雪　寒甚
二月十四日　星期三

八時起。瓦上地上大雪盈三寸，知昨夕轉鐘後又下雪矣。早點後姜伯周、舒峻山、劉榮焌、柳東川、余程鵬先後來拜年，談甚久去，留峻山在此午餐。晚甚寒，飯後閱雜書，記昨夕之夢，更奇離可笑，逃警報、在某宅吃酒二事尚憶及之，精神衰弱如此。今日龍詩樵、李亞東、王繼武均來拜年。

初三日　雪　寒甚　晚見星斗　二月十五日　星期四

九時起。包貢九來坐談半時即去。飯後萬隆焜自郵局來，攜有臘魚四尾，又五峰玉露茶一斤，物佳價昂。吾不知其去臘底自五峰調施也。別已五年，又見晤於此，快慰之至。此生甚講舊道德，不忘師弟之禮，前四年迭寄銀魚、墨魚等物並一次匯款寄予。予尚無以報之，留便飯。姜昌培來此與同飲，五時方別去。今日邊清辰、邱正文、張閱基三生來拜年，亦坐甚久去。晚間至王繼武寓中坐談二小時乃歸。今夕子正，先祖母忌日也，寓中未能舉行，憶往事愴然。

初四日　晴　二月十六日　星期五

早起。飯後楊時來拜年，談謀調工作。任開倫、琦瑛同來。晚間閱曹著革命史，其取材豐富，其事實有外人所未知者，其他記辛亥事，予所未知者甚多，如段子衡日記，述其於日知會案入獄及轉獄之事甚詳，予摘要抄之。至十一時寢。

初五日　陰晴　寒　二月十七日　星期六

早起。飯後與夢閑帶同定生至溫泉溝王伯彥家看王伯母，年八十一矣。去冬屢言去而未去者，在其寓吃飯耽擱甚久。翻山至清魚潭李小波、陳國芑寓晚餐。以時間促，陳、李堅留予宿。汪敬五來云，明日徐惠軒必到其家，有許多語相聞者。惠軒七年未晤，予須與見面也。晚宿國芑寓，夢閑、定生宿小波寓，擾擾半夜，未能安枕。

初六日　陰　寒　二月十八日　星期日

六時半即起，陳宅早點。十一時便訪紀廷藻。遇鄭君，云鄭子玉尚存，教書年得四萬元，有餘積，戴泳森尚存，困苦甚。午後一時汪敬五約過其寓，與徐惠軒見面，並晤其戚熊某，韓仲祁亦在座，食麵一盂。其寓今日延客，因久候汪奠基不能開席。予以天色恐晚，與夢閑決意回寓。便過萬隆焜住宅，未晤匆匆行，回寓已黃昏矣。足疲氣喘，晚後小睡一時再起，補寫日記。今日遇陳豫生，謂張春霆先生明日下午一時請予及師院同仁便飯云云。

初七日　陰寒　時有小雨　二月十九日　星期一

早起。來客數次。飯後清理案上各件。連日招待來此拜年及坐談者，真覺麻煩，客居於此，百事不便。連日欲看書則目倦思臥矣。正午往張先生寓，商議擔任功課諸事，約一時。午後開席，酒肴精美，同席舒峻山、貢九、翔鳳、豫生、先正、公量、啟鈞諸人。午後二時回寓。

初八日　陰寒　二月二十日　星期二

早起。飯後清理各事。午後至省府、民廳、土橋垻、店子坪等處，答拜曾來拜年諸人，此真無聊之事。予今年初七以前並未至府，劉、王諸人更不便與往還，既非彼等所轄，不得自貶爲屬員地位，聞尚有過於自貶者，爲王、劉拜年也。晚閱雜書，十一時寢。

初九日　陰寒　二月廿一日　星期三

晏起。午後外出一次，以室中鬱鬱難過，而天氣未晴一日，如此氣候真非吾輩所宜，殆朱子所謂晦盲否塞者也。晚十一時寢。

初十日　陰　二月廿二日　星期四

早起，寫復各處函件。胡文卿匯來之三千元亦取回，此人尚有良心，以視鄧寶輩，似尚對予過得去矣。去臘底，張文慶匯一千元與予吃肉，文卿亦如此說。胡爲同姓，張爲外姓。以視撫養成人，飲食、教誨四十年，爲之授室，如外甥艾厚訓其人者，不知何以尚生存於天地間也。

十一日　陰寒　二月廿三日　星期五

早起。飯後外出一次。今日來客數次。午後寫信復各處。連日客來，自己外出，一旬內並未看書寫字，紛紛擾擾，奈之何哉。抗戰七年矣，近一旬間閱報，似美國可勝倭歟。然觀其最後可也。晚疲甚，早寢。

十二日　陰　時有小雨　午後四時轉晴　晚見月光　二月廿四日　星期六

早起。飯後往無線電臺訪邊清辰未遇。至軍管區晤喻建章談半時，爲宋濟賢證明書事也。午後回寓，準備明日請三一學生陳國芑等六人，因前在陳、李處厚擾一日，須還席也。閱報美軍迭有勝利，對日本已處處進逼矣。晚間屢欲提筆，爲劉曉庶之尊人作碑文，以倦中止。

十三日　晴燥　晚有月色　二月廿五日　星期日

早起。昨日準備菜肴，俱以辦好，候有才來取。予往貢九寓，以春霆先生昨日語告之，彼極不快，談片刻，即往肖峰處，約其明日與泮香、砥中同到新寓。匆匆回洗爵溪，午後一時，九徑、曉波、永喜、兆麟、敬五、國芑因事不能到，徐惠軒、隆焜到後即開席。今日僅惠軒爲外客，餘皆學生也。酒肴甚豐，主賓亦盡歡而散。傍晚間玩龍燈者甚多，鄉民無知，流氓藉此斂財，有何可樂耶。八時至志純、豫生處坐談。十時寢。

十四日　晴燥　晚月色佳　二十六日　星期一

早起，回寓清撿酒菰及雜物，自帶洗爵溪寓。韓鎮東來談半時，與同出到寓，而泮香、肖峰兩同學已先至矣。囑夢閑即備數肴，加火趕辦諸菜。譚君訥、張春霆先生已來，蔣立厂、高運籌及志純、豫生俱至。午後一時半開席，石砥中以瘧疾不能行，未至，三時半席散。今日菜多，已夠吃。四時往府取得四函，便至包貢九寓回信，彼已至江漢子矣，候半時與詳談各事回寓。今日天燥，目朦頭疼，行路又多，疲甚早寢。

十五日　晴燥　晚曇無月　二十七日　星期二

早起。今日計畫辦理各事，而早飯竟自炊，令人心煩。十一時帶同定生往府探問各事，後至包宅，與貢九說師範學院事，其中曲折多，彼似嘔氣，予勸之。彼好勝而多疑，前去兩年，予曾與說各事，彼竟不信，真諱疾忌醫者。閱報盟軍勝利，倭京受創。昨日盟機一千六百架炸東京，報紙向來鋪張，或許有五六百架炸東京，未可知也。然昔之日寇施於吾華者，今日美國酬之於彼，其慘狀或較吾國從前所受者尤有過之，孰謂天道不好環哉。傍晚方歸，飯後疲甚，小睡一時許。十時再寢，天氣驟熱似有雨。

十六日　早七時小雨　九時大雨如注　聞雷聲
二月廿八日　星期三

夜過子，夢閑刺刺不休，予恨之。四時遂起，大罵之。自燒水洗面，吃飯畢，欲往城内再往楊心如處。行半里，大雨已來，至省府附近，大雨如注，衣履俱濕，幸有傘，惟着長袍不易行耳。在府與高、王、劉、丁諸人談甚久，命僕歸取釘鞋。予至包貢九寓，遇師院學生七人在包宅，彼堅留予共飲，此時雷雨大作，又不能往他處，飲酒多，頭暈甚。貢九與學生説話多重複，予勸止者再。學生均成人，聽話、懂情理。噫，天下事不能就一己臆斷也。三時雨止，歸後即寢。六時再起，自炊食飽。看書一時許寢，夜已過子矣。

十七日　早大霧　聞雷聲三次　午後小雨　三月一日　星期四

七時起。大霧，室内外濕氣極重。午後寫信四件。晚寫復李範一、孟嘯鶴等函，至十一時寢。

十八日　雨　三月二日　星期五

早起。飯畢已十時，帶同遲生至省府取油鹽，便打各處電話。午後至饒校文處未晤，與述吾説以公謙饒聘卿事，訪陶季賢亦説此事，未晤，留字出。回至省府電話約韓英華，告以所托諸事也。

十九日　陰　三月三日　星期六

早起。飯後至府。正午至師院先晤張先生及豫生、貢九、志純。午後二時開教授會議約二小時，各系功課變更，國文鐘點不相連。予與註册組争論頗嘔氣，嗣尹聘伊、李先正均謂部章大學國文鐘點不得相連，蓋附和註册組爲有理由也。予索取部章閲，則彼二人語塞。噫，人情勢利如此哉。五時歸。

二十日　雨　晚寒　夜轉鐘聞雨聲大作
三月四日　星期日

九時起。韓英華來，又述彼之瑣碎事不休。陳慶復來，因便留飯。午後四時半曹德修、袁浩然同來談甚久，並答復韓英華事也。韓年老，性瑣碎，不為人所喜。

廿一日　雨　三月五日　星期一

九時起。飯畢，十時至院上課。路滑風寒，初次上課不能不冒寒前往，冀新院長必有一番振作或刷新也。至則休息室已遷至九教室隔壁破屋中，僅包貢九一人在此，予與談片刻。寒甚。破室中除一長凳一桌外，餘無他物，所謂功課表、茶水、粉條俱無之。嘻，異哉。坐一刻鐘，乃一工役至，持來小鐘相示，已十一時半。蓋催予等回去，謂無學生不上課也。予乃至辦公廳會汪奠基問數事，彼當面答復，尚無模棱語，予疑信參半，蓋慮其變也。遂與包君同出，途遇至純，立談數語。歸寓寒甚，晚飯後早寢。

廿二日　雨　寒　三月六日　星期二

早起。飯後韓英華來談片刻去。予至院授課，途中聞下午吹號聲，自視時計，尚差一點鐘。到堂後，學生僅十餘人，黑版倒置未挂，疲癃殘疾之狀難看，與學生談半時許歸。途中細思，不知師院何以糟至此也。過縣志館，回志純一信。四時半歸，晚閱唐詩十餘首。

廿三日　晴　三月七日　星期三

早起。寫信二件寄胡森等。正午往師院授課，十三教室地污穢，學生寥寥，黑板仍未挂起。據學生云，總務推訓導處，無人購繩懸之，開課三日仍如此，寧非怪事。嘻，誰之責歟。四時回寓，晚閱曹編《革命記》，多真實材料，可欽佩也。明日擬不上課。

廿四日　晴　三月八日　星期四

早起。天晴，人意稍慰。飯後往教育廳，晤辛南傑、張傳道、金□仲三人談甚久，三人皆予己未在武昌師範中學同時教課者也。張、金係新來，與談話較多。便遇張翮，欲予仍爲之上山清書，予拒絕之。便晤錢雲階，似與渠住黨訓時貌不像，談片刻歸。今日買得柴炭票，歸時已黃昏矣。

廿五日　晴　三月九日　星期五

早起。飯後清理各事。十一時至縣志館，聞建始劉石逸之姪媳已來施，未與予晤。便訪沈碧舫談片刻，師院情形太壞，似難望振作矣。省參議會驅走葉叔良，未來希望如此，則非沈、胡、周等所逆料也。傍晚歸，杜子敬來談甚久去。欲秉筆爲文，以心緒煩亂中止，乃靜坐默思，連日言語，均係與小人爭氣，雖勝不武，有何益處，以後宜戒之，宜重戒之。年近六旬，西遷以來，四年前日困於公牘，兼以七事之累，無時不在愁窘中，近三年稍安矣，何用嘔氣爲？假使今春盟軍大勝，夏間倭寇東逃，予回武漢，尚不失爲小康之家，敎子讀書以娛晚景，補過中著稗史記，辛亥以後迄寇滅止，憲政清明，則予之職志也。十一時半寢。

廿六日　陰寒　三月十日　星期六

九時起，疲倦殊甚，足軟異常，老象也。昨夢閑回寓，今晨返廬，云建始劉石逸送物帶信來，予囑其返廬辦早餐也。十時天沈暗欲雨，濕氣已生室中，此次竟連晴三天矣。予到施後身體大不如前，從前居宜昌，雖在深山，與此地景況殊異，晴雨僅稍異於鄂東，此地真所謂天無三日晴，地無三尺平者，不知清代同、光間何以亦出文人名宦也。午後閱《辛亥革命記》，曹敘事最詳，彼爾時未在鄂，不知其編書時何以得材料之豐也。前年聞張難先云，彼之材料必係吳兆麟後來撿拾以給者，不然何以如此之詳耶。二時半喬淑子來談半時去。晚仍閱曹編之書，明日須還志純，符前言也。寢後鼠多，嚼物聲可厭，難成寐。

廿七日　陰寒　夜小雨　三月十一日　星期日

早起，補抄辛亥起義時各重要事實。韓英華來，似又欲言，予托詞拒之。十一時至洗爵溪寓，請顧女士吃飯，得曉庶函，並贈予陰米五斤，火腿一隻，其母之碑文尚未做起，殊可愧也。石逸亦帶腊腿一隻，茶葉一斤。午後一時半至篤周家，為饒聘卿餞行。前日以六百元份金交篤周辦素菜，予與沈碧舫七人為之倡，開席時則有四桌，因陳康民外客又添三桌，公餞也。聘卿為人好，故為餞者多其人，雖世家而無官僚惡習也。六時歸寓。

廿八日　陰　夜雨　三月十二日　星期一

早起。飯後清理書案，兩桌中舊紙換去，重新裱糊一過。將各書整理一次，頭為之暈。午後崔冠侯來談甚久，約予明日再至鐵廠清理圖書館書籍，謂係周杰囑其來商者，予拒絕之。四時送之出，便至土橋垻，途遇周杰，仍瑣碎述清書事，予峻詞拒絕。至貢九寓談片刻即歸，天已黑矣。

廿九日　陰　晚小雨　三月十三日　星期二

四時醒，展轉不寐，遂起挑燈寫三信，分指致季明、文卿、智仙，囑帶各物也。天明吃飯畢，擬至師範告知紹湘各事，忽心煩頭暈，遂脫去皮袍，仍蓋被，臥即睡熟，約一時許起。老程攜歸三函：一、廣緯答予問各事；二、易泮香謂予交條吳升堂保留胡森事；三、函得知劉菊坡於年冬月廿三日在渝病故，何雪竹、孔文軒等十六人為之發起追悼會也。五年來迭聞菊坡到渝數年，神經受刺激甚深，始則其愛女死，繼正妻范氏亡，再則其妾席捲諸物而逃，後又與其僕在渝市正式結婚。前年王哲自渝歸，述僕結婚時尚要菊坡證婚，如此焉得不魔且瘋哉。去冬李受多返施述各事，亦可憐矣。菊坡四為魯、皖省府秘書長，三為皖民政廳長，一為司法廳長，回鄂後曾為第三區專員，駐蘄春時，予兩過其署。彼自清光緒丙午與予同學，繼則稱莫逆交。湖堂張肖鵠與予同室，菊坡由義齋半年，又撥入仁齋兩月，因排周、王兩校監被除名，在秘密革命時負盛名，不能說於黨國無功也。徒以態度近輕浮，待友亦欠誠實是其所短。噫，今竟以神經錯亂而死，誠可惜也。菊坡生光緒癸未九月十四日，其生辰在鄂、在皖予曾被邀歡聚，具載乙丑、庚午兩年日記中，查其年僅六十二歲。其子振群在渝任國防前高會議秘書，容當作函唁之，附來素箋一頁，大約囑予爲挽章者。晚雨又作，室內濕氣大起，轉入春季頗難受矣。此月廿九日，僅晴八天，陰九天，餘爲雨雪。

二 月

初一日　陰　小雨　三月十四日　星期三

早起，清理書案，賀伯名來談種圃事，留便飯去。孔子所謂吾不如老圃者，今則以學圃爲急圖矣。午後一時張昊、陳同庚、朱榮照、韓鎮東、李卓然先後來，係予函約其商組織藝術研究會事也。去秋迭與張承禎、喬淑子言之，師院予住室中整理清潔，自刷粉牆者，爲懸書畫等件也。李卓然則爲閱予日記而來，李自云彼亦日記，因日前彼來寓，值予出，懼失信，今特約之。喬淑子於飯竣時方到，另囑家人具食。商議簡章起草，並開各系能詩書畫者數人書之，談笑至晚方散去。九時閱雜書，十一時寢，夜夢包貢九，似與閒談者。

初二日　陰　小雨　晚大雨達旦　三月十五日　星期四

早起，疲倦甚。足軟未出門，且泥滑難行也。今日原欲送函請黃仲恂蓋印，只好命僕送往。晚閱《清文鈔》摘三首，明日送府印之，發給英語系、國文系學生，此等文明潔易學，不知教部所頒對大學何以選諸不適用、不合程度之文也。十一時寢，夢曾振瀛及眷居孔廟內破廬中。

初三日　陰　午後三時似有陽光　三月十六日　星期五

早起。飯後趙雨泉來送羊豬腿各一小隻，留之午餐去。今日田姓在予寓前百步搭一台，演施南劇三齣，聞花去萬餘元。此地老百姓發國難財者不止田、張二家已也，田今春贏寶十餘萬元，去歲坐獲桃子、菜園之利卅餘萬元，近三年來已成富戶矣。公務員窮如乞丐。吁，抗戰七年，富者若干，當局如不設法救濟，恐公務員之程度愈低，人格愈墮落。省府西遷後二年，勤務升辦事員，司事者僅百分之十，近兩年間司事升科員、股長，勤務升科員者已十分之一，彼等為避兵役而來，其享權利如此，兵役焉能徹底。公務員日與若輩伍，真有難處者矣。此殆所謂平等歟？然階級可以扯為平等，恐知識不能平等也。

初四日　陰寒　晚下雪子一陣　十二時以後大雷雨達旦　三月十七日　星期六

早起。飯後外出，因昨晚杜子敬來托，為人談選舉事也。先至楊宅候寓坐片刻，次至醫學院交字畫四張與任琦瑛，彼去冬所要求且謂從軍時須以一套給其妹璿瑛者，送以一千元補川資，彼決計不受。至建廳訪張百熙，詢以沈友銘住址。至教廳，值錢雲階開會，打電話與石信嘉，謂其已在公館，杜托事竟未得達也。至貢九寓，彼出言似不得意。至省府會各人不值，因劉榮焌正召集各員聽講。買得油鹽支票以歸，何時能得米兌現，則不得而知。政府當局前三年對各職員之供給尚能兌現，去春已大異，今日說話則不可靠矣，公務員之福利如是如是。

初五日　陰　寒甚　三月十八日　星期日

九時起。飯後邊清辰來談，云安臨時電話事。早晨鄂南同鄉會通知至民享社開會，仍劉叔模列前名，聞上次發起彼實未到，今乃為競選國民代表事又欲一染指耶。且大雨路滑，予亦決不往城內也。晚間食餅三枚，左額又發痛，心煩不適早寢，多奇離之夢。

初六日　陰　晚大雨達旦　三月十九日　星期一

九時起，左額痛已愈。飯後至師範學院授課，到時尚早，至紹湘寓，聞陳康民圓滑甚，世事人情固如此也，亦何足怪。今日授課二次，説話吃力，歸途疲勞甚。晚間參考各書，目倦至不能瞠，十一時寢。

初七日　雨　寒甚　三月二十日　星期二

早，聞雨聲，欲不起，但昨對學生云今日國文系必上課，頭暈甚，九時半乃起。飯後至縣志館，便約志純同往授課。在休息室填一名字，係銓敍部、教部來文徵集備用教授也。午後一時上課，三時回寓。泥滑天寒，着釘鞋極以爲苦。飯後小睡一時許，再起補寫日記。

初八日　陰寒　晚八時雨　自是大雨達旦
三月廿一日　星期三

八時半起。飯後帶同程僕至省府買油鹽、肥皂等物。訪姜文山、包貢九，便至教廳晤金后仲，途遇崔冠侯、周杰。便訪黃文卿、黃建中，並晤及姚忠浩，云久患失眠，吟詩之過也，一夕因作詩覓句在床上滾下，遂至中風，今醫治數月，尚未大愈云云。今日行路多，足軟甚，回寓竟目朦欲睡，乃强支持。飯畢與子敬通電話一次，答其所托。但今日又途遇林逸聖，所托亦與面言之矣。八時半寒風乍起，山雨又來，此境地、此氣候真爲吾儕所難受者，大抵鄂東、鄂南人來此居住者，除足力以行山稍健外，其餘無不多病者。參考明日上課國文各書，至十二時半寢，多雜夢。

初九日　雨終日　夜雨達旦　三月廿二日　星期四

九時起。飯後以雨中行路艱難，未到院。午後寫復各處函，中有久積未復者，寫至晚十一時半止，計寄鄂城洪英，陽邏周淬成，四川孟廣緯、顔任光、孟迪甫、孟廣瀛，昆明黃幼松、陳子穀，宣恩羅年鳳、周鵬程，建始李伯華、本地陶季賢、李範一、梅先霖、尹聘伊等十五封，大約寫二千字以上矣，十二時畢。寢後多雜夢。

初十日　陰寒　三月廿三日　星期五

九時起。飯後往省府，便至包宅晤貢九。午後至城內郵局晤劉九經、胡石松等。訪子祥未遇。訪子玉，彼時客多，皆競選人之轎夫也。城中物價高昂，兼之施南行政大會快開，各區競選人亦來此投票，人數大增，物價之漲宜矣。回寓晚飯後疲甚，十時參考上課各書，十一時寢，多夢。

十一日　陰寒　午後四時略見陽光　晚有月
　　　三月廿四日　星期六

九時起。飯後至省府得悉鄂北吃緊，敵人已攻入宜城等處。鄂中荊門又遭敵擊，情勢危險，專員奉電來施開會已折回矣。鄂南已爲共黨佔去，鄂東又爲共黨包圍。據報洪湖共黨已有數萬，徐向前、賀龍仍爲首領。吾鄂全境僅此鄂西數縣無事，而競選國民代表者仍如狂風驟雨之不可遏。噫，異哉，所謂黨員，所謂政治權利而已矣。"商女不知亡國恨，隔江猶唱後庭花"，何必陳隋耶。四時半回寓，途遇陳次宗，所談各事及近時參議會、省銀行弊端百出。議會不能代表民意，仗正義説直話，反與貪污者聯成一氣，又批評劉菊坡生前劣點，均對症語。到寓後疲甚，飯後閲文學一類書三小時。今日午前龍詩樵派人取去字四件，畫四件，去備展覽會之用。予因前日已許之，不能拒之也。十二時寢。

十二日　陰　午後三時見陽光半時許　四時半雨　夜有月色
　　　三月廿五日　星期日

八時起。賀伯名送藥粉三種來，朱榮熙來，併留早飯。客去後，予帶同定生至城內教育館觀所謂展覽會者，與去春施南開檢討大會時太遜。一因時期促，龍詩樵對於藝術無研究，故所集不多；二因館址地點太小，布置亦不得法，字畫佳者甚少，且懸挂亦不得法。更有不善書之某某，倩人代書蓋章懸之，有何意義？欲以此會博名耶，則此地人士及客居於此者無不知之，焉用冒名爲哉。四時回洗爵溪，萬隆焜引四教會人來奉看。李振聲號鳴琴，荆門人，餘爲李等，談半時去。今日乘汽車至中正橋，自東門渡河歸，疲甚。五時雨，遂同夢閑、定生回寓。飯後小睡一時再起，準備功課至十一時半寢，展轉不寐。

十三日　晴　晚月色佳　三月廿六日　星期一

三時半醒，聞飛機聲甚厲，自左邊高空過去，不知是否敵機也。天曙欲起，以倦疲不能起，又睡至九時半方起。十時飯畢，至洗爵溪縣志館略坐。到師院上課，講韓愈《答李翊書》。五時歸，聞老河口電臺已通報矣，前三日不知下落，大概敵人猛進，我軍又敗退矣。晚參考雜書，十一時寢，展轉不寐，鼻涕橫流，傷風已一日。此時天氣招呼不易，今日行路出汗後受寒矣。跳蚤吮人致不成寐。今日吳羽仙送來陰米六斤。

十四日　晴　晚月色大佳　三月廿七日　星期二

三時半又聞飛機聲過上空。九時半起，傷風症未愈，涕淚交流，極以爲苦。予身之弱原不自今日起，惟西遷七年以氣候不適，致時時染此疾，疾之發必三數日而愈，從前在武昌有時服藥，今則聽之而已。午後至師院授課，傍晚歸。報載及予所聞者，豫南、南臺等處已爲敵據，鄂北自宜城失後老河口、襄陽正吃緊，而南漳之武安堰刻亦爲敵攻入。各處民衆聞一時疏散不及，其亡傷損失可以推測矣。今日報載美軍已在琉球登陸，此本好消息，敵國受威脅吃緊矣。而吾國內地着着失敗，且被敵攻入心腹，奈何。晚八時有警報，未幾一機飛過高空，見紅燈三，或亦我機之誤會歟。九時蛙聲大作，月下見桃芯已紅，且快開矣。清明節近，予來此地已六度聽蛙，桃花六次開放，思之悵然。

十五日　晴熱　晚有月色　三月廿八日　星期三

早起。飯後至縣志館略坐，至師院坐未久即上課。自視時計，下午一時尚差三刻。院中鐘點向來不準，遲早聽司號者任意，而當局向來不管此事，其他類是。三時半回新寓，餒甚，小睡半時起，吃飯又似飽矣，蓋先則餒而行路疲矣。五時回寓，沿途見桃花乍放，寓旁左右櫻花盛開白花，夭桃開淡紅花，可愛。設前星期不連雨生寒，此時桃花已謝矣。物之得運正與人生同，所謂運有遲早也。今晨聞老河口已失，鄂北行署已逃至均縣之草店，南漳之武安堰已被敵佔而後焚燒，河南南陽一帶早爲敵有，此際已陷於萬分危險之狀。又聞人民逃命者極紊亂，死傷尤多，蓋敵來甚猛，微論人民，即軍隊亦逃奔不及，吁，可慨哉。

十六日　陰晴不定　晚有月色　三月廿九日　星期四

早起，至省府買米，無人負責，謂二科人員俱往幹訓團，準備開大會去矣。去年大會議案未執行一二，又開大會胡爲者。回寓吃飯，周菊材來奉看，談片刻，因予欲趕場，遂同出至七里坪，見肆中百物俱漲價，紅糖每斤三百元，劣藍布名中正呢者每尺三百元，鄂北緊急，商人又得增價機會。紙煙每根十元，去年城內開大會時紙煙每根佳者不及一元，今則加九倍矣。聞南漳縣敵已佔據，且燒殺甚。吾軍之不能抵抗可知矣。寫信五件，寄宋濟賢證明書一件，明日均發出。十一時半寢，多夢。

十七日　晴燥　晚月色不佳　三月卅日　星期五

早起，昨睡似甚恬。飯後至省府取信件，並自往郵局送信，便晤貢九，談數語即出。蕭中榮來信，正月七日發，二月十六日到，四十天，此次尚快，亦未遭檢查，內附詩四首，如檢查，此函送不到矣。中榮今年廿四歲，詩有進步，中述鬢有二毛，亦可知其環境不佳也。爲劉紹湘事訪楊光第，問之今日鄂北消息，愈不佳，局勢可危。晚十一時一刻聞警報，自是緊急緊報作矣，予目疲遂寐，亦不知解除與否也。

十八日　晴燥　三月卅一日　星期六

早起。至省府買得三月份米票，並無米，可發油鹽，亦不能取，聞俱往城內幹訓團辦理大會諸事去矣。予出，便訪笠庵談片刻。回寓，飯後再往省銀行會朱敬、魏學芬，並至縣志館略坐，聞志純云已決議合餞傅逸麈、趙志垚往渝，定四月二號下午。云今日鄂北情況不佳，報載各事已露出馬腳矣。十二時寢，一時半有拍門送公事來者，三時半大雨如注。

十九日　早大雨　八時半雨止　十一時放晴　熱
四月一日　星期日

　　昨晚預定今晨八時入城，參加行政大會典禮，三時聞雨聲大作，屋漏如篩。八時半起，寫信三件，命程僕送城內。十二時半程歸，攜有永喜回信，云殷子衡昨已到福音堂，明日方回方家壩云。予原擬今日上午九時與子衡晤見，因西遷七載彼此未見面，原欲詳詢日知會始末也，得此信換衣往城內訪之，與見於秦宅。再至譚會長質臣家，談二時許，就其家晚餐。歸至洗爵溪，黃昏矣，囑有才持燈送予回寓。今日行路約十八里，疲甚，欲閱書報，目沈沈欲睡矣。

二十日　晴熱　四月二日　星期一

　　早起。飯後寫二函，昨接王茂先自渝來信，謂中央對公教人員又加薪一次，重慶加三十五倍，湖北省級加廿倍，自三月一日實行，唯物價飛漲，所加終不能趕上所漲也。正午至師院上課，十三教室欲倒，正在打點拆牆，用木襯等事。此屋原來修造極劣，蓋言明臨時用者，今則上重下輕，地質又鬆，幸發見早乃修理，然終必倒塌，僅時間問題而已，遂未上課。與張、舒諸先生略談，李柏華不來施，明日當搬其室中居住。晚十時寢，疲甚，夢閑已回寓。

廿一日　陰　午後晴燥甚　晚大風似有黃沙
四月三日　星期二

　　夢閑早起，帶程僕送鋪板至師院，欲居李伯華退房，未成。僕歸云已爲王某佔去，蓋昨晚十時急遷也。王爲黃陂人，與李同鄉，以故伯華不復予函，蓋已願意讓王也，人情勢利，可畏如此哉。十時予起，十一時飯畢往授課。教室尚未整好，學生亦不願意上課，明日又放春假，予遂與夢閑同入城，因劉桂軒約予與夢閑至東門民享社晚餐也。同席周、魯、周寶善等六七湘人。晚歸洗爵溪草廬，風厲氣候轉寒，着棉衣矣。此地氣候劇變如此，午後着單衣猶熱，真乖氣者也。在縣志館談二時許回寓寢。

廿二日　雨　寒甚　今日寒食　四月四日　星期三

三時聞雨聲大作，十二時予始起。飯畢問志純，知豫生已往財廳守候趙治垚、傅逸麈，爲餞行事，公讌地點在土橋壩雅春。前日包貢九、豫生已代予列名矣，今日不能不去。與張春老、志純三人行，大雨中衣履俱濕。細思此事有何意義，送往非予輩義務，何致效屬吏恭維上官耶。在雅春酒館久候趙未至，春老倡議留二菜候趙，乃以傅逸麈爲主客。五時三刻趙始來，談半時許即走。予回寓已昏黑矣，足軟身疲早寢。

廿三日　小雨　今日清明節　晚大風寒甚
十時三刻下雪子一陣　四月五日　星期四

早起。天氣甚寒，着棉衣。飯後帶同程僕至七里坪趕場，物價有漲無①矣，買黃豆及小菜回家。熊洗銘呼予至其寓，知其已改業做生意，聞月獲利頗厚，飲食極佳，以其所得勝公務員十倍，且無禮節拘束之，亦不伏案辦稿也。據說年逾五十四，在公事場中每爲冒充青年之公務員所厭棄。吁，朱懷冰年逾五十，每援引輕浮年少，屏絕年老者，然自問非老耶？蓋其所抱之政策如是，不能不違心說話以博當局歡愛耳。四時回寓，晚九時寫條，命僕明晨到城買各物，十一時寢。

廿四日　陰　寒　四月六日　星期五

早起。飯後進城一次，欲祭祖，具遙祭之禮亦未備也。連日俗事又

---

① 無，後疑闕"跌"字。

多，殊爲可厭。鄂北戰事愈緊，聞穀城早失，南漳失後敵有進窺保康之狀。晚間無心閱書，回憶離鄉來此七年矣，清明尤多感觸也。

廿五日　陰　寒甚　午後四時似有晴意　四月七日　星期六

早省府送信來，係請予今日在大會聚餐。九時劉石逸同曾□□來，已帶香薑半斤，物不佳，留之飯去，談甚久。正午至師範，因今日教授會議例會，所議無甚結果，欠薪及部補助何時討得則不得而知，且每次出席均爲張、李及予七八人，點者終靜以待之不出席，蓋有款來領，不得少若輩一元，無則彼等省出席說廢話也。四時到城內，大會尚未畢，七時半乃得晚餐，菜冷飯硬，真悔此來也。飯畢觀劇，真無心注視，未終局即出，與友財同回。今日行路足軟，頗吃苦。途中細思清明遙祭祖宗亦未具，明日爲先母忌日，寓中近三年亦未略具供禮，愧煞孝思二字。到寓後坐一小時寢，設回江漢寓，則足不能達矣。

廿六日　早雨一時許止　以後陰寒如昨　四月八日　星期日

七時起，未洗臉即回江漢子寓，以早雨路滑着布鞋難行，到後一時早飯。命程僕往城內再購蠟燭、豆豉等物，近月物價隔日即漲故也。聞戰況仍不佳。午後四時乃攜香燭、錢紙至前面墳山空地，插香燭望東山遙祭鄂城祖宗及先父母各墓。今日爲先母逝世十二年忌日，併祭於此。舉目望雲，親舍在東，真所謂望空三拜耳。回思舊事，涕淚欲落也。燒紙較去歲多，以事雜心煩未寫包袱，尤心所難安，立半時回寓。晚間韓英華來，瑣瑣碎語，予不欲聞之，催其早去。今午王宇澄來談甚久，曾留便飯去，彼送予黑煙一盒，約八十支，惜予不嗜此也，緩日必另請渠吃飯一次。

廿七日　陰　晚見星斗　四月九日　星期一

八時起。十時至縣志館略坐。十一時至院，在舒峻山處談半時。午後上課二次。四時再過志館，問志純各事。教育爲清高事業，而教授之卑鄙齷齪者，師院竟大有人在，吁，可慨哉。晚歸飯畢，靜坐一時許，十一時寢。今晚腹泄二次，且漲痛，或係前夕在幹訓團飯菜俱冷，十時歸途受寒歟。轉鐘後夢奇離，似省府印信已換大，且篆文爲專制時代語。

廿八日　晴熱　四月十日　星期二

早起，至省府補購米票。至郵局匯款二千四百六十元與竇衡之，除匯費及扣雜用只有此數也。訪王宇澄未晤，約其與蔣、魯、吳、周諸人明日來寓吃便飯也，囑夢閑回寓辦菜。今日行路多，足疲甚。

廿九日　陰　四月十一日　星期三

早起，清理内室，整理書案。飯，至鄉公所爲劉紹湘取得身分證並打路單。今日七里坪場上各物又漲價一次，雞蛋前場十一元，今日十四元矣，餘物俱飛漲。予自廿九年到此，初次趕場，以各物比較，最少數漲五六百倍，現至二千倍以上，以後如何可推測也。無物可買，遂回寓。午後四時周印澄、吳羽仙、王宇澄、馮挽瀾、龍智仙先後來此久候，魯堅、蔣銘未至，馮稱魯、蔣必到也。天已黑，遂開席，先來者餒甚。凡人請客，不來必以函辭，既許而令他客久候，於人情爲不恕矣，七時半散去。十時半寢，多雜夢。

三　月

初一日　陰曇　四月十二日　星期四

早起，頭暈。連日腹泄，臟氣不舒。飯後往院授課，午後四時半回寓。今日遇賣鴨蛋者，買九十枚，每枚十五元。前十日購得雞蛋百卅枚，每枚十一元。近旬物價暴①，兩次買雞鴨蛋之數，在抗戰前武漢可買一

---

① 暴，後疑有闕字。

二棟好房屋矣，以後物價可預測之。傍晚崔吉六同胡鄉長瑤卿來寓，留便飯去。

初二日　陰晴不定　四月十三日　星期五

早起。飯後擬作文、作詩俱未就。心煩意亂，心中直無主宰，又似心虛，連日腹泄亦未愈。晚間又擬爲文，以精力疲倦遂止。寢後多夢，雞鳴時又夢甚怪，似予大病已在垂危時也，心明朗，自謂此時已死耶，但有最痛苦關頭尚未見臨。因思人欲死時心雖誠，去萬念，諸事已成空矣。因念佛曰"南無阿彌陀佛"約三四句，遂漸復生矣。醒時天未曙，此夢似有一小時許，歷歷憶及之，真奇夢也。

初三日　陰　夜轉鐘後雷雨大作　四月十四日　星期六

九時起，倦甚，足軟甚。今日場期，飯後帶僕往七里坪趕場。物價又漲四分之一，如上次買黃豆每升二百八十元，今日三百四十元，尚不及前日豆子之佳也。予每遲疑作事，每料及之而不作，是予之最短處。細思類似此者不下十餘次，何其無毅力也。午後十一時至曲水洞張宅，赴上巳之約。始聞昨晚美大總統羅斯福已死矣，今晨各機關下半旗誌哀云云。抗戰近三年來，中國幫助完全恃羅斯福，設彼英俄之待中國，吾國早已瓦解土崩矣，尚能支持到今耶？又聞敵兵在鄂北者，除南漳尚在戰鬥外，餘均退往豫邊，我軍遂以收復電來報。長官部及省府今日與會，除新添張昭麟字聖知。者外，餘均舊友，四時半開席，五時分韻後予遂回寓，足軟甚痛。

初四日　雨　午後晴　晚見星斗　四月十五日　星期日

四時聞雷雨聲大作，九時起。午後天氣轉晴，此時氣候之壞，近三年始變態如此，予初到恩施無此情狀也，此致病之源也。今日未出門，晚閱雜書。八時起決意爲劉曉庶之母作碑文，文思忽轉順利，竟成之矣，並潤色前作其父碑文畢，又作李長青傳，成前一段。予近兩年凡事畏難，作文提筆即倦而欲睡，今夕乃變前態，或亦冥冥中有助之者歟，至十二時半乃寢。

初五日　陰　午後四時晴　四月十六日　星期一

早起。飯後至省府換包穀及米條子，朱祐廷來一電，請王洪達代翻出，知其求縣長不得又欲兼田糧處長矣。此人何發官迷如此，予久勸之而竟不信，何也？至師院考英語系學生國文。午後四時至官坡卅八號龔秉誠處，取得陳季明托帶之腊魚一尾，重二斤，又花生仁已炒熟者重二斤四兩。季明因巴東無車，奉令來施開會，已折回宜昌矣。予得龔與季明函，親往取之者，胡文卿則屢云帶魚及青布，竟未見來，此真無辦法之人也。晚自辦菜並函約劉石逸明日來寓便飯。十二時半乃寢。

初六日　早小雨　陰小雨時作　午後有晴意　轉鐘後大雨如注　四月十七日　星期二

早起。飯畢至七里坪趕場，買得綠豆一升，價四百廿元，黃豆每升三百六十元，尚不能購得，較之正月間加二倍矣，以後必高漲至不可計及矣。正午至師院考國文系國文，四時半回寓。七時高啟圭、劉石逸同來，談一時許別去。十一時寢，轉鐘後雷雨大作，起來接漏，窗外雨水作吼聲，擾擾一時半乃已。

初七日　早大雨　十時晴日當空　正午後又大雨如注　四月十八日　星期三

七時大雨如注，九時起。十時天放晴，予亦未至院授課，慮天又變也。正午大雨如注，四時又有晴意。此地如鄂東之五月天氣，近三年來乃如此，迭詢土著，均云前六十年間無此氣候，亦奇事矣。古所謂風調雨順者未及見之，此真所謂乖氣致異耳。午後思往事，鑒現時情形，又思及亡室孟夫人，平昔待予之賢淑，能體予心思，同居武昌，無時不順意者。心煩甚，飲酒三杯，頹甚。飯後遂睡至黃昏時方醒，寫信與胡文卿、陳季明，備明日發出。十一時半寢，轉鐘後多奇怪之夢。

初八日　陰雨　四月十九日　星期四

早起。飯後帶同程僕往省，途中遇大雨，予遂回寓，心煩甚。今日已到府前不遠折回，途中遇湯之望，云張文運已由法院判處死刑，報章已宣佈矣。甚哉，橫暴貪污、枉殺壓抑鄉民，眾怒之下，其何能逃刑哉。報載鄂北敵人已退湖南，益陽等處又吃緊矣。晚間抑鬱甚，腹泄亦未愈，寢後多夢。

初九日　陰　小雨時作　晚見月光　四月二十日　星期五

早起。飯後又與程僕至府買油米，均無有，合作社現時辦事不力，而秘書處易人，大半湘籍，更不負責，此殆所謂每下愈況耳。噫！中國政治即如此一例也。至城內會蔡樸周，遇許伯邁，請開一方，途遇立庵，至其寓亦開一方，兩人治病不同，無怪近年醫家無準則。許、蔣均儒醫多年，讀書多見，理亦透，而軒輊如此，則渝萬大埠及施南城懸牌業醫諸熟人，予尚憶及彼等抗戰時始看醫書，今竟大行其道，獲鉅以致富者何也。勿乃醫者缺乏，供不應求歟？可為浩歎。傍晚回寓，晚十時腹仍泄，十一時寢。

初十日　雨　午後陰　晚雨
四月廿一日　星期六

早起。飯後寫衡之、文卿、石逸三函，寄石逸三千元，托買各物。午後至師範開教授會議，今日到者多，時間亦稍準，蓋已先通知蓋章向教部索欠薪也。平時不出席今日皆到，甚哉，錢之動人如此。何前數次無責任心歟？四時散會回寓。晚間大便燥結，脫肛劇痛二小時乃已。老年人不強又多病，腳抽筋，連夕如此，兼之此地氣候雨濕甚重，真非老人所宜。噫！日日望我軍收復失地，敵人東逃。一月前報章所載。以無眼光者觀敵之敗，似在最短期間，乃事實相反如此，可見報章所載均不可信。

夜慮睡不熟，至十二時半乃寢。

十一日　雨　終日小雨不斷　四月廿二日　星期日

九時半起。劉莊祥來寓，予細詢鄉間及別後諸事、鄂東情形。莊祥去臘月十八自鄂東行署動身，係送學生三百餘人往萬縣從軍者也，留之飯，談三小時乃去。莊祥爲伯陽之弟，在黃岡任內予送往牯嶺受訓者也。彼有岳武穆墨刻《出師表》八幅，木刻翻印者，刻拓俱劣，南陽木筷一把，此人有禮，計此二物亦需二百元左右，在從前一二元夠矣。晚仍雨，室內濕氣重。今年自正月朔至今已過七十日矣，而晴者僅十七天，尚非整日晴也。是春季已過四分之三，其情形與去春同。麥、菜收穫逆料無好結果。晚鬱甚，飲酒一大杯，至十二時寢。

十二日　陰寒　午後三時有轉晴意　四月廿三日　星期一

早起。飯畢至省府坐片刻，帶僕取米穀不得。午後至城內，托劉九經匯洋三千元至建始劉石逸。訪佘子祥談片刻；出至品真館照二寸半身像，予已留鬚四閱月，下鬚盡白，照此爲一紀念，寄鄧婿及玉女一閱。晚歸疲甚，飯畢小睡一時再起，寫信二件，清理各事，十二時方寢。

十三日　早陰午後晴　晚有月色　四月廿四日　星期二

早起。飯後至省府晤劉榮燉，面托各事。至會計處訪闞會計長，說韓英華事。正午至師院授課，爲國文、英語二系合班，告以等韻之法，連續二小時未下課。四時回洗爵廬吃飯，五時半歸，十二時寢。

十四日　晴　晚月色大明　四月廿五日　星期三

早起。飯後至師範授課，與英語、國文兩系講等韻畢，便教以雙聲、疊韻、反切三名詞，並舉例相示，此諸生前次所請授者也。交詩詞殘頁四十五份分與之，人數多，僅以今日到堂者領之。又講作詩淺法，似領悟者多。四時歸，六時韓英華來告以會計處各事去。十時寫信三件。

十五日　晴燥　午後陰　月光大明　四月廿六日　星期四

早起。午後往師院授課，以詩詞零頁給學生，上堂上者約五十餘人，未來者不夠分配也。四時半回寓，晚間寫信三件，十一時半寢，疲甚。

十六日　晴　熱如盛夏　晚無月似有雨　四月廿七日　星期五

早起。飯後往省銀行，托魏學芬買白藍青三種官布，青藍每尺二百元，較去年今日漲價三倍矣，各買十六尺，去價九千一百廿元。往審計處會魯魯山談二小時，以先君石印墨跡請其題一小敘。魯山請予作畫條一、小聯一，前已許之，今日不能拒也。惟傅逸麈爲趙純如乞寫送別圖則予所未許，當時爲趙餞行係還席。趙於春初曾請予吃飯一次，而陳豫生、包貢九必欲予爲之，以實當時餞座時見好於趙之意，則非予所心願也。魯山去年中秋曾盛筵請予者也，其人能書能做，以視趙何如哉。晚歸寫詩稿並信件，十一時寢。

十七日　大雨　晚雨達旦　四月廿八日　星期六

早起，因大雨未出門。飯後仍雨，以取所購之布在中正橋配售，所須親往。程僕昨已回家，無人代取也。便至省府取得三月份中央發來補薪十五成，計每月共加數六千九百元。以後月可增加六千九百元收入，惟近時物價陡數倍，須加薪於事無多裨益，然勝於未加也。今日着釘鞋，持桿傘、皮包，又帶回布匹、肥皂等件，極重，行路泥深且滑，汗出如瀋，真以爲苦矣。晚十一時寢，寢後極不適，足軟甚，睡熟後雜夢極多。

十八日　大雨　午後雨至晚方止　十時以後又雨
四月廿九日　星期日

六時醒，疲甚，足酸痛不欲起。韓英華八時來坐，說各事，予不欲聞其瑣碎語，亦未起答之，韓去。自是睡至下午一時起，向來無此晏起之時也。牆外穢氣大起，室內濕氣奇重，此種景況實有難受者。吾輩少小即住有樓地板之房屋，尚且時染濕病，今來施七年餘，無怪老時疲且病也。午夢中似在籍見張肖鵠、陳邦某爭選舉，又見易泮香及舊同學等。心煩意冷，連日又惡卑污之友朋，而五衷時起忿恚，故多雜夢。二時食稀飯二小碗，三時疲甚，又和衣睡至晚七時起，寫復各處函，至十二時寢。

十九日　大雨終日　夜雨達旦　四月卅日　星期一

早起。飯後至省府代寶先生領四月份薪，王漢西請寫屏一塊，謝南山請寫屏條各一。彼等有所求，不應之不可，每月領款有許多方便之處。歸途衣履俱濕，晚寫信六件，至十一時半寢。

二十日　陰　午後四時有晴意　五月一日　星期二

早起。清出紙煙十二包、橡皮西裝帶一根、鋼筆尖二枚、小兒驚風丸三大顆，請其托人代售出，留之無益也。訪劉九經取回匯款條據，至配售所提省行代買之青斜紋青市布，均未提得。據黃主任云，布色太差，容緩三日，彼爲予選擇之，並介紹林漢如、姚天榮二君相見，謂以後如不能晤彼，可與林、姚二人交涉之。林，武昌人，姚，本地人。今日行路多，足爲釘鞋所夾，極難行，途遇阮仲賢，立談片刻。今日午後二時授課，課畢渡河，河水急如箭，頗危險，勞勞終日，真不知所謂矣。吁，勝利何時？使吾曹回武漢住一安閑地耶。到寓疲甚，飯後未作事。

廿一日　晴　五月二日　星期三

早起。飯後至省府買油鹽，便晤王秘書長，此爲第二次見面也，談填表事，並略告以予前之資格。正午至師院考英語系月課。今日閱報，德國完全崩潰，柏林已被俄人佔領，且出布告安民矣。慕尼黑被英美軍佔領，舊金山四十六國會議，將以最後通牒令日本無條件投降，否則群起對日宣戰。消息如此之佳，然歟？否歟？姑聽之，觀其後耳。晚欲寫信，以倦而止。觀時計已十二時矣，遂寢。

廿二日　晴熱　五月三日　星期四

早起。飯後到院已十二時矣。午後一時考國文系學生國文，四時半回寓。今日報載，希特勒已戰死，其事雖載如此之詳，然尚待證實也。晚寫信四件寢。

廿三日　晴熱甚　夜小雨，暴風一時許即散
五月四日　星期五

早起。至省府領取四月份薪，聞各科秘書，中央來令，薦任三級以上者均加辦公費三千元，三級以下減半。此次加薪多，物價飛漲，加之數終趕不上漲之數也。午後回寓，熱甚，晚寫復各處函，至十二時寢。今日至城又往七里坪趕場一次，劉莊祥來談甚久，留之便飯去。

廿四日　陰　夜轉鐘時聞雨聲　五月五日　星期六

九時起，疲甚，足軟腰痛。飯後命遲生至城取相片，照法欠明朗，而鉛筆填紅均不佳，但肖甚。鬚髮俱白，望之七十翁也。予去臘留鬚至今，長僅寸餘，莖莖皆白。此片欲寄本籍周滓成，特留此老狀以寄之誌慨也。又命遲生取回所購布三種。晚間清理案上各事，十一時寢。

廿五日　大雨至暮　夜雨達旦　五月六日
星期日　今日立夏

早起。雨大，昨魯魯山請客，今日欲不去，須作函致謝，而程僕未來，只好於飯後竟去，着皮鞋，路滑甚，行一時半乃到。大雨如注，幸攜大傘，尚不吃虧。十一時到，與魯山坐談甚久。張聖知係新客，餘均熟人，碧舫、逸塵、伯熙、薦周，聞未到者爲春廷、敏生、勉之，均爲雨阻。菜肴精美，酒極佳，二時開席。予於三時半與百照先出，恐雨愈大也，到寓已四時半矣。傍晚食麵餅，晚雨不止，增人愁悶，十二時方寢。

廿六日　晴　熱甚　五月七日　星期一

早起。飯後至省府，聞有號外，謂德國無條件投降俄、英、美三國矣。德國暴戾，窮兵黷武，六年間佔領歐洲十餘國，今乃如此結局耶。德、意、日所謂軸心國家，今已亡其二矣，大道惡盈，可畏哉。午後在師院上課，四時回寓，熱不可耐，昨日着棉，今朝衣單如暑期。此地氣候之乖異如此，令人難受。晚十一時寢。

廿七日　晴熱甚　五月八日　星期二

早起。飯後至師範授課。閱報知德國之敗已徵實，希特勒確戰死矣。一説爲俄軍炮彈擊死，黷武之首領何曾有善終歟！墨索里尼爲意人所殺，所謂黑衣社，所謂國社黨可以鑒矣。美總統羅斯福恰死於前一旬，惜未之見。然則倭國之天皇及主張侵略吾國之軍閥尚存者，或亦時間問題耳。顧氏所謂天道好環，蓋中國有必生之理也。晚閱書至十一時半寢。

廿八日　晴　熱甚　五月九日　星期三

早起。飯後至省府探問各事。正午至院授課，四時回寓。熱甚，晚十一時寢。

廿九日　早陰　十一時大風　寒　午後大雨　寒甚
　　　　五月十日　星期四

早起。九時崔冠侯來談二小時，留便飯去。十一時至七里坪趕場，未買得合勢食用之物。至省行請朱敬代買白土布二匹，較之去年價高三倍，每尺云八十元，較之前四年高七十八倍矣。囑老向買油及打柴條子，均未就，公家作事如此，遑問公務員福利哉。晚間更寒，又著棉衣，如此特異氣候，殊可怪也。

三十日　陰　五月十一日　星期五

九時起，清理案上積件，欲還清省圖書館書籍，一一檢出，將案上掃清一切不需要物件，心目爲之一爽。午後李少白來談甚久，留之便飯去。晚間杜子敬、林壽同同來看書，坐一時許乃去。晚間清理各事，欲作上巳詩，以心緒煩亂遂止。閱雜書，至十二時寢。

四　　月

初一日　晴熱　五月十二日　星期六

早起。飯後至省府取補成薪水四百份所未發者也。聞開某會，有各縣在施機關職員來府，予遂參加，始知重慶善後救濟總署，催各淪陷區代表填各該縣戰後損失情形。開會報名約半時，質詢約半時。予遂出，至郵局撥四百元，請陳國芑還紀延藻。便與包貢九談片刻，彼又欲發起參顧開會聚餐云云，予不贊成。彼去冬不聽予言致中人計，尚欲惹一頓麻煩耶。三時半歸，晚寢，鼠嚼物聲，跳蚤吮人，起數次，致不安枕。

初二日　晴　熱甚　晚大風　五月十三日　星期日

早起。飯後填昨日發來之表已畢，至洗爵溪草廬，便至縣志館談近事。傍晚歸，欲謄寫劉曉庶父母碑銘，以倦中止，明日當補之。

初三日　晴　熱甚　五月十四日　星期一

早起，至省府欲取包穀歸，發畢竟無所得矣。歸寓吃飯畢，正午往院授課一小時，即往圖書室開訓導會議。此爲汪奠基接事後第一次會議也。報告討論三小時，無甚結果。予回洗爵溪寓吃飯，五時半歸寓。今日劉莊祥、汪成炳同來，坐談一時去。

初四日　晴　熱甚　今日聞有寒暑表者云八十二度　五月十五日　星期二

早起。飯後未去授課，在寓寫小聯、屏條等件，約四小時。手已軟，字亦不佳。久未臨池，真所謂筆墨生疏矣，五時半疲甚遂止。晚間杜、林二君來談甚久去，予亦未作事。十一時寢後，跳蚤吮人，至不能寐，起坐數次。

初五日　晴　熱甚　五月十六日　星期三

早未起，包貢九來呼予，予疑其有重要事，彼數月未過寓也。問之，知其昨日上午在院與黎翔鳳爭鬧，幾用武矣，留之便飯去。午後一時至院授課，三時往大禮堂開會。汪奠基前日通知全院教職員六十餘人齊集，天熱如蒸，三長及一主任發言，爲募捐修校舍事，予等前未之聞也。演說至三小時無甚結果，與會者饑渴疲甚，既無點心，而開水起油臭，茶葉浮而不沈。設非貢九今日相逼，予決不到會。歸途疲而難行，至草廬食稀飯二碗，心慌稍止。噫！此種人不通世故如此，徒唱高調無益也。

初六日　晴　熱甚如伏　五月十七日　星期四

早起。飯後帶同程僕至府取得胡文卿函並匯款，又帶往省圖書館還書約卅餘種，取回借據毀之。午後回寓，汗出濕衣。此地熱則赤膊，雨則棉衣，真不成氣候也。晚間閱雜書，十一時寢。

初七日　晴　熱如伏　五月十八日　星期五

八時起，倦甚，以足軟未出門，囑家人曬各物。飯後小睡二時方起，晚仍熱，補寫日記，寫信三件，並復朱祐廷、蕭液垓等電。寢後跳蚤多，不安枕。

初八日　早陰　午後陣雨三次　晚似轉晴
五月十九日　星期六

八時起，今日擬出門，天沈黑，慮有雨，午後大雨數次，遂未出。四時轉晴意，韓英華來談片刻去。晚寢不適，轉鐘後大雷雨，予起接屋漏二次。

初九日　大雨如注自二時半起至今日三時止
五月二十日　星期日

晏起。吃飯視錶，已十一時半矣。大雨如注，門外渠水聲急。各田間聞水聲如瀑，栽秧須雨，或爲豐年之兆歟？午後三時雨乃止。毛壽鶴來述各事，省府秘書處近來不愜人意之事甚多，自朱懷冰不重湖北人及鄂人，群起貶懷冰後，以至演成如此現局，可慨也。晚清理文稿，將劉曉庶所請爲其父母撰碑文文稿重謄一遍，明日改正寄去。兩文俱有片段可取，以意新而近於古文也。飲美酒三杯，十二時寢。

初十日　陰晴不定　五月廿一日　星期一

早起。程僕病似重，不能食。午正往師院授課，四時歸。飯後謄寫劉曉庶之父母碑文已成矣，晚十一時寢。

十一日　早大風雨　午後三時晴　晚月清朗
五月廿二日　星期二

早起。程僕病仍重，命人送至醫院治之。正午至師院授課，四時歸。今日報載新選中委有朱懷冰、郭懺，候補中委則吳國楨、彭善、羅貢華諸人。國難未已，爭選舉者必欲得之，使諸人以競選之心思、才力禦外侮，何患不勝利耶？殊可歎矣。晚間程僕病仍未減，而其家亦未派人來接，殊爲焦灼。十二時寢。

十二日　晴　晚月色大佳　五月廿三日　星期三

早起，無水煮米亦無茶喝，予怨氣。出門往省銀行會朱敬渠，買餅八十元食之。劉有才連日不來挑水，予囑朱敬與之一言，遂至師院授課。午後三時在縣志館略坐，談片時至新廬吃飯。今日嘔氣，不能食。傍晚歸，聞程僕之父已來接其回鄉矣。昨今兩日共付九百元，內子尚留五百元未付，予準備付二千元與之。此人以後不能用，時時回家，茲來不及四日，揣其心理非回家不可。十二時半寢。

十三日　早雨一陣　午後陰　五月廿四日　星期四

早起。飯後至城訪汪成炳、曾同仲未遇。訪李曉波、萬隆坤、劉九經於郵局新屋樓上辦公廳，人數多然井井有條理，予與李等談片刻即出。訪劉自安，云益陽、桃花江等地均爲敵人佔據，並取舒塘近日來信示予。訪楊顧安，談片刻，始知胡成雨所談各語均不可信，且囑予防其人。余子祥之新婦即胡作媒所成者也。予説話每不顧忌，致爲人所刺探以去，甚或作爲播弄工具。噫，趙子鄉其前車矣。傍晚歸，足力已疲。飯後邊清辰來談甚久去。

十四日　早大雨　午後晴　五月廿五日　星期五

六時醒，聞大雨聲。今早原定到府買油鹽者，予思雨路難行，遂又睡，九時半方起。飯後清理案上各物。午後晴，往省府購物。晚歸，寫信三件，十二時寢。

十五日　晴　晚月色佳　五月廿六日　星期六

早起。飯後至衛生處回看李亞雄，談片刻，知胡文卿托鄭平五所帶腊魚肉等物，平五實未帶施，因李與鄭同自太平溪首途，並未提及帶魚肉之事。甚矣，人心之叵測如此。彼答復文卿，謂已托施南友人交予矣。晤楊光第，談一時許。晤王一鷗，述鄂東新四軍、共黨在該縣改變政策事。傍晚歸，飯後寫復各處函，至十二時寢。自今日起，所書某時係照提前一時之鐘點。

十六日　晴燥　五月廿七日　星期日

早起。八時師院學生裴耘、丁人金、邱正元、江樹森、石玉珩先後來談，此即師範所謂導師導生制，令學生來寓，請益考察其思想行爲者也。予辦理教育先後十七年，眼見制度愈新，時時巧立名目，於教育有何益哉？尤異者，所指導有九名予並不認識者，今日亦未來寓。吳越號錫珪，前三一中學學生。及林均中亦同來寓有話説，如是，留便飯去。晚間疲甚，爲學生改文僅三篇，遂寢。

十七日　晴　五月廿八日　星期一

昨夕跳蚤多，寢不安。早起再睡，十時方起。此地環境予深恨之，真所謂寢饋難安也。飯畢，匆匆出門至師院授課，行至洗爵溪，遇麻城學生張樹五，云今日下午二時爲教育系學生劉泉久開追悼會，已停課致祭云云，予遂折往省府購得穀米條子歸。飯後小睡二時許，晚間補寫日記。

十八日　晴熱　五月廿九日　星期二

早起。飯後至院授課，午後四時歸。連日報載戰事甚好，倭寇不久必敗亡矣。晚寫信二件，爲學生改文至十二時寢。

十九日　晴熱　五月卅日　星期三

早起，趕場一次。午後至師院授課。晚寫信三件。今日報載各事，倭寇已到末路，今秋必敗矣。

二十日　晴熱　五月卅一日　星期四

早起。飯後至師院授課，午後四時回寓。連日天晴，田中秧乏水養，已呈萎象。天無三日晴，今晴數日又望雨。此地田疇無塘堰蓄水之處，故水車不適用，完全靠天吃飯者也。前年天乾致成荒歉，而不謀人力之補救，可爲浩歎。恩施人只圖眼前利益，不顧將來者也。

二十一日　晴　熱甚　六月一日　星期五

早起，清理各事。飯後爲魯魯山、崔冠侯作畫，至下午四時未竣，目力差，不耐久坐。晚間寫信二件，催建始來人，竟已許月餘未至者也。

廿二日　晴　熱甚　六月二日　星期六

早起。飯後往圖書館略坐，往城內送詩稿二册與葛芝岩，去秋已許，竟未與者也。聞曹蕙村本年三月十三日在渝中風死，事前尚思打牌，與友人閑談，夜間呼心中難過，二小時即卒，此無病痛，真修行善終者也。蕙村為人平和，年已逾六十，二子俱得力，且在渝送終云云。又聞其僕劉某去年亦在施病故，劉為人誠實，在省府充傳達半年，北方人。噫！人生危如朝露。受抗戰之害，客死者正不知多少矣。至錦文筆店略坐，取得買墨款歸。回寓飯後疲甚。今日談君訒先生之子結婚，送洋五百元。予未參加典禮，僅與談先生數言即出，客多，招待所地小，熱不可耐也。晚間疲甚早寢。

廿三日　晴　熱甚　六月三日　星期日

早起，至七里坪趕場，買肉不得。與熊洗銘談半時許，彼對戰事、政治均樂觀，謂中秋前後可回武漢云云。午飯後傅康屏、韓英華來談甚久去。今日補作畫件仍未成功，晚十一時寢。

廿四日　晴　熱如伏　六月四日　星期一

早起。飯後往省府送電報，請王宏逵代譯。知府中分配白布，以未帶摺子未能買得。至師院授課一小時，開教授會議，出席者甚少，住院者不出席，蓋欲坐享其成者也。人心之壞，至近年而極矣。天熱甚，予未終會即回至新廬，餒甚，吃飯一碗。小睡一時回寓，又睡二時許，晚仍疲，十一時寢。

廿五日　晴　熱甚　六月五日　星期二

早起。飯後熱甚。予連日足軟，行路艱難，上山坡則汗出如瀋，氣喘不止。今日院中有課，未能去授。午後寫復各處函，身疲，午睡一小時。晚為學生改文至十一時寢。

廿六日　晴　熱如伏　六月六日　星期三

早起。飯後至師院授課。午後在新廬吃飯，休息，疲甚，小睡。施南氣候久晴熱甚，久雨寒甚，極不適吾輩。今晴燥已十二天矣，田中水乾，秧枯欲死，旱災似已成矣。前聞省府人云，近時已將此地人情諺語變爲"天無三日晴，地無三尺平，人無三分情"。謂此地人唯利是視，不講人情也。原句爲"人無三分銀"，平時多貧苦，今則此地農、工、商土著至少者亦腰纏十萬矣，而上等經商或組織公司以網利，如茶、煤、糧食、布匹之商家無不千萬元。昔時教育不到鄂西，今則恩施男女無不受大、中學教育者，天予之機也。晚飯後爲學生改文，兩系俱畢。謄寫分數，俾明日上課發給之。十二時寢。

廿七日　晴　熱甚　六月七日　星期四

早起。飯後往院授課，途中遇鄂城新到施學生王鈞鼎、王壽生二人，攜有鄭宇平來函，便詢知鄂城縣長魏伯珍，已逃至黃州三里畈行署附近居住。彼二人走一月零四天到施求學，途中所遇無非搶劫之類。似軍隊着制服持槍者，所帶衣物均細細分去，美其名曰護送彼等也。囑二人先尋同鄉會登記，並告以佘子祥、劉叔模地點，即往報告一切，暫籌善後而去。至院授課畢，約學生葉鍾炎等八人談話，此即訓導處劃歸予爲所謂導生者。予未教彼等功課，且素不認識，而院長必欲該生等認予爲導師，真怪事也。四時半回新廬，足不能提，熱不可耐，衣褲俱汗濕透矣。噫！此真所謂要飯吃者，在武漢亦無此怪學校，即有此等事發現，予早已辭職矣。傍晚歸，疲極，小睡，八時再起，補寫各件，十二時半乃寢。

廿八日　晴　熱甚　六月八日　星期五

早起。飯後清理各事，十一時午睡至下午一時半起。連日行路多，説話講書多，疲乏已久，睡至二小時未醒，可證身體之勞也。昨得蕭液垓、孟嘯鶴鄂東行署來電，稱鄂城縣長魏伯珍已逃至鄂東行署附近，其情形蓋新四軍已佔領行政地點，行使政權矣。近聞武漢人來云，亦以共黨勢力漸漸集於武漢附近，敵人一退，彼即先收復失地，有其人民矣。噫！國民黨之宣傳不如彼佔便宜也。前聞黃安人來施云，新四軍改變其從前態度，對民衆一意柔撫，此更可得人心也。晚閱雜書，十一時半寢。

廿九日　晴　極熱　六月九日　星期六

早起。飯後整理未印詩詞稿，屬於《偶憶集》者十餘首，則從前自序中所謂三百五十二首者又不止矣。予前三年所默出者僅二百餘首，去春續默百餘首，共三百十餘，續又增爲三百五十二首，予之腦力總算與平凡人異也。原稿六百餘首，倘再竭力記之，必可得四百首矣。程松年師年六十時，自云記憶力大差，年七十記憶力消失大半，以故七十二三，所爲詩歌簡直不成句語，蓋心力已罄歟？程年八十一歲卒，後三年臥病床褥，殊爲可憐，幸其子媳均孝，爲時所重云。寓中連日葵花盛開，門前石榴樹三年前爲蟲蛀，半枯死，屋主斫去三分之二，此不得活之理也。此樹今春突呈生氣，枝葉伸長極速，一星期前竟發苞開花四五朵，近日則開至十餘朵，天之生物其不可測如此，奇哉，因感觸並記之。十二時寢。

五　月

初一日　晴　極熱　六月十日　星期日

早起。飯後極熱，連日畏熱未出門。十時至寓外，見蜀葵開紫色花，予西來已見葵開七度矣。記兒稚事殊多感觸，光緒戊戌從程師讀，端午前四日見太平橋一帶居屋破牆人家，紅葵可愛，師之園中亦有盛開之葵，端午爲師拜節，予着一藍條時花袷褲，顧盼自喜，師母盛夫人視予猶子，期望異他學生。予時年僅十二，能寫小楷，讀書亦慧。民國以來，予從政黃安、蒲圻，筦権荆沙，師母尚見之。對葵花而動幼稚時讀書事，見紅榴開復憶及予之生日，忽忽近六十矣。國難未平，作流寓之人，受多少罪，於鄂西嘔多少氣於政學界。思乙亥五月八日，宋濟賢、蕭液垓、方緒吉、明敬安、李毓菜爲予書壽序，蕭液垓爲予作壽言。其時晴川、三一、大冶、鄂城、一師範學生在省城漢口者廿餘人，爲予舉行稱觴禮，頗稱一時之盛。而政學同事諸友如范寄滄、馮藝林輩或長於予者，亦有卅餘人到省寓讌集，尚有黃陵磯、蔡甸兩商會來賓數人。是日天氣熱，有陣雨。寓中分次過松筵十餘桌。轉瞬十年，豈料西遷至此尚未回武漢耶。默祝太平，明年五月當在武昌，或可請學生輩爲予作寫六十壽言也。今晚熱如伏，聞鮑先生云醫院寒暑表連日已逾九十度以上，氣候之變如此，而此間旱象已呈，奈何！

初二日　晴　熱極　陣雨一次　晚沈悶
六月十一日　星期一

早起。飯後以天熱亦未到院，僅至省府訪問各事，午後四時回寓。晚間寫信二件，連日感觸多，心煩甚，寢後夢多且雜，腦筋受激刺與神經衰弱象徵也。孟夫人謝世已十二年，平時對予相敬如賓，一切家事予從未過問，及外間諸事支持，彼亦當家大半，從未使予嘔閒氣增煩惱也。連月思之，潸然淚下。噫！使其能踐再生重合之言，則彼降生已十二歲矣。晚寢不安。

初三日　雨數次　陰　晚小雨　六月十二日　星期二

早起。飯後至師院授課，午後四時半歸。今日着釘鞋，又帶布鞋一雙，途中時時換之，蓋新雨路滑，土路乾復不能着皮鞋，此種政治、此種道路，真令人呼行路難也。到寓足痛疲乏殊甚。晚飯後閱雜書，心極煩亂。連日似受熱，食物俱不合味，昨今俱改食麵一餐。十二時半寢。

初四日　陰晴不定　小雨時作　天氣沈悶
六月十三日　星期三

飯後至師院，正下午一時略憩，上課講解極吃力。三時半過新廬略坐，至縣志館談各事，五時帶同定生回寓。晚飯後欲作事、閱書，俱以疲止。今夕室內始有蚊叫，連日天乾，今年蚊不易生也。寢後再起，身疲足軟，昏昏安睡二小時矣。

初五日　早陰　午後雨　天極沈悶　旋大雨
六月十四日　星期四

早起，清理桌上書籍、零件等等，此種事在武漢時僕嫗及夢閑代予爲之，西遷七年，凡事自己料理，養子不肖，思之嘔氣，益思孟夫人不置。夢閑同定兒今晨出門去，因校中未停課。天理國法人情，抗戰以來，政學當局俱係狡滑以欺世盜名者爲之，故端午、中秋決不休課放假，猶時時以此炫人曰：我因不敢廢時光者。自欺欺人，肉麻之語，聞者生厭，而智者早已鄙棄之矣。今日院中有課，予亦未去授，授之未必盡聽，徒增生徒之不快耳。正午小睡，韓英華來談片刻去。五時大雨如注。晚閱學生期中考試試卷，十一時寢。

初六日　大雨如注　晚雨達旦　六月十五日　星期五

早起。飯後清理各事，寫信與黃仲恂、楊光第，命程僕送去。午後閱學生試卷。晚閱雜書，十二時寢。

初七日　陰　陣雨時作　晚見星月　轉鐘後大雨如注至天明
六月十六日　星期六

早起。李曉波來寓，堅請予至城，謂明日爲予生辰，三一中學同學早約定爲予祝六十壽也。三一學生在郵電界者多，對予甚有感情，而陳國苢、萬隆焜到施後尤表示親愛之忱，此又較他校畢業學生爲優。予昨爲遲生不聽訓誨嘔氣甚，遂與曉波同至新廬。途中因昨夜崩塌之路甚多，行半里，予足陷深泥，鞋襪俱沁濕。曉波又至寓來取襪子，到新廬略坐。飯後與曉波約定明日上午十一時到其家。午後至張春霆先生家，開會約二小時畢，其家已具酒、麵。食畢，回新廬，囑夢閑辦菜數碗，備明日請鮑君夫婦及劉紹湘、桂軒、友才諸人也。晚間張祖成、田煥明來探予寓是否有慶祝舉動，語數語竟去。予宿新廬。

初八日　早至午正大雨傾盆　山洪怒發　午後陣雨不斷
六月十七日　星期日

早起。大雨如注，予欲候雨稍住進城，九時雨更大。胡鳳喈、陳志純、張幹青、陳豫生先派人送洋二千元來寓，爲予作賀禮，予退去。未幾，胡、陳四位同來，略坐周旋。予遂同友才入城，沿途雨愈落愈大，山洪下流，予着皮鞋，以水深三四寸，遂無異赤足涉水矣。行兩句鐘方達到南門外李曉波住宅，制服下半尺餘爲水沁透。洗足後小憩，知三一同學已另發通知，約予爲本日下午四時在中美俱樂部慶祝壽筵也。十二時半在李寓午餐，國苣同席，酒肴甚豐，蓋彼預定予與夢閑同來者也，曉波待予有禮，因其父與予交厚，此次迭請爲予祝壽，以情不可卻，冒大雨涉山洪而來，至是心亦稍慰矣。四時至俱樂部，羅立卿、許道忠爲三一最高、最低班次學生，予均未教過，道忠兩兄葆成、訓成均爲予當時親教二年餘者。今日曹德修因通知未接到或爲大雨所阻未至，餘則隆焜、姚兆麟、劉九經、秦永喜、曉波。五時開席，肴菜極精美，大麯酒亦佳，此一席費萬元矣。六時回曉波寓，彼夫婦堅留予住宿一宵，予慮擾人過甚，且天熱，彼此不便，遂匆匆歸，到大橋時江水已漲入馬路尺許矣，折至北門正路過橋，遇友才來接予。到新廬疲乏甚，洗澡後乘涼。九時半寢，疲倦甚。

初九日　晴　極熱　六月十八日　星期一

因疲倦晏起，畢斗山先生亦送洋伍佰元來祝，予亦未起，送此將何以處耶。十一時飯畢，至師院授課。天熱如蒸，地面濕熱氣怒起，行路極難受。課畢至縣志館，謝志純、鳳喈等談片刻，回新廬小憩，五時半回寓。

初十日　雨終日　晚大雨達旦　六月十九日　星期二

早起。天沈黑，小雨，飯畢至師範途中遇大雨，到院未授課，與諸生略談一時許。至辦公廳問盧俊、汪奠基各事。下午三時歸，途中又滑而難行。昨晴一日，今日大雨。前者久晴，無人惡之，雨大泥滑則殊增人煩悶耳。晚食麵餅，三枚已飽。十一時寢，多夢。

十一日　自朝至暮大雨未停　晚九時又大雨
六月二十日　星期三

九時起，寫信囑僕至省府取款、買油米等等。攜回太平溪張天則來信，辯明鄭平五並未帶臘魚肉來施，原物存太平溪，鄭過時未知，予始悉胡文卿寫信荒唐矣。今日應寫復各處函，提筆即懶，近兩月間均如此，身疲欲睡，簡直無精神也，老象畢呈。予中年作事迅速，西遷以來飽受艱苦，而營養不足致造成如此現狀耳。晚左額痛，九時遂寢。雨聲又大作，濕氣重，室內雜氣生，令人難過。今日蔣立廠來爲杜宅看病，談片刻去。晚閱雜書至十二時寢。

十二日　雨　六月廿一日　星期四

早起，清理案上凌亂各物。午後爲學生看試卷。晚寫復各處函件，擇要者先發出，尚有十餘件必讀復之。凡事愈積愈久，愈懈怠愈壓積，多致秉筆心煩也，天下事均可作如是觀矣。連日身體軟弱不堪，白日思臥，晚間又難成寐。

十三日　陰　時有小雨　悶極　六月廿二日　星期五

早起，飯後至城內訪劉桂軒、葛芝岩、李曉波，並囑轉交萬炎午等詩稿。訪劉莊祥，告以師範學院事。訪佘子祥談甚久，就其寓午飯，已下午三時矣。訪蔡樸周，四時過大橋，足力已軟而難行，勉強向前提神自振，到寓已黃昏，疲甚。教廳來函，約夢閑談話，黃仲恂之薦與錢雲階生效歟？人情大抵如此耳。晚十一時寢後，似傷風鼻涕出，極難過，起數次。

十四日　陰晴不定　悶熱　六月廿三日　星期六

早起。飯後至省府探問各事，午後四時歸。晚寫信二件，賸寫學生考試及臨時作文分數畢，已十二時矣。自前月省府與長官部奉令，所宣告民衆之鐘點係照素來鐘點提前一小時，例如正午十二點，即從前之十一點也，夜十二時即予從前就寢之十一時也。中央爲抗戰親歐美計，是不能不有以媚之，此真所謂用夷變夏者，痛心哉。轉鐘一時寢。今夕夢閑、定兒俱回寓。

十五日　晴　熱極　六月廿四日　星期日

晏起，疲甚，足軟未出門，時時小睡一時許。傍晚室內蚊已起，似不能作事也。勉強寫朱敬、朱新民函，爲夢閑事也。晚十二時寢，不成寐。

十六日　晴熱　六月廿五日　星期一

早起，至七里坪。今日場期，物價僅包穀稍跌；米價好者每斤百十元；布匹青洋布寬二尺餘，鬆而劣者，每尺四百八十元；雞蛋每枚廿元；各物仍漲。聞來鳳因修飛機場增工人約五十萬，物價較此地又增一倍。聞熊洗銘、邊清辰云，美空軍在該縣飛機場附近鄉間，時時調戲青年婦女及侮辱諸事。噫，國力不強，靠英美幫助抗戰，忍辱之事已數見不鮮，奈之何哉。午後郵務管理局胡姓差長，爲軍郵職員李用夵來對保單，予留之坐談一小時方去。胡係卅年離武漢來施，述敵陷武漢後事極詳，逐一言當時做僞組織諸人，與予在宜昌行署所得之情報同。晚餕甚，食麵一碗。十一時半寢。

十七日　早雨一陣　陰　午後晴熱　六月廿六日　星期二

早聞雨聲，予起後有風數陣。飯後往縣志館，問院中考試情形，志純告予各事。正午至院，下午一時半，予往七、六、三各教室，均有人招呼，略與李、黎、饒諸人周旋數語即出。蓋學生滿坐，天氣又熱，室內氣味極大，茶水俱無。院中日日言衛生言改良，此將何以自解歟？古人云，卑之勿甚高論，論當今之世可行也。今人每得一獨立機關事即唱高調，大言不慚，作自欺欺人之語，其結果即鄙俗，所謂買空賣空不兌現而已，此其可鄙者也。四時歸，飯後寫復各處函。

十八日　晴熱　午後四時陣雨　六月廿七日　星期三

早起。飯後欲午睡，程明善之父來買布，以藍洋布一丈六尺，青市布一丈五尺讓與之，共價一萬二千七百元，已付現五千七百元，下欠七千，約以陰曆廿三趕場來付云。昨夕未寫竣函，今午一律發出，計宋濟賢、孫稚屏、袁次璋、張國魂、黎子玉、佘子祥、劉莊祥、劉石逸等，或致或復，均有時間性之要求者也。傍晚剃頭一次，晚八時剪腳爪，十一時寢。

十九日　陰晴不定　小雨　過子以後大雨如注
六月廿八日　星期四

早起。飯後寫信二件。連日心煩意亂，妻不賢、子不孝，西遷七載，七事為累。去今兩年收入較多，似可不着急操心矣，而寓中每每以瑣碎觸予慪氣不能止。每念及孟夫人在日，予之一切生活無不順心適意，傷心哉。計孟夫人卒已十一年，予固時時未忘其昔時情義也。晚十二時寢。

二十日　雨　午後四時大風雨　六月廿九日　星期五

五時起，昨夕睡遲，又展轉難寐。今日院中三教室考學生，係予監試。六時半吃飯，不能下咽，匆匆出門至師院。初次考試號音方罷，距予監視時間尚早，至大禮堂取題目，九時半到三教室，十一時已畢試。因周菊村約譚圖書館書案調解事，予約以在包貢九一敘。十二時到包宅吃午飯，候至下午二時半菊村方來，與之言扼要者別去。予至陶季賢寓略談，並約饒校文來，問辛亥起義時鄂軍大都督木印確爲費振華所刻。費於起義後亦未任何要職，反不如胡濟蒼輩得以趨奉李春萱居要津也。人有巧拙沈默狡黠，行時與否，視其技耳，可歎！可笑！與饒、陶談竣，出門暴風雨驟至，不得已至馬路旁一熟食店食包子四枚，俟雨小，緩行到寓，已六時矣，衣履俱濕。飯後疲甚即臥，至轉鐘三時醒，起視時計，飲茶一杯再寢，多雜夢。

廿一日　晴　六月卅日　星期六

八時半起，十時飯畢。今日院中教育系畢業生行畢業禮筵，請當地各機關長官，並院中各專兼任教授、講師等，大約當局必有一番空頭好聽演講辭。各機關致詞、學生答詞刻板的虛套話，予向來鄙棄之。即前十年當主人時，亦不注意於此世俗所謂"賣膏藥"，所謂"不兌現"之語也。今日當然不去，蓋見熟人無話說，免此一番麻煩耳。午後寫信二件。傍晚萬內子因事被予詈罵一次，嘔氣甚，晚間致不能作事。寢後夢孟夫人坐予床側，似在鄂城居宅者，夫人來慰藉，謂君明晨欲往漢，似不可帶被臥也，彼將登床，予遂醒。

廿二日　陰晴不定　晚雨　七月一日　星期日

早起。飯後未作事，心煩甚，時時小睡亦不能安。午後二時夏味民來，持夏賦初函，謂下季欲考師院，托予旁說。彼詢遲生讀書事，予一一告之去。晚間夢閑、定生俱回寓。晚閱雜書，十一時寢。遲生今晚進城去。

廿三日　晴　甚熱　午後四時半大雨如注　七月二日　星期一

早起，疲甚。飯後至省府索米不可得，連日向各處借米無應者，蓋各家均缺米也。合作社所司何事，公務員之福利何在耶？至分配所購柴條子。正午歸，汗出如瀋，行路足亦無力，予真畏天熱行路難也。到寓愈疲，飯後小睡。陳老叟送洋來，尚欠五百廿元，又爲其子買去藍布一匹，價四千元，此布予五年前在崛售出者僅三十元，其質較此爲佳，且寬矣，陳未付價去。予今春以三千三百元購之者，因僕求遂予之。晚十二時寢。

廿四日　晴　熱甚　午後六時大風雨　雷呈駭人之狀約一時止
七月三日　星期二

早起，以昨收府函退王秘書長，到後又接一函，均請擬電文稿四通，又宣傳文一件，省府秘書九人不作應酬文，編輯室十人不作宣傳文，而必欲予時時爲之代作。此類文前係請包貢九，聞貢九近日拒絕之。前日請予代主席復梁師長唁電並挽聯，予以久未代作勉爲應之。今乃來此，數事相迫促，氣甚，須自往理論也。王見予，遂以和靄之態度申謝，謂將有長大之詩文請費神云云。正午回寓，王尚白，前一師範學生，已廿年未見面者，自云近在建設廳任職，請予證明其在一師畢業，就表上蓋章填之，留便飯去。午後三時，省府二科又送急函來，閱之，仍請予爲電文數事。蓋昨係編輯室來函，現改由二科來函也，未收其函，給條與傳達原班帶回去，殊爲可怪矣。晚大風，雷雨震屋可駭，約一時止。予目似有病，十二時寢。

廿五日　晴熱　午後三時大風　南方陣雨　晚轉鐘時大雨
七月四日　星期三

五時起，六時吃飯一小碗。八時半出門至師院，閱學生期考卷，午後二時畢。至新廬食稀飯半碗，因院中午餐未飽也。便至縣志館談甚久出，四時帶同定生回寓。飯後小睡，八時半起，自製食餅，食畢，以疲倦遂寢。今日始聞蟬聲。

廿六日　雨　十一時至午後二時大雨如注　七月五日　星期四

七時起，八時半吃飯，因擬早入城開同鄉會也。楊霖之子名啟道。來寓，求爲其父寫薦信，寫畢留之便飯去。啟道在七高畢業已二年，今欲至渝考大學。連日所感觸，回思長子根生，死於宜昌已七年矣，設其在世，大學早已卒業矣。今則遲生不聽教訓，幼子定生僅九歲。予年齒俱衰，居施南六年，並未享愉快之一日。在宜昌年餘，所處之境及爲潰兵劫掠，其困苦尤爲人所難受，其所謂生不逢辰也。□正出門里許，大雨驟，至舞陽垻時雨尤大，在一秤店歇息一時許，而雨不止。到子祥寓略坐談，雨止。與同至東門民享社開同鄉會，決議津貼。此地學生之困窘者，大學學生每年二千元，高中每人一千二百元，初中六百元。此月廿二日星期日，開大會再募捐款，子祥與黎子玉、陳肖祖、嚴克勤均熱心公益者也。五時飯畢，予與賀伯銘同回到寓，力疲。着釘鞋冒雨行廿餘里，設非爲同鄉事，予決不往也。吾鄉人見權利必趨之，聞義務必避之，今日不到會之理監事皆此等人也，可笑可鄙矣。晚十時寢，疲乏足軟，寢亦不安。

廿七日　早四時大雨　午後陰晴　晚十一時以後大雨達旦
七月六日　星期五

早起，以足力疲未出門。寫信三件至宋、孫諸人，憶及即書也。晚間又欲寫復各處函，目欲合，手不願提筆，老境侵尋致，心欲作之事而手不能應之。予在四十歲之前，每作一事，計時可成，今乃頹唐如此耶。十一時寢。

廿八日　早雨　午後二時晴熱甚　晚七時又大風雨
七月七日　星期六

早起。飯後補作魯魯山請畫之長條一件，前月已作其半中止者，約二小時補成之，彼屬爲《中秋待月圖》者也。去年中秋魯山約予與鳳喈、貢九、志純等宴會，分均作待月，乃竟夕大雨如注，直至天明，與題旨大背矣。予去年作詩，直言無月，而貢九、豫生輩必説有月，且述月如何圓，如何光明。噫！此所謂顛倒黑白者耶。畫成必題數行説此事，予有日記在，豈可一例無是非乎？文人爲人所不重視者，以無其是非曲直也。魯山有子，去年中秋周歲，初均不知，後陳豫生、包貢九致改已成之作，加以魯山爲其子作周歲。當時座中分均作待月詩，並未提出小兒晬盤之事，勿乃畫蛇添足歟？此孔子所以恥足恭也。晚十一時寢。

廿九日　早雨　晴熱極　晚大風　小雨一次
七月八日　星期日

早起。飯後爲魯魯山補畫已成，又爲王哲、崔祥珩等補畫件一一畢，事至黃昏，欲寫款，以目矇遂止。晚改魯山題句，辨明予有日記在，則去年中秋大雨至次日，不能如包貢九作詩，乃竟寫月圓月色佳也。十二時乃寢。

六　月

初一日　晴　酷熱　晚大風
七月九日　星期一　己卯　土　張

早起，昨夜睡不安枕，鼠嚼物聲，愈不能寢。七時飯畢，八時帶同程僕至師院還予所借各書，僅《詞源》二本因李少白不肯定答復，又未具正式收據，予決不交之，且徐聲和欠薪及津貼亦未取得，予此書借之徐君，具條於徐，於現在師範無關，須王治焯輩清理，予有記賬未消，更與彼無關也。至辦公廳，取得五、六兩月部補米貸金共一萬元，大約以後每貸金月可發萬元也，與郵局人員較之，月尚差五千餘元。至省府買米油票，值其下班，不可得，乃歸，汗出如漿。晚飯後大風一陣，略改涼。十時遂寢，疲乏甚。

初二日　晴　雨　悶熱　七月十日　星期二

九時起，疲倦足軟。飯後將各畫件補就，爲魯魯山書畫題款已畢，餘如劉明之、汪序初等字畫亦辦齊，明後天當飭人送去。晚十一時寢。

初三日　晴　時有陣雨　悶熱　晚大雨一陣
七月十一日　星期三

　　早起。飯畢匆匆出門，至舞陽壩馬路逢大雨，小駐樹下，入城時太陽甚烈。至錦文筆店，知劉桂軒今晨已行矣。至福音堂訪李司鐸鳴琴，談一時許，與同至萬炎午寓中，坐談半時，由李司鐸引予至中美照像館，照一寸半身像，聞該館唐姓技術精且係天主教中人也，給洋一千元與之，囑印四。彼原不欲予付價。從前為予照一寸小像之品真館，技術不佳，係同鄉，彼未收予像價，予亦未便請其再照也。至縣政府會謝縣長不遇，訪秘書亦不在府，可想見其政治矣。訪葛芝岩，談甚久並以遲生事詳托之。訪鍾貞淑女士，談片刻。至農民銀行探趙振之，聞已調貴陽矣。王文旂未隨農民銀行西遷，至失其資格，可惜也。遇劉芝蕃，彼在該行已守六年，今日待遇甚高云。至警備司令部訪周北翔，聞已來此充參謀長三月矣，少將階級矣。約劉守志一談，彼仍為中校法官。噫！人之敏捷遲鈍固屬生成，然無人提攜終不能進展。今日觀周、劉、鍾三人過去事實與現在位置，可慨也哉。回至洗爵溪新廬，疲甚，食稀飯一碗，衣褲汗濕如新在浣盆者。予性畏熱，今日行路太多，以後入伏更熱。正午似不宜行路，須注意戒之。晚歸仍食稀飯，十時即寢。

初四日　陰晴不定　時有小雨　七月十二日　星期四

　　早起。飯後着長紗衫，此衫西遷後置箱中，顏色為他物所毀，不着而絲品慮腐也。先至張百熙、包貢九寓坐談，因西方雲沈，懼雨至也。未幾又晴，遂至魯魯山處談甚久，並面交其今春所托書聯及畫件。魯山世情甚熟，曾為浙省府主席秘書長者，其詩文字俱佳，出門送予約一里乃返。至財廳托賀采庭寫一介紹函與熊裕，為夢閑事也。今日途中兩次遇雨，晚歸疲甚，汗出，食稀飯。九時寫信二件，十一時寢。

初五日　陰　九時以後大雨　七月十三日　星期五

早起。飯後因雨不能出門，寫信分致劉慕曾、于萱徵、李震蒼、譚叔隆、王哲、蔣立庵、王一鷗等詢問各事，囑老程發出。午後三時汪益三鄂城人。自建始龍潭坪爲劉明之送電報及信來，蓋夏賦初轉到伯陽自鄂東來電也，當給復函與之去。晚間寫信稿四件，又致龍惠東一函，並以詩詞油印本三册與之，明日當飭人送詩並轉交。今日寓旁有蟬聲，又屆盛夏。予尚未歸，思之悵然。

初六日　雨　陰　晴　今日爲六月六　七月十四日　星期六

早起。飯後補寫各畫上下款。聞師範已發補薪，囑内子代取之。晚補寫油印《偶憶集》《思遷集》未印完之詩稿，十一時寢。

初七日　陰雨　午後四時晴熱　晚有星月 入夜轉鐘時大雨如注　七月十五日　星期日

早起。飯後寫信二件。寓中左右兩月來時聞鳩聲，古人所謂鳩喚雨者，相信以故。近兩月中多雨，然則陸放翁所謂"山路秋晴鳩婦喜"者何解耶？晚錄題胡玉齋所著《六十談往》題詞六絶句，預備油印後再寄之，十二時寢。

初八日　上午三時大雨如注　九時晴熱　正午又大雨如注 七月十六日　星期一

早起。昨晨至暮胸隔不能食，且時作嘔。天氣不正，體弱者容易生病。自五月初一起至今卅七日，晴者僅十一日，濕氣大生，室内沈鬱，尤難過，鄂西人能受之，吾儕不能耐也。前日陳季明來函，謂宜昌瘟疫流行，死亡相繼，可見鄂西人近來亦不能受矣。

初九日　早晴　午後一時陣雨五次　晚八時以後大雨如注至次日未止　七月十七日　星期二

早起。至教育廳會朱新民，至建廳會黃雲古，至省立醫院會楊光第。十二時回寓，熱甚，程僕私回家去，已約送余保誠信不能送出。飯後小睡，二時起，自是大雨四五次。晚八時大雨如注，天氣沈鬱，窗外臭氣極重，殊難聞也。此屋東惟利是圖者，不可與言清潔衛生也。晚九時復大雨，十時半寢，思過去未來事心煩意亂，竟不成寐。大雨聲未歇，轉鐘三時雨聲粗猛，平地水聲震耳。予來施數年，竟未聞此□注雨聲之久也，一夜難安。

初十日　早大雨　午後四時晴　七月十八日　星期三

十時起，因昨寢不安補渴睡也。飯後至洗爵溪草廬，問夢閑各事。程僕昨私回家去，今日未有人買菜送信，須予諸事自理。與胡、畢、陳諸人在縣志館談甚久。報載美機連日大炸敵國本土，又以巨艦隊轟擊之，倭寇竟不抵抗，勿乃報應之速歟？吾國七年來受倭寇蹂躪，設非美國報復之，真所謂無天理矣。閱之快然。張聖知為予派送《武漢日報》，僅得一張，自是並未送來，未免滑稽矣。五時回寓，晚間寫信三件，十二時寢。

十一日　晴熱　七月十九日　星期四

早起。食稀飯二碗。進城會錦文、劉桂軒之侄探信，云湘中無人來施。至照像館取像，比較前次照者稍佳，並將夢閑底片交其再印。遇李定餘，堅約至其寓吃飯，飯後訪李曉園，座中遇新任豫鄂直接稅局長程起陸，號之屏，黃岡人，為夏玉泉之甥。新自渝來接事者，與談殷子衡事。程為殷之學生云。與曉園談一時許出，回寓行二小時乃達，天氣熱甚，足力不健，奈何。飯後補抄各詩，預備續印，只留廿份作底，為將來翻印鉛字之用。寫致賴信榮函，十二時寢。

十二日　晴　酷熱　今日初伏　七月二十日　星期五

早起。飯後至楊光第住宅，與之談半小時出。今日熱甚，回寓後寫劉曉庶、張澤君、閻任之信。晚十二時寢。

十三日　晴　酷熱　七月廿一日　星期六

早起，至省府並發快信二件，一復懷冰，一致千俊，賀其任湘省府秘書長也。薦周派人來請，謂胡鳳嗐壽辰。予知其爲本月十四，不知何以改期也。下午二時去，乃知李曉園在其家講佛經。予與校文未聽，且向未觀佛經，不敢自欺也。五時半席散，予先歸，未作事，十二時寢。

十四日　晴　極熱　七月廿二日　星期日

早起。魯魯山來談一時半去，並送詩二首，謝予爲彼作字畫者也。十時飯畢，帶同定生往城內開同鄉會，途行停二次，天熱如蒸，揮汗如雨。開會畢，與定生買書，尋數家不得，至錦文問信，並取洋筆，洋一千元。訪程之屏、張聖知均未遇，在趙子卿家略坐，在龍詩樵館中取得學生字典歸。過貢九寓再談各事，遇胡子眷在座，送定生回洗爵溪。今日途中受熱，到寓洗澡一次。飯後補寫日記，十一時寢。

十五日　晴　酷熱　午後五時大風　約半時止
七月廿三日　星期一

早起，至省府爲雇工人事，不得要領，程僕回去不來，亦無信息，殊可恨也。其父尚欠洋五百廿元，板炭廿斤，此地人無良心，諸事不可以情感也。午後三時王鈞鼎來，予細問鄂城各事。彼欲考師範學院，慮不能取，乞爲幫助云，留之飯去。晚因大風後氣候稍涼，十二時寢。

十六日　晴　酷熱　七月廿四日　星期二

早起，至省府爲請雇工事，高先生已代作函催問，請馮股長代挑米至洗爵，聞夢閑已回寓。就縣志館吃飯，與各友好談甚久。在師範學院取得七月份薪水、研究費，並未增加，據云無公事不便發也。今日奇熱，頭暈悶。行路極苦，汗出如漿。四時半歸，晚改正油印詩稿錯落之字。十二時寢後起數次，不安適也。今日匯款二千元與竇衡之，匯二千元與魯伏生。

十七日　晴　酷熱　七月廿五日　星期三

早起，倦甚。足軟，今日擬不出外。飯後陽光甚烈，室外奇熱難受，與武漢盛暑時情狀同。午後林均中來，留便飯去。晚未作事。

十八日　晴　酷熱　七月廿六日　星期四

早起，至姜文山處爲挑柴事，請其雇工人挑寓，每斤一元，計三百五十元。又請惠質夫換米，明日有米無人挑回，程明善已逃十日矣。此地人無良心，那可再説。至省府爲請人事，不得要領。午後歸，汗出如漿，途中頭暈至不可耐。到寓洗澡，小睡一時許。劉迪軒自益陽來述各事，益陽尚有敵人甚多云。晚間寫信分寄梅先霖、徐秋農、孟慶緯兄弟、張重心、劉慕曾，答復各事也，寫至十二時乃寢。

十九日　晴　酷熱　午後三時半陣雨二次
　　　七月廿七日　星期五

早起，出門行一里餘折回，因姜文山派工人挑柴相遇，遂導之來，給三百五十元去，此事感激文山。飯後欲再出，因酷熱不敢行，又候程僕之父來説話，但候至下午四時不見來，此叟亦可恨也。萬内子偶因小事又令予嘔氣，彼愚蠢無知，年已六十，殊不懂世事者，予屢教導之終不聽，真冤孽矣。五時寫復各處函，計程之屏、劉榮焌、張聖知、熊洗銘、李鳴琴、雲海霞、范瀛槎、明敬厂等，並各附《六十談往》題詞稿，俾渠等明瞭辛亥起義武昌城中一段信史也。

二十日　雨　晚晴　晚十時警報　十一時解除
七月廿八日　星期六

早起，飯後爲宋濟賢、孫稚屏補作字畫條幅等件。晚寫信四件。十時忽聞警報大作，十一時解除後遂寢。

廿一日　晴　熱　七月廿九日　星期日

早起，今日擬外出，又畏熱遂止，補作昨日未竣之畫。聞昨日警報非敵機，乃美機往渝者也。爲房子事進城一次，歸途受熱。

廿二日　晴　熱　有陣雨　七月卅日　星期一

遲起。飯後往省府購物，帶同新來工役去。午後歸，熱不可耐。晚間未作事，十一時寢。

廿三日　晴　熱甚　七月卅一日　星期二

早起。飯後往省府並進城一次，熱甚，在新廬休息半天。往縣志館談各事，晚歸，寫復各處信件至十二時寢。

廿四日　晴　熱　八月一日　星期三

早起，飯後至府取得各處函件，武昌孫壽山來函一個月即到，亦未檢查。函云保安門房子仍完好，偽政府不准拆毀房屋，以防居民回來云云。噫！偽政府見日寇垂敗，欲見好於未走之民耶。楊霖寄到興山香菌一包。今日匯款二千元與魯堅，予不受其葛粉、香菌等物爲贈者也。

廿五日　晴　酷熱　八月二日　星期四

早起。今日圖書館約開結束清書會議，用羅貢華名義。予已三次謝絕，未清書，今日爲嚴善明考升高中事，擬托參議會周、楊諸人爲之寫一函也。途過包貢九寓，沿途有公務員站隊集合，知孫連仲長官今日乘機赴渝,遂在包宅坐談二小時,孫過去,予乃至館開會。會畢爲嚴世兄共寫一囑托函與何校長,求其關照立三先生之子,大約無甚問題。

廿六日　晴　熱甚　八月三日　星期五

早起,飯後又補作畫件,寫條對等等,至下午五時半畢。今日寫畫過多,手軟目炫矣。事不平時細細爲之,而集於一旦,猛力以赴,雖成功而佳者甚少矣。晚間更疲,十一時寢。

廿七日　晴陰不定　熱甚　八月四日　星期六

早起,飯後又作字屏對六件、補蘭花五件並寫款,準備分寄各處。孫稚屏來信,謂已由渝省銀行匯款一萬元,爲予補祝壽辰之禮。此人尚知禮節,前年匯款濟予,彼並未上予課,僅與宋濟賢、朱士堪爲朋友,認爲晴川中學一系者也。晚早寢。

廿八日　陰晴不定　八月五日　星期日

早起。午後外出一次,閱報敵人已有敗勢,美機迭次大量轟炸,盟艦已迫近日本海,可炮擊其本土也。晚未作事。

廿九日　晴熱　八月六日　星期一

早起,至省府探聽各事,午後閱報,美艦迫近敵海。皖境我軍攻下含山,江西吉水收復。敵人勢愈弱,盟軍攻愈急。中國欲求勝利,希望盟軍而已,自身太差,而内部共黨又乘勢而動,將來即勝利此問題不先決亦大可慮之事也。補畫各件已成,明日當分別寄出。晚洗澡後外出,獨自至前山一覽,八時歸。

卅日　晴　熱　八月七日　星期二

今日未作事,在家休息。午後檢紙作畫三件未成也。聞自渝歸者言,我軍有準備反攻機會,姑妄聽之而已。

七　月

初一日　晴熱　今日三秋　八月八日　星期三　己酉

早起，至省府，午後方歸。閱報，盟機六百架襲日本本土。此一月來盟機襲敵，未見敵有抵抗，可見其敗象矣。敵人從前對中國轟炸未見如此之烈，而中國人難受。盟機今日襲敵，敵國如何受之耶？天道好環，無往不復，報應二字可畏哉。晚閱雜書，十二時寢。

初二日　晴熱　有陣雨　八月九日　星期四

早起。飯後至省府，午後歸。閱報，宋子文帶同王世杰等赴蘇俄商國事，或者蘇與日本空戰耶。又載昨日美機以原子彈一枚炸廣島，敵人死十餘萬人，因原子彈一枚等於二千架巨機也，此即德國從前所謂秘密武器未研成功者，而美國竟成功且試用之有效矣。此彈如再投幾枚於東京，日本可投降矣。晚寫復各處函五件，備明日發出。

初三日　晴熱　八月十日　星期五

早起。飯後至府探信，蘇俄已正式對日宣戰，美國大喜云。閱報，盟機三千架襲日本本土，又投原子彈一枚於長崎，預計死傷大約五十餘萬，因昨日投廣島，敵國死亡數逾十萬也。日寇對吾國前三年轟炸威脅，觀於此則報應加十倍矣。古人所謂好戰必亡者也，聞之歡甚，施城放炮竹者極多。

初四日　晴熱　有陣雨　八月十一日　星期六

早起。午後閱報，日本政府決定無條件投降，求盟國予以接受，施城又放炮竹一次。予往省府及至好處一探真息乃歸。蘇軍三路攻入東北，日寇慘敗。蘇欲報甲辰之仇，此際方出兵耶？或亦懼美之原子彈，今日始來加入空戰耶？使蘇俄於德國解決後對日宣戰，何至如此耶。晚寫信六件，十二時寢。

初五日　晴熱　八月十二日　星期日

早起。連日爲劉迪軒筆生意事心煩甚，如此變局又先墊去鉅款，予等東歸，川資受影響矣。閱報，日本已正式具牒文投降矣。回想民國四年，袁世凱欲稱帝，日本以"二十一條"威脅之時，該國少壯軍人尚得意乎，該國元老某於軍閥侵中國時謂吞中國無異吞炸彈，真老誠之言也。省府決議先設武昌行署，不知武昌行署作何解，聞係設計委員及到會各機關所定名也。晚寫信十件，十一時寢。

初六日　晴熱　八月十三日　星期一

早起，往省府索米油等物。午後閱報並進城一次，今日消息，蘇軍仍進攻，日皇準備遜位。共黨朱德突發布行動命令。接渝覆函多件，均未提及戰事，在日寇未投降之前所發者也。懷冰、慕曾、千俊均有詳復。晚寫鄂城、武昌諸戚族有關予房子之信件，十二時寢。

初七日　晴熱　有陣雨　八月十四日　星期二

早起。飯後至府問消息，對於職員眷屬東下事尚未議及，何其迂回如此。閱報日寇投降尚未簽字。今日爲空軍節，城內插旗，各機關代表酬空軍中美人員。予與内子、定生入城，至李鳴琴處又遇萬隆焜，知其與李曉波、劉九經俱調漢口矣。東下甚急，予以迪軒筆店一事心煩甚。晚歸，寫信畢，念及亡室孟夫人忌日又至，怏怏不安矣。

初八日　晴熱　有陣雨　八月十五日　星期三

早起，公安學生程毅、李振國、徐仁定爲師院事，持張耀先函來請補考事。飯後寫信五件。晚間念及孟夫人生前事，增予心不安也，十二時寢。

初九日　晴熱　午後四時大雨　八月十六日　星期四

早起，帶同瞿僕買菜，向省府取油，遇包貢九、陶季賢談各事。午後三時至府，因王原一約談話，至則請予代作收復武漢布告文。予以有秘書，又有設計委員，不便代庖，辭之。貢九在坐，無一語，嗣以共同酌辦商討之辭出。平時不與參顧諸人聯絡，至秘書不能爲者，欲予爲之，禮貌太差。秘書及設計委員薪水優不做事，何耶？晚歸心煩意亂，今日爲孟夫人忌日，亦未燒楮供奉，念癸酉在黃岡文昌宮時情狀，心痛矣。

初十日　晴　熱甚　八月十七日　星期五

早起，欲雨。出門外，雨至，又換皮鞋。至城內與迪軒、李鳴琴、萬隆焜晤，爲錦文寫招牌等等，便訪葛芝岩、程之屛。午後五時回寓，途中大風，似有雨來，急行到寓。晚寫孫壽山、胡貴堂、朱茂林、張文慶等六快函，至十二時寢。

十一日　晴熱　八月十八日　星期六

早起，至省府包宅，晤及畢斗山。欲訪滕昆田，托以武昌房子事，以天熱而腹餒遂回寓。曾憲熹謀湖北日報社事，持包貢九函來，乞寫信薦與該社。楊啟道來說各事，予給一函囑其過建始時便仿劉石逸。晚十一時寢。

十二日　晴熱　有陣雨二次　八月十九日　星期日

早起，有學生數人來，爲考學校事求關照函件去。午後王伯彥來談甚久去，便托其打電話催劉小濤來施。閱報日本尚未正式簽字，我軍仍接收各地，聞朱德通電反對，未能樂觀，所以各地慶祝會尚未舉行。四時具供祀祖燒包袱，草率甚，只有回鄉再恭敬補祀祖先耳。晚十二時寢。

十三日　晴　熱甚　陣雨三次　八月二十日　星期一

早起。飯後至省府探問各事，至七里坪趕場。午後三時劉小濤已來寓，始知其確於初十日到施，住南門外電臺，以足痛未即晤云云。晚間寫復各處急件之函六封，備明日發出，十二時方寢。

十四日　晴熱　陣雨甚大三次　八月廿一日　星期二

早起。今日問省府及分配所索米，俱未得，至城看筆店生意。會小濤，囑其以電話告知石逸撥款。四時回寓，疲甚。至姜文山處，遇暴雨來，休息一小時乃歸。晚寫信三件，十二時寢，竟不成寐，若心中有何不了之事。然轉鐘二時忽聞雷聲大震一時截然止矣，久聽之，實未下雨也。

十五日　晴　熱甚　大暴風雨二次　平地水深三寸
　　　八月廿二日　星期三

早起，飯後往林逸聖寓問各事，彼初歸，渝方各要人亦不料日本投降也。此殆天意，亦原子彈有以促成之也。訪滕昆田，托其先到武昌爲予招呼房子事。至省府還借書，便問各事。四時回寓，飯後大暴風雨至矣，雷聲震山谷，聞之駭人，平地水深三寸，約一小時乃已。晚未作事，夢閑歸，十一時寢。

十六日　晴　極熱　午後有陣雨　晚見月色
　　　八月廿三日　星期四　今日處暑

早起。聞同住云，店子上與予寓相距半里許之謝姓二家，有五人一男一男孩一婦兩女。被昨日雷殛死，傷謝姓三人，其一邊三間屋已焚矣。其人在省銀行充錄事，一在鶴峰茶廠辦事，宜都籍，有皮箱八口，又一家有箱子三，共有金手圈八枚，又首飾金大手圈三對云云，小孩爲省行小學學生。以報應説其前生之過歟？中間一家以屠宰爲業者，本地人，僅遭焚屋而其人均逃出。對門一家茅屋住，本地人，距僅四尺，其屋又未被焚。何也？觸電爲科學說法，報應爲佛家說法。看者多人，皆未足以爲定論，明日當往一看，因聞該屋尸身尚未挖出故也。飯後至省府探問各事，至包宅、姜文山處。今日候程僕竟未來，人之無良一至於此。晚寢後又時聞陣雨。

十七日　晴　極熱　晚八時風雷雲暗　陣雨在東北角
八月廿四日　星期五

早起。飯後往省府索米，往縣志館談各事。往師院晤舒竣山、張春霆先生，各談片刻。聞發八月份薪，往取之。又聞生活補助每月改爲五千元，薪水加成爲卅倍，均爲五月起云云。四時歸，八時天暗，似有大雨狀。

十八日　晴　極熱如伏　八月廿五日　星期六

早起。飯後寫信三件，寫條子索油米等事。聞葉蓬已逃至鄂東行署，由李石樵來電省府云，僞軍軍長周平凡已逼省長葉鵬逃去，似有見好於當道。噫！葉之爲人尚足道哉？是吳三桂、耿精忠之流也，據此武漢收復恐不易易。晚間又寫二信，十一時寢。

十九日　晴熱如伏　八月廿六日　星期日

早起。予以家事嘔氣，遂早出至縣志館略坐。與陳、陶諸人先至曲水洞張宅，今日聚餐三桌，研究曲水洞刻石留名事。新社員張昭麟必欲擴大之，做詩二首自書之，如酒杯口大。寫作太差，以五千元請篤周代刻之。予與張春霆、沈碧舫、張幹青諸人僅贊成各刻一姓名、籍貫於石上足矣，何用鋪張，反爲人訕笑耶！衆同意，議遂定，昭麟是日亦未來。今日與會，舊社友僅饒校文未到，饒社長聘卿在重慶未回。聚餐費每人一千元，等於去年二百元，另出刻名費二千元。晚六時席散歸家，復與夢閑嘔氣，咳！所謂蠢妻劣子，無法可制者也。

二十日　晴熱　有陣雨　八月廿七日　星期一

早起。飯後往省府，聞漢□□□□逢尚在鄂東行署，宜沙亦均未收復。午後回寓，熱甚。今日至縣志館並帶同定生外出，身似受熱矣。

廿一日　晴　極熱　時有陣雨　八月廿八日　星期二

早起，至省府探信。至姜文山處，催換米條。至城內一次，返武漢期不能定，中央無款來省府，請求數目過大，大約須還價也。午後歸。晚寫信四件，十二時寢。

廿二日　晴　極熱　陣雨三次　晚星斗明朗
八月廿九日　星期三

早起。飯後寫信三件，皆寄前所謂淪陷區者。聞今日報載，毛澤東已飛渝，有美大使同行，大約中央對共黨又改變和衷辦法矣。吳國楨已調中宣部長云。

廿三日　晨猛雨一陣　午後晴熱　又陣雨數次
八月卅日　星期四

早起。飯後至無線電臺，晤楊霄民，云李石樵有電到府，明日可出發云，則料李今日可到漢耶，武漢可無其他糾紛矣。七里坪物價忽漲，雞子每斤五百廿元，前日跌至二百八十元，其餘衣物、棉布等等俱漲矣。四時歸，小睡二時許。晚寫信二件，寄胡林徐健青，明日當發出。

廿四日　晴　時有陣雨　天極悶　八月卅一日　星期五

早起，飯後補畫件、書件落款，備分交各乞畫者。天熱，陣雨時來，室內尤難受，王璈來談復學事，留之飯去。晚間蚊多。

廿五日　陰晴　大雨數次　晚雨達旦　九月一日　星期六

早起。午後往省府探問各事，聞第一批人員尚未動身，宜昌今日我軍接收日器械者已入城云。取包穀貸金。自七月份起，包穀每斤作價四十元。取回八月份全薪並竇先生夫馬費一千二百元。訪朱光祖問各事。三時忽大風雨，氣候轉寒四時回寓，途中又遇大雨，衣履俱濕免，飯後欲作事，以大雨氣候轉寒遂寢。夢與斗山、貢九、豫生買飛機票，乘飛機至某地，機剛停匆匆上去一小艙，各小輪中之設備一小方桌、四長凳而已。

廿六日　早雨　晚晴　九月二日　星期日

早起，寫信二件，寄畫條與周鳴皋，彼求此已三年矣，表揚其父幼門殉難事，其志可嘉。予樂為畫之，並題古風一首，中多警句。此則前一夕所成者，不假思索，一小時已成之，僅改三五字耳，晚九時半詩成。十一時寢。

廿七日　晴　九月三日　星期一

早起，至省府途中聞砲聲、警鐘聲。行一里許遇舒暢，知省府各機關均放假開慶祝大會。予遂至城中晤子祥、汪成炳，錦文筆店葛芝岩處略坐，談問情形。傍晚歸，十一時寢前囑家人準備明日酒菜等等。

廿八日　晴　燥　九月四日　星期二

早起。飯後至省府問各事，取得周淬成來信，六月廿日所發也，述其女婚事，予今春已有函明提此事者也。午後一時自往郵局發信，三時至洗爵溪住宅，約鳳喈、志純、斗山、篤周、豫生、逸蘆吃飯，幹青未到館，亦不便着人至城催請也，四時半開席，六時席散回寓。晚未作事，十一時寢。今日殷子衡來寓談甚久。

廿九日　晴　燥　九月五日　星期三

早起。寒甚，連日雖晴，早晚可着夾衣，此地氣候變換如此，土著者安之，予等鄂東人頗難受也。飯後至省府各處，探訊何時東下，省府實無確切答復，只日日開會而已。午後寫信二件。十二時寢。

八　月

初一日　晴　燥　戊寅　土　角　破　九月六日　星期四

早起。飯後到府問各事。午後至城錦文筆店問各事。三時半至省銀行辦事處，因殷子衡先生約晚餐也。予先到，與談辛亥過去各事，又彼於丙午冬爲日知會被牽入獄，及受種種酷刑坐黑獄事。前清壓力重，視漢人欲謀光復者必置死地而後已。漢族爲滿官者對言革命尤痛恨，必多方羅織以冤殺之。是獄也，王士衡對子衡極窮治，馮啟鈞、梁節庵均殷日記中敘述所痛恨者也。今日子衡請客特別豐盛，計價總在萬五千元，或者係其徒與婿程起陸、歐陽煊分攤歟？子衡無多錢也。同席者孔團長、董總隊長，六戰區長官部中人，俱江蘇籍，餘爲胡慶生、蔣立厱、楊衛生處長、黃浦生。熊分行長、黃陂人。皆前聖約瑟中學生，程起陸、歐陽煊連予與子衡共十人，席罷已八時。與立厱同至錦文取燈，囑二人送予回寓。行走錯誤叉路者二次，鄉間所謂大路，予每晚行必誤，甚哉，夜飯不可晚歸也。

初二日　晴熱　九月七日　星期五

早起。飯後到省府，午後歸，今日秋暘甚烈。四時段家慶來云，昆田明後天即往武漢。晚間清理各事，爲迪軒生意推銷事，寫信八件畢，已疲矣。今日爲先叔森亭公忌日，戊戌至今已四十八年矣，予時在程私塾中讀書，尚能憶及當時情狀，思之黯然。

初三日　晴　九月八日　星期六

早起。飯後至府探問無多事，聞第二批人員快行矣。李石樵已到武昌，暫定水陸街四十六號爲辦事處云云。又武漢房屋甚貴，僞鈔每千元僅抵法幣一元，火食亦貴云云。晚未作事，十一時寢，疲甚。

初四日　雨　寒　九月九日　星期日

晏起，倦甚。今日未出門，爲劉九經，陳國芑寫屏對，並補畫件添款，午後四時乃畢。晚早寢。

初五日　陰　九月十日　星期一

早起。飯後至縣志館、師院、省府，又至城內錦文筆店。又晤葛芝岩，聞王主席明晨赴巴東轉武漢，各廳長同行。又晤張春霆先生，舒連景告以師院近事。途遇袁次璋自渝來施考師院，述教部各事。四時回寓，足力已疲矣。

初六日　陰晴　夜雨　九月十一日　星期二

早起。飯後至省府，聞各廳長今日首途矣。省府對於各員如何發給旅費均未宣佈，其辦法究竟如何無從揣測也。午後歸，晚寫信四件。

初七日　陰小雨　午後晴　夜雨
九月十二日　星期三

早起。飯後清理《偶憶集》頁子，分出卅本，又《西遷吟艸》四十本，此則久未清理訂成册者，去歲索此者頗多，無以應也，午後三時畢，頭爲之暈矣。晚飯後寫致吳國楨、陳部長、張澤君、劉石逸、王安雪、鄧實共六函，明日用快郵發出，十二時寢。

初八日　陰雨　晴　九月十三日　星期四

早起。夢閑持函往審計處，囑帶茶、葛仙米與魯山，久置無用，不如人情也。晚清理文稿頁子，共可訂六十本，每本十一頁，將來應帶回武昌者，《偶憶集》《西遷吟艸》《詞鈔》《文稿》四種各十本足矣。此爲前年印起者，費三年悠久之心血與印寫諸人之力乃成之。抗戰艱苦中成此，不能謂之無恒矣。《六十自壽詩》今夕亦改定，第三首欠第三聯，仍不愜意，暫不能付印也。

初九日　晴熱　九月十四日　星期五

早起。飯後至省府探問各事，聞省府前站人員已到武漢矣。共產黨情形言人人殊，毛澤東在渝尚無如何表見。午後閱報，俱係日本投降指定在各地舉行儀式等等，日本亦有今日耶！所謂板原、東條等軍閥尚在人間，該國元老派或有存者。噫！天道好還如此，各窮兵黷武之國可鑒已。晚十一時寢。

初十日　晴熱　九月十五日　星期六

早起，至省府並往城內錦文，送去填還李神父之款三萬四千七百元，由劉迪軒同往取字，夢閑所借也。傍晚歸，疲甚。

十一日　晴熱　九月十六日　星期日

早起，至省府。至師範學院晤舒峻山問各事。晤張春老，云新來教授五人，又添饒校文補包貢九缺，至何日開課則不能定。校址有遷江陵之說，如成議，學生、教員均不願也。晚補作未了之事。連日籌備東下諸事，賣去衣物已近三萬元，不能帶之物將來送此地友朋而已。

十二日　晴熱　九月十七日　星期一

早起。飯後補作未竣各畫，擇一二件送胡鳳喈、張幹青，明日再補成數件，下午四時方畢。晚姜文山親帶工役送米來，可感也。

十三日　晴熱　月色佳　九月十八日　星期二

早起。飯後至省府。今日檢出各件，囑人至坪去賣。午後又補畫數件已成功。晚補詩稿，寢後疲甚。

十四日　晴熱　九月十九日　星期三

早起，倦甚。午後補畫二件，紙不佳，將存顏色用去，留久不合用，且武漢以後書畫用品價廉而貨多也。傍晚接胡太輔自黃岡其子隊中來函，謂予存胡二林物件，今年四月初遭敵人到灣搜洗一次，已損失殆盡，其函語略。俟去函胡林詢之，但事隔數月，彼又云四月已離開胡林，但鄂東信通，彼何以六月二日方發函耶？

十五日　晴熱　晚月形不圓　九月二十日　星期四

早起。段家慶來談，送月餅一包去。今早夢閑帶同定生往王伯彥家中去。正午至省府，午後一時到魯魯山處，三時客俱來。同席者胡鳳喈、傅軼塵、豫生，爲去年同席舊人，餘爲張翩、賀、姚，爲新約者也。今日志純、貢九未至，問之，魯山未請也，不知何故。今日席間有熊掌，餘菜與去歲同豐盛，四時半席散。予歸寓衣汗濕，節過秋分，其熱未減。晚見月光不圓，如十四夜情狀，未必陰曆推算有差歟？

十六日　晴熱　九月廿一日　星期五

早起。飯後至省府。午後一時至師院，張先生約國文系教員商議派課表事，新來教授程硯秋、南昌人。周某、荊門人。楊某。武昌人。備有酒肴甚豐，惜今日無包貢九在座耳，新添饒校文教國文。傍晚歸。今夕月乃圓。九時清理各事，十二時寢。

十七日　晴熱　燥　九月廿二日　星期六

早起。飯後到省府並往各處訪問復員事，歸寓疲甚，手足俱軟，似受熱矣，思睡。孔子英之妻來爲其子求信札，嗣袁次璋來亦求信札，均爲考武大懼不能取也。寫畢，予吃飯即寢。轉鐘一時腹漲甚，胸膈極難過，乃起大泄。略鬆又寢，則不成寐，極不安。

十八日　陰晴不定　晚九時雨　今日秋分節
九月廿三日　星期日

早起，腹仍泄。十時天極悶，似有雨狀。十一時劉九經同嚴某^{葛店人}來，留之飯去。嚴並爲其乞介紹函二件，亦考大學懼不取也。晚小雨，八時以後雨未停。聞今夕長官部車子集合，陳豫生眷屬已行，夢閑歸述如此，予未敢信也。

十九日　陰晴不定　晚大雨達旦　九月廿四日　星期一

早起，至省府探問，知長官部各眷屬已行者數車，省府建廳無船隻、車子，木炭車更不完備。譚廳長早已逃至渝，近聞已下漢口矣，此等建設廳長，雖取巧，不知彼以後何以見人也。午後清理文詩各集自訂之。心煩意亂，今夕爲亡兒根生歿已七整年矣，其墓在宜昌北門外鎮景山，今年如得舟便，須托機關公事輪帶回武昌，轉鄂城，計畫如此，思之痛心。

二十日　陰　晚大雨如注　九月廿五日　星期二

早起。今日在寓清理文集已裝訂，又詞稿缺一版，不知置於何所，或已作殘書頁燒之矣，僅檢得十份，須帶回武漢。晚間寫信二件，十一時寢。

廿一日　大雨　午後陰　晚又雨達旦　九月廿六日　星期三

早起。今晨六時大雷雨，雷聲震檽有聲如搖，平地水深數寸，囑定生勿上學。午後一時至省府繳款二千元，西遷在施未離開省府各廳處之同仁約明日聚餐，照像以爲紀念者也。在府坐談一小時，至洗爵溪縣志館坐一時許。晚歸閱雜書，準備下星期至院授課，十二時方寢。

廿二日　雨　九月廿七日　星期四

早起。飯後清理各事。午後二時着皮鞋至省府，旋至舞陽垻招待所，今日省府各廳處廿七年西遷、與主席同來而未轉入他機關辦事者僅七十餘人，照像畢聚餐，七時散席。予回時天已黑矣，晚寫信二件，十二時寢。

廿三日　陰雨　九月廿八日　星期五

早起。午後清理書籍等件，寫信寄武漢及鄂城。聞省府所派人員一時尚不能出發，巴東以下無輪船開行也。晚閱雜書，十二時寢。

廿四日　陰　晴熱　九月廿九日　星期六

早起。飯後至省府問各事，聞張百熙云，渝開建襄輪到巴，下星期二可到，彼星期一即往武漢云。午後三時至師院取九月份薪貼各款歸。此兩月未開課，真得閒錢矣，然較予所得尤多者不知心中安否。師院辦理不善，遲至今日新生尚未入堂，且無宿舍居住也。

廿五日　雨　晚雨甚大　九月卅日　星期日

早起。劉迪軒來為生意及房子事談了二小時，予厭聽之。十一時張奇強來云，明後乘車到巴東搭船回漢，予托其帶信與鄧寶、孫壽山、秦培鑫、胡舜生，並葛店熊學培轉夏炳丞至胡林看情形，又面囑各事去，張為人精幹，此事可托也。晚大雨。

廿六日　雨　十月一日　星期一

早起。飯後至省府探信，無甚好消息，第一批人員原說上月廿四起程，以後則為一日，聞又改為四日，總之不可靠也。晚十一時寢。今日郵局大加價。

廿七日　晴熱　十月二日　星期二

早起，寫信二件。郵局加價自十月一日起，事前均無人知之。平信每封加九倍，挂號加十倍，快信加十二倍。交通部增此一批收入，云補三年來虧空云云，真好政策、好心腸也。平民發信每月三次，亦須六十元；三封挂號則二百四十元矣。今日已搬物件至洗爵溪，明日下課後可全搬去，此屋距師院近，食宿均方便也。十時寫信二件，十一時寢。現在鐘點自今日起已改遲，仍照從前時刻定之。

廿八日　晴熱　十月三日　星期三

早起。飯後至師院上課。英語系謂課表有誤，予以人數少，僅與學生閒話一堂即歸。飯後向省府領薪水，此月已作七十倍加薪計算，並補上月份加成數得五萬六千餘元。東歸川資得此補助，較另籌爲好。今晚遷洗爵溪宅宿。

廿九日　晴　陰　小雨　十月四日　星期四

早起，在寓略爲整理。飯後至省府，午後五時回寓。晚與縣志館諸人閒談，十時看雜書，十一時寢後多夢。

三十日　晴　晚小雨　十月五日　星期五

早起。飯後至省府，聞東下人員經費有變，渝方來電無款，財廳主張職員東下不帶家眷，午後仍屬開會云云。晚至縣志館談天，十一時寢，疲甚，成寐後多夢。

九　月

初一日　陰晴　戊申土氐閉　十月六日　星期六

早起，疲甚。午後至省府問昨日議決案，第一批公務員仍照定期東下。今日得鄂城洪英一函，係四月九日所發，十月四日到施，計程已半年矣，所說無甚緊要，茂林行爲俟回縣方知之。又接帥和甫、劉伯陽函。晚至縣志館一談，九時歸，閱雜書至十二時寢。

初二日　陰　時有小雨　十月七日　星期日

早起。飯後欲外出，以小雨中止。午後段家慶來談半時去。晚至縣志館閱今日出版報，日寇繳械各地尚有未肅清者，其東京新閣組織以幣原爲首相，年七十三矣，幣原於九一八不贊同日本君臣向中國侵略者也。晚十一時寫信三件畢遂寢。

初三日　晴　十月八日　星期一

早起。今日至師院授課，上午二次回寓吃飯又去，下午二次授課，甚勞頓。晚至縣志館略談時事一時許，歸後看書至十二時寢。

初四日　晴　十月九日　星期二

早起。飯後至省府探信，聞武昌、漢口病人多，所染者爲回歸熱，日寇未回者亦染此病，省府各機關先到之人，病者什之八九云云。今日師院請客四桌，予因下午有課不能不去，從前請予實未去，聞酒肴薄，演說過多，食亦不飽也。下午一時始開席，尚豐盛則出意料之外矣。四時吳良琛、丁友松、周北翔公請在中美俱樂部，候客久，遲至六時開席，席四桌，酒肴俱豐盛，估計每桌在萬四千元之數。軍官多，予認識者僅黃仲恂、王原一、佘子祥、王獻谷數人耳。席未終，予慮晚歸不妥，八時半與夢閑在錦文店借得燈籠，着老何同行到寓，汗濕內衣，十時遂寢。

初五日　晴　十月十日　星期三

早起。聞陳豫生昨晚已到土橋壩搭車，大約今晨可開車。午後囑人將江汉子存物搬來，萬内子遷住豫生所住之屋，減省兩處開火用度。晚間寫復函四件，分致孟慶瀛、帥和甫、張伯名、雲海霞諸人。晚聞王世兄云，今日豫生坐車已開行矣。長官部竟有辦法，省政府復員眞無辦法者也。十一時寢。

初六日　晴　十月十一日　星期四

早起，至土橋壩打聽民廳車開行否，遇姜文山送其子上車，便托到武漢各事。交條畢，與文山至館中食早點，至省府探問各事，午後方回。晚閱雜書，十一時寢。

初七日　晴　十月十二日　星期五

早起，至省府爲寶衡之領款事，午後歸。晚間清理各事，寫信二件。今日收到閻任之函，述渝中各事，彼求爲湘省縣長，未做過縣長者宜有是請也。又收到滕昆田自漢口來信，廿一日所發，述予保安門住宅尚完好，惟未尋得孫壽山，云漢口秦培鑫存予物件俱在，甚慰。今日到府二次，遇包貢九談及各事。

初八日　晴　十月十三日　星期六

早起，至省府訪問各事，午後歸。晚閱雜書至十二時寢。

初九日　晴　十月十四日　星期日

早起。飯後欲出門，適張篤周送請柬來，謂重九登高仍在彼寓中，添張春霆社長名義，不作聚餐請帖也。午後一時去，三時半開席，外客僅王原一秘監一人，餘均漢聲詩友也。饒聘卿在渝未歸，沈碧舫已回武昌，詩社從此結束。五時歸，晚間夢閑方回，彼入城算賬、收回貨物，筆墨作價，石逸、炎午名下應分之件亦取歸。今秋惹此麻煩，勞神嘔氣，則炎武來寓促成之也。

初十日　晴　晚十時小雨　十月十五日　星期一

早起，至師院上課，國文系應用文。午飯回寓食畢又去理化系國文，四時半方歸。晚飯畢，聞王茂先歸，訪問各事，談一小時，又與鳳喈談二時許。歸閱雜書，十一時寢。

十一日　雨　十月十六日　星期二

早起。午後至師院授課，四時半回寓。晚閱雜書，清理雜件。

十二日　雨　陰　十月十七日　星期三

早起。飯後至師院授課，午正即歸。晚寫致鄂城魏縣長函，閱雜書至十二時寢。

十三日　晴　晚月色大佳　十月十八日　星期四

早起，至省府探問各事，遲生明日可先回漢，同該會職員帶文卷行，予帶至省府與崔、朱諸職員見面。五時歸，行路多，疲甚。

十四日　晴　晚月色大佳　十月十九日　星期五

早起，至省府向王科長借遲生名下旅費。晚間閱雜書。胡鳳喈已病，抬入醫院，老年人多飲酒至觸其抽筋舊疾，殊以爲苦矣。

十五日　晴　月色如銀　十月二十日　星期六

早起。今日入城一次，匆匆即回。見各家東下，予動歸念切。不隨省府，又無款能單獨行動也。

十六日　晴　月色佳　十月廿一日　星期日

早起。飯後至縣志館，約陳、張諸人，因今日王原一秘監請客也，同席者均熟人，僅鳳喈因病未到，魚肴均美。午後半時席散，予又同貢九到城內，劉子夔請客也，同席者王曉耕、陳右軍、謝珈航七人，菜亦佳，予以飽未多食也。傍晚歸，疲甚。

十七日　晴　十月廿二日　星期一

早起飯畢，至師院授課。歸聞陳志純今晨已同通志館車行矣。午後又至師院授課，四時半歸。此月及上月廿七起，已共晴十八日，亦奇事也。

十八日　陰晴　晚小雨　十月廿三日　星期二

早起。飯後至省府，午後有課未去。晚朱、李二生送紙來乞字畫，已許之，緩當落筆也。

十九日　陰晴　十月廿四日　星期三

早起，以信送陳康時，請其帶沙市大賽巷四十七號交羅國貞，以函及詩本二册送談君訥。陳、談今日赴巴東，予因往送行。師院有課，今日以時間來不及未去。午後在寓清理各事，接石仲章自武昌來函。

二十日　陰小雨　十月廿五日　星期四

早起，寫復各處函。午後一時王績三來寓，請其診脈，並請爲予立藥方，二爲夢閑立藥方，均云係濕熱所致。留便飯，四時半再請吃飯，晚間又談甚久，乃別予回寓。十一時半寢。

廿一日　晴　十月廿六日　星期五

早起，寫復石仲章、張昭麟二函。十時幹青約陪續三飯畢，予往省府取得十月份米貸金，並所欠包穀貸金，其數爲八千四百元。歸後幹青又請斗山、茂先及予吃晚飯。今日接范寄滄快函，云銓敘部可惡，辦事人員遇事把持一切云云。細思吾鄂之人事處亦何獨不然，以予數次所覺察者，每一件公事出門最速者須六個月，以後如有詢問者，必以官話答之，此等辦事人員均可汰去，當減省國家許多經費矣。晚未作事，十二時寢，多夢，轉鐘時咳嗽甚，不安枕。

廿二日 晴 十月廿七日 星期六

早起，聞胡鳳喈先生患病，往視之，似甚重，上部及頭腦抽筋，鳳老年齡高，連日又鬧酒，致疾之因也。午後至省府探問行期，第二批人員東下，秘書處改列在前，頗為合理。五時回寓清理各事。晚十一時寢，時時咳，極不安。

廿三日 晴 陰 小雨 十月廿八日 星期日

早起。十一時至土橋壩買零件。十二時與貢九等至王原一公館，今日同席者翟、周係省銀行職員，餘均為漢聲社詩友，鳳喈因病，豫生早已歸去，春霆前三日已行。午後一時開席，魚鴨烹調極佳，餘菜均好，三時席散回寓。晚間清理各事，十一時寢。咳嗽甚重，清痰如水，今日師院夜宴飲酒過多。

廿四日 雨 陰 十月廿九日 星期一

早起，至師院上課，教應用文，提前講畢，另教作對聯法，扼要處一一提出。午後有課未去，昨日咳嗽四肢俱軟矣。晚十一時睡，服同逵堂止咳丸一粒，熟睡至天明時仍咳，較昨日輕。

廿五日 雨 夜雨達旦 十月卅日 星期二

早起。午後至師院授課二堂，歸途足軟，疲乏不堪。飯後至縣志館一談，聞鳳喈疾稍減矣。回寓閱雜書，作曲水洞題名《石上小記》。因春霆先生已走，所作敘未交出，前日公推包貢九為小序，既許而又後悔也，又函托予代作，此等小事竟互相推諉，如此前月又何必倡此議哉？天下事皆所作如是觀之，予秉筆信手寫來，一小時成之，敘大略而已。睡後咳嗽未愈，仍先服止咳金丹一粒。

廿六日　大雨　十月卅一日　星期三

　　早起。今日上午有課，予未去。午後段家慶來，述及漢口物價，並云天晴即往資郵到武漢。晚間閱雜書，十一時寢，咳嗽未減。

廿七日　陰　小雨時作　十一月一日　星期四

　　早起。飯後至省府領十月份薪津，十月份憑證分配米鹽等物俱停止矣，發米貸金五千元，問之何以止此數，出納股云尚未算出，他機關米貸金一萬二千元之數也。晚間清理各事，十二時寢，寢後仍嗽不止。

廿八日　陰　小雨時作　晚晴見星斗　十一月二日　星期五

　　早起。飯後未出門，囑工役做箱子夾板三套。爲張祖成寫大紅聯一付，爲朱榮禧等寫單條三張。晚聞志館王先生云鳳喈病甚重，但神智尚清云云。閱報，今日無緊要事，僅銓敘部示今年年終考績辦法，各中學學生復員後須注意甄審資格云。晚十一時寢。

廿九日　晴　十一月三日　星期六

　　早起。飯後至省府問信。午後至福音堂醫院看胡鳳喈先生，病甚重，人已消瘦無精神，聲音低微，惟尚能認識人耳。予以其音低未與多問，慮其不快且問話多牽動感情，或有傷心之處，僅與其弟婦道明來看之意。又聞其長子今日可到院云。今日閱報，共黨賀龍等已率大隊攻取綏遠，而鄂北共黨亦起向河口進攻。如此則前者渝迭次會議，前月所宣佈國共合作諸文告皆僞也。近一旬美蘇情況不佳，蘇亦強硬出面，對美軍佔日本後種種反對，其對中國共黨明助之，其勢力增長，將來似有一戰之勢矣。傍晚王茂先請吃飯，同席者僅常某、楊益如，素非相識者，餘則篤周、校文、貢九諸人。八時歸，九時謄寫《曲水洞題名記》稿，省之又省，尚有三百字，已無可再減，蓋爲省刻工工資及少寫字數計也。十二時寢。

三十日　晴　十一月四日　星期日

　　早起，清理各事。午後整理昨所擬《曲水洞題名記》，張篤周又請至其家吃午飯，同席者王原一、熊裕爲主客，餘則校文諸人。晚間已將曲水洞刻石文稿字數算清，囑縣志館將格子打就，便於書寫。此文簡之又簡，亦須三百餘字方説完。前敘事，末段云："噫！國難八年中，同人寄寓於施者，每以國仇家難縈繞胸臆而增其於邑。曲水洞山水幽闃，足以滌蕩心胸，驅除煩惱。當風日清麗之際，爲吾儕遣愁解愠，使忘客中之苦者，似不能不歸功於鳳喈、篤周、聘卿諸君。且吾儕西遷之始，激於義憤正氣，數年來堅苦自勵，故其爲詩也，皆寓平戎殺敵，恢復中興之志。非如南渡衣冠，恣情永嘉山水，不謀復國，流連忘返者可比也。今倭寇屈降，社友之非土著者均計日東下，爲雪泥鴻爪之説者，謂鐫石題名，永留紀念，且可爲他日重訪之證，因屬繼昌撮述曲水洞結社緣起，書於題名之首。乙酉重九，鄂城朱某記。"云云。晚寫就四分之一，十二時眼矇乃寢。

十　　月

初一日　晴　十一月五日　星期一

　　早起，至師院上課，國文系應用文已教畢，便與諸生説明予提前回省之意。午後又去授理化二年級生國文一篇，亦與上午所説同。兩班生均有感情，對予表示敬意者甚多。晚間清理各事，擬寫曲水洞記以疲甚中止。

初二日　晴　十一月六日　星期二

　　早起，清理各事，至省府探問各事。午後至師院教理化三上國文一篇，便與諸生言及回省之意。此班予教已三年矣，甚有感情。四時半回寓，飯後疲甚未作事。畢斗山今晚已搬至土橋坝，去備明日搭車云。

初三日　晴　十一月七日　星期三

　　早起，至師院授課。英語系二年級生未上國文，僅與泛談時事，説明予即日離施之意。第二時未上，與告別而已。此班已教一年餘，感情甚好。十二時李綏璽、朱翰崑、姚海舫、李藍田四生堅約予至北門外洪勝園餞行，未便再拒。蓋彼等爲舊國文專修科畢業生，予曾教彼詞選、曲選者，極有感情者也。同席僅舒連景、盧俊二人，午後二時畢。便看殷子衡先生，與談一時許仍回師院，因舒連景亦爲予餞酌也，同席湯、王三位，八時畢，囑袁仲虬與一工人同送予回寓。十時即寢，疲倦甚，安睡一宵。

初四日　晴　今日立冬　十一月八日　星期四

　　早起，倦甚。飯後在省府領得川旅各費十九萬伍仟餘元。午後清理各事。晚間寫《曲永洞詩社題名記》，僅寫四分之一，眼矇遂止，已十一時矣，遂寢。

初五日　晴　十一月九日　星期五

　　早起，補寫《曲水洞記》，午後二時方畢。篤周、子奎來，俱爲城內房子事，極可恨。當日萬隆焜多事，累予等兩月餘不安也。四時至師院，借支本月份薪金，以圖章交舒連景保存，並領欠薪也。五時半歸，疲乏甚。十時以後清理各事，明日場期，凡不能帶之物便宜售去，十一時寢。

初六日　晴熱　星月有光　十一月十日　星期六

　　早起，攜房約合同至城內會李鳴琴，以直率之言囑李出洋十五萬元將原屋贖去，以半價退彼，彼甚願意也。十時李同予至省銀行取款，久候方取得，又係大票，用包袱提歸。着衣多，汗出如瀋，回寓衣已汗透及二層矣。飯畢匆匆搬衣物至省立醫院劉紹湘處，疲乏難狀。又囑家人再清各物，減簡爲好。十一時半方寢，轉鐘四時醒，似聞雨聲一陣。劉僕已造飯備早餐。予心煩甚，天將曙，大雨鳴矣。

初七日　雨　十一月十一日　星期日

六時半起，匆匆飯畢。劉紹湘帶同伕役四人並劉僕送行李與予眷屬三至站，衣履俱濕，麻煩萬分。擾擾過磅裝車，至九時方開行。沿途修理，到建始已下午三時半。劉曉庶、石逸兄弟及謝子伯在站候予談話，交款二萬五千元，又筆墨約值四萬餘元價格者與之，彼與迪軒合貿，已折本六萬元之譜。因車須趕到茅田，未與多談也。傍晚車行山路，極危險可怕，八時半方到站。覓食住處不可得，乃至警局訪劉覺如，所員已睡，呼之起，遂覓得樓上大房一間，宿廿餘人，飯畢十一時半，遂寢。

初八日　雨　下午三時轉晴意　晚見星月
十一月十二日　星期一

六時醒，聞又下雨，心焦灼甚，而司機云車機已壞，又須修理，至十一時半方開行。自是機器靈活，途中暢行。至朱砂土，由黃站長介紹住一店，廿五人均住其中，九時半飯畢，十一時寢。

初九日　陰　晴　霧　十一月十三日　星期二

五時半起，六時半早點畢，七時開車，九時半抵巴東。覓旅店不得，乃與方白、立菴、運籌，逕向張縣長要求寄宿之地，承其飭警察隊讓房三間，居廿五人，乃得安宿焉。自是各機關來索房屋之人均無以應之，晚早寢。

初十日　晴　十一月十四日　星期三

六時即起，因人多擾擾不能睡。飯後訪熊予佛，寒溪中學學生，進來巴東開醫院者，聞收入多。與談舊時一刻鐘即出，自是往各處打聽車船，無甚辦法，遷復委員會害人不淺矣。晚與方西等擬一電文致武昌王主席。

十一日　陰　十一月十五日　星期四

早起,將昨晚起電報稿重寫一次,與方西、立菴、運籌送縣長發出。午後往各處看客候船,無消息,悶甚。今日往訪沈岐生。晚寢咳嗽甚。

十二日　陰晴不定　十一月十六日　星期五

早起,聞輪船無消息。正午張縣長用七機關名義請予及方西、運籌、立菴等十八人。午後二時胡濟楚院長請予及江炳靈、周奎禾三人便飯。傍晚歸後,咳嗽不已,因初十日熊予佛請予吃飯,飲酒傷肺又觸咳嗽不已。今日發劉紹湘一函。

十三日　陰寒　午後雨　十一月十七日　星期六

早起,連日晚咳聲已嘶矣。飯後探船無息,武、施、宜均無回電。傍晚秘書處同人來此開會,討論輪船到宜事,結論雇木船,候回電再奪。今日閱宜昌、武漢日報十四日出版者,並載予之《偶憶集》一篇,不知張昭麟何以登出也。咳嗽未愈,晚睡極不安。

十四日　陰雨　寒　晚間時見月色　時有小雨大風　十一月十八日　星期日

早起,咳嗽未愈。與方白等六人請張縣長又發出電報二件,分致宜昌、武昌。候船何時可到,當局不顧及公務員,尚續作欺人之語,徒增其罪過而已。萬大煊請予等九人午餐,酒肴均佳。席散後仍回寓悶坐,晚咳嗽不已,寢後又咳,至坐床上圍衣約一時許乃再睡。鼠嚼物,屢驅不去,樓下小兒啼哭,男婦談笑聲擾擾二小時乃已,其可惡矣。

十五日　陰　風　大雨　十一月十九日　星期一

早起,天氣轉寒,予咳疾仍未愈。午後同王茂先、高運籌至省銀行打電話與王原一,未能暢通,得復王小耕電文,敷衍而已。予等何日能到宜昌，不得而知矣。晚間又至縣府請張縣長雇船。

十六日　陰　晚有月色　十一月二十日　星期二

早起，聞船無消息。午後與高、沈諸人訪萬大烴處長，並在秋風亭耽延一刻，閱同治間一碑，僅述寇萊公治巴，而秋風亭名義未解釋也。晚間商雇民船事，未安，寢後咳稍愈。

十七日　晴　月色如銀　十一月廿一日　星期三

早起。飯後與施、蔣、高諸君遊悟源洞，見沈岐生作碑文名"兀淵洞"，予從前聞巴人云為"無源洞"，不知誰名為確也。至山上一觀，房屋俱圮，機廠已拆，兵工正在拆廢鐵外出，與予廿九年秋冬兩次過此則大異矣。此則不勝今昔之感者。歸寓，聞木船亦無辦法，令人痛恨遷復委員會諸人。

十八日　晴燥　月色佳　十一月廿二日　星期四

早起，至省銀行匯款三萬元，以一萬寄李曉波轉譚，則錦文借款也；以二萬寄萬隆焜，錦文賣屋股款也。傅觀行襄辦代招呼，因主任王禹九不在行。傅云此款二旬可到漢，云謝南山一家九時乘木船至宜。晚間輪船有消息，謂明日可搭數人。

十九日　陰　晚小雨　十一月廿三日　星期五

早起。飯後謝正清一家乘木船東下，予便托箱子一口，又帶一函與陳國苢。今日午後三時民彝輪到，張縣長來云，明天可搭六人云云。發萬隆焜快信一件。

二十日　陰　小雨　風　晚下雪子　十一月廿四日　星期六

早起，腹泄痛，連日食油膩多，胃消化已失常也。張縣長來云，輪船裝軍隊，不易搭上。午後至河干尋木船數次往返，予足力不支，巴東俱山坡，縣府距河下大概有五六丈高。此種凶山惡水之地，故前清二百八十餘年中，科名無一中舉人者，非偶然也。九時寢，腹痛，先如廁，天未明腹又漲痛，如廁似有積滯。

廿一日　陰寒　晚晴　十一月廿五日　星期日

五時半起。飯後聞今日木船可雇到。予今午腹脹仍未愈，又如廁，午後因少食。傍晚箱籠等件下船，予亦未下河去看船，囑夢閑押送物件下河。九時寢，張縣長來談甚久去。予十一時寢，展轉不寐。

廿二日　晴　晚大風　十一月廿六日　星期一

四時起，下河時天未明，予與方白、運籌、慶林各眷屬同船，共開船三隻，連同交管處二隻同時開行。予船久候划夫不至，最後開時已九時半。到洩灘起岸，步行在街上吃飯，連開施方白翁媳賬爲一千九百餘元，可謂奇貴。下船久候宛思演不至，耽延半時許。又添划夫二人，遂趕至清灘食宿，覓得一家尚安適也。

廿三日　晴　寒　十一月廿七日　星期二

四時起，行李上畢天始明，寒風砭骨，予等爲東歸而受苦者多矣。新灘聞無甚險，衆人亦未起岸行。予船中划夫懶，每行在各船之後。行十餘里，見前有覆舟，起救者已三分之一，安流失事，想係舟子疏忽所致。在坡上曬濕衣多係軍人或軍人封差者也。晚船到宜昌，聞旅店人俱滿，覓位置不可得。予上岸一次，心煩甚。晚與高運籌家眷等十餘人即宿原船中，風寒甚。江慶林等已上岸，帶眷起坡。予與高宅諸人在船中宿。左右鄰舟皆省府所屬職員家眷，寒風時時入舟艙，予以體弱更難受也，竟不成寐。

廿四日　早陰　午後五時大雨　十一月廿八日　星期三

早起，上岸欲問住處，竟未尋得。僅與定兒早點後仍回船中。張伯銘在途遇之，約之來船邊談話，並詳細告其弟仲心在甘情況，謂今年必回漢口看看，談約半時乃別去。十時夢閑上岸買物，途遇丹陽，遂約之至船上來，攜箱子到其家吃飯，候上輪船消息。其父母爲予安置寢處，予以足軟，未能尋王文旃、陳季明、龍匯東也。遂命丹陽送信與陳、龍二人，遂就丹陽寓吃飯，談近事殊多感慨也。飯未畢，惠東來談半時並送洋四元與定生。季明與文旃路隔遠不能來談，予以急欲上輪，冒雨與惠東別。上輪後值大風雨，中午所佔上臥地，值欄干旁，大風難受。一水手與茶房云，艙底舵房下四鋪尚空其一，請予以四元購之。急不暇擇，遂囑該水手搬臥具入內。則上鋪有張兆良者，九師校總務長也，問之亦係以四元購得者。此輪爲建設廳所轄，而另買鋪位，此次照料歸省人員，起初無辦法上輪，後又無臥地。宜昌專員蔣銘、公安局長陳康民事前接予等信不招呼，到後亦無照料之法，着人請之亦不來。聞輪要開，十二點鐘時蔣、陳到船道歉匆匆去。聞天門職員有詈罵者，蔣天門人也，噫！蔣與陳皆勢利輩，何足道哉。予以疲乏甚，又擾擾一時許，心煩甚，未能安寢。夢閑與定兒均仍在樓上宿。

廿五日　陰　十一月廿九日

晨七時開船，早飯與夢閑同食，丹陽送有路菜。午後由艙上梯出入極困難，人多氣味濁，出則吐清氣而已。間與施方白、高運籌、蔣立安①閑談。晚九時寢。惟今夕七時泊船地點屬枝江羅家河，距市尚有八里，蘆葦荒涼可怕之至，衆人質問舵工負責，何以泊此處，彼答云時局不靜，萑苻未清，不敢近岸云云。

廿六日　陰　十一月卅日

晨六時開船，予頭痛甚，囑內子請蔣立安看病，但船中無藥治，乃覓得八卦丹、萬金油搽服之。下午七時泊沙市上十里之地，亦未靠岸，

---

① 蔣立安，即蔣立菴，日記中也作"蔣立厴"或"蔣立厂"。

云此地亦不安静。

廿七日　陰　十二月一日

　　晨六時開船，七時抵沙市。予隨衆人上岸購物，天時早，尚有未開門者。聞市面亦蕭條，購得獨大蒜二罐及零件。始見僞儲幣十元、五十元一張者，汪逆財政部所出也，害人不淺矣。上船後早飯，十二時開船。下午四時泊牌洲，嘉魚縣屬大鎮也，生意甚熱鬧。予與夢閑到街上吃飯，問醫生知沈寶衡尚在，遂訪之。至其家與談前事及現狀，彼已六十六歲矣。述同學沈雅樵前年已死，後人尚好。沈宅木炭火烈，予未能久坐，遂別出。晚間本輪管理員余某、大副劉某約黃乃真並二水手、賬房，飭其不能收予買鋪位之費，謂政府現在清明矣。去貪污二水手，乃認不收款。此因今晨予洗口時與黃遇，言必以此事告知王主席者也，黃責余、劉，遂請予到面問明此事，予下樓時該水手猶向予索買鋪住款，或減爲二元給之。噫！此建廳所屬之輪船人員也，其意蓋官革私不革。若輩惡習對官廳如此，對予東歸人員如此，遑問旅客與小民哉！繼該水手乃使小伢來向予索少數酒資，予以惡言拒之。

廿八日　晴　十二月二日

　　早八時開，計算今晚可抵武昌，各人整理衣物等等。下午船到京口上七八里之地又泊之，據管理人言，晚到武昌，慮城內有敵僞未清也，遂泊於此。

廿九日　晴陰不定　十二月三日

　　早九時開船，先到漢口停一時許，職員在漢口俱起去。過武昌時正午靠岸，省府並未派人來招呼，由予上岸呼挑子、人力車，俱講價，仍似從前惡習，索價昂。予與夢閑將物件交清，囑彼等隨人力車押送行李，予先乘車至保安門住宅，中門已閉，由照相館進室內，無桌椅可坐。西邊田姓尚未遷，至前宅堂屋中，則破碎不堪，尚有一老叟與其女居予客房中不肯出。地板已毀大半，曬臺一座，聞各家分拆作薪已久。後重則毀，而由孫壽山飭住客以隨時修補抵租金者。夢閑與定生及萬氏艾甥女同至，借田姓板凳坐問各事。田茂林，北方人，開酒肆照像者。宋常玉非善類也。予雖慪氣，幸有宅存，略自寬慰。飯由田家供給。遲生來，萬氏與甥女同去。予晚宿前房地板上。此屋三重，戰前存物無一存者，心傷感甚，推想鄂城住宅亦如此，睡難安也。

三十日　晴　十二月四日

早起。今日孫壽山請予全家吃飯，十時去，詳談八年中事，予深感壽山道義，爲予保存此宅。陶宏生看屋，由胡升所薦者。彼在予屋中偷各物，與宋常玉一氣，陶現畏予不敢來。宋對壽山尤無狀，此小人須逐出之。

冬　　月

初一日　晴　十二月五日

午前外出，各商店俱在八鋪街，頗熱鬧。午後訪問未西遷各友人。

初二日

掃除各房渣滓，囑遲生來家，問各事。後房老叟南京人，晚賣油條。

初三日　晴　十二月七日

今日寫信四件，分寄鄂城朱茂林、胡林桂堂等，囑即派人來幫忙，又寄夏炳臣父子信。下午至省政府問傳達，囑予以後各處來信徑送予宅。民政廳孟慶、彭傳達尚在。

初四日　晴　十二月八日

今午劉伯陽昆季、高畏之同來訪，談近六年來事，彼等由鄂東行署先來省城者，乃悉聞鄉間遊擊隊、新四軍、日僞軍隊各事甚詳。

初五日　晴

今日胡林邦友來家，述灣間近七年事甚悉，囑其打掃各處。孫壽山薦木匠來整板壁、地板、樓板、窗櫺等等。

初六日　晴

今日約定對門朱匠瓦來估價整屋取灰、買瓦等事。

初七日

今日胡林來人，俱係北頭及大小壪分諸人，南分尚未有人來。

初八日　晴

早朱姓匠人帶來四人檢屋，予囑瓦要全翻，遇敵機炸震破者不少，命邦友挑出瓦片等、渣滓等，邦友能吃虧作事。縣中孟祥煥來。

初九日　晴　有月色

連日整屋，須趁天晴，每天仍四工人。午後訪葛芝岩，爲佘楨請恤金事。今夕有月色，予至八鋪街買雜貨，長街仍無生意，大店均未開。八鋪街自日僞劃爲難民區，已七年之久，故生意仍佳。

初十日　晴　十二月十四日

今日午後遲生自縣來，帶箱子二口，一爲吳家大灣取回祭幛裁料廿餘件，一爲胡林取回曆年日記，幸完全無缺。彼述縣中各事，多慪氣者。予囑其即回處銷假辦公，並關注佘楨恤金等。天順自胡林來，留與邦友同在此。

十一日　晴　月色佳　十二月十五日

囑天順購厚洋紙十斤裱房。胡炳南來，云住漢口，予囑其便在漢口買廢報紙及厚洋紙糊房，留之晚飯去。連夕胡林南北頭人來，認不清楚，均在此一宿二餐。天未明夢閑即起弄飯、燒茶水，予謂此結鄉人善因也，亦是好事。每次同來者至少五六人，食米多，何以爲繼？又不便拒之，邦根則時來時去。

十二日　晴

今日胡林邦臣、太丙、北頭炳文來，以酒食待之，皆關心予在施南者也。邦根又來，予憑邦臣、炳文之面，囑邦根自認前欠之六十元，除丁丑冬在鄉間抵吃肉賬，尚久七元作爲讓□，餘卅元作爲法幣，卅元由法幣又變爲十元銀元，但彼面認此時無錢，俟予回鄉再說。又一欠賬也。此人將來必無好結果，隨予二次作事亦有餘資回鄉，不知先母在時何以受其騙而借去六十元也。

十三日　晴　月色佳　十二月十七日

今早胡丙南又送舊洋紙五斤來，下午天順已將大小五個房裱好，省工錢五元矣。

十四日　晴　晚間月色佳　十二月十八日

今午請客一桌，有蔣立安、張文炳、包貢九等八人，有慶同生還之意，晚間散。

十五日

今天又請石砥中、王曉耕、高運籌、馮挽瀾等九人，午後三時盡歡而散。

十六日

上午鄉間又來人，留之飯去。下午五時請葛芝岩、周印澄、汪文伯等八人，九時席散。

十七日

今日遲生又自縣來，已調查佘楨事實、家庭近況，予函請芝岩早日送中央請恤。佘楨在漢口稅局虧公款，爲子祥開除，追保人佘炎甫賠墊者也。生前亦欠孟內子洋十元，內子故後彼曾來寓一次，謂赴浙就軍隊事。己卯予在宜昌行署負責時，得浙省府來文，根據其保安團長轉撥浙省府請查佘之原籍家屬，乃知其以中尉第三連連長戰死於浙諸暨橋邊，以日寇圍攻急未得收骨。予以文到日期記在日記中，設非彼與予爲襟兄弟，亦不記也。近日連次至省府查案，則宜昌行署文卷遺在巴東巴東作行署不過廿餘日。鄉間某宅均未帶回，乃根據予日記簡文，有主席、團長名及保安隊番號。得葛芝岩慈心爲之請恤，亦亡者之靈歟？傷哉。

十八日　晴

十九日　晴

二十日　晴　十二月廿四日

廿一日

廿二日

廿三日

廿四日　晴

以上數日事繁雜未記，而時時有胡林、朱湯莊兩姓人來訪問，留飯食及說話太多，精神疲乏殊甚。予命不辰，值國家大變，數代前人遺物俱爲本地及鄉間日僞搶盡。回省後得空宅，無一物存者，事事需錢，幸當日在恩施兼國師院教授，乃有一份餘款，此則賣氣力之薪水也。回憶根生兒死於宜昌，遺骨則先擬帶歸而未實行者，尤爲傷心之事，每晚展轉不寐。決計早回鄂城省視各祖墓，誌予得生還之幸。

廿五日

廿六日

廿七日　晴　十二月卅一日

連日俱晴，屢欲外出而車價昂。予歸已匝月，人事之勞頓萬狀，現已頭腦暈痛。周宅又屢問遲生婚期，予答明年四月。蓋每日大小事無時不回環於予胸臆中，此數日已呈病態矣。陽曆年，聞省府懸燈舉行典禮。

廿八日　陰　中華民國卅五年一月一日

早起，今日以身體極不適，省府元旦典禮未去團拜。午後身發戰，口噤，似已患病，晚間發熱，不思飲食，憊臥，心煩亂殊甚。

廿九日　陰　一月二日

予病似傷寒，請石砥中來診，泮香、資生來視予疾，飲食少進。

三十日　一月三日

病中不食，大便不通，四肢無力，發熱未減，服石先生藥。王文旃時時來看予，以在漢口謀事無成，請予寫信介紹回宜昌，許以向財政廳轉乞陳邦燾、易泮香設法薦稅局事。

臘　　月

初一日　晴　卅五年一月四日

予病未減輕，仍服石先生藥，彼謂無危險，仍大便未通，加服泄藥。

初二日　一月五日

病未減，石先生來診，謂須吃大黃等劇烈之藥，晚十二時乃泄出黑色硬糞，氣稍鬆動矣。

初三日　陰寒　一月六日

今日稍稍進飲食，文旃來請寫介紹信，已托泮香、壽麋共薦宜昌稅務局，予另寫函介紹縣府，又托惠東轉向縣長談關係，冀其必成一事也。

初四日　陰寒　一月七日

病已減輕一半，石先生仍來開方，謂須補中益氣。午後三時黎子玉引天保元主人張永年來談，介紹張爲金牛人，在省行醫多年者，談一時許去。今日鄉間又來人，食米多。予自東歸，僅有參議薪，此次修屋及付鄂城家用，前存款已無餘。鄉間來人謀事者一一薦出，如松林、邦根、邦林等，吃飯十餘日，又天順之內弟亦已薦出，邦友之弟又來，來即患病，臥左邊空房中，令人煩甚。

初五日　陰寒　一月八日

予病現能起坐，飲食已增。正午蕭中庸、楊濟民自漢口來看予，謂昨自縣搭輪到漢辦貨者，述縣中近年事甚詳，聞之慨歎而已，坐一時許乃去。

初六日　一月九日

予病已大轉好，食量已增。

初七日　一月十日

初八日　一月十一日

初九日　一月十二日

初十日　一月十三日

連日予以病愈又操勞家事矣。邦友之弟病重，囑來此鄉人抬之歸，給路費，催其早行。予昨夜聞其呼聲慘，慮有變。夢閑命送者好好招呼，抬之行。

十一日　晴　一月十四日

今日胡林太平來，予留之住，俾回縣時有人招扶也。清理家中各事，買田宅所造紙煙四包，價四元，並雜物送人者。命太平傍晚去打聽汽車。予早寢。

十二日　晴　一月十五日

早起。七時遲生來送予至車站，太平攜包袱，遇陳站長，招呼坐司機旁位。今日搭車人多，木炭車行甚遲。下午三時到縣，車已入城。予下車後不辨方向，過蕭和興銅貨店，見敦五之妻立門首，乃略坐問各事，耽延片刻。回家見住宅獨存，甚喜，但破朽不堪。然設非朱茂林住此八年，早被奸民拆盡。細純女在家住，無可靠者，與內子談各事。親友之近者來看予問好，勉答之。疲乏甚，未外出。視堂屋中金匾與祖位龕尚存，先母靈位前一旬已送焚矣。

十三日　一月十六日

早起。各戚友來看予者多詢往事，感慨多耳。午後訪段繼李縣長。

十四日　一月十七日

早起。九時外出看戚友。午後老友張渭泉、王文旆均來久談。鄉間有胡、朱二姓族人來。友人已死者爲傅象虛、姚福坪、張叔華，聞受日寇死於鄉間，可憐也。晚間段縣長及公安局長並三位科長來訪，先後談甚久。予非士紳，而戚友之來述官司、謀事求薦函托情者尤多，一律拒之，頗以說話爲苦。孫少恒來多次。

十五日　晴　一月十八日

今日帶信與袁夏村、芷青等，囑其來勿懼，夏村係囑文旂示意回鄉者也，以其曾任孟端溪僞縣府科長者，孟發財已死，彼則兩手能□□也。

十六日　晴　一月十九日

上午九時早飯畢，帶同洪英、祥煥出城祀先祖父母、先叔父母墓。至姚家壟謁先父母墓，均完好，視亡室孟氏墳亦好，前聞墳上有蛇蛻，墳右有一小洞，不甚深，滋予疑。據土人說，此地甚佳。各墳視畢歸已下午四時矣。晚間具供祀先父。今夕爲先忌日，嗚呼，父歿已卅二年矣。思往事淚涔涔下，以父靈予得生還里門，亦幸事。九時段縣長來商各事，予囑其不必求治太急，惹許多反響，彼首肯去。

十七日　晴　一月廿日

今日鄉間吳表嫂來述各事。鄉間連日來人，胡林有人來接予回鄉，予答以廿一日動身，先派三人來抬轎及挑行李，十九晚來縣宿。繼李來商各事甚久去。

十八日　晴　一月廿一日

今日外出至太平橋等處，日本軍官兵士甚多，囚首奄奄，昔時作惡情狀已滅，今如喪家之犬耳。噫！孰謂天道不好還哉。

十九日　晴　一月廿二日

連日成衣匠在家做衣服，並爲予改皮袍子已成，取裁料十件帶省宅。晚繼李來，必欲予寫信致省府說明處境困難，免除一切。予囑其起草，予親筆寫付先發出。又與説明東門大廟不可拆，新成古樓不可遷至城外，彼先有古蹟集中之謬説也，彼采納。予言鄉間仍不靖，予向之借二警送予。

二十日　晴　一月廿三日

縣中近來以段縣長剛愎難進言，每每乞予緩頰，予委婉向段言，迭次言之，謂爲政之道以順民心爲主，"欲速則不達"，聖言也。胡林下午來四人，清理，明日回鄉。吾鄉人嗜紙煙，帶五條回去作禮物。縣府來云，明日派二人送予，又派胡巡長同護送，胡爲北頭中發之子，並非好人。

廿一日　晴　一月廿四日

早六時任科長來，謂已關照葛店警察局，知予此次不能搭汽車，乘輿須在葛店宿一夜也。八時半，太炳等五人吃飯畢，予乘轎出城，經縣政府門首，見六七日本人爲段縣長檢瓦整屋，此次免費請工亦利用之法也。行一時半過樊口，在茶肆休息。下午一時到胡林，先過大壋，族中男女聚觀。弼臣等來迎，遂步行同至大灣。在貴堂家中休息，提及舊時事予下淚，自是來觀者多，各有慰藉。朱陽春約朱姓禮堂、春堂等來，予答語多，疲甚。晚飯後即宿貴堂家，族間來訪問者，至夜深乃散去。予以被厚不能安寢，又類傷風。

廿二日　晴　一月廿五日

早起，通知四分長者今晚到祖祠開會，爲族學復校事。朱湯莊趨廷、禮堂等亦來請予計劃族學事，面示各語。予不願到灣中，彼等堅持請予去，許以明午必到，乃去。下午晚飯提前吃，六時四分管公者均到，富户未管公者亦來從予説明各事。恢復族①須先籌集小欵，以便添補桌椅

---

① 族，疑後脱"學"字。

之用，立一捐册，予首寫十元，邦臣與中份大壙北頭家事好者寫十元，至少者寫四元，即日收齊，存太經受理。説話多，開會至十二時乃已，疲乏不自持，仍宿貴堂家。

廿三日　陰　一月廿六日

早起，分付灣間辦學諸人切實交歟，明春一定開學。我鄉讀書人少，教育落後，殊可恥也。正午朱湯莊來人抬予到灣後，與趨廷、禮堂説各事。彼為予具筵，請呂叟等四人作陪。予以扼要語均與禮堂等先言甚詳，不再述也。飯畢仍乘轎回胡林，由四分各派一人送予明日回省，預計在葛店宿，清理各事。囑縣府所派衛士二人，明晨回去，到葛店不需彼等也。晚間大壙南頭人家以日偽據灣時被訐受屈，均來申訴，説了三小時仍未已，予疲甚臥床上，夜已過十二時，而賢君、賢遂、次山及和尚乳名。之父母又來聲明被誣情事，予閉目略答之。族中如此多事，何能久居耶。此真處苦境矣，雞鳴時彼等散去。

廿四日　陰　一月廿七日

公衆早具飯，九時吃畢，抬轎及挑子俱來，胡巡官同行。以天氣短，予催輿及挑子速行，沿途秩序尚好，惟火食甚貴，予在路中打尖二次。下午五時到葛店借宿警局，餘人由胡巡官分配各棧宿。警局長，黃岡人，任科長亦來葛。予寫條子飭警士在街尋張肖鵠，急思一見者也。八時肖鵠攜其兩學生，又陳恕初亦同來，敍別後事。肖鵠欲予過其家，距此尚有六里，予辭之，謂此次因不能坐汽車，歲暮又須到武昌寓，明春約期來葛相見，肖鵠談一時許乃去。予宿警局亦不安，又慮天氣有變，途中雨隔難行，展轉不寐。約李生，竟未來。

廿五日　陰　一月廿八日

早起，催衆早食早行，與警局長相別。胡巡長奉命送予至新店，未便止之，囑其今日必回縣報告段縣長各事，胡送予十五里乃返。予催轎夫、挑子速行，下午五時到家。囑家人具酒食，另給洋與衆人作壓歲金。鄉間來者僅邦元、邦恩爲兄弟輩，餘則侄輩，不可令其心中不快耳。

廿六日　晴　一月廿九日

早具酒食欸胡林邦元等，食畢，囑其早回鄉，彼等定乎今夕可到家也。

廿七日　陰　一月卅日

早起。午後到省府訪王原一，述明回鄉後所得城鄉近狀，政府須與民休息。因此八年中人民曾完四種捐稅，而遊□又分三種稅，被日僞所冤殺者各鄉甚多，以吾邑推之，被淪之縣無不如此，此情主席須知之。老百①曾過恐怖生活，漢奸及下等流氓爲日本鷹犬者，殺人報復搶劫民財，此不可赦者也，王許轉達主席蘇民困也。談一小時，爲段繼李減少派伕派米事亦允傳達。予出便訪同事諸人。

廿八日　陰　一月卅一日

今晨進祖宗，九時家人具酒肴吃年飯，舊例。噫，西遷七載未行此禮。今日生還，憶吾家舊例乃得行之，亦快意事。下午外出訪高、蔣、謝、包四家家人，略坐談歸。囑炳臣打掃舍宇，清潔內外。連日購應用舊器俱、桌椅等件，去價尚廉。

廿九日　晴陰不定　二月一日

早起，囑家布置各事，曩者除夕祀祖須化包袱。先君在時年年舉行，先君捐館後，予亦踵此禮。今夕具供仍行之，惜僅燒楮，因未寫包袱，予病後亦懶於寫楷字也。晚九時略備酒肴自飲自慰，以病體新痊未能守歲，囑夢閑招呼火燭，十二時遂寢。

---

① 百，疑後脫"姓"字。

民國三十五年（1946年）丙戌日記

正　月

初一日　晴　二月二日　星期六　水　女

八時起，同居各家來拜年，予不能不起。早點後遂外出，循水陸街、長街、雙柏廟、候補街、西街、巡道嶺，薄暮回家。今日有途遇之友甚多，予僅在高運籌、秦培心家略坐，談片刻，爲遲生就學事在周菊村家坐甚久。陳肖祖來，爲劉叔模競選事。晚疲甚，早寢。

初二日　晴　二月三日　星期日

八時起。今日自朝至暮來客甚衆，竟不能外出也。內子同定兒渡江拜年去。魯魯山夫婦、譚菊畦夫婦俱來，予待招，僅談片刻，內子不在家，復不便留女賓多談。午後四時乘空雇車至西街楊子敬、李延照、沈碧舫諸家，均未多談，途遇張啟鈞，立談片刻。晚早寢。

初三日　晴陰　今日立春　二月四日　星期一

八時起，疲甚。上午來客多，飯後與內子同往魯山寓中。下午聞尚立、壽梅曾來家，傍晚遂往答拜。寫信至鄂城、胡林，明日發出。十一時寢。

初四日　晴　二月五日　星期二

八時起。今日客來漸少，午後外出一次。今日爲先祖母忌日，未具祀典，祖母像亂後失去，去臘回鄉亦未尋得。省宅今日所懸者祖父畫像，則抗戰前所留照者也，不知當時何不爲祖母留一照片耶。童時聞先父言，當時請畫師爲祖母畫像不甚肖云云。

初五日　晴　二月六日　星期三

早起。飯後往省府與同事拜年，便見秘書長述鄂城民衆疾苦及軍米搜購、俘糧攤派諸事。見主席亦如此說，並重申予在鄂城所寄函雖長尚有未盡者，並代述段繼李在縣所受痛苦。主席安慰並誠懇答復予所問各事，囑以後仍具意見採擇云云。午後歸，客來又衆，疲乏至極。晚欲寫信，難於執筆。

初六日　晴　二月七日　星期四

早起，寫信二件，出門一次。午後鄢雲齋來談甚久，留之飯。胡林胡天順先到，嗣到右丞、澤民、弼臣、邦根等十人，又續到炳文及朱湯家禮堂諸人。今日朱胡二姓來十八人，計開二桌，煩擾至極，所費不貲。說話甚多，爲族學事又不能不與渠等招呼。十二時疲甚，轉鐘一時方寢。

初七日　晴　二月八日　星期五

早起。正午料理諸人酒食。晚間爲族學事又重新計畫各事，約人談話瑣碎至極，與鄉人談話又必多方譬喻之，真麻煩之事。午後外出一次。晚寫信四件，頭腦暈痛，十二時寢。

初八日　晴　二月九日　星期六

早起。連日接各處函均未復，欲執筆即有客來，有專來奉看、有來謀事、有來請託說訟事者，心煩甚，又不能不與敷衍而去。胡賢遂連日去查荒地，今日上下均招呼胡林來客酒食。晚間又與談話，心煩甚。九時寫信二件，十二時方寢。

初九日　陰晴不定　晚月色佳　二月十日　星期日

早起。胡林本家多人在此住食，繁擾殊甚，又時時爲彼等説話，疲乏至極。所約江曙初爲族學校長，今日亦未來談話。朱介普來談一時許去。晚間爲胡林諸人寫信件，分付辦學各事。

初十日　晴燥　晚月色大佳　二月十一日　星期一

早起。來客如王小齋等談數語先去，九時江曙初同張楚軍來，予詳細談族學諸辦法，聘江爲校長。江，羅田人，第二師範前年畢業者也，張，麻城人。晚間賢遂與汪俊源查詢南湖、馬湖官産歸，詳述該處佃農情形。

十一日　晴　二月十二日　星期二

早起。賢遂、天順俱回胡林，午後其甥送天順之妻來此，其甥周闓昌乞作函與謝縣長維持其業務。施方白、盧智詮、梁維亞同來，談甚久去。晚訪葛芝岩，爲佘楨遺族請恤事，孟祥焕將廿九年予所開示事由遺失，殊爲恨也。歸後清理各事，案上書籍雜件淩亂不堪。連日客多均與予無關之事，聞聽均不快也。十二時寢。

十二日　晴　二月十三號　星期三

今日來客數次，皆乞薦函謀事者，欲不寫函，當面得罪矣。

十三日　二月十四號　星期四

今日無事，小睡二次，藉以休息。

十四日　二月十五號　星期五

早起，倦甚。午清理瑣碎之事，頭爲暈痛。

十五日　晴　二月十六日　星期六

早起。至省府與同仁相晤，並探聽加薪事。午後客來甚多，無非謀事請作薦函。自辛亥革命後作官吏不論資格，故求事者多。

十六日　二月十七

自今日起擬收心閱書、寫字、畫花，暫求心安而已。室內打掃清潔，心目爲之一爽矣。

十七日　晴　二月十八日

今日梁、范、盧諸君來，商組織辛亥起義同志會事，予謂此事難成，何必費力耶。梁民希必欲將此事成之云云。

十八日　晴　二月十九日　星期三

今日至省府探問改組事，聞萬耀煌奔走最力，萬與蔣新有結，以其人格卑下，予必料其到手也。噫，是否鄂人有福利歟。逆料前門驅虎後門進狼而已。萬有妾善斂財，以前即醜聲四播者也。

十九日　晴　二月二十日　星期三

早起，倦甚。午後不斷來客，鄉間親友有展轉介紹來求薦函，又有直接求薦各廳處爲工友者。予以省府馮股長有用人之權，薦胡林邦根等三人去，又薦二人至朱光祖廠中做工，又薦松林過漢口。鄉間近五年間，據說方部、馬部、廖部，僞縣府時時刻①爲稅捐、田賦直接向民衆索款，稍一不慎捉之去矣，以故農人窮困如此。

二十日　晴燥　如三月天氣　二月廿一日　星期四

早起，周淬成、汪俊原來，刺刺不休。飯後欲寫信分答各處，梁民

---

① 刻，疑後脱"刻"字。

希來請署名蓋印，向社會處呈報備案。張難先首名，已署者廿六人。"辛亥起義"四字，民四至民十爲倒霉時代，予在施南，陳主席始時時言及。自後紀念周乃提及，作爲報告材料如是。編輯室亦編辛亥事，惟編者年僅三十或不及三十之人，焉知辛亥起義事，檢黨史史料照抄而已。段繼李來談縣中諸事，並約予介紹見范尚立，以縣議長許之。傍晚梁、范約予至十字街金明山宅吃飯。金，竹山人，起義時在南湖礮隊當兵，爲姜少庭部下，年已六十六矣，有田產，其子現充軍官云。九時歸，寫信至十二時寢。

廿一日　晴熱　如四月天氣　二月廿二日　星期五

早起，至省府建廳人事處、財廳，受人之托不能不去。值天氣乾燥，東風時起，馬車汽車馳過則灰塵大起，行人目口皆灰。天氣劇變如此，煖如四月。曩昔正月起東風必下雨，有霧則止能晴一日，今俱不驗矣。午後蔣笠菴約吃飯，菜多，惜太鹹，予帶同定兒去，未終席即歸，慮天黑不易行，因蔣住曠野，軍隊馬匹又多故也。回寓得黃松庵第二次香港來函，述其在港八年經過，困窘危險，約六千字，此老道德學問人品俱高，湖堂師生惟予爲其所重，亦知己也。黃師今年七十三歲，明日當作函復之。

廿二日　晴燥　二月廿三日　星期六

早起，清理案上諸物，愈清愈難清楚。桌小堆物多，屜子小，又僅一個，心煩甚。記八年前室中書案精雅闊大，案上置物有條理。今則物貴，予又無錢購置之。從前在施南，省府二科桌椅可借予用，今則器具不夠分配，即或有之，科長及辦事務之人取去矣。午後客來數次，予近來以來客爲苦，不招待，彼來者不快。聽其言謀事請作薦函諸事而已，拒之不能，乞函去亦未必有效。噫，如此政治社會環境與抗戰前奚以異哉。晚間夢閑出言不遜，予痛詈之，動氣甚。十二時寢，心躍不安，極難過，令人回念亡室孟夫人不已，合眼即作夢，心神恍惚。

廿三日　晴燥　如四月天氣　早有霧
二月廿四日　星期日

早起，即出門訪張少白不遇，姜文山、周鼎瑞俱在紥珠街、中營街附近，便晤之。正午歸，熱甚。羅資生爲予寫雜文，朱祐亭來談，予心甚亂。晚間夢閑自言自語，予作不聞。念予命不佳，妻子俱不賢，賢如孟夫人偏早死矣。今日復馮少岩航空快信一件，詩文詞稿俱已寄畢，事之成否，聽之而已。十二時寢，仍不安。

廿四日　早晴旋陰　午後四時雨　晚大雨雷電
二月廿五日　星期一

早起。資生又來爲予寫雜文，范尚立約予過其家便飯。牟獻宣第四子自渝來。牟爲范瀛槎之外甥，尚立與瀛槎爲義兄弟，有此一段緣也。金明山亦邀過其寓，菜肴甚佳，正午開席，午後一時畢。與尚立、明山渡江至李春萱住宅開會，到者向海泉、楊玉如、馮亞夫、梁維亞等九人，餘爲不知名者。海泉，昔聞名。俱未晤談。春萱爲兩湖理化科同學，則卅四年未見者也。辛亥起義，春萱、玉如之功居多，彼二人俱沔陽籍，一任財政廳長，一爲國會議員，以後並未言功，伏處能安分守已，亦國民黨中自愛之士。予於清代任《中西報》主筆五年，玉如號古復子，後予二年入《中西報》任主筆，文筆矯健。何海鳴、胡玉齋俱爲該報記者，邇時海鳴文筆欠通順，能用心看書。起義後二年何能作文且出書，作筆記、雜記、小說，俱斐然有致矣。會畢已下午四時，出李宅大雨，予着薄綢棉袍，外面已濕，又折回與春萱談往事片刻。雇車至京漢旅館，與何梅先談往事。至紅樓旅社晤秦培心。至陳豫生寓談一時許，就其寓消夜。回紅樓旅館，培心介紹見楊慶山，談半時，亦述辛亥起義時事頗祥。慶山近十年多與要人往還，今夕聽其言尚通達人情世故也，人甚精明，年六十歲無老態，述其原籍爲黃陂云，談畢已十二時，予宿館中。

廿五日　陰雨　寒甚　晚十時大北風　十一時大雨如注雷聲大作　二月廿六日　星期二

九時起。小雨未止，寒甚，予以着衣薄遂渡江回家。飯後往澡堂洗澡，此爲予回省後第二次洗澡，在施僅往澡堂三次。今日修腳則八年中第一次也，不可不記之。晚十時以後大風雨，寒甚，換皮裘禦寒。十二時寢。

廿六日　陰雨　寒　晚大雨　轉鐘後電雨雪子聲交作　二月廿七日　星期三

十時起。朱槐及槐漢兩生來爲考學校事。近日教廳日日言教育普及、掃除文盲，今中小學失學學生在武漢者有數萬。考學校謀八行信，爲之先容請托者日必數起，而小學生尤多。予子住高中者無學可轉，原校又未來，稚子至今托人，尚未轉入小學。予等省府高級職員，自後方來者均失學，其他無人幫忙，其子弟又不能謀得八行，望洋興嘆，繳費不得其門。此時所謂唱高調之教育當局真可殺矣。省政府之一套復員後計畫何在耶，欺騙民衆而已。今日寒甚，未出門，晚寫信四件，十二時寢。轉鐘後大北風忽起，聞大雷雨兼下雪子聲。

廿七日　早雨　午後陰　寒甚　轉鐘後大雨如注　二月廿八日　星期四

晏起。朱槐及槐漢來填保結。午後汪俊原又來，予以其碌碌無長，只得寫信三封持之去。此人綿纏數月，所說之語又多，不可靠也。晚間遲生送來軍米六十斤。今日爲胡林小學事寫信四件，殊爲煩惱。

廿八日　雨　大風　寒甚　三月一日　星期五

九時起。今天氣寒如隆冬，雨水節已過十日矣。春寒如此，真所謂春行冬令矣。定兒疾已愈，明日當令其上學，此兒自去年冬月初回武昌後簡直未讀書，荒廢至今近三個月。先君從前教養，予未嘗十天失學。傍晚鄧實來云，玉兒母子女已回宜昌，不日到漢，無住處，幸對門房予堅持不租人也。九時清理案上物，頭爲之痛。十二時寢。

廿九日　陰雨　寒甚　三月二日　星期六

早起。飯後來客數次，謀事者、考學校者，失業失學之人何其多也。政府徒事宣傳不求實際，與從前所謂政治不良有以異乎？聞省參議多質問嘲諷，而民、教、建各廳長安然也。晚爲胡林族學事寫函數件，至十二時半方寢。

三十日　晴　三月三日　星期日

早起。九時渡江至硤口酒精廠，朱光祖請予晏也。同席者馮竹友，餘均爲其廠中同事許、劉、陳、盧，許炳炎爲熟人，餘均初見面者。鄧定遠、劉時敍均未到。午後一時開席，二時半方罷。酒菜均佳，計其值當在萬五千元以上。詢之光祖，此廠建廳並未補助，然所收各處定購費多至六十餘萬，亦不須建廳補助也。三時與劉先生同乘車訪李範一，談甚久出。渡江時因以新晴，着棉袍寒甚，到家換皮裘。晚寫信至十二時寢。

二　月

初一日　陰　小雨　三月四日　星期一

早起，引定兒往三小上學，晤女教員汪先生，任潄芳之妻也，請其便介紹三下級任倪先生。午後來客數次，仍係爲謀事、考學校者。近半月間多爲此等老幼周旋，可厭也。晚十二時半寢。

初二日　陰　小雨時作　三月五日　星期二

十時起。定兒已上學去。朱槐及汪俊源、王少文均來此爲謀事，予

——敷衍以去。陳萬瓊三一學生也，來謀事。林均中來請寫介紹函到鄂城就職。午至省府晤唐立圻、陳田雨秘書，又在建廳爲俊源事訪張百熙，爲孫壽山之孫女就學訪張傳道。近一月無不爲他人謀也。晚九時往回看林均中，便托其與王國煌說各事，並告以予明後天即回鄂城。

初三日　晴　三月六日　星期三

今日來客數次，不外求薦函者。午後買應用各物準備回鄂城。晚間約定右丞明日同搭車回縣。

初四日　晴熱　三月七日　星期四

七時起，到車站遇賀吉甫、胡舜生有包卡車回縣，遂與右丞同上車，當即開行。下午一時到縣，因司機誤入北門乃倒車，耽延半時下車。與右丞到家吃飯畢，以後段繼李、陳肖祖、黎子玉、余枚、劉榮焌等先後來訪予，均爲劉叔模代運動省議員也。劉人格卑下，四處托人，大言不慚，謂當選後能爲地方謀種①福利也。

初五日　雨　寒

早起。林均中來，述縣府事，不相安。林昨與同車來縣者也。渭泉來談選舉事，孫少恒來述近況，謂叔模、芝生競爭省議員，兩人均早派人住其家甜言蜜語半月矣，可鄙之。至午後外出訪子祥、宇平問各事，並至縣府約林吃飯。昨今均爲吳林書、胡右丞請族學教員說了多少話，自復員後各縣興辦族學者多。

初六日　雨　寒甚　下雪子　三月九日

七時，胡林二生來問各事。縣中三處請客，少恒、肖祖、榮焌均爲叔模爭省議員，大約叔模出酒席費也。

---

①　種，疑後脫"種"字。

初七日 雨 寒甚 三月十日

今日生火盆，寒甚，來客又多。覓得小學教員劉仁才，縣府所薦者，囑吳林書與之同往吳大灣教學，此與予不相干之事，以吳屢請至。胡林小學尚未覓得教員。

初八日 雨 寒甚又下雪子 三月十一日

今日自朝至晚均係爲選舉，説話多，疲乏甚。劉叔模到處托人來説爭議員事，且云彼可當選爲省會副議長云云。段縣長爲之大拉人、大宣傳。噫，何其鄙也，彼之學歷資格一無可取，而必欲如施南情形，仍以運動取勝，迭來乞予一票，予終未允也。已請得王治隆爲胡林小學教員，爲之餞行，囑右丞明天與同回鄉。

初九日 晴 三月十二日

今日來客多，説話長，大半爲劉叔模拼命要爭到省參議員，予鄙其人，終不以一票許之。晚間段縣長來，亦爲劉事，予終不許，因此人學術差，平昔恃吹工拍馬屁見長者也。能爲本邑謀福利，予未敢信。段多方比譬至十一時方去。

初十日 雨 三月十三日

今日來客更多，煩瑣殊甚，皆爲選舉事。噫，爲劉代組織者何其不闢煩也，其目的以內外鄉地域籍。吳芝生爲內鄉人，投吳不如投劉爲妙，總之，吳非善類，劉專吹牛，皆非爲吾民謀福利者，藉議員名義將來駭詐炫耀而已。爲予與少恒兩票，不知搬出多少人來，段縣長爲劉利用而已。明天縣議會開正式會投票。

十一日 小雨 寒甚 三月十日 星期四

今日開會，范鴻勳公推爲臨時主席。予到會甚遲，否則被公推則受罪不小矣。范報告約一時餘，係爲劉組織議員最力之人，擾擾投票，累予坐四小時之久。劉選出後紛擾乃平。彼尚約軍人六七及打手三四人在場外鼓掌，蓋始意預備與吳芝生用武力者也，結果吳少二票爲候補。假使予與少恒不投劉，劉失敗矣。劉今晨六時到予宅糾纏説話，低頭謝過。下午休會。黃岡有人來。

十二日　雨　寒

今日開會選賀、高爲正副議長，内外鄉各分其額。

十三日　雨　寒　三月十六　星期六

今日開會以議案多，主張延會期。

十四日　雨　大風寒甚　晚下雪子

今日開會多有争執，議員等文化太差，人類不齊，各鄉有鄉界成見，故所選結果如此也，予甚恥之。設非我邑城内人，前於予未歸時，選予爲城内三名之一，予不能拂衆意，非如王、周輩以人品差，先請客求人投彼等，真可恥矣。但城内商界與年老者均不願予辭去，謂每年開會不過二次，每次又不過三天，君何必辭之，亦無人可補也。縣府晚間送旅費來。

十五日　大雨　雪子　寒甚　三月十八　星期一

今日下午約范尚立、徐宿儒等四人來吃便飯。

十六日　早大雨　下午陰寒

今日段縣來談甚久去。周、徐、范、紀諸人明日回去，予返送行，便談片刻。朱禮堂來述請口吾再告倪姓事，以命案未結也。

十七日　晴　三月廿日

選舉開會均告結束，擾擾八日，予精神疲，説話多，病亦未痊。此次如不回縣，似對不起同城友人。老幼輩前以願望請予爲議，幸前日票數僅得大半數，否則套上此席不得脫身矣。從前愛虛名者，每每造成劣紳惡霸，至後來身敗名裂皆城內大紳士，細思之可爲殷鑒。

十八日　雨　午後雨更大　晚雨達旦　三月廿一

在家清理各事，休息半日。細思我邑選舉仍爲國民黨三青團所把持，其內首即所謂軍中統者也，我輩超然無黨派者，即當選亦不能與彼等合作。福國利民皆黨團流行語，以欺老百姓者，今亦揭穿矣。

十九日　雨　下午陰

予以欲往省宅，清理各物已畢，下午回看各戚友。晚段繼李來談甚久去。

二十日　晴　三月廿三　星期六

正午出城至大西門外，入城訪問從前被炸各屋地皮及縣府所占據作臨時屋者。予前日提議案，請縣府即日發還各民所，有權勢不可退者，備現時價買之，一致通過，早了手續。不過予爲城內人，對於此事，有徐平夫、嚴少誠、朱茂林三家爲親友之最切者，各家尤窮困不堪。今日借楊明德款二萬元，又至周子南家。

廿一日　早陰　晚小雨　轉鐘後大雨達旦　三月廿四　星期日

警局長、胡稅局長先後來訪。胡林來人爲開學事，前教員不願就云云，予遂定明日回鄉。向蕭中庸借二萬元，此次回縣自用之款不少。

廿二日　早大雨　午後雷雨如注　三月廿五　星期一

一時醒，聞雨聲，心焦灼甚。今日午後三四次大雨如注。

廿三日　雨終日　晚雨大風　三月廿六日

早囑右丞等先回鄉去，予嘗商之縣長，解決胡林魯家墻事。晚寫函三件寄省去。

廿四日　雨終日

寫壽山、遲生、夢閑三函發出。下午四時約繼李及潘、任、祝三科長來便飯，段最後方去，便托予向省府當局説明其處境困難也。

廿五日　雨

今日未出門。午後段繼李又來談整頓各事，予謂求治不可太急，急中無良好結果。法久弊生，先去其太甚者，君漫漫看去即知之。

廿六日　晴　熱甚　三月廿九

早起。胡局長來述各事。孫一鳴來訪。孫，華容人，六中畢業者。早飯後胡春華隨任科長來，送予與任，雇民船到胡林勘魯家塆案，予在船中與之計各事。吾鄉與魯姓爲塆等向來不和者，此次必須解決，此六十年未有之爭執也。到灣後囑族間人好好招待，告知此問題。

廿七日　晴燥

早起。任科長、張指導員、吳鳳祥、熊保長、劉鄉長等與胡魯兩姓當事磋商，往過數次，魯姓人壞，加以劉鄉長不願此事調解之成也，設計破裂，到祠堂後被予詛駡一頓，又經多次協商乃得成功。具酒二桌在祠讌之。予向魯姓説許多好話，謂兩姓可以解決六十餘年之糾紛，並釋舊時仇恨也。天下無不可化之人，未來之利甚大，魯姓已醒悟矣。則知吾族前輩諸人多健訟者，以致二姓之仇愈深，乃至去年幾乎又起命案者。酒後兩姓當事人與任科長等四人共同簽訂界石字畢乃散。昨今擾擾兩整夜，累予嘔氣者三四次，晚寢不安。

廿八日　陰　東風　晚雨　三月卅一日

早起，與任科長談各事，帶兩姓和約至縣府蓋印。正午至大塮看祖墳山，姜昭陽來看予。今日魯姓請任科長，灣間有人同往。

廿九日　晴　四月一日

早起。飯畢與任科長乘輿到蕭家口雇船回縣，上岸後分手散去。

三　月

初一日　晴　四月二日

在家休息。魯家壋案，聞先君云胡林命案即爲此湖取魚，此予幼所聞者，此次回鄉，斷此永久禍患，予心實安然也。

初二日　晴　四月三日

初三日　陰　四月四日

今日乘汽車回省寓。午後清理各事。早寢。

初四日　晴　四月五日

清理寓中信件，逐一復之。今日疲倦甚。

初五日　晴　四月六日

初六日　陰　四月七日

來客數次，謀事者多。

初七日　晴陰不定　四月八日　星期一

早七時胡林右丞、春華同縣府任科長來述各事去。

初八日　雨　晚雨達旦

上午十時至府，正值開會，僅與高運籌談半時歸。

初九日　雨

上午至省府訪王原一，說明段繼李在縣各事。

初十日　大霧　晴　熱甚　四月十一日　星期四

上午十時過江訪高、李諸家。下午五時胡松林、次山送予書籍來。

十一日　晴燥　四月十二日　星期五

早起，倦甚。到府請馮挽瀾囑電工來安電燈。

十二日
晴熱　午後大雨如注　四月十三日　星期六

今日渡江訪夏君談片刻，歸。至省府知原一等調任消息。午後安電燈者來佈置一切。晚寒，早寢，倦甚。次山等前日來省買書。

十三日
大雨終日　大風寒甚　四月十四

早起，倦甚。任科長已改就紗局事，今日請予及次山吃飯。午後段繼李、梅鳳山先後來談甚久去。安電燈已畢。

十四日　小雨　午後轉晴

今日糊房子四間已成。尹仲韓、許厚生、子良、均中、俊源、任濤先後來訪，各與敷衍片刻去。尹，老而貧，意在托予向縣長謀縣志館事，已許之。晚付天順工力洋一萬元。外出予買皮鞋一雙，擇其最佳者，三萬八千元。

十五日　晴　四月十六　星期二

今晨天順與次山同回鄉。午後至楊子敬、李延禧家回看，梅先霖來談。劉成儒來請寫同志會大匾額。

十六日　晴　晚有月光

早起。任濤同段繼李來商各事，縣長不易爲，予勸其暫耐之。

十七日　晴熱

到省府開會後並訪高先生。連日接各地信件均未復。

十八日　晴

今日汪志道自鄉間來告予以各事。午後寫各處①，分別發出，宜昌王文旂、陳季明，又復克誠、祐亭、資生、重心等信。

十九日　晴熱　四月二十日　星期六

今日往省府訪問各事，聞王主席已調任，繼之萬耀煌。

二十日　晴熱

朱祐廷來仍談謀事，此人得失心太重。

廿一日　晴熱

今日渡江訪程頌雲談片刻，取證章歸。鄉間太輔送存物來省。予往省府補領二、三月欠薪三萬二千。又加薪，與饒、蔣同時各加每月爲四萬元底薪，此應該去年所加者，因後補參議人員支四百元也。

---

① 各處，後疑有脫漏。

廿二日　晴　極熱　午後五時大雨如注
晚子正至轉鐘二時暴風大雨　四月廿三　星期二

早起，倦甚。十時至省府取補薪，自二月份起。正午渡江訪豫生、超平，各談半時，出即渡江歸。今晚十二時以後大雷雨二小時，水深一尺，奇事也。

廿三日　陰

早起。聞王東原已行，送者聞只警局長及參議江炳靈四五人而已。

廿四日　晴　晚大風　寒甚

昨熊獻芳來拜客，知其就萬耀煌主任秘書並代秘書長，因秘長爲鄧鵬九尚在甘肅未歸也。今日到省訪熊，答拜問己各事。

廿五日　晴　早寒　風烈

午前外出訪殷子恆未遇。

廿六日　陰晴不定　四月廿七日　星期六

上午至省府晤及馮、王、高諸舊人。

廿七日　陰

今日玉生來。鄂東銀行李凌霄來函，問予鄂城住宅租爲銀行事。胡昆、葉文朋同來，葉感舊送萬元與小伢。馬顯聲爲就事請蓋保。

廿八日　早陰　午後大雨　四月廿九日　星期一

早，方緒吉來。午後三時至省府，因萬耀煌約予會晤，至則彼在漢未來府，約以下次再定期談談，此人官僚習氣仍是從前也。人事處通知予加薪事。六時有咸陽第六後方醫院董錫玉代張重心帶回寧夏枸杞半斤，與談片刻去。馬顯聲送省府職員錄，係廿三年三月所編。備查考一事。接芝岩函。

廿九日　晴　四月卅日　星期二

寄快信與張仲心，言明遲生定下月結婚事，已向鄉間籌借各款。

四　月

初一日　陰　小雨數次　五月一日　星期三

早起，到府問各事。立安來談。復各處函。昨日胡林來人三，今歸去。

初二日　早小雨　陰　五月二日

今日薦松林往漢口去。午後王茂先來談。晚陳季明與一客同來，予問以宜昌近事。昨劉玉階來謀薦函，予寫就令其即回黃州。

初三日　小雨　五月三日

早起，佈置各事畢，外出買零用物件。聞某要人今日到漢口。

初四日　晴　五月四日　星期六

今日各街大掃除，十時到府，府中正忙掃除辦清潔，云下午艾厚坤來。

初五日　五月五日

今日滿街懸旗，聞爲復都典禮。正午請陳季明及文鵬、海霞吃飯。

初六日　陰　悶熱　時有小雨　晚十一時雷雨傾盆平地水深五六寸　五月六日　星期一

早起，到省府問各事。

初七日　陰

今日未出門，寫復各處積函。晚閲雜書。

初八日　晴

早到省府坐一小時出，並訪海霞談近事。任濤來求予明日到徐宅。

初九日　晴　大東風　五月九日　星期四

早六時任濤來催促予復爲彼説項，憶從前胡林事，彼甚出力，遂允其請。到漢後，大風寒甚。已晤克成，謂任非善類，經予邀求，乃許去函紗廠復其舊職。便至方宅，遇其請熊十力、杜葭材，遂留予與熊坐談三小時，同席尚有何某。下午三時寒甚，向石仲章借得夾衣着之。晚歸，任來問信，予告之。

初十日　晴

今日未出門，爲遲生結婚事列賬，發各處請客帖，先寄外省縣者。

十一日　早陰旋大雨如注者六七次午後陽光甚烈者三次　晚大風雨

今日爲殷子恒、陶季賢兩畫寫款，彼二人久索者也。晚得國輝函，爲退屋事。

十二日　雨

今日至府一次，晤高先生問各事。

十三日　陰

今日薦炳丞子及其族弟與衛生處，此等寄生蟲可憐也，予心慈，故薦之。

十四日　陰　大風暴　淨江

晨起，欲渡江，乘車至江干，無輪渡，遂歸，便訪李廉方，談半時許。

十五日　晴

今日命夏炳臣至陽邏送禮，皆係借款籌備者，設在恩施更無辦法。

十六日　晴

至省府取款廿萬，又取昆田、衡之二款。姜一農來訪，蓋印去。

十七日　陰　五月十七　星期五

今日渡江訪徐、朱，並遇振武，述及柳某從前詐薦信事。

十八日　晴陰不定

今日又渡江訪喻、石二人。晚訪黃仲恂並寫函給鄧，請鄭君代領津貼。

十九日　陰　時有小雨

至省府訪鵬九，談片刻。午後文鵬來、取證件去。

二十日　陰　小雨　午後大風雨　平地水深三寸　氣候變寒

早起。連日事忙，身極不適，爲遲生結婚事借款多，自己手中無餘款，而周淬成以爲比照孟端溪當日例，殊爲大錯。孟爲僞縣長者也，正在僞任內爲其子結婚以募金錢，尚有人格哉？幸其在日寇投降前二日死矣。裴明今日送賀禮來。晚往王原一寓送行，並談一時許出。

廿一日　晴　五月廿一日

連日籌款爲遲生結婚事，計朱、胡二姓祖衆可借六十萬元。

廿二日

買雜貨等等，命艾厚坤先回縣，帶箱子二口。

廿三日　晴　五月廿三日

早起，分付夢閑各事。予乘車回縣，午後二時到家，細問各事。

廿四日　晴

今早寫四函，命洪英送發，約朱、胡二姓派人來家幫忙。胡林五人，朱姓二人。

廿五日　晴陰不定

今日胡林來三人，囑其掃舍宇、換字畫，懸燈挂彩，忙甚。

廿六日　晴

三重屋上下佈置已就緖。支賓袁夏村、熊象方等六人俱來家中，另開飯一桌。朱胡二姓又來人五個，共開下飯二桌，國煌爲總支客。晚間段縣長來，允代爲遲生證婚。城內各機關均欲來參加，予亦許之。石仲章今午自漢口來，招呼會計事，預計在家自辦酒席費需一百七十萬元，所差以賀禮拜錢相抵，尚欠六十萬元。復員初歸，縣中親友來幫忙者極力舖。予懼十年來未借新債，自歸後整屋又用去卅餘萬元，心焦灼甚。孫少蘅以其家未損失，燈彩椅帔等等一律借送，並親送來，造成舖張之勢。僉謂從前朱太文喪殯禮節爲清代第一熱鬧，此次日寇投降後城内婚禮之熱鬧繁榮，以朱世兄之婚禮爲第一也，予心終慼慼然。

廿七日　晴　五月廿七日

早起，囑家人早弄飯，因請廚房三人，周子南又爲予家督理廚務，故早飯上下五桌，一時開畢。再檢查排置，諸支賓五人必欲予撿出黃岡任內之軟緞匾四塊、緞牌十二對、萬民傘五柄懸插爲榮。予昨屢止之，彼等謂君家存衣物要件，分置鄉間者已失十八，此等件敵僞未要，倖存無缺，豈非留以彰循吏耶，此時不懸插，何時可懸插之。予謂此爲封建毒物也，何必炫耀，後經女家周宅亦請如此辦法，遂許之。上午十一時來賓俱集，段繼李來證婚，各機關來賓演詞。答詞、行婚擾擾至四小時乃畢。開酒廿二席，午後三時散去。晚間又開廿席，所謂正席也，十時半散去。而親族來自鄉間廿餘人，囑長生、太甫引至各棧宿。予疲甚，十二時乃寢。

廿八日　晴燥　五月廿八日

五時起，囑遲生夫婦行廟見禮。予六十生辰即就此日併行之，城內外各戚友、各機關學校職教員來賀，送拜錢。予招呼來客至十時力不支，乃請族兄茂林代爲陪拜，十二時客方止。計今日結算拜錢並補賀禮者，賬上已收有☐萬元。晚九時又開盤席廿三桌，補早辰松筵也。予今夕疲至目不能睜、足軟不能行，遂早寢。

廿九日　晴燥

早九時命新婦回門。淬成夫婦及其子婦、孫子均住孟宅，連日均由予家送一桌飯，夏長生能吃苦，一切皆夏爲之。下午盧冰臣之子及朱姓家門來補賀禮，留之，酒飯去。晚間國輝來結算，總用賬共用去☐。

三十日　陰　五月卅日

今日命國煌招呼孟宅各事，準備結算各處賬。予擬後天回省寓，因請武漢賓客另約爲五月初八也。

五　月

初一日　晴　五月卅一號

在家休息半日，命遲生滿假即往省供職。予定明日往省。

初二日　晴　六月一號

早起，命夏僕送予搭汽車，囑付家中各事，壽屛對夏永年帶省，留錢開消幫忙諸人。予八時上車，下午一時半到省宅。

初三日　晴熱　六月二號

早起，倦甚。十時到省府一次。午後通知鄧實及仲章初七晚須來宅。

初四日　晴

今日休息半日，連日煩冗，行途勞頓，寢亦不安也。

初五日　晴熱　今日端節

前日鄧鵬九謂萬耀煌必欲予往麻城，查李培文被控案，予拒絕二次，彼謂今晨萬已往寧，面囑此案非予去不可，恐視察受賄也。

初六日　晴　六月五日　星期三

昨請康長松定酒席十桌，因武漢有女客二桌，然恐十桌不夠。天氣熱，臨時難補也，遂分二家辦理，康約蔡心受之本家來幫忙做客，一切庶務由康辦理。又約王小齋來做支賓。此番回省又是一批用賬，六十壽辰應在施南舉行，但斯時正窘困也，今夏則六十歲整壽矣。

初七日　晴熱　六月六日　星期四

早起。家中整理清潔，囑丹陽、炳丞等佈置堂前及各房字畫、壽屏、對聯。午後三時玉兒送來禮物甚多，估價約九萬。胡鳳翔兄弟亦送壽幛來。康爕卿爲予布置包酒等事頗得力，玉兒等爲予祝壽，鄧婿及男女客今夕一桌，擾擾至子正乃止。十二時半寢。

初八日　奇熱　晚十一時大雨雷電　水深數寸
六月七日　星期五

早起，家人爲予祝壽。九時客來甚多，便留之麵或飯。曹侃亭之子、艾之坪留便飯去，陳豫生、志純等來賀，未坐席去。下午三時各契友均來，開席四桌去。五時省府同仁已通知者來四桌。天熱如蒸，屋小客衆，此時極難受，此情狀與予在鄂城八卦石住宅四十歲開壽筵相似也。晚稍涼，男女客不欲去者爲竹戰、葉子戲者三桌，十一時畢，又走送一批。而包貢九竟欲抹夜牌，予請枚文、君健及不能回家之女賓先睡，貢九與爕卿、丹陽等抹至天明，擾擾令諸客不安也。另有席一桌約春霆、廉方、成大及李師母、高啟淑等明晨來聚宴。十二時雷震甚厲，予前宅電燈鉛盒炸裂，極危險。

初九日　小雨　晴熱　六月八日　星期六

前面約康君同往麻城，查案可以幫忙，不帶勤務，以出差移挪之。

初十日　陰　六月九日　禮拜日

今日囑付家中各事，命夏僕好好照顧一切。晚同康君渡江宿京漢旅館。

十一日　晴　六月十日　星期一

早起，至汽車站搭上宋埠車，司機鄧君讓司機與予同坐，下午四時到宋埠，由鄧君介紹民家黃安人王宅居之。此行恐爲人知，已變姓名，密查各處或可得真象。康君曾供職各處，人靈活。予先囑問麻城署，問鄭一俠現在何處。彼歸，已往羅田，遂將帶來文件轉寄羅田，予亦不願與鄭見面也。擬小住一日，細訪應查各地。李培文即宋埠人，以他方法向店主王姓。慢慢探之。予與康飾爲買茯苓者，云不日往羅田，并須至黃安訪友。晚飯後知埠公安局不來查此店，因住宅爲退伍軍人、排長等八九人佔住，日夜賭博，警士不來過問也。據店主說李非好人，曾爲本埠公安所長，在戰前曾善要錢者也。晚九時與康同出，十一時歸寢。

十二日　晴　六月十一日　星期二

早飯後外出，帶大草帽，低下，懼有識予者。宋埠汽車站長高君，鄂城人，高得寶之弟也，與彼見面後，予説明原由，囑秘之，彼首肯。詢知彼亦恨李之爲人者。便介紹郵局長余，名謙，亦鄂城人。知李之情形甚悉，因彼在埠已七年矣。晚走訪之，至局見面，予以身份相告，談半時出。

十三日　晴　六月十二日　星期三

晨起，至附近訪查。十一時至局吃飯，余君似識者，細詢之，前三一中學學生也。飯後詳談李任縣長對地方對人民詳情，約二小時，并開示各事，總結則壓榨民眾，趨奉上官，接收敵僞物資如木油、金銀及貪污之款，總在二千萬以上。其父現爲醫院長兼議員。民眾畏之。

十四日　陰　六月十三日　星期四

早至閻家河訪二店，李之貪污證實矣。午後歸，與康訪老寶盛金店及布莊，李培文均有股本者，據看情形，寶盛曾爲彼代換所沒收漢奸三家之金條者。李此次發財，沒收宋埠三家。余問後即走出，似有人注意者，途見一人似張諧音，予其見也，以帽拉下遮予面。

十五日　陰　時有小雨　六月十四日　星期五

早雇轎二，與康分乘，途中逢雨，然亦無可查之事。過中官驛，予甲寅正月出差到此住宿一次，駐轎覘之，動舊感也。自是雨大，囑伕子快行。晚七時達到城外一棧，囑棧店弄飯，伕子至別家宿，予與康君飯談各事。自是大雨如注，早寢。

十六日　陰　午後晴　晚有月　六月十五日　星期六

早十時至郵局訪局，問毛家祺之母喪開吊時李用錢事，局長以予先示以身份，予云君為皖人，何不詳告，彼乃詳談二時乃已。晚宿原地。

十七日　晴　六月十六日　星期日

早催伕子原轎送予等回宋埠，中途過渡二次，舟中人亦談李之橫暴貪污狀。過中官驛文昌宮，已改小學矣，問其教員，不得要領，亦不便詳問。下午四時已達到原棧，棧主似覺予等非商人也。

十八日　六月十七日　星期一

今日高站長請吃飯，詳告予以各事，並囑細問棧主無妨。正午至理髮店，途中遇仲蘇之弟，慮其見予也，急以帽遮之。晚飯後再同康君外出，得李接收日寇在埠交下册簿情形。

十九日　陰　六月十八日　星期二

原擬今晨搭車回漢，因李家集橋被山洪沖壞，須修理，明日看如何。

二十日　晴　六月十九日　星期三

今日仍無車通行，司機鄧祖立請予吃飯，云明日可通車，橋已修好矣。

廿一日　晴熱　六月二十日　星期四

早起乘車，仍坐司機臺，下午三時到漢，當即渡江回省宅。

廿二日　六月廿一日　星期五

早起，倦甚。正午康君來爲予結算各賬，用錢出額，容設法補報。

廿三日　六月廿二日　禮拜六

在家整理報告稿，頭緒太多，先擇其重要者，須與鵬九面商之。此事如何處理，俟萬歸自定也。鵬九病，約予晚至其宅秘談之。

廿四日　晴　六月廿三日　星期日

整理報告書已成，李之罪以八款撮要提，并定此案須由保安處處理，判其一部，但先不可送法院，惟其弟在保安處充股長，爲吳從伍可慮。

廿五日　晴　六月廿四日　禮拜一

午後寫報告，刪去繁文，其重要者如沒收漢奸三家物資，變價接收日寇文件，貪污金條，索漢奸眷屬金飾，草菅人命，壓榨貧民等等。聞萬已歸，召開行政會議，李昨已來省與會，請鄧即捕之。

廿六日　陰晴不定　六月廿五日　星期二

此次查案，疲勞萬分。省府有四視察而不派，且謂聞李奸貪，動以賄賂，查案者萬、鄧必欲參議查案。前公安縣長吳春霖與此相似，結果查實而官長未究。噫，予慮在民廳查公安縣長前車也。

廿七日　大雨數次　晚涼　六月廿六日　星期三

早起，疲倦甚。王小齋來取薦信去，此人平者不存一文，宜其受窘也。午後小睡。來客數次，無非請托諸事。三時少白來述其被控經過，乞予爲之查卷諸事，亦悔不當初也。選舉害人，以其弟當選而波及之。中國以後第一害人之政策爲競選。聞此次各縣選舉，被選人至少者用交際筵席費六七十萬元，沔陽周述是也；最多者七千萬元，程子菊是也。前月漢口市選一市議員，有用費至萬萬元者。石凌生當選，用錢最少，亦三百萬元。噫，可慨也哉。今夕稍涼，早睡。

廿八日　早小雨　午後陰　晚小雨時作　六月廿七日　星期四

早起。昨晚涼甚，睡甚熟。張太太來爲其夫事乞代查案。午後至省府。晚寫復前未下請帖，彼送洋二萬元，爲予祝壽，前日又寄賀和詩四章來。此人甚講感情，輿論甚佳。晚訪鵬九，問報告事，彼云萬對懲貪污甚認真，對李培文已拿送警總局，暫拘押再定辦法，予謂整風氣是應該的，誠恐主席太太聲名不好，見錢都要，李爲多謀之人，如穿寶向萬太太行賄，則我徒做惡人耳。猶廿一年查吳春霖，省廳視察，三次到公安，吳均行賄以免。後朱廳長要求予去一查，三位視察共得銀元一千四百元。吳後來被釋，視察須當時暫逃，廳長對貪污者仍爲之回護其詞，予反爲惡人矣，李、吳一例也。

廿九日　晴

李案已報府處理，予如釋重負。今日在家休息一日，思往事不勝慨然。

六　月

初一日　晴熱　六月廿九　星期六

早起，清理各事。午後姜顯謨來談李培文案，謂知君尚未報告省府，乞緩頰，避重就輕，並示送賄意。予一笑曰："要得錢，則宋埠局長謂可得金條百兩矣，予爲愚笨人，然決不冤枉李某也。"細詢，姜乃受吳處長所托者。

初二日　晴熱　六月卅日　星期日

早起，閱雜書。午後外出至候補街傅宅。出，途遇保安處長吳良琛，即問李培文案係君查否，如何處理。予謂："我知君意。培文胞弟在君處充股長得信任，然予爲嚴立三所器重之人，君與嚴甚厚。從前李石樵在專員時，我曾查他，民廳朱懷冰之去魏協南，皆君所知。予決不冤枉李某，且我與他無仇。"吳語塞乃別。

初三日　晴　七月一日　星期一

早七時范春芳來述，李培文已送法院，歸田院長審云。予謂李係財主，法院院長、庭長名聲不佳，但強盜遇着打劫的，且看將來有無法律耳。

初四日　晴熱　七月二日　星期二

連日思及李培文，多金者必有人所覬覦，昨聞彼在運動取保暫出，朱廳長、吳處長均爲之援救。噫，倘萬耀煌舊疾復發，得賄而信其妄語，則李必減其罪矣。

初五日　晴　熱甚　午後七時大雨如注　九時雨更大
七月三日　星期三

早起。十時殷子恒來略談即去，爲予就華中大學事也。午後悶熱，堂屋地面水潤，似有暴雨至。晚飯後清理各事。九時暴雨雷電，平地水深一尺，約半時即止，天氣改良，十一時寢。

初六日　陰晴不定　午後陣雨　晚大雨如注
七月四日　星期四

早起。早點後即出門，到省府請王漢西寫信，爲向農民銀行借款事。

至陳挽瀾、毛壽鶴、夏東魯處各有所托。至吳干城寓，晤新調麻城縣長郭維，與談各事。郭，監利人，由監利調麻城者也。四時回寓，葉凝碧來問各事，葉新委沔陽縣長。竇衡之同其子孫及婿姜亦麓來坐談甚久去。晚涼，十一時寢後大雨達旦。

初七日　早陰　八時以後大雨如注　平地水深數寸　下午五時方止　七月五日　星期五

八時起。祥煥回鄂城，借洋三千元作川資。九時半再起，疲倦甚。十時大雨如注，連日江水大漲，隄防可危。城外武太閘，前日兵士以炸彈炸魚，將閘板炸毀一塊逃去，水遂侵入，隄幾潰口。連日工程處及市政處搶築潰口，據說已費去數百萬矣。如此軍隊是否可殺耶。或曰此勝利後之國軍也，其長官之無統率力可知。傍晚至范尚立寓一談，此二旬中事務極雜，頭腦暈痛。無味之客時時來擾，無味之中下等人來求謀事，令人煩惱，所記之事則挂漏者多矣。晚間又雨，氣候轉寒。十一時一刻寢。

初八日　陰　七月六日　星期六

早起，清理室內外各事，欲撿舊日記整理之。東歸已八閱月，生活粗安定，不似流離在外。以後整理六十以前詩文雜稿，為將來發刊計，則予素志也。參議閒職，恐不久亦須裁去，倘再能入大學，教授四五小時尤為予願。中華大學不給薪或欠薪，予故不願向陳時言之。

初九日　晴　七月七日　星期日

今日聞省府舉行七七紀念，今日寇投降矣，可為吾國吐氣也。噫，吾輩存正气諸人，奔走三千餘里，今日得生還武漢者，寧非倖事？回憶卒於恩施及恩施附近縣份者，在百人以上，歸魂不得。如予第三子根生，卒於宜昌，亦痛心之。以此推之，如省府之柴文佐、盧□等，及去冬與予同時東下，覆舟於巴江者亦卅餘人，其與予最熟之曾毅成、辜南傑等，係已東歸而卒於半途，則尤慘痛矣。午後外出訪高、蔣諸家，又至饒校文、陳志純二家略坐談。

初十日　晴　七月八日　星期一

早起，倦甚。正午從事檢查各文稿並詩詞雜文，分別裝訂之，費六小時之力，暫算初次清理也。胡林來人數次，均係謀事者，彼等向無文化，識字者亦少，平昔在鄉爲惰農，不務正業，每思出門謀事，益增其惰性而已。此予所以於抗戰前及今日歸來，均以辦族學爲急務。使若輩多識字、知禮義、增教育知識，將於此族後輩變其氣質，成爲有知識之人也。聞歷年與袁家墥、魯家灣不和，皆北分胡子書父子掀動無知識群衆爲其走狗，與他姓結仇，皆由不識字之粗人受其指使。今幸春間將魯家墥六十餘年未解決之仇案，爲予費盡力量約任科長回鄉調解，劃界立案了結，從此仇讎變爲親愛，唇齒相依，或不致再啟禍端。此予東歸後極快意之事，故併書之。接徐幼雲請客帖，在漢集會。

十一日　晴熱　七月九日　星期二

今日正午渡江，同鄉徐幼雲、胡瑞明新自桂林發財歸者，請同鄉旅武漢人士六桌，花錢不少，座中僅郭楚屛係黃岡人，六時席散，七時回家。

十二日　晴　極熱　七月十日　星期三

早起，到省府問各事。午後寫信二件。昨渡江，徐幼雲、胡瑞明請予食冷罐頭及涼糕，昨晚腹中極不適，今日於廁，腹痛水泄矣。晚寢亦不安，病從口入，予未遵古人之訓，且平昔不吃生冷，今日何以不慎如此。

十三日　晴　熱甚　七月十一日　星期四

晨起，至省府領補發川旅費，聞仍未批下，何辦事如此之遲。便訪饒校文，彼云已送通知，約予過其家商酌，對省府要予等遵照服務規則，按時到公辦，有質問辯駁書相示，原稿極有理，囑下午二時再到其家，與同人約定同往見主席談話，須一致云云。予回，飯後二時再到饒寓，胡雪正寫原書尾一頁，予未見。簽名蓋章計十二人，陶、陳係穆子斌代爲簽蓋。到省府加入蕭仁、唐立圻、蔡增耀三人。主席與鄧翔海向予等說話，不投機，予等未答復即將原書送主席，拂袖同出。歸後泄三次，疲軟甚，晚間竟泄廿餘次，予深恐成痢疾。

十四日　晴　熱　七月十二日　星期五

昨夕泄廿餘次，身體已疲，足軟，臥床不能起，糞中帶血，慮成痢也。省府送來指令，批予等簽呈，忽加有事由，謂准予引退云。記昨係質問書，並未言辭職也，怪哉，或者當局惱羞成怒歟。今日痢疾重。

十五日　晴　熱甚　七月十三日　星期六

今日痢疾已成，腹痛甚，泄十餘次。宋濟賢、滕昆田、范春芳先後來談。晚間仍泄六次。

十六日　晴　下午五時暴雨　七月十四日　星期日

晨范少春來取薦信去，並送來考選委員會填表格式三種。今日腹痛五次，於廁五次，痢疾較昨日稍好。午後二時至饒校文寓中開會，得聞兩日來消息。經同人討論，暫停三日再作對付省府之策。五時歸後，暴雨改涼。九時寫信三件，十一時半寢。

十七日　晴　極熱　今日初伏　七月十五日　星期一

早起至省府補領旅費，聞無人蓋印，明日補領，與唐立圻談片刻出。回寓午餐後寫信三件。晚間仍熱，未作事，十一時寢。

十八日　晴　極熱　七月十六日　星期二

早起，至省府仍未領得款項，至周笠漁寓回看，至饒校文寓未遇之。

回後寫信三件，並派人渡江，領得行營所發綠帳子一床。晚七時校文同江慶林來談甚久去。十二時寢。

十九日　晴　極熱　寒暑表應在九十六度
午後四時暴風雨半時乃畢　七月十七日　星期三

早起，至省府領款仍未領得，因二科又換朱某兼任，印鑒不同，不能向銀行取款。便聞高運籌先生遭各事，恰與校文、慶林昨晚在此所談，包貢九竟寫信至省府，求回復參議原職，熊獻芳、王小耕均見原信云云。此事果真歟？將來貢九何以見人耶。晚涼，補寫日記。陳新楚女士，姜少庭之夫人也，年近六十尚教小學，來看予，談一時許。周印澄、范尚立均來坐甚久去。

二十日　晴　極熱　九十三度以上　七月十八日　星期四

早起，至省府，仍未補領得旅費，手續多，殊可惡，此種會計制度令人假造。已假造矣，必欲人愈造愈假，何耶？晚間校文、陳挽瀾來談甚久去。

廿一日　晴　極熱　大約九十度以上　晚小雨
七月十九日　星期五

早起，至省府仍未領得款。至校文處，途遇崔吉六，問之，支吾其詞，謂已復職，文件尚須商量，或收或退。予一笑而已，讀書講人格者有幾人哉。與校文同至包貢九家，值其飯，予與校文談片刻即出，遁詞知其所窮，又何必聽其虛偽之言哉。匆匆出，彼似不快也。至橫街取回所裱字畫歸。

廿二日　晴　悶熱　七月二十日　星期六

早起，至省府領得補旅費九萬三千餘元。便至校文家坐談，得知崔吉六已復職，另有李、曾二人亦復職，此二人情可原，包、崔二人不可恕也。讀書人不講人格，以賣諸友，當何責於不忠信之中下人哉。今午遇包，予未與言。晚寫復各處函，十二時寢。

廿三日　晴　悶熱　午後應在九十四度上下
轉鐘三時半大雨傾盆　七月廿一日　星期日

早起。周淬成、吳獻之、孫少衡之兩子、孟丹溪之子、任子商來，先後談甚久，留便飯去。午後熱甚，晚寢後仍熱不可耐。轉鐘四時至六時大雷雨，水深數寸，勢甚駭人，擾擾兩小時乃止。天欲曙，予疲甚。

廿四日　晴　悶熱　午後六時似大風雨驟至
約一時許未見雨來　七月廿二日　星期一

早起。梁民希、江慶林先後來，予與慶林去訪方子樵未遇。甘肅有匯款通知予，至省府蓋印，至梅竹齋蓋印，以時間過回家，飯後睡二小時。范尚立持劉叔模函相示，彼未選舉前在縣中聲明，如何將來為地方盡力，今則無能也。晚間稍改涼，寫信三件。今日兩足發濕氣，有黃泡，腳背已腫痛，極難過。

廿五日　晴　悶熱　午後三時大雨一小時止　晚改涼
七月廿三日　星期二

早起，兩足背紅腫更甚，乘車至中國銀行，提張重心匯款出，便訪殷子恒未遇。歸後知立庵來，惜予未與晤談也。今午黃松庵先生寄來長聯一付，又詩稿及和予六十述懷等等共一大包，甚愜意。午後三時大雨如注。予足疾痛苦甚。晚稍涼，寫復黃師及王國煌等函計九件，均發出。夢閑明晨回湘，多借款十萬元。予省府事未解決，此半月無收入也。

廿六日　晴　熱甚　早陰似有雨狀稍涼
七月廿四日　星期三

四時半呼夢閑起，予以足痛睡實未穩也。六時半夢閑與光育同出門去。定兒上學後歸，不吃飯，似已受病。正午光育方歸。予餒甚，買餅二枚食之。今日客來，予亦未能起坐招待也。晚間稍涼，料理定兒睡後予方寢，然足痛不安枕。

廿七日　晴　熱極　今日中伏　七月廿五日　星期四

早起，時坐時臥。定兒今日已病不食。午後來客均未招呼，亦無人待招呼也。晚李文蓀同魏震華來談甚久。魏，甘肅省城人，詢以鄧德輿事亦知之。德輿生於丙戌，青年中解元成進士，抗戰第二年已卒。得張重心函，予知之也。

廿八日　晴　悶熱　有陣雨　七月廿六日　星期五

早起，足疾更甚，以臥床又熱，室內無風，仍起坐在堂屋中，補回各處信件。晚約羅資生來談，寓中人少，囑其就此食宿，便教定兒認字等事。今日電燈已壞，竟夜不來。今午穆子斌來述各事。

廿九日　晴熱　有陣雨　七月廿七日　星期六

早起，足疾未減，湯璞遜前日曾來為治藥，敷之不見效也，紅腫不消，指椏內濃血多，濕熱所發也。今晨校文、子斌等在漢訪何雪竹，談前日與省府發生意見事，予以足疾未往。晚間校文來談今晨渡江各事，又謂陶季賢招待吃飯用去二萬元。季賢人格比包貢九有天淵之別，此次造成與省府發生惡感者，包一人倡之，其為自私自利計者，不惜以卑污手段求之，今日為輿論所唾棄，其實見人面赤，即恢復其參議職，為人所不齒，有何益哉。

七　月

初一日　晴　極熱　晚有暴雨　七月廿八日　星期日

早起，囑僕多買菜，今日上午竟無客來。下午足痛更甚，搽藥未見效。晚寫復各處信九件，羅資生、范春芳、馬崑來等來坐談甚久去。張德祖來談彼已由高羅遷武昌就一中事，並述汪奠基在施被學生挾迫答復條件事，何前倨而後恭歟？轉鐘一時方寢。國煌今日自鄂城來。

初二日　晴　悶熱　午後五時大雨如注　天氣轉涼
七月廿九日　星期一

早起。定生昨夜又發熱，不願意上學，予亦聽之。今午補寫復各處信，接逸聖、超平等函件。馮竹友、陳鴻禮二生來，馮云已發表應城田糧處長矣。午後右丞、邦臣同來，云袁姓已在縣控胡林佔其地，胡林已割穀，調人謂以筵席費扣十二萬代租金，云云。袁樹臣輩無禮，囑某住學者出面告狀，類詐索，可鄙也。予囑彼等到縣過堂後再調，世道人心，那可說哉。晚間國煌來，予與右函等說各事，以足痛早寢。

初三日　晴　悶熱　午後五時小雨數次　七月卅日　星期二

早起閱報，各處共黨仍未退。參議會質問省府，應山縣長陳漢雄何以省府派大員保安司令吳良琛拘解來省，何至車到灄口竟爾逃脫，未免有故縱之嫌。省黨部委員張家鼎到會報告，似推此事於吳身上，應該如此。吳為省委，係奉主席令帶隊親往緝拿者，所司何事耶？現時通緝，能否拿到又成問題矣。吳麟書來，留之飯。傍晚與國煌同渡江去。

初四日　晴　悶熱　午後三時大雨如注　約一刻鐘乃止
七月卅一日　星期三

早蔣立庵來談甚久去。鄂政府改組後怪事多，當局又無常識，以後諸事難望改進，每下愈況，湖北人真不長進矣。接大椿、紹華等四函，皆謀事也。李文蓀來函，證明昨款十萬元已收到。予足疾未愈，思臥，每每臥後起床，則心胃俱煩亂不堪，老象也。

初五日　晴　極熱　晚大雷電　小雨　八月一日　星期四

早起。九時半足疾仍劇，以昨有約，不可失信於同仁，勉強著鞋襪，濃血外沁，車行至漢陽門，搭輪渡江至德明飯店，季賢、校文等已先在此候予，來賓王延述、陳鵬先到，如是育之、叔澄、雯軒、菊村等相繼而至，最後子樵、雪竹諸先生至。聚餐，由子斌說明省府對同仁經過，最後季賢、校文均發言。雯軒、子樵、雪竹說話最多，解釋省府錯誤結論，萬武樵初次從政，毫無閱歷經驗，而帶來幫手太差，以致造成如此僵局，可爲遺憾。至下午三時半方散。予便至京漢旅館坐談半時許，與國煌同渡江到家。疲甚，足背紅腫特甚，痛苦異常。今日不去，慮同仁疑予吝財，去則受苦萬分，總之人在社會上以信用、人格、氣節爲主，非如包耀鼎、崔某輩賣友至十人之多，爲輿論所不恥也。十一時寢，腳痛甚，展轉不寐。

初六日　晴熱　時有陣雨　晚八時大雨如注
八月二日　星期五

早起，閱報，共軍仍凶猛攻徐州，江北之民甚苦。上午寫信五件，收各處來函三件，請托謀事，吳麟書來乞寫薦函去，命國煌打電話至鄂城與劉伯陽告以各事。午後四時蕭液垓來，談甚久去。晚睡後憶亡室孟氏歿已十三年，今夕爲其病重之時也，悽然不成寐。又想及包貢九賣友事，吾不知此輩人何以能存在於社會中。噫，古道不講，廉恥不存，世風日下矣。

初七日　時晴時雨　午後七時大雷雨三四次
八月三日　星期六

早起。劉莊祥來，留之飯去。午後玉兒來看予。四時半高運籌來談片刻去。今日買綫十大隻，去洋七萬零五百元。王安雪自縣中云，家中望予帶錢歸，予此月省府不能支薪，家中未知也。晚無星月，今爲七夕，距孟夫人謝世忌日僅隔二天，傷哉。癸亥七夕予在滬上曾寄詩述懷，今十四年矣。

初八日　晴　熱極　寒暑表百度　八月四日　星期日

早起，足疾未愈，今日同鄉開會，似不能不去，到漢口商會已九時半，聞先有人一批未簽到已散矣，予與舜生、劍侯、竹蓀等略談。海濤來，與談辦法後即出，至京漢旅館休息，飯後渡江。今日受熱不淺，晚不能寢。

初九日　晴　燠熱　約百度　八月五日　星期一

早起，寫復各處信六件。午後熱甚，寫信三件，皆急於復書者也。晚間未作事，十一時寢。今日孟夫人忌日，玉兒帶其子女來祭。

初十日　晴　極熱　九十八度　八月六日　星期二

早起，接各處函。午後自寫復各處函四件，得張重心信，又爲之補購秋色、灰色絲線八隻。晚熱難寢。

十一日　晴　熱甚　九十九度　八月七日　星期三

早起，足疾至今未愈。到省府一次，與高先生談片刻出。今日來客數次極麻煩，熱甚、疲乏。晚大風雷，似有暴雨往北方去。

十二日　晴　熱甚　百度　今日立秋　八月八日　星期四

早起，今日爲父親節，新名詞也。聞抗戰期間上海王小瀨等所倡議者。晚熱甚，今日暴風雨似往西北角去。

十三日　晴　極熱　九十八度　八月九日　星期五

早起，至省府晤高先生，爲證明事，便晤王漢西談片刻。午後六時至饒校文、陳志純、張百熙處坐談久。歸後陳叔澄、范尚立同來談甚久去。晚熱難寐，足疾未愈，床上思及穉松去世已久，爲之作挽詞已就。

十四日　晴　燠熱　百度　晚轉鐘後大雨如注
八月十日　星期六

早起，夢閑出門後予起寫信數件。項雲軒今晨搬家來此，極煩雜。天氣熱甚難受，晚間無風，悶甚。十二時寢，極不安，明日爲中元節，予未能回鄉祀祖，遲生亦不願回鄉，孝思二字竟爾忘卻，吾不知彼讀書何用也，恚甚。

十五日　晨四時半大雨　九時小雨　以後晴熱　時有陣雨
八月十一日　星期日

八時起，九時半予不欲渡江，因范尚立來約，遂同渡江到漢開同鄉會。候至下午一時始選舉，予匆匆出來投票也。孫書麟堅欲予至其寓吃飯。畢，往訪陶季賢，值其出，三次乃得晤之，談半時。又訪穆子斌，以其座中有俗客，遂出，立談數語。至京漢旅館知今日選理事情形，予當選爲十五人之一，要此多人何用耶。渡江回家，足疾劇作，飯後極不適，晚寢難安。

十六日　晴熱　九十六度　八月十二日　星期一

早起。閱報，共軍未停進攻，而司徒、馬帥仍在調停，此種顯而易見之不能合作，美國真耐煩矣。噫，中國人之不長進、無誠意，實無以對外國人矣。送報人每晨必來，頗有誠信，予閱報已一旬，見許多嘔氣之事，人情險惡比抗戰前之人心尤壞，近來參議辭職事，包參議無恥亦其例也。今日寫復各處函九件。寄張重心絲線去。晚寢不安。

十七日　晴　熱　有風　午後風甚大改涼
八月十三日　星期二

早起，到省府請高先生蓋保結。午後羅資生來爲予寫表寄南京。程少松來談甚久，少松與予八年未見矣。晚涼甚適，惟足疾至今未愈，可恨。十二時辦理表及證件畢，俾明早發出。

十八日　晴　大北風　天氣改涼　八月十四日　星期三

早起，天氣極涼。午飯後劉石逸同吳國惠自建始來者，與談各事甚久去。傍晚至朱成大處問填表借款事，回看賀璘，略談即歸。

十九日　晴　極熱　八月十五日　星期四

早起，寫復各處函，填考選會律師表，午後送高先生蓋印，並訪陳志純、張百熙，談甚久歸。足疾至今未愈，患甚。

二十日　晴　熱甚　晚有北風　八月十六日　星期五

早起，十時至省府。午後客來甚眾，無非談謀事，予心煩亦不願聽也。晚間寫信三件，十二時寢，足疾不愈，時時擦藥，極以為苦。

廿一日　晴　悶熱　八月十七日　星期六

早起。十時寄甘肅絲線，分包發出。予足疾至今未愈，心甚煩亂。午後熱甚，晚寫信三件，十一時半寢。

廿二日　晴　極熱　八月十八日　星期日

早起，飯後渡江至八元里二巷小報館開同鄉會，由理事七人被推為常務理事，予其一也。又推理事長，劍侯預約投劉叔模，各人不贊同，遂推子祥仍為理事長，彼極不願，予謂君住漢口，此次同鄉會就在漢，應該君負責也。午後訪季賢，知其未歸。渡江後足疾又劇，晚寫信四件，十二時寢。

廿三日　晴　八月十九日　星期一

連日有客來，談及省府參議十三人辭職事，包貢九、崔吉六人格卑劣云云，此六九兩名字可恥也。復員以後人心更壞，上焉者如此，下焉者何怪哉。

廿四日

前日萬耀煌既與予等作對，包、崔既無恥，然予輩亦羞與爲伍也，另謀他事。

廿五日

今日在家休息，細思人心險惡，較前十年更甚，不料讀書人乃無恥也。

廿六日　晴

上午整理詩文稿，另訂一本，寫近作詩文，爲王國煌作譜序，各處應酬之作，擇其佳者錄之。

廿七日

今日檢尋戰前詩文集並秦培心家藏予日記等作，一一整理，唯缺辛酉小册日記一本，記載甚詳。函請秦再爲予尋之，此乃緊要者，非如前存彼處已失何紹基、楊守敬數聯及西廂、三國畫五幅，尚可重購者也。

廿八日　晴　今日處暑

今日上午來客數次，不相干之語太多，予厭聽之，至不得已時爲之作介紹函去，有無效力暫不計及。噫，社會如此不務正業者，每爲過分之求，令世界日增其寄生蟲之數耳。

廿九日　晴　八月廿五日　星期日

今早滕昆田來談參議事，謂鄧注意予事，予謂事已至此，不用再提。但職位已脫節，再求辦退休公事，與銓敘部請退，仍須有萬之委狀或聘函，乃得相連，請轉告鄧君相機設法嗣得同意，再約予談一切事也。昆田願意爲予事奔走，並謂予請予律師倘能獲准，則退休後年有退休金，則以律師費維持省縣兩宅生活，亦大佳事，則娛晚境矣。予托昆田代予在漢售去狐裘及字畫，彼首肯去。

三十日　陰晴不定　八月廿六日　星期一

早起，清理字畫，檢出關棠白花箋六尺對一付贈昆田。關，漢陽名家，昆田屢求者也，緩一二日當攜還彼之借款廿萬元，以此對作息可也，前者遲生結婚，設非寶衡之與彼共數四十萬元，他友無餘款，更不便借之。午後又有客來，請薦函者，予面拒之，謂予之參議不存在，那有力量薦人，人情勢利，古人一概，受函者反訕笑予多事，有何益哉。求者悻悻而去。晚間補寫未了日記，省府既不領薪，自今後只有決意佳字畫爲恒業。明日再囑成大爲予復印信單三百張，予字畫自復員後來求者多，既知予省府無薪，求者必不至無錢請畫也。

八　月

初一日　晴　極熱　八月廿七日　星期二

早起，寫信三件。至省府一次，便訪校文。午後熱度高如六月中，大傘高張也。晚熱至不能作事，手不停扇，異哉。

初二日　晴　極熱　八月廿八日　星期三

早起。飯後寫屏對數件，智泉與恒如交來之件可照潤金例也。午後熱甚，晚不能安寢。

初三日　晴　極熱　大約九十七八度　八月廿九日　星期四

早起。夢閑又欲回湘，今日至譚則家中打聽車船云云。午後更熱，寫復各處未了之函。晚熱不退，如盛夏，天久不雨，秋陽更烈，恐生疾病也。

初四日　晴　悶熱　大約百度　八月卅日　星期五

早五時囑夢閑起，命光煜送之搭車，天將曙起行。予自是亦睡不着矣，起床後寫信三件。十一時至省府，便至校文家，約其明日必渡江。晚間又寫復各處函，十一時寢，熱不可耐。

初五日　晴　熱甚　大約百度　八月卅一日　星期六

早起。十時半飯畢，十一時渡江至漢口陶季賢寓中談片刻，便至徐克誠家談數語，季賢所約也。至漢市黨部開所謂憲政會，孔庚、何成濬、沈肇年所召集者，予與季賢、校文等七人俱到，夏石農未到，不知何意。上次予與校文等請孔、何等申述省府事，孔、何謂可請予等辦理憲政社，今日所見與予等意見不合，且越俎矣。今日奇熱不可耐，回家後心煩亂殊甚。晚熱，寢亦不安枕。

初六日　晴　極熱　大風飛沙　九月一日　星期日

早起。飯後寫對一付，畫蘭四幅，午後乃畢。天熱如蒸，晚間更甚，寫信二件，十二時乃寢。

初七日　晴　熱極　大約九十八度　九月二日　星期一

早起，至石砥中，請渠代夢閑開藥方。至參議會遇李履冰、許雲璉、吳獻之。歸後命僕送函與工程處，知夢閑職務已裁矣，所接為八月卅一日公事。不知該處何以先不送達，蘇繼德女士不知尚在該處否，欠薪亦未領回。明日當着人渡江，請菊畦轉告夢閑，令其聞知，將石首事辦完再回。天下事之不可料如此。晚間更熱，至不能寢。

初八日　晴　熱極　與昨無異　晚七時北風忽起
　　　九月三日　星期二

早起，赤雲如火光。十時至農民銀行再會王尊山，彼已肯定答復可借款矣。今日所謂日本投降勝利節也，滿街遊行，各店懸旗誌慶，報章各載黨政主腦之蓮花樂詞句，殊可發噱也。晚七時大風陡起，氣候轉涼。八時，龍燈故事等等，鑼鼓喧天，謂慶祝勝利節。噫，吾國人撫膺自問，果勝利歟？民衆安業歟？可笑可笑矣。中國不亡，只有靠天，此予向持之論調，視此時政治人心焉得不亡哉。省府各廳處長仍用賣膏藥手段以欺民衆，無異自欺矣。晚熱甚。

初九日　晴　熱甚　九月四日　星期三

早起，寫信三件。連日來謀鄂城縣府事之人，予一一拒之，彼輩不知鄂城情況也。午後又來客，煩擾不堪。連日未雨，天乾，據說棉花望雨，晚穀收成不佳，從前久雨，今乃久晴，不足爲奇也。晚熱甚，不能作事。

初十日　晴　熱甚　大約九十度以上　九月五日　星期四

早起，派人至工程處取回夢閑八月份尾薪一萬二千元，又九月份遣散費□並離職金，又某某借款共計八萬元，連扣米款僅七萬元，唯八月份尚未結清云云。晚間仍熱，連日疲勞，作事草率，晚寢極不安。

十一日　晨四時大雨　八時以後晴熱　九月六日　星期五

早起，寫信三件。午後外出一次，寫對聯一付，頭暈午睡。盛龍軒派人送法幣十萬元，爲予作中秋節禮，可感也，星期日當往謝之。

十二日　晴　極熱　大約九十七度以上　九月七日　星期六

早起。飯後往省府一次，便訪校文。今午約周印澄、朱介蕃、羅資生、高運籌六人來午餐，僅來四人。漢口鄂城同鄉開會，同鐘點，予不能去，然亦不願去也。天熱如此，性畏熱，又怕渡江。晚寢，以熱不能安。

十三日　晴　極熱　九十六度　今日白露節
九月八日　星期日

早起，來客數次。飯後渡江，人多如鯽，船不能載，秩序極亂，建設廳之成績如此，可慨也。到漢後訪季賢，訪盛龍軒致謝意，未晤之，留刺出。陳豫生請客爲下午四時，久候程發軔，鄧定遠不至，延至七時開席，天熱如蒸，予以頭暈欲歸，菜未畢匆匆渡江回家，小憩片刻，洗澡後略清醒。以後渡江決不可去赴宴，而星期人多，尤須注意也。晚仍熱難受，十二時乃寢。

十四日　晴　極熱如伏　下午七時大雨如注
九月九日　星期一

早起，至省府饒宅。歸後候范尚立同至省黨部開辛亥首義同志會，以到遲未問究竟也。四時至范春芳家吃飯，同席者魯繩月、左開瀛等六人。七時歸後，大雨如注，天氣乍涼，晚早睡。

十五日　晴　熱如伏　大約九十六七度　晚月光大明
九月十日　星期二　今日爲舊中秋節

早起，聞夏炳丞已到某店上工去了，月入三萬元，李廉方師送禮品三件，收一件，餘囑來人帶轉，給洋千元與之。傍晚僅馬書記官來賀。今年中秋如許奇熱，則非人所及料者也。夢閑未歸，胡林季香兒來謀工役，奇哉，寫信囑其回鄂城中學充校工。十時寫長聯二付，帶同定生往街上一遊。歸後以天熱睡難穩，時時起坐。

十六日　晴　極熱如伏　九十七八度　九月十一日　星期三

早起，聞季香已回去。十時接鄂城函，謂屋已租與李姓，萬氏未等予回信即租人，真是無用無決斷之人也。午後姜昌培來談及彼有五年日記，予因檢歷年日記與之一觀，又檢詩文集及印譜等等，彼閱二小時乃去。彼告之夢閑已安抵石首縣，係本月二日，近想以快回矣。晚間仍熱，未能作事，十一時半寢。

十七日　晴　極熱　九月十二日　星期四

早起，寫信四件，閱報知時局仍緊張，國共均無調停誠意，以後殊難逆料也。晚攜定兒外出一次。

十八日　晴　熱甚　晚稍涼　九月十三日　星期五

早起，命光育渡江取回節賞四萬元。午後添買各物，郵局送來祥南取恤金各件，來客數次。晚寫信二件，十二時寢。

十九日　晴　熱甚　九月十四日　星期六

早起，至郵局取款歸。今日鄂城來電話，予未往接，大約國煌約予回縣開參議會，商量縣銀行諸事也。約劉石逸等七人到寓，明午吃飯，傍晚親尋石逸住址，與吳國惠略談即歸。晚涼早寢。

二十日　晴　熱甚　降雨三次　晚涼　九月十五日　星期日

早起。午後一時劉、吳同來，僅羅資生爲陪客，飲後盡歡去，備明日回鄂城開會。晚曾帶定生至張春廷先生寓看其疾。歸後余寒熱交作。

廿一日　晴　熱甚　九月十六日

囑夏炳丞、光育等好好招呼寓中事，予與定生搭汽車回鄂城。先由站長交涉坐司機位置，另給酒資一萬元，午後一時抵家。晚間蕭縣長來看予，繼黃海濤、沈局長等十餘人來談，並商縣銀行事。

廿二日　晴陰皆寒風　九月十七日　星期二

今日開會十一時畢，予歸請醫診治，客來甚多，頭爲之暈痛。

廿三日　晴陰不定　雨　風寒　九月十八日　星期三

今日未去開會，天轉寒，病加重，延王醫來治，室內又來客不斷，甚以爲苦。

廿四日　大雨

今日病未減，仍服王醫藥，彼談醫理極爲精細也。來客數次，予勉強答語催之去。

廿五日　小雨時作

今午夏炳丞來電話，係謝服初代轉者，謂農民銀行保安門住宅來看過，評價者爲借款事云云。

廿六日　陰　小雨時作

寫信至省宅，又與謝服初通電話一次。予病漸愈，定生感寒亦病，仍王醫來看。下午鄭宇平、黃某同來商縣銀行諸事。

廿七日　陰　有風

今日接長途電話，武昌夏炳丞報知王尊山親來我家，爲農民銀行借款修屋事。予病已痊，定生疾未愈，醫診謂係感冒。下午用電話告知省宅云：明日無車，不能回省。孟迪甫、周北祥同回縣，約予至縣府一敘。晚歸清理各事，付款家中買油鹽柴米預儲之。以後家中須節用。萬氏素不賢，不知銀錢難，新媳年稚且忠厚，又不便命之當家，此予最憂慮之事。

廿八日　晴

予病漸退，王醫今日仍來診脈，留之飯去。午後囑國煌引定生至各街一遊。

廿九日　晴　今日秋分　九月廿四日　星期二

昨疾似已大退，王醫生對予診脈有功，已許爲之字畫各一件相贈也。

今日定生疾已愈，擬明日帶往西門外祀各祖墳。午後來客數次，予自歸後，凡來各戚友無非求薦函謀事，或請向縣府説人情，倘住之久，爲環境關係，衆人包圍，勢必至造成劣紳而後已。説官司必有得失，即一方有利，一方受損失者，求得遂者感激一時，其對方受害者恨之終身。種此惡因，甚且有貽子孫之禍者，況予居省城，歸家時有數，何至惹他人恨哉。

九　月

初一日　晴　九月廿五日　星期三

早起，疾已大愈，足亦有力。攜香楮帶同定生出大南門經小南門外至普山祀先祖冠群公、先祖母晏孺人、先叔森亭公，因定生回鄂城尚未祀祖墳也。先祖父母以癸卯三月葬普山，今四十三年矣。憶予八齡就學，先祖上下午必送予，其調護幼孫情形如在目前。祀畢，帶同定生回家。下午四時蕭縣長請予及段繼李、陳局長、周北翔吃飯。今日曹漢丞船下水，明晨乘輪到漢較便也。晚間來客數次，分付家中各事，十時寢，轉鐘二時醒，窗紙頻震，天已起北風。自是展轉難寐，發十年前往漢舊疾，致天未明即起漱更衣，準備搭輪。

初二日　陰晴不定　大北風　九月廿六日　星期四

四時即起，心煩甚。五時囑定生起，早點不能入胃，煩甚。六時祥煥、洪英、國煌來送予至江干上船，漢丞照料予坐其房艙，定生頑劣，要看船上諸事。船過黃州，蔡文宿、魏□南上船，與談數次。午後三時江風大作，船顛簸殊甚。四時過丹水池，五時到漢口，震蕩難受。予之運氣不佳，復員後初次乘船遇大風受驚駭，何其湊巧歟。到漢至李瑞球棧略坐，飯畢往京漢旅館小住，帶同定生至輔堂里大舞臺看京戲，票價二千元，此回漢後第一次觀劇也。十時回館，寢不成寐。黃炳連在室害病，呻吟不絕，予終夜未寢。

初三日　晴　燥　九月廿七　星期五

六時起，匆匆帶定生換輪渡江回宅，檢閱各信件。飯後小睡，往訪王尊山並晤蕭煥文，湘潭人。談借款事。午後寫信三件，睡二小時再起，寫信二件。劉紹湘來探夢閑信，今日接沙市來電，夢閑先到二日，電到則遲四日始到也。晚寢不安。

初四日　晴　燥　九月廿八日　星期六

早起。午後寫信二件，閱報知近事。今日因候農行來調查房屋事未出門，彼竟未來也。

初五日　晴　燥　九月廿九日　星期日

早起，帶同定生渡江訪昆田、定遠、竹蓀、幼雲俱未晤。至京漢旅館略坐談，至陳懷民路訪鄭克林，坐片刻，便托諸事。訪季賢，與談片時出，渡江回寓，疲乏甚。晚欲寫信，竟未能也。十時即寢，轉鐘一時醒，自是展轉難寐。天欲明，夢先母向予索藥品，正檢藥品時遂醒。

初六日　晴　燥　九月卅日　星期一

九時起。上午銀行人竟不來，說話無誠信者也。午後疲甚，小睡一時許乃醒。晚訪陳叔澄未遇，至鄧婿家略坐。九時歸，十一時寢。

初七日　晴　極熱如伏　十月一日　星期二

早起，至農民銀行晤蕭主任，約其來看屋，並晤副主任路鐵湘，宜興人，賈士毅時代曾在財政廳辦事者也。至省府晤高運籌，至省立醫院晤楊光第，至法院晤范春芳留片與田院長，因彼約見也。今日天氣極熱，滿街人赤膊，予洗澡一次。今日鐘點已改，省府通知鐘點倒退一小時，今夕之九點即昨夕之十點也，所謂自十月一日起改退之時間，近年怪事多，此即其一也。

初八日　晴　上午極熱　下午大風雨　雷聲頻作
十月二日　星期三

早起，天氣極熱，予着綢衫出門。飯後似有風狀，下午二時大北風忽起，暴雨約半時乃止。伯陽來，留飯去，其子君健亦來看予。趙繼華爲中學借款事來省，云行至江中輪船幾覆，大風渡江危險萬分矣。晚寒早寢。

初九日　大風　陰晴不定　寒　十月三日　星期四

早起。寫復朱選青函、張重心函，均甚長。午後趙繼華來，托帶夾袍、夾褲回縣，還借朱坤山者。接國煌信，知縣銀行已選予爲常務監事，以後月須回縣一次。今年重九詩社諸人在武漢者十分之九，因有某君無品行，張、沈諸社長不願舉行，陳延英雖有建議，予亦不附和之。饒校文亦以包某無人格，此會今年遽罷，可惜也。晚寒甚，寫信二件，十一時寢。

初十日　晴　十月四日　星期五

早起，寫鄧定遠之母七十五壽詩，並檢四項禮物送漢口去。黃海濤來略坐談去。王小齋來乞寫函與石信嘉。今日到農民銀行僅晤路副主任鐵湘，將借款事與之一談出。接謝服初來函，謂沙市王伯彥來電話，夢閑今晨乘民生公司民安輪到漢，預計明天可以抵漢，晚約劉紹湘來，囑其明日渡江帶僕人往接。晚十一時寢。

十一日　晴　大風　十月五日　星期六

早起，接各處函，以重要者提前復之。午後命僕送鄧宅禮物過江去，寫對聯一付。晚寫信三件，十一時寢。今日午後三時夢閑回家。

十二日　晴　風　十月六日　星期日

早起，寫信二件。得鄂城函，知縣銀行已成立及予被選為常務監事云云。午後外出一次。晚早寢。

十三日　晴　十月七日　星期一

早起，寫字條一張。午後同夢閑渡江，將邦根金箍折換稍重的，金價今日二十二萬五千，與去冬予自施南回時五萬餘漲四倍半矣。鄧定遠之母壽辰年七十五，與先母同日生，設母在，今年九十二歲。先外祖母九十六歲方卒，奈何吾母不與先外祖同其壽耶？晚歸寓中亦未舉行祀典，有愧人子矣，十二時寢。

十四日　晴　十月八日　星期二

早起。午後出門一次，到長街購零物。午後閱報知□□不受調停矣。晚疲甚，欲寫各處信未能也。

十五日　晴　燥　十月九日　星期三

早起，至農業銀行提沙市匯款。晤王主任，欲予以作詩條相送。請朱成大蓋保。午後玉兒來看予，囑其候夢閑歸，有話說。下午五時至福康宴會，同席者七十二軍傅軍長、楊錦昱、陳央煥、高等法院毛首席文彬，麻城人。曾談李培文案，予所查辦者也。高院院長朱韻生、竹山人，金城銀行武昌支行經理蘇敬齋、浠水人，次青先生胞侄也，予抗戰前曾會過。商會胡雲卿。省銀行胡慶生、王禹九均同席。八時散席歸。

十六日　晴燥如伏　十月十日　星期四

早起，寫聯一付。今日為雙十節，各機關團體均出隊遊行誌慶。聞萬耀煌於沙市亦趕回參加，博此虛名而已。其實辛亥起義彼不在湖北，似與曹振武在北方同棚充士兵。前日傳單所開各名單有四分之一不在武昌，乃亦列入起義之數。以予所知者如施方向、陳次□、熊十力、萬耀煌、張承樵、傅慧初、萱蕭等十二人其時並不在武昌，何必慕此虛名耶。晚間聞今日在閱馬場開會之學生、軍隊及起義同志曬悶不堪，面汗如雨，尚聽萬耀煌大吹特吹也。晚寫信二件。

十七日　晴　熱　十月十一日　星期五

早起，外出一次。午後寫中堂、對聯各一，均有人出資購取者也。晚間鄉下來人，與語多不相干者。

十八日　晴　熱　十月十二日　星期六

連日晴熱如初夏，着單夾衣，殊爲怪事，節序已過寒露，猶如天氣，此則予自幼至今未之見也。

十九日　晴　熱　十月十三日　星期日

早起。九時飯畢，帶同定生渡江回看各友，並至影劇院看影劇。午後四時歸，晚疲甚，早寢。

二十日　晴　熱　十月十四日　星期一

早起。飯後外出。正午歸，日來均爲借款整屋事，午後又到法院去公證，知已漲價，其費加十倍矣，百物漲價，法院亦隨之，予繳費至四萬零六百元。設今春借到，只繳四千元，又送款與龍軒，請保存取息。晚疲甚。

廿一日　晴　熱　十月十五日　星期二

早起。午後寫發各處函件。晚疲甚，再欲寫信，真力竭矣，閱閒書不能入，十一時寢。

廿二日　晴　燥　十月十六日　星期三

早起，來客數次。午後寫久存之紙數件，備人取去，此無潤資者也，久欠之賬終須清理。筆單出後，一則可以增收入，一則可以拒無味要求者。鄭板橋之詩句予尚憶及之。晚寫寄鄂城函三件。

廿三日　晴　十月十七日　星期四

早起，連日閱報，知各縣又起紛亂，民不聊生，如此相逼，死而後已，然吾國上下此時又有所謂征食、借糧、催納各種稅收，又行新征兵法，抽壯丁於此際而連累行之，給鄉間民眾不良之印象。噫，此事向誰說歟？作高官者粉飾太平，辦黨務者亂吹亂搖，明知鄉間民眾不信，亦每日不得不吹，設有人請其清夜自思一陣，作何感想，彼輩必曰："要飯吃耳。"

廿四月　晴　燥　十月十八日　星期五

早起。飯後來客二次，接信四件。從前日記凡來客必記其名，信件必記寄信人兼提出函內要事，去今兩年未列及，從簡而已。晚早寢。

廿五日　晴　熱　十月十九日　星期六

早起。午後外出一次。晚間閱各書不能入，乃轉爲李小波作其父之傳，前存稿今夕僅潤色之而已。

廿六日　晴　熱　十月二十日　星期日

早起。飯後帶同定生渡江訪各處並至新市場，出又行至影劇院，匆匆於傍晚渡江歸。疲甚，十二時寢。

廿七日　晴　熱　十月廿一日　星期一

早起。飯後至省府晤高、王諸人，由省府出，至長街購零物。晚間補寫日記，至十二時寢。

廿八日　晴　熱　十月廿二日　星期二

早起，寫信二件，接林菊蓀函，知已將予函看錯誤耳。午後外出三次。晚閱《杜詩鏡銓》十頁，此書本板俱佳，爲丁未大冶學生陳君所贈者，中間圈閱一過。其祖父爲名孝廉，能詩，此書存胡林舊箱內，敵僞並未搶去，如存鄂城，早隨廿八箱中各書散失矣。此三月間心緒惡劣，每清夜靜坐時，覺現時社會人心太險惡，而尤以讀書號稱上流者爲最，當道無才能而獎勵，無恥者爲之搖旗吶喊。噫，徒損其人格而已。昨午因換衣而感寒，今日涕泗交流，欲咳而痰不出，極吃虧，十一時寢。

廿九日　晴　熱　十月廿三日　星期三

早起。九月快畢，天氣晴燥如此已兩月矣，殊爲奇事。以迷信説，國家不能安定歟？九月將盡矣，而晴熱如六月底，聞各地望雨已久。晚寫信二件，咳嗽甚劇，病象已呈。

卅日　晴　熱　今日霜降節　十月廿四日　星期四

早漱出濃痰七八口，予從前傷風時狀每如此，但四天後即愈，不必服藥也。八時半方起，午後仍寫信看書，惟咳嗽極苦，晚間更甚，十二時寢，懼夜間咳嗽吃虧，遲遲至目倦乃上床也。幸室中窗多，留其遠者一口透氣，晚間無氣直襲，回思在施南寄寓時，冬季患咳，四面及天上瓦頂來風，其咳愈劇，病境值此，真爲可憐，人生以無病爲好，不必羨富貴也。

十　月

初一日　晴　熱　十月廿五日　星期五

早起，咳嗽仍如昨狀，喉中吞吐不便，當服尖貝、川芎二味。午後寫信三件，南京吳、朱二人無回信，殊累予望。晚間早寢，寢後咳甚劇。

初二日　晴　燥　九時以後大北風忽起，氣候變寒
十月廿六日　星期六

　　早咳仍劇，午後寫帖子三件，約蔣立庵、唐立圻、王漢西明日吃晚餐。上月迭約而未履行，懼失信也。内子早到廣州，寓中無人弄菜，命長生約炳丞明午來辦理。午後咳嗽不停，殊爲煩悶，寢後不安。

初三日　晴　十月廿七日　星期日

　　咳嗽未愈，已逾五日，今日就立庵診之。午後三時半王漢西、立庵、唐立圻先後來寓，予以未接外人遂開席。飯畢王、唐先去，予留立庵爲予診脈立方去。晚服藥，十一時寢。

初四日　晴　燥　十月廿八日　星期一

　　早起，咳嗽略鬆，痰易出，然咳較昨更甚。晚間身體疲軟異常，畏冷加衣，十時以後即寢，寢醒二次，口乾如欲裂，極苦。

初五日　晴　燥　十月廿九日　星期二

　　咳嗽甚劇，頭頂及太陽穴均扯痛矣。午後疲甚，思出門未能也。霜降節已過五日，在從前氣候，此時早降霜雪矣。連日物價暴漲，炭元由五千元一百市斤，今漲至七千元矣。

初六日　晴　燥　十月卅日　星期三

　　咳不愈，心煩亂，八時起後四肢軟弱異常。午後欲延醫中止，閱書報難入也。連日飯不能吃，僅時時食稀飯一碗或以水下豆豉，胸前作痛，肺胃俱受傷矣。晚仍咳，寢後口乾二三次，以開水潤之稍好。

初七日　晴　燥熱　十月卅一日　星期四

　　早起仍咳，濃痰甚多，日間亦咳，甚吃虧，予擬不服藥俟其自愈。

今日臥床未能起，聞軍樂聲，知學校、軍隊均列隊遊行，至民教館簽名。聞滿街插國旗，予以病未出街一視，僅立門首看過本街情形而已。晚間咳甚劇，殊爲煩惱，口中無味，飲食不大進，十一時寢。

初八日　晴　熱　十一月一日　星期五

早起，清理各事。午後李連城來弄定白公事。晚寫復各處函件至十時畢。咳嗽未愈。

初九日　晴　燥　十一月二日　星期六

早起，咳加劇，飲食不加進，胃氣弱，餓甚，但食物在前又不能多食也。午後至省去醫院，欲覓楊光第開方，竟未尋得。晚間咳嗽，欲早寢，合眼即咳，只好待至子正方寢。

初十日　晴　十一月三日　星期日

早起，昨日夢閑自粵歸，帶回貨物，據說比較放息強。午後來客數次，晚服梨汁，咳稍好。

十一日　晴　燥　十一月四日　星期一

早起，寫對聯二付、匾額一方，皆有潤筆者也。午後至省府一次，向高先生取回王任□。今晚寫信三件，屢約回鄂城竟未如約。省幹訓團送來課表，每周八小時，俱派在葛店，本城已許之鐘點竟給他人。公文處理陳恒儒所讓之十二小時，不知給與何人矣。李耀東予夙以爲好人，今日知其心地矣。明日須將聘書課表退去，囑其找他人教學，晚咳未愈。

十二日　晴　燥　晚月色佳　十一月五日　星期二

韓震東來，予尚未起，早點後與同至幹訓團，將聘書課表面退李耀東。彼雖赧然，予實安之，謂予實不願坐汽車往葛店也。至樓上晤陳恒儒說明此事，彼氣憤甚，坐片刻出。晚間寫信二件。咳嗽較輕。

十三日　晴　燥　晚月色大佳　十一月六日　星期三

早起，至省府建、教兩廳略坐。午後寫秦治清大對二付、中堂二張，一爲彼所求，一代閔文卿所求者也。晚間早寢又咳醒，痰多。

十四日　晴　燥如初秋　晚月光如畫　十一月七日　星期四

早起，至省府一次，知予聘函已起草，不日送來，名稱爲教授。設不檢教部證書與王襄一閱，彼亦糊糊塗塗，謂教授與講師無分別也。午後萬文安來未晤，孫稚屏來函，謂不日匯款來乞書畫。晚咳稍好。

十五日　晴　燥　晚月光如銀　十一月八日　星期五

早起。飯後至教廳晤子恕，彼檢卷稿示予，謂係國文專任，名義爲教授，底薪四百廿元，與各大學同。便訪高先生，談片刻出。晚間清理各事，咳嗽未愈，殊爲煩惱。今日飯量稍增一些。十一時寢，寢後咳醒，似聞瓦上雨點聲。

十六日　雨　風　寒甚　十一月九日　星期六

八時半起，九時以後風雨大作，氣候已變。午後至幹訓團晤李耀東，因韓震東來勸數次，須與敷衍，予僅就團部內某班，每周四小時，可支薪三萬二千元，殊可笑也。該團以鐘點敷衍各方，而待遇如此，何其眼孔之小也。晚間寒甚，早寢，咳嗽稍好。

十七日　風雨交作　十一月十日　星期日

八時起，倦甚。飯後范春芳夫婦來坐未久去，徐秋農來談半時去。晚寒甚，今日皮袍子尚未做成。裁縫笨甚，天氣又短，工價又大，可惡也。晚十一時寢。

十八日　小雨　午後大雨　十一月十一日　星期一

八時起，早點後渡江至百貨商場，代張重心買鴨絨被一床，重五磅，較前一旬漲價二萬五千元。午後渡江回寓，裁縫衣服仍未做起。晚寫復重心、師聖、文慶三函，十一時寢。

十九日　陰　寒晴　晚大風　十一月十二日　星期二

八時起。午後外出一次。晚間爲黎子玉作畫，大松一幅。報載國大代表開會延期三日，候共黨調和之信云云。

二十日　陰　風寒甚　十一月十三日　星期三

八時袁叟來爲其子事，予與答復而去。裁縫皮袍子尚未成工，殊可恨也。晚范尚立來談甚久去。寫信二件，十一時寢。

廿一日　晴　寒　十一月十四日　星期四

早起，爲范尚立至福康借款十萬元，以金飾半兩爲質押，姚、陳二君經手也。午後一時至汽車站搭車，由朱致寅介紹坐司機座，三時到段家店，晤姚宏發、汪文階及鄉長徐直，囑便調解汪、姚訟事。四時乘轎至胡林，住邦丞家，約四分經管及校董會諸人來談各事，囑明日上午在祖祠開會。

廿二日　晴　燥　十一月十五日　星期五

早起，至祖祠看學校。九時半諸人漸集，十一時飯畢開會，處理各事，重要者一一解決之。下午二時乘轎起行，五時半到家。飯後國煌、夏村、祥焕諸人來問訊，自是戚友來者更多，談話至十一時半方寢。

廿三日　晴　燥　十一月十六日　星期六

早起，客來數次。十一時飯畢，與國煌同上西山，細看廟宇，前後毀者甚多，問住持僧會隆，請予寫屏對，謂抗戰前所書者無存，予允其請，囑其明晨送楮墨到家爲書之。午後三時至縣銀行查賬，此爲予此次回縣之第一任務也。榮生、宇平、斗山諸人均晤見，已放出之款二千三百餘萬，餘則榮生所轉貸而出者約六百萬。職員待遇比照縣政府，惟月多火食費二萬元，就行中吃飯，歸。晚間海濤、黃校長均正及趙、王教員諸人來商各事，予一一指示之。十二時寢，蕭縣長、吳瑞明、姚某先來，均有所商去。

廿四日　晴　十一月十七日　星期日

早起。九時袁子青同袁慕詩、夏村來，爲請律師事，子青談一時許隨原船回鄉矣。下午請液垓、叔尹、濟華、海濤等七人便飯，伯陽、畏之同席，七時散去。九時又來客數次。十二時寢。

廿五日　晴　十一月十八日　星期一

早起，寫信致省宅。今日來客多，未能記，所托非訟事即瑣碎不堪之事，予均拒之。今日皮袍已成功。準備明日往省，旋聞瑞安輪改星期四開漢口，予思搭輪可帶物件，決定星期四往省。

二十六日　晴　下午風　十一月十九日　星期二

早起，倦甚。飯後回看縣中學、縣政府諸人。在縣府遇孫少恒，彼與蕭縣長同約明日午餐，已允之。便訪稅局、商會諸人。晚間客來甚多，不能一一記也。

二十七日　晴　十一月二十日　星期三

早起。九時往孫宅，請有向近侯在座，餘爲參議會鄭宇平諸人，菜肴均好。午後液垓及中學諸人先後來談。傍晚囑祥煥、國煌約佘姓來分發恤金，囑其與志廣做超度，分二十四萬元以去。十時以後分付家中各事。十一時寢，寢後成寐，轉鐘醒，視時計係二時，未幾天明矣。

二十八日　晴　晚雨　十一月廿一日　星期四

六時起，漱畢，至河干搭輪時，天際太陽殷紅如血，慮其有風雨。中國舊農語有"日出胭脂紅，無雨必有風"，頗驗也。曹漢丞在輪上，諸事甚便。下午三時到漢，予渡江回省宅已五時半矣。閱各處來函，並知先修班李彥常曾來寓，接魯魯山函，知湘省近狀。晚小雨，十一時寢。

廿九日　晴　十一月廿二日　星期五

早起。午後至幹訓團授課。農田水利班約五十人，教公文處理名詞也，其實不通，不知該團教務處有所本否。遇值日生黎讓泉，號光武，黃岡人，曾任少校營長。謂予長黃岡時彼曾為訓練班學生，予實忘之矣。歸後小憩。飯後外出一次。晚間寫信二件，十二時寢。

三十日　晴　十一月廿三日　星期六

早起。寫復各處函。午後至幹訓團上課，水利工程班"新生活須知"，教務處無教本，上堂隨便演講而已。學生六十餘人無名冊，問之上課已三周矣。各班無頭緒，教務處長在外邊兼課多，諸事不過問。教員無休息室，且無茶水，工役亦不知在何處。此怪現象也。歸後寫函二件，晚十一時寢。

冬　月

初一日　晴　晚星斗甚明　轉鐘後大雨
十一月廿四日　星期日

早起。欲渡江，慮人多未去。午後來客數次，李小波、朱少甲來，留之飯去。晚外出購物。

初二日　早雨旋晴　午後大雨　天氣轉寒
十一月廿五日　星期一

早起倦甚。未出門，先修班送函來，約予閱卷。吳師聖來函，催送講義去。晚間補寫日記。

初三日　陰　小雨　寒甚　大風　十一月廿六日　星期二

早起。至先修班閱卷，國文佳者極少。吾不知高中畢業生何如此墮落也。算術得零分者三分之一，未答中者二分之一，僅及格者數人而已。

初四日　陰小雨　大北風寒甚　十一月廿七日　星期三

早起。送包裹至郵局寄張重心，郵費一萬四千元。便至省府印講義。今日天寒，予不願去閱卷。至王宅奉看，至農民銀行，至警察局會陳炎說各事。晚熊象方來談片刻去。一夜大北風。

初五日　雨　雪　寒甚　十一月廿八日　星期四

晏起。今晨雨雪交加。午飯後買板炭四斤，去價一千元，記去冬一千元可買板炭廿斤。近時當道對財政無辦法，又不能平抑物價，令老百姓吃苦，真所謂尸位者也。晚風愈烈，雪飛瓦上盈寸，更寒，早寢。

初六日　晨極寒　午後晴　十一月廿九日　星期五

早起，未作事。午後至幹訓團授課，三時半歸，朱祐廷來，必欲爲其說謀事，四時與同出，予訪黎子玉晤，與王之泉通電話一次，約明午在武昌書店面談。晚歸，爲文化公司作畫畢寫款。

初七日　晴　十一月卅日　星期六

早起，爲朱介蕃事須與懷冰見面。十一時至武昌書店，黎子玉爲胡、姜訟案作調人尚未歸也。與吳嘏□、闞靜遠、汪楨民晤見黎，約來便餐者也。久候懷冰不至，十二時半午餐畢，二時半懷冰方來，與談半小時同至陶季賢家未晤，予遂往先修班晤李彥常，談片刻歸。

初八日　晴　十二月一日　星期日

早起。飯後出外一次。午後寫信二件，得孫稚屏函，並寄匯洋卅五萬元，請予寫對聯、中堂、屏幀各件，款在漢口上海銀行取之。

初九日　晴　十二月二日　星期一

早起，連日督促學生寫講義，備早日寄京。午後外出一次買各物，備下雪後畏冷用也。晚閱文集並王氏家乘，因久旃屢請予作屆譜序也。

初十日　晴　十二月三日　星期二

早起，閱報。午後寫信二件，至朱成大、雲海霞寓各談片刻歸。晚閱唐詩三頁，十一時寢。

十一日　晴　十二月四日　星期三

早起。午後外出一次。連日閱報，國民代表大會正在緊張議案。□□正在積急用兵，中國後患未已。晚有月光，寒氣加重。

十二日　十二月五日　星期四

早起，閱報。午後外出至長街購物，至省府問人事處各事。晚閱選國文課本，文深，不適現時學生程度，但又不能離此書而外選也。

十三日　陰　寒　晴　十二月六日　星期五

早起，寫信二件。午後至幹訓團授課，至則無人招呼。一時半乃晤吳君，知前所送課表以兩個星期為限，餘則要隔二星期方送也，新生活課不講了云云。予謂不上課應先通知，吳謝過，該團辦事如此可笑也。晚閱雜書。

十四日　小雨　午後陰　晚有月色　十二月七日　星期六

早起，渡江至顯真樓照小相。午後歸，接各地函。晚間寫復各處函畢，已十二時矣。又閱文集三頁乃寢。今日寄南京信與講義。

十五日　晴　寒　今夜月全食在轉鐘以後　十二月八日　星期日　今日大雪節

早起。飯後渡江一次，午後四時歸。晚補寫日記，閱雜書，至十一時以寒甚早寢，未見月蝕也。今日開同鄉會畢。回寓，途遇蕭液垓，謂自縣來。

十六日　陰　寒甚　十二月九日　星期一

早起，閱報知參議會連日均在質問省府主席、廳長及糧政局長，問之有切當者，有意氣發出者，有憤激者。被詢者如主席、廳長之類，面赤或作遁詞，或作乞原諒之語，了了而已，過後即忘。真所謂決而不行，歷任如此，吾推想各省莫不皆然矣。晚閱文鈔及唐詩至十一時寢。

十七日　小雨　晚大風　寒甚　轉鐘後下雨　十二月十日　星期二

早起。十時渡江，至謙祥益。購深藍竹布次號者，每尺二千零八十元，白斜紋絨每尺一千八百餘元，青絨做帽子用者，每尺次三等的一萬五千元，共用去洋五萬二千元，較之武昌各布店便宜一二成。從前五萬元在武昌可購房屋十餘棟，以後當不知漲至何價也。歸途遇雨，晚間大風，寒甚。十時寢，轉鐘聞雪子聲，繼聞飛雪打窗聲，覺寒氣襲重衾也。武漢難民尚多，救濟署博慈善名，其重要職員無不借此名發鉅萬者。

十八日　雪　晚六時止　寒甚　十二月十一日　星期三

十一時起，畏寒甚。十二時半午餐，今日大雪未出門一步，閱報閱雜書，飲酒二次。晚補寫日記，十一時寢。在電燈下練目力，寫字五十餘，以之較去歲在恩施時如何。自司馬相如自敘爲傳，爾後文人多爲自敘或稱自敘傳。

十九日　晴　寒　十二月十二日　星期四

九時起，蕭液垓來談一時許去，與之商縣政及改良各事去。飯後至省府通志館、圖書館、臨大先修班接談各事，傍晚歸。飯後往范尚立寓中談半時歸，約其同回鄂城開會也。十一時寢。

二十日　晴　寒　十二月十三日　星期五

早起，清理各事。飯後一時至汽車站搭車，由朱致寅介紹司機位次，另加二千元，一時半開行，五時半到家。飯後約祥煥、國煌來問各事。坐車搖搖，手身俱痛，從前決定不坐汽車，今日不能免。十一時寢。

廿一日　雨竟日　有風　十二月十四日　星期六

早醒，聞雨聲。八時半起，參議會約開預備會，以寒甚未去。約親友來談話，佈置家中開銷及應購各物。周冠瀛與黃校長、蕭校長等來談甚久去。

廿二日　陰　寒　十二月十五日　星期日

早起赴會，此次僅到十四人，行禮後由來賓惠詞，一套舊話。午餐後開提案審查會畢方歸。家中已先有來客，一一答復以去。十一時寢。

廿三日　陰　小雨　風　寒甚　十二月十六日　星期一

早起，到會聽取縣府各科報至十一時，縣府請客，飯畢予即回家。午後四時約范尚立、孫少恒、吳鳳翔、沈雲澤秘書晚餐，並囑尹仲韓先生聘書宜早送出。自是來客甚多，一一應付以去。準備明晨往省，十時半寢，展轉不成寐。

廿四日　陰　寒甚　午後晴　十二月十七日　星期二

四時半醒，內子已升火弄早點。予起後天未明，候國煌來，同出城，上瑞安輪，同房者鄭十爺。天明後仲韓先生囑魯賓請予下樓一談，知其往黃州訪王文守、王依、朱懷冰。尹訪之，予已將縣志館事與彼言之。尹老衰已甚，非今春狀態矣，年九十一歲，尚孳孳爲六萬元之薪水，亦可嘆也。下午三時半船已到漢，予渡江回寓，四時半。飯後閱各處函件，十時半寢。

廿五日　晴　十二月十八日　星期三

八時半起，倦甚。午後至先修班上課，先授文組第一教室，由蔡主任聞佛引導值週生武斌，二時半畢。上第三教室，仍由蔡君引導值週生盧亮，鄖縣人。三時半畢。出校便訪施方白、馮亞佛，各談片刻歸。飯時柯竺僧、陳舉百、韓英華來談，便留柯君飯。英華云張館長德廷前日以急症死矣，真所謂人生如朝露也。竺僧以冊，必欲予書語見贈，冊已有二十二人題書矣，名位高者爲程潛、苗培成、何成濬、孔庚、李書城、黎澍、萬耀煌，除黎書佳，餘則劣，或請人代筆，予實不取也。僅沈甕公、金練九尚相稱。陳豫生、紀盛吾之文譽之得體，餘實無可取。予勉爲題，並記此以，爲好名者戒，至請袁雍、余正東、徐源泉、張瀰川、徐會之輩作書更可哂矣。

廿六日　晴　大風　寒甚　十二月十九日　星期四

早起。十時至省府會周印澄，爲胡本年事。午後佑丞送魚來，便留之飯，遂送卅五斤與任濤，酬今春下鄉解決分墰之勞也。晚間寒甚，早寢。

廿七日　陰　早雪子　傍晚下雪　寒甚　十二月二十日　星期五

早八時幹訓團送條來請予授課，始知已將予鐘點俱改爲上午八時起。

該團辦事人一塌糊塗，派課則二個星期爲一期，不知傚効何國也。予亦未去，晚間又接來函，謂明晨八時有課，擬明日再授耳。此事即當辭去。

廿八日　陰　寒甚　結冰　十二月廿一日　星期六

早起，至幹訓團上課，醫務、財政兩組相和，上午係水利工程班，人數百餘，下午同。今日講授吃力。晚十一時寢，寢後不成寐。

廿九日　晴　早大霜　已結冰　今日冬至節　十二月廿二日　星期日

早起。飯後渡江至李瑞球處，無款可取。至六渡橋振興公司買糖果數事。至藹仁里訪盛龍軒，知其住醫院，遂訪傅軍長談片刻，彼云明後天即回川，住重慶南岸，明夏再來武漢云云。至佘子祥寓，與商爲救濟院募捐事，彼極不願，與談片刻渡江。今日人多，上下水予兩次均未覓得坐位，寒風襲人，到家後手足冷痛矣。范春芳來談片刻去。

臘　　月

初一日　陰　寒　十二月廿三日　星期一

早起漱畢，早點後即往學校上課。正午就校中午餐，午後又上二次。回寓。晚間閱雜書又準備明日課程，十一時寢。

初二日　陰　寒　小雨　時下雪子　十二月廿四日　星期二

早起。九時雇車到校授課，午餐後三教室授課一次未畢，有軍管區副司令沈某來爲學生講話，予遂退出回寓。漢口李瑞球送國煌撥款十三萬二千元來，謂係縣中賣去油桶之款。瑞球送燕窩四兩、冰糖一斤六兩與予，冬季正缺此補品，予久欲購而未能者也。晚閱雜書至十二時方寢。

初三日　陰小雨　雪子　十二月廿五日　星期三

九時起,以天寒,應往省府取物、接洽諸事,致未能往。午後往校授課一、三兩教各一小時,講解吃虧,近來身體不佳也。歸後購挽聯一幅,寫送張翩,明晨開弔。張身體不強,然不料其死之速矣。晚閱唐詩、王漁洋詩三小時。

初四日　陰　十二月廿六日　星期四

早起。午後外出二次,歸後寫信三件。晚寫诗三首,閱雜書至十二時寢。

初五日　晴　十二月廿七日　星期五

早起,八時至幹訓團授課。午後寫信三件,吳師聖來函,知律師事極麻煩,予擬函復再不檢證件去。晚閱《杜工部集》又《莊子》十頁。

初六日　晴　十二月廿八日　星期六

早起,八時至幹訓團授課,下午一時半又去,今日共上四次,公文可以教完,從速也。予不願教該團功課,提前教畢,辭此事也。晚十一時寢。

初七日　晴　十二月廿九日　星期日

早起,飯後渡江。午後二時回家,接鄂城函二件,問李瑞球事。晚寫信,分復各處,並告知袁子青以廖西平之語。至十一時寢。

初八日　晴　十二月卅日　星期一

早起。今日夢閑又往益陽,予以今日上下午均有課,與之分付各要事,令其記之。到校甚早,上課二堂,午餐飯稍好,午後又上課二次歸。晚間清理各事。

初九日　晴　十二月卅一日　星期二

早起，至先修班上課。午後又上課二次。歸寫復各處函，師聖、選青函用航空發出。至省府晤李少仁談片刻出。晚間清理各事。至十二時寢。

初十日　晴　中華民國三十六年一月一日　星期三

八時半起。飯後帶同定生渡江，輪船已漲價，每人三百元，人多擁擠不堪。覓一影戲，男女客俱滿矣。又帶定生至明星影戲院乃得購票，票價一千八百元，看所謂《風塵三俠》者，以中國舊戲用新法演爲電影，唐朝婦女竟剪髮爲獅子狗頭者，亦奇哉。五時半渡江回寓，飯後疲甚，十二時寢。

十一日　晴　下午陰　一月二日　星期四

早起。飯後帶同定生至青年會看電影，不得票，人滿爲患。四時半回寓，令太長再帶定生同往。晚寫馮竹友等函七件，十二時寢。

十二日　陰　一月三日　星期五

早起。十時半至幹訓團授課，財務、醫務兩組合堂。今日公文處理已提前教畢矣。當即辭去該團，每次鐘點費二千元，教之私立中學少一千元，較之大學少三千元，且對各教官毫無禮貌，職教員彼此不相識若路人也。聞經費亦不少，經手人以鉅款放折息，然則省政府對此項軍官分組受訓敷衍而已。歸後寫復各處函。晚閱文詩詞等集至十二時寢。

十三日　陰雨　一月四日　星期六

早起。十時至幹訓團授課。昨書日記有誤，係星期六補寫所誤也。甘肅至今未來人，皮袍子不知如何。再寫函催張仲心速復。晚寫雜記，十一時寢。

十四日　陰風寒甚　晚雨　一月五日　星期日

早起，今日原擬渡江未果。飯後寫孫稚屏囑書畫之件，命僕磨墨，寫大對三付、單條三件。晚寒甚，羅資生來爲予寫退休表三紙及呈文。因前日與鄧鵬九說妥，退休文須早送部也。即留資生在此消夜，以時晚路不易行，即在此宿。

十五日　雨　寒甚　一月六日　星期一

早起。九時至先修班授課，乘車徑到校而鐘點已過，十一時乃上，午後又上二次。匆匆至省府將退休文件送去，與朱底之商量辦法。五時半歸，飯畢又寫單條三件，畫蘭四幅。

十六日　風雨寒甚　時下雪子　一月七日　星期二

早起，至先修班第一教室，今日起考國文，命作自傳一篇，占二小時，文成者少。下午第三教室出題，亦不能交卷。三時半爲嚴吉齋向農民銀行借款，五時半歸。飯後閱雜文至十一時寢，轉鐘時聞北風甚厲，又下雪子及雨。今夕寫屏對甚多，目力疲乏。

十七日　陰　寒甚　一月八日　星期三

九時起，十一時半飯畢至先修班授下午課，在家中及車行耽延，到校已下午一時一刻矣。收一、三教室之文卷，均約四分之三。其餘未交者必作白話文，改換不過來，因各班教授均決意不收學生白話文也。白話文害人已十餘年，三十三年教部令高中一年級學生不准授白話文、作白話文，大學更不能，仍蹈故轍也。可惜學生近十年來未讀四書五經，古文所讀又少，致下筆時無雅馴之文藻以填句。噫，誰之過歟？歸途到警局一說前重房屋請飭警勒遷事。訪張春霆先生談片刻出。回家接李廉方先生函，請予決定編纂通志內人物志之先烈傳，藝文志之書畫門，即方伎，先送預約金若干云云。李曉園任館長，十年未出簡單之志，未纂百分之一門類，以爲表現，從前所發聘約十餘人，并未送人一元之夫馬，近爲參議會攻訐，謂該館從事養老，毫無著作以示人，遂有添人編書之議。噫，吾鄂自宣統三年張仲炘太史成志，民國三年呂調元省長始刊行全稿，今已三十一年矣。文獻應早有具體之著作，以供文人批閱。前三年陳主席在施南增加待遇及增公費，購書費等等，吾不知此鉅款李曉園作如何存放，如何開支矣。予西遷即擬從事參預修通志，是時存張群之後，待遇極薄，編纂月支一百元，嚴代主席在施改爲月支七十元，與省政府錄事待遇相等，然編纂各員僅存其名，未作一事也。予欲兼就編纂，嚴先生未之許。自陳主任三十一年增待遇，館主與省委同薪。總纂、編纂、協纂與科秘同薪。予以其無拘束且清高也，曾托吳壽田向李曉園言之，彼以無款辭。其年臘月始送一聘函，爲特約編纂。予實有關辛亥首義底稿，以其慳吝竟未與之。今日接廉方函，因記始末如此，明日往訪一談，再定行止可也。

十八日　陰寒　小雨　一月九日　星期四

早起。午後補寫中堂二件、聯三副，畫蘭四張，皆孫稚屏與王國煌求者也，晚間乃畢。十時閱雜書，十二時寢。

十九日　小雨　寒　晚似轉晴　一月十日　星期五

早起，上午未出門。午後又畫屏四塊，西山住持僧所求者。又爲熊小宋代書道一和尚四十壽聯並書之，文曰："西方寓有少年佛，南極人呼老壽星。"牽強之文。然於斯時，非文學昌明時代，可用之書畫均爲僧人。吾其與佛有緣乎？一笑而已。晚十二時寢。

二十日　小雨　一月十一日　星期六

早起。飯後至省府尋邦良來幫忙，因太長須請假回鄉也。寫函約夏炳丞來招呼年關諸事，寫信與右丞，催其送米來省。付太長貳萬元，一爲其工餉，一爲其祖母祭禮也。晚閱唐詩及學生文卷至十一時半寢。

廿一日　陰　寒　一月十二日　星期日

早起。午後寫屏對數件。閱報北平大學先修班女生沈崇為美兵陸戰隊伍長强姦至三次之事，北平學生罷課遊行，今日審訊。國力之弱，外人得施獸行。惟女生看電影，夜十一時經過美營，寧不危險耶？以高中畢業年十九歲之女生，不自檢束，致取此辱，非偶然也。晚閱雜書，十二時寢。

廿二日　陰寒　一月十三日　星期一

早起。十時至先修班上課，午後仍上課。傍晚方歸，攜回學生課卷，尚未改定，只好勉就，不能多改，反滯其機也。近四年學生程度愈低，無可挽救者也。晚閱報及雜書，十一時半寢。

廿三日　陰　寒甚　一月十四日　星期二

早起。九時半至先修班授課，午後仍上課，四時歸。夢閑赴湘多日尚未回家，定生無人管理，新來工役又不能做事，殊為煩悶也。晚，事雜心煩甚。今日還農行款八十萬。

廿四日　晴　晚十二時大雨　一月十五日　星期三

早起，清理各事，囑工役與徐嫗將醃魚起鹵，擾擾二小時乃畢。午後一時到先修班上課，四時歸。晚間仍清理各事，十二時寢，寢後聞雨聲大作。

廿五日　陰晴不定　一月十六日　星期四

早起。飯後料理室內外清潔，囑工人打掃。午後三時夢閑回家。晚間閱雜書，九時寫信四件，十時寢。

廿六日　陰寒　一月十七日　星期五

九時起，倦甚。十一時飯畢，外出辦理各事，足軟無力。晚歸閱報，十二時寢。

廿七日　陰寒　小雨　一月十八日　星期六

早起。飯後渡江至曹漢臣家略坐，晤梅姓。宋埠人，亦係受李培文之害者。據云李曾没收彼之穀百餘擔未報賬，並有私要索實未照付。李之貪污，此其一證也。四時半輪渡人多，擁擠不堪，到家已天黑矣。晚未作事，十一時寢。

廿八日　寒甚　大風　小雨時作　一月十九日　星期日

早起。十一時至玉笙家中，彼昨來約予過其寓吃年飯，已許之，因夢閑不去，予不能不去。天寒甚，到其寓久候，鄧婿方與成、盧二君回寓，下午一時乃開席，三時畢。予至先修班留言請假，明日廿九，實不願往授，蓋授亦無學生聽講，何必作矯情之事，反令學生心厭。蓋大、中、小學生早已放寒假矣。五時歸，晚十二時寢。

廿九日　陰　寒甚　小雨　一月二十日　星期一

晏起。今日太長來，囑其送鄧、張等家禮物，並在鄧克林家中取回行轅交通費，各處補送之禮已畢。晚間清理各事，十二時寢。

民國三十六年（1947年）丁亥日記

正 月

初一日　上午大雪　奇寒　農曆元旦
國曆一月廿二日　星期三　辛丑土軫建

九時半起，先有客來，未能招呼，起漱畢進香，未能如從前儀式之隆重也。昨夕下雪似在轉鐘以後，予十二時方寢。昨夕電燈光微，未能寫作，遂早寢，不然當在今晨一點鐘以後也。十時以後來賓王嶺梅、汪世鵬、高運籌、朱成大、石仲章、朱少甲、馬顯聲、張永年、范春芳、張金光、馬崑來、汪幼丞諸人或談數語坐片刻去。予以天寒泥深未出門答拜。晚間電燈仍不明，不能寫字，僅作試筆詩，具燭起草已成二首，明日當修潤之也。十一時寢。

初二日　陰　奇寒　午後飛雪　一月廿三日　星期四

早起漱畢，趙□□，竇秉鈞，夏甘澍，易、何、孫三生，韓英華，鄧君健及玉兒、鄧婿先後來拜年。午後二時予方出門，答拜高運籌、朱成大十一家，晤者少，僅在傅幼虛、劉萃三、李西平家略坐，歸時已天黑矣。今日未攜圍巾，出門兩耳凍僵頗痛，六時回寓。飯畢至范尚立寓中略坐，問昨年除夕領款事，係行營給首義同人者，非萬耀煌所發放也。今夕電燈大明，乃補寫日記並整理元旦試筆二首，以後或須再改則不能定。詩曰："料峭風寒晝起遲，昨宵炮竹動鄉思。新頒約法存春節，三十四年正月初一，中央宣布美國、英國向吾國取消不平等條約，即以初一爲新約節。舊習民間重夏時。獻歲爐煙縈几案，開門瑞雪滿庭枝。寄廬左右宅均無樹，鄂城住宅左右有樹，後重學屋有櫻桃一株，予二十三年手植者。此句則想像鄂城言之。盈樽薄醉屠蘇酒，細嚼梅花寫妙辭。""年逾耳順葆天真，贏得繁霜鬢髮新。鄉譽昔曾推善士，前年春，本邑壽昌鎮選予爲議員。國恩今許作閒人。予以去年臘月呈請省府轉銓敍部自願退休，檢出從政三十年證明文件與之。無才久負治安策，有恥能存松柏身。指去秋省府參議十二人去職事。元日從頭書甲子，韶光重紀少年春。"

初三日　陰　寒　午後四時轉晴　一月廿四日　星期五

早起。李祖錫、萬隆坤、李曉波、吳獻之先後來，留二李與萬在此午餐。午後一時予渡江至曹漢臣寓略坐。至柯竺僧、徐幼雲、鄧超平寓略坐即出，在陳豫生家談片刻，聞張篤周自恩施來，擬公讌之，予已許之。行轅裁人，聞豫生云，參議、交通仍存在。四時三刻渡江，人多擁擠，到岸又候車，六時半方到家。今日來賓有黃仲恂、陳挽瀾、毛眉軒、王季耕、汪子模、金練成、張德祖、龍智仙、賀常諸人，皆未晤談，已有名刺存閱，餘客未留名者內子亦記不清矣。十時半開始爲先修班學生改文，至丑時寢。初四日子時爲先祖母忌日，今夕焚楮具香案祀之。

初四日　陰　午後大風寒甚　飛雪　一月廿五日　星期六

九時起，施方白來談甚久去。自是潘誠之、李西屏、劉□□、梁維亞先後來坐談。三時出門，順道至郵局，方昌祿、李履冰、石砥中、吳獻之、李廉方先生、范春芳、張金光家，均未久坐。途中風大，寒不可耐。歸後閱名片，知蔡禮成、舒澄宇、陳右軍、汪仲謹等來此拜年，明後天當往答拜也。今日饒校文來，略談即出。

初五日　陰　寒甚　午後大風　飛雪　一月二十六日　星期日

九時起。飯後來客數次，寫信二件。晚間爲學生改文，甚以爲苦，蓋多解吃力，不改又於良心下不去。從前在師範學院，每班學生少者六七本，多者二十餘本，今則兩班共百二十本，真無從改起矣。

初六日　晴　霜　一月廿七日　星期一

晴天早起，石砥中來，予以欲上課，略與談。早點後匆匆到先修班上課，車價大漲。到校後上課，一教室學生三分之一，三教室學生四分之一而已。舊習未改而先修班又不放寒假，未免矯情反使師生均不快，所謂不近人情者也。傍晚歸。

初七日　晴　大霜　晨已結冰　一月廿八日　星期二

早起，送款與盛龍軒處。九時至校授課，晤施方白，告以星期六公宴張篤周事，遇王茂先亦告之，上下午四小時課均授畢。今日學生到稍多，講文三篇，《遊小盤谷記》，皆小品也。三時半歸，訪盛龍軒說各事。今日發薪，熊小宋告以縣中諸事。晚間范尚立來談，時局嚴重，可慮也。今午殷子恒、胡玉齋、余希純、胡舜生俱未晤。晚早寢，疲倦甚。

初八日　晴陰不定　一月廿九日　星期三

早起。午前來客數次，午後到先修班授課。四時回寓。今日疲甚。晚間改文十本，十一時半寢。

初九日　晴　一月卅日　星期四

早起。飯後渡江答拜胡舜生等處，至戴志強寓，請其取蛀牙一顆並敷藥，下星期擬換三顆。予牙痛數十次，五十歲以前安換數顆，皆趙培慶、戴志強兩醫生為之。如在鄂城居住，牙痛無法修整也。四時半渡江回寓，晚間仍為學生改文，至十二時寢。

初十日　晴陰不定　一月卅一日　星期五

早起。飯後為學生改文，時時來客，致不能靜坐為之。午後外出一次，至省府並往李少仁、陳恒儒等處答拜，朱士堪同廣州人羅偉青來寓，便留酒飯去。晚爲學生改文，十一時半寢。

十一日　晴　二月一日　星期六

早起。十一時至福康，晤陳子瑜，與言明提款事。十二時至漢斌樓，公讌張篤周，開筵二桌，多恩施漢聲社同人。予同席周壽、施方白、陳豫生、王茂先、李少仁、陳季賢、何有藻、謝珈航。因不願與包貢九同座，留一席與李曉園、沈碧舫，包與之同席也。下午二時散席。回寓後寫壽幛字送曹漢臣八秩壽辰。晚間仍爲學生改文，至十一時半寢。

十二日　陰　下午四時小雨一陣　七時大北風
二月二日　星期日

早起。飯畢同夢閑、定生渡江至曹漢臣家拜生。曹爲人豪爽，今春八十整壽，極康健，就其家開席後，予以腹痛先回到家，已下午五時矣。晚飯後填寫學生試卷分數，未改畢者仍一一改之，至轉鐘二時方寢。

十三日　雨　午陰　二月三日　星期一

早起，至先修班上課，極寒，途中無車，至王府口乃雇得一乘，到校即匆匆授課。午後仍上二次，三時半歸。晚間改文已畢。今日承裕銀號請予指示立案辦法。

十四日　陰寒　今日立春　二月四日　星期二

早起。今日上下午俱填寫學生國文分數，圈點五十三本加批語，頭爲之暈矣。教國文者改文如此之多，此班如全作有六十二本。晚轉鐘二時方寢。

十五日　陰　二月五日　星期三

早起。今日上下午又爲學生填寫分數，圈點四十九本，至夜間轉鐘二時方寢。今年龍燈僅百姓玩，軍隊奉令禁止矣，以故燈不多，街上鬧事者甚少。

十六日　陰　下午寒　晚雨一陣　二月六日　星期四

九時起。上午將學生分數填畢，試卷捆好備上課時帶交學生。予不以講文爲苦，改此無從下手之文，難改真以爲苦也。下午四時承裕號用車來接，謂請客已在候予。至則即坐席，與予同席僅王尊山、王禹九兩銀行主任爲熟，餘則交行經理蕭聿齋、長沙人。柳希盧、中行主任也，號一屋，江蘇人。郵儲金局主任吳奮，號邦振，武進人。餘一桌俱爲錢業公會人，主人爲彭幼田，漢陽人。此爲第二次見面者。歸後寫吳師聖、朱選青、鄭芸生函，備明日送出者。十二時寢。

十七日　晴　二月七日　星期五

早起。十時渡江送大對與曹宅。此爲補禮，因前日向漢臣已許之矣。就其家午飯畢，至戴志強處，又取去門牙一枚。便晤吳立勳，三一學生也，現爲徐家棚車站站長，北平人。至孟道甫家坐談，彼堅留晚餐，酒肴甚佳。五時渡江回寓。十二時寢。

十八日　陰晴不定　二月八日　星期六

早起，寫信二件。午後外出至省府一次，閱報共黨軍隊甚凶，中央傳政府改組及行政院改組諸事。晚閱雜書。

十九日　陰　小雨　晚大雨　二月九日　星期日

早起。閱報，近日黃金陡漲，每兩飾金五十二萬至五十五萬，油米均漲一倍或一倍半。社會人心極不安定，以後如何，尚難預測。總法幣逐漸低，自一萬元、五千元之大票出現於市面，是以五千元代一千元矣，此必然之低落也。晚間準備功課，明晨須往先修班授課也。十二時方寢。

二十日　雨　風極寒　二月十日　星期一

早起，至先修班授課，天雨，行至王府口乃雇得車子。今日物價更漲，車價較去臘增一倍矣。今日上下午均在校，歸時已四時半矣。頭暈甚，晚十時半寢。

廿一日　晨晴旋陰　二月十一日　星期二

早起，至先修班，今日上下午均授課。今日油價每斤三千六百元，較去臘漲二倍半，米每石十元，較去冬漲一倍半，人心極不安，黃金已到八十萬元一兩。噫，經濟破壞如此，當局仍無辦法制止，亦未籌得其他辦法，可恨也。

廿二日　陰　寒甚　飛雪　二月十四日　星期三

早起，清理案上各事，部居粗順，久未清，案上、架上書籍凌亂可恨。午後閱報，物價愈漲。一時至先修班授課，四時歸，晚清理雜事，至十二時半寢。

廿三日　晴　寒　陰　二月十三日　星期四

早起。午前寫致張重心函，並帶字畫等件送漢口，托陳少卿轉交。晚早寢。

廿四日　陰寒　二月十四日　星期五

早起。飯後至省府一次，午後閱報，物價政府不能制止其飛漲。噫，何其無能力也。

廿五日　陰寒　午後大北風　晚飛雪　夜半大雪
　　　二月十五日　星期六

早起。飯後閱報，各地物價飛漲，黃金價已至七十五萬，聞暗價已八十餘萬。噫，誰之咎歟。聞戰況亦不佳，人心浮動。晚間大風忽起，寒甚。

廿六日　雪　陰寒甚　風　二月十六日　星期日

早起，今日有客，囑工役打掃佈置。午後三時葆成、時敘、邦興、曉波、光祖、璜遜、緒吉、德修先後來漢口，未到者劉光漢、秦永喜、劉九經諸人。五時半開席，七時半方畢。羅立亨、曹德修等先歸，時敘、光祖等竹戰至轉鐘二時方散。

廿七日　晨大霜　寒甚　陰　時飛雪　二月十七日　星期一

早起，至先修班上課，午後又上二次，四時歸。李少仁來云，渠因辦公不能到，周印澄來函道謝。五時半到者李彥常、熊濤聲、蔡聞佛、楊國安，皆班中同事也，餘爲高運籌、馮挽瀾、朱新民、羅資深，七時半席散。十時楊、蔡等爲竹戰戲遲去。欲寫信以身疲乃止，十二時半方寢。

廿八日　晨霜　極寒　二月十八日　星期二

早起，至先修班，上下午均有課未上，以作文代之。四時晤施方白，補題前次在漢斌樓餞張篤周時條幅，以丁亥元日試筆第二首書之。十二時半寢。

廿九日　陰　二月十九日　星期三

早起。午後至先修班上課，四時歸。飯後至文運昌托印信紙等件，九時歸。尚立來談錢莊事，坐半時去，彼輩商人不知公事爲何物也。

三十日　晴　寒甚　二月二十日　星期四

早起。十時渡江候船，至十一時半方到漢口。午後一時至戴志强處安牙齒，四時半回寓。范尚立來談各事，聞今日盛、彭兩家均來請予商議，予實不願與彼輩言也。九時疲甚，十時寢。

二　月

初一日　早結冰　晴　寒甚　二月廿一日　星期五

晏起，倦甚，足軟。午後盛龍軒來請予，予答以頭痛未起也。三時龍軒來，遂以前日起草付之持去矣。今日整容理髮，去價二千元，此爲中等理髮店，尚可搥捏挖耳諸事，上等店則三四千元。下午六時至武昌浴室洗澡，連擦臂、修腳，小賬共六千四百元，此尚免去二事，不然八九千元矣。予生六十一歲矣，今春乃見此生活雜用之昂貴如此。法幣不值錢，百物飛漲，政府不過問，金價風潮來自京滬，官僚及大資本家與國家銀行實操縱之，無怪近日人民對政府無信用。噫，此將亡之兆也。晚間心煩亂，閱雜書至十二時乃寢。

初二日　晴寒　二月廿二日　星期六

早起，補發帖子，於明約梁維亞、李西平諸人來寓便餐也。近自日寇投降後，民生元氣未復，而內戰又起，然希望不擴大或終至和平解決乃爲幸事。午後熊象方來談，請予爲其長子向李班主任薦一事，惟其子在日僞時縣政府充過科長，無已漏網未辦罷，那能再謀事。又請爲其次子説加薪事，予許之，敷衍半時去。王文俊任教廳長，能記舊戚困難而濟之，總算好人。

初三日　陰晴不定　寒　二月廿三日　星期日

早起，打掃書室，向對門鄭姓借椅几。易麟來談其戚欲請予寫壽屏事。出筆資廿萬元，屏八幅，字逾二千，予已辭之。午後三時寶衡之、李西屏、盧智泉、梁維亞、馮亞佛、江慶林先後到，談各事，胡玉齋來最遲，范尚立、金名山均係面約者，皆辛亥起義諸同志也。衡之最老實，當時官階最高，故今日仍窮困，餘則皆供職黨政軍各界獨立一面之事，作一二次或六七次。今日談舊事，議國事，殊多感慨也。五時半開席，七時半散去。予亦疲勞萬分，早寢。

初四日　晴　熱甚　二月廿四日　星期一

早起。九時出門，今日上下午俱在先修班授課，傍晚歸。閱報戰事不利，以後如何，真難逆料矣。

初五日　陰　大風　二月廿五日　星期二

早起。今日上下午在先修班教課。四時回寓，飯後閱報戰事吃緊。夜十時大風忽起，氣候又變寒矣。準備功課至十一時寢。

初六日　陰風　寒　二月廿六日　星期三

早起。午後至班上課，傍晚歸。飯後閱報及雜書。晚間寫信二件，清理案上凌亂之書籍什物等等。一日不清理，案小凡物呈堆積之狀可厭。從前桌子寬大，孟夫人在時爲我時時清理之，夢閑初來一二年亦能爲我清理。今彼亦懶散，予又年老，每到晚九時已疲乏不堪，每以清理書案爲苦也。

初七日　陰晴不定　二月廿七日　星期四

早起。九時渡江至戴志強宅取牙齒，並另嵌模型。至曹宅吃飯，午後二時便往陳豫生寓問近事，彼堅約送程主任六十六壽序，彼已作矣，欲予寫之，似不能拒。至淳輝閣紙店得冊頁一部，去價七萬元，此件抗戰前購買六元足矣。四時半歸，晚閱雜書。

初八日　晴　二月廿八日　星期五

早起。九時爲陳豫生寫送程主任壽序。字數七百零三，另作一橫格條子，比在邊線寫之頗費力，豫生此文多用典及古字，少精采而空疏膚浮語太多，非佳構。據其函云，因照予所囑，三千餘字之文汰去，此只存七百餘，設不淘汰，其空浮不更多耶。晚間十一時乃寫畢，頭目暈眩，此其害人之事，予前日不晤彼，不致惹此麻煩，且出三萬五千之款也。十二時疲甚乃寢。

初九日　晴燥　夜十時大風轉寒　三月一日　星期六

早起，檢程册。寫一題箋，用隸體，書法尚好，因不精心未預畫一線，致字體傾斜不受看。午後萬國光來求寫信。晚范尚立來談。今日寫信與朱選青、吴師聖、陳家誥，均發出。十二時寢。

初十日　風寒　三月二日　星期日

早疲倦甚，未起時劉時敘來說電燈事，聒聒不去。此人無用，不能統率水電廠職工，予甚惡之，未起床，僅模模糊糊與之答話而已。十時半起，今日未出門。晚間準備功課，十二時寢。

十一日　早陰午後晴　三月三日　星期一

早起。今日上下午俱在班授課，講王羲之《蘭亭集序》，恰是陰曆三月三日①，陽曆三月三日。民國廿三年，戴傳賢主張中國從前一切令節，俱改陽曆月日，通告全國者。如元宵爲一月十五，元宵無月，中秋月不圓，及三月三孔子生子誕辰，改陽曆八月廿七是也。戴爲考試院長，平昔亦自不凡之文人，何其妄謬糊塗如此。以故袁氏稱帝，代表勸進者，四川有戴列名。噫，其他志趣可知矣。晚間準備功課，十二時寢。

十二日　晴　三月四日　星期二

早起，至校授課，午後仍上兩次，傍晚歸。今日講書吃力，晚飯至吃不下去。閱報內戰緊急，山東方面不利。噫，國內不統一，今年禍患益劇，爲外人所笑，又中國不爭氣如此也。

---

①　陰曆三月三日，疑衍。

十三日　晴熱　三月五日　星期三

早起。上下午均在校授課，傍晚歸。飯後閱滬漢各報，山東戰事甚烈，膠縣不能守，青海受威脅，內亂何時已耶。臺灣民衆罷市罷工，聞遭臺灣行政長官陳儀槍擊，死傷者四千餘人，何該省之不幸如此。貪官污吏之蹂躪較之日本統治臺灣人過之，政府將何以對天下人耶。

十四日　晴　三月六日　星期四

早起，過江至戴志强處整牙齒。至孟道甫坐談，面向其借《詞源》一用。傍晚渡江，人多如鯽，交通現時總算便利矣。歸後吃飯，閱雜書至十二時寢。

十五日　晴　晚月色佳　十時大北風　竟夜寒甚
　　　三月七日　星期五

早起，外出至龍軒處取款。午後孫壽山來述各事並爲閔姓貸款。今日閱報，共黨人員已離京滬，不談和平協商矣。國民黨向少誠信，上下內外至今日已極盡能事，可慨也哉。晚疲甚，十時半寢。

十六日　晴　竟日大北風　寒甚　三月八日　星期六

晏起，倦甚。午後四時至楊國安寓酒敍，同席者僅朱和甫、詹旭東係抗戰前所晤、今日重見者。餘均爲熟人，七時席散。予行至漢陽門久候，無汽車，乃乘人力車回寓。今日於門外添置電燈一盞，甚便利也。

十七日　晴　寒風　三月九日　星期日

八時起，十時飯畢。正午同夢閑、定兒往漢口譚則寓略坐，並買藍毛葛料做夾褲。戰前此物每尺不過二角，今則三千九百元一尺矣。三時半往璇宮飯店，陳壽麋之女與金鐸結婚，送禮二萬元。酒席約八九桌，大概用錢不少，頗具奢侈狀態。傍晚歸，九時寫信二件，十一時寢。

十八日　晴　三月十日　星期一

八時起，到校授課，午後上二次。四時回寓，途中遇國立師範學生甚多，該校遷武昌事無把握，學生自帶用款早已罄矣，聞之殊爲可憫。晚間閱雜書，閱滬漢報山東事愈緊急，可慮也。

十九日　晴燥　三月十一日　星期二

早起，至校授課，午後三時歸。明日植樹節，聞可放假云云。晚飯後寫信三件，至十二時寢。

二十日　晴熱　三月十二日　星期三

早起，寫復各處函件。午後三時渡江，四時至東宴樓，同鄉夏中田、徐幼雲、姜顯謨、吳瑞明四人出名義，請同鄉之住武漢者，與予相識者約三分之二，餘均爲商人，不相識也。爲蕭縣長設席，勸其回縣也，傍晚散席。八時回寓閱報一小時，十一時寢。今日並安牙齒三枚。

廿一日　晴熱　三月十三日　星期四

早起。八時至盛龍軒家，寫信囑彼各事。十一時回，姚宏麟、徐國鈞同來，留便飯去。午後一時鄧雲青、許葆成、湯璞遜來，予約之今日酒敘者也，談甚久去。傍晚劉光漢夫婦來看予，亦留酒飯，談甚久別去。今日勞頓殊甚。

廿二日　晴　三月十四日　星期五

早起。午後補作未竣畫件，並寫已成功之屏對款，晚間十時乃畢，然力已疲矣。十二時寢。

廿三日　陰　三月十五日　星期六

早起，飯後補作畫件。午後閱報一小時，目力似差，不能久視也。

內戰何時已,南京又開三中全會,中國無月不在開會中,真古所謂議論多而成功少也。

廿四日　陰晴不定　三月十六日　星期日

早起,欲渡江慮人多,因夢閑欲購物,並同帶定生去。至鄧宅略坐。王小齋為其子完婚,在空軍俱樂部舉行典禮,似不能不去,傍晚方歸。然觀於女家係富有,而王姓與配之,則不能不生感慨也。同鄉到者僅五人。予與杜振卿今日方見面,別已十年矣。

廿五日　陰晴不定　三月十七日　星期一

早起,至校授課,今午家中送飯去,吃乃得飽。校中搭食一頓,飯堅硬,食後胃漲甚,以後必如此辦法為好。午後上課,歸時已四時半。晚仍補作畫件,欲掃清此債也,十二時乃寢。

廿六日　陰　熱　時有小雨　三月十八日　星期二

早起,至校授課,午後又授二次,講書吃力,下堂疲甚。聞明日各大學學生遊行示威,反對四強會議干涉中國事也。回寓飯畢,閱報一小時。晚間寫信二件。

廿七日　陰　風寒　午後五時雨　夜大北風
三月十九日　星期三

九時起,倦甚。正午接一喜帖,知高畏之之子結婚,下午四時親帶萬元賀之,尚未行禮,予以畏冷慮有雨下遂歸。王國煌父子明日回縣,托帶洋,請其分送孟祥鸞,餘七萬留家中為清明節之用,並帶西山畫屏去。

廿八日　陰　大北風寒甚　晚雨　三月二十日　星期四

早起。大風,天氣如冬。午後二時到省府,耽擱二小時方歸。晚飯後天氣更寒。今日報載國軍攻入延安，共黨已全退卻逃散云云，然證實須待明日報紙也。連日閱報多新聞怪事，《文匯報》尤詳。晚飯酒一杯。十二時寢。

廿九日　早陰　午後晴　今日春分　三月廿一日　星期五

早起。飯後往長春觀、通志館、省政府、參議會，會客均不值，爲劉紹湘事也。今日閱報，共黨退出延安，究往何處耶，此中情形未必如此簡單。晚九時寫信二件，十一時寢。

三十日　晴　三月廿二日　星期六

早起。午後出門一次，閱報，延安共黨確已退出，退至何處，報未載明，似共軍無大損失者，明日當再閱報。晚十二時寢。

閏二月

初一日　晴　三月廿三日　星期日

九時起。飯後閱報，情形與昨同。午後來客數次。晚閱雜書至十二時半方寢。

初二日　晴燥　三月廿四日　星期一

早起，到校授課，午後仍授課。四時歸，訪施方白，知其已往上海去矣。晚間寫復各處函，久積未復之件甚多，凡事要做須做，遲壓至久諸事忘之，此精力疲乏所致也，以後須戒之。

初三日　早陰　晚大雨　三月廿五日

早起，到校授課，午後四時方歸。今日閱報，共軍又向他處進攻，延安退出後其主力究不知在何處也。

初四日　雨終日　寒甚　三月廿六日　星期三

早起，至校授課，午後四時歸。晚間畫蘭四幅，寫中堂二件，大小對三副，又補寫書畫上下款，明日當用航空寄渝與孫稚屏。十二時寢。

初五日　早陰午後晴　三月廿七日　星期四

早起。飯後渡江整牙齒，傍晚方歸。飯後補寫日記，閱報及雜書至十二時寢。

初六日　晴　三月廿八日

九時起。飯後閱報，無特別新聞。

初七日　晴　三月廿九日　星期六

早起。飯後寫復各處函。午後閱報，各院各部均有新組織公布，行政院已定張群，甘乃光決定為秘書長云，中國政治現已轉入政學系矣。

初八日　晴　熱甚　三月卅日　星期日

早起。九時半吳萬里、吳瑞明、郭華峰、熊鴻文來，為朱湯莊訟事，欲調解。因胡郁齋願意約倪達三調息，謂彼灣亦不願久為訟累也。熊獻芳來談片刻去。劉萃三來，云其子已調漢口，久坐不去，所說重複，予托詞出門去。晚間寫復各處函，並詢朱選青各事，律師證書托其以迅速之法寄鄂也。

初九日　午雨　晚大雨如注　達旦乃已
　　　三月卅一日　星期一

早起。今日在校授課，天雨車價用去二千餘元。歸後清理案上積壓之件。今日天順等裱房僅成一間。晚早寢。

初十日　晴　四月一日　星期二

早起，至校授課。昨大雨至今晨四時乃已，然不料今日之能晴也。傍晚回寓清理各事，羅資生來爲予再寫退休文表等等。

十一日　晴　四月二日　星期三

早起，九時至曇花林訪陳叔澄。至省府送退休文件，挂號得總收發條據。午飯後過江至戴志強處，又整牙齒，匆匆回寓。予以牙痛爲苦，渡江用款猶小事，然不勝其煩矣。並訪熊魯馨，托其寫信與鄭逸俠。

十二日　晴　四月三日　星期四

九時起，姚宏麟來云，今晚上輪船回沙市。予遂囑其約徐德鈞、邱正元、杜□□來寓。午餐畢，與談師範學院事甚久。該院遷址問題糾紛，學生何曾讀書，真光陰虛擲矣。盛龍軒與承裕等號送予四十萬元，此顧問酬勞也。晚十二時寢。

十三日　晴　四月四日　星期五

早起。午後閱報，轉載去冬月廿五日夜六時許，江蘇常熟城廂內外正值下雨時，忽氣壓降低，天空有大批鴻雁千餘頭墮地。一説係鶩，居民手持電筒四出捕捉，然大半已跌死矣，煮食之亦鮮美。此何故歟？以象氣學家言之或者謂不爲怪事。晚早寢。

十四日　晴　四月五日　星期六

早起。十時寫對子三付。午後外出一次。晚閱洪北江十一册，《更生齋詩續集》卷六，《丁卯元日早起》詩云："一城人未起，先聽一城雞。氣暖春禽集，窗疏曙鵲啼。念隨花漏轉，肩與玉梅齊。疏懶應成慣，休嫌禮數稽。"此非北江好詩，然予性情相近，因錄之。

十五日　晴　四月六日

早起。十時閱報。來客數次，略與周旋。午後外出看客。晚間閱雜書。連日身體疲乏，須以補品助之。從前計畫，以後復員後省府閒職在，可支薪吃飯，休息身體，而今不然，真所謂自食其力。年逾六十乃如此環境，奈何。

十六日　晴　四月七日　星期一

早起。九時外出至校授課，午後四時回寓，疲乏甚。飯後外出閒步而足力亦不健，心煩甚，晚寢亦不安。

十七日　晴　四月八日　星期二

早起，至校上課，就校中午餐後又上二課，四時半歸。晚閱《北江集》，有詩題《將至黃州夜泊》："匡阜西來第幾程，陽新南岸步新晴。野牛趁客行三里，山鳥迎人喚一聲。溢浦浪翻荊竹渚，庾公樓枕武昌城。附注：武昌俗名小武昌。隔江煙景真如畫，紅樹叢中酒斾橫。"予爲鄂城人，即舊武昌縣，知黃鄂江邊風景如此，此詩或在仲秋時所作歟？用筆亦與予相近，特錄之。

十八日　晴　四月九日　星期三

早起，至校授課，午後四時半歸。晚間爲學生改文至十二時寢，疲乏甚。

十九日　陰　四月十日　星期四

早起，渡江整牙齒，下午六時歸。晚爲學生改文卷，疲乏後寢，已十二時矣。

二十日　陰　四月十一日

早起。十時寫信看書約三小時。午後來客二次。晚讀唐詩四頁，早寢。

廿一日　晴　四月十二日　星期六

早起，渡江整牙齒。便訪海濤、超平等，午後四時半回寓。晚閱雜書，九時起爲學生改文至十二時乃已。

廿二日　晴　四月十三日　星期日

早起，疲甚。十時囑僕人打掃室內外各處，午後二時乃畢。晚間來客數次，十時圈點學生文卷，十二時寢。

廿三日　晴　熱　四月十四日　星期一

早起，至校授課。午後三時半過劉立生、盛龍軒處與商各事。歸後得朱選青函，並接考試院寄來律師證書，甚慰。此事去年七月辦起，今日乃得證書，已十閱月。

廿四日　晴　熱　四月十五日　星期二

早起，至校授課，午後四時歸。連日頭暈痛而事又繁，至寓中《文匯報》《武漢報》亦只草草閱過。晚欲寫作，力不支矣。

廿五日　晴　燥　四月十六日　星期三

早起，至校授課。午後有課未上，四時歸。連日爲福康等號事，頭爲之暈。

廿六日　上午小雨　午後陰　四月十七日　星期四

早起。午後寫信二件。至法院晤范春芳，問律師填表登記事，傍晚歸。飯後欲寫函復各處，力不支矣。

廿七日　晴　熱　四月十八日　星期五

早起。午後一時至先修班爲學生月考，須去出題目，四時考畢，卷子封存，候定期評閱。今日朱趨廷來述各事。

廿八日　晴　熱　四月十九日　星期六

早起，至戴志強處整牙齒。正午渡江歸，因約熊獻芳、賀采庭等六人便飯也，下午六時方開席，擾擾至八時散去。

廿九日　晴　燥　午後大風　夜半風更大　四月二十日　星期日

早起，郭華封來調朱、倪訟事，與趨廷説各事。飯後與尚立、華封同出訪友，多未遇。午後三時疲甚，乘車回寓，一事未作，疲勞萬分矣。

三　月

初一日　陰　大風寒甚　今日穀雨
四月廿一日　星期一

早起，至校授課，知李彥常之尊人謝世，校中出賻儀簿囑書，予書四萬元。此兩月中如王小齋、金鐸等家送款已十餘萬，所入甚少，無味應酬太多，令人難處矣。鄂城救濟院募捐之簿尚未繳去，彼輩不向縣中富户募集，專門在武漢打算，殊可恨也。午後四時歸，疲乏不能寫陳、孫、鄧、熊與予切己之函，目欲合，遂寢。

初二日　雨終日　寒甚　四月廿二日　星期二

遲起，天雨疲甚。今日有課致未能去，在家爲周開昌、胡佑丞、吳瑞明、汪志道等寫屏對、單條等廿餘件，目手俱疲矣。予性素急，作書畫每每一次作多件，致目眩頭痛而後已，此非衛生之道也。壯歲作書畫每每腰痛，辛亥八月至猝患吐血疾。卅歲以後，先母見予作書必深誡之，自今以後乞書畫者無潤金不作，有潤金當分次運筆，不可集於一日一時也。今日寫字多，極吃虧，至十二時寢。

初三日　雨　四月廿三日　星期三

早起，至校授課，上下午均有，午後三時半歸。晚飯後寫信二件。閱報二小時，國共軍戰鬥甚烈。如此內戰致民命不保，物價飛漲，北方民衆逃命不暇，未獲一日安寧，民生主義果何在耶。今日疲甚，十二時寢。

初四日　陰　四月廿四日　星期四

早起。午後外出二次，至省府爲予請退休文件事。晚間閱報，連日心煩意亂，又時頭暈至不能作事。前數月每想整理文稿雜稿，今日仍未能行也，何其無毅力如此耶。蓋身體漸衰而雜念又纏繞於心胸，致不能安定作事，以視古人如杭世駿輩，老而好學者有愧多多矣。晚十二時寢，寢亦未安。

初五日　晴　四月廿五日　星期五

早起。午後渡江一次，勞勞即歸。晚間閱報一小時，閱雜書竟未入於心也。

初六日　晴　四月廿六日　星期六

早起，閱報。午後至省府及拜訪前日來客數次，均未遇也。連日心煩亂，不知如何有此現象也，夜寢亦不安。

初七日　晴　四月廿七日　星期日

早起，來客數次。十時與范尚立渡江至青年館爲姜、胡二姓調案事，商量至六小時之久，吃飯一餐。晚七時渡江，餒甚。今日實不願去，以文山之子來逼，不便拒之也。

初八日　晴　四月廿八日　星期一

早起，至校授課，上下午共四小時，講後疲甚，此真不得已之事，欲辭去而月少四十餘萬元收入。設予七事不愁，即刻辭此席矣。

初九日　晴　四月廿九日　星期二

早起，至校授課，午後三時半方歸。講義快完，國學概論學生又不願意買書，講時無意味，只得敷衍而已，非予之不盡職也。

初十日　上午陰　午後雨　四月卅日　星期三

早起，有課，慮有雨未去。午後至福康略坐，二時至黃鶴樓張公祠開首義同志會，因久未去，昨與范尚立約，今日必與會也。予到遲，未久即開會討論各事，均非緊要者。張難先、郭寄生等共卅餘人先後發言，有不當者多，餘則呂中秋亂叫而已。噫，未脫粗氣，令人不敢與會。爲首義大學報告事，今日李西平、喻育之竟未到會，以致無由知究竟也。予先散出，值大雨，幸有雨傘，未遭淋漓也。

十一日　大雨竟日　五月一日　星期四

昨夜聞雨聲竟達旦，今日無課遲起。午後未作事，閱報二小時，惟身體極疲，每欲寫復各處函，提筆即倦矣。

十二日　晴　熱　五月二日　星期五

早起。午後至圖書館借書參考，未能尋出。晚間帶同定生至湯璞遜醫生處看病，未之晤，便至張百熙家談片刻出。連日精神疲，晚欲寫復各處信件，以疲止。

十三日　陰　小雨數次　五月三日　星期六

早起，外出二次，謝紫佰來催爲其母作畫，祝六十二歲壽，前已允之，不能辭也，明日當爲之，以全信諾也。

十四日　陰晴不定　五月四日　星期日

早起，清理顏色筆墨等件，爲謝壽母作四尺中堂，畫松一株，萬壽菊數朵，費四小時乃成，即寫款蓋印，題數行，似甚恰意，另補小條一張。前月未畫竣者尚須添茅屋，再補竹樹，當自留之耳。夢閑云明天回母家，予以事雜而小孩又須人料理，心煩甚。十二時方寢，展轉不寐，轉鐘後夢似已回鄂城，出小南門扶一瞽者至儒學，若大亂將至者，同行者有鄧勉之、汪小軒等十餘人。再欲進大小南門則城已閉，守城者不准開。予持名片交鄧手，請與該軍官一陳究竟。該軍官謂城內守者爲某軍長，不能通融開城，遂與鄧同尋城外某旅館居之。遂醒。

十五日　晴　夜轉鐘時雨　五月五日　星期一

早起，到校授課。正午飯畢，回念夢閑出門當有諸事相囑，乘車歸，與語僅數句，彼遂出門，赴通湘門總站搭車。五時半劉經生回寓，謂已平安搭車開行矣。晚間補寫日記，范尚立來談一小時乃去。

十六日　陰　早雨　午後時有小雨　五月六日　星期二

早起，到校授課。正午小雨，劉佑方約予至漢斌樓，午餐茶肴甚佳。賀采廷到後未坐席竟去，坐中僅盧雲係熟人，餘四人道名姓後予即忘之，亦不注意其姓也。至郵局寄律師證書至司法行政部，三時回寓。吳師聖來，留坐談久，並留飯去，五時與同出，訪賀常，談半時歸。

十七日　晴　五月七日　星期三

早起，到校授課，午後四時歸。今日盛龍軒等囑代寫信三件，隨之赴京向財部有所要求者也。晚間閱報閱書至十二時寢。

十八日　晴　五月八日　星期四

九時起，今日欲渡江，以事冗未果。午後清理案上書籍，凌亂月餘未清，屢欲清而精神不繼遂止，皆衰老象徵也。

十九日　陰晴不定　五月九日　星期五

早起。飯後出門購物，便至省府探問退休文到否，因接京函，予退休案此次可望核准，給與年退休金也。

二十日　晴　風　五月十日　星期六

早起。來客數次，皆無所謂之人，與敷衍而去。近日予心煩意亂，晚睡均不安。早欲遲起，以定生上學須予催促之，欲再睡更不安矣。

廿一日　晴　五月十一日　星期日

早起，囑僕人並邦生、長生等清理字畫，打掃屋宇，將舊字畫換過。至下午又清理字畫箱子等件，至四時乃已。疲乏至極，遂寢。

廿二日　晴　熱　五月十二日　星期一

早起，至校上課，下午四時乃歸。連日身疲乏思臥，晚飯後小睡一時許。外出購紙及印刷各事，十時歸，十二時寢。

廿三日　晴陰　夜半大雨如注　五月十三日　星期二

早起，至校授課，講義早講畢，未續印，改講《論語》及《古文觀止》已二周矣。學生漸少，新補者格格不入，英算不能懂，古文又不易懂，均聽其自然，各教室如此，徒有補習之名耳。四時半回寓，晚閱報二小時，十二時寢。

廿四日　雨　午後一時晴　五月十四日　星期三

早以大雨予未往授課，午後陰晴，予遂補作畫件。晚寫信三件，復緊急者也，十二時半乃寢。

廿五日　雨晴　五月十五日　星期四

早起，至福康借廿萬元送至武昌書店，李伯鈞請代購《六法解釋判例》，預約亦須價十六萬元，連郵費十七萬六千元，書僅六册，據其登報尚要增價，就現時物價論或非飾詞也。午後來客數次，晚九時周淬成來，坐談不去，精神恍惚不清，謂布紗生意現已折本千萬矣。既不善賈，何必當初歟，至十二時乃去。

廿六日　晴　五月十六日　星期五

早起。飯後出門一次。午後寫對聯二幅，畫蘭石條子四張，餘則清理室中書案上書籍。晚寫信三件，爲學生改文至十二時寢。

廿七日　晴熱　五月十七日　星期六

早起，囑工役打掃屋宇換字畫，至午後四時乃畢。兩月來事冗而心不靜，屢欲清理室中而未能也。天氣漸熱，室內外不清潔尤易染病疫也。晚間閱報至三小時，《武漢報》及《大公報》集於一日觀之，目力疲矣。今日渡江一次。

廿八日　晴　極熱　寒暑表八十八度　五月廿八日　星期日

早起。僕來整理打掃室內外清潔，心目爲之一快。今日天氣奇熱如伏，未能出門。連日疲甚，亦不願到各處訪友也。晚間改文至十二時尤未寢，繼續欲圈點之，目力不勝，遂寢。今日訪蔡聞佛並李西屏、梁維亞等，欲得明日開會情形。

廿九日　晴　奇熱　九十度　五月十九日　星期一

早起，今日首義同志會歡迎居覺生、張懷九二君，昨已通知予，以欲聞首義大學事。九時半往首義公園戲園中，時到者已二百餘人。予候一時許，與馮亞佛、徐源泉、蔡漢卿等略談。十一時居覺生、張懷九已到，遂開會，演説畢，繼之以演戲二齣，唱做甚佳，久未觀漢劇，覺其有佳妙處也。今日會場有爭執，方某隨縣人。發言犯衆怒，又聞有袁叟發言爲同儕所毆，總之粗暴者未脱當時當兵習氣，雖年老亦不能變其氣質，哀哉。午後二時在民教館吃飯，以餓久反食不下去。回思今日情形，殊爲好笑，此輩似應該貧困而受淘汰者也。晚十時仍爲學生改文，至轉鐘二時方寢。今日報載婺源老人張梯雲，年八十一歲，所作爲譏罵江西人者。婺源劃歸贛省，苛税征兵更重於皖，張老人有所感致激動。鄱陽、樂平、浮梁各縣士人公憤，有歡送婺人回皖之事，幾釀巨禍。張詩共十首，兹録報載之二首："禮教齊家重自修，徽州禮訓勝饒州。狂潮捲入賢關地，風俗人人抱杞憂。""虎役征兵莫敢逃，繩牽韁絲枉號陶。敲門夜半搜孤弱，不止唐詩賦石壕。"讀此可見皖人對於劃歸江西之憤憤已。

四　月

初一日　晴　極熱　九十度　夜半大風小雨
五月二十日　星期二

早起，到校授課，下午四時乃歸。天氣亢陽，講書以熱甚而心力俱疲，午餐未吃飯。回家後疲甚，小睡半時略復原狀，亦以熱不能多時，今雖節近小滿，非閏月已到五月初，似應熱。然如伏天，則氣候已反常矣。内戰方殷，殆乖氣致異者也。

初二日　陰　風　午後晴　五月廿一日　星期三

早起。天沈黑，似有大雨，予未到校授課。午後轉晴，三時閲報，連日滬京各大學學生藉參政開會，紛紛集體請願，爲教授加薪，學生加公費及副食，反内戰等等。要求已失常態，大約共黨爲之背景也，以後如何，或者擴大，必與軍警衝突，有死傷可能。噫，可畏哉。淬成來，語無倫次，囑予訪陶季賢爲之謀事。

初三日　晴　午後陰　大風　晚大風寒甚　夜半大雨
五月廿二日　星期四　今日小滿節

九時起。連日頭暈，似未睡足者。張金光來請寫信，予漫許之，未起也。午後欲外出，淬成又來，所說剌剌不休，不知所謂。予遂出至省府，見學生來請願者坐臥地下，乃折而至梅竹齋略坐即歸。傍晚梁維亞來談首義大學事。九時大風忽起，天氣轉寒。寫吳行信，爲佘楨卹金事。轉鐘一時半寢。

初四日　雨終日　寒　五月廿三日　星期五

晏起。午後寫復各處函，最急者五件。晚間又寫二件。閱報，學潮未已，參政會開會質問案甚多，當局答復未圓滿。總之現今世界大貪污者不辦，鼓動學潮、金潮、米潮者誰敢辦？真所謂笑罵由他笑罵而已，哀哀之諸公何有廉恥存於胸中耶。

初五日　陰　午後轉晴意　五月廿四日　星期六

十時起。飯後至省府，見前日各大學請願標語，及牆壁上所畫諷刺畫及黑白筆所書"反內戰""官肥民瘦"等字未洗去。學生各各行爲，背後或是共黨指使，外傳前日學生遊行之費已逾千萬元。噫，此款何處取來耶，學校校長亦不能管，以後如何，尚難逆料也。

初六日　早陰　午後晴　五月廿五日　星期日

早起，命工人清理室內外諸事，打掃清潔，將客房重爲裱褙，擾擾半日，頭爲之暈者數次。午後三時忽聞巨大炸聲，屋瓦皆震動，外出觀之，衆人紛紛亂跑，見東北角濃煙甚高，後乃知十字街外三里許之相國寺附近，舊藏大炸彈爆發云云。晚間清理各事，十二時寢。今午發京吳仲行函，爲佘孟祥撫卹金事。

初七日　陰　晚小雨　五月廿六日　星期一

早起，至校授課，午後三時半畢。因李文蓀到校訪予，未與詳談，課畢至其家談半時乃出。今日來往均乘人力車，車價較之去歲予上課時已增一倍，以此計算每天上課須車價二千四百元，一頓飯二千元矣。往後設想，今冬物價當再漲二倍，米潮漸平而滬米又漲，學潮潛伏甚大，內戰不能解決，民生日苦一日，奈之何哉。

初八日　陰　風　午後晴　五月廿七日　星期二

早起，至校授課。午後四時歸，寫信復香溪及尹仲韓等函共四件。晚閱報二小時，十二時寢後憶及童年讀書時四月初八必放假三日，各塾均如此，王利泉師家必請全體學生吃飯一次，縣中演戲五天，名曰四月八戲，盛況也，各塾師生觀戲三日。光緒間政治清明，社會安定，四民有常業，無非分之想故能安也。噫，今日遐想仍稱聖世矣。

初九日　晴　熱　五月廿八　星期三

早起，到校授課。命三教室學生作文，出四題，令其選擇一題作之。午後四時半歸。晚間寫信四件，十二時寢。今日寫信催夢閑回武昌並發一電報。

初十日　晴　熱　晚雨　五月廿九日　星期四

遲起，連日發頭暈，似未睡足者。十一時外出一次。午後至省府，請人代印黃師寄來徵詩稿。晚間寫信四件，十二時方寢。

十一日　晴燥　風　晚九時大雨　五月卅日　星期五

早起。午後二時至省立醫院請楊光第驗血壓，又至衛生事務所湯璞遜處，請其驗血壓，左右手俱驗。據說與六十歲以上之人相合，非血壓高也。予疑血壓高，慮中風，不能不小心也。得家信催予寄款，心煩甚。

十二日　早小雨　十時以後大雨如注　五月卅一日　星期六

范尚立來，爲以金押借款項呼予，予未起，囑其交件去。今日午前午後爲彼至福康銀號，去二次，孫壽山代閔姓同此例借款，午後五時取歸。夢閑今日自湘歸，大雨到家，衣濕透。聞人力車價六千元，較之天晴加四倍，較之去夏加十倍矣，晚早寢。

十三日　早雨　午後晴　六月一日　星期日

遲起，身疲甚，腰骨俱痛。今日未出，閱報二小時，清理書籍文件等。晚身體更疲，早寢。

十四日　晴燥　六月二日　星期一

早起，至校授課，午後四時方歸。連日武昌市競選參議會者到處運動投票，將來不知有何利益，果爲民衆謀福利歟，吾未敢信也。

十五日　晴　晚有月色　六月三日　星期二

早起，至校授課，午後四時半歸。閱報共軍仍強，蘇俄又助蒙人進攻新疆，此則大可慮者也。內戰相繼而起，政府近時又征壯丁，值此農忙之時，真所謂不知本者矣。噫，美國現正扶持日本，蓋鑒於中國近情已不可支持挽回，人心已死。內戰經年，中國人殺中國人，將來不召滅亡不止，彼爭名奪利者尚不覺悟，可慨也已。

十六日　晴熱　下午風　六月四日　星期三

早起，至校授課，午飯後即歸。予精力已難支持，小睡二時許乃復元。晚寫信四件，皆急要者，十二時寢。

十七日　晴　極熱　晚雨大　六月五日　星期四

早起。飯後外出一次。午後閱報，戰況極壞，新疆竟有俄人助蒙人內侵，情形惡劣，以後恐多事矣。晚寫信與李瑞球，囑其撥款至縣宅。今日張幹青之子結婚。

十八日　晴　熱　六月六日　星期五

九時起，疲甚。午後補寫未完之聯，又補未竣之畫數件，仍未成功，蓋第二次潤色也。晚寫信二件，聞今日武昌開運動會，各省均有選手來鄂。

十九日　晴　極熱　六月七日　星期六

八時起。飯後清理各事。十二時半到運動場去看運動會，以熱甚未能久立，遂歸。晚寫信二件，至十一時寢。

二十日　風　陰　午後雨　大北風　氣候轉寒　六月八日　星期日

八時起，聞今日運動會極繁，予以懶不願去看，此等事予素不贊成。國勢如此，費如許川資火食來武昌作如此競賽，有何益處？而報紙宣傳、政府當局亦津津以此談之有味者，真不知國家存亡關頭已臨矣。

廿一日　陰　大風寒甚　六月九日　星期一

早起，到校授課，午後四時半歸。今日閱報，俄人在新疆幫同蒙人作戰，且以飛機掃射中國軍隊。噫，果欲造成世界第三次大戰歟？

廿二日　大風　寒　晴　六月十日　星期二

早起，至校授課，午後四時半歸。今日閱報，戰況不佳，蘇俄果有助蒙人進攻新疆之事。美蘇外交情況似露破裂，倘三次大戰，吾國首先犧牲矣。

廿三日　陰　午後有陣雨　六月十一日　星期三

早起，至校授課，午後四時半歸。飯畢身疲不支，遂小睡。晚間寫信二件，閱雜書，心煩意亂不能入也，十二時寢。

廿四日　晴　六月十二日　星期四

早起。飯畢渡江，預計行程逐一去訪，共去人力車費九千餘元。先至李瑞球寓，交清前日撥款。繼至朱伊仲寓坐談一小時。繼至鄧趨年寓談片刻即出，因渠今日請客故也。繼至舊法界紅樓旅社訪秦培心，遇陳達五之弟。繼至黃海濤處略坐。繼至德潤里訪曹漢臣未遇。繼至晏幼甫寓，並遇羅貢華、潘誠之談甚久出。繼至佘子祥寓，遇姜顯謨，乃知前次同鄉會舉渠爲縣長，彼已同意，其先否認者懼不成也。予以爲天下人所說者盡是真話，此所以近年無一得意時，無一得意事也。談次夏斗寅來，述其爲修理日界房屋，被包工程者爲其舊部甜蜜之語所誤，先交款三千五百萬，現時僅成三分之一，再催工則彼又索加補之費云云。工程人心術最壞，夏君竟畢有錢。現在政府、現在社會情形無奇不有，禮義誠信早已破產矣。五時歸，飯後又往蔡聞佛寓，托其爲夢閑寫薦信。又訪梁維亞、賀寶山談甚久歸。

廿五日　晴　午後三時小雨　六時以後大雨
　　　六月十三日　星期五

早起，至省政府訪熊獻芳、周印澄等，均值其開會。晤孫業震、汪世鵬、高運籌等。午後孫來出示鄧趨年函，蕭液垓是否辭職，彼此次竟未來寓，予不得以近狀告知也。盛龍軒、彭幼田等來請予到後商各事，遂往市政府晤許訥夫，細問各事，出而告之盛等事前經過，並未對予言，不然當預爲籌畫矣。世風日下，利之所在，誰不覬覦之耶。六時夢閑請客，小學教員汪、曾、倪均來，春芳夫婦、張金光夫婦均到，擾擾九時方散。予補寫日記，至轉鐘一時寢。

廿六日　晴　熱　六月十四日　星期六

早起。連日心意煩亂，偶坐遐想，似諸事不當於心者。先修班此月底即結束，不續辦。予以七事累又須謀事，思之尤憤慨也。遲兒已畢業就事而不顧其妻，鄂城宅中四口須予接濟，世變如此，奈之何哉。閱邵陽行政督察專員孫佐齊，與該署秘書傅德明、科長王雪非、科員宋受章、孫瑞忠等謀殺永和金號一案，極盡殺人放火、謀財害命之能事，殺死及焚死者六人，茲案已大白，孫、傅爲主謀。噫，以湘六區專員兼司令地位而爲此，則吾國政治可知矣。孫曾爲鄂省黨部委，卅二年在恩施開行政檢討大會時，予曾與聯席坐位三次，記曾便詢彼，曾習法政且辦黨務數年者，其人格可知。此月內報載奇事甚多，蘇州某市井側鐵樹開花廿餘朵。川鄂及襄陽以北某界大冰雹如磚，細者如雞蛋，打傷人畜禾苗，損失極重，被害地面十餘里。又南京沈舉人巷應金男弒父案，聞現已緝獲，此種逆倫案出於首都乃爲奇也。新生活提倡五倫八德已十餘年矣，收效微。而反道德提倡跳舞者，此次參政員會議有半數之參政員。噫，吾國風尚可知。國家將亡，必有妖孽，其斯之謂歟。晚爲學生改文至十二時寢。

廿七日　晴　熱　六月十五日　星期日

早起，清理室內各事。午後欲外出，畏熱遂止。報載上海市登記戶籍，已登者約三百萬人，大約尚有百萬未登。其姓則王姓約十五萬人，吾國姓氏向以王、張、劉、李爲多，生齒之繁何至如此，未有專書研究。其叫名爲王小妹之女性，同名者一千餘人，更有與吳國楨市長同名者有十五個男性。噫，專制時代君諱致避大官吏之名，小吏不敢與同，小民更不敢仿取，今則無所謂，僅此爲民主政治制度。至於官吏之高壓民衆，縣長、鄉長、鎮長、保長之欺壓小民，爲壯丁、爲捐稅則較之專制時代官吏之欺壓良民更甚十倍。致地方擾亂社會秩序，日日呈不安之狀。現時農忙，各縣壯丁逃避兵役致田地荒蕪者比比皆是矣，此又與民主制度相反。噫，民主二字害民不淺矣。又報載首都應金男弒父案已由地檢處已詢問，該犯直認刺父不諱。該犯爲獨子，父積有家產，該犯揮霍無度，近來喜與舞女來往，迭向其父索錢，此次由采石磯捕回者。前清制度，地方出逆倫案，縣令至知府必受嚴重之處分。今則吾國每每以法治國自期許，乃有此案且發起於首都，可痛心矣。

廿八日　晴　熱　六月十六日　星期一

早起，至校授課，午後四時畢歸。閱《大公報》，載閩省府考試縣長，報考核准者一百卅餘人，而現任省參議員有十人應口試，計胡嘉會、沈乃光、許以仁、林舫、鄭健魂、蘇景昌等參議員代表各縣民衆口舌者，質問政府委員，出席舌鋒礪而口空一世，奈何重視一縣長，乃為省府委員所口試耶。此等人不知何以卑劣如此，此殆與吾鄂某參議向省主席致卑鄙態度者一類也。然畢竟吾鄂尚有幾分正氣，如此次蒲圻縣議會、黃梅縣議會罷免省參議員但衡今、吳大宇二人是也。

廿九日　晴　熱　六月十七日　星期二

早起，清理案上各物。十一時至三佛閣客堂，因今日公謙饒聘卿也。鄧振夫名振璣，軍閥時代充鄂政務廳長者，年七十，與沈碧舫先在座，繼瞿竹如、陳豫生、張幹青、陳志純、饒校文、李小園先後至。聘卿首席，下午一時方散。今日所談預言果報之事，鬼話甚多。小園學佛久，是否真絕名利不可知，然逆料其未絕名利心，近十年在恩施及回武漢後，凡有集會、演說、致詞，凡出風頭之語，聳動凡民及民衆心理之語，小園必竭力言之，凡集會必到，到必致詞，旁觀聽者亦知其名利心未死也。噫，近來民衆知識略增，不可以欺世盜名手段出之，況有多數之有心人立其旁耶。予今日以竇秉鈞貧困狀與言之，彼唯唯而已，彼與竇為同學，辛亥起義時竇守城，李則主張黃興棄鄂逃湘者也。當時內容如此，今日特補記之。

三十日　晴　六月十八日　星期三

早起，至班授課，午後三時歸。四時閱《上海報》，外蒙侵新疆，蘇俄為後臺，青年黨主要人曾琦賦詩四章，其一曰："北塔山同長白山，胡兵忽寇玉門關。請君試問中行說，可有匈奴匹馬還。"其二："竟作蛉螟稱賊父，直無羞恥在人間。漢奸古有毛延壽，故遣昭君慰虜顏。"其三四更不成詩，如此稱要角而又亂動手爲詩，報館主編人亦非有學問者，冒載而已。噫，四十歲左右之人，昔時讀四書五經者少，唐詩或者讀過，徒取皮毛而敢題詩，真大膽矣。

五 月

初一日 雨 六月十九日 星期四

早起。連日頭暈，身體極不適。午後閱報二小時，國共內戰連日，國軍不見勝利，真所謂徒苦吾民耳。吾輩在後方曾逆料及抗戰結束，□□必有一番戰鬥，然不料如此之久也。中國不長進，爲列強鄙棄訕笑，可哀也。

初二日 陰 六月二十日 星期五

早起。午後清理各事，寫復各處函。久望京中銓敘部、司法部，無回信。噫，中國各機關辦事惡習未除，不料今猶如此也。晚寫信二件，本市各街、各團體競選參議員者各瘋狂請客，拜門奉看，展轉托人說票，如曹祥泰、龐萬興等大商，陳子廉、夏甘樹等律師，方紹岳、葉啟秀等女子奔走各處，如飲狂泉，向各家說渠等如被選後，如何爲民衆謀幸福、謀利益，甜言蜜語，醜態畢現。噫，此輩男女果能爲大衆謀福利者耶？蓋別有用心。聞此次各人用費有用至八九千萬者，將來在何處取償，請民衆一思之。

初三日 晴 熱 六月廿一日 星期六

早起。午後外出一次，聞各競選人均向有關機關拉票，醜態百出，已不知人間有羞恥事矣。如此民主政治果爲選賢舉賢歟？總之，吾國政治，欺人政治而已。晚閱報，江蘇吳江同里鎮女教員鄒月娥，爲該省駐吳軍官大隊劉克明、周天泉、蒲玉舟等八名强姦身死慘案一段，此隊爲陳誠總長所統轄者也。

初四日　晴　極熱　今日夏至節　六月廿二日　星期日

早起。選舉熱烈運動，各競選人派男女分途拉票。予爲李彥常所托，親往先修，同蔡聞佛等往一中，投票畢回寓，感想殊多也。

初五日　晴　熱　今日端節　六月廿三日

早起，換客房内字畫數事。正午約紹湘夫婦等來酒敍，以極熱未能多飲食。憶民元在黃安縣署過午節，思親不已，曾爲詩記之，今三十六年矣。傍晚外出一次，感慨不已，心煩亂不可止。噫，北望烽煙，吾輩何時享太平歟。

初六日　晴　熱　六月廿四日

早起。今日頭暈時作，擬出門未果，來客三次，勉與談話，心不在焉。晚早寢。

初七日　晴　熱　午後陰雨　六月廿五日　星期三

早起，頭暈未愈。今日先修班停課期滿，明日考試。予以學風如此，彼等前有反對考試之集議，明晨恐未能舉行也。晚間同居倪姓有客，予外出一次避之，否則予明晨生期，今晚亦當舉酒自慰矣。晚寢後欲作詩，未成。

初八日　大雨終日　六月廿六日　星期四

早起，漱畢，出門久候汽車未來，雇人力車到校，則各教師均來監試，而學生果相率拒絶考試矣。坐片刻予即歸。十一時半因玉生女帶同外孫昨已來寓，遂命之敬香祀祖宗。約女客一桌，有陳新志，即姜少庭夫人之妹也，餘爲定生學校之女老師四人。予今年六十二初度，復員後未獲一日安閒，仍乞米長安，自食其力。遲生畢業後已授室，對予少感情，殊爲愧。而心惟念先君年僅六十，未獲高壽。予少年多病，今得以康强，尚生存，與此惡劣社會挣軋者，則先祖父與予父母之德也。晚間亦自飲數杯，成二詩當另録記之，十二時寢。

初九日　陰　六月廿七日　星期五

早起。午後至省府與諸友略談。晚閲雜書，十時爲學生圈文，今夕已畢，真麻煩頭暈矣，十二時寢。

初十日　晴　六月廿八日　星期六

早起，清理案上各物件。十時寫對子中堂三件，畫中堂三件，蘭石也。晚寫信三件。今日作事多，身疲倦矣，十一時寢。

十一日　晴　六月廿九日

早起。飯後寫對聯三副，畫蘭石三張。近年畫蘭筆墨生動，勝於十年前功力也。畫家六法，氣韻生動即其一。近人寫蘭，有江湖氣無畫卷氣，無識者羨之，有識者鄙之矣。

十二日　晴　六月卅日　星期一

早起。飯後再作蘭石四張，午後四時畢，以佳者付裱，留爲展覽之用。

十三日　晴　七月一日　星期二

早起。飯後外出二次，先修班學生不考、不上課，算是結束矣。嗚乎，今日之學風教育當局應負其責，廳長、校長、院長誤盡天下蒼生。

十四日　晴　熱　七月二日

早起。飯後出門無所事。午後欲作自壽詩二首未成，興趣甚少。

十五日　晴　熱　七月三日　星期四

早起，送退休證書與財廳第四科科員張勝威，與面托各語，彼云可批送通知來並領款也。飯後陶季賢來談南京情況甚久去。李彥常、鄧卓慰來談選舉事，李欲得市參會議長故也。劉莘之來說過不了出門，猶刺刺不休，所說仍是一事也。晚閱報，國府對共黨不日可下討伐令，以後情形不可樂觀。晚間熱不可耐。

十六日　晴　極熱　大約九十三四度以上　七月四日　星期五

早起。胡林治民、邦丞回鄉爲袁姓訟事，予囑以各語去。午後閱報，廣州二日載，該地上月卅日專電，嶺南大學附中教務主任蔡輝甫，年四十六，菲律賓大學物理學碩士，在附中任教垂十年。學生於未考之先要求蔡公開試題，被蔡拒絕，學生即吹燈群毆，由樓上推之地下，腦部血管破裂身死矣。又載南京人應金男弒父案，首都地方法院經多方之偵察，庭訊數次，現已判處死刑云云。噫，吾國實行民主有此奇事，禮教大防崩潰已廿六年。自民十六，國共不分時，奸淫邪盜已公開不爲恥，且有裸體遊行，已決議而未行者，適西征軍達到武漢時遂止。廿二年南昌行營如是有新生活之運動五倫八德之提倡，至今而有弒父毆師致死之逆倫案，真所謂乖氣也，國亡可慮矣。今晨七時竇秉鈞來述各事，予爲之代寫信與孔庚，不知孔能答復否。惟孔雖年老，官興正濃，竇雖與同學，但雲泥分隔矣。晚熱不能睡。

十七日　晴　熱　九十四度以上　七月五日　星期六

早起，檢清什物，準備復各處信件。午後熱不可耐，頭暈甚，遂以草席置地板上臥之，盛宅來請予亦未去。晚間范尚立來，此次市參議會選舉醜態百出，安能代表民意。復員後民主聲浪甚高，各省各地選舉無不皆然，此何足怪歟。

十八日　早陰有風　午後陣雨數次旋大雨如注
七月六日　星期日

早起，打掃室內外，整理書案。午後閱報。晚間涼爽，寫信二件。連日以熱甚未復各處函也，早寢。

十九日　雨　陰　午後似轉晴　七月七日　星期一

早起，疲倦甚。午後郭華封來，爲朱倪訟案，囑函約朱姓來省商辦法，坐一小時去。閱報，美國三十三州，各地天空俱發見飛盤，速率甚大，全國人民迷惑失措，美飛機多架攜帶攝影器，準備於此飛盤再過天空時，加以追逐云云。噫，此何物歟？今日爲七七抗戰紀念日，今爲勝利日矣。但日本於復員後被美國管制而有條理，吾國則共黨與國軍戰，同種相殘，此血案又何時了結耶。國人其當愧死，日人應當笑死。

二十日　晴　熱　今日小暑　七月八日　星期二

早起，清理各事。閱報，共黨勢力甚強，報載山東戰事緊張，想見當地人民所受之苦矣。昨晚聽收音機，北平戲園每晚有譚富英與金某之《洪羊洞》《二進宮》等劇，叫好掌聲時有所聞，何北平之人歡欣如此，齊魯人之不幸如此耶。

廿一日　晴　熱甚　七月九日　星期三

早起。十時後檢出墨硯顏色等等。予性畏熱，外出訪友，無相當年齡者有之，又非讀書人。出門畏熱，室內如烘，乃作書畫以解此危。蓋人注神於寫字作畫竟忘其熱，戴文節公號稱習苦齋者即是此意，聞文節居錢塘，天熱亦作畫，故題句每有揮汗之作，聖賢功夫也。今日作畫四幀，寫聯三付。晚乃出門一次，街市熱氣亦未消也。

廿二日 晴 熱 七月十日

早起。午後作畫，補昨日之未竟者也。

廿三日 晴 七月十一日 星期五

早起。飯後出門買物。午後來客二次，談時局。以後推測均是壞處，政治不良致共黨得應時而起，惟難乎爲小民矣。

廿四日 七月十二日 星期六

早起，朝暾東上，臥室六扇窗恰對之，致不能早睡。晚雖晏寢，晨不能休息。孟夫人在時購一大竹簾遮之，事變後三簾俱失，今則無財力購之也。午後仍作畫、補寫日記，爲福康等商作致財部函三件。

廿五日 晴 七月十三日 星期日

早起，命工役三人將室內外打掃清潔，天熱清潔自少煩惱也。下午來客二次。傍晚寫復各處函五封，十一時畢。

廿六日 晴 熱 七月十四日 星期一

早起，飯後出門。連日閱報，戰事不利。晚寫復各處函，積壓久未發出者，至轉鐘十二時半方寢。

廿七日 晴 熱 七月十五日 星期二

早起。十時閱報。午後補寫書畫題款，作詩數首點綴之。從前揚州八大家作畫，幅幅有題。戴文節公題詩，天才澹遠，猶非他家所能望及者，予頗愛之。在金湖中學教席時，時抄寫於册者，今尚存。

廿八日 晴 七月十六日

早起。午後又作畫，松、蘭、菊均用工筆寫生，頗有生氣，著色尤鮮豔，頗得意。

廿九日　晴　熱　七月十七日　星期四

早起。來客數次。十一時閱報。午後補畫未竣之件。晚間閱雜書三小時，讀唐詩三頁，有深味，近時人作詩，無根源，無來歷，殊可笑也。

六　月

初一日　晴　熱甚　午後大雨　七月十八日　星期五

早起。午後閱報。至省府坐一小時，問退休金事。今日天氣熱甚，今年閏二月，不然已是七月矣。

初二日　陰　七月十九日　星期六

早起。飯後渡江，以人多恐受熱，自漢門乘車歸，便至各處詢事，購物。晚飯後閱報一小時，近日瀋陽天空三千尺上有飛碟掠過，不知是何武器、何謎物也。

初三日　奇熱　今日初伏　聞寒暑表九十三四度
七月二十日　星期日

早起，命家人整理室內外各什物，予則補作未竣畫件十副，寫大對二付。欲注心力於字畫，忘室內之熱也，昔戴文節公在籍，暑期習畫渾不覺，嗣名其齋曰習苦。予之暑熱作書畫，殆習苦歟，至傍晚方止。

初四日　奇熱　晴　九十四五度　七月廿一日　星期一

早起。飯後作畫三幅，補畫第二次九幅已成，至晚八時止，汗出如瀋，浴後疲甚。晚寢熱不可耐。

初五日　晴　熱　小雨　七月廿二日　星期二

早起。飯後復函二件，均發出。甘肅張重心請成培堂漢川人。帶來蘑菇三斤半，永昌縣出產也，又酒泉所產玉石酒杯一枚。

初六日　晴　熱甚　九十三四度　七月廿三日　星期三

早起，閱報，前所謂天空飛碟、飛盤瀋陽已見之，京滬亦見之，是何國武器耶，是謎耶，此時均不得而知之。

初七日　晴　熱甚　九十六七度上　今日大暑節　七月廿四日　星期四

早起，寄畫與魯魯山，久已許而未寄者，附一函，告予近況。晚間熱甚至不能寢。

初八日　晴　酷熱　九十八度　七月廿五日　星期五

早起，寄朱選青一長聯、二畫條。午後又寄對聯一副，由新洲曹侃亭轉曾心如，久已許而未寄者，各附函發出。晚熱更甚。

初九日　晴　極熱　九十四五度　七月廿六日　星期六

早起，閱報，美兵強姦日本婦人，被判無期徒刑。日婦遭美兵奸污是謂報應，又麥帥扶植日本以巨款，復興工業，又設法使日商地位提高，日本爲美國之繼子，能順親心，故美人看得爲爭氣者。噫，國共尚在戰爭，捫心自問，真所謂不爭氣。媿惡如何？彼豪門資產存於美國政府不敢提取，雖輿論之攻擊，參政員之質問，充耳不聞。或者視豪門諸大姓爲美國之孝順繼子，將來政府倚其斡旋歟？吾不得而知之矣！

初十日　晴　熱甚　九十四度　七月廿七日　星期日

早起，閱報，關於競選事，多日日登載。吾國復員以後，政治人心墮落不堪。以較日本現時整理整齊情況，惟羞愧不暇。而競選者則醜態百出，不顧羞恥，各省縣均如是，真所謂如飲狂泉者也。可歎，可歎。又載國立師範改為一級待遇，宣傳添聘教授多人，中有魯濟恒、李先正、朱再庵、孫家山等等，此真名教授耶？殊可哂矣。院長王治孚現為各系舊生所威脅，不得已日事宣傳，其醜態與汪奠基同。吾國大學教育可知矣。晚熱甚，十二時寢不安枕。

十一日　晴　悶熱　九十七度以上　七月廿八日　星期一

早起，赤日見東方，真夏日可畏也。午後室中桌椅俱熱，予仍作畫寫字不息，真習苦也。閱報，天空飛碟四川已見過數枚，此何物耶？吳江女教員同里鎮小學。被駐該地軍官□□□①大隊現役軍官等八人輪奸致死，該地各法團迭向國防部控告，尚未正式審判辦人，此中國之軍官也。國防部陳誠參總長將置之不理歟。

十二日　晴　悶熱　九十八度　晚間尤熱　七月廿九　星期二

早起，至省府晤熊迪民問各事。午後歸，胡天順來，予問鄉間各事，彼輩無識之人，歸後如何調解，竟無一函來也。今日為定生十一歲生期，寓中熱亦未進祖宗也。閱報共黨戰敗，國軍收復各地甚多，真歟？偽歟？晚間熱不可耐，堂屋鄭姓又來男女數人，予避入房中睡，熱不成寐。

十三日　陰　晴　午後小雨一陣　四時轉有涼風
七月三十日　星期三

早起。十時往福康、梅竹齋等處。午後蔡仲謙來談二小時去，予又至福康去一次，交款畢歸。晚稍涼，王文俊復一函，謂另薦予就先賢編纂處事，惟張乾若不來，此事早成畫餅，彼今日何又提及耶。楊顧安、王詩先後來談去。閱報，南京明孝陵有自西沙群島運來之大龜，現置陵園管理處，重二百六十市斤，其年齡估計當在三百歲以上云。

---

①　底稿此處空缺。

十四日　雨　十一時大雨如注　昨夜轉鐘後二時大雨平地水深五寸　七月卅一日　星期四

早起，閱報，河南第十區專員王和璞殺害省參議員李鴻銓等十六人之慘劇云云。接徐幼雲等函。

十五日　晴　極熱　九十度以上　八月一日　星期五

早起，至法院、省府各處，有晤及未晤及者，以熱難受匆匆歸。閱報，英倫專電，現發明新型飛機一種，機內可載大炮四尊，速度每小時四百哩以上，已經飛行表演云云。又漢口開成商埠係咸豐八年，以《天津條約》之關而生產者，光緒己亥張之洞督鄂時奏設立夏口廳。民元後改夏口縣。民十七八月廢縣，改武漢市政委員會。十八年二月改武漢市政府，四月改武漢特別市政府。未幾，武漢分治，漢口成特別市，市長劉文島。廿年武漢大水，省政府爲稅收計，遂改爲省轄市，至今年八月一日又改爲院直轄市。

十六日　晴　極熱　夜間起西北風轉涼　八月二日　星期六

早起，寫復曾心如等函，久未復者也。午後閱報，吳江女教員爲駐同里軍官大隊七人輪姦致死案，可解京辦理。荷印戰爭，安理會通知雙方商調解，蓋印尼小國並不畏荷蘭也。麥克阿瑟與日皇先期訂和會，蓋久已漠視中國，又日本政府擬修建長三十四公里之海底隧道，以聯絡北海道與本洲，初步於七月初着手計畫。吾國之武漢鐵橋喊了十餘年，復員後鄂政府又與所謂建築家正在喊叫，吾知其無成，不過借此大題以炫庸俗耳。

十七日　晴　時時有北風　晚更涼　八月三日　星期日

早起。午後寫字二件、寫信三件。晚飯①乘車至鶴樓，納涼一小時

---

① 飯，疑後脫"後"。

方歸。連日江水大漲，見輪船到岸開駛時，均人密擁擠無秩序，可慮也。

十八日　晴　大北風　涼甚如深秋　八月四日　星期一

早起。今日太長往郵局作工去矣。早飯係請劉紹湘來弄，夏僕已回鄉不來，此輩逃兵役則乞作工，役緩則歸矣。今日梅先林、曾雨村先後來談。晚涼甚早寢，疲倦殊甚。今夕月明，涼如深秋。

十九日　晴　北風　涼甚　八月五日　星期二

早起。閱報，魏德邁昨飛津，明日飛瀋，不日來武漢並飛兩廣，此其注意吾國全國政治民性者也。美總統果欲扶持中國以抗蘇聯耶，果扶持日本以抗蘇聯耶，不半年真面目須露，吾人可拭目俟之。

二十日　晴　風　八月六日　星期三

早起，至法院與范春芳同看李邦驥律師，略談即出。歸後畫蘭石等件五幅。晚間轉熱燥。

廿一日　晴　風　八月七日　星期四

早起。飯後閱報，共黨戰仍激烈，國軍雖曰勝利，究竟確否勝利耶。午後訪盧智泉、劉萃三等，均略談。歸後餒甚。晚周鵬程來，予問之，蓋已到省月餘矣，因病未出云云，以同學各人近況詳告之。

廿二日　早陰　午後陣雨五六次極猛　夜十二時半大雨如注達旦未已　八月八日　星期五　今日立秋

早起，欲外出，以家中無人招呼，乃補畫各件並添款。午後大雨，平地水深六寸。閱報，戰況如前。晚九時半寢。轉鐘後忽大雨，雷電交作，起接漏。猛雨至天明未已，街市水深可想見矣。

廿三日　早雨　午後陰　時有小雨　八月九日　星期六

早起。飯後補寫畫件之款五條，予留爲將來書畫展覽者也。聞中正橋各家已上水，江水添一尺餘矣，漢陽城已進水云云。

廿四日　雨　八月十日　星期日

晏起，疲甚。午後作畫六件，俱成功，並寫款記，以得意者自留之付裱，爲秋後展覽會之用，從俗例也。今世野狐禪太多，以畫鳴一世者如豐子愷輩是也。

廿五日　晴　極熱　八十八度　八月十一日　星期一

早起，至省府晤各友，送證書至地方法院登記，便訪各莊號，以財廳近狀告知。聞銓敘部對退休人員支金照本年六月份指數，則予之退休金可增加不少矣。

廿六日　晴　熱　八月十二日　星期二

早起，渡江先至曹漢臣家，繼訪宋濟賢、滕昆田、徐幼雲、黃海濤、黃均章等處，在曹寓午餐。今日上上下下花去車費二萬餘元。下午四時到寓小憩，飯後疲乏不支。

廿七日　晴　熱甚　八月十三日　星期三

早起，寫信四件。午後二時熱甚，三時帶同定生往周鵬程家道喜，送禮洋六萬元。同席者柳伯順、蔣蘭圃、周福堂，皆辛亥起義者，餘爲少白、鳳山諸人，不熟者僅女職某主任等四人。五時歸，汗出如瀋。六時半大雨如注，晚仍晴。

廿八日　晴　極熱　九十六度　八月十四日　星期四

早起。十時寫信十件，餘六件爲刷印，又繼發四件。今日共發出廿件，郵費較從前加五倍，計六千餘元矣，抗戰前之六千元可買大房屋一棟。

廿九日　晴　熱　九十六度　八月十五日　星期五

早起，天極熱，終日不能作事。中午則席地臥，晚亦無風，臥堂屋中。

七　月

初一日　晴　極熱　八月十六日　星期六

早起，至法院會范春芳，便至省府問各事。聞本縣縣長蕭液垓須更換。蕭以無政績表現，亦屢辭職，繼任仍在逐鹿奔競中。現時縣長不可作。不知求縣長者果欲按政績與？抑別有懷抱與？晚間仍熱不可耐，不能安寢。

初二日　晴熱　九十三四度　八月十七日　星期天

早起，囑家中準備菜肴十二樣，約同學到寓一敘。此予久有此心，且久與已見之同學而約者也。下午三時始畢至。僅王雨香未來，或者已回蔡甸鄉間去矣。周鵬程、張少白後至。易泮香、陸肖峰、鄢雲斋、曾雨村、石砥中、阮華甫、陳國土、周保粹、黃時通共十一人。天極熱，傍晚方散。予亦疲甚。

初三日　晴　熱極　九十六度　八月十八日　星期一

早起閱報，北平昌平明陵十三除長陵外，餘十二陵均為潰軍破壞；又進出口貿易辦法已經中央改正，宣佈不久准日本通商等新聞。日本人能爭氣，中國人應愧死。

初四日　晴熱　九十六度　八月十九　星期二

早起閱報，印度獨立已證實。英駐軍已開始撤退。印度被英統治二百年，該國生一甘地，以年老率能使其國復興，一洗亡國奴之恥，中國人內爭未已，應該愧死。

初五日　晴　酷熱　九十五度　八月二十日　星期三

早起閱報，美國艾其森在飛機失踪已證實。美著名之外交家身死，於其國爲損失，於中國則不然。又印度政體爲聯邦制，與巴基斯坦分治獨立，即印回分治也。任梅農爲印公使。張院長群分電兩國申賀矣。吾國人捫心一思，應該愧死。

初六日　晴　熱甚　九十八度　八月二十一日　星期四

早起，熱甚，下午更熱。來客數次，予心極煩亂。晚十二時以後，爲盛龍軒五家作呈財部文，二時乃畢。因白晝不能作，心不寧，草草成之。明晨當再清稿。各錢商知識少，予説話彼等初不信，乃至弄得如此麻煩。爲小失大。

初七日　晴　熱甚　九十七度　午後雨　晚大雨如注　八月二十二日　星期五

早起，昨夕稿重整理之。十二時送盛宅，與立生商各事，一一以直言告之。盛龍軒□手小，立生性急，此事將來成功，花錢亦不少矣。財政部貪污爲其一貫之傳統法寶。政府貪污無法律，人民貪污爲犯法。明季狀況何以異是哉？可歎也！下午三時歸。晚至梅竹齋，又逢大雨。十一時借盛宅包車回。

初八日　時時大雨　悶熱　八月二十三日　星期六　晴

晏起，倦甚。飯後晤盛龍軒、劉立生、朱成大，告以近事。訪李邦驥，號云程。入律師公會登記各事畢。傍晚歸。擬明日回鄉祀祖。

初九日　晴熱　晚熱更甚　八月二十四　星期日

早起，清理各事，買茶葉等物。下午四時聞長街戒嚴，西北被俘之共黨二千餘人由京解來，今日起岸，到恒受訓云云。五時飯畢，帶定生渡江，夢閑送予回縣，在曹漢臣家略駐。晚十二時上瑞安輪。轉鐘四時天未明也，即開行。

初十日　晴　極熱　大約九十度以上　八月二十五　星期一

八時半船過黃岡，九時到家。洗漱早點即小睡。正午，蕭縣長、孫少恒、賀舫同來問予近況，略與敷衍片刻去。午後四時外出兩次。傍晚來客三五次，夜分乃已。寢不成寐。

十一日　晴　極熱　九十四五度　八月二十六日　星期二

上午囑家人準備酒肴等件，午後三時祀祖。予今年清明未歸祀祖，今日誠敬祀朱胡二姓祖宗、外祖。包袱俱照從前例，酒席由周姓館包辦者，極豐，免家人操作。遲生夫婦、定生回家，內子老且病。另約朱坤山、孟祥煥、洪英、王國煌等來食祭肉。今日則祀而豐矣。予心終不快，何也？時局如此，聞江北黃岡等縣共黨已來臨矣。晚間來客數次。

十二日　晴　極熱　九十五度　下午四時大雷雨
八月二十七日　星期三

早起，熱甚。十時與蕭縣長、王國煌上西山。久未到廟宇，已重新矣。予所書中堂已懸之三泉亭上。即主講寒溪中學時所題《三泉亭詩》也。和尚招待予及縣長。另朱姓花行置酒讌予等。午後三時大風突起，山雨驟至，電光雷聲震山谷，頗駭人。傍晚乃止。予借雨具下山，定生則囑王僕背之回家。小憩後來客數次。

十三日　晴熱　下午五時半大雨　八月二十八日　星期四

早起，天氣又轉熱。午後一時朱元記請客。有蕭液垓及吳稅務局長等。三時散席回家。來客數次，五時半大雨。

十四日　晴熱甚　晚十二時大風　八月二十九日　星期五

早起，黃家傳所長來奉看，陪談片刻出。午後準備往省。晚間各街做盂蘭會。祥煥來交款十五萬元與祥南手收。夜十一時與國煌等出城上船後，以人滿不能睡，予與定生遂至朱子恒處宿。轉鐘二時聞下水船已到。四時予遂同定生上瑞安輪，天未明，船開行。午後二時到漢口，當即渡江回寓。

十五日　晴　熱甚　八月三十日　星期六

早起倦甚。午後天氣熱未出門，檢復各處函。晚閱之前借來之《明季南略》卷四中史可法奏请行徵辟，其扼語有："特所憂慮者，兵戈擾攘之中不復有百姓耳，無百姓，何利於有疆土？故此時擇吏不緩於擇將，而救亂莫先於救民。所謂得一賢守，如得勝兵萬人；得一賢令如得勝兵三千人云云。"洞鑒當時以滅賊復仇之空言，徒受狎將驕兵之實禍也！晚熱未止，寢亦不安。

十六日　晴　熱　八月三十一日　星期日

早起，清理各事。書件檢出落款。午後作畫三幀。晚未作事。

十七日　晴　九月一日　星期一

早起至省府探信。聞麻城、黃安共黨大至，頗吃緊。宋埠各機關廬集禮山、商城、潢川難民，俱逃至宋埠，有轉至武漢者。局勢危險殊甚。

十八日　晴　九月二日　星期二

早起至省府問信，知昨晚麻、黃、宋三地俱失，難民紛紛逃漢口，市面已有謠言矣。晚間閱《明季南略》，史可法奏官多無益，曰：今日江北有四藩，有督師，有撫按，有巡撫，有總督，不為不多。敵寇並至，曾何益毫末哉。臣近至揚州，一時集於城內者有提督，有鹽科，酬應繁雜，府縣皆痛。今又添監督，人人可以剝商。商本盡虧，新征不已，利歸豪猾，不足之害，朝廷實自受之。誠哉斯言，與今日政局何異？恐新征不已者，殆尤過之。至官多不僅大官如主任、專員、某某使等等已也，而下層之區長、保甲長、所長、主任、處長等層層剝屑民與商或亦過於前明。大勢至此，尚何言哉！觀於明季事，近鑒吾國國勢，令人太息痛恨不止。

十九日　晴　晚　大風　九月三日　星期三

早起，寫復各處函，閱報，麻宋等地失陷後有人自殺事。午後，鄂城新縣長石潭龍來訪，云新委至邑代理者。自云曾在大冶中學聽過予講授者。事隔卅年，現已記不清楚。只記得石堅、石雨水，二人俱於抗戰前已物故矣。此人腦筋似不清楚。據說係民政廳長余震東與之至交。談一刻鐘去。

二十日　晴　大風　九月四日　星期四

早起至省府探問，宋埠早已失去。漢口謠風甚大。武昌亦呈不安狀態。予以夢閑屢屢以清物件爲請，囑其至王伯彥家中察看情形定奪。晚寢不安。

二十日　晴　九月五日　星期五

早起，至省府，聞消息極不佳。麻城共黨愈多，武漢謠風愈大。晚間無處可往坐談者。閱《明季南略》數則。此時境況與明季相同，百姓逃生各地，謠風頻起，物價飛漲，無不相類。噫，天果欲亡中國與？誰者爲明末之滿洲與？可慨可歎！

廿二日　陰晴　大風轉寒　九月六日　星期六

早起，至省府，略坐即出。午後至馬家巷訪程仲蘇，問黃安信。座中有浠水來人，云浠水快失守。晚間武漢謠風愈熾。予心煩意亂，又閱《明季南略》數頁。

二十三日　晴陰不定　大北風時有小雨　九月七日

早起，倦甚。十時至梅竹齋取款歸。因胡松山等借款也。

二十四日　晴　十時以後大北風　九月八日　星期一

早起至省府探信，聞宋埠已退出。午後孫少恒自縣中來，予未晤見。晚間無聊又閱《明季北略》第一册。康熙十年，仍爲無錫計六奇所編纂者。卷三云：法司追論魏忠賢等罪。上命磔忠賢屍於河間。一日上至贓罰庫，見逆賢珍寶，嘆曰：天下脂膏被奴刻剥殆盡矣！忽顧金字賀屏，乃次相張瑞圖親筆。上大怒，即着張回籍。張書在明末在數一數二之間。晚清予在武昌見過十餘次，玩賞家多有購者。惟張文襄公在時，古玩商有送字畫與文襄者閱之，深鄙之，不閲看。一日丁姓古玩商爲予言之，諒實事也。今日聞黄麻共黨俱已退却，前來武漢避難者已紛回去。

二十五日　晴　九月九日　星期二

早起，至省府坐片刻。午後寫復各處信。晚間仍閱《北略》十餘頁。總之吾國現狀頗類似。

二十六日　晴　九月十日　星期三

早起，午後寫聯三付，皆積壓未清字債也。晚早寢。

二十七日　晴　熱　九月十一日　星期四

早起，閱報，共黨已退。漢市仍回奢華風氣矣。吾國人之無人心者各省皆然。聞黨至則愁眉思遁，黨退則奢淫如故。噫，此明季人心也。天乎天乎！

二十八日　晴熱　九月十一日　星期四

早起，至省府問各消息，十一時回寓，欲渡江，以闠①於行路，中止。晚閱《明季北略》。崇禎九年，特簡淮安衞三科武舉陳啟新爲吏科給

---

①　闠，疑爲"憚"字之誤。

事中，因陳前伏闕上疏，謂朝廷有三大病根。以科目取人，一也。據其文章，孝弟與堯舜同轍，仁義與孔孟爭衡，及考政事，則諮其貪，任其酷，皆前所言者，皆紙上空談。又謂嘉靖朝猶三途並用。指洪武時，典史馮堅任僉都，貢士彭友信任布政，秀才曾大授任尚書。不專以進士、翰林、科甲任大官。又謂知縣自科甲來者，虐民，剝民，顛倒民，淩斃民，無不肆其所欲。可憐蚩蚩之氓，叩閽無路，赴愬無門，欲不爲盜，得乎？

二十九日　晴　九月十三日

早起，至省府坐片刻出。午後寫聯二付。晚閱雜書三小時。寫信復各處至十二時寢。

三十日　晴　九月十四日

晏起。午後未出門，閱報及雜書。晚間清理案上書籍等件。十一時寢。

八　月

初一日　晴　風　燥甚　九月十五日　星期一

早起閱報，云共黨已大退至皖境矣，武漢亦解嚴，人心漸安。吾不知被戰禍者，如浠水、黃安、羅田民衆其苦況如何矣。

初二日　晴　熱　八十度以上　九月十六日　星期二

早起清理各事。夢閑陡起病，昨晚云骨酸痛，今晨發熱不能起床。約石砥中來看病，向法院請假一日。晚間予往郵局授課，十時半歸。

初三日　晴　熱甚　九月十七日　星期三

早起，夢閑病未退，又續假一天。午後病似加劇。十二時以後。予爲之起床數次，感傷風疾。

初四日　晴　極熱　八十四五度　九月十八日　星期四

早起，夢閑病未愈，加劇。予爲之向田院長面説，續假三日。晚間予傷風更甚，夜不能寐。

初五日　晴　極熱　九月十九日　星期五

早起，石先生來看病。予亦服藥。傍晚小睡，胸中閉塞，極難過。又似咳不出聲。九時至郵局勉强上課，十時半歸。夜嗽甚，不能寐。

初六日　晴　極熱　九月二十日　星期六

早起，今日石先生仍來復診。夢閑病未大退。予咳嗽更重。九時至省府一次，探各處消息也。共黨似向皖邊退去。麻、黄等縣有難民回去者。此次鄂東及豫邊被擾，民衆甚苦。據説共軍退後國軍來追者，騷擾更甚，哀哉！午後閲報，無聊甚。晚十一時寢，咳嗽不停，極以爲苦。

初七日　晴熱　九月二十一日

早起，予咳更甚，極以爲苦。午後閲雜書。晚間仍咳嗽，中藥不甚效，予又不喜服西藥，聽其自然耳。

初八日　晴　九月二十二日

早起，咳嗽未愈，諸事暫停。予亦懶與人談話，静養神志，冀自愈也。今日來客數次，少與言也。

初九日　晴　熱　九月二十三日　星期一

咳疾仍重，飲食漸減。午後閲唐詩、書帖等等消遣之物。憶孟夫人在時，每值予有病，則講《今古奇觀》中諸條，爲予解悶苦，而於賣油郎獨占花魁事，尤再三説明，津津有味。吁，今夫人歿已十五年矣。

初十日　晴　九月二十四日

晏起，咳疾未愈。夢閑疾已減。予飲食略增。今日閱報，閱唐詩及《古文观止》各數頁。

十一日　晴　九月二十五日　星期三

早起，今日客來數次，偶與陪談去。午後寫行書作畫一幀，聊以遣悶而已。夢閑假已滿，星期一當上班去。

十二日　晴　熱甚　九月二十六日　星期日

早起，清理室內外各事。家中因予及夢閑病，僕人嬾甚，未常注意清潔，須一一整理之。午後閱報，東北軍事似勝利，又謂陳誠駐軍在瀋陽整頓文武氣風，政治漸可望正軌上去。然與？否與？近時物價日高一日，予此際未就事，支出多，收入無，則感困難矣。

十三日　晴　極熱　九十度　夜過半大風忽起　九月二十七日　星期六

早起，夢閑去法院上班。予以其就事未久，請假太長，恐同事說話。必欲其往也。午後熱甚如伏。予咳疾未愈，飲食減少，口胃已傷矣。左邊大齒蟲蛀已脫，明後天須渡江取去之。人老齒先腐，眼耳漸次不靈，予耳目聰明，尚可幸耳！傍晚夢閑歸，予咳未止。十二時寢後不成寐。轉鐘三時半，似聞風聲，未幾甚大。氣候轉寒矣。

十四日　大風寒甚　九月二十八日　星期日

早起著棉衣，氣候劇變。吾國氣候不待測者，則極熱之後必有暴風起。予年逾六一，屢見不一見也。羅國貞自漢口來，謂係乘擺江木船過來者。予問："汝有何急事要拼命耶？"此僕無甚誠信，在外漂泊十年，置髮妻及女子不顧，與黃岡某婦帶同兒女在宜城姘居者，至今無蓄積，總不算人也。聞今日輪船已停，武漢互隔於江面者，學生約萬餘人。

十五日　大風　寒甚　九月二十九日　星期一

早起，今日爲舊中秋節，法院放假，夢閑未去，藉此又休息一日矣。范春芳父子來賀節，坐談甚久去。武漢無輪渡，交通斷絕。小雨數次，人民着棉衣者多，晚亦無月色。予以天寒早寢，咳仍未愈。

十六日　陰　風　寒甚　九月三十日　星期二

早起閱報，共黨未盡退，朝政紛亂，百物飛漲。競選文電方案滿載報紙上。噫，此何異命在須臾尚争名奪利耶！中國人性真與他國人不同，哀哉！晚間九時到郵局授課。十時半即歸。寢後咳嗽時作。

十七日　晴　十月一日　星期三

早起，咳嗽未愈。閱報，東北共黨勢力不小，國軍開去者多恐新軍，未有實力也。鄂城新縣長吳道龍，聞昨日已由憲兵團押解至京，爲某案交代不清云云。晚寢，嗽不已。

十八日　晴　十月二日　星期四

早起，咳甚，頗吃虧。飲食減少矣。予逢秋後傷風，每發咳嗽之癥，必須濃痰吐出方可。但從前三日吐完即愈。西遷以後，五日至七日方愈。今則七日亦不愈也。氣體衰，氣不夠送痰出，且咳久即喘氣，尤爲苦事。人生只有少壯時好，年逾六十讀書人未有不衰者，況予二十六七歲多病身瘦者耶！晚寢時，爲咳嗽驚醒，口渴。

十九日　晴　十月三日　星期五

早起，咳嗽未愈，心煩亂甚。今日爲亡兒根生忌日，兒歿已十年矣。葬宜昌之鎮景山，至今未能遷回，思之潸然淚下，心痛之至。兒生時，日者推其造爲拱禄格。十歲時，予在皖連請數星相家推之，均爲拱禄，而竟不壽。

二十日　陰　小雨　大風　寒　十月四日　星期六

早起，咳嗽未愈，胸前骨痛甚。閱報，共黨勢未減，東北吃緊；李毓華補徐會之缺，爲鄂省政府委員，係青年黨所提出者。青年黨目的在做官，與民社黨不同。李爲人小有才，黃陂籍，與程子斌爲好友云。

二十一日　陰　大風　寒　十月五日　星期日

早起，咳嗽未愈，咳時吃虧萬分。胸前肋骨痛甚。午後梁子微來訪，與談片刻。楊顧安來談，告知石潭龍已委代鄂城縣長云云。晚早寢。

二十二日　晴　大風　寒甚　十月六日　星期一

早起，今晨咳嗽較昨日好。因昨晚寢後未咳也。閱報，共黨在東北、北平及魯北，勢仍兇猛。蔣主席昨到北平，指示一切且助陳誠佈置軍事云云。禮山、黃安又有共黨攻來。近三天物價奇漲，今日肉價每斤一萬四千元，雞蛋每枚八百元。鄂城又易新縣長，石龍潭來謁，與談片刻送之去。

二十三日　晴　大風　十月七日　星期二

早起，聞黃岡境內共黨又來。麻城、宋埠早爲佔據。黃安縣長石毓雲已爲共黨捉去。石近來自告奮勇願爲本縣縣長，欲學朱懷冰長黃岡者，好名之累，如此哉！自作孽，不可活，此之謂與？

二十四日　晴　大風　十月八日　星期三

早起，到省府探信。團風已失，黃岡境內俱有共黨。麻、安、宋等處早已失守。共黨再來，人民再逃。造此環境，誰之過與？

二十五日　晴　風　十月九日　星期四

早起，至省府探信。團風失後，繼之倉埠、陽邏，到共黨萬餘人，國軍尚未趕到云云。市面恐慌，銀元漲至四萬一塊，赤金漲至四百二十萬元一兩，各錢莊銀號提款者極多。

二十六日　晴　風　十月十日　星期五

早起，聞共黨尚未退出陽邏，下游情勢緊張。今日國慶不及去年，僅在閱馬廠舉儀式而已。竇衡之於會畢後來寓述各事，相與太息。午後外出二次。晚間身體軟弱又發熱。早寢。

二十七日　陰沈　大風　十月十一日　星期六

早起，聞陽邏共黨已退。倉子埠尚有萬餘人未退，可慮也。

二十八日　晴　大風　十月十二日　星期日

早起，十時外出至梅竹齋，略坐，往毛壽崔寓，回看不值。晤范瀛槎，略談即出。今日購米二斗，價每斗三萬①六千元。較一旬前漲十萬元矣。自即日起，柴每石八萬元，煤炭每石九萬元，日用所需之物均加三四倍。銀元每元值四萬餘或四萬，金飾每兩四百二十萬。此爲奇事，以後或有更奇者。總之內亂不已，幣制不改，金融崩潰。鄉民對政府毫無信仰，政府對老百姓無一事有信用，以致成此局面，可歎也。

二十九日　晴　十月十三日　星期一

早起，十時至省府，聞黃岡城危急。此時並無軍隊開往鄂城，謠風甚大，米價甚貴，因黃岡機關學生軍隊麕集也。晚咳嗽未止。

九　月

初一日　晴　風　十月十四日　星期二

早起，十一時至省府，聞黃岡仍危險，團風共黨未退，鄂城交通仍

---

① 三萬，疑有誤。

有汽車通行。予尚未接家中來信。昨已去函問王國煌、袁夏村，請代覆予。

初二日　晴　風　十月十五日　星期三

早起，請梁維亞爲予覓木工整後宅。心煩意亂，此如不整，愈朽壞矣。估價大修九百餘萬元，小修三百六十萬元，已決定小修。去年八月伍佰萬元可買大房屋一棟，價格似不可比也。至省府探問，黃岡一帶狀如前，可慮也。

初三日　晴　十月十六日　星期四

早起，今秋天氣已變。自七月初酷熱至九月初熱時甚長。七月二十四小雨一次。此五旬內俱爲晴燥天氣，病人多，眼疾多。東北亂未已，且沿長江一帶，如皖贛邊江，俱有共黨，人心惶惶。已亂者搜括三四次，未亂者晝夜不安。天災人禍真乖厲之氣，與天時相感召，奈之何哉。今晚接遲生來信，知已先在團風逃歸，衣物行李俱失，其同事遇害者三人，被擄者三人云云。

初四　陰　小雨二次　十月十七日　星期五

早起，至省府探信，云有國軍開武漢，共黨已退。晚間籌修理後宅事。

初五日　陰　十月十八日　星期六

早起，十時寫信二件。午後外出二次。聞鄂城汽車照常通行。謠言漸少。

初六日　晴　十月十九日

早起寫聯二付。午後出門一次，歸後閱報一時許。閱《北略》，載朱之馮傳朱殉節事。清初野史記載不同，茲錄之：

朱之馮，字樂山，號勉齋，順天大興人。天啟乙丑進士，巡撫宣府。甲申三月，賊逼畿輔，時宣鎮總兵王通已潛遣騎降表迎賊矣。而公勞苦登陴，與通分城而守，各畫東西為界。賊信急，飛章上告，城中忽布訛言，謂公疑宣人謀叛，請兵屠城。值上撥後兵二十萬，旦夕且至，人心益懼。而又傳賊所過，秋毫無犯，發帑賑貧，赦糧蘇困，真若沛上亭長、太原公子復出矣。兵民望賊愈急。十二日，賊全隊抵城下，公方登城捍禦。見左右星散，禁之不能止。惟存七八人環守公側，意叵測。俄報賊已由南門入，滿城結彩，或帛或布，無者繼之以紙，百姓胸前皆粘順民二字，焚香跪接，賊騎已充斥街衢。公憤甚，令將大炮舁轉，向城中擊之，慢不應。公不得已，自曳砲，見藥線孔牢下鐵釘，知事不可為，即索佩刀自盡，亦為左右所匿，意在擒公獻賊居首功也。公南面仰天大哭曰：高皇帝，文皇帝，今上皇帝！臣不意天命人心，一旦竟至於此，臣死當為厲鬼，滅賊以報國恩。"哭已，五拜，以繩繫頸。二三僕隸在側，並無一言及後事，遂縊死城樓簷下。眾棄其屍於濠中。次晨，賊大肆淫掠而去。十四日，始有好義者收殮之。

初七日　晴　十月二十日　星期一

早起，早點後即渡江至曹宅取款一百萬元，借作整後宅之用。至鄧宅晤及雲卿談鄉間各事，並在其寓午餐，遂以前事告知雲卿。下午三時回家，今日輪渡人不擁擠，惟漲價。每次每人三千元，往返須六千元，小百姓欲渡江須備此數。建廳長、航業局長均係貪污素著者，民眾渡江無不唾罵。參議今雖有提案質問省政府，亦不答復。蓋貪污者早視此等議員為飯桶之流也。天下事可怪者，不獨一航業局。嗚呼，此中國所以為中國也。

初八日　陰風　晚小雨　十月二十一日　星期二

早起，至省政府探訊。聞共黨已退，恐退不多遠。據說安慶吃緊，蓋鄂東一支已向下游去矣。

初九日　陰　小雨　十月二十二日　星期三

今日泥木工來整後宅，予指示各事。午後來客數次。閱報，東北戰事不見進展。晚寫復各處函，十二時寢。

初十日　晴陰不定　十月二十三日

今日泥工來人五，皆不努力。午後閱報，東北戰事不甚佳。選舉中央催辦甚急，電文謂不改期。此時選舉，題名指定，何必言選耶？然吾國近二年政府措施多有令人不可解者。

十一日　晴　十月二十四日

早起，時時至後宅催工。預料月半後可修理完竣也。晚間閱《北略》，西蜀吳子論有數行曰：主憂臣辱，主辱臣死，君存與存，君亡與之，此乾坤大義。非可以官之大小，並在朝在差、在籍南北作分別觀也。但古今忠義原有二種，死者為經，亦有采薇行歌，遯跡方外，以終其身，或放浪形骸，不書年號，但書甲子。君子未嘗不哀之。

十二日　陰　時有小雨　晚大雨　十月二十五日　星期六

早起，飯後至盛龍軒、朱成大兩處略坐。予咳嗽仍未愈，請石先生看病，立方訪沈碧舫，知其昨夕回天門為競選事去了。各省各縣市競選用錢不計數額，假使以此款發軍餉，購飛機，固國防，不難。選舉害百姓。民主民生之聲，吾國四萬萬五千萬人受其害不淺矣。四時王國煌自縣中來述各事。傍晚渡江去。

十三日　雨　晚晴月色大明　十月二十六日　星期日

早起，昨晚咳嗽不安，今日仍未減。此次染咳疾何如此之長耶！午後汪幼丞來，囑其便帶款與李瑞球，轉交孫麟書，了手續去。夜十一時，換厚被。今日已遷前小房宿。嗽不已，心煩甚，至不能寐。

十四日　晴　晨有霜　十月二十七日　星期一

早起，今晨九時瓦匠五人方來，蓋瓦至下午五時，僅及其半。大約明日五工，不知可成功否。午後譚菊畦來，談半時去。五時許，寶誠送款二百萬來，後重屋租已預付三分之一。今日加緊催工速成之。晚寫信復黃師寄詩及題額者。

十五日　陰　時有小雨　十月二十八日　星期二

晏起，十一時到省府問信。知浠水、黃安、麻城、宋埠勢甚危急。晚閱雜書至十二時寢。

十六日　晴　十月二十九日

早起，催泥木工速成後重屋。午後來客數次。閱報，東北戰事不見進展，麻、蘄等縣共黨並未肅清。

十七日　陰　時有小雨　十月三十日　星期四

早起，今日木工來者甚努力，泥工外面及瓦上俱已竣工，只室內刷牆等事，大約明日可成功。

十八日　陰　晚晴　十月三十一日

早起清理各事，寫信三件。午後外出一次。晚閱《明季北略》，陝西總督余應桂上言：賊眾號百萬，非天下全力剿之不可。請天下鎮將如左良玉、吳三桂、高傑、唐通、周遇吉、黃得功、曹友義、馬科、張天祿、馬岱、劉澤清、王國寶、劉良佐、葛汝芝，及副將邱磊惠、登相王光恩、孔希賢、金守亮等，齊赴軍前會師。真保之間，督撫之外加一督師，如史可法、王永吉其人者。賜以尚方，懸公侯之賞，以鼓勵之。賊庶可平也。噫，當時文臣終日呶呶，未着痛癢。惟此疏切要可用，惜乎晚矣。

細思吾國近況，何相似也。

十九日　晴　十一月一日　星期六

早起，今日後宅修理可望成功。許姓款已全交，予囑其速搬入居住。

二十日　晴　燥　十一月二日

早起，今日命家人浣洗衣服等等。晚聽收音機，以消鬱悶。今日改定時間。

二十一日　晴　十一月三日　星期一

早起，十一時至省府。午後與李斌臣、盛龍軒等迭商明日投票選董事方法。晚間已定，但不知明日有變否。

二十二日　晴　燥　十一月四日

早起，十時至龍軒、成大等處商定明日如何選舉等等。晚歸已十一時矣。

二十三日　晴　燥　十一月五日　星期三

早起，至梅竹齋、福康二處商選董事事。午後一時又往福康，所談旋說旋變。人心不可測，商人尤不可測。況又加入黨團分子及做特務工作者來，其所謂流品太雜也。二時至鶴樓候投票，擾擾至六時半未已，予以餒甚，回家吃飯。今日為夢閑生期，請有法院同事女客一桌，八時半散去。

二十四日　晴　十一月六日　星期四

予未起，陳鴻禮來云，昨日選舉，彼與予以少七票未能當選，予一笑置之。蓋予初無此意也。午後外出一次，存款並往朱成大處略坐談歸。小寢，未幾龍軒來談片刻去。晚間閱《明季北略》。崇禎十七年正月初四，工科曾應遴言，今之紳富皆衣租食稅，安坐而吸百姓之髓者。平日操奇贏以愚民，而獨擁其利。臨事欲貧民出氣力以相護，無是理也。秦藩之富甲天下，賊破西安，府庫不下千百萬，悉以資賊。倘其平日少所取民，有事多發犒士，未必遂至於此云云。吾國今之財閥豪門存黃金於美國者，何以異哉。

二十五日　晴　晚大風　十一月七日　星期五

早起至省府，聞南陽等縣已被包圍，難民已逃入鄂境。光化、老河口等處，蘄春、浠水等縣共黨又來。且有少數已渡江，經咸寧往江西武林境者，殊為可慮。下午外出一次至胡玉齋、劉萃三處坐談甚久。在劉寓晚飯畢，至張經光寓，托其便向法政學院改功課時間，九時歸。十時閱雜書，十二時寢。

二十六日　晴　十一月八日　星期六

早起，十一時至省府探問鄂東情形。午後閱報，載澳洲三科學家於本月六日晨，在霍恩斯貝以雷達信號向月球發出，在收報器中已接獲回波，電波經二十萬八千里矣。後於二秒時間內即接得月球折回之微弱而緊密之回波。曾繼續而有廿分鐘之久。似不久可與月球通訊矣。

二十七日　晴　燥　十一月九日　星期日

早起，家人清理各事，應洗衣物俱已洗淨曬乾矣。晚間閱《虞初新志》，一張獻忠投胎降生事，一再來詩讖化老儒事，皆十年前觀過者。其事當非虛偽也。連夕聽收音機，東北戰事及石家莊吃緊，事甚可慮也。

二十八日　晴　十一月十日　星期一

早起，連日服漢口俊芝堂張氏止咳丸，咳嗽竟已全愈矣。可見價賤之中藥蜜丸勝於價貴之中西藥萬萬矣。午後至盛龍軒、朱成大處畧坐。至省府，聞黃岡、浠水等縣情勢緊張，民眾逃避來武漢者不少。東北戰事亦不利。

二十九日　晴　十一月十一日　星期二

早起。午後閱報，所謂國大、立委、監委等等選舉，所謂國民黨、青年、民社等黨鬧過不清。國危如此，選舉果足救國與？促國亡與？此則吾不解也。佛說共孼。噫，武漢人民只有聽之而已。晚閱《阮盦筆記》，臨桂周儀著，所記洪北江、黃仲則等軼事，予所習聞者也，餘事亦時時聞之他友者。

三十日　晴　十一月十二日星期三

早起，今日爲總理誕辰，武漢各機關放假，滿街挂旗。然非復去年熱鬧也。晚仍閱《虞初新志續志》，實温舊書而已。偶閱天南遁叟王韜筆記。王曾陷太平天國南京城內者也，清軍破城逃出後，曾著《賊陷金陵記》者也。中有一段云：先是天官丞相曾水源削職，後其弟怨悔逃出。東王楊秀清大怒，疑水源與清軍勾結，以五馬分其屍，因向衆曰，新附者屢叛無足怪，我粵人同起義者何至潛逃？衆答云，昔在金田永安時，天父許以到金陵小天堂，男女團圓，乃今已三年，衆仍無家，咸謂天父不是誑人嗎？故皆思去，恐將愈不可止耳。楊曰，汝輩真不測天父高深矣。日愈久則配愈多，今汝輩欲速，則位之尊者，一人僅得十數人，下則以次遞減，得勿不嫌不足乎？俄而，楊佯作天父下凡狀，醒後云，天父已恩許矣。男女可配偶矣。設媒官二人，男女各一。凡積資至僞丞相者，得配女子十餘人。同宗即與各王同姓者。得配女子八人。无職而原有婦者許其歸室。又令巡查女子，自十五歲起開列年貌，注册候選擇。男子求配，得報名媒所。令媒官掣籤，係某女子在某軍某百長名下，執籤至館索出，挾置之轎。間有老夫得少女、童子獲□母者，均不准易。亦有不願配之女子，覓死不得，楊令磔其手足示衆，以懾逼諸婦女。如是在館自經半途尋死者，及入轎後以刀剪刺喉者甚多，紛擾數月。自媒官之設，城內逼娶於女馆，城外逼娶於民間。如是諸頭目無不睡少婦、聚多金，安心爲楊秀清盡死力。又載楊秀清與西王妻私通，即秀全之妹。一日偶爲其黨所見，不及避，乃故作天父下凡狀，曰：宣嬌我第六女，秀清之胞妹，可改姓楊。我命同秀清臥，爲天下兄弟贖病也云云。

十　月

初一日　晴　燥　十一月十三日　星期四

早起至漢口法政學院授課。午後四時回家。晚閱報，無多新聞。

初二日　晴　十一月十四日　星期五

今日畫小幅山水，又寫大聯三付。晚閱雜書，消遣而已。圖書館說部書早年已借閱，惜不能記憶。《歷代題名碑記》，自明迄清初，記載進士人名甚詳。前日欲向館借之再閱，該館云已失去。

初三日　晴

初四日　晴　十一月十六日　星期日

早起，飯後外出一次。下午雇車至黃鶴樓遊覽江景，在茶樓坐一小時歸。便至察院坡閱舊書，無錢可買。然抗戰時失書甚多，繼思買之何益。

初五日　晴　大風　午後更大　晚氣候轉寒　十一月十七日

早起，午後魯春廷來談租屋事。晚閱報，中央社安哥拉十三日專電，原子彈將不成爲世界殘酷之武器矣。俄國現正集中力量發展來自日光中輻射線之死光，該項死光爲第三次世界大戰最殘酷武器云云。果爾，將來地球上只存俄國與？

初六日　陰　大北風　寒甚　十一月十八日　星期三

十時起，昨晚足冷，醒時多，值暴冷難成寐也。午後尚立來談甚久去。收音機聽戲曲，消遣而已。報載黨政軍要人願讓他人補名國大代表者十餘人，如顧祝同等及湖北賀國光、沈鴻烈等，是既先花錢運動民衆，何又放棄其尊榮之代議士耶？

初七日　十一月十九日　星期三

今晨渡江至法政學院上課。下午四時歸。

初八日　十一月二十日　星期四

今日至法政學院上課。下午五時回家。此校距予住宅太遠，不相宜也。

初九日　十一月廿一日　星期五

初十日　十一月廿二日　星期六

十一日　十一月廿三日　星期日

今日外出至鶴樓遊覽一次。

十二日　晴　十一月廿四日　星期一

早起。飯後閱報，後幅有署退厂説明明代三餉亡國之由，恰與現時銀元鈔票情何相似也。大意云萬曆四十七年，與清國薩爾滸一役失敗。苦於遼東用兵，如是向全國人民課一種戰時税，名曰遼餉，係田一畝加征九釐，合計征銀五百二十萬兩。明之歲計全年銀六百萬兩。蓋無異加附税一倍矣。崇禎初，連年凶荒，陝北尤甚，如是於遼餉之外又加税，名曰剿餉，年收銀二百八十萬兩。次年又於剿餉之外加收練餉，年收七百卅萬兩。是爲明末三餉，合計收銀一千五百餘萬兩。如是北京錢價，紋銀一兩值錢六百文，崇禎十六年可值錢二千文。但制錢又有京省之分。京錢稱黃錢，每文重一錢六分，以錢七十文可值銀一錢。外省之錢稱皮錢，每文重一錢，一百文值銀一錢。

崇禎六七年起，錢價步步下跌。京錢百文值銀五分，皮錢百文值銀四分，最後則崇禎通寶亦無人收藏矣！

十三日　晴熱　夜月色佳　十一月廿五日　星期二

早起，飯後爲換課表事，渡江至法政學院，乘汽車去。今日同車者爲高法院蕭庭長，爲黃陂蕭延平之孫也。今日聞共黨已佔黃陂附近，尚未解危也。

十四日　晴　燥　夜月色佳　轉鐘二時聞陣雨
十一月廿六日　星期三

早起，十時吃飯。十一時渡江至尹伯琪寓略坐。下午一時乘汽車至法政學院授課，仍爲第四教室。學生多至百廿人。聽講者衆，室內增熱難受。因無書，仍泛泛教以常識而已。下課便訪周小坡、黃海濤、秦培心等。歸途輪上遇朱小甲等。晚十一時方寢。

十五日　陰晴不定　下午七時小雨數次
十一月二十七日　星期四

早起，尚立來，請代借款。午後二時至朱成大略坐，又至武昌書店及福康略坐談。途遇蔡仲謙、張岫青兩同學，俱浠水人，年均逾六十，遭該縣共黨搜洗後逃至武漢者。五時送款五十萬元與尚立。陳鴻禮、李銘漢二生來談甚久去。今日接宜昌胡文仰來信，請謀事，謂已因便輪回宜矣。接王國煌信，謂本月初九日，予已添一男孫，大小平安云云。予今年六十二歲，久未接得家信，今閱此函甚慰。八時鴻禮又約張生思恭來談市商會選舉龍軒爲經理事。

十六日　早陰　午後雨　寒　十一月廿八日　星期五

早起，十時準備明日所教課。《易經》乾坤文言。此種選爲大學一年級第一課。吾不知教育部國立編輯館諸人何以選此等文以教現時各省高中畢業生也。午後劉伯陽父子來，談半時去。晚七時，孫風階年六十九，黃陂人。來談二小時去。孫曾在三一學校接予授課也，民十五年似見面者。

十七日　陰寒　十一月廿九日　星期六

早起，午後渡江到生成里，聞汽車已壞，遂雇人力車，行一時許到法政院上法律系乙班課。學生因時間已過，僅十餘人。與之泛講文學而已。四時原車回至江干，匆匆渡江，似受寒矣。到家飯後小睡，晚九時再起，看書寫信，約三小時畢。

十八日　陰雨　十一月卅日　星期日

早起，午後寫信二件。爲鮑矩軒寫屏對。晚閱明季史料，與現時局勢同。當時土匪充斥，官吏榨取百姓財物，政治則朦上欺下，崇禎帝無可如何也。可慨之至。

十九日　晴　十二月一日　星期一

早起，十時至省府探問各事。黃、麻共黨多，國軍甚少，未能與抵抗。午後聞省參議會開會，對萬耀煌無好感，準備質問云云。晚閱明季史料。

二十日　晴　十二月二日　星期二

早起，午後寫信三件，均發出。晚間閱《易》乾坤文言。借來參考書，愈解愈晦，而大學教本選此二篇居首，真不可解也！噫，教育部所謂編輯委員會會員，中西雜遝，洋博士五十以下之舊文學一知半解者居要津，高視闊步，以其有地位而忘其所以矣！或曰陳立夫、朱家驊俱任過教育部長者，所聘之人可知矣。

廿一　晴　十二月三日　星期三

早六時半起，七時動身，車行速，至江干，乘輪渡江到生成里。八時一刻汽車尚未開行，同車鄒傳瑾，棗陽人，漢口地院庭長，云在後方與予見過的。到院後各上課。午後又上丙班二小時。五時汽車開行到江干，趁輪歸。晚疲乏甚，十二時寢。

廿二日　晴　十二月四日　星期四

早起。寫信二件。午後寄出矩軒請書之件。晚聽收音機，共黨未退，白崇禧來漢，有所計畫云云。參議會對萬耀煌質問案，仍出席備詢。

廿三日　陰風　十二月五日　星期五

早起。至省府，問退休金公事。午後寫信五件，復曾心如等。晚上又寫五件，復彭大椿等，至十二時寢。昨日忽患咳嗽甚劇，胸腹俱扯痛矣。

廿四日　陰　十二月六日　星期六

早起，十一時至省府晤少仁、君健，問各事出。午後聞郵局又要漲信資。寫致鄧趨庭等信八件，因今午渡江未晤趨庭也。購咳嗽丸服之。十二時寢。

廿五日　陰　晚大風　寒甚　十二月七日　星期日

早起。朱成大派人來問信。午後外出，便晤盛龍軒。今日王嶺梅來，稱鄂城選舉，饒廷三未當選，仍爲鄧定遠、黎子玉候補云云。

廿六日　陰晴不定　十二月八日　星期一

早起。十時到省府問各事出。午後寫復各處函。晚聽收音機，麻城、宋埠□□又來搜洗，地方民團相拒，死者不少。值此天寒，逃亂者紛紛，真奇慘也。將來下雪冰凍，衣食救濟，政府無此能力，後禍真不堪設想矣。

廿七日　雨　大風　寒甚　十二月九日　星期二

早起。十時至省府、法院，便訪梁民希，問□□到後情形，並云新委縣長已被擄，殺戮民衆死者六萬餘人云云。下午訪楊世忠、范瀛槎，便訪田劼甫不值。晚寫四函，復各處。十一時寢。因大風寒冷，明晨須渡江上課也。

廿八日　陰　寒　十二月十日　星期三

六時起，盥漱畢，七時出門。乘車至江干，趁輪到漢，至成生里，汽車尚未開行。到院休息一時許，上課二次。午後四時到成生里晤佘子祥，談半時出。渡江回寓已黃昏矣。晚飯後看《掌故叢書》十册，略瀏覽一次。此書予戰前在武昌曾向圖書館借閱過者。

廿九日　晴陰不定　十二月十一日　星期四

早起，飯後至省府一次。下午至省參議會，晤朱潤石，略談即出。晚間閱《石渠餘紀》，閩縣王慶雲所編，述清代掌故，分類詳。此書近時學生雖與講述，亦不知也。再過廿年向學人述，真奇異矣！

十一月

初一日　晴　寒　十二月十二日

早起，九時半渡江。先到揚子街晤衛秀山、張天則、佘子祥、張胄炎等，爲房子及汪俊元所托之事也。衛請午餐，鱖魚、蝦仁均佳。旁晚渡回寓。胡焜在此，予問鄉間，甚安靜。晚九時閱《詞曲史》，搜羅甚富。戰前國光社出版，王易編纂。王，南昌人，曾任中央大學教授者也。

初二日　晴　十二月十三日　星期六

早起，十時外出至省府晤熊迪民。至市銀行晤盛龍宣。借款百萬元。

午後訪蕭液垓未遇。陳鴻禮來談甚久去。晚間準備各事，定明日回鄂城。

初三日　晴　十二月十四日　星期日

早起，十時飯畢。十二時至车站搭汽車。由李站長介紹搭商人車，金姓司機，未給票價，僅付酒資五萬元。下午五時抵鄂城住宅。飯後來客數次。聞明日可開會。

初四日　陰　大風寒甚　十二月十五日　星期一

早起，九時至參議會開會，正午照像聚餐，同席吳分院長。黃陂人。午後開會，天氣變寒矣。晚來客甚衆，談話多，身疲甚。

初五日　大雪寒甚　滴水成冰　十二月十六日　星期二

九時起，奇寒結冰。路上冰塊厚。今日上下午均去開會。行路滑而不易立腳。以杖支之緩行。晚間來客數次。今夕燒板炭甚多。

初六日　結冰　奇寒　十二月十七日　星期三

九時起。今日上下午均去開會。晚間來客數次。分咐國煌預定酒席三桌，明午後请縣府及參會諸人。予今年添孫，已彌月，彼等均有所贈也。

初七日　奇寒　結冰　十二月十八日　星期四

上午到會，下午未去。四時客來，五時畢集。參會內鄉友人劉芥舟、秉端、紀盛吾等，外鄉秦善侯、呂茂周、周應璜，從前均来請過者。餘則石縣長及府中科秘警稅二局局長。酒滿菜多，盡歡，至九時方散，不知天之嚴寒也。

初八日　晴　十二月十九日

今日在家未出門，清理各事。來客數次。聞內鄉參議員今晨已行矣。

約朱坤山等來問各事。

初九日　晴　天氣已回陽　十二月二十日　星期六

早起，十时飯畢。正午出南門至堡山看先祖父母及叔父墓，約耽延二小時。下午二時半到縣銀行看帳，候某某等至六時方開會，草草而已。

初十日　晴　晚有月色　十二月廿一日　星期日

早起，清理各事，開消各處欠賬。午後請張友群、萬壽山等客二桌。晚爲周春其買鐵事至縣府。

十一日　晴　十二月廿二日

早起，劉蔭吾來談。午後請女客一桌。今日與祥煥同出城謁先父母墓，便往亡室孟夫人墳前一看，墳墓完好。四時回家。晚間來客數次。胡林轎夫已來，予定明晨乘轎回鄉。

十二日　晴　今日冬至節　十二月廿三日

早起，九十飯畢。袁夏生、王國煌送予出城，到樊口時天甚早。午後二時到胡林，住太炳家中。飯後約族間經管人開會。晚寢不安。

十三日　晴陰不定　晚月色昏黄　十二月廿四日　星期三

早起，定十四日到葛店。飯後，催各分經管來開會，未到齊。晚在祠堂再集合開會。學校事、董事長改澤民繼任。一切事均解決。回太炳家宿，夜不成寐。予近年回鄉，晚間以睡爲苦事，被臥與予不相安，重至八斤，厚至五寸，兩肩不能縶攏，時熱時寒，極易受病。

十四日　陰　小雨旋晴　夜半聞雪子聲
十二月廿五日　星期四

早六時起。七時半乘輿出發。午後三時到葛店街，即訪張肖鵠。值其在祠堂議事，略坐，遂與同行至其家，距市區五里餘。晚飯後談過去事甚久。予雖過葛店四五次，並未至其家。談數小時，十一時方寢。

十五日　雨　風寒甚　十二月廿六　星期五

早六時起，小雨時作。予以人數多，恐住肖鵠家不便，遂早起催輿急行。沿途遇風雨，寒甚，距土橋二里，雨大，稍歇。決計在王家店搭汽車回武昌，至土橋又值大雨，遂在店中歇息。命太平等吃飯後行。見一包車到，蕭液垓自車中出。予詢及，爲吳景明所雇包車，爲其父吳兆麟尋葬地者也。同車張深庵，當陽人。曾爲興山縣長者也。遂與同車先行，囑太平等到王家店搭車。予同張、蕭、吳至東湖。彭進之家新居落成，彭已請張酒敘者。遂加入予三人，致賀而已，約耽延二小時。乘汽車回家，雨未止。今日幸遇此汽車，且得酒食。古人所謂一飲一啄莫非前定，信然。

十六日　晴　寒　晚月色佳　十二月廿七日　星期六

早起，飯後閱雜書。熊鴻文送白木耳來，謂係吳瑞明托其交以贈予者也。今日爲亡兒根生生日，使其在世，今年卅三矣！思之泫然！

十七日　霜　大霧　十二月廿八日　星期天

今日午飯後帶同定生至鶴樓一遊。晚歸，仍閱雜書。

十八日　晴　十二月廿九日　星期一

早起，午後外出一次。歸後寫大聯三付，仍補前月未竣各畫。

十九日　晴　十二月卅日　星期二

二十日　晴　十二月卅一日　星期三

今日漢口有課，以係陽曆年近，彼校學生必籌備綵之事，予因未去。晚出見各機關均紮彩矣。

廿一日　晴　民國三十七年元月一日　星期四

今日各機關學校俱放假。午後帶定生出街遊覽。陽曆元旦，一年不如一年。現在國共戰爭極烈，北方人民已入水深火熱之時矣！

廿二日　陰晴不定　元月二日　星期五

今日仍在假中，聞省府未停辦公，或者萬耀煌要博勤政之名耶。萬，武人，不知政治，其妾周氏有大權，賣官鬻爵均出其手。萬素懼內，周故娟也，穢聲四播。

廿三日　元月三日　星期六

廿四日　元月四日　星期日

今日渡江至曹、杜諸家略坐談，傍晚歸。

廿五日　元月五日　星期一

廿六日　元月六日　星期二

廿七日　元月七日　星期三

晨起至漢口法學院上課。午後四時回家。

廿八日　晴　元月八日　星期四

九時起。午後補作未竣之畫。近來畫道大進，筆墨都活，落筆即得生趣，真所謂書卷氣也。曩時作山水，每流於板刻一路，今則超脫意境矣！故予對於清代負盛名者，亦敢說與齊轡焉！

廿九日　元月九日　星期五

三十日　晴　元月十日　星期六

今日下午至朱成大略坐談。至察院坡閱古書，漸漸漲價矣。乙酉冬復員時，古書無人過問。今時局轉好，藏書家漸出所藏出售焉。

臘　月

初一日　晴　元月十一日　星期日

今日帶同定生至閱馬廠、圖書館等處一遊。

初二日　晴　元月十二日　星期一

初三日　晴　元月十三日　星期二

今日王哲同警察總局科長來寓奉看，詢之，彼來向武漢警察局檢閱者也。

初四日　晴　十月十四日　星期三

早起，渡江至法政學院授課。午後五時歸。今日孟祥煥自鄂城來，語言支吾。

初五日　晴　一月十五日

上午閱報，下午看雜書。清理書案，掃地焚香。

初六日　晴　一月十六日　星期五

今日回看汪哲，便至司門口買零用之件。茂道和尚來，仍有募捐意，原捐款少。

初七日　晴　元月十七日　星期二

早起。渡江，先至曹漢丞家吃飯。午後雇車回看曹侃亭未晤。留片請達侃亭，已十四年未晤者也。五時回家。

初八日　晴　元月十八日　星期日

今日下午請客，童旭雲、馮股長、舒連景、羅資生、熊象方諸人。晚七時散。

初九日　晴　燥　元月十九日

今晚至武昌澡室洗澡理髮一次，費時三小時之久，洗畢通體舒暢矣！歸後閱雜書，寫信二件。十一時寢。

初十日　晴　燥　晚星月交輝　轉鐘二時大雨　元月二十日　星期二

早飯後到省府訪問各事。午後胡澤民來，談鄉學校事，留飯去。陶開域來，談葛店神山中學事。予薦渠至張肖鵠處充理化教員者也。爲茂道募捐已齊。

十一日　雨竟日　寒　元月廿一日　星期三

早渡江訪鄧宅，茂道之妹所居也。送金元七萬元，未晤茂道，交其姊收。便訪徐幼雲、鄭雲通。下午四時，澤民又來，與談各事去。

十二日　大風雨竟日　寒甚　元月廿二日　星期四

早起，今日因風雨未出門，遂寫積壓未復之函共十二件。分致國煌、夏村、純古、劉子奎、胡文卿、王文旂、張肖鵠、孫少恒、蕭液垓、陳鴻禮、陳壽梅，均俟明晨付郵或送發。

十三日　陰雨　元月廿三日　星期五

十四日　陰　元月廿四日　星期六

十五日　陰　元月廿五日　星期日

今日羅資生來，囑抄近作，寫油印紙，備送省府印出。

十六日　元月廿六日　星期一

法學院來信，前請予出預備大考題目封寄去。慮天雨雪不能渡江，已備函寄去。晚看雜書。

十七日　元月廿七日　星期二

今日客來二次，略與談時局，慨歎而已。國民政府自復員後，無一可人意。文武官貪污較從前更甚。軍隊腐敗，壯丁由買賣而來，衣薄棉，食粗糲不飽，簡直不以人類待之，安望其打仗打勝仗耶！

十八日　雨　元月廿八日　星期三

昨日法學院已將封寄試卷送來，今晚拆封分班閱之。程度太低，硬可說不及格有四分之三也。此院爲毛家麒、尹紹良所辦，而實爲圖利者也。將來畢業作法官，豈不害人？可歎！閱至十二時方寢。

十九日　晴　元月廿九　星期四

今日閱卷已竣一班，約百餘卷，間有一二佳者，予批示之。

二十日　晴　元月卅日　星期五

今日看試卷。來客二次，予不願談國事，深知國民政府一團糟而已。

廿一日　晴寒　元月卅一日　星期六

廿二日　晴　二月一日　星期日

今日羅資生來，留其寫油印，印予近作詩稿。午後留之代填法學院分數册子。晚至黃稷丞家略坐，談予前已具呈請考試院審核律師資格事，論證件似應該核准者。便托吳師聖代爲招呼。

廿三日　晴　二月二日　星期一

今日仍看學生試卷。

廿四日　小雨　寒　二月三日　星期二

早起寫朱德銓函，請其關照審核委員會，並托主管科招呼一切，如果能爲力，不妨簽准。下午四時天保元請吃年飯。同席者仍有黃稷丞。

廿五日　大雪　寒甚　二月四日　星期三

九時起，寒甚。上午未作事。下午五時起，清理分數，填寫四班俱畢。文之佳字仍爲大學先修班學生潘、周數生。蓋合計四班佳者勉強過得去者共十分之一而已。房小，置炭火甚暖。至十二時寢。連夕已發咳嗽，疾甚劇。

廿六日　早雪　下午晴　今日卯初立春　二月五日　星期四

九時起，咳嗽甚。正午國煌來，云昨已到漢者，便托帶洋十元回縣宅。熊迪民來，談時政及選舉事。予笑謂政府無能，貪污成性，選舉則賄買鑽營運動，那是眞民意選賢與能耶？銅臭商人藉勢，軍閥無恥吹牛之辦黨者，此次必一律入選。而爲政府主要人物做特工人員尤爲驕子，政府必指定其當選，尚何有眞正民意哉。

廿七日　陰寒　二月六日　星期五

九時起。十時黃稷丞來，談甚久去。午後吳瑞明之子送來幼雲、瑞明共贈法幣二百元。吳去後予囑家人買年下應用海菜等物。

廿八日　晨微雪　午後陰　二月七日　星期六

早起，將法學院分數册試卷檢齊各包，候該院派人來取。

廿九日　霧　晴　二月八日　星期日

早起，嚴適之、文煥父子來，請予寫介紹函。當即書之交其手。適之對人每事好見怪，今日所求予即應之也。適之有日記，今亦未間斷，予尤重視其人。

三十日　晴　二月九日　星期一

九時起，佈置堂屋中諸事。年下應購之菜蔬零物一律備齊。武昌習俗，開年三日無菜可買也。晚間祀祖，具供品仍如從前，燒包袱、焚楮示敬宗祖之禮。予父傳之於予，予以示後人也。十二時，疲乏解衣寢。每年除夕，懼有夢。今年如有夢，亦決記之。轉鐘後街市鞭炮聲大作，而時聞大炮步槍聲，何也？

民國三十七年（1948年）戊子日記

正　月

初一日　晴　國曆二月十日　星期二

昨除夕，予咳嗽未愈。雞鳴時咳更甚。聞市民鞭炮聲，又聞軍隊發大炮聲，先後十餘響。步槍聲約六十餘次。不知武漢有緊急之事否，或者發響示威與？七時睡熟約一時許，囑内子招呼來賓。枕上所聞者約廿餘人。午後三時方起。身軟不思飲食，胃已咳傷矣。來客亦未出房門去見也。晚咳更甚，十二時寢。

初二日　晴　二月十一日　星期三

十一時起。今晨聞年老如鄧正夫先生均來賀年。午飯後出門答拜附近數家，僅在鄧宅略坐。歸後來客六七人，與陪談話，氣喘甚。晚補看學生試卷。今晚嚴適之帶其子文焕來，請予寫薦函去。

初三日　陰晴不定　二月十二日　星期四

十一時起。昨晚仍咳不止，未能多食。今日來客如段繼李、任濤等十餘人，有見者有未見者。晚囑太長向熊予佛取藥歸，俾今晚服之，云可安寢者也。予佛爲寒溪學生，對予敬愛之至。視汪奠基輩，天淵別矣！

初四日　晴　燥　二月十三日

十時起，昨服藥未咳，僅起時咳數口，亦不喘氣，熊藥似有效。今日飲食稍增，至各處補拜年。午後二時渡江至曹宅，知曹漢臣在鄂城過年。四時至鄧宅，吳漢民、陳銓州、夏國賓與鄧共宴。同鄉到者二十餘人，中有漢奸二人，一則以金錢供劉某爲庇護，一則曾入獄半年，後取保出來。金錢已盡，垂頭少語，非如有錢者高談闊論，不知羞愧。吾邑向來無正氣，彼二人知予意，亦不以多語相寒暄也。鄧宅菜太鹹，幾難進口。予於席終即早退。渡江人多，在輪船上不得一坐位，今日誠爲苦境。到家後知鄭慕康、盧志泉等十餘人來過。明日當分往答拜。祖母晏老孺人今日忌辰，年年於初三夕祀之。今年以多病竟未舉行，殊爲愧惡矣。十一時寢。

初五日　陰　下午雨　晚大雨達旦

九時起，咳嗽未愈。今日客來，予未出陪，僅囑家人招呼茶點而已。晚間咳更甚，且喘氣痰中帶血。

初六日　大雨　午後陰　二月十五日　星期日

十時起，咳未愈。思出門，慮足軟。檢各種書一閱，心煩亂不能入也。今日夢閒請女客，擾擾半日。晚欲爲高節婦作挽詩，以事煩又止。閱高元勳爲其母所書事略。太貧苦而元勳卒成名，天之報也。

初七日　雨　寒　二月十六日　星期一

十時起。昨夜咳未愈。午後劉振華来請蓋保單，此人心性不定，非蜀疆同學之佳子也。國師學生王治鈞同張國光來看予，且有所托，談甚久去。午後三時寫黃松師、張肖鵠、李佛波三函發出。

初八日　陰　二月十七日　星期二

九時起，咳仍未愈。近三日飲食略增。午後寫張重心、田甲東二函，用航空寄蘭州、酒泉，謝其贈枸杞、葡萄等物也。晚間范尚立來談。

初九日　陰　午後有晴意　二月十八日　星期三

九時起，昨睡甚晚。欲爲高節母作挽歌，終未執筆。枕上收心造句，又慮咳嗽加重，昏昏睡去。遂決定今日爲之。飯後執筆，三小時而詩成。予敬孝節之男婦，如前寫天門周幼門選拔殉難，黃太師母之《機聲燈影圖》，均一氣呵成，點竄處甚少。十年前曾爲胡抱琴作《望雲思親圖》並題長古，二小時即成。後聞胡非孝子，借畫以自飾其短也，予深悔之。晚九時檢宣紙長條書之，計三百二十餘字，直抵一篇傳敘矣。十一時畢。十二時半聽收音機，一美國博士唱中國抗戰時四種歌曲。此博士在中國多年，華語流利。此片係美國新聞處轉借供聽者。

初十日　陰　晚七時大雷雨　夜雨達旦　二月十九日　星期四

九時起，昨晚咳嗽似已減輕。午後范尚立請客，四時去。同席者范瀛槎、范子祺、盧智泉、鄭管臣等八人，八時歸。

十一日　今日雨水節　二月二十日　星期五

九時起。今日大雨，未能出門。高節母挽歌長條命太萇送省府高元勳收。晚閱《顧炎武文集》十頁。顧先生文以忠孝，勵晚節，而處處不忘種族，真有功名教之文也。

十二日　晴　二月廿一日　星期六

八時半起，九時半至湯璞遜處未晤。十二時至黃稷丞家，黃叟請春客，同席者李小園、沈碧舫、張深庵、熊獻芳，俱長於予。餘爲嚴士佳及地政局熊局長、省府統計長闞君。皖人。小園述岳口危險，安陸、雲夢俱失，情形愈緊云云。

十三日　晴　大風　晚陰　二月廿二日　星期日

早起，鄧雲齋，周印澄來，坐談，留便飯去。十一時乘車至烈士街大公中學，觀其新開學典禮，接武漢長官紳士觀禮。十二時半開飯，十餘桌。席散後，予往蔣立廠等四家回拜也。晚間看書三小時乃寢。

十四日　晴　二月廿三日　星期一

早起，飯後往處答拜。開單照往，仍有漏往者。今年拜年爲苦事，煩。未來予家者，予並未往，慮人又來回拜，惹許多麻煩耳！

十五日　晴　晚月色佳　二月廿四日　星期二

早起，飯後出門一次，答拜各處。午後三時寫對聯三付，補去冬鄉間所索而未許者也。曹延炳送來寫匾字四個酬金四十萬元。彼謂係曹姓公送者，予乃受之。晚間寫信三件，帶同定兒往長街一遊。

十六日　晴　二月廿五日　星期三

早起，午後外出一次。晚寫復各處函三件。聽收音機，東北戰事仍在危險中。鄂東鄂中情形仍壞。

十七日　晴　二月廿六日　星期四

早起，咳嗽似已全愈矣。此次病廿餘日，吃虧不小。寫貼十件，寄漢口李曉波等。又寫武昌黃稷丞等，約星期六星期日來家酒敘也。

十八日　晴　二月廿七日　星期五

早起，咳嗽漸愈。今日外出二次。午後寫蘭石中堂二張未竣。閱報，東北國軍未見勝利，而共黨且圍營口矣。

十九日　晴燥　午後七時大雨如注　達旦未已
二月廿八日　星期六

早起，清理室內各事。午後爲汪志道事往郵局，爲三一中學事往省府，得結論歸。三時歸，周鵬程已來家，嗣寶衡之、黃稷丞、鄧正夫、段繼李、范春芳、范尚立、盧智泉、張金光等先後到，遂開席。胡玉齋、韓英華未到。席散閒談，天忽降雨，自是愈大。轉鐘後又大風，氣候變寒矣。

二十日　大風雨　午後三時陽光現又轉晴
二月廿九日　星期日

十時半起。午後三時半大風未息。劉伯陽自漢口來，代予領得一紗廠顧問夫馬費一百五十萬元，作一個半月計算者。該廠程子菊慳得如此，可惡之至。四時以後，方昌祿、劉時敘、周仕瑩、方緒吉、許寶誠、鄭耀龍均到武昌，予必欲其到者。湯璞遜已往南京，漢口則朱光祖、戴志強、萬隆坤、李小波均為大風阻隔矣。范春芳來，為寫狀子事。今午朱萬泰正榮來問信，以狀稿示之。

廿一日　晴　寒　三月一日　星期一

早起，倦甚。老年體力漸衰，足軟甚。咳嗽雖痊，昨宵反不成寐矣。定生今日上學。午後予外出一次。乘車，車價較之去冬加二倍。楊詞垣來，談甚久去。

廿二日　晴　三月二日　星期二

早起，飯後寫對聯三付，畫中堂二件。下晚外出一次。今日閱報，東北戰事此旬內極不佳。鄂東共黨仍勝，鄂中隨縣、安陸等地共黨佔據未退，聞已行土地改革，政府亦無如之何也。

廿三日　晴　三月三日　星期三

早起，飯後補畫蘭石三張。下午三時到省府。便到長街、橫街看裱畫，與張深安遇，略談近事。晚聽收音機，東北戰事迭次失利，岌岌可危。

廿四日　晴　三月四日　星期四

早起。午後作畫，三件均未成。內有一張擬贈孫稚屏者。

廿五日　晴　今日驚蟄節　三月五日　星期五

早起，寫信三件。午後到省府與諸友略談歸。晚讀唐詩，閱雜書，均未能入。老境善忘，讀之不能記也。時局之如此，可為隱憂，奈何奈何。

廿六日　晴　三月六日　星期六

早起，午後補昨日未閱竣之書，並畫蘭石三張。蘭石較易成幅也。晚清理雜稿。久欲積抄成帙者，至今未成，甚愧，無毅力也。

廿七日　三月七日　星期日

早起，今日原擬渡江，慮人多擁擠，遂中止。

廿八日　陰　三月八日　星期一

十時起。午後寫請客帖，約梁子徵、左心周等吃便飯。定陰曆二月初一，此久欲請者也。晚聽收音機，東北戰事極不利。

廿九日　晴　三月九日　星期二

早起，補前未成之畫，調顏色施之，已成八幅，心為之快。

三十日　晴陰不定　小雨　三月十日

早起閱報，東北戰事不佳。沔陽、天門、漢川所屬共黨又攻進矣。

二　月

初一日　晴風　晚十二時小雨轉鐘以後大雨至天明
三月十一日　星期三

早起，囑家人準備各事，打掃各處。午後四時張永年、梁子微、左心周、范瀛槎、沈碧舫、張熙光、陳子廉、李匡甫、崔冠侯、范春芳、胡雲卿等先後到。略談，遂開席。向來請客必有缺席一人，今日所請無一缺者，真所謂圓滿者與！至九時盡歡而散。十時以後北風緊，予以勞倦，十時半遂寢。

初二日　雨　夜雨連旦　三月十二日　星期五

早起，十一時飯畢。下午一時至夏甘澍家，約之渡江至郵局，爲買房屋事。晤許季珂局長、陳憲武視察，餘則梁紹棟副郵務長、胡心松、簡尔康律師、葉縱琴等。晤商寫約，遲至五時半。約將書竣，而夏姓姨娘同一年少來喧鬧阻止。予遂與陳胡二云，須俟夏氏家族處理家產清楚再説。匆匆出局門渡江回寓。

初三日　雨終日　寒甚　夜雨達旦　三月十二日　星期六

早起清理各事。十時閱報。午後補題畫件。晚聽收音機，東北戰事，洛陽俱不利，四平街似已失守矣。

初四日　雨　晚大風　寒甚　夜轉鐘四時大雨雹
三月十四日　星期日

早起，十時閱《武漢報》《華中報》，所載與昨晚所聽消息同。午後羅資生來寫詩稿。五時半與范尚立同往宇宙書店，同鄉黎金玉、湯濟川等十五人請公□也。簽名於紅紙上以爲紀念，大約到五十人，八時席散。

訪陳子雲，知過江未歸。至朱成大家中坐甚久，乘車歸，途中甚寒。

初五日　風寒甚　午後三時雨　晚雨達旦
三月十五日　星期一

　　早起，十一時至陳子雲家，候春芳、玉濂，就其家叫菜吃飯。來一同席者，浠水法院推事蔣耀卿，天門人。據說共黨到浠水及蘭溪時，彼與法院同人逃亂，情形殊爲駭人。共黨兇猛甚，國軍不打仗，逃避共黨，情形殊爲痛恨。國軍不打仗，退潰之時，還要搶老百姓之物，尤爲人恨。下午二時半乘車歸。今日車費花多，以後風雨中不必出門也。晚十時補寫日記畢。疲倦早寢。

初六日　雨終日　寒甚　晚雨達旦　三月十六日　星期二

　　十時起，倦甚，足軟背痛。午後補寫日記。檢點三年間日記，有缺者補頁，費二三時許畢。今日大寒如隆冬，寓中升火盆取暖。

初七日　終日雨　晚雨達旦　三月十七日　星期三

　　九時起。今日法學院有課，以風雨未往。聞學生僅到五分之一，去亦無人上課也。在家閱漁洋山人詩集，李惺、朱彝尊文集等等。天寒如冬，晚早寢。

初八日　終日雨　晚雨更大　至天曙時乃已
三月十八日　星期四

　　早六時醒，實不願起床，靜臥養神而已，十一時乃起。今日屢擬出門而雨終不止，漢口同鄉會亦不能去。命僕至市銀行取俞啟儒、盛龍軒公費三百萬元來應用。寓中開支大。予自出省府後，月少四百萬元之經常費也。今雖獲律師顧問費，而取來即用去。行轅津貼甚少，以故每月仍難於維持也。晚睡後時醒不安。

初九日　早小雨　正午似有晴意　三時陽光一現　仍陰沉狀態　夜二時雨　三月十九日　星期五

早欲起仍展轉不欲起。午後到省府一次。遇迪民、運籌、壽梅、泮香等，略談出。至醫院與春芳略談出。至平湖門買雨傘一把，去法幣十九萬元，小傘也。三十四年在恩施買，不過五百元耳。物價如此，法幣將來跌至如何價值可想矣。

初十日　早大雨　午後五時陽光一現　晚有星月　三月二十日　星期六

早起，午後補未竣之畫，着色成之。晚閱雜書，聽收音機至十二時乃寢。寢後不安。

十一日　早晴　午後陰　四時以後小雨　三月廿一日　星期日

九時半起。范春芳等來，予未起。午後外出，至圖書館、范瀛槎等處略坐談。晚飯後又小雨，出門未果。

十二日　三月二十二日　星期一

早起，午後閱報，東北戰事甚壞。南京國民代表各黨爭論不讓等事，正在擾擾不休。將來能否開會或選舉總統順利與否，不得而知矣。

十三日　陰　小雨　晚轉鐘後聞大風聲　三月廿三日　星期二

早起，午後至省府、醫院。今日忙碌一日。晚準備國文課，備明晨渡江。十二時寢後不成寐。轉鐘三時聞北風大作。

十四日　大風　陰　寒甚　午後陽光見　晚有月色　三月廿四日　星期三

早聞大風怒號，予遂懶起床。今晨學生亦未必能上課。法學院收費重，待教授極薄甚，近日報紙上所譏評爲學店者也。今日寒甚，晚早寢。

十五日　晴　晚月佳　三月廿五日　星期四

早起，午後外出一次，歸時補作未竣之畫。晚寫請客帖子，約熊迪民、劉粹三、魯祖軫星期六來寓便飯。爲熊餞行也。今日黃稷丞先生來，談甚久去。

十六日　晴　晚十時雨　三月廿六日　星期五

早起，午後爲漢口郵局房子事，訪方昌祿，問回信。六時劉時敘請客，皆三一學校舊同學，如盛龍軒、鄧宏遠、陳鴻禮、張魂俠、劉健初等十一人。八時席散。予先回寓，小雨作矣。

十七日　雨終日　晚雨夜半未止　三月廿七日　星期六

九時起，夏福蔭爲郵局房子來探信。午後熊迪民來述不能就宴之理由，魯祖軫、羅資生、晏明道、劉粹三俱到，范尚立渡江未歸。予以其不日西上，亦約其餞行也。五時半開席，七時散去。晚爲吳節婦作傳。

十八日　早陰　旋晴　三月廿八日　星期日

九時起，今日忽放晴，天時不可測如此。午後來客三次，予不願意接談者也。補昨未竣之文稿。范尚立來云，已購票，不日飛渝云云。

十九日　晴　三月廿九日　星期一

早起，十一時訪黃稷丞，知其已往回向庵念經去了。蓋今日爲觀音大士誕辰也。至庵訪之，見稷丞著僧服，率領衆居士、道婆正在參拜唸經。予遂出至鄧振夫家，略坐談即歸。午飯後補畫條一幀。晚十一時寢。

二十日　陰晴不定　小雨　三月三十日　星期二

早起，午後外出二次。郵局方局長與予談陳姓房子，時時變易，而伯陽必欲爲其戚購得之。去臘不買，致今日難成也。

廿一日　陰　午後晴熱　三月三十一　星期三

七時起，八時匆匆乘三輪車至漢陽門，輪船已開。候輪到漢，已九時矣。院車已開行，予遂往行轅會客。在曹宅午飯。下午半時至生成里乘車至法學院，領得三月份三個星期之薪百廿元，面與康壽千説明辭職正意。康請予代請人代理，予謂無此人也。四時半渡江，晚間閲雜書。

廿二日　晴　四月一日　星期四

早起，午後外出至省府探問各事。知萬耀煌已内調，鄂主席爲張伯常。大約係局部改組也。

廿三日　晴　極熱　夜轉鐘三時大北風　四月二日　星期五

早起，十一時外出一次。向圖書館借書歸，王國煌來省，問以各事。縣中賭博，各鄉盛行，不知縣長何以不禁止。晚閲雜書，至范尚立家送行，送吳景明、朱成大禮物。

廿四日　大風　寒氣　晴　四月三日　星期六

早起，十一時伯陽來取對子去。午後至省府取回所印詩稿。晚間尚立來，談甚久去。收音機報新聞，鄂主席爲張篤倫，已證實矣。

廿五日　晴　四月四日　星期日

早起，上午出門一次。午後陳同庚來，述其家人星散。蓋鄖縣被共黨侵入後，彼在漢口，其老少均未逃出也。

廿六日　小雨　陰晴不定　晚又小雨　轉鐘後大雨如注　四月五日　星期一　今日清明節

早起，十時帶同定生往遊黄鶴樓，並就顯真樓照四寸像、二寸半身像各一件。午後回，吃飯。今日學校放假，各機關仍辦公。內子未歸。三時寫大對十副、小對三付。頭爲之暈矣。孫稚屏所介紹者，可得潤筆一千餘萬元。

廿七日　早陰　旋晴　四月六日　星期二

早起，十一時至汽車站朱致寅處取得汽油，爲洗油漬之用。至郵局爲劉伯陽房子事與陳君見面。詳述內情，似不成功。歸後又寫對聯四副、小對三付。傍晚胡繼之來。

廿八日　晴　四月七日　星期三

九時起，午後寫對聯五付。補畫蘭菊二幀。晚閱雜書三小時。法學院功課已辭去，今日乃得清閑矣。

廿九日　晴　極熱　晚大風雨　夜子正大風震屋動搖　四月八日　星期四

早起，至省府一次。午後補畫件三幅已成功。周淬臣來，坐談半時去。今日熱極，有赤膊者。午後五時大風忽起，似有雨來。晚間閱雜書，十時寢。疲倦甚。腹餒欲起，竟未能矣。

三　月

初一日　晴　大北風　四月九日　星期五

八時起，足軟甚。午後仍補昨日未竣畫件。胡林來人，帶□卿函來，並送雞蛋六十枚，可值洋三十萬元。異哉，今日之物價，法幣不解決，雞蛋不久每枚當售一萬元矣！晚閱雜書，十二時寢。

初二日　晴　四月十日　星期六

七時起，昨夕睡極恬，直至今晨方醒，神氣清朗。十時補寫對聯之上下款，計十一付。又補添單條畫款十件，計約二千餘字。黃稷丞先生來，談甚久去。午後三時趙季葦自縣中來述各事。鄧北堂來談，並約明日到周漢三寓修禊聚餐。予已許加入，並約稷丞同往。留趙、鄧在此晚餐去。晚聽收音機，國大代表開會已十二日，笑話太多。真無代表資格者發言無當，且連日會場秩序不良。嗚呼，民主二字非不好聽，其如知識程度不如歐美民主國家何。聽收音機，鄂新主席張篤倫十三號可到任。

初三日　晴　午後二時驟雨　五時晴　四月十一日　星期日

早起，夢閑帶同定生往洪山祭其兄墳。予以昨允許鄧伯堂往周漢三住宅修禊，是以未能同往洪山也。午飯後至省黨部閱所謂東三省照片展覽。到時買門券一萬元，入室所見大要，為日寇殺人慘象約廿餘片、偽組織漢奸諸人照片、東省富源工礦產開採做工情形、邊疆分界地圖等等。閱竣，門外雨未止。恐周宅有客候，予出門購得雨傘，遂至雙柏廟後街四號。周宅園名渾園，聞之戰前橘柚花木甚多，悉為日寇與附近流氓毀折，現存者不過十之一耳。客已到者，有鄔耀墀、漢陽人。祁運春、潛江人，年六十九。鄭豐毅。福建人，鄭蘇勘之侄也。繼候漢口蘇毓青等，以天雨所隔未至。餘為劉伯剛、沔陽人，已七十六矣，身軀尚健。方耀庭、傅幼虛、賀敏生、艾之坪、徐公穌等十五人。照像畢，往漢斌慶聚餐畢。予往鶴樓取前次所照相片，就閱江景。夕陽分外紅，射人目，蓋雨過天青之景也。白傳所謂"半江瑟瑟半江紅者"似之。傍晚乘車歸。

初四日　晴　四月十二日　星期一

早起。十一時朱傑超來，年廿六歲，朱莊西灣人。予久聞而未見面者。據說即攜其母往南京住家，彼已建新宅，在湯山，與陸軍大學相近。求學兼養母，是有志之士也。朱湯莊乃出此年少有為之人，不可多得矣。問以各事，似具世界眼光者。談一時許去。午後補作畫件竣。已函囑孫稚屏派人來取。四時，鄧超平派人送來三百萬元，係仁和布店之法律顧問公費。晚聽收音機，洛陽已失，鄭州似危險。

初五日　雨竟日　四月十三日　星期六

早起，飯後寫信二件。前寄字與蘭州田甲東，月餘不得回信。一星期前，寄畫與袁芷青，補祝其六十壽，亦無回信。芷青向來有函必復，何以得畫無回音耶？必有他故。晚聽收音機，河南戰事愈壞。聽國民代表開會之花絮，真正兒戲，令人好笑。如此代表，國是可知。據記者批評，多謔而近訕笑。代表有兩句口頭禪，曰："本人來自鄉間，選自萬眾。"其它描寫女代表，曰國代之花，着異服，塗口胭，無異向眾人賣色。噫，中國如此講憲法行民主，謂若輩能立法興利除弊以福吾民，其誰信之？嗚呼，民主民國已危於累卵矣。

初六日　早晴　午後小雨　四月十四日　星期三

早起，午後畫條幅三件，寫小對二付。馮亞佛、黃惠中所請者也。晚寫信三件。十一時寢。

初七日　晴　四月十五日　星期四

早起，聞今日新主席張篤倫接事。又聞萬主席在香港販金子，價值一百四十億，所購者已為香港軍警在飛機場沒收矣。萬聞之不知如何感想。

初八日　陰晴不定　四月十六日　星期五

早起，午後繼續作畫着色，不以為勞反以為樂也。予去春裱畫多件，擬開展覽，以時局不靖，擬改秋涼舉行，而時局愈緊，遂中輟此事。

初九日　晴　四月十七日　星期六

早起，午後補畫件，調色已成者先後共十一幅，餘則着手寫一輪廓，備明日續成。予廿年前曾刻有"峙山畫課"小章，即以作畫為日常課程者也。

初十日　晴　四月十八日　星期日

早起，十時起補連日未竣之畫已成者。又有五幀頗得意。晚間聽收音機，戰事甚烈。共黨將來必成功。噫，造成如此局面者，陳誠不能辭其責矣！

十一日　晴　熱極　晚雨　四月十九日　星期一

早起，午後渡江至陳豫生寓，談梅先林房子事，並在曹宅略坐，匆匆渡江，慮有風雨至也。訪徐幼雲、吳瑞明均未遇。晚早寢甚倦。

十二日　雨　午後四時晴　晚有月色　今晚穀雨節
四月二十日　星期二

早起，倦甚，足軟不能行。九時作畫五副，皆補着色者已成矣。魯春廷爲租房子事乞寫信與王晴白。作畫至六時方止。爲呂姓寫匾字。

十三日　晴熱　四月廿一日　星期三

早起，九時作畫，計完全成功者。補前星期所畫各件，實成十二幀，頗醒目。此近日予改派者，可以媚時人目矣！前次孫次屏介紹十聯並十張單條蘭石，予得潤金一千萬元者，所畫時派也。

十四日　晴燥　夜轉鐘後聞風聲　四月廿二日　星期四

早起，十時補畫件。此次所畫各件，有得意自爲提取。呂姓所寫匾字四枚，昨付洋四十四萬元取去。總之寫字要代價，且可拒不相干之人要求也。下午又補作花卉三件。劉伯陽爲購房子事，時來問訊。今日與彼看房子三處。

十五日　大風　陰　晚小雨　四月廿三日　星期五

早起，十一時仍補作畫。午後往省府一次。晚聽收音機，南京副總統選舉投票，事前事後笑話甚多。得票多而有把握者爲李宗仁，程潛、孫科勢力相等，于右任、莫德惠、徐傅霖俱落選。明日再投票競選。大概李、孫決選，程潛又落選矣。副總統有何尊榮？所望者大總統出缺補缺耳！

十六日　風雨　寒　四月廿四日　星期六

早起。十時至省府，遇李士魁，示以李廉方函，張主席批即延聘，惟承辦者已簽注意見，退休後不能再就此事也。正午歸。飯後蕭液垓着人來請，謂前約係今日正午也。至其家，同席者胡思肖、賀葆三、黎子玉、周笠漁數人。賀君談東三省事，謂陳誠無大過，惟性情窄狹，我見甚深云。

十七日　早陰寒　午後晴　四月廿五日　星期日

早起，午後閱報，副總統選舉未解決。一時外出理髮，價已增至四萬元。此三等理髮店價值也，如在長街一等店需十萬元矣。物價高漲，各業焉得不加價耶？總之法幣不值錢耳。走訪張春霆先生，告以人事處簽呈事。黃稷丞送予詩稿來，未之晤也。七時聽收音機，李宗仁、孫科均讓副總統，不競選矣。先有程潛之退讓，此中或另有原因矣。王恕來，談半時去。

十八日　晴　四月廿六日　星期一

早起，午後補作之畫俱已竣矣，又擬作山水長窄幅數件。因去今兩年所作畫，蘭石竹菊爲多，今春所作則純爲着色花卉也。近一月來，對於作畫極感興趣，真有樂此不疲之慨。晚聽收音機，副總統選舉尚未解決。

十九日　晴熱　四月廿七日　星期二

早起，午後往省府一次，聞人事無多變更。值此米珠薪桂時代，共黨在外圍各縣緊逼，裁員不易矣。晚間，副總統仍未解決。予今午左太陽穴痛甚。

二十日　晴熱　四月廿八日　星期三

早起，午前十時往省府答復李士魁爲聘予爲編纂事，十二時歸。魯春廷、王晴白爲黨部退房子事在此久候，便留飯。今日頭暈，左太陽穴痛未愈。爲春廷租房子，累予跑路三四次，説話不知多少，自悔不應管此閑事也。午後四時太陽穴痛甚，欲睡而數次不寐。乃起作山水畫件，冀減其痛苦也！

廿一日　晴熱　四月廿九日　星期四

早起，十時以後作山水畫三幀，稿已完成四分之三。以後只着色補綴而已。今春始作山水，去年只作一幀，在恩施亦僅共作四幀。畫山水較難，且不能一日即成也。今年之作有味，予畫已進入超脱化境，書卷味盎然，此則可自信者矣。今人動曰作畫，而盲人商賈及冒充時流之官吏、軍警、任要職之人，動曰看購書畫，其實一知半解者，百不獲其一二，豈不冤哉。誠以民十以後，軍閥之玩古董者已漸少。革命軍未讀書識字者更無半解之半。近年迭有人舉辦所謂書畫展覽者，即海派亦談不上。如是西法，參西法海派，烏煙瘴氣，真不成畫道。閱報，李宗仁已正式選爲副總統。漢口商人亦有放鞭炮致慶者。正副總統就職後，外人另眼相看與？此則問諸蒼蒼矣！

廿二日　晴極熱如盛暑　晚六時風雨　四月三十日　星期五

早起，熱甚。十時至省府略坐談，聞金子已跌一百餘萬一兩，銀元每元跌一萬元。則副總統選後有一次小跌，逆料不日又須暴漲矣。此非商民心理也，滑稽。而近一年，民衆對政府信任愈差。午後補畫山水已成二幅，心爲一快。五時大風雨驟至，並未改涼。晚間仍熱，卧時僅能蓋夾被。寫信四件，疲甚，目炫乃止。十二時撥鐘表快一小時。近年中央規定夏令時間五月一日子時起，九月卅日止，此五個月所謂夏令時間。模倣外國，殊爲可笑，此與國計民生何干耶！

廿三日　雨　五月一日　星期六

早起，飯后有客來，略坐去。予仍作畫，已成者蘭石二幀。晚閱雜書，清理前清日記稿。

廿四日　五月二日

早起，外出一次。至省府高運籌室中，略坐談。至人事處及會計室謝南山處，略談歸。午後閱雜書。天氣漸熱，保身爲要，以後少出門。

廿五日　晴　五月三日

九時起，飯後洗硯作畫，以爲常課。時局轉平静。當爲極大之展覽會。

廿六日　陰　五月四日　星期二

早起，飯後仍檢紙調顏色作花卉，極姸。予畫去今兩年愈超脱活潑，用筆不假思索，乃有意到筆隨之妙。

廿七日　晴　今日立夏　五月五日　星期三

早起，十時往省府一次。午後購得宣紙二張，又作畫四件，並補前日山水未竣之條幅，三張已成十分之八矣。晚補作題畫詩。今日廖長治來，云其今正七十一歲，甚健。予前許其一幅畫，祝其七十誕辰，不日當添款寄去。

廿八日　晴　極熱　五月六日　星期四

早起，原擬到通志館問省府復函，慮行路熱不敢出門。旋以裱畫在急，非親送與裱店説明裱法不可。遂乘車來去，去價六萬元。午後補作畫幅，山水已成三幅，花卉又成三幅，心中快然。晚鄧北堂來，坐談甚久，並檢大聯及沈雪廬師册頁與觀之，十時方去。十二時寢。

廿九日　暴風雨　五月七日　星期五

昨睡甚遲，天欲曙時聞驟雨一陣。八時起後，天沈黑，似有雨來。旋暴雨至，已八時三刻。自後西北風大作，雨傾盆，屋震震有聲，至十時半略止。未幾，又暴風挾雨至，駭人。此爲今年大風雨第二次。昨着單衣，今着棉衣，人情世事不可測，亦當作如是觀矣。

三十日　晴　五月八日　星期六

早起，補畫件三付。今晨夢閑搭車赴段家店胡正卿家討穀款。彼初不信予言，至今日吃此一番辛苦矣！旁晚，接鄂城萬壽山來電云，萬内子病重，盼急歸處理各事。今夕電燈又熄，心煩甚。派人至榮華，請工來整電燈。派劉金生持原電去尋遲生。予至黃稷丞家打聽遲生已來武昌否。據漢陽孔處長說，遲生今日已算清薪水過武昌局矣。金生歸，云尋遲生不着，彼實未過武昌也。予心煩甚，乃以電文批數行送請夏東魯轉交，囑遲生明午乘晚車回縣。自是清理各事，擾擾一夜未寢，僅合眼一小時而已。

四　　月

初一日　晨小雨　八時以後大雨如注　晚雨達旦
五月九日　星期日　今日日食武漢區未能見

五時醒，六時起。夏僕送予搭汽車至站。由朱致寅介紹得坐司機旁位。九時以後車開，大雨未止。過段家店時，衣履俱濕。幸坐此位，如坐車箱更難受矣！十一時到家，内子病實重，不知其何病也。由國煌找王槐軒來看病。此君醫甚精，醫理足。予去年深重之，晚服藥後略減輕。予以疲甚，小睡兩次。

初二日　午後一時轉晴　五月十日　星期一

早起，內子病已稍轉，王醫來復診。午後有客，知予歸者，相率來慰問。四時至縣政府晤胡秘書，知縣長已往金牛未歸，便告知各事請轉達。傍晚徐庶生、趙濟華、蕭中榮等先後來看問。

初三日　晴　晚小雨　五月十一日　星期二

早起，王醫來。因病人昨午又轉重也。鄭宇平、胡南坡來，坐談片刻去。十一時，予同蕭中榮、楊濟民出城至普山，省先祖父母、先叔墓，甚完好。燒紙叩奠歸。四時，縣中心學校因罷課，先生無火食，請予至校與各家長談話，均願捐款接濟開課，自明日起復課云。晚石縣長同肇敏審判官來奉看，談三小時乃去。

初四日　陰寒　晚六時　月下見大星與月近不及二指旋離開五寸半時乃滅　五月十二日　星期三

早起，胡邦臣來述各事。正午，石縣長請予吃飯，胡思永及某指導員、胡秘書，下午一時歸。朱陽春來請示各事去。保安旅第一營三連在縣抓鄉民補兵額，硬索銀元三十元方放人。前三天搶樹案未了。劉營長、利川人。某連長、襄陽人。兵士無紀律可言，此真為鄧定遠之羞矣。傍晚，天清朗月，弦下見一大星，光芒四射，與月近不及二寸，旋離開五寸，約半時乃滅。市人爭看，不知天文家先曾預測此為何星也。病人已有大轉機。予連日疲乏，早寢。

初五日　晴　晚七時雨　五月十三日　星期四

早起。十時楊濟民、蕭中榮來。予約之至城外祀先父母墳，今年清明未歸，須省視也。墓完好。祀畢，以天熱足軟，未能再往先室孟夫人墓一看也。四時入城、經楊宅，濟民堅留予便飯歸。晚間朱國超來，談保安旅搶樹事，予厭聞之。

初六日　雨　五月十四

早起，病人已大轉好。予擬料理各事，早日回省宅。

初七日　陰　五月十五日

早起，接武昌家信，準備一切開銷欠賬，留款存家應用。傍晚李紀于命其子送來淡菜罐頭等物，約值四百萬元。石縣長、魯國光先後來商談各事去。童鎮長、耀先來述各事去。國煌來，予囑各事去。遲生今日仍未見回縣，奇怪事也。予檢物件，十二時方寢，展轉不成寐。

初八日　早陰　午後一時方晴　晚小雨　五月十六日　星期日

五時醒，六時起。洪英來送予上瑞安輪船。曹漢丞在輪。下午二時半即到家。四時陳同庚、朱榮禧來，談甚久去。

初九日　陰　晚雨　五月十七日　星期一

早起，午後送字畫付裱。康□卿、魯春廷來。晚寢極不安，起數次。

初十日　早雨　午後小雨數次　五月十八日　星期二

早起，寫朱成大匾字並楊濟民對聯。午後□卿來云周鵬程競選事。

十一日　晴　五月十九日　星期三

十二日　晴　五月廿日

十三日　陰　今日小滿節　五月廿一

十四日　五月廿二

十五日

十六日

十七日　晴　燥　五月廿五　星期二

十八日　晴　五月廿六日　星期三

　　早起。連日患咳嗽，瑣碎事又多，心煩甚。以是數日未記，然亦無大事可紀也。

十九日　陰晴　五月廿七日　星期四

　　早起，至省府一次，問各事。午後閱報，各處奇怪事，類明末。乖氣多，人心日壞，以致不可收拾。所謂立法委員，國大代表爭權利而已。真豬議員也。可歎！

二十日　晴　五月廿八日　星期五

　　早起，寫對聯三付，畫中堂三個，準備展覽者。午後閱報，東北戰事不利，各省物價上騰，法幣破産，政府信用早日墮盡。以故各地搶劫殺人案，甚至逆倫案數見。人心亦視爲固然，未有加評論者。天心人心，大事去矣。

廿一日　陰　晴　風　五月廿九日　星期六

　　早起。至省府。文運昌勝興廠打電話共六次，孫稚屏寓無人接電話。十二時將大小字畫挂起十分之一。午後三時至五時，孫等竟未來，渠等輕諾而已。

廿二日　早雨　午後六時大雨如注水深六七寸
　　　　五月三十日　星期日

　　早起。寫復各處積壓未復之函十餘件。午後汪世鵬來看字畫，約一小時，又談一小時去。六時暴雨至，平地水深六七寸，可算歷年來大雨也。時局不定，政治不良，天心震怒，以故風雨不調，今夏大水災難免矣。晚十時，無電燈，用洋油燈。寫陳雲五、王道義等十函畢，已轉鐘一時矣。乃寢，傷風未愈，極不安枕。

廿三日　晴　陰　又作雨狀　五月三十一日　星期一

早起。寫信二件，寫單條一張。午後畫花卉單條二張。晚疲甚。

廿四日　陰　六月一日　星期二

早起。寫復各處函三件。午後閱報，軍事經濟俱不佳，政治則翁院長接事，無建白。物價飛漲，法幣大跌。不知彼有動於心否？

廿五日　晴　六月二日　星期三

早起。作畫，午後足成二幅。晚疲甚。連日作事多，精神受損失多矣。晚閱雜書消遣，精神不足，遂寢。

廿六日　晴　六月三日　星期三

早起。飯後作畫，又另起寫水墨大幀三件，柳松均活潑，水法清妙，高品也！予近年深得江浙名家三昧。晚間外出一次。

廿七日　晴　六月四日

早起。補昨日未竣之畫，前日着色花卉三幀未竟者，一一補成之，心快慰甚。午後題款畢，付裱，為展覽會之準備。

廿八日　晴熱　六月五日　星期六

早起。午後仍作畫二幅。前數日未成者一一補成之。晚聽收音機，無多新聞。閱雜書二小時。寫復各處函二件。

廿九日　晴　六月六日　星期日

早起。清理案上各書籍，一一佈置之。午後仍作畫，並寫大聯三副，有一副作北碑體。今年書法有進步，所作多快於心者。並題年月，加蓋"八齡能書"十六字大方章，誌得意也。

五　月

初一日　晴熱　六月七日　星期一

予以傷風患咳不能安睡，今日起甚早。八時到省府及盛龍軒處，遇魯春霆云，夏姓房屋已賣妥，今日午後三時，在紅樓旅館立約云。正午歸家吃飯，夏純篤來請寫信，劉伯陽來，均在此便飯。午後三時渡江至紅樓晤秦培心，候至四時，買主派來李姓，黃岡人。奸滑異常。五時半周姓來說了一大堆廢話，予候至不耐煩。蓋買主始終不來見面也。渡江時已八時半，而范瀛槎之地皮已經説妥也，約之來立約者陳壽梅又反前議。予以疲勞甚早寢。

初二日　上午三時聞大雷雨　天明乃止　陰
六月八日　星期二

昨夜寢極不安。咳嗽甚劇，四肢無力，九時乃起。午後周鵬程爲競選監察委員事，請參議員下五府諸人。聞昨日已請上五府諸參議員矣。即能到手，須先花去此四千餘萬之酒席費。予對此事不甚滿意。立委、監委參議員，誰是爲民衆解除痛苦者？鬥聲名而已，出風頭而已，賣牛皮膏藥而已。聞競選者有浠水盧智泉、漢陽黃寶實、黃陂彭鳳昭。此三人聲名欠佳，學問平庸，亦不知其醜者矣。前日磨墨，今日快到腐臭程度，遂將各處乞書之大聯六副，並四尺中堂一個寫竣，手軟身疲矣。

初三日　晴熱　六月九日　星期三

早起寫信三件，皆急件也。午後整理廿四年至卅年日記，缺乙亥七月以後數月。原注須查韓少荃所記本。今此本已失，則無從補之矣。此本似存紅樓旅館網籃中，刻已不能記憶矣。晚疲甚，攜筇外出，無處可談話者。歸時閱雜書，心煩甚。

初四日　晴　午後雨　悶熱　寒暑表九十度以上
　　　　六月十日　星期四

早起，昨夕咳嗽甚劇。早點後匆匆渡江，請戴志強安門牙，便訪仲章，送《華中報》字畫。欠候杜君武未歸。予慮天有大雨，下午四時渡江回寓。身疲甚，飯食亦未增加。晚十一時寢，寢後仍咳嗽。

初五日　晴　悶熱　下午四時暴雨　九十四度
　　　　六月十一日　星期五

早起。今日端節，囑家人備菜甚多。正午吃飯，約劉金生來，予未多食。下午一時小睡，至四時方起。今日又下暴雨。聞上海昨日熱至九十三度矣。天氣不正如此，亦由國政人心之不正也。

初六日　晴　悶熱　下午雨至晚十時大雨如注天明乃止
　　　　六月十二日　星期六　昨日上海熱至百零二度

早起，咳嗽仍吃力，脅下痛未止。汪志道、韓英華等來說話甚長，予疲甚，極以此等客來為苦也。今日未作事，大雨時作，濕氣過重，十一時遂寢。轉鐘後夢中頻聞風雨聲。今年麥菜收成不及小半數，秧數被雨水不能生長，水災尤可慮也。連日鄉間困苦不堪。又聞各地保安團隊擾民，無異土匪。百姓生此時代，性命如游絲矣，奈之何哉！今日黃金每兩八千七百萬元，銀元每枚一百萬元，是為新聞。

初七日　陰　早風寒甚　六月十三日　星期日

早起，今日早飯稍一點，而咳未止也。思外出，以足力軟中止者再。午後三時，湯繩武來，談鄉間諸事約三小時乃去。予實不願聞矣。

初八日　晴熱　六月十四日　星期一

早起，囑內子買菜，今日為予六十三初度也。午後玉兒同外孫來祝予。今年患咳二次甚劇，此次尚未瘥，身體日弱。眷念先人劬勞之恩，今得天年，皆祖父餘德也。年廿五歲得吐血癥幾死，民二再發，予心駭甚，豈知尚有今日乎？父年僅六十一。祖父年七十六，而病三年，臥床極苦。

初九日　晴　六月十五日　星期二

早起清理書畫，計今年裱好者十六件，去價二千萬元矣。

初十日　六月十六日

早起，整理日記。換殼子比新訂尤麻煩也。從前不隨時整理，積於今日，欲一時完竣，心焦灼而愈難成。天下事均可作如是觀也。

十一日　晴　熱　六月十七日　星期四

早起，寫對二付，午後整理日記未成。性急，越焦灼，致一時不能完竣。

十二日　晴　熱　六月十八日　星期五

早起，寫復吳仲行等函四件。午後外出一次。晚以熱未作事。

十三日　晴熱　六月十九日　星期六

早起，送請發退休金文及證書至財廳，便與趙、陳二位面托其早辦也。財廳積習，公事極遲，可恨。午後五時，張深諧來看畫廿餘幅去。

十四日　晴　悶熱　六月二十日　星期日

早起，寫寄鄂城等處函四件。午後外出一次，晚約黃稷丞同往鄧正夫家，坐談甚久歸。

十五日　陰晴不定　熱　今日夏至　六月廿一日　星期一

早起，今日將歷年日記外殼裝好，準備送切齊裝訂。清理字畫計二小時畢。午後，鄧正夫先生來談，留之看畫看日記等等，約三小時乃去。正夫年七十四，耳聰目明，學問好，善駢文。惜予長沙市權局，未與一見也。傍晚欲外出，以疲勞中止。

十六日　小雨　夜大雨達旦未已　六月廿二日

早起，寫丁國正、秦和田等大對二副、大屏一堂、中堂二張，另畫四張。一天成功，疲勞萬分。秦先送法洋一千二百萬元來催此件也。

十七日　雨　六月廿三日　星期三

早起，午後閱奇離之事，多因奸仇殺者。以甥弒舅之案，汪姓，住武昌福壽庵者。正審理。從前南京弒父案，雖判而尚未執行。首都有此案，當局者難為情矣。晚寫復各處函。十二時寢。

十八日　晴　悶熱　六月廿二日　星期四

早起，今日仍換歷年日記殼，勞勞至晚九猶不能畢。心煩甚。

十九日　晴熱　小雨　六月廿七日　星期五

早起，午後黃稷丞來，談二時。予送洋與魯春廷，至其家未晤，久候春廷歸，交洋畢。至傅宅，知端屏已死四日矣。此人歸未久，而後不休養其病，以致勞死，可惜也。問其家中各事，坐片刻歸。晚，康屏來敘各事。

二十日　晴　悶熱　六月廿六日　星期六

早起，裝訂歷年日記殼子已齊矣。此事費一星期工夫乃成。昨晚倦甚。今日足軟不能出門，竭一日之力以畢成之。晚至鄧正夫寓，坐談一小時歸，寫信四件。今年上季報載因生活逼迫自殺者數次，以公教爲多。噫，物價高漲，內戰未停，固其一因。然造成如此現象者，誰之咎與？

廿一日　晴熱　時有小雨　晚大雨數次　六月廿七日　星期日

早起，夢閑帶工役往洪山去。予今日送日記至文運，分二次切定。心爲之一快。給切工洋四十萬元，可買官堆紙廿刀矣。晚天氣沉悶，早寢。

廿二日　晴熱　小雨時作　夜轉鐘大雨如注　六月廿八日

早起，寫信五封致遠地者。午後又寫五封，係久未復者。晚間又寫四信，仍未復完。凡事不可積壓，至有今日之勞。計寫字約二萬餘矣。晚欲寫日記書報，以力疲而已。今日飲食漸增，疾已愈矣。

廿三日　早小雨　午後時晴時雨　傍晚大雨　氣候沉悶
　　　　六月廿九日　星期二

早起，清理各事。午後四時至農民銀行晤路副主任，因王主任未到公。與說明來意，便去朱成大取畫條歸。近日車價陡增，不敢多往人家去。火巷口至本宅現需洋八萬，較之正月初漲十二倍矣。晚悶鬱甚，氣壓低，人極難受。此乖厲之氣也，末世乃見之。今日早餐晚餐食量大增，疾已愈。惟睡後與晨起時咳嗽五六聲，仍有痰。

廿四日　大雨至午後　四時轉晴　六月三十日　星期三

早起，七時天氣沈黑。八時大雨如注。室內外濕氣極重，此數日均如此。聞江湖水均大漲，今年水災可慮也！今日寫信六件，皆復各處者。下午四時天氣轉晴，悶熱不可耐。傍晚又寫信三件。今日報紙社論中關於中國人存款美國者，根據一九四七年二月廿一日聯合社透露，美國財政部報告，截至一九四一年六月底止，中國私人或公司在美國存款計爲三億五千六百四十萬美元，其中八百九十八戶爲華僑之美國人；一百一十六戶爲前敵國人民；九百四十二戶爲中國私人或公司；一千五百戶爲無名氏。再據美某專家估計，截至一九四一年六月十四日止，中國人在美存款有一億一千八百萬萬美元。至一九四七年六月三日止，公家存款計二億六千萬美元，私人短期存款止餘七千九百萬美元。又本年三月卅日，美參議院所發表估計中國私人所有黃金外匯與各種外幣，約合五億美元，但中國人戰時在美存款還不止此數也。見本年《華中日報》六月廿九日社論。

廿五日　晴熱　時有小雨　七月一日　星期四

早起，清理日記二小時。午後寫信三件，發出詩稿十封。至朱成大問所裱對聯等等。晚悶熱。

廿六日　晴　悶熱　午後尤甚　寒暑表九十二度以上　晚小雨　七月二日　星期五

早起，天氣極悶熱。予決計寫已切日記廿六本，連同甲子以後日記共寫四十本矣。又另文集書報等十本，精力疲矣。傍晚至張深諳家，坐談甚久歸。今夕電燈不來，用洋油燈寫各事，目力吃虧不小。

廿七日　大雨終日　七月三日　星期六

早起，清理各事畢。爲齊幼成畫扇面一張並題五絕一首。齊昨請熊小宋帶來紙煙一條，代潤金者也，價值二百萬元。午後無事，疲倦甚，遂小睡，膝腰俱痛。袁次璋、張友群、程子明等六人爲縣中事來商辦法，予允明日爲渠等寫信。與佘子祥商酌，函石縣長辦理。今夕無電燈。

廿八日　晴極熱　七月四日

早起，足軟無力，欲外出未能也。今日又接馮建緯自漢來函，並和予乙亥元旦試筆，均集放翁句，《和元均》改題曰《梅枝二章》。真摭古人成句寫心坎襟抱者也，天衣無縫。其熟記陸詩又運用靈活，如此才人也。並鄙包貢九《施州雜感十二章》集唐詩爲可笑。予在施初未之覺也。駁之有理，"芙蓉曲沼春流滿，松柏淩霜歲後凋"，謂"曲沼"之"曲"字作動詞，"春流"何能對"歲後"？又"但使故鄉三戶在，太平歌舞晚春饒"，楚在亡國之後而覆秦，省府西遷時，中國未亡，又"太平歌舞"語何能用？又第二六八首中兩用杜句，第四首韓劉二詩再見，又取句於僧棲一、武昌妓，真唐人詩再無可取者耶？真指出毛病，此則予等從前譽包集句者所略也。閱馮函甚愧之。

廿九日　晴　熱　七月五日　星期一

早起，十時渡江。今日所到處甚多，熱不可耐。午後三時至鹽業銀行四樓與馮建緯晤，交予詩文稿，請其題詞。馮談四十分鐘，陸詩爛熟，確爲有學問之人。詢知爲前清巡警道馮少竹第六子，年五十六矣。正檢均和予詩，談及包貢九集句詩毛病甚多，極有理，非攻擊也。四時歸，疲甚。晚間清理各事。十二時寢。

三十日　晴熱　七月六日　星期二

早起，清理日記字畫已畢。午後閱報，近兩月記載楊妹不食之事多次。據說楊妹日夕有人監視，彼已兩月餘未吃飯矣。西人好奇者評論，係食過一種某果實，致以後不食。此殆吾國神話所謂靈芝，所謂長生果之類與？前日報載，北平有朱妹，已二年不食矣。人瑞與，人妖與？明季南北社會中無奇不有，幼弒長，子弒父母，父母殺子，社會男女蒸淫聚麀，直同禽獸之行，或較禽獸過之。事見於《北略》《南略》及《寄所寄》三書者，何其相似也。君子居此世，有深憂遠慮者，真懼亡國之無日。楚王當承平日，尚以禍至無日儆國人，意深哉。

六　月

初一日　晴熱　今日小暑節　七月七日　星期三

早起，十一時外出購物，至朱成大催所裱字畫，俱未成功。午後將已裱字畫懸挂三分之一，日記搬出流覽，以多不能看中止。王國煌來，攜石縣長函，爲縣中改組事，予告以各事去。晚間寫復各處函五件。

初二日　晴　悶熱　七月八日　星期四

早起，爲范瀛槎地皮事，大約可成立約。午後范來，與説各事。王道義來，留飯去。予以書畫檢入箱中，僅取六七件與之看，日記五十本付之閲。以時間來不及，彼不過閲及千分之一而已。晚間至鄧正夫處略坐談。

初三日　晴熱　七月九日　星期五

早起，清理字畫，寫信四件。連日物價飛漲，小民在此生活不定中極難過。報載各處水災極寬泛。□情又凶惡，極爲可憂。而醉生夢死者，尚泰然也。

初四日　晴熱　七月十日　星期六

早起，午後閲報，怪事多，乖氣厲氣滿眼皆是。噫，是誰感召之者。

初五日　晴　極熱　大約九十二度以上　午後二時大雨如注半小時即止　七月十一日　星期日

早起。瀛槎來，欲寫約，予爲另改一稿。程子明等四人來，仍爲縣中事，予頗厭聞。彼等又刺刺説一陣方去。劉伯陽來看約稿。下午一時至漢斌樓吃酒。來客共八人，肴多，僅吃半數。聞此席去價二千餘萬元矣。三時大風雨忽至，半小時乃止。五時立約手續畢。爲伯陽起一置產標紅稿。傍晚至鄧正夫家，坐談半時歸。

初六日　晴　極熱　九十三度　陰　七月十二日　星期一

早起。衡之來談，後以銀元付之。昨所計畫須分中用與彼者也。閱報，蘇州通訊，蘇州葑門內西街三十四號曹元弼，號叔彥，爲前清翰林，現已八十二歲。經友介紹，與五十六歲之老女子續弦結婚。聞曹近來仍孳經史，或者精力尚佳與。惜報未載其近已有子孫幾代矣。瑞事耶，怪事耶？緩當致函問及沈伯名世兄，必能以此實情示予也。晚十二時寢後，聞同房有自天門來客，扰擾一小時，未睡穩。

初七日　陰雨　晚十二時以後大雨如注　七月十三日　星期二

早起。胡天順已回鄉。九時大雨如注，江水必有增加。午後，胡鳳翔之妻來述鳳翔虐待諸事。此人無良心，以後無好結果也。昨日黃金每兩增至一億九千萬元，銀元每元二百零五萬元。武漢當局月月言平物價，金管局局長日日言取締黑市金銀價、捕人。而市長及武漢各大官囤積金銀，以法幣提起高價，何人去搜捕耶？所苦者小民而已。如此政治，如此國家，不亡何待？

初八日　晨大雨如注至五時略小　午後晴热甚
傍晚大雨如注　三小時　九時晴朗　七月十四日　星期三

早起，清理各事。欲自寫扇面留爲自用者。予戰前搜集佳扇骨子刻花者數件，烏木刻花者十件，餘則舊竹斑竹刻漆骨子共三十九件。扇頁冷金、磁青、泥金俱有書畫題詩，則予自爲之。少數爲學生書畫及朱次誠所書，沈伯名所畫，無不精絕。平時逐用換用，頗自豪也。緊急時裝一箱存胡林，前年所取回者僅五把。據説日寇取出甚少，漢奸取去不過三四把。我想盡爲胡林鄉人所分去，匿之不能用，何益耶？此種嗜好只承平時享受耳。由今思之，不勝黯然！

初九日　晴　小雨　熱　陰　七月十五日　星期四

早起，午後閱報，各縣水災奇重。予邑水已入城。予東門住宅前重最低，量水已浸入矣。寫函三件，一寄鄂城，請袁夏村招呼一切。王國煌是不可靠的，只好托別人也。傍晚至鄧正夫家，知其夫人前夕中風死矣。憶是日予在鄧宅坐談時，夫人頻頻問及畫法，且謂予展覽會時彼必到會看畫。夫人信佛甚誠，未受痛苦以死，前修得解脫矣。年七十四歲，與正夫齊眉五十餘年，子貴，家亦非清寒。正夫爲清舉人，曾任政務廳長數次，夫人無嬌矜態，尤爲難能可貴者。泥匠約定明晨來整屋，付洋買樹及石灰等等。

初十日　陰　晴　悶熱　晚大雨　七月十六日　星期五

早起，十時遲生來，云鄂城住宅前重進水，三重四重紮廣西隊伍，且住眷屬，紀律不佳，動拿什物。浠水、黃岡退過江者，恐江北戰事吃緊，彼等預爲渡江者。如此軍隊打共黨而先逃，能抗共黨耶？予囑遲生明日回家一次，看看情形定奪。

十一日　陰雨　晴　七月十七日　星期六

早起。午後閱，襄樊戰事吃緊，國軍不利。武漢下游水災重，漢口市區已上水矣。聞較廿年水位尤高。天災人禍相逼而來，是誰召之？天實爲之耶？政治壞，人心已死。現在一百萬元、五百萬元大鈔快出，金子已換三億一兩，銀元三百萬元以上一塊，法幣已無信用矣，以後還有不可思議之下跌矣。

十二日　晴雨熱　天氣鬱悶　七月十八日　星期日

早起。午後閱報。戰事鄂北大壞，物價飛漲，經濟破產矣。傍晚外出一次。晚寫信五件。十二時半寢。

十三日　晴　有陣雨　極熱鬱悶　七月十九日　星期一

早起。午後寫信五件，均發出。晚檢雜書一閱。補成今年生辰詩。晚十一時寢。

十四日　晴熱陰　七月廿日

早起。今日泥瓦匠來檢屋，擾擾甚煩。午後閱報，襄陽危急，恐不能守，該地四周俱爲共黨占領。守軍僅恃一城，殆矣！國府陳誠從前均忽視共黨，今作何說耶！

十五日　晴熱　時有陣雨　晚大雨　七月廿一日　星期三

早起。十一時往省府問退休金補發事。聞敖科長云，仍照今年六月份增給待遇數，發一年云云。午後畫扇一面，予自用者。卅年前所畫泥金，便面山水已失去。今日補圖，追憶曩日所出意境也。晚送鄧宅挽聯去。

十六日　晴　熱　小雨數陣晚大雨一陣　十二時月明如畫　天明又大雨　七月廿二日　星期四

早起，楊潤民送食品罐頭來，酬謝予爲彼書畫者。便托其帶洋買紙，爲中元辦祀祖之用，以餘款給家中，並托其代還李瑞球之款。

十七日　早雨午後晴熱極　小雨數次　七月廿三日　星期五　今日大暑節

早起，午後寫扇子一柄，予自用者。以今年六十三初度詩書之，詩長字細寫不下，後改雙行書之。今年自壽詩，感時事尤多。如此世界，正氣全無，厲氣四塞。所謂經濟、軍事、政治俱失敗，國將不國矣。傍晚尤悶熱。東方黑雲起，大風雨似往北去，天乃改涼。

十八日　陰晴不定　七月廿四日　星期六

早起，飯後外出二次。下午仍作畫並寫大聯二副。晚閱唐詩並《洪北江詩話》。洪詩不佳，論詩亦多未當，中敘多與詩話不相干者太多，較之隨園相去天壤矣。

十九日　晴熱　七月廿五　星期日

早起，閱報寫信，看雜書。昨日市人云，有大星與日並懸空中，其時間在下午一時半，約五分鐘乃滅。予以後聞，未親見也。古書記災異，所謂太白經天者與？晚熱，未作事。

二十日　晴　七月廿六日　星期一

早起。今日午後一時半，仍有人聚觀天中大星，惟報章昨未見記載，或者訪事未見與。

廿一日　晴熱　晚微雨暴風　七月廿七日　星期二

廿二日　陰　七月廿八日　星期三

早起。今日天陰，氣候稍涼。遂研墨作山水幅，又調色作花卉共三張，均未成功。

廿三日　陰　晚雨　七月廿九日　星期四

早起，來客數次。午後作畫，補昨日未竟者。閱雜書及《洪北江詩話》，又檢出金太史薵意會試時八股文"大信不約，大時不齊"經題讀之，其間運用經史，雜以子書，兼罵甲午主和大臣，天衣無縫，真奇文也！

廿四日　陰　七月卅日　星期五

早起，午後至黃稷丞家坐談。傍晚約同往鄧正夫家小坐。談時局，逆料共黨將来勢大不可制，國軍驕而不能戰，必着着失敗也。吾輩復員後，滿擬可過太平時日幾年，今則不可望也。九時半歸，十一時寢。

廿五日　晴熱　七月卅一日　星期六

早起。閱報，東三省戰事，共軍占優勝，國軍雖有美國器械，未見取勝，失敗時多，可慮也。午後寫聯三副。晚外出購零件。因身疲，須出門散步以和血脈。至朱成大寓略坐談，九時歸。

廿六日　晴　八月一日　星期日

今日補題各畫之款，山水二幅，花卉三幅，均有詩分別書其上。題畫詩專尚性靈，忌道學刻板諸病。甌香館戴文節題畫詩，皆脫去板刻氣，專以隨便語書之，更覺有味矣！

廿七日　陰晴　晚小雨　八月二日　星期一

早起，飯後將各畫之得意提出四張，送金家去裱。囑其用深藍花綾裝潢，較為好看。

廿八日　陰晴雨　八月三日

早起，寫信三件。午後外出購紙及顏色數樣，用水調之，明日再畫花卉三幅，大者或柳松之類。

廿九日　晴熱　八月四日　星期三

早起，飯後往省府與高、李、王、孫諸人一談時事，午後四時歸。今日天氣甚熱，未能作畫。晚間休息，亦未閱書。

七　月

初一日　晴　陰　壬戌水角　八月五日　星期四

早起寫信二件。午後閱雜書，無興致。今年中元予以多病恐未能回縣祀祖，前托國煌辦理。遲生於必要時不回縣，無事則請假回家閑住，其心中未嘗有清明中元祀祖之心理在也。祖宗何貴有子孫哉。

初二日　陰晴　小雨　八月六日　星期五

早起。午後寫對屏等件，至下午五時畢，疲乏甚。此爲有潤金者。老來賣字畫，易米鹽之費，殊自憐也。予現年六十三，有子不能養。予鄂城所住人口尚要帶款接濟，殊爲懊惱。

初三日　陰雨　今日立秋　八月七日　星期六

早起。午後閱報，內戰未已，何時太平？復員三年矣，民生主義安在？無怪時諺"民生"變爲"民死"主義，痛哉言乎。不知中央對萬民何以自解。

初四日　晴極熱　八月八日　星期日

早起，連日甚熱，不似交秋天氣。午後六時至鄧雲連新宅。彼請予，此爲在武昌第一次，兼慶新居者也。同席者華中大學校長韋卓民、謝教授、嚴其安、曾憲三、余國棟等。天熱，酒肴均佳，不能盡量，八時半散席歸，未作事。十二時寢，亦不安。

初五日　晴　極熱　八月九日　星期一

早起，午後想作事，熱不可耐。二時至四時，以席在房中地板上臥之，心煩甚。

初六日　晴　極熱　八月十日　星期二

　　早起，午後寫屏對。晚閱雜書，見明末事與現時相類者太多，將來似非亡國不可。然武漢之富賈紈袴達官之女子，日酣醉歌舞者甚多。前日漢口大樓舞會，被美空軍輪姦者除五舞女外，尚有孫太太、李小姐等三人。漢口地法院傳案，該太太小姐以顏面關系，抗不到庭。噫，彼輩有何廉恥耶？

初七日　晴　熱極　八月十一日　星期三

　　早起，今日頭暈未作事。午後席臥房中地板上，合眼養神而已。

初八日　晴　熱甚　八月十二日　星期四

　　早起。寫信三件，按久積者擇要復之而已。事不干己而他人必欲囑托之，予實無能力爲彼等謀也。七事累人，真自顧不暇矣。

初九日　晴　熱甚　大約百度上下　八月十三日　星期五

　　早起，天氣極熱。交秋已數日，何時能改涼耶。舊代政治清明，風調雨順，寒燠合時，非暴熱暴寒氣候。噫，今何時耶？奸佞當權，正氣早消沈矣。

初十日　晴　極熱　八月十四日　星期六

　　九時起，午後熱甚，不能作事。欲向圖書館借書而無人去取。晚宿堂屋中亦不涼。戰前氣候較今年好，蓋戰前氣候政治較此亦稍好也。

十一日　晴　悶熱　八月十五日　星期日

　　早起。午後有客來，學生來。予勉與語，心實煩亂。仍臥席地上靜心養，手不停扇。晚間亦不改涼。

十二日　晴　悶熱　八月十六日　星期一

早起。寫屏二堂、大聯二付，鄂城寄來請托者。潤金照定例加十四倍計算，合銀洋不過四元餘。以後即當改新單，恢復戰前銀元價格，四尺對需銀一元，可合法幣六百萬之數。

十三日　晴　極悶熱　大約九十八度以上　八月十七日　星期二

早起。午後熱不可耐，不能作事。閱報，稱重慶有西北來之低氣壓盤旋，不日即可到武漢，有暴風雨云云。熱極生風，理固如此也。予希望低氣壓早臨，暴風雨速至，解此熱圈也。

十四日　晴　極熱　大約百度上下　晚　大雷雨　暴風
八月十八日　星期三

早起。極熱，予頭爲之暈眩，予自幼即懼熱不甚畏寒，老年更如此。憶先君五十八九時，極畏熱，有時熱極至吐血。其時鄂城住宅在古樓正街，屋雖狹小閉塞，然陰沁，較武昌今宅爲佳也。連日室內外桌椅俱熱不可按摩，室外及街市其熱度當百度以上。然推想漢口狹巷居民，正不知何以過此天氣之中。午後四時，汪萬順之子來此聒聒不休，予以頭暈臥床，略略敷衍答話而已。夢閑今晚帶夏僕到洪山，去打穀。行後二小時大雷雨至矣，天氣改涼。

十五日　陰　晴　大風　今夕爲舊中元節　月色佳
八月十九日　星期四

早起。飯後閱報，新奇事多，然世變如此，不足奇也。蓋禮教大防早已破壞無餘。男女無別，中學以上學生，男女戀愛毫不知恥。孟子所謂國人皆賤之者，現已視爲自然之事矣。

十六日　陰　晴　大風　晚月色佳　八月二十日　星期五

早起。午後寫聯二付，寫信二件。前日由圖書館借雜書略一翻閱，皆兩湖書院藏書。予肄湖堂時，屢欲閱而未能者。當時辦學之人如劉洪烈、郭炯堂輩亦不敢向學務公所及總督請開放此庫，爲諸生閱覽，皆蠢笨人耳。

十七日　陰晴大風　晚月色佳　八月廿一日　星期六

晨劉紹湘來，借銀元四元去。午後閱報。寫字一條，小聯一付。晚涼甚，欲寫信，以疲乏中止。聞鄧北堂來，值予已外出，未之見也。

十八日　晴熱風　晚月色佳　八月廿二日　星期日

早起。午後補復各處函件。晚間胡天順來。八時半，夢閑同男女傭回家。十二時寢後疲甚。

十九日　晴熱　北風仍未息　今日處暑　八月廿三日　星期一

早，胡太獎來，乞作函與尚義鄉鄉長。午後王文軒來謀事，婉謝之去。晚寫信四件。十二時寢。今日足軟甚，未出大門一步。

二十日　晴　大北風　熱燥　六時以後風未息
　　　　八月廿四日　星期二

早起。今日復黃松師函，慰其病愈。寫甚詳，因黃師五個月未來函也。致王國煌、嚴吉齋等四函，晚寫。外出一次。

廿一日　晴燥　晚有月色轉鐘時尤朗　八月廿五日　星期三

早起。午後寫石鼓文聯三副，藉此亦可練習舊時筆力耳。沈碧舫近十年以寫石鼓著名，高等人士賞之者多内行。復員後，賈人市儈亦以法洋乞其書。吾不知其何所賞識。蓋字不能識，用筆之法亦不懂，何所賞耶？傍晚寫信三件。

廿二日　早晴　十一時暴雨　午後二時晴
八月廿六日　星期四

　　早起。午後閱報，國立師範學生搗毀院長王治孚住宅，並毆其妻成傷，法院傳詢。王本無學識，而貪污之人，視學院爲商店，宜其被辱也。

廿三日　晴　熱極　八月　廿七日　星期五

　　早起。連日頭暈不適。午後寫信二件。清理室中之凌亂者。前日購得《淵鑑類函》一套，竟無處可放。予舊藏鄂城家中一套。亂中不知落誰手。

廿四日　晴　極熱　九十六度以上　八月廿八日　星期六

　　早起。連日未作事，頭暈腦悶頗難受。報載美國連日極熱，多在九十八九度至百度，據說彼國百年來未之見也。氣候反常，不獨中國，或地球變化。今日午後閱報，國師學生登載與鄂父老開會情形，王治孚人格今破產矣！

廿五日　晴　熱甚　八月廿九日　星期日

　　早起。午後閱報，連日均有登載師院王治孚之事，備極渲其貪污醜事。從前汪奠基長該院時，僅爲諸貼標語及乘風雨時毆罵之，較王稍好些。

廿六日　晴　熱　午後四時半至六時大雨如注
八月卅日　星期一

　　早起。連日天熱如火。古人云秋後熱，言其不久也。今立秋已二旬，快到白露節，而猶如此酷熱，何也？厲氣所鐘與？午後更熱，三時小雨，四時半大雨猛至，平地水深五六寸，一小時後略小，六時乃畢，氣候轉涼。十時，予疲甚，早寢。

廿七日　陰晴　小雨數次　八月卅一日　星期二

早起，午後渡江至子祥處問各事。今晨檢樓上各書記並日記零稿及衣服已濕者，一一曬之，囑家人於下雨時收入室中。四時回寓，途中果雨來矣。昨晚疲甚，以子祥約，須踐言渡江也。

廿八日　晴熱　九月一日　星期三

早起。午後寫對聯三副，另寫石鼓文聯二副，寫信三件。連日天氣甚熱，過處暑節已十日，氣候猶如此，怪哉。寢後轉鐘四時，探視窗，光大，疑有月色。乃東北方一星，三角形，其光芒燭天，有類初四五月色也。此星已見數月，向未注意？不知此何星也。

廿九日　陰晴不定　熱甚　午後有風　九月二日　星期四

早起，清理各事。夢閑今晨帶僕又往鄉間。今日仍熱，傍晚有風，稍改涼。寢後五時醒，疑天已曙，而窗外月光透入。旋今日為晦，何以有月色耶？乃起視，則昨夜所見大星之光，幾與月光比擬矣。

八　月

初一日　晴　熱甚　晚九時以後雨二陣　九月三日　星期五

早起，昨夜下雨，今晨天氣稍涼。飯後寫大聯二、單條一。自裝訂日記本子，及在朱成大取來各紙分類，再補做清代日記。從前均係草稿、信件、賬簿等零碎之作，須補寫完全也。黃稷丞請午餐。同席者賀靜山，此廿餘年未見面者也。餘為楊叟、劉樹仁、鄧正夫及女客五人。酒肴均佳，惟天熱不可耐。午後二時席散。予至康雪卿家弔孝，便訪葉月訪、周鵬程，略坐，以天熱難受，持傘遮秋陽即歸。

初二日　陰　大北風　晚十二時以後寒甚　九月四日　星期六

早起，覺涼爽，或係附近縣分下雨後北風乍起，可着夾衣。飯後寫字，訂日記本子，做事甚多，惟頭暈甚。連日腹漲氣墜，大便不暢。晚早寢。今晚戈學源來談，此爲第四次，予疑其借款，坐未久，果開口。予以一百萬元借之。然此款決其不能還。因聞盛龍軒云，渠已向三一中學同學稍有位置者，莫不借過。恐嗜好尚未除也。予昔爲之師，不料今晚亦竟來借款也！

初三日　陰　小雨數次　九月五日　星期日

早起，飯後補訂本子已成。許權來談後宅加租事，刺刺不休，予以好敷衍去。此等説大話用小錢之人，不可與久談也。馬顯聲來談印詩文集事，予決定付印，以免稿子散佚。復員予竟搜得予之文稿雜文及詩集完全，亦快事也！徐裁縫自鄉間來，囑其明日上工。夢閑今晚回寓。

初四日　陰　小雨　九月六日　星期一

早起。連日腹漲痛，大便不能一次排泄出，必三四次方了。想係受熱於腹中未退也。原擬渡江整牙齒，以身軟懶於行路，不願出門。午後魯春廷來，談買屋事久未成，今日又提議，予未敢以爲信也。

初五日　晴熱　九月七日　星期二

早起。午後閱報，王治孚被學生詈罵及攻訐，王貪污有據等等事。連日各報均有紀載，盡情披露，不留地步，想閲之悶氣而已。

初六日　晴熱　白露節　九月八日　星期三

早起。午後閱報，國立師範院長已定王震寰，中華大學舊院長也。王治孚貪污案，法院正從事偵查。王所控學生廿五人已宣告無罪。關於王宅搗毀及王妻被毆事，其中主持之學生二人亦均未究。

初七日　晴熱　九月九日　星期四

早起。今日閱報,毛家麟爲高雲青以索詐案向地院申訴,合計被詐者十餘人,共爲黃金二千六百餘兩。果爾,則駭人聽聞矣。高院首席貪污,法律尚能保障人權耶?漢口法學院有如此兼任院長,可羞之至。

初八日　晴熱　九月十日　星期五

今日極不適,飲食已減。心煩,足軟甚。以昨起更衣二次,四肢無力,上下午均臥床上。朱光祖、夏昌桃先後來坐談,予均未起床招呼也。晚間僅食米炮半碗,寢亦不安。

初九日　晴熱　九月十一日　星期六

早起。今日報紙將鄂高院首席檢察官毛家麒敲詐漢奸高雲青等十四人黃金案和盤托出。鄂監署請張難先、李書城等十餘人開會討論懲治辦法。毛某人格破產,此案恐不止判徒刑也。

初十日　晴熱甚　九月十二日　星期日

早起。連日大便先時次數不定,似下氣隔閡者。夢閑帶定生渡江去看曹宅。今日陽光甚烈,過白露節猶如此熱,亦奇事也。傍晚許寶誠來。四後重房子住現時軍官,所謂少將者。其慳鄙均類許某,予亦忍受之,屋租又減去一元。不欲與破情面也。

十一日　晴熱甚　九月十三日　星期一

早起。十一時至省參議會,訪孫文樓未遇。晤朱潤石、劉習耕、左昌均,談甚久出。至省府晤王一鷗,便托一事,與高運籌談甚久。今日地方法院提審高雲青控毛家麒貪污案。連日報載及街談者,無不與毛家麒貪污案有關。噫,政府乃有此貪污之高院首席,政治可想。又連累談到國師院王治孚人格不足,乃亦犯貪污案,真所謂物必有偶也。最高學府之首腦如此，何以爲師範以範學生與？

十二日　晴　甚熱　九月十四日　星期二

早起。閱報，均載毛家麒貪污受審事。又罵地院田美棠、袁祥庸掩飾毛案。官官相爲，古諺也，所謂做官都一班也。惟法官貪污則難爲情耳。近日又有書畫社之組織，視其發起人多一知半解者，予接通知已二次矣，並未到會。王化啟聞係一門外漢，向以書畫義展號召獲利者也。

十三日　晴　熱甚　九月十五日　星期三

早起。連日身體不適，腹漲痛，即更衣，似有裏熱者，日必三四次，頗以爲苦。午後閱報，評論經濟，檢查物價，民衆組訓修築工事等等。宣傳甚久，千篇一律，言之不能行，國民政府一套慣技也，百姓已早不信之矣。

十四日　晴　燥甚　九月十六日　星期四

早起。午後寫信致漢口酒精廠，催其送顧問費。鄭萬選派人送來金圓四圓，九月份調整數也。鄭甚近人情，較程子菊眼孔大矣。

十五日　晴　燥　午後有風　晚小雨　月被層雲所掩
九月十七日　星期五

早起，十二時黃稷丞來拜節，談甚久去。中述賀壽慈八十歲生二子。壽慈號雲甫，蒲圻人，以尚書致仕者。其二子爲孿生，光緒某科同中舉人。此事予長蒲圻時實未聞也。昨大北風起，天氣轉寒。今夕中秋節，無月光。十一時以後僅僅現圓形，層云蔽之。轉鐘後予起視，亦無所見。西北風愈大，氣候劇變。

十六日　陰雨　大北風　午後六時大雨　九月十八日　星期六

早起。午後方昌祿來問各事去。夢閑今日回湘省親，夏僕送往郵局搭汽車，轉送通湘門車站，買長沙火車票。傍晚夏僕歸，知已安全上車。

十七日　陰晴　寒　九月十九日　星期日

早起。午後以腹漲大便二次，身軟遂睡。周淬成來呼予醒，與談片刻。此人腦筋愈不清矣，不知當時何以精神受刺激，至今未痊。彼前十餘年，因郵局撤差事，抗戰後佐孟端溪發小財。復員後，聞該鄉公所曾敲詐彼數次，故神經愈亂也。六時往鄧定遠宅，因三一同學生爲之餞行，約予去。七時開席，僅一李姓爲文華學生，餘如萬、方、金、劉皆三一學生。八時席散歸時，途中寒甚。

十八日　晴　九月二十日　星期一

早起。腹疾未愈，沉痛。漲時作大便每日不止一次，氣下泄又不能一次送出也。政府自發行金圓券後，物價暗中仍漲不已，惟不如從前之猛。近山東戰事激烈，濟南恐不能守。國軍畏縮，共黨凶猛，兩相比較，濟南省城終必如河南一轍矣。連日報載，本月十日，武漢陸軍醫院歸聯勤總部第九補給區所轄者。院內六個軍官於九日晚輪姦該住院團長樓將亮之妻陳愉一案。院長蔡某、副院長陳某均袒護該六奸犯，不欲擴大案情。現經漢口婦女協會會長張人驥爲陳愉伸冤。吾國軍紀敗壞如此，繼漢口景明大樓美國人輪姦舞女及某太太、某小姐，而後乃有此現象也。予逆料吾國政治不修，民主號召、禮教大防已決，數年後人獸不分矣。噫，國家尚日日談新生活，五倫八德何在耶？誰之咎與？

十九日　晴　九月廿一日　星期三

早起。飯後作畫，僅具輪廓，午後往省府一次。晚閱函海《建炎以來朝野雜記》乙集卷第十二畢，宋李心傳伯微撰，多記宋代故事。

二十日　陰　九月廿二日　星期三

早起。飯後作畫未成。晚閱《朝野雜記》，宋刺史以上無階級法。匆匆涉獵十六卷已畢。過而輒忘，老年景象也。

廿一日　晴　今日秋分　九月廿三日　星期四

早起。飯後外出。午後三時補未竣之畫。閱報，東北戰事不見好，何苦內戰害民耶。閱《朝野雜記》，宋諸路州府治二縣者凡十有二，東京開封府，治開封、祥符。行在臨安府，錢塘、仁和。京兆府，長安、萬年。成都府，成都、華陽。江平府，吳縣、長洲。建康府，上元、江寧。紹興府，會稽、山陰。

廿二日　晴　熱甚　九月廿四日　星期五

早起，作畫。今日天熱甚。午後閱日記，知昨已將宋諸路州府，尚遺寫隆興府，治南昌、新建。福州，治閩侯官。廣州，治南海、番禺。湖州，治臨安、烏程。雄州，治歸信、客城。按臨安、成都、建康、紹興、隆興三府，福、廣、湖三州，均與清季疆域畫爲兩縣附郭者同。

廿三日　小雨陰熱下午風　晚大北風　九月廿五日　星期六

早起，寫信三件。午後寫字一條。晚閱《雜記》。宋代殿試不避親，並有進士舉人之名。殿閣試雖父兄爲試官，亦不避。蓋以無別試之故也。

廿四日　陰　小雨大北風　九月廿六日　星期日

早起。寫信二件，作畫，蘭竹已成者四幅。午後閱《雜記》財賦類。廣西鈔鹽之法，詹體仁所請也。又四川總制司爭鬻鹽井事。

廿五日　晴　九月廿七日　星期一

早起，飯後外出購零星物件。夢閑回湘尚無信來。晚間閱《雜記》，第十八卷已完。宋之邊防以淮漢蜀江用兵事多。金人屢寇屢和，宋朝費盡兵力，每勝後與寇言和，武將要戰，文臣要和，恰與現時相反，何也？

廿六日　小雨　陰寒　九月廿八日　星期二

早起，得夢閑函，明日即可回省。午後寫信三件，寫大對三副，寫單條二件。晚仍閱《雜記》。君子觀於宋代事，可太息者甚多，檜賊之肉不足食也。

廿七日　陰　小雨　寒　九月廿九日　星期三

早起，閱夢閑自益陽來函，謂今日在湘垣搭車。至郵局問信，問長沙車何時可到，便托郵局接信袋工人代爲招呼。午後作聯五付，佳者二付留存之，餘爲填補求書者未作之聯。晚聽收音機，濟南仍爲共黨佔據。所受損失連日報亦未載，或者禁止宣傳與？

廿八日　陰小雨寒　九月卅日　星期四

五時醒，予呼夏僕與胡太儉到車站去接夢閑。自是起時受寒傷風更甚，鼻涕更多，頭暈痛。九時起，今日未能作事。午後三時，夏僕歸，夢閑未到。

廿九日　晨小雨　陰寒　十月一日　星期五

晨六時，夏運之又去車站接夢閑，十時乃歸。今日報載，濟南仍爲共黨佔據。所謂國軍增援，爭取最後勝利者未見實現。然山東之人苦矣。該一百餘縣，爲國家所有者不過十餘縣。省城既失。此十餘縣有能□□耶？外人久顧吾國內戰不停，天之陀吾華乃如此哉。方今上下貪污，毫無顧忌。孟子所謂上下交征利而國危矣，洵篤論哉。晚間頭痛不適，早寢。

三十日　晴　午後陰　十月二日　星期六

早起。午後畫長條二張，着色花卉未成，明日再補之。閱報，濟南未收復，王耀武無下落，非死即被俘矣。王爲黃埔五期學生，發財不少，漢口有大公司三處。前年專做囤積食米生意，房産有兩個里分，法界慶平里，其最著者也。近十年來，黃埔生握軍權財權者，何止百餘人？其任團長以上軍官者殆千餘人。盛哉，此眞中國之干城耶？晚間聽收音機，戰事無起色。

九　月

初一日　晴　十月三日　星期日

早起。補昨未竟之畫。十二時至漢斌樓，胡雲卿請客，爲付方溪伯欠款也。同席者俱米商，餘則銀行市儈耳。酒席二桌，甚豐。二時半仍未散席，予先告辭歸。今日午後，育傑中學又約予商議書畫義展事，此爲第四次，終未到會。前日曾參觀其陳列於黨部禮堂者，書畫百餘件，粗俗無一可取者，而王化啟所作聯條廿餘件尤俗惡不堪。蓋於碑帖未窺門徑者也。張難先書單條二，大約遂藉其名以炫俗子者。張書爲野狐禪，欠大方矣。畫件如胡國亭、王廓夫輩，匠氣重，毫無書卷味。前日參觀後不願記，今日因該校長王化啟再約未去，乃併記之。辛亥首義同志會亦同時約予開會，係徵求文字。予懼難着筆，且該會近日人品更濫，純爲借題籌款等事。去春籌備首義大學，鬧得滿天浮雲而籌款四十億。前年冬，即以存放生息，今亦消息寂然。而首義大學一巨牌尚懸於烈士祠外邊，行人過之，問大學究在何處設立，何日招生，聞者赧赧然，未能答也。

初二日　晴　十月四日　星期一

早起，咳嗽未愈，心胸閉塞難過。午後補畫件，愈畫愈多。而時局戰事俱壞，金圓券聞漢上亦有黑市，金圓須以三元當硬幣一元。政府向來騙民衆，所謂金圓，不知金子在何處兌現也。

初三日　晴　十月五日　星期二

早起。咳不愈，飲食已減，胸膈作痛。午後外出一次，印書事以金圓不可靠暫停止。王國煌自縣中來，攜有石縣長函，欲予回縣開會。

初四日 晴 十月六日 星期三

早起。咳不停，心胸閉塞。午後閱報，戰事極壞。太白吃緊，汴、鄭放棄，國軍着着失利，苦老百姓而已。細思吾國當道所行爲，其心中何嘗有民衆哉。

初五日 陰 十月七日 星期四

早起。清理各事，準備回家一次。晚六時，國煌來，帶字畫十二件，並未裱字畫十餘件。渡江至福安公棧李瑞球處歇，搭輪甚近也。旅棧人多，咳嗽甚，又不便安睡。聞漢市金圓貶值甚，銀元一元可值金圓六元云。

初六日 今日寒露節 晴燥 天未明時大東北風乍起 十月八日 星期五

三時半即起，予終夜未睡，極以爲苦。四時半到平安輪，已有鋪位，亦不能睡。五時船開行，九時半即抵家。小睡，吃飯後已下午一時，縣銀行請開會，存廢事無結果。五時餘畢，在家休憩。長孫念曾養得甚好，性亦活潑可愛。晚間，石縣長、胡秘書、賀議長來，坐談甚久，並看字畫數件去。睡後咳嗽大作，痰中帶血，心內極煩。

初七日 晴燥甚 十月九日 星期六

早起。朱堅如院長來，便問藥方止咳。正午石縣長約予上西山登高，同時魏伯楨、劉叔模及參議會同人。山僧具素菜一桌，甚佳。下午三時经九曲亭下山。今日登高者多，皆商賈市儈，彼輩心中無登高意義也。六時接曹漢丞到家便餐，叫菜尚不甚貴，金圓仍以二元當銀元一元。七時來客數次。口焦身疲，寝後咳甚，仍帶污血。

初八日　晴燥　十月十日　星期日

　　早起。十時到參議會開會。來賓劉叔模、魯國興說了不相干的一套廢話，顏色並不赧然，予則爲彼輩肉麻也。最後高士珍答詞，不知說那裏話，令人好笑。午餐後各機關來賓又同照像，予回家小憩。傍晚參議員等、學校教員、縣府科秘及石縣長先後同來，談至十一時方去，予睡後仍咳。

初九日　晴極熱　晚間大風雨天氣變寒　十月十一日　星期一

　　早起。視昨吐痰有污血、鮮血四口，而綠痰甚少，不知何日此咳嗽可痊也。上下午均到會，予未說話。所提亦無要案，此等民意機關有何益處？

初十日　大風寒甚　午後更寒　十月十二日

　　早起，到會。午後因約參議同人並縣府、醫院、田糧處、稅務處等，六菜一湯二桌。因不先請各機關，照例須請予宴也。今日以書畫初次展覽。

十一日　晴　十月十三日　星期三

　　今日上下午均開會。予咳嗽愈劇。晚寢後極不安。服王醫藥亦不效。

十二日　晴　熱甚　十月十四日

　　早起到會。聞武漢金圓券日漸低落，僅七元值銀元一元，以後更看下風。吾國政府屢次騙民衆，今年以紙券換取民間現洋黃金，其手段酷，心術毒，無怪今日有此現狀也。下午佘子祥來，便約夏校長、廖玉田來家便飯。

十三日　晴熱　今夕月色佳　十月十五日

　　早起到會。正午縣中學請子祥及予訓話，予未去，至孫少衡吃飯避此事也。歸後小憩，寫字三件，寫蘭四幅。縣中商家所求者，照潤例計算。晚借漢口各報來閱，戰事不佳，鄭、汴俱失。山西在激戰中，真所謂兵敗如山倒矣。政治敗壞其次也。今軍事如此，金融已達破產時期，國民政府奈何奈何。

十四日　晴熱甚　晚月色佳　十月十六　星期六

早起。昨夕咳嗽略減，十時石縣長胡秘書來，談甚久。飯後出城省先祖父母先叔墓，見墓前右側又添新墳，大約係朱少昆之墳也。至孫宅通電話至法院，與夢閑說各事，大約尚有六七天返省宅。四時汪小青、汪克壯來談。今日鄂城油米俱買不到手，囤米者大獲利。而省銀行收購運漢，提高米價，致引起此現象也。

十五日　晴熱　晚月色大佳　十月十七日

早起。囑家人買小魚十斤，醃曬帶省宅。張麟書請客，午後二時去，二桌，商人居多，四時歸。城內學生、教員來看字畫者甚多。王國煌請吳繼煦、余某等，请予去，僅坐談半時。予以先張宅飲，未能加餐也。

十六日　晴熱　月色佳　十月十八日

早起。咳已大減，飲食亦增，連日天氣如七月初，怪事也。午後至縣府，爲廖玉田事。今日畫蘭四張，县中學生來看字畫者多。

十七日　晴熱　月色佳　十月十九日　星期一

早起。來客皆看字畫者。飯後畫蘭三付。在孫宅借閱《大公報》及《漢口報》，政府軍事、經濟均失敗矣，以後危險殊甚。今日又寫屏一堂、大联四付、中堂二張、條子三張。寫得手腕俱痛，身疲甚。楊濟民請予吃飯，酒肴甚豐。

十八日　晴熱　月色佳　傍晚見空際紅雲如七月狀
十月二十日　星期二

早起。午後寫對子二付，今日未出門。晚早寢，因咳已減輕矣，疲倦甚。寢後，夢石雲衢，尚有二人不相識也，與予同行。予過曹文錫寓，略坐過，石等已行，似又到西山，而主持爲王禹九。禹久以天黑派人送予回家，至前殿時，一人已被大蛇纏其足不能行走。似又及予前面，遂驚而醒。

十九日　晴熱　晚見紅雲如初秋　十月二十一日

早。吳麟書來，欲予爲之寫字，謂今日須回家，爲之寫大小對二付、中堂一。午後又寫三大對聯、小屏一堂，疲勞甚。傍晚至孫少恒家聽收音機，山西並未失守。

二十日　晴　極熱　奇事也　十月廿二日　星期五

早起。寫屏一堂，畫蘭二幅，又大對一付，頭暈甚，臥二次。午後孫少恒派其子來請予吃飯，國煌同去。食蟹，每人一枚，餘爲蟹羹湯。予以咳嗽未瘥不敢多食。晚聽收音機，十時歸。

廿一日　雲　午後　□時小雨　十時大雨達旦
十月廿三日　星期六　今日霜降節

早起。畫蘭草屏二堂、中堂一，寫屏四張，勞頓甚。午後汪克壯來，求寫東門龍王廟匾額。晚間轉寒，早寢。

廿二日　雨終日　寒甚　十月廿四日　星期日

早起。寫字四件。午後來客數次，略與敷衍而去。近數日爲寫字所苦。今日天氣更寒，早寢，疲倦甚。

廿三日　風雨交作　寒甚　晚雨達旦　十月廿五日

十時起，腰痛足軟，年力已衰，咳亦未愈。午後寫北魏體對聯二付。在王宅取來陳壽《三國志》一套，缺三本，可惜也。偶涉獵蜀魏志，知羅貫中所著《三國演義》取材於此書者十之八九矣，是以清代演義風行全國也。

廿四日　早陰旋雨甚寒　晚雨達旦　十月廿六日　星期二

九時起，寫對子二付，晚仍閱《三國志》，筆墨簡要，洵爲好書。十時寢，喘氣三次。

廿五日　雨　寒甚　晚雨達旦　十月廿七日

十時起，飯後楊濟民、蕭中榮來，與談作詩之法，二小時去。晚寢仍喘氣。

廿六日　雨寒　十月廿八日　星期四

十時起。飯後畫蘭三張，寫龍王廟額。咳嗽仍未愈，晚寢仍咳嗽且喘氣。

廿七日　陰　十月廿九日　星期五

十時起。飯後至孫錦大打電話，略坐談出。晚間收拾各物，準備往省。

廿八日　晴　十月三十日　星期六

九時起。飯後出城省先祖父母墓。午後清理各事，分付家中諸事。十一時寢。

廿九日　晴　午後小雨一次　十月三十一日　星期日

四時半起，五時出城。與曹漢臣晤。知今日販鹽米往武漢者多，致船壓平水不能開行，經三次檢查，勒令若輩起坡，七時方開船。午後四時半抵漢口，五時半渡江回寓。

十　　月

初一日　晴　十一月一日　星期一　寅木心庚

八時起。昨睡不安，咳嗽未愈，胸胃俱痛。十時，張世驥來談組織書畫會事，予漫應之。午後外出購米，米價現漲至二百四十元一擔。予在縣中購時，最高價爲六十五元，今增三倍矣。閱報，知山西、徐州均危急萬分。

初二日　晴　十一月二日　星期二

八時起。昨服止咳保肺片，去冬有效，今冬未見效。改服張氏止咳丸看如何。午後韓英華來，談甚久去。晚咳不止且喘氣。

初三日　晴　十一月三日

八時起。昨夕睡不穩，咳嗽喘氣，極以爲苦。飲食已減，口胃俱傷矣。閱報，徐州戰事緊張，南京亦疏散政軍學界人口及眷屬。恐徐州不保也。

初四日　晴風　十一月四日　星期四

八時半起。昨寢極不安，服張氏止咳丸亦不效。午後渡江一次，至曹宅及戴醫生處，便訪胡舜生。四時半回寓。

初五日　晴　十一月五日　星期五

九時起。昨睡後極不安，咳未止，改中藥服之。午後閱報，戰況極不佳。金圓券聞日跌落，米價漲至三百二十元一擔。時局如此，奈何。

初六日　晴　十一月六日　星期六

早起。飯後閱報，東三省戰事極不佳，此陳誠種毒，至衛立煌不可收拾矣。總之此新九省非中央所能有也。

初七日　晴　十一月七日　星期日

十時起。咳嗽仍未愈，時輕時重，殊爲煩惱。午後來客數次。晚聽收音機，報戰況總是勝利，共黨如何失敗，殊難徵信也。政府説話，民衆不相信。

初八日　陰　十一月八日　星期一

十時起。飯後外出一次。午後三時寫字畫花約二小時畢。晚閱《朝野雜記》，宋朝置童子科，淳熙元年夏，有女童林幼玉求試，中書後省挑試，所誦經書四十三件並通。四月，辛酉詔，特封孺人。此真女兒，有夙慧者也。見第十六卷第卅二頁。

初九日　十一月九日　星期二

早起，飯後畫蘭幅未成功，寫信三件。午後三時至省府一次。晚閱《尚書詳解》卷一至卷十，此書宋夏僎撰，多有與他家解釋不同處，借自省立圖書館者。予幼時不喜《易經》，於《書經》，當時亦苦難讀。今日能懂，惜已臨老境，不能研究。

初十日　十一月十日　星期三

早起，午後外出，四時半方歸。晚閱《尚書》十一卷至十五卷。聽收音機，徐州戰事愈緊，一觸即發。共軍已取包圍式，且人數極多云。

十一日　十一月十一日　星期四

早起，飯後仍作畫。午後三時往省府人事處略坐出。晚間仍咳嗽，不知用何方治之爲好，令人焦灼無已。

十二日　十一月十二日　星期五

早起，午後作畫未成。晚間無事，仍閱《尚書詳解》，至十八卷已畢。老年無書可閱，此次借武英殿聚珍版叢書，以字大夜間不傷目力也。連日聽收音機，徐州吃緊，不知將來如何了結。

十三日　晴　月色佳　晚大風　十一月十三日　星期六

早起，咳未止，氣喘似已愈矣。閱報，徐州國軍大捷，共黨死三萬餘云云，似在不可知之數。因國軍勝利之報，從前屢見，而東三省今竟失敗，山東失陷亦未收回，河南二次又放棄不守，以此數椿大事證之，似不可信。且政府今年金圓券之發行，太失信用，無怪乎各縣鄉鎮民衆，對於政府無信用也。晚寢後，咳仍未愈，連日服日本藥水，較前略順利耳。

十四日　晴風　月色佳　十一月十四日　星期日

八時起。連日足軟身疲甚，連夕電燈光弱，不及清油燈，又不能作事，朝夕疲悶而已。午後鄧北堂來，坐談甚久去，連夕電燈無光。

十五日　晴寒　晚月色佳　十一月十五日　星期一

早起，聞昨日物價已下跌十分之一，金圓可兌現洋或金子。徐州國軍已獲勝利，故人心物價轉變，乃有此現象也。日本藥水已服完，明日設法再取一瓶續服，可望全好耳。晚寢仍咳，今夕無電燈。

十六日　晴　晨有霜　十一月十六日　星期二

早起，午後寫條子送胡舜生者。今日電燈未停。一時至三時聽收音機及新聞畢。至黃稷丞家略坐，便約至鄧正夫處一談。正夫以予等久未至，堅留便飯，至六時方散。今聞稷丞語，始知其眷屬已飛渝一部分，七人。渠不願去，特留武昌。其妻及第幾媳爲川人，以姻親故便利避亂。予以無錢且不願入川，在武昌聽其自然而已。

十七日　晴　十一月十七日　星期三

早起，十時閱報，徐州東南仍未大捷。今日物價稍跌落，金圓券廿二日漢口中央銀行可兌金銀云云。姑妄聽之而已。下午寫畫款並送胡舜生字一條，明日寄去。又爲馮建緯作聯並畫件，以酬其從前爲予詩集題詞也。今夕又無電燈，服藥早寢。

十八日　晴　十一月十八日　星期四

早起，王姓學生來取信去。十一時鄧正夫來，帶和詩二章。予昨送畫與之《漁翁圖》，與黃稷丞同樣者。午後汪志道、汪俊源來，談甚久去。

十九日　晴　十一月十九日　星期五

早起，王小齋送紅立軸來。魯春廷來談買房子事。午後爲劉仲衡寫紅宮絹條子，頗費力，約二小時乃畢。所作頌詞多不妥，不知誰代筆者，必欲書予名。好在南京空軍通文翰者少，亦不知予爲何許人也，乃僞扯別人款而書之。蕭液垓夫婦同來談半時去。天保元朱先生送來金對聯欲予書之，以贈張永年新居者，予已面許不受潤金，彼晚間竟送官燕二兩來寓，以代潤金，可值價卅餘元，令予不好意思接受。宋濟賢派人送來孫仲珊三畫潤金五十六元，付五元與來人作舟車費。仲珊市儈，乞畫時說得甚好，且當時價金圓二元，可值硬幣一元，事隔兩月餘，索款至三四次，今日之五十六元，僅值銀元二元餘耳。今日郵局已漲價，平信增至十九倍，然總算便宜。一角金元僅當二分，現時人力車較之，五里地需金圓三元矣。

二十日　晴　十一月二十日　星期六

早起，咳嗽稍好。昨夕寢甚安。飯後出門帶黃師詩稿與印刷所講價，途遇恩施張篤周夫婦，立談片刻。蓋前數日自施南來者，云施南各物價與武漢比僅十分之一耳。至朱成大晤及李若泉，談半時許歸。晚寢仍咳。

廿一日　晴　晚間大風　十一月廿一日　星期日

早起，十時張篤周來，談及恩施物價便宜事，此該縣居民土著甚少故也。倘若抗戰時，機關學校遷施時，人多而物價漲矣。

廿二日　晴　今日小雪節　十一月廿二日　星期一

早起，午後無事，補畫條幅三件均未成功，時時添幾筆消遣而已。連日報載事實，據有人閱香港出版之《大公報》，與中國各報所載戰事大有出入，不知誰為確實。

廿三日　晴　煖　十一月廿三日　星期二

早起，咳仍未愈。吃魚肝油尚未見功效。飯後送黃松師稿還李範一，與談各事，彼之認承為黃師印詩稿是實是虛尚不能肯定也。此次渡江，漢口人力車較上旬日漲三倍矣。四時半回。傍晚有風，幸早渡江回寓。

廿四日　晴　晚八時小雨　十一月廿四日　星期三

昨晚飯食蝦仁過多，咳嗽不已，早起口乾。午後補未竣之畫，寫信與袁夏村、王國煌，復香港黃師函，俱發出。

廿五日　雨終日　寒甚　十一月廿五　星期四

早起，今日天氣寒甚。十時閱報，無多新聞。公教人員加薪五倍，自十一月份起最低者爲六十元，月可發三百六十元。從此報章宣傳物價必漲一二倍矣。晚更寒。予補寫聯語數頁，皆恩施所留稿也。晚咳甚。

廿六日　雨終日　寒甚　十一月廿六日　星期五

八時半起，咳未愈。今日更寒，未能出門。補花卉三條，俱成功矣。晚聽收音機，孫科長行政院，張羣補中央黨部秘書長。總之國事日非，任何人支持，難有轉好之望。書所謂在知人，在安民者，未讀書或讀書不多之人主政治，只知斂財而已。可爲浩歎。

廿七日　陰寒　晚大風　十一月廿七日　星期六

早起，昨晚咳時少，已服潤肺膏之效力與。閱報，近日居上海之顯宦豪門，集細軟攜妻子逃避香港、台灣居住，因滬上又有謠言也。滬參議會檢舉，請政府查禁並沒收其在上海產業。噫，政府能禁此事耶？政府能禁此事，何不將美國所存豪門大量黃金收回國有與？又聞搬遷逃港台之家，俱由海陸空三項走法。已報告者有七十餘家，其中有立法委員、國大代表及參議員等，約在半數。噫，此三種人平昔以愛國自命者也。晚寒更甚，大風忽起。

廿八日　陰　大風寒甚　十一月廿八日　星期日

早起，咳稍好。午後閱報，寫信二件。晚以寒甚早寢。

廿九日　陰寒　午後晴　十一月廿九　星期一

汪俊源來，予未起，因不願聽其語也。竇秉鈞來，坐甚久去。予十時方起床。飯後以久未出門，乘車至司門口，轉至朱成大未晤。訪陶季賢、程得林、周漢三均未晤。訪劉萃三，知其回鄉乘車跌傷。過糧道街遇涂君，云陳豫生新宅在興隆巷，便至其家略坐談即出。五時回寓，王國煌來。

三十日　陰晴不定　十一月三十日　星期二

九時起，俊源來說代秦姓買房子事。午後寫信與劉仲恒索潤金，彼已許二星期而未見到者。此種少信義不能不討也。寫信復胡旨狷，說明寫字不可無報酬。彼爲其學生求者，此端一開，自惹麻煩矣。

十一月

初一日　陰　十二月一日　星期三

早起。午後外出至烈士祠附近，遇劉君，云胡玉齋已死，其屍搬在祠中候殮云云。予遂入視，聞其子濟楚云：玉齋疾七日，吐血屙血俱作，血盡而死，今年六十四歲。殊可憐也！汪世鎏、李西屏、江慶林俱在祠招呼，明日大殮，予略談出。至圖出館借書，與李匡甫、崔冠侯談片刻歸。今日報紙少一張，無多記載。閱《大公報》，滇南馬關失守，文山告急云。此何處來之兵耶？又蚌埠、南張、八嶺、宿縣、靈璧、泗縣俱失。此廿八日電，信也。今日已隔三天，不知情形如何。又載四川成都消息，雅安石渠鄉有名葛絨者，係康族，以牧畜爲生，年一百四十歲，已見七代子孫矣，此事果真，可稱人瑞。則前清中葉四川涪州周姓老人百四十歲，尚康健者，與此無異。時非盛世，那有禎祥，予未敢信此事也。至黃稷丞家，知其已病三日矣，略談即歸。

初二日　晴　十二月二日　星期四

早起，汪世鵬來函，轉述陳右軍囑予簽呈可補合作社摺子。十時至烈士祠探胡玉齋何時大殮，談數語，與薛君言傍晚再來。至圖書館借書歸。午後剃頭一次，匠價已增爲三元，如理髮需五元，此是二等理髮店，一等店須加倍矣。四時寫信，附簽呈請陳右軍轉遞送郵發出。

初三日　晴　十二月三日　星期五

早起，十時往烈士祠吊胡宅孝，略坐出，便訪鄧正夫，談片刻歸。今日發函與孫石民，囑其將存字畫十二件即日賣出。晚熊志超來取寫聯去，送銀元二元，照金圓券作五十元潤金也。晚閱《函海》至第廿本，聚珍版書至廿本。此真所謂老馬看花也。惜予年齡已老，此等大部叢書，卅歲前後未能借閱，今則閱後即忘，不能待次日。人生記憶力過四十歲已不行矣。

初四日　陰晴不定　晚十一時雨　十二月四日　星期六

早起，連日大便不能一次解完，必須三四次，最後有血凍一塊。昨服厚樸、大黃、山查之藥，取其順利去裏熱也。午後命夏僕渡江取米。今日輪船渡江每票一元，較之去春加十九倍矣。寫有感詩二首送鄧正夫。命僕至圖書館換來《函海》五本，《武英殿聚珍叢書》五本。兩書現均閱至第廿五本矣。字大便於夜間看，然不能記憶，所謂時過而後學，腦力漸減。此書之特異未見者，錄於《春柳齋筆記》中。大黃藥性到，下午又大便三次，晚寢尚安。

初五日　雨　寒　十二月五日　星期日

早起，午後補畫未竣之件。予疾未愈，咳嗽已減三分之二。惟晚寢後時作傷風鼻涕狀，連夕如此。閱報，戰事總言勝利。又政府一再聲明決不遷都廣東及福州，晚聽收音機亦如此說，則從前確有遷都之議矣。後事殊難逆料也。蔣夫人到美國後，其朝野對之狀態，各報亦有記述，不可靠也。

初六日　陰　晚小雨寒甚　十二月六日　星期一

早起，今日未作事，精力似疲困，兩膝酸痛，不思行動。再服魚肝油。因止咳藥水已完，欲買無錢，留錢以買米油柴炭為主也。

初七日　陰寒　北風時作　十二月七日　今日大雪節

九時起，因天曙時睡未足，補睡二小時乃安。今日寫胡玉齋挽聯，命人送去。又向圖書館換借書二種。《函海》中有《靖康傳信錄》，李綱所撰也。綱忠直愛君愛民，主戰者，而大臣不容，一意和金，願做侄皇帝，爲中國漢人之羞，千古非之。静思國事，感觸殊多。

初八日　陰寒小雨　十二月八日　星期三

早起，夢閑似欲產，予爲寫函請假。至晚腰痛稍好，大約係動胎，看明天如何耳。今晚足軟身疲，睡後極不安。

初九日　陰　小雨　十二月九日　星期四

早起，今日夢閑仍未產，請醫生來看，大約尚需時日也。今日閱報，經濟戰事均不佳。銀元值金圓券卅元，物價又上漲，以後金圓當與從前法幣一班矣。寢後咳稍好。今日黃稷丞、竇恒之先後來談。

初十日　陰　小雨　十二月十日　星期五

早起。又爲夢閑寫續假函，今日仍無產狀。午後邦丞自胡林來，予問以鄉間各事。晚聽收音機，戰事如前狀。夢閑腹痛未愈，似欲產而未產也。

十一日　陰　十二月十一日　星期六

早起。夢閑仍如昨狀，已向法院請假二次。韓英華來，謀空白委會，已許之。今日閱報無多新聞。惟近來奸殺案迭見。噫，社會萬惡，誰提倡之？人心日壞，法律失效，政治不良，此其主因也。

十二日　晴　月色佳　十二月十二日　星期日

連日陰雨，人愁悶萬分。今日首義同志會改選，予以天晴，思去尋程仲蘇、蔣蘭圃談話，乘車往省黨部，已到人數約百餘人。與程、蔣談話，便與范瀛槎、孔文軒、魯祖軫談數語，簽名出。恐投票延長時間，予亦腹餒，欲歸也。夢閑仍未愈，亦不似臨產狀。午後四時，補畫未竣之件。

十三日　晴　月色大佳　十二月十三日

早起。寶秉鈞來述昨日投票事，幸予未待開會也。下午又補昨日未竣之畫，《修禊圖》已成功矣。改日題詩送與鄧北堂了此畫債。

十四日　晴　霜　月色大佳　十二月十四日

早起。寫信三件，復梁維亞，致張金光，致楊醫生，均爲夢閑作也。今日街上紮兵多，昨日午後自湘開來者。晚至范尚立家略坐談。借來牙牌，卜問戰事大局。不佳，有"魯陽揮戈，千古奇事"之句。

十五日　晴　月色大佳　十二月十五日

早起，上午閱報，看武英殿聚珍版書，已至四十冊。前半皆各家注《易經》，予生平不喜《易經》，幼年讀之已覺味同嚼蠟者。後半係《書經》，亦非予所樂者。憶十三四時，從程師讀《書經》，表面意思尚好，背誦記憶極以爲苦，今日重讀，甚有多字不認識者。看《函海》亦至四十冊，覺有味。宋南渡後史冊昔閱甚少，今所閱皆靖康朝野軼聞，及建炎以來朝野雜記也。韓岳之忠、秦儈之奸，令人讀之髮指，而高宗庸懦多疑，昏主也。近三日，疾已愈十之九矣，早寢。

十六日　晴　月色大佳　十二月十六日　星期四

九時起，連夕多雜夢，昨又夢先君在家宴客，卅餘人，親送出門也。予以內子未產，星期此內心惶惶然，睡時不安，致來雜夢。午後將未竣之畫三張俱補成書款矣。一《修禊圖》費六七次之力始成；二《聽泉圖》幾一旬矣；三《修竹夕陽圖》兩幅同式，亦費三次功夫所成。可證戴文節公語，草率不成畫道也。此四幅均爲愜意之作。卻笑近時稱畫家者，胡亂落筆不知家數，大言不慚自號爲藝術家者，真不值一哂耳。

十七日　晴　月色佳　十二月十七日　星期五

八時半起，飯後補畫各件已成功。餘一塊亦爲《聽泉圖》，書畫箋所繪，甚佳。此圖除戊辰二月劉菊坡取去一張，此爲第三張矣。予今年畫件較去年多，比五年前畫筆生動超脫，畫道大進矣。明日再寫翎毛一幅，則今年作品山水得四分之一，人物六分之一，翎毛十分之一，而花卉則十分之九矣。其它蘭竹尚不計數也。畫不多作，難望至妙境化境，豈僅恃此傳名已耶？寫字亦然，然後知古人能享大名者，非偶然矣。

十八日　晴　月色　晚大北風　十二月十八日　星期六

九時起，今晨楊漢民送來麻油一罈，約卅餘斤，蘇糖二斤，係酬予爲彼作畫也。當然受之，此正予缺之物品也。午後買柴千餘斤，板炭一百廿斤。天晴已久，冬至節快到，一交風雪，柴炭俱貴，去銀元八元。銀元價高，與從前添八元物品亦差不多，惜予未能賺銀元收入也。晚疲甚，足軟早寢。

十九日　陰　小雨　十二月十九日　星期日

早起。蕭液垓、段繼李同來，談半時去。晚間范尚立來談時局，謠言多，似不可信。然軍事到何時可結束耶？龍某來，欲其妻同往京口，予已許之。

二十日　陰　小雨　十二月二十日　星期一

早起，十時至田院長處當面爲夢閑請假。遲遲至今尚未分娩，令人不好措詞續假，好在田已面許之。出遇陳志純，謂改在上午爲張篤周餞行，止有五人昨晚接函，有十人公讌。正午去則包貢九未來，只予與張春廷、志純、豫生，予深怪其多事也。篤周迭辭不到，何必多此一舉耶？用錢次之，天雨，車價貴，予家中又有事。

廿一日　晴　午後陰　晚小雨十一時以後大雨達旦
十二月廿一日　星期二

早起。十時至朱成大買紅聯一付，送成大六十壽者。閱報，戰事平津吃緊。中央日日宣傳勝仗，而到處吃緊，老百姓吃虧逃亡，彼不顧及也。

廿二日　雨寒　晚北風大作　今日冬至
十二月廿二日　星期三

早起。夢閑云欲產，當請馬小姐，云已請病假。遂請省立醫院王漱芳女士來接生，檢查久，云尚需時間，今晚明晨當可分娩云。午後孟保長來云，此保抽籤，予家可向漢行購金子一兩云。當至警二局取回購條，繼向王禹九、王尊山問及在漢口中央銀行兌購，並悉戰事極壞。今午龍超群自漢來云一切。劉經定述保安司令訓話。共黨攻信陽，漢口吃緊期至矣，殊深焦灼。晚十一時寢，心時時念及夢閑臨產時候似近。前夕卜課，似可於冬日生也。展轉難寐。寐後夢天空有月，為雲掩其三分之一，中間現出一大星，五角放射，予眼不能正視，其光強烈。地面上人觀之，均駭異甚。未幾，又似國家大事有情報來臨，群眾驚慌。一大紙上寫某要人，俱有黑橫粗線勒去，蓋短橫勒也。其下現出二字，約酒栖大，曰"馬督"，似一官人名姓也。遂醒，旋又睡熟。

廿三日　大風雨　雪子　寒甚結冰
十二月廿三日　星期四

四時半醒，聞夢閑呼，龍嫂起，升火食麵，天尚未明也。六時，聞腹疼欲醫生。六時半老五去接醫生，出門未久天漸明。定生已起床。忽聞兒啼聲，已產矣。幸龍嫂能接生。予未起床。七時一刻洗兒包被送予床上。小孩氣甚大，呼吸強，予未問及是男是女也。七時四十分醫生來，予方起床，聞醫生呼，方知為男孩也。午後欲進香祀孟夫人，以事忙忘卻，俟三朝當祀之。十二年前生定兒，孟夫人時時顯靈。前數日又夢夫人來與予親暱甚。予迭許再生兒仍爲夫人之子也。晚寫聯送朱成大六十壽辰。

廿四日　大風雪　結冰寒甚　十二月廿四日　星期五

予昨夕早寢，無夢，今晨畏寒，十一時方起。小孩聲洪，貌甚好，已食紅糖水。午後朱成大派人來接予，初不願去，今彼來接，乃乘車去。途中風雪正大，寒氣襲人。到梅竹齋後，略坐開席，席甚好，食畢即歸。

廿五日　晴　午後陰　十二月廿五日　星期六

九時起，午後祀孟夫人。今日小孩三朝也。晚未作事，寒甚，早寢。昨日下午腰忽挫氣，痛甚，臥後不安。睡熟後夢張肖鵠夫婦在店中飲酒，囑予爲之換外國金幣券，以圖示之，一藍色皮幣，長四寸餘，謂此爲一圓式也，此真可發笑。

廿六日　早見雪　盈三寸　旋晴　十二月廿六　星期日

十一時起，腰痛甚。午後呂景芳來，片刻去。晚間腰更痛，遂煎三七、當歸，和酒飲之。早寢。

廿七日　陰　風寒　十二月廿七日　星期一

劉伯陽來，十時半予方起。昨夕腰痛未愈，又極畏寒也。伯陽談甚久去。晚范尚立來坐談，法院與夢閑同事女性三位來道喜，留便飯去。

廿八日　陰　寒甚　十二月廿八日

早九時半，惠質夫送航業局顧問公費來，每月壹百圓金元。午後寫朱光祖、鮑矩軒、劉時敘函，均爲顧問公費事。寫胡二林四分公信一件，鄂城孫少衡父子函，朱昆山、茂林函各一件。下午腰痛略好。晚寫信二件，爲陳同庚之母七十一壽辰作畫松月，並題二詩。

廿九日　陰　小雨　寒甚　十二月廿九日　星期三

十一時起，連日畏寒，不能早起也。銀元今日每元換金圓一百元至一百卅餘元，誠爲怪事。不知當局何以不禁也。雞蛋每枚卅餘元，肉每斤卅五元。物價飛漲如此，小民何以過活？皆政府之罪也。挂羊頭卖狗肉，而欲治天下，安定民生，無乃騙人太甚耶。孫科組閣，又是一個好人。晚聽收音機，陳誠發表臺灣省政府主席。東四省已經送完，尚有臺灣未贈與共黨與？此則不可解者。陳將軍前失南昌，繼失宜昌，失武昌，當時人呼爲三昌將軍。

補廿九日　微雪　陰寒　十二月廿九日

十一時半起，午後補作陳同庚、喻育之兩畫俱成。喻六十歲大做其生，真不識時務。如此環境，係自己用錢，抑靠他人用錢耶？予寫一函與之言明不能送洋祝壽，僅以秀才人情與之而已。題詩三章，不知漢口捧場者能懂否。晚寢，腰仍痛。

臘　月

初一日　微雨　小雨　陰寒　十二月三十日　星期四

下午一時半起。昨夕腰痛未止。閱報，果與昨收音機所報新聞同。漢口警局捉拿收銀元者八十餘人。洋價已跌爲每元換金圓七十四元。假令搶殺一二人，必價平矣。不知當局何以不做此事。或曰警局發生拘人，就是替員警開財源，添一筆黑餉也！

初二日　晴　陰　十二月三十一日　星期五

十一時起，飯後外出一次。至王伯彥家、永濟米店。郵總局方局長與胡慶生談南京有密電，似於和議有關。明日元旦，總統必有明白宣言。

如廿八日下午閻錫山自太原來京，攜有計畫、大計書云。又各省軍事長官已奉召到京共決國是。國共兩方打到精疲力竭程度、國軍言和，恐此時機會已過，更無美國出面調也。

初三日　晴陰不定　國曆三十八年　元月元日　星期六

十一時起。連夕睡遲，早又畏寒不能起，病後狀態如此也。閱報，果有文告，開和平談判之門也。則從前孫科絕對否認言和，仍是國民黨一貫技術也，好笑好笑。文告中大要云：只要和談無害於國家的獨立完整，而有利於人民的休養生息，只要神聖的憲法不由我而違反，民主憲政不因此而破壞，中華民國的國體能夠確保，中華民國的法統不致中斷，軍隊有確實的保障，人民能夠維持其自由的生活方式與目前最低生活水準，則我個人無復他求云云。南京自陳布雷死後，此等文告竟變為白話文矣！非舊時元首罪己詔也。且看共黨反應如何，誰再作調人歟？後一段云：如果共黨始終堅持武裝叛亂到底，自不能不與共黨周旋到底。不曰抵抗而曰周旋，好語氣也。百姓對此似不經意，僅銀元價稍低落耳。

初四日　晴寒　元月二日　星期日

早起，今日無報，不知南京情形如何。戰不利，地盤失去甚多，乃轉而言和，恐共黨反應未必佳也。晚閱《尚書》十九卷至廿卷已畢。咳嗽至今仍未愈。

初五日　陰　元月三日　星期一

早起，閱報，和平信息已出，未見共軍有答復。聞不久中央請蘇美英法出面調停議和。噫，前年美國馬歇爾八上廬山，向中央調停已盡力矣。今日如何說法？

初六日　元月四日　星期二

早起。午後閱報，戰事仍緊急，和平事共黨無答復；請蘇美調停，外長吳君已出面請求云云。蘇絕對扶持共黨，中央係靠美援者。此矛盾的兩國如何能調此和平耶？早知今日，則馬歇爾返國前仍有忠告，政府何以不信耶。

初七日　陰寒　一月五日　星期三

早起，閱報，不見共黨答復。惟聞楊君云，昨夕延安、濟南二處共黨廣播，不接受和平。且指最高當局及陳誠、孔、宋等七十餘人為戰犯。似此情形，和談之門閉矣。

初八日　陰寒　今日小寒節　一月六日　星期四

早起閱報，共黨不理和談事。馬歇爾未返國時，中央佔上風，而估計共黨甚低，陳誠、胡宗南均不願和。今日中央走下風，局勢為人所共見，共黨自不會理和談。

初九日　晴寒　結冰　一月七日　星期五

十一時起。汪俊源連日來求為其子薦事。午後走訪朱秘書，□私談片刻出。連日報載，和議無消息，共黨似不理此事者。聞元首欲約美俄調停。以矛盾不相容兩國來調中共事，未必有成功希望。報載俄大使不日返國，更奇矣。

初十日　晴　結冰　晴寒午後陰　一月八日

十二時起，閱報，和談冷靜，因共黨無答復。午後謠風甚大，張群已乘飛機到鄂矣。飯後往周漢三、熊濤聲、劉萃三、劉伯剛等處，略坐談歸。銀元可換金圓券一百廿五元。

十一日　結冰　晴寒　月色佳　一月九日　星期日

十一時起，李太婆送禮物與小孩，留便飯。羅資生、姚宏齡來，略與談去。今天謠風稍息，張群之來究係何事，外間尚不得知。聞省政府又緩裁員工。張篤倫到鄂，所行俱為自私自利，如保其胞弟張仲先為省府委員，張季南為七區專員。保安司令部俱為其同鄉戚族。武昌市政府辜仁發、省會省察局長劉某俱安陸人。又保其戚耿伯釗、耿心等等為專員，安陸縣大發矣。此與萬耀煌長鄂時無異。惟其妻尚不比萬周氏之公然賣官爵耳。漢口公產清理處長張某亦其同族也。晚寢後仍咳嗽。

十二日　晴　一月十日　星期一

十一時起，飯後鄉間來人送禮，留之飯，問各事。閱報，共軍仍進攻，天津吃緊。平津參議會請停戰，與共軍單獨求和。中央如不接收條件，將來天津必失，牽及北平故都。北平失而共黨有正式都城矣。

十三日　晴　月色佳　一月十一日　星期二

十一時起，飯後渡江至曹漢丞寓未晤。聞其輪下午五時方到，予不能候。傍晚歸。飯後閱《雜記》，卷十已畢。寫信四件，均久未復者。寫信與萬邦興，請其向朱光祖催問酒精廠顧問費。因寄函與朱未得復也，亦不知調整之數。鄭萬選處亦欠十二月公費未見送來。陳淦川、余百川二家尤慳吝不堪之人，公費竟不送來。

十四日　晴　月色佳　一月十二日　星期三

十一時起，飯後外出一次。報載和談難得有結果，畢竟未見共黨答復也。前年馬歇爾迭次勸與共黨和，今日中國迭向美國出面調和。蓋前年估計共黨勢過低，今日中央身份又自賤太甚也。萬邦興來，回顧問公費信。

十五日　晴　月色佳　一月十三日　星期四

十一時起，飯後外出一次，午後閱報，共黨已有答復和平，提出八條件，□□且前言謂中央不接收條件以前，決不停止進攻。不知中央總統能忍受否？似無異招降也。噫，前年馬歇爾去後，各語以及軍事顧問團團長所建議於中央者,中央憶及否?

十六日　晴　一月十四日　星期五

十時起,連日咳嗽未愈,不過不似從前連續吃虧也。閱報,恐南京遷都在急,台灣爲大本營,粵閩爲附屬地。果爾,共黨亦未必放手。和談不成,小民性命則當局所不管也。陳誠掌軍政,宋子文辦政治,將來孔祥熙主財政,而必以陳果夫、立夫辦黨務,則吾國之亡可操左券也,哀哉!午後一時,萬邦興送來金圓一千八百元,表面看來不爲不多矣。予當即取換銀洋十五元,以免變質。上月程仲蘇代予所領之九百金圓,一星期即變成半價,一旬外只三成而已。今日爲先君忌日。先君沒已卅四年矣,未能如往歲之虔誠以祀之,心傷無已。王國煌來,云明晨即回縣,予便咐各語云。

十七日　晴　一月十五日　星期六

十時起,早點後十一時至青年會,張耀綸與李廉方之次女仲英結婚也。午後一時禮成開席,男女客四桌。李小園、陳豫生、通志館諸人,外客甚少,三時歸。閱報,天津似已失陷矣。

十八日　晴　一月十六日　星期日

十一時起,閱報,證明天津已失陷。津參議會單獨乞和,各機關屋上已樹白旗云云。不知南京以後和談如何辦法。如小民不遭殃,不再受兵、水、火、屠殺之亂,命可苟全矣!

十九日　晴　一月十七日　星期一

十時半起,十一時渡江至曹宅。十二時半午餐。聞下午五時正酒,予不能候也。至瑞祥路三號訪鮑矩軒,對顧問公費不能確切答復。商人說話不可靠,聽之而已。

二十日　晴　大北風寒甚　一月十八日　星期二

十一時起，午後閱報，和平歇氣。英美等國決計不調。兵敗求助於外以乞和，外人早看透吾國政治大老心理矣。以後殊茫茫也。襄樊前五日已失陷，鄂北吃緊，武漢亦不能不防。晚聽收音機，已不報中央和談諸事。

廿一日　晴　一月十九日　星期三

早起，飯後閱報，和平京滬俱提出。社會人士向共黨求停戰。

廿二日　晴　元月二十日　星期四

早起，閱報，南京江北情形甚緊，共黨進兵勢在必得，而國軍無鬥志。僅北平已獲初步停戰，傅作義軍隊未繳械亦未退出北平，由民眾代表議談云云。

廿三日　陰　一月廿一日　星期五

早起。閱報，南京又擬遷都，極力疏散人口，物價陡漲。武昌仍多他處開來之軍隊據民房，秩序極壞。

廿四日　晴　一月廿二日　星期六

早起。閱報，和平事反復無常，南京仍主張遷廣州。省政府職員索薪索米，大鬧一次，聞張已許明日發給。晚睡不安，心煩意亂。設武漢吃緊，予只有回胡二林，但太長等是否接信即來，則不可料也。汪俊源時來細話，可厭。

廿五日　晴　一月廿三日　星期日

早起。命僕打掃清潔。今日午後約法院及張永年等來舍敘酌。小蘭兒滿月係廿三日，今日星期，爲來客之便也。六時到齊，開酒二桌。七時半方散。予疲勞甚，十二時寢。

廿六日 晴

早起，清理各事。連日物价飛漲。銀元每元可值金圓券三百五六十元，市面緊張。北方退回軍隊到處覓屋住，人民不安。

廿七日

十時起，今日報載，和談愈支離。共黨以新勝之勢，實不願和也。南京仍混亂不堪，武漢物价愈漲。

廿八日 晴

早起，帶同夏僕買笋菜、小菜，備年內外四五天之用。豬肉陡漲，一切各菜隨處喊價不同，奸商佃民無不可惡者。時局如此，世風益下，致此景象也。

廿九日 早小雨

早起。閱報，和談無望。京漢均備戰言和。銀元價雖未大漲，仍爲三百四五十元換金圓。但物價又漲，政府無權過問，真亂世也。夢閑乳腫痛未愈且加劇，中西藥敷治無大效，令人焦灼。連夕無電燈，即來電亦不亮，尤悶甚。

除日 晴 廿八日 星期五

早起，爲夢閑乳痛病找醫藥等等，煩忙心亂。午後命僕續買年內外各物。昨日胡林太平、太長等來，予檢衣物，疲勞殊甚。今晨彼等已行矣。幸天晴，彼等今日午後二時可到家。居鄉本非所願，年老諸事不便。從前西遷八年，飽受顛沛居鄉之苦。今日倘再見之，真不堪矣。明年擬教讀維持生活或居鄂城城內，或就胡林教學。如和議成再定行止，此予最近計劃。午後五時祀祖先，具六肴、酒楮、香燭，表示而已。其簡略較施南不如，心煩亂，懼大禍之來，較施南尤甚。予生清代季年，先過廿年太平景象，國體變更後尚過十餘年安樂日。民國十六年奇怪事多。廿六年魑魅盡見。卅四年以後，政治日壞，萬衆離心。所謂禮義廉恥早已去之淨盡。男女則人獸不分矣。軍隊則與匪不分矣。貪污豪門資產，皆政府諸大人物敢爲之。徒以宣言、文告、標語以欺民，榨吸民財，致共黨之勢力日張，國家焉得不敗亡哉。晚心煩甚，十時飲酒一杯，十一時電燈忽小，僅一紅線，遂上洋油燈。略坐，後欲開筆書吉語，今歲除夕則無吉可述也。十二時半寢，三時醒，似夢中僅見方耀庭、徐克成二人。默記徐、方與予久未見，"徐方來庭"，不知《詩經》作何解也。

己丑（1949年）日記

卅八年正月初二日正午發筆。諸事順遂。峙山記。

正　月

初一日　晴　燥　己未　火女　一月廿九日　星期六

三時醒，枕上聞爆竹聲，不及去年之多。惟步槍聲連續施放，似保安門附近之軍隊。又時時聞機關槍聲，惟無子彈。軍隊放槍，去年官長即不能禁止。今年時局如此，待遇如此，焉能禁之。揣若輩心理，以爲百姓放鞭慶祝，我輩放槍取樂耳。九時起，馬顯聲來拜年，以後汪世鵬、蕭液垓、魯堅、許瑩璉等連續來，予囑夏僕答之，實未出房門也。時局大壞，心鬱甚，無心關於賀年也。華中小報亦載和談事，似難成功。昨夕天黑如漆，本爲好象，今晨陰霧，天氣不佳。晚寢後展轉不安，心煩意亂。

初二日　晴熱　晚雨達旦　一月卅日　星期日

九時起，飯後外出答拜年者。先往范尚立、張永年等七八家，至西街往王老伯母拜年，伯母已八十五歲，神智極清，坐片刻出。晚，心極不適，臥後再起，咳嗽不止。十二時半稍合眼，聞雷聲二次，甚遠。迨熟睡爲雷聲震醒，屋牕搖動，自是二次大震。惟時未立春，以舊說證之，非佳兆也。

初三日　雨終日　晚轉鐘後聞雷聲　一月卅一日　星期一

九時起，天黑，顯愁鬱狀。閱報，和平似絕望。聞京滬空氣主戰甚濃。又聞信陽有失陷消息。漢口搬家至武昌者多，武昌軍隊開漢者亦多，謠風大起。午後三時，銀洋每元可換金幣五百元至七百元，人心愈慌。予宅及保安街一大段電燈，自除夕晚十一時起，至今四日餘，未放光明，今日且無一線之光。

初四日　雨　二月一日　星期二

九時起，予外出購藥，見本街雜貨店已開門售物。銀元作價七百元，惟物價特別提高。銀洋黑市已二千餘元一塊。午後秩序呈混亂狀，軍隊開漢及武昌四周，漢口人民遷武昌者極多。聞漢口已搶兩家米廠，武昌米廠保安門外源記幾被搶。午後予又外出一次，鉅源等雜貨店已閉門，時有軍隊在門外喧鬧。行至警察總局門口，仍回家。所見情形緊張，只有兵車來往，人力車全無。予恐黃昏時行走不便也。

初五日　陰雨　二月二日　星期三

早起，外出看情形，商店已開門，警察逐家呼其開門。報載信陽、沙宜失守俱為謠傳。銀元作價一千元，旋跌為九百元、八百元，午後作六百元。惟物價小菜未大跌價。傍晚秩序稍好，軍隊仍向外開。夢閑乳痛更甚。

初六日　陰　二月三日　星期四

早起。報載共黨江北軍隊已移遠，京滬消息漸平。此間物價稍跌，人心漸鎮定矣。漢口捉搶米犯二人，又黑市銀元犯十餘人，不日處死刑云云。午正太長等來家，述鄉間甚平靜，銀元價亦用到二千八百金圓。夜轉鐘後風雨大作。

初七日　晨五時大風雨　七時以後晴　二月四日　星期五
今日立春　午初二刻

八時起，十時閱報。人心漸定，物價稍跌。漢市果槍決搶米及金銀黑市販子共二人矣。此辦法當急移之米店及日用品諸物之販子乃稱平允。不然奸商得計，公教人員仍是吃虧耳。飯後清理衣物書畫等等，裝三箱並被絮等等帶回胡林。

初八日　陰　二月五日　星期六

六時，太平、太長攜衣箱行李回胡林，計箱子三件、行李一袋，又茶葉、酒各二瓶，紙煙一聽。命夏僕幫送上車。午後夢閑乳痛甚，往醫院割治之。據醫生云，再遲則難治矣。濃血多，四時回寓，人甚吃虧云。晚間電燈仍不來，煩甚，不能作一事。如此電廠無一日令民眾滿意者。

初九日　陰　小雨　二月六日　星期日

早起。今日鄭姓請男女客，煩雜殊甚，借予桌椅。午後予出外避之，在朱成大等處略坐，傍晚歸。而同屋鄭姓各男女尤喧攘不休，蓋藉牌賭抽頭者，可鄙之至。十二時以後予尤睡不安寧矣。

初十日　陰雨　微雪　雪子　二月七日　星期一

早起。閱報，和戰事未詳。共黨已退，不知何故。銀元作價換金幣五百元，但晚間聞又漲價矣。鄭姓今日又請男女客，小孩小女尤多，喧攘殊甚，此不可以理喻者。予十二時寢，不安。今日夢閑再到醫院治乳。

十一日　雨夾雪　晚大雨大雪　二月八日　星期二

九時起。閱報，和談代表尚未至平，一說共黨拒代表，一說歡迎顏惠慶等六人民代表。午後大雨，寒甚。晚間下雪子，轉鐘後大雪。

十二日　晴　風寒甚　二月九日　星期三

聞晴霽，但予畏寒不願起床。今日曹漢丞生辰，八十二歲，予未能渡江致祝也。午後得曾心如函，又袁子青、夏村等函，皆有所托。傍晚張元音來談片刻去。

十三日　陰寒　午後六時雪　晚大雪　二月十日　星期四

早起。閱報，和戰均無記載，顏惠慶等六人亦未飛北平。傍晚胡松林來，予細問鄉間各事。松林明日回胡林，便托各事。晚雪甚大，十一時寢。

十四日　陰　時有陽光　寒甚　二月十一日　星期五

九時未起，電廠派工程師攜予原函談移電線事。屋中自去年除夕十一時電燈不明至今日已十四天。予寫信三封並面向該廠交涉二次。今晨來改線，不知晚間如何耳。一連十天買洋油、蠟燭，不知花洋多少，真恨吾鄂電廠無一時快人意也。午後訪田院長，為夢閑續假事，自未分娩至產孩及現時續假已五十餘日矣，設非與田為熟人，此續假不知如何說法。便訪鄧正夫，略坐談。和黃櫻丞詩。張元音、正夫均已和作，予以心煩尚未作也。

十五日　晴　晚月色佳　二月十二日　星期六

九時起，閱報無新聞，顏惠慶等十一人已飛青島轉北平，此行能否和平不得而知也。人言林彪的軍隊系韓浚當參謀長。韓被俘已三年，林與韓為同鄉。共黨原不講人情者，不知何以又有鄉誼。聞副師長李琰尚在受訓，大約不久可任共黨職務云云。今日本擬出遊，以家事繁瑣，內子乳亦未好，小孩要人招呼，予一步不能行，真苦境也。

十六日　晴　晚月色佳　二月十三日　星期日

九時起，閱報，無多事可載。僅金圓跌，銀元漲爲七百餘。此旬日內共軍未見來攻，和談不絕如縷，武漢各物提高價約三成。

十七日　晴　月色佳　二月十四日　星期一

九時起。連日睡極晚，因電燈已修好，晚能看書寫信也。閱報，顏惠慶等已抵北平矣。今日寫請貼約朱光祖、劉時敘等十人明日來吃飯。彼等均爲予繼續送顧問費者也。

十八日　晴陰不定　晚有月色　二月十五日　星期二

早起。閱報，仍如昨無多新消息。午後五時僅高運籌、劉時敘等五人來，餘均來片辭謝。人少省酒菜，坐席不謙，甚安靖，飲酒痛快。晚八時方散去。九時聽收音機，共黨向南京廣播，戰犯增爲一百四十人。

十九日　晴　二月十六日　星期三

早起。閱報，並未登昨日南京消息。正午外出一次。約裴、石諸人今日下午四時半吃飯。五時李匡甫、崔冠侯、裴晦公、石砥中俱來，六時開席。今日人數更少，飲談甚快。省府主席易朱鼎卿、秘書長劉先雲、民政彭曠高、教育王介菴、余正東改爲委員，朱懷冰亦補新委，明天可正式見報章矣。如此情況，末世竟有人做官過癮，朱懷冰再爲委員或以鼎卿爲其堂弟之故，欲作諸葛耶？人生出處隨人性而異，多有不可解者也，可笑亦可憐矣。

二十日　晴　二月十七日　星期四

九時半起。閱報，果與昨日廣播鄂省府改組命令同。新官上任必有所謂流行名詞作風者，姑俟之，以觀其後。朱鼎卿行伍出身，曾任東北之講武堂，後由連營長至軍長。平昔讀書習字以求上進，或較夏斗寅充主席爲有進步耶。晚寫復黃稷丞、袁子青、龍超群三函。

廿一日　晴　二月十八日　星期五

早起。閱報，和談尚無消息登出。午後寫信三件，答和黃稷臣除夕詩也，餘二件致鄂城及漢口。今日借來《知不足齋叢書》瀏覽一過，此兩湖書院藏書。予肄業兩湖時學校當局不准借閱者，器度過小。此劉聘之、郭炯堂諸人錮民智，只知守舊趨奉長官以圖其位置者也。第一冊至第三冊已閱竣。

廿二日　晴陰不定　二月十九日　星期六

早起。連旬均不能外出，夢閑乳未愈，小孩需人招呼。彼時往醫院，午後至五時方歸。其母亦住醫院又時時去看。今日李瑩來看予，予尚未起。

廿三日　晴燥　晚九時雨　二月二十日　星期日

早起。五六軍開湘，保安街滿駐軍隊。李瑩、何士彬、湯百齡來看予，談甚久。彼等曾駐鄂城縣過年者。予便約明日午後到寓便飯。晚囑夏僕備菜五肴。九時寫信三件，致鄧宣達等。十二時寢，寢後被熱不可耐，又起床視鐘已是三時半矣。秉燭坐半時仍寢。

廿四日　雨　二月廿一日　星期一

早起。囑夏僕買菜蔬等等。夢閑原擬帶小孩至李廉方家，因雨遂止。午後約李陵舫、湯百齡、何士彬來酒敍。何、湯均善飲，三時半談甚快，別去。因彼等隨五十六師開柳州整訓也。便勸三人讀書益智，不可因辦事而廢學。考《北史·盧思道傳》，年十六，中山劉松爲人作碑銘，以示思道，思道讀之，多所不解，乃感激讀書。後爲文示松，松不能甚解，乃喟然曰："學之有益，豈徒然哉！"洪北江爲詩有："思道既讀書，爲文松不曉。信知學益人，飢者待之飽。明明愚與智，一日互顛倒。"詞章尚如此，何況窮理道是也。又《李謐傳》少年孔璠，數年後璠還就謐請業，亦與此同。

廿五日　陰小雨　二月廿二日　星期二

　　早起，今日夢閑去上班。法院事本無可戀戀者，然七事所資，不無小補也。閱報，和談事已有門徑可尋，因共黨政府昨歡迎顏惠慶等，具酒六十席開會云云，何至如此多席耶。

廿六日　雨寒　二月廿三日　星期三

　　早起。閱報，和談事未多載，或者共黨拒接見新聞記者，而和談又係秘密事，以故外間不能得消息也。汪小卿自鄂城述鄂城近事，坐甚久去。

二十七日　早小雨　午後陰寒　二月二十四日　星期四

　　早起。閱報，仍無多事記載。全國人所望之和平仍未見有眉目也。飯後外出整鐘售表。在朱成大坐二次，晤劉萃三，知其不日回鄉修譜兼教學，五時回寓。晚間范尚立來，談甚久去。

二十八日　早有晴意　旋陰　午後五時雨
　　二月二十五日　星期五

　　早起。閱報，關於和談事未詳報。午後借來《知不足齋叢書》第二函，又換來武英殿聚珍板書五本，又《函海》五本，以備瀏覽。接石縣長函，復高元勳信一件，明日當轉出。聽收音機，簡直無新聞。今日十時，代總統李宗仁過漢，漢市民燃鞭歡迎。

二十九日　陰　二月二十六日　星期六

　　早起。閱報，和談仍未宣布若何端倪。然信不由衷，當無若何效果，備戰言和兩方都是如此辦法。且李宗仁未能全權代表粵閩台三省，另一系統如何能代表統一？所以北京堅持，實示李代總統之能力如何也。咳嗽至今未愈，連日服魚肝油，稍鬆動。晚睡多雜夢，如四十歲以前狀況。

三十日　晴　二月二十七日　星期日

早起。閱報，和談事仍未宣露消息，含糊其詞。登載一則曰毛澤東致李宗仁函，非常客氣，再則曰客氣之至。其函內容何如則不得知。噫，一客氣而和談成功與？各小報所載共黨有分三路謀渡江之說，揚子江岸線路最長，如何能防？其渡江在何一段江岸耶？以愚見度之，和談全部難成功或者一部分，如平津之和談與。連夕收音機聲音太小不能聽，可恨。晚寢雜夢特多。予連夕默籌回縣教書事，心亂如麻。

二　月

初一日　晴　二月二十八日　星期一

早起。閱報，南京省召開國是會議之事。李宗仁主之，其收效如何，蔣派軍政要人似未參加也。午後外出一次。晚聽收音機，聲小不辨。寫復各處函四件，宋、鮑兩人未必能踐諾言以助予者。世風日下，彼生意大佳，亦不能助予，況現在彼走下風耶？范瀛槎之妾死，彼來通知，鄧宜□之侄結婚來喜帖，兩處非送四元不可。近月餘無一元收入，尚要送出銀元，奈何，奈何？

初二日　晴　三月一日　星期二

早起。今日晴，擬外出，至保安門外八鋪街、陸家街等地一覽，柳已發青，菜呈嫩綠色，郊外鄉景可愛，惟菜花甚少，□未聞蛙聲。予着皮袍行走不易，不然可訪竇秉鈞先生一談矣。憶宣統元二年，予未來省上學，時便與程次松登本邑南城，望郊外湖鄉景以爲樂。初三四必須到兩湖繼續讀書。乃次松未六十已作古人，亦可哀也。今日俗名土地誕，在前清黃岡此會最盛行，縣城熱鬧異常。

初三日　晴　陰　燥　三月二日　星期三

　　早起。閱報，與昨日同，無甚新聞。省政府自朱鼎卿接事後已更易三縣長。衛生、社會、人事、警保四處均歸併，其主官任爲省府設計委員。大裁職員，任職一年或不及一年者，給薪一個月；三年者給三個月；十年以上者給四個月；各發旅費一萬元，充其量年資高者至多六個月，可得金圓券七萬元，以時價計可換得銀元二十餘元而已。省政府已到末期，做官的已是末路，可慨也。朱懷冰尚幹得起勁，予不知其是何感想。

初四日　晴　燥　三月三日　星期四

　　早起。閱報，仍無和平消息之詳載。午後與孫石民通電話問鄂城信息。胡林太長已來，予決定此數日內回縣教學。五時至王府口洗澡，去价八百餘元。今日銀洋已□至二千七百餘，明日仍當續漲，因一千元五百元金圓券已運漢口發行也！

初五日　晨雨　午後雨大風緊　三月四日　星期五

　　五時醒，聞雨聲。八時半起，自是雨漸大。今日天氣又轉寒，予未出門。閱報，載湖南郴州傷兵千餘人劫車，藉名欲買車上運廣州之耕牛。漢口農民銀行匯渝款，收航空運費用平信發出，正月初七匯款，二十六天方到渝，金圓二百五十元變爲二元五角矣。又載某部二等兵某上書請轉呼籲，該兵云：他每日火食三元三角三分金圓券，薪餉每日二元，作戰津貼每日二角，除柴米係公家的，每日共收入爲五元五角三分，要積四天才買得一個大餅云云。其實今天大餅須五十元一個。噫，如此待遇叫兵士去打仗拚命，能做得到否？或曰浙籍兵士每日可得二百元，然二百元亦僅能買餅四個，浙籍軍官或不如此待遇矣。

初六日　陰　寒　三月五日　星期六

　　早起。閱報，和談未多露消息。南京《救國日報》社長龔某，登載數項質問蔣總統，大要：既退職願和平，即將大權付李宗仁議和，不必在藉作後臺仍指揮軍事。如自認有實力可作戰，則力起復職來京，與共軍決戰。如果不能戰，又不願給權與李宗仁言和談，是害百姓云云。自敘彼不懼殺身之禍，要爲百姓說話，請蔣明白答復。噫，蔣將何以答復與！此與河南參議會議長劉積學上蔣總統電文來得更直率。蔣實不能作空洞之詞，如復劉議長曰："請稍安勿躁者也！"午後與孫石民通電話問鄂城館事。便至圖書館周鵬程、張熙光等處略談，至朱成大催所整錶，七時半方歸。

初七日　晴　今日驚蟄節　三月六日　星期日

早起。午後外出一次。同屋鄭姓已搬，家中無人照顧。夏僕又時時送飯等事，新來之嫗又不可靠，殊爲焦灼。閱報，謂政府自選舉總統後，今天一個政策明天又一個政策，今天一套辦法明天又一套辦法，其結果無辦法。近半年來的金融幣，言之心痛，使百姓窮至不可底止，法幣一變爲金圓券，再變爲金圓券與銀元同時流通。此外又有一種關元專供海關稅收之用。最初黃金、白銀與銀元准人民持有，但不得買賣流通，亦財政部命令也。八月十九即"八一九"名詞。改幣制時則不准人民持有金銀，人民持有金銀者必須往兌成金圓。當時比率黃金每兩二百元，白銀每兩三元，銀元每塊二元。九月底金圓券漸跌落，至於慘跌。十一月十二日忽又將金銀兌價提高五倍，又許人民持有金銀，但除銀幣外不許流通買賣。以金銀價巧立名目，如收平衡費及存兌辦法，滬漢因存兌擾出大風潮及死傷民衆多人，以後廢除存兌而金銀、銀元連續提高。現在金銀、銀元又完全開放，不但可以持有，並許自由買賣矣。是政府朝令夕改，人民無所適從。從前金圓初跌落時，部令公布滬上已鑄金圓含金質四點幾厘，各報均載。現在又載滬造幣廠已鑄銀元，如民二十二孫像銀元分兩均同，每日可鑄二十萬元云云。人民對政府迭次欺騙壓榨，早以失去信用，以故銀元換金圓券近日由九百元進爲一千三四百元。既滬上趕鑄銀元，何以各省銀元漲值耶？孔子曰："民無信不立。"現在政府盜賊不如矣！

初八日　陰　小雨　三月七日　星期一

九時起。閱報，和談無可靠之事證之。共方積極欲渡江，國軍亦在備戰。胡林太長已來，予擬此數日回縣。

初九日　小雨　時陰時晴　三月八日　星期二

早起。閱報，仍如昨日，和談似難有望。南京催改組內閣，孫科佔不住。午後渡江換金飾。曹宅龍某買得太鏗，予未售也。帶至朱成大，勸其收受。從前多十元未賣者，近日銀元每元換金圓一千七百元。聞中央所印大鈔一千元五百元一張的已運來漢故也。政府改鑄銀元何以又出大鈔？矛盾不攻自破矣。人民無所適從，頭暈目眩。狡黠者藉機會發財，安分者坐受損失不少。近三天銀元早晚價不同矣。

初十日　陰　小雨　晚大雨達旦　三月九日　星期三

早起。今日外出，仍為金飾事。朱成大未給銀元足數。午後劉岳母自醫院遷來寓中。晚與孫石民通話二次。甘肅張楚心所帶葡萄乾，今日命太長取回。去臘至今已相隔二月矣。收音機由張熙光處已整好取回，明朗可聽。惟電燈公司電力不足，可恨。十二時寢後甚安。五時忽夢見兵隊已圍縣城，先有一人逼先父寫一紙某事。先父已出門，繼見先母，繼則家中慌亂要急遷。家人紛擾萬狀，予則抱定生欲出，又聞宅前後吼聲大作，先似飛機聲，夜景也。予謂共黨無飛機，繼聞是軍隊在外呼嘯搶劫也，似近宅中。予正急遽欲逃間遂醒。近年夢不靈，心虛畏盜賊兵匪以致於此。今日銀元早價二千九，晚四千二百元。

十一日　早陰寒　午後轉晴意　三月十日

早起，甚寒。飯後往朱成大取足銀元款，金飾告一段落。今日銀元換金圓券四千四百元，大鈔出現以後物價可想矣。劉岳母今日自醫院遷來寓中。

十二日　陰寒　時有小雨　三月十一日　星期五

早起。閱報，和談似不可信。共黨謀渡江益急。中國海軍大艦重慶號係英國所贈予者，前四百餘官兵駛此艦於大連灣，與共黨合作，茲已由中央派空軍二次轟炸已沈云云。此久在英國受訓之海軍人員命盡今日矣。

十三日　陰　小雨　晚大雨寒甚　轉鐘後聞雷聲大作
三月十二日　星期六

早起，午後寫信三件，分別復汪志道、李佛波等，郵費漲價一月三次，今爲每封五十元，較去臘加四十倍。政府無信，立法院無權，如此可見。昨夕腎氣已舒。

十四日　風雨寒甚　晚仍雨　三月十三日　星期日

九時起，身體和暢。前夕腎氣已舒，雖足軟而腰不痛。兩夜均得安眠，傷風鼻塞亦稍愈。十一時閱報，不佳消息，共黨陳毅、林彪以多數軍力集中徐州、儀徵等地，準備渡江，和談恐係緩兵計。何應欽長內閣，政府之意旨可知矣。

十五日　早現陽光　正午陰沈欲雨　晚見月色
三月十四日　星期一

早起。閱報，和談事似少希望。何應欽組閣，邀顏惠慶、江庸等，俱遭拒絕，以後如何不得知也。總之政府到此地步亦無可如何耳，可慘可慘。

十六日　陰　午後轉晴　晚小雨　十二時大雨
三月十五日　星期二

十時起，午后到阮華甫寓，爲送鄢雲齋夫人挽聯事，便約至周鵬程寓略坐談。與阮同出至梅竹齋購聯，晚間書之。今日行路約十五里，欲見菜花則菜花甚少，欲聽蛙聲竟無一處可聞。蓋均因春寒使然也。

十七日　陰雨　晚見月色　三月十六日　星期三

十時起，連日又傷風咳嗽，真令人煩惱萬分。自去秋九月初起，傷風咳嗽展轉未已，此五個月中痊愈時合計不過二十餘天。老境多病比貧困更苦。古人所謂多病方知健是仙者，真可玩味矣。紀廷藻來，談甚久去。午後三時至省府，知麻城再爲共軍佔領，且至宋埠。河南有六縣縣長逃麻城避亂，共黨乘機追到麻城云云。便晤李少仁、周衡公、盧邦儉、孫業震等，談政府將來遷往何處。一說通城，一說鄂西，既設行署，仍併鄂西云云。行署主任爲朱懷冰兼任，朱於施南再往者，亦爲自己打算，爲將來避亂計也。予料將來無好結局。

十八日　晴　三月十七日　星期四

早起。今日已放晴。午後渡江至孫少恒寓。與王國煌通電話，告以各事，並謂予明天不回，預定後天搭車或再遲一天云。便至曹漢丞寓一談。傍晚渡江。今日麻城已失，擾擾到宋埠，河南軍隊俱逃至漢口矣。共黨愈逼愈緊。

十九日　陰　小雨　三月十八日　星期五

九時起。閱報，何應欽組閣尚未配得閣員，和戰問題尚未揭曉。共黨進逼愈緊，江北儀徵共軍雲集。據報已有橡皮艇二千餘。河南沿平漢來之共軍甚多。岳母病時輕時重，每每吃藥一效，再吃則不效，彼亦欲回湘。

二十日　陰　北風小雨　三月十九日　星期六

早起。九時閱報，組閣尚未成，共軍愈逼緊。銀元昨今兩日可換金圓六千四百元，大概京滬每元可換七千元。政府之無信用，經濟破產矣。

閱報，有名善銓者，撮要言中國歷史盡是吃人。大意謂二千多年紀載，幾乎無一天不戰爭流血掠奪。而最者爲南北朝及唐末之五代尤甚。蓋南竪朝自劉裕篡晉後，國號宋，其後齊篡宋，梁篡齊，陳又篡梁。此一百七十年間共易五朝，殺伐不已。北朝後又裂爲東西魏，北齊則篡東魏自立，北周又滅西魏與北齊。其間一百九十餘年，一串爭朝換代，不知死傷人民多少。至於五代紛爭更甚，又有十國最後統一於宋。除吳越國是自動獻地外，其他各國皆兵力征服者也。爲求一人爲王之大欲，世間死亡之兵民不可以數計矣。以上所列死於戰爭之兵及被兵燹屈死之民，史册記載最大之資料也。次則帝王專制，以求一己之尊榮，致演出荒淫昏暴，信任宦監，殺戮大臣，不惜視民如草芥。如明成祖之十族誅、瓜蔓抄，清初文字獄殺戮尤慘。則吾國史册，其間承平不殺戮僅文景之世、貞觀之治、開元天寶，清代之康乾時代，是二千年中十分之一而已。

二十一日　風雨終日　寒甚　夜雨達旦　三月二十日　星期日

早起。十時閱報，無多記載，和議難成，共軍準備渡江。久雨，鄉間麥豆受損傷，今年春季收穫之不佳可想也。午後欲去打針，以風雨中止。

二十二日　雨終日　大風寒甚　三月二十一日　星期一

十二時起。連日晚睡不安。劉岳母病漸重，已準備今日回湘。下午風雨更大，羅廣餘云今日不能來送，改爲明日派人來云云。劉紹湘等均留寓招呼。今日外出又購藥三盒。

二十三日　早雪子　大風極寒　三月二十二日　星期二

九時起。予畏寒，又不能出外，請打針。午後三時半劉岳母回湘，紹湘等四人送往車站搭車。傍晚夢閑同羅廣餘來，知已安全上車矣。惟慮車上人多擁擠，恐其悶氣暴卒，可慮云云。十二時寢後轉鐘似聞對門房內鬧轟半小時，又聞推拉房門聲，恍惚間與內子問答，疑爲貓鼠打嚼聲也。

二十四日　陰晴不定　寒　三月二十三日　星期三

九時起。昨睡不安。打針之手腕痛甚。午後欲外出探問浠水失陷信，渡江至孫少恒寓略坐，請杜君武打針，渠云葡萄糖鈣對於診咳無大效，只知鈣可消炎而已。請戴志强將予牙缺尖銳處挫之，略好，渡江已傍晚矣。

二十五日　陰　三月二十四日　星期四

十時起。午後外出一次。閱報，仍未述及和戰肯定辦法。安慶吃緊，浠水已失。銀元每日上漲，現已達八千元矣。

二十六日　陰　晚小雨　轉鐘後更大
三月二十五日　星期五

九時未起。聞電局差送電報來，細閱益陽發者，借電碼翻譯，知岳母殁於車上。十時半，郵局來函係長沙發者，則胡兵士所寫，述及岳母是日晚十二時卒於車中，證明電文未譯出之字係夜字。岳母來武昌已半年，病三月餘，應早回湘。其嗣子劉述陶爲不孝之人，生前立嗣，給有田產甚多。迭去函約其來鄂視疾並囑其送岳母回益陽，三閱月中彼竟托詞不來，岳母生前即恨其爲人也。岳母自民十六年以後受盡萬苦，並非無財產也。爲岳父被害控告出庭至四五次，二十六年僅告一小結束。其生平受苦各情予所深知，幸內子尚能盡孝道。使其子現在已四十四歲，不致如此受苦而死於途中，其心中實有餘痛者也。

二十七日　早大雨　午後陰　三月二十六日　星期六

早起。內子必要回益陽，已約劉紹湘同去。予原擬回縣，因以中止。今日銀元牌價七千元。與金圓比買物，上午銀元作價每元比八千八百元，下午作價九千三百元。大約此三日內可到一萬元一塊。其原因安慶快要失陷，鄂東形勢緊急。千元大鈔，武漢現在發現甚多。有此三原因，大鈔無限制印出，銀元安得不漲？內子與紹湘十一時火車未搭上，因兵士多，無立足地，看下午五時能搭上否。晚聽收音機，共黨約四月一日在北平談協商事。又漢口銀元明日牌價每元八千元，則黑市價當在萬元以上也。連日報載，漢口大鈔愈多，鈔荒愈甚，接二連三的搶劫都在鬧市中，而且均為失業軍官。不知陳誠當三十四年秋冬，何以要裁軍官或轉業，今日又再招新兵訓練。又鄂省府民廳未裁的科員黃、龔二人公餘時炸麵窩、賣小菜以補助家小生活，而達官豪門穿綢、美食，乘汽車帶眷屬出入大商店招搖過市者，如何不令匪徒紅眼耶。而南京立委監委高呼清算豪門資產，孫科院長最近所犯貪污大案能否澈底清查與？總之中國政治經濟社會上等豪門官僚無一不夠亡國資格。噫，此時此境，較明代亡時更甚十倍矣。傍晚彭啟予同其婿馮燕生來談。彭與予十餘年未見面，去秋方自南京通函，乃知其尚在人間也。彼云再往廣東依吳仲行。予留之飯，彼云已有人約，因未強留，囑其返里後再來一晤談。

二十八日　陰似有雨狀　午後三時轉陰晴
三月二十七日　星期日

早起。十時渡江至曹宅探團風、鄂城消息，知團風共黨已退，仍佔據沙河頭云云。至孫宅托其買代乳粉，金山牌五磅聽子，去銀元六元，總算便宜，購克林牌需銀元十三四元也。傍晚渡江歸，十一時寢。小蘭兒昨今晚尚乖，睡後啼時少。

二十九日　早陰　午後晴　三月二十八日　星期一

早起。慮伯陽昨未晤，今日上午必來寓，候久未至。至勝興借電話，而該漢口電話終不定。予遂訪周鵬程，欲約其至城外一遊也。彼以其姪道昌今日隨朱懷冰到施南，未能與予同往郊外。就其家飯畢，欲約葉再航同遊，值葉才自郊外歸。予遂一人往張之洞路前進，欲到長春觀，以足力不健而陽光已出，慮熱難行，遂經烈士祠前歸。所見菜花甚少，蛙聲止零落數聲，非仲春末氣象。久雨之後麥菜受損，蛙以晴暖鳴。今年仲春以陰雨太多姑負矣。予去冬自揣今春佳日須一一領略，豈料今春相反哉。晚至朱成大處換銀元購紙，遇李若泉、石壽蘅，坐談甚久歸。晚聽收音機，銀元又漲，明日當一元銀元值金圓券一萬一千餘元矣。晚寢後多夢。

三　月

初一日　陰　午後晴燥　三月二十九日　星期二

早起，昨夕街上見彩棚書紀念革命先烈旗，又懸青年節字樣。抗戰以後有所謂教師節、婦女節、兒童節，紀念日甚多，國家愈弱。真所謂正事不做專務此無聊之事，皆國民黨青年團諸人靠此吃飯者也。午後帶同定生往黃鶴樓一遊。今日食包子知每個五百元。噫，軍閥時代之選舉，資產五百元者為一種富民，資格與中學生及清代秀才、舉人為同等資格之一，今乃值包子一枚而已。晚寢多夢。

初二日　晨雨　午後陰雨　三月三十日　星期三

早起。午後閱報，安慶城恐難守，共軍以全力來攻且準備渡江，和談代表在南京尚未首途。又載重慶巡洋艦確以為空軍炸沈。如此大艦為中國所未有，海軍僅賴此艦以壯聲威。下至瓊岩南海、上至渤海燕台，此艦助戰時多，乃英國所贈予。而海軍學生多有大學畢業考取在英訓練者，今一旦叛變竟為吾國自炸沈之，不知國防部海軍負責人何以自解也。遲生已來省二日，其受訓已選定，仍補習地政。連夕電燈又壞，欲聽南京消息不能，殊為可恨。予自打針、吃白色咳嗽藥後，晚間能安睡四小時之久，仍繼續熟睡。咳疾已痊十分之九矣。十二時寢後，夢先父母住一宅，仍如生前。先父在房內置葡萄酒飲之，一不相識之客竟向先父索飲，自取櫃內所藏之酒，傾一大盃飲之。予乃至別房向先母取酒，未幾醒。

初三日　早　陰　午後晴燥　三月三十日　星期四

早起。湖南夢閑未見信來，不知情形如何。今日報載安慶似已失陷。又載國防部徐部長稱，共軍已早渡江之便衣隊約有十二萬人。又滇邊共軍聯絡土共，已佔領七縣。又越南共軍已與法國軍隊渾戰，似西南又吃緊矣。而湘西共軍侵擾未已。和談代表又遲一日赴北平和談。據代表邵力子等云，亦不可樂觀，設一旦破裂，中央是否能再戰，再戰不勝將奈之何？以後演變則只有看天意，則非人力所能為也。下午三時請熊予佛再打針。四時至黃鶴樓修禊，去年原人僅張春霆、鄧北堂、祁曉禪、鄔耀墀、艾之坪、賀良璜及予七人，其餘八人則洪朝文、饒校文等八人新約加入者。在抱膝亭照相畢，至市政府看櫻花。此花三十餘株，日本據武昌時以政府為特務軍事機關，自日本移來種植者。日寇據武昌八年，予復員之次年三十五年二月杪見此櫻，尚帶淺紅色。今逾十年，花變純白，僅蒂柄之萼為淺絳色。蓋日本國體變，武昌土地變。日寇當移植櫻花時，其心目中已視武昌為殖民地，為東京第二都，豈知今日為吾輩賞玩之地哉。六時至致美樓聚餐。鄧北堂并出明末僧某畫絹幅長卷約丈餘相示。予以足軟，又值晚間，並未過細閱，不能斷定此畫優劣真偽也。且左手打針後隱隱作痛，更覺疲倦矣。七時半食畢，八時仍步行歸。

初四日　陰　晚雨　四月一日　星期五

上午夏炳丞父子來，太長、魚山歸來，經生夫婦及女均在此，遲生又來自鄉間。吃飯人增多，零用菜錢不少，而銀元價連日漲近二萬金元，此時生活真不易維持矣。去年吾邑外鄉遭水患，今春雨多麥豆受損過重，設和談不成，後事不堪設想矣。連夕電燈不明，尤為煩悶。今日報載為愚人節。

初五日　陰　晚雨　四月二日　星期六

連日天陰，夢閑不知何時可歸。予作一函予吳書記官長，請代為照顧或請假。晚間不能聽收音機，無從知和談情形也。銀元已漲二萬三千餘元。

初六日　雨　午後轉晴　四月三日　星期日

午後閱報，平漢路信陽、花園共軍人數甚多，進犯甚急。銀元漲至二萬八九千，大鈔千元者武漢甚多，以故物價漲無止境，餅子已售五百元一枚矣。清理書籍並夢閑衣箱一口，囑太長帶回鄉。今夕十一時半收音機能聽南京及其他某省電台音樂，惜時間太晚，未聽得南京新聞也。

初七日　陰　四月四日　星期一

今日學生上學仍歸，聞校中放假，所謂兒童節也。滿街插旗慶祝。抗戰後予在後方聞所謂兒童節，今年本月一日又有所謂愚人節者，予尚不知其義也。銀元又大漲，大約信陽潰軍已至漢口，故景象如此之急。

初八日　早晴　旋陰　寒　四月五日　星期二

早擬至辛亥同志會參加清明掃墓節，以昨睡晏未定不能起。聞軍隊來紮，遂起。十一時寶衡之來談甚久去。時局變幻如此，心煩亂甚。十二時軍隊來，不可理喻，右樓已空，彼等七人臥樓板上，問之為九十二軍士兵，浙贛豫口音。均有別家住者，有湖北口音及黃岡口音，究竟屬何部分無能得悉，心煩亂甚。七時半出門欲至朱成大，頭暈甚，遂轉歸。一群小報販賣號外。予至文運昌閱看，則《民言報》載南京電：國共自明日起已同意下令停止攻擊，聽候和談云云。晚間銀元陡跌，換金圓僅作一萬八千元。

初九日　晴陰不定　四月六日　星期三

早起。囑遲生回縣祭祖墳。九時來報，並未載昨日停戰號外。他報僅云有此傳聞而已。《民言報》每每造謠不可信也。午後銀元作金圓二萬三千元，仍在續漲。儀徵危急，共軍急圖渡江，人心又慌矣！

初十日　晴　晚雨　四月七日　星期四

早起。十時閱報，儀征緊急，旦夕必失陷。平漢路守軍已退至花園。現聞國軍防守孝感、橫店等地，共軍已到漢口外圍矣。鄂東之浠水、黃梅俱失陷。漢口搬來武昌者極多。逃湖南者車站行李堆積如山，擁擠不能上車。往湘船票亦不能購得，已呈紛亂之狀。銀元漲三萬三千，軍隊退武昌者又多。晚睡難安。

十一日　晴　燥　四月八日　星期五

早起。十一時至周鵬程家探問各事，就彼家閱報，戰況極不佳。共黨廣播又提出新五項。第五項除要京滬外，尚要湖北，並許以平和渡江云云。武漢人心大慌。予飯畢渡江至戴志強處，為予整前牙缺者，彼已準備帶眷往渝。漢口中上人家往渝、桂、湘三省者，紛紛爭購車船票。至孫少恒寓，知其因借款受窘，略坐即出，渡江回寓。謠風今日更大，其原因係報載第五條要取湖北也。予飯後訪陳邦濤談片刻，知省府遷通城已在準備云云。七時訪張深安，欲問六壬課，正值其檢書欲卜。恰予至，取卦象細推，和談可成功。與今年正月初四晚予請深安卜課，國共終歸和議相似。並視象，武漢不受危險，與前卦同。細翻各書及地點似亦無危險。信乎，否乎？就其家坐甚久歸。晚寢極不安。

十二日　陰　晚小雨　四月九日　星期六

早起。閱報，李宗仁致毛澤東函，由張文伯代表轉交。大意決心謀和，凜於戰禍之慘酷，蒼生之顛頜，更鑒於人類歷史演成之錯誤（中略），如所謂戰犯也者，宗仁一身欣然受之而不辭之，況復世界風云日益詭譎，國共合作尤為迫切云云。不知中共方面可答復否。今日前方退下軍隊又多，青龍巷一帶均有。今日銀元已到四萬三千餘元。

十三日　陰　小雨數次　晚大北風　四月十日　星期日

早起。因對門房內馮姓擾擾一夜，天將曙，父子即渡江開門出去。六時，予以喧擾甚，起來關門再睡，睡不着矣。午後一時軍隊來駐，說話甚多，其排長以屋小乃住七人，紛擾乃定。三時范尚立請吃飯，有普君及張鏡懷在座，敖雲門來到。菜多，予以心不快未多食，即回家。電燈六時來，七時遂熄，予補寫日記用洋油燈。

十四日　早陰寒　午後轉晴　四月十一日　星期一

昨夜軍隊住七人，四時有人來換班，致予不能安睡。七時起，八時在張永年處爲小孩謀治傷風藥。街上情況不佳，銀元可換金圓十萬元至十二萬元，餅子每個一千元一千五百元，經濟紛亂至極。飯後予至車站探信，擬明天回胡林鄉間。車站遇陳肖祖，云華容不安靖。至王伯彥家見《武漢報》載，傳共黨有停戰說，予未敢信。下午一時至郵局訪王炯堂，知其未在局。出門有一兵士購《新民報》號外立看，予過其前就觀之，果載南京電，三項均云共軍已停戰，自十四日起。轉至長街聞銀元換金圓由十二萬跌起至八萬、六萬，現至四萬元矣。半日之間漲跌之速，如此可見民心厭戰也。晚間又漲至九萬元，大約大鈔千元、五千元出世。公務員昨發薪非買銀元不可，致有此回象。

十五日　晴　晚有月色　四月十二日

早起。急欲閱報，以證實昨日是否停戰，而報未來。十時半石仲章來云，已在街上見各報均以大字載明停戰事。銀元昨夜回漲，今早又跌，晚仍漲至八萬元。鄧正夫明日赴滬。

十六日　晴燥　下午三時陰　四月十三日　星期三

早起。十時報來，略覽，時局和談均無肯定紀載。聞共黨允許延長三日，候南京派于右任、吳鐵城、居正三人明日到平加入和談，共黨已來電歡迎云云。午後五時劉伯陽來，坐談六時半，予與同出，用電話詢漢口情形。八時至朱成大與石壽蘅遇，談半時歸。

十七日　晴　四月十四日　星期四

早起。午後外出一次。報載和談有眉目，于右任等可到北平。今日清理清季文件，民初至九年信件，閩海信件，欲成補各該年日記。一一清理中多傷感處，屈指廿年前事，頗觸許多傷感。今母沒又十四年矣。

十八日　晴　四月十五日　星期五

早起。閱報，和談稍趨接近，但金圓跌落殊甚，以大鈔關係，今日銀元一元可值十五萬金圓矣。小蘭兒嗽疾，送醫院診治。午後余渡江回看施靜山、黃篤生，與談甚久出。後至孫少恒寓，請其撥遲生之款接濟縣宅，在其寓談半時渡江歸。晚間此屋軍隊因發少數餉，約本街軍隊廿餘人博至轉鐘四時乃已。余與馮執生家人則不能安寢也。鄧北堂、范尚立均來坐談，片刻去。

十九日　早陰　正午小雨　晚大雨達旦
四月十六日　星期六

八時起，昨睡極不安。飯後外出理髮一次，去金圓券二萬五千元。此中理髮極便宜者，大店五萬餘，合銀元五角之數也。正午檢點民元信件，補寫當時日記至十一時，寫信四件，分致夏村、國煌。因明信件由百元漲至一千一百元也。

二十日　早小雨　午後陰　四月十七日　星期日

早起。今日遲生、羅資生、劉金生夫婦在此吃晚飯，添菜多。而夏炳丞父子、胡玉山亦在此食米約七升。如此吃法，何以為繼。銀元今日價換金圓十八萬元矣。《正風晚報》街上叫賣號外，就閱之，南京十七電，黃代表帶回之八條廿四款，可於廿日簽字，和談成功云云。晚清理先君民元手諭，寄黃安署中各件遺墨如新，爲之泫然。戰事和談未解決前，此多件尚須盡保存之力也。聽收音機，和談事尚無好消息。太原、安慶共軍刻正進攻，可慮也。轉鐘一時方寢。

廿一日　晴　四月十八日　星期一

早起，飯後至寶衡之家，其後宅已拆去，大門用磚砌滿，避紮兵也，值其出，未能一談。在鄉間看鄉景，麥菜豆均不佳。陸家街爲僻靜街道，亦紮兵不少。歸途至李君浩醫生處，坐談半時歸。

廿二日　晴　四月十九日　星期二

今日報載和談無望。南京正開會對付共黨，廿日答復簽字。晚間情形緊張，銀洋陡漲。今午一元換金圓券十四萬餘，傍晚漲至十八萬。

廿三日　晴熱　今日穀雨節　四月二十日　星期三

早起。聞銀元漲至廿四萬至廿六萬，午正風聲緊。青龍巷至府街口大概錢攤有卅餘處，排列街旁，余親見之以新票收買銀元，一元以廿四萬收進，賣出無市，亦未見警察干涉也。今日訪賀靜山，知其不日赴廣州；訪傅幼虛，知其曾病二月餘；訪蔣立安未遇；訪舒竣山、楊湖樵，談甚久；訪朱成大及省銀行盧、翟諸人，均知時局之壞，且看中央要求共黨展限簽字如何。訪廖白泉未遇，留字出。車價亂喊至不能坐。大約行十五六里歸。

廿四日　陰　晴　四月廿一日　星期四

早起。閱報，和談已破裂，共黨準備渡甚急。南京最後仍發電由代表轉商停戰，恐難有效。武漢謠風大起，金圓券七八十萬元可換銀元一元。

廿五日　晴　四月廿二日　星期五

早起。連日風聲緊急，四處探問無好消息。共黨在荻港已有萬餘渡江，南京準備作戰。外面傳說可以一戰，有臺灣及美國出兵。英國紫石英被共軍擊傷，死海軍卅餘人。聞英水上飛機來救海軍人員時，亦遭共軍以機槍掃射云云。晚間風聲益急。

廿六日　陰　晚小雨　四月廿三日　星期六

早起。傳南京擬退廣州及上海。共軍江陰渡困國軍，戴某軍長叛變，與共黨合也。晚聽收音機，知南京於今午已全部機關退滬穗，軍警步行，城空，僅少數居民。流氓搶劫食糧金錢，秩序已亂。係廣州電台所播音。余十二時方寢，心煩甚。今日外出數次，所聞均無一家不着急者，省政府聞即遷巴東。

廿七日　早小雨　陰　晚七時大雨　四月廿四日　星期日

早起。報紙已載南京國府已退滬穗，餘事與昨聽收音機同，惟漢口尚安靜，共黨注意京滬，與前次廣播四項似相同，謂突破南京、清算上海、粉碎廣州、孤立武漢之言相符。不知武漢果無戰事否也？晚囑遲生至王伯彥家探問各事。

廿八日　晴　四月廿五日　星期一

早起。各小報詳載南京失陷前消息。午後風聲甚緊，漢口市面冷淡。省市兩政府終日開會，議應變辦法。晚間謠風仍多，均為懸揣之詞。予清理日記信札載料，分年捆好，備明晨派魚山送鄉。寢後多雜夢。

廿九日　早大霧　傍晚又下霧　四月廿六日　星期二

五時醒，呼魚山起，天明彼已行。午後外出探訊均不確，大小報所載與昨日同。總之現已陷於無主、經濟慌亂狀態，上下人等均不安。春霧只晴一天，看此說於現局相應合否。料明日必雨，幸魚山已步行回去。下午徐裁縫來，云鄉間尚平靜云。

三十日　晴熱　四月廿七日　星期三

早起，今日仍晴。予外出探問，與昨日同。銀元因漢口缺現鈔，故跌爲五十五萬一塊。郵局已漲價，平信四分，合牌價洋五十萬一塊，每信須金元二萬元，挂號信十二萬元。下午又外出購得白竹布做短褂褲，每尺八分，較從前便宜三分之二。今日米每斗八九角，亦下跌，市面冷淡。晚聞屋中駐兵明天可開差往湘。范尚立來坐，予告以今日午後至紅十字會辛亥同志學界代表會開會情形。李春萱主席，熟人僅春萱、楊宇廷，餘卅餘人均不熟。春萱今年亦六十一矣，回首彼長財司時年僅廿四。並談及當日張、董、姚三人爲其秘書事，費振華亦尚在，惟精神已壞，不靈敏云云。

四　月

初一日　早陰　晚大雨通宵未止　午時後大風轉寒
四月廿八日　星期四　戊子奎

早起。因宅中駐兵八名開差，予昨宵睡亦不安也。午後一時幸彼等整裝出門矣，命工人打掃一切。五時予外出探問各事，至劉凱南家坐談，因李西屛不在家，未知究竟，便訪王伯彥問各事。八時歸途風雨寒甚。十時半即寢甚恬然。轉鐘二時醒一次。

初二日　雨　寒　四月廿九日　星期五

早起。閱報，滬杭均吃緊。共軍如入無人之境，國軍何以不能戰而氣餒矣？就戰況看，將來浙贛路必吃緊，廣州受威脅，江西浮梁必經之路，共軍可由韶關進攻矣。

初三日　晴　陰　四月三十日　星期六

　　早起。飯後渡江，至曹宅略坐即出。至子祥寓談片刻出。至天福，約仲章買代乳粉五磅聽一枚，銀元四元，比從前廉二元矣。四時半渡江，傍晚歸寓。

初四日　早陰午後晴　今日已改夏令時間　晚十一時即十時
五月一日　星期日

　　早起，命夏炳丞送對聯中堂與宋濟賢，其子德鈞結婚贈品也。予外出至陳志純、圖書館、周鵬程三處均談甚久。座中遇李資澤、黃慶雲。至吳端偉寓未晤。訪耿小堂，蓋別已三十年未見者，問民國元年予在安邑事，又談國共內戰事，相與太息久之。武漢謠風甚多，又聞民生公司四輪開至監利，以共黨炮擊折回成陵磯矣，云云。地政班畢業，遲生今午回縣。晚聽空軍已有歸附共軍往北平者卅餘人，已一旬矣。

初五日　晴　燥　五月二日　星期一

　　早起。午後至汽車站訪朱致寅、王伯彥，均云漢口外圍尚安靜，交通電報並無戰報。予看報，昨今兩日均就街上觀之，今晨銀元一塊可值金圓四百萬，但鎳幣二角、一角又流通市面，尚不致恐慌。惟電燈廠收金圓仍照牌價七十萬一塊計矣，繳費聞截至今下午五時止。收金圓數十億吃虧不小矣。小蘭前日種痘，昨夕今晨毒發甚痛，請永年醫生來看，吃藥。晚間已愈，瘟亦消，能安睡。

初六日　雨終日　五月三日　星期三

　　早起。連日謠風大，予決定回鄉間。蓋耳聞目見均非好象也。省府人員所說登記赴施南事，未見有人上輪者，汽車及渡江赴施亦無人去，鄂西行署人員在施亦受困萬分云云。心煩甚，晚十時欲舒腎氣，疲甚，早寢。

初七日　陰　晴　五月四日　星期三

十時起，足疲軟甚，今日未能出門。清理文件雜物準備回鄉。傍晚張深安來，談片刻去。晚睡不安。連日聽收音機，無甚變化。

初八日　陰　五月五日　星期四

早起。清理物件，旋清旋倦，倦後即臥。默記從前逃亂事，心中時時傷感。如此時局，非一人一家着急也。晚間出外探信，十時以後收音機昆明報告，國軍已轟炸北平、南京、太原。

初九日　晴　今日立夏　五月六日　星期五

早起。閱報，平京三處果有飞机炸事。連日武漢再使用鎳幣與銀元，爲四與一之比。前日發行二與一比，僅半天即變矣。政府無權力，奸商亦可殺也！

初十日　晴燥　五月七日　星期六

早起，清理各物件，時時心煩亂，不能制止。從前西遷清物件，心雖不快，然有一希望心，今則希望如何耶？今晨昨夕只見軍隊不斷撤退，人心愈不安，商業更蕭條。路人相遇亦語者皆愁容，問將來何所往，如何準備爲好等語。午後曾往汽車站，訪李站長、朱致寅兩次，彼等渡江未歸。乃與王谷生言來意，明日可照顧予上車。歸家，晚飯後清檢各物至轉鐘一時草草畢。二時就寢，不能寐，合眼到天曙而已。

十一日　晴　微風　五月八日　星期日

五時半呼魚山、老五等起，又清檢各物件。到站後，李、朱在漢，未來站，幸王谷生在站，叫起照顧予，一切安置畢。程少松來與予談半時，少松今日乘車至金牛百益小學者也。司機林姓，同坐吳幼香，均熟人。定生與魚山同坐車上層，到段家店停甚久，予乃先下。魚山搬物件至胡同盛。予飯畢，平保、太平、魚山來挑物件，予與定生緩行到胡林，身疲萬狀。飯後與族間諸人略坐談。十時，疲倦，懶説話，寢後又感寒，咳嗽不已。

十二日　晴　五月九日　星期一

七時起。昨睡極不安。早點後約貴堂至大林祖山寻宜選公之相公及高墳，均一一指示定生，囑其謹記之。吾國孝思美德，四民均不忘其祖墓，清明時節必歸祭掃，各省縣民一致，已傳之數千年矣。宜選公爲予之嫡祖，予去年又添子香生，以後人煙繁盛，更不能忘祖德。予□高曾皆農民之窮困者，先母在日曾歷歷爲予述之，至今未忘也。午後太平等回，云劉内子未到，大約昨日車未講好。晚間族人來談，十一時倦怠，辭客去。寢時百慮叢生，心極不快。

十三日　晴　熱極如伏　五月十日　星期二

早六時起。早點後與貴堂至茅屋中求三官神問籤語。三官神前清籤語，靈甲在正。正月九日予求籤問科名，夏中入學極驗。所謂兄弟同場登甲第者，後驗，乃知爲程稚松也。一次問大局，似不可爲，二次問鄉間可安居，即四周靡爛，此地尚佳，不過略損財捐輸而已。使能如清代靈驗則爲萬幸。《傳》曰"國將亡聽於神"是也。晚間塆分來人坐談甚久，予頭暈甚，不能支客，去即睡。熱甚，目眩汗出，極以爲苦。十一時稍寧靖。

十四日　早　晴　午後大雨一時乃止　晚又小雨
　　　五月十一日　星期三

早起與太炳同至段家店候汽車，下車過四次未見夢閑歸。正午雨至，夢閑車到，搬取物件畢。大雨至，在同盛吃飯。予四時半方抵灣中。今日晤正卿，至佛堂閱各表。此所謂佛教識一者，勸人爲善，所抄判語惟語句太俗。予信其非靈鬼之有文學者也。

十五日　早陰　十時晴　午後三時大雨如注
五月十二日　星期四

早起，鄉中各家插秧，紛擾甚。予以泥深又不能外出，家人在邦丞家。清理物件，煩惱殊甚，又念鄂城城內人口。

十六日　晴　月明如晝　五月十三日

早起，家人清什物，予眷念鄂城住宅人口，惟鄉間農忙，又無可靠之人送信至鄂城，殊爲煩惱。聞鄂城安徽駐軍要各家出款，派伕、買伕，威逼甚急，已有搶狀。百姓自去臘至今受該軍壓迫詐索之事不下百餘次。國民黨如此，焉得不敗？南京失後，國府要人早已逃避。蔣介石尚在廈門，然人心久失，大勢已去。平昔親信者太半投降，餘則壁上觀耳。《書》曰"紂有臣億萬，爲億萬心"，蔣陳孔宋之財產早日散出，軍心或尚可爲，今日噬臍無及。予嘗謂蔣於徐州未會戰前，不爲流芳之人，而必爲遺臭之人，則愚笨極矣。晚轉鐘二時聞炮聲百餘響，又機槍聲甚晰。呼夏炳丞起聽，判定在團風附近，四時乃止。

十七日　晴　晚月色大明　五月十四日

早起問昨夜炮聲，壋中人云在隔河團風一帶。大約共軍進攻急，皖軍或在抵抗與？上午無事，清理書籍雜物等等。午後遷在平保屋中，一部份已佈置就緒，予定明日再搬。晚寢後，夢予鬚已長至二尺餘，着新寧綢藍長衫，另有一人同此衣，予不識也。與予急邊向百餘人叢中擠出，至如脫險狀，至楊家巷，已回鄂城城矣。醒時記夢甚了了。細念各事，心焦甚。此夢醒後雞初鳴，聞太炳、炳丞在窗外呼予，謂保長胡心田自店鄉公所開會畢，皖軍要各保出伕十五名，或攤派銀元一百五十元折算。明晨七時如不答復，即來抓夫。保長囑各壋中人趕快逃避。如是壋人男人俱逃。予未起床，聽之而已。

十八日　陰晴不定　時有小雨　五月十五日

早起，帶定生、炳丞父子到朱湯莊避皖軍來抓伕也。至陽春家，春堂、趨庭俱來談話。正辦飯間，塆人呼抓伕者來矣，予等上小船蕩湖中避之，自是自鄉驚擾逃避四次。飯後因慮大雨來，遂回胡林。途遇店中買物者歸，云共軍到店者已千餘人，鄂城城內已有共軍萬人云云。噫，皖軍在鄂城城鄉作惡五閱月，壓榨百姓，使共軍早一天到，百姓不致受抓夫搶劫奔逃之苦矣。如此國軍，能舍命抵抗共軍耶？

十九日　陰　小雨　五月十六日

早命炳丞、太平、魚山等六人至店中搬取什物回鄉。回人云省中尚不通行，黃柏山以下，鄂城以東，石灰窰、黃州全境俱解放矣。心念鄂城城內住宅，無人探訊。正午聞炮聲二次，似在漢口。晚夢甚雜。

二十日　晴　時有小雨　五月十七日　星期二

早聞店中回人云，鄂城城內到共軍極多，段家店有上下汽車，但王家店以上共軍尚未進入，武漢秩序如常。今日心緒煩雜殊甚。晚寢平保屋中，夢予見大輪一，有英國旗，又謂此處乘火車往北平一日可到。醒後默記，自到胡林，每夕寢後必有雜夢二三次，或不近情理，而事之所必無者之夢多次，心緒不寧所致也。

廿一日　晴　陰　小雨　五月十八日　星期三

早起，中午胡同盛帶來漢口報名《解放報》者，閱知漢口市長爲吳德峰，維持會有夏斗寅、彭進之、喻育之等十餘人，省政府教育廳職員尚未退走。湖南長沙、江西、浙江、上海等處俱爲共軍佔領。晚寢後夢周鵬程向瑛夫人祀其母，予偶過其靈前，又見其□持好摺扇二柄。

廿二日　晴　熱極　五月十九日

今晨晴，陽光甚烈。夢閑起，積次衣服檢出浣洗之。囑炳丞、老五將香生抱至各家嬉戲。午後一時抱回，置堂屋中臥，頭部似發熱，予亦未防其病。晚間乳後發熱甚。夜十一時氣促，口渴不啼，病勢重。予與夢閑通夜未睡，慌亂殊甚。

廿三日　晴熱　五月二十日　星期五

六時起，香生熱更甚，面紅，飲水飲乳吐出。上午十一時食鷓鴣菜，似欲動驚，予懼甚。吃回春丹後忽動驚，目直視不能水入口，牙板咬緊，四肢動筋。遂請本壪李良姑來掐筋，彼看後命覓活鯽魚吐沫以水兌飲。再掐出汗甚多，驚乃止。小伢目遂動視，惟氣悶未舒，仍不啼不嚏，汗止後仍發熱。遲生今午自縣來，已帶保赤散，飲一包。夜間未出危險。予夫婦又通宵未睡。

廿四日　晴　風　五月廿一日

六時起，小伢吃乳如常，病似減輕。但熱退三四小時又發熱。派人往店上問藥方，有薄荷、白朮等八味，以竹粒青做引子，又用絲麻根煎水飲。晚間仍熱，雞鳴時汗止，神氣清醒。

廿五日　晴

六時起，小伢病似寒熱往來。晚間太長來，收駭進神，擾擾半夜，病仍未退。予心煩甚，終夜不安，寢稍合眼，多雜夢或惡夢。

廿六日　陰小雨　五月廿三日

五時起，連夕未安睡。小伢吃乳如常，熱竟未退，退後五六小時又熱。晚間太長又來收駭。香齋等六七人又請太長降神，抱小伢穿竈等事，至轉鐘時方散。房中蚊多，予昏睡後手指被咬甚痛。因未懸蚊帳，乃至床上兩兒四人同睡。夢一惡像在衆人中出現，左右耳下叠白紙，如三角狀，每邊約四十餘張，飛飄向予示狀。未幾醒，予記憶甚晰。此神像或者係太長所請大仙與？予謂必爲大仙。作籤文百首以報，但求仙之法力不僅限胡林南分已也。

廿七日　晴熱　五月廿四日

早起，小伢病稍減，吃乳如常，時熱時冷，類脾寒。午後焚表，向大仙祈夢，又向三官神祈夢。晚睡後夢極雜，且有穢褻事。

廿八日　晴　熱　五月廿五日

五時起，七時至大仙位前祈示醫以藥方，並默許各願。十一時與賢遂至徐叔淵塾中求醫。方歸，小伢熱漸退，以徐方飲之。晚間精神甚好，思乳吃，以糖水代之。轉鐘二時忽又發熱，渴甚，予起數次。再睡後夢劉曉庶兄弟與予話。劉右丞早卒，不知曉庶尚存否。今已三年未通音問，建始情形亦不知如何。

廿九日　大雨　晚轉鐘後又大雨六七次
五月廿六日　星期四

早命賢遂至徐醫處再問小方，予又往大仙位，許以寫籤文百首並爲之做懺文。就邦丞宅中立即起草，寫在太長簿上，不假思索，自第一籤起寫至下午三時，已成四十首。歸後仍喂小伢藥，晚九時熱漸退且安睡。予夢程稚松請客，予着軍服、革靴，二席中僅余平遠着軍服，廖純瑕來與予話，是時見松師與師母均健在也。又夢壁上現五色圓光，如大臉盆大，渺渺若浮動，旁有二尺長白布，上書大字三行，未看清楚。夢閑竟置櫈向壁上取圓光，加白布字於其上，另挂一處。予謂此祥光也，遂醒，歷歷記之。

三十日　雨　時現陽光　五月廿七日

早起，小伢病似轉好，予至邦丞宅補寫籤文。僅有二首抄惲南田詩，另一首困窘中，以前二句用古語，後二句變成六字句。下午四時籤文百首已寫畢。另抄净室咒，撿前又爲邦丞之妻另大字書此咒，令其念熟。晚寢後多雜夢，不可以理解者。

五　月

初一日　雨　夜大雨如注　五月廿八日

早起。小伢病減輕。店上胡同盛帶報來，南昌已解放，豐城等縣俱失，上海浦東已完。午後予寫信二封，問武昌住宅情形，劉金生、范尚立函附及。晚因太長請仙，予未能往。囑遲生、次山等問各事。晚九時遲生歸述，斐仙已改七十八籤文，果予所不愜意者。仙自判出爲裴遐齡，玉帝敕封爲裴龍俊，是否此龍俊二字不可解也，官名隆敬與？唐有裴延齡，爲德宗所信任，善理財，用奸猾吏，爲陸宣公所參奏者，即其人耶？仙自稱修經過劍島尖刀山云云。改籤文似與予前日作文有深意，人生七十八已算高壽，可以休止者。裴仙致此籤爲上上之诗意，化凶爲吉，似對予癥下藥矣。

初二日　陰　小雨時作旋晴　雨　五月廿九日

六時起，今日雨多，陽光少，天氣濕重，極鬱悶難過。小伢病又減輕，但熱仍未退。時以竹葉、燈草、竈心土煎水飲之。晚寢夢，多不可理解。連夕如此，心亂如絲。默觀吾國現局不禁喟然而歎，天下何時定，小民何時休息定喘耶？鄂城城內索米甚急。

初三日　陰　午後雨　五月三十日

早起。遲生、炳丞父子、胡魚山、本年，同往縣宅。夏父子回黃州，胡等向曹漢丞謀輪船事也。囑魚山明日帶信、報回鄉。小伢病減輕，而發熱仍不退，似脾寒。寫信問徐叔淵，知其已回家矣。仍以糖水喂小伢，吃乳如常，疲倦無精神，令人焦灼。人人愛子均如此。嘗思予幼年多疾病時，父母之愛予重視予亦如此也。《傳》曰不孝之罪通天，爲人子者不可不孝哉。晚夢予帶定生過一古廟，古銅燈香盤等物觸予額，此時欲報復一仇家，嗣其婦引其子女來，面托予爲之照拂，乞予護其子女，以睡睇視之，一麻面婦人也。遂止報復之念。又見鄧勉之來說何事。

初四日　早小雨　午後大雨　五月三十一日

小伢昨病又減退。午後魚山自縣回，帶來遲生函，云城內解放軍索獻米，各商店派出米者多，衛子良五千斤，乾泰順一千斤，予家亦有應出米之語，尚未下條子。帶回大小報二張，廣州李宗仁尚在抗戰，上海、江西俱爲共軍解放。餘均載共軍勝利之語。武漢市長爲吳德峰，武漢兩市合併，權位愈高矣。晚寢後夢懷仍在一署主持，徐蘇爲科長，其妻亦住署中。又予訪鄧小園親家，睇視之，非小園也。餘爲雜夢不能記。

初五日　陰小雨　晚大雨　六月一日

今日托太炳往縣，送信與遲生，爲米條事，昨函稱已在縣晤王春祥、王貞等，說明無能力繳米。予思有人陷害者。非他因，城內七保最窮，僅衛子良、汪小青二家富有。從前爲房捐，每以予爲比較也。今日端午，爲予生最不快之節氣。六十三年以前，除童時患疾值端午一次外，無此愁悶矣。終日雨未斷，墟間泥深，不能出門一次。小伢病雖轉好，但熱未盡退，且時時吐乳，胸中有熱，吐痰如絲牽，或係五個月中吃牛乳粉所致。晚間王貞來，爲賢均之弟被毆事。予便以縣中索米事請其與王某照顧一聲。予爲窮教授，廿二年曾一度長縣政，至今一錢不名，渠等可就縣中調查也。晚寢夢極雜，予亦厭記之。

初六日　早陰　小雨　午後十時晴　六月二日　星期四

早起，仍小雨，心煩甚。小伢病已減，予屢許願祈大仙佑之。小伢氣體弱，正气已傷，又多吃藥水以攻伐之，予心實不忍也。晚間稍好，熱似減輕，不爲前數日熱長冷甚。

初七日　早晴　午後雨　晚又大雨　六月三日

早起。新晴路濕，未能出門。午後又雨，至晚不止，心煩甚。聞南份低田淹者甚多，又係一歉年也。小伢病較連日爲輕，熱發後時間亦短。以奎寧丸粉喂之，又吐痰沫。晚寢後多雜夢，醒後即忘，心神不寧所致。前夕夢魘，予口念八卦詞及六十四卦詞，乃解。自小伢廿三病重時，予念觀音大士佛號，每次數十聲，神智較清朗，對小伢念時，小伢似静聽然。

初八日　雨　晚月光下仍雨　六月四日

今日予六十四初度。今年在胡林則感慨殊多矣。時局如此，鄉間窮困如此，兒病尚未愈。以後予之生計在省、在縣，抑在鄉間？時事何時可定耶？自西遷後每逢生辰有自述詩，前去兩年生辰所作甚快於心。今日抑鬱無以自解。午後至大仙位前進香，默禀所求，晚間又至三官神前，亦同禮節。未抽籤問之，然時局如此，不問可知矣。增予壽以觀後來政變而已。夜夢鄧雲卿來晤，而所求仙示夢者，則未驗也。

初九日　早見陽光　旋雨　六月五日

早起。昨夜小伢雖吐，但未發熱發冷，平安静睡吃乳如常，病已退。夢閑謂醫藥、神仙均盡心辦到，惟走胎之説尚未請人一看。午後請秦自求來看，謂係走胎。南方晚間當來解，九時彼來做法，畫符，進香，與定生從前在施南請人解法相同。小伢因今日退熱做法後竟未再發熱也，且安睡。予寢後多奇離之夢。

初十日　晴　北風　今日芒種　六月六日

早起，小伢仍時吐痰沫，惟未發熱，病已大退，以後可望全愈。吃乳玩視如常。予亦安寢。惟夢多，醒亦不記。

十一日　晴　晚有月色　六月七日

早見陽光甚烈，予遂起。小伢昨今未發熱，已愈矣，能笑且抱出後精神甚旺，吃乳安睡如常，大約數日可復原也。連日未閱報，武漢亦無信來，不知近情如何。晚寢後夢宋少泉似因某事不遂意，急遽中備款他往，求友朋贈送。予亦照其求者助。未起行時又索予之手籛白玉帶翠者。予遂回棧取之，而箱房內房外有豹六七頭，虎一頭，不敢囑茶房開門，遂醒，咳。少泉急功利，此次西遷其整理如何，處境如何，尚未聞之。

十二日　早　晴　小雨一陣　旋晴　六月八日　星期三

六時，夢閑至段家店買各物，予起招呼小伢。十時夢閑歸。午後小伢吃乳如常，病已大愈。晚間早寢。

十三日　晴熱　六月九日　星期四

六時起。十時夢閑以竹葉、竈心土水喂小伢，遂觸再吐一次，吃虧狀不小，又發熱，病又似增加。予決計遷入邦臣家中，屋較寬敞涼適也。清理各事，由邦臣、太軾急急搬屋打掃。午後一時夢閑抱香生來臥室中，神氣已改變。蓋空氣適宜，天門較亮，環境已變，小伢現娛快狀，予見其笑容二次。可見大人、小伢病中不宜閉一小屋不見天日也。一切吃乳甚好，惟十時忽又轉熱，類脾寒狀，吐涎痰如牽絲，至天明又退熱。予擾擾一夜未寢。

十四日　晴　熱　六月十日

六時起，視香生病如昨狀，疲乏甚，熱時退時發。予進裴大仙連日甚誠，乞其符飲亦非一次，念觀音咒已廿日，求小伢速愈。惟萬應錠雖取來旬日，終未敢吃。因此藥甚厲害，明日當請仙決定之。晚間小伢如昨狀，轉鐘時甚重。

十五日　晴　有月色

早起。進香，問大仙，似不宜吃萬應錠。倪大嫂晨起與予言，至蘆洲灣請女道士姚明發來治之，謂有奇效。予感其誠也。傍晚女巫來做法畫符。此時小伢已安睡三小時，抱起受法頗順手，做約一小時畢，抱伢臥床上，啼聲四五，氣已舒適，吃乳安睡。今夕又請裴大仙、太長做法。焚予所作懺文問各事。先是予問龍王廟道士，謂香生之病已查得，係先叔森亭公求安慰之狀，細問之頗對。惟先叔去世已五十三年矣，何不利於此幼孫耶？或者自戊午太錚兒亡後未明白爲之立孫與？請仙時遂問先叔事，果爲繼承事。孟夫人墳墓不安，且有蟻。太錚已投生人家，有一歲。半仙許懺文可用籤文百首中無再改者，不能用亂作文字，彼爲煙火神，不便文字也。亦不限定朔望夕來降，但有請必到云云。予歸後見小伢臥甚安適，則姚巫法靈，亦予乞大仙及觀士之誠也。此夜安睡，每次約三小時，終夜安然。

十六日　晴　雨陰　晚雨較大　六月十二日

早起。小伢甚好，留太軾在此再幫一天。夏炳丞未來，無人弄飯等事，予心極煩。晚寢後屈指計之，小伢已一天未發熱並安寢。巫符有效，大士大仙能以神功助之矣。今日胡魚山到縣，下午三時半即歸。遲生來信，縣長已換韓光，東北人；副縣長王志堅。如此則武漢政局已初定矣。並述孫少衡、賀榮生、張華緬等俱由漢、由縣往，范尚立囑孫告知省宅住客如常，戰事湘西、衡陽俱未得手云云。今晚香生病已愈，吃睡均安並未發熱嘔吐，再調養安適可復原狀。夜間小雨氣候轉涼。

十七日　陰　旋晴　晚小雨　六月十三日

早起。天欲雨，旋晴。太軾已回樊口，今日弄飯困難。午後香生病大退，安睡吃乳，二時忽又吐涎痰，且有黃色水二次。至晚一共吐痰四次，狀極疲。晚間又收駭，予心煩亂甚。乞仙乞觀音禱告三次，惟吐後疲臥，醒時又玩且笑，口中今日呵呵語三四次。何也？逆料痰涎出後其心胸已舒也。屢思以萬應錠喂之，又懼其惡心大吐也。吐第三次，大便出，臭異常。内熱在上下相隔已久，予與醫者又不知其腹内寒熱多少。晚起五次，視兒狀亦安適。予燃燈觀音及裴大仙座前，不令熄。轉鐘三時再睡時，夢青天無雲，雙白鳥，如鴨大，齊飛天際，又一鳥更大，平行飛之。又一老叟追予與陶季賢，陶與予似出門外歸者。又見秦培鑫、王小齋二人。老叟能招天際衆鳥、地下虎豹而弄之，時時坐石上。予與陶至予家，非舊宅也。萬氏居前重，劉氏居第三重之夾房内。季賢呼嫂見禮，入内則有數女眷與之見，季賢曰誤矣誤矣。又出與予見面，予思季賢名振祖，或者予默許焚表後，森亭公已許立嫡孫之事與？太長收骸後又誠心向大仙請卦請籤文，得九十九籤中平文曰："著書立説聖賢功，永葆天真是老農。西蜀有人百四十，求壽之人周氏翁。"此問小伢之疾，究竟好養否，仙示吉也。

十八日　早陰旋見陽光　午後大雨　六月十四日

早陰。小伢睡甚熟，今日已大轉好。太長等自店上歸，攜有羅資生、劉金生復函，均係一星期到店。武昌各機關未接收者大半。法院解散不用，每人發五元，以新圓三百五十元爲銀元一元。金生狀甚苦。又述自中正橋至漢陽門江邊街之兩旁俱爲小販路攤，買物者少，賣物者多三倍。可見乞食者多，大生意無人做。以後生活，公教人員賦閑住省者將奈之何哉。夜起視小伢一次，小伢無乳，啼數次，甚可憐，僅飲以水。

十九日　晴　六月十五日

五時半起，天似有晴意。予升火燒水畢又睡，頭暈甚，又睡臥，心煩意亂。如此時局，鄉間一無所聞，聞則不經無理之語甚多。小伢今日吐涎痰三次，吐後心似舒暢，目醒活作快狀，口中時時呵呵，吃乳如常。

二十日　晴　六月十六日

早起。進香後同賢遂至徐叔淵塾中，值其未歸，候一小時乃歸。先與李、石、王三姓學生談各事，石爲童軍師範畢業者，李住大冶職業學校，今未復學。叔淵與予談小伢病狀，開龍膽草、半夏、薤白、苡蔞子四味，囑覓鮮蘆根煎水飲，可治吐黃水者。予歸後視香生較昨日佳，一切活潑狀，似病已退矣，晚睡甚安。

廿一日　晴熱　六月十七日

六時起，自升火燒水，此境真苦。連日飯亦難飽。清理民二、民三父諭及予家信、各友信。生存者半，然多感慨矣。補寫日記。晚間小伢吐涎痰多。今日甚娛快，抱起數次，口呵呵作語。予連日睡未穩，心煩亂，太長自店歸，帶來范尚立回信，武漢平安如常，予宅似未有何事，劉金生之說不確。

廿二日　晴　六月十八日

早起，進香。連日朝夕祀大仙、觀音大士，均以誠敬出之。小伢病已轉好，只欠乳。必雇乳母助其新痊之力也。晚間甚安睡，口中時咳痰，不能出，轉鐘時以茶飲之。

廿三日　晴熱　六月十九日

早起。今日小伢病已愈，只缺乳。因二侄媳自有子，乳不夠也。請邦丞雇定乳母一人，今天可到，未幾來喂乳，幸小伢不甚認生。晚間吃乳三次，病大愈。今日腹痛似受寒。

廿四日　晴熱　六月廿日

早起。腹痛。昨日定生與予同床，又睡不安，今日腹大泄二次，下氣稍平適。午後食凍米粥一盌，然甚飢，不敢多食也。疲乏臥時多。午後補寫民二日記，查看信件。小伢今日更好，以後乳多可復原也。

廿五日　陰　午後晴　六月廿一日

早起。泄疾似愈，然腹中氣漲未消。今日小伢病已全退，晚間奶媽能供其足乳，啼時少，玩時多。下午復范尚立、劉金生、羅資深三函均發出。

廿六日　晴熱　晚大西風　六月廿一日

早起。昨睡似受寒，人極不適。午後徐裁縫自省歸來，述及武昌住宅並會見同住馮姓、劉木匠等。金生告以各事，劉木匠欲騙余三個月租錢與保甲商通云云。此木匠心術極壞，確非善類也。小伢病已全好，以後重在喂乳調養。此堂屋及房內跳蚤甚多，咬小伢皮膚俱傷，此真無計可除者。晚大風，旋轉西風。

廿七日　晴　大東風　早小雨一陣　晚涼甚　六月廿三日

早起。胸隔不舒，胃打酸，今日吃飯少。店上帶來一函，係漢口孫宅所發，已半月方到，不知何以遲至此。借得《大剛報》一張，無多新聞，惟載禁止銀元，金銀亦不准流通，人民券一千二百四十元值銀一元，黃金每兩值券八十五萬元云云。

廿八日　大東風　晚寒甚如深秋　六月廿四日

今晨起，仍打蘇，大便燥結不舒。午後補清、民二日記。晚寒如深秋。小伢今日更好，一切已復常態，惟體疲須培養。幸來乳媽，乳足，可望復原也。寢後轉鐘聞風雨聲大作，天氣漸寒。堂屋中風大被薄，極難受，起視小鐘十二時三刻，再睡後夢余進一屋四重，前二重偉觀，三重更莊嚴，類一富室，至四重則分而有二邊矣。未幾有人請余，似歡迎余為出差之人，贈以食品極多，出特大皮包納之。行至大街轉彎處，包裂物出，忽來一人爭搶取余物，余大呼此人為搶犯，後有二人來救，視一人出名片，華北學生，抓此犯去。余隨之後見張篤周，當時紛擾中人稱為張三爺，面證此犯姓王，乃米行經紀云，乃釋之。余遂醒。

廿九日　大雨　東風　寒甚如冬　六月廿五

早起。寒甚。午後雨未停，着棉衣寒如初冬。今年天氣如此劇變，無怪世局人心劇變也。閱報，又禁止銀元，金銀又只許收存不許買賣。今日店上交易，無銀元只有銅元。回想前事，不勝慨然。夜間雨更大，心煩亂甚，轉鐘時似聞天際有飛機聲，枕上默念，天黑雨大或者聽未真歟。雨聲達旦未已。

六　月

初一　雨　晚風雨達旦　六月廿六日

昨以移鋪位睡未安，跳蚤又多不能寐。九時起雨未止。午後店上買物人歸云，銅元八枚當一分，前月至近日四枚當一分，大約係人民券影響。現在銀元人家匿而不用矣。前車之鑒，不知當局何以不察也。晚寢後傷風，又以跳蚤多不成寐。

初二日　早雨　陰　晚雨達旦寒　六月廿七日

連日下雨，壪前五里之低田俱淹。六月天氣如深秋，乖氣也。今日店上用錢，銅元五個當一分，無異百枚當一分也。人民券一千元作銀元一元使用。政府禁銀元流通，鄉間又使用銀元、銅角而不願收人民券，勢必如從前金圓券之結果亦說不定。

初三日　雨　晚十時雨止　六月廿八

早起。午後頭暈二次，人極不適。晚寢以跳蚤咬不能安枕，起二次。

初四日　早小雨　午後晴　六月廿九

遲起，飯後補清、民二日日記，查閱各信件。傍晚夏炳丞來云，曾往武昌住二天，到保安門宅一次。轉述劉金生妻、紹明妻並田老板述各事，並云武漢近況，聞之感慨而已。明日北頭有人至省賣灰麵，便托帶一信，請鳳祥之妻轉送尚立托房子事。

初五日　晴　下午四時天暗欲雨　六月三十日

夏炳丞回家，余囑各語去。十二時胡來，云自江北轉杭州歸來者，沿途情狀歷歷述之。今日小墹胡□來，云昨自漢口回者，亦述近事甚詳。彼明日往漢，托帶一函交本家之妻，持往見范尚立。晚寢後天氣極不正，時熱時寒，起數次。枕上默記光緒甲辰年予是日入學事，不勝慨然。

初六日　早陰　暗無光　午後偶見陽光　七月一日

早四時聞風聲小雨一次，五時大雨一陣。七時起，天氣陰沈鬱悶狀難看。連日以來無一天好氣候，蓋反常矣。予以四月十一回鄉中，逢晴朗之日甚少，即晴朗矣，又以香生病態時變，朝夕着急，未能外出一豁心目。五月全月廿九天下雨者，十五日餘十四日非風即雨，愁鬱萬狀。六月過五天，晴者僅一天半耳。今日聞飛機聲自西而東。

初七日　小雨時晴　晚有月色　七月二日

早起。補抄閱民二函及日記。今日有飛機二次掠此高空過。武漢似有高射炮及投彈聲。下午本灣人自省歸，帶回范尚立一信，言詞簡略，似不關心余房子事者。

初八日　上午陰十一時以後晴　極熱　晚間酷熱　七月三日

早起，午後整理舊日記。下午四時以後酷熱如蒸。晚間無風，悶，極不安寢。

初九日　晴極熱　晚有西風　七月四日

早起，今日熱且悶，清理雜事，曬床被衣服等等，未作筆墨。晚寫二函，分寄復劉紹湘、范尚立二人，明日發出，並就店中買小菜。今日午及晚聞炮聲，似在黃岡邊。

初十日　晴熱　七月五日

補檢信件，又看民三日記，已抄三月，止。連日目模糊不清，腎氣脹，睪丸忽大，似腫狀。

十一日　晴　西北風　晚大雨　氣候轉寒　七月六日

早起。補寫民三日記。晚間小雨仍熱。今日牙痛，腎氣脹。連日眼生糞，模糊出濃泪，虛火上炎。十一時寢未安，未幾腎氣舒，乃安枕。

十二日　陰雨寒　今日小暑節　晚大雨　七月七日　星期四

八時半起，疲倦甚，足無力，惟心中腹內氣已消，目乃大明矣。今日爲七七抗戰紀念日，又定爲勝利節者也。不知國共兩方在南北省紀念開會否。可慨哉。晚九時寢，轉鐘時聞大雨數次。鄉間望晴，天竟連雨，何乖氣如此耶。

十三日　陰雨　晚大雨達旦　七月八日

今日玉亭在店上取得《湖北日報》歸。閱七七紀念詞，北平朱德、毛澤東均有演說。可見七七勝利節尚存在。又見地圖記有解放地區、游擊地區及蔣勢力地區。連日陰雨，積水又漲，天乎，天乎。倘能連晴十二天，此壪附近十里四周穀可收穫，吾民不致遭餓也。轉鐘後雨未止，予腹痛泄二次方鬆動。

十四日　晴　七月九日

九時起，以腹漲又泄，身軟甚，昨受寒矣。

十五日　晴　熱極　七月十日

今日晴熱，作事少。聞樊口隄極危險，刻正搶築。不知修防主任年收鉅款，去年冬臘何以不補修耶？

十六日　晴熱　午後大風晚大雨旋晴　月光下忽又大風雨仍有月光　七月十一日

今日聞樊口隄搶修兵民甚多。此堤關係七縣，今者黃穀在田，如此半個月無危險，收成有望，可救千百萬擔穀矣。天能予人食，則此堤不致潰倒。傍晚大風驟至，暴雨隨來，天氣改涼後十一時，月光大明。予起，腎氣舒，足軟甚，再上床寢二小時，聞驟雨至，未幾，大風吼而月光仍大明。如此天氣，寧非怪異？乖戾如此，可慨也。

十七日　早天沈如墨欲雨九時以後大晴　七月十二日　星期二

六時賢遂來，謂天有雨狀，不能下縣。九時天忽晴，大東風起。十一時予再寫魯祖軫一函付賢遂，送款買物並帶三信。下午半時起行赴縣宅探問近事。午後三時大東風暴起，天氣到晚寒如深秋。晚寢後轉鐘一時又下雨三四次，枕上又聞烈風五六陣，默念天果不與民食耶。樊隄尚在搶險中，崩潰與否尚在不定之數，奈何。

十八日　晴熱　下午六時大雨如注一時半　七月十三日　星期三

早起。今日晴熱。午後二時賢遂同遲生來，知縣中苦況。家中無接濟，又時時駐兵及政工隊，說話亦不便。前宅萬、袁俱搬出，屋大人少，毫無出息。

十九日　晴熱　晚東風

今日補寫日記。下午爲席儒改文已就一篇。閱報無多料，並未記戰況。

二十日　晴熱　晚雨未至　涼甚　七月十五日　星期五

早起。爲席儒改文三篇已成功。午後一時謝司聾、胡南波來，並借得民四至民十二年曆書共九本，余心慰，不料鄉間果有藏此者。云係姜君家所借，歷年均有藏檢，姜已故。司饔談二小時去。今日即檢對余日記，晴雨均對，惜姜君所記氣候僅百分之一而已，然亦可貴者也！

廿一日　晴熱　七月十六日

早起，飯後熊國葦來，談一時許去。問以縣事，知是非多報復重。

廿二日　晴熱　七月十七日

清理文稿，擇可存者留，書之無用者燒毀。

廿三日　晴　酷熱晚尤熱　七月十八日

早起，清理文稿，囑遲生抄寫。本不欲留，因保存雜稿中有三十年前者，當時曾經事變數次，今日又轉業到鄉間，則此等雜稿亦算有壽者，因摘抄存之，予實不忍棄也。午後天空有飛機一架掠過。晚在稻場乘涼甚久方至堂中寢，寢不安，以熱甚時起。

廿四日　晴　極熱　今日初伏　下午陣雨　七月十九日

早起。囑遲生抄雜文，予自回鄉後無一元收入，用去係前去兩年所減衣縮食及賣文字書畫之錢。日日非買不可，勢必至山窮水盡之時。使無此次事變，省宅有四個月租金收入，書畫亦有零數收入，而省府退休金陽六月即已領訖矣，則安然充裕度此暑期。乃世事不可測如此。噫，何時安定與？

廿五日　晴極熱　下午五時大陣雨　七月廿日

早起，昨竟夕不能睡。今日室內如烘，室外如炙矣。幸晚間有雨，稍改涼，而雨後熱氣悶在屋內不出，不能安寢甚，至閉目待天明而已。預想武漢昨今兩日熱度必在九十六以上。

廿六日　晴　極熱　七月廿一日

早起，連日天熱如蒸，不能作事。晚間亦不能睡，在宅前稻場乘涼，與諸男婦談談而已。

廿七日　晴　酷熱　七月廿二日

早起，今日仍未作事，早則宅內男女小孩聲嘈雜，不能執筆。過九時天熱如炙矣。今夕更熱，轉鐘時乃有東風。在外則難受，在室內則熱不能睡，真苦境也。

廿八日　晴　酷熱

今日上下午熱不能受。晚間在外乘涼，各家早稻已割，聞江水亦退。

廿九日　晴熱甚　午後東方似大雨狀　晚北風改涼　七月廿四日

今日仍熱，不能作事。囑人將右側屋檢順。請次山借一條桌來，囑渺伢洗淨置此室中，以便補寫日記及清理文稿。蓋堂屋陽光烈，爲之眩，即手不停扇亦難寫百餘字也。閱借來之報，七月八日新政府開會，參議三人李書城、張難先、李範一，又民盟周傑、聶松樵，俱沔陽人。又朱裕璧等署名。

三十日　晴　極熱　夜轉鐘時有涼風　七月廿五

早起，今日在小室中補寫日記。晚熱不可耐，在稻場宿。十二時，以涼風難受又入堂屋中宿。夢先母又亡室孟夫人支持家事如曩昔，似來招呼予有話須面述者，似關心其母家情形。醒後默思，七月朔已近矣，祀祖在急，亡室尚未投胎轉世與？孟夫人以廿二年七月初九歿於黃岡，屈指已十六年矣。予每逢危難或疾病緊急時必夢見之。猶憶在黃岡臨歿前三日向予曰，以後君有危難時我必佑君也。今憶其言，黯然。

七月 己丑年下季七月起，峙山山人時居二林莊已二月餘

初一日　晴酷熱　午後陣雨未止　晚四圍似大雨
七月廿六日

　　早起，今日整理舊日記。午後天熱未作事。晚在稻場乘涼，十一時方至堂屋宿。此時四圍似大雨，到此僅數點耳。寢後夢見阮次扶、廖純古，境況均佳。阮居一巨宅中，右邊盡頭二大房，約予與定生同往。入其室，正宴客，上座一黑鬚人予似認識者。廖君予今年夢已二次矣。阮年約八十餘，不知尚存否？前聞仍居漢口自己宅，廖則今春夏未通信也。

初二日　晴熱　晚有北風　七月廿七日

　　早起。整理舊日記。午後以熱未作事。晚乘涼，與稚珊等談歷史。睡後甚安。

初三日　晴　熱甚　晚有西北風　七月廿八日

　　早起。整理舊日記。晚在外乘涼，昨今均有北風，晚寢甚安。夢予已回縣宅，見先母如平昔，惟屋宇已變大，左右房寬，類大水之後頹廢者。第二重有大神龕一座，先君亦在家中。醒時默記，七月爲予家不利之日也。孟夫人歿於七月初九，長子純學年五齡歿於七月初十，妻兒俱在，孟年六十，兒年四十四矣！

初四日　晴極熱　晚有北風　今日中伏起

　　早起。整理舊日記。正午店上帶回魯祖軫、范尚立復函，關於省宅屋事。僅警局去問二次，稱予已回鄉辦學，無甚問題。前劉金生告者過也。今日爲席儒改文，二篇已成。

初五日　　晴熱　　晚有北風

　　昨睡甚涼爽，因北風未息也。夢宋濟賢等請予考學生，約三十餘卷，地理僅繪圖交卷，未答者僅三人。或者予再往漢教學與？今日整理日記，晚間十時即入堂屋中睡，連夕子時大涼矣。雞鳴後可蓋夾被。連日棉花望雨甚急。

初六日　　晴熱　　晚涼　　七月三十一日　　星期日

　　早起。連左項瀝瘰子忽凸起作痛，皮且浮腫。受熱虛火上炎。鄉間飲食極不調。予来鄉間近三個月，無日不在愁悶中，每日以清整舊日記，補寫日自作之文，或抱小孩香生撫弄其嬉笑而已，然藉此可遣悶也。九時交信件二致魯祖軫、劉經生、紹湘三人，命賢遂到縣購油紙等事。

初七日　　晴熱甚　　晚涼　　八月初一　　星期一

　　早起，午後仍整理日記，惟頭暈，左項瀝瘰仍痛甚，僅寫一小時即止。晚間在外乘涼，十時後風寒甚。不知天氣何以如此也。鄉間連日又望雨，棉花乾枯矣。已旬餘未見陣雨。

初八日　　晴　　熱甚　　八月二日

　　早起。整理舊日記。正午賢遂自縣歸，帶回各物。聞縣中近到傷兵甚多，住岳廟爲醫院云。晚在稻場乘涼，月明星稀，頗多感觸。

初九日　　晴熱　　東風　　夜轉鐘二時極熱　　八月三日

　　早起。仍整理日記。今日東風甚大，室內涼，但帶熱氣，因東風兼南風也。亡室孟夫人今日忌日，回想當年病況，不勝泫然，明日燒包袱當祀之。晚睡後天氣又熱，連日望雨，東北遠地電光大，似已下陣雨，而此間不至，棉花乾死矣。

初十日　晴熱　東風晚間甚大　八月四日

今日未清理日記，早起頭痛。午後二時似有陣雨來，遙望廿餘里雨止矣。五時半祀劉岳母、森亭叔父、孟夫人，燒袱具供，表予心而已。今年情形如此，已到縣境而不能在縣宅舉行中元祀祖禮，與在施南遙祭者相似。噫，此豈予所及料哉？

十一日　晴　午後五時大雨半時　八月五日

昨夕胡太戢自陽新歸，述近事，各縣均如此。陽新水淹隄倒，稻穀無望。以出穀之地如此，將來穀價必增，而催穀者無已。將奈之何。午後有小雨，傍晚六時大雨如注，約半時止。棉花、穀子俱得救濟。晚十時涼甚。

十二日　晴　九時起有陣雨一次　八月六日

九時起。昨以天涼睡甚恬。十一時廖玉田、胡席儒來談館事，坐二時許去。擬教學辦法並定課表。十八日上課不知能成功否？前日劉金生來函，囑內子到省清理房租事。

十三日　陰晴雨不定　晚有月色涼甚　轉鐘三時雨　八月七日

八時起，十時汪志道送糯米壹斗、綠豆三升來，留便飯，談一時半方去。此生時時贈余物，可感也。十二時爲常俊卿寫四尺中堂並五尺對聯，又爲邦臣寫六尺大聯一副。今年未寫宣紙聯，此則六閱月中開筆也。書法遒勁，尚未退化。夢閑定明晨往省宅清理。

十四日　雨　今日立秋　卯初三刻　夜雨達旦
　　　　　八月八日　星期一

十五日　雨　晚雨甚大　八月九日　星期二

八時半起，邦丞家送湯元來，鄉間各家均做元宵，與武漢正月十五吃元宵同。真所謂百里不同風者也。昨晚寢後夢彭梓芳師、程稚松二人同時接談如往昔。今年迭夢亡師友，如程松師、石雲衢輩。在清代中元寫包袱祀外祖者兼祀亡友先師，可見禮節人倫之重。今則禮教大堤決矣。祖孫父子嫡脈者且不相祀，何有於師友哉！近年邱、王二師亦見夢，惟高師未見也。

十六日　早陰　晴午後陣雨　三時又晴　晚有昏黃月色　八月十日　星期三

早起。整理民五年日記。午後夢閑到段家店預定明晨搭車到省。晚間次珊來坐談，余與言清代太平時事。寢後夢嚴立三先生，與共話甚長。醒後已轉鐘三時，起視天氣大好。

十七日　早大雨如注　午後放晴仍熱　八月十一日　星期四

晨五時半猛雨至，割穀者停止。晴後又熱，傍晚又大雨。如此氣候鄉間割穀者極以爲苦，搶雨搶曬，疲勞萬分。不耕而食者真不知稼穡艱難矣。晚寢後夢予又補住兩湖，寢室在樓，僅及清代之半，尋室臥，則外面牌列無余名。旋庶務帶齋夫來清查，未見也。再問書記，書記檢朱姓，學生六七名，有一朱元者，余謂此非余名也，中尚缺一鼎字，終尋不得乃醒。庶務係李次瑜，李於抗戰期內以貪污案在渝跳樓跌斃者。

十八日　午前大陣雨三次　午後一時晴　八月十二日　星期五

早起，晴旋雨。今日陣雨三次，午後又晴，熱甚。割穀曬穀者多。晚星月滿天，轉鐘後余起二次，月朗星輝。四時割穀者多，五時再寢。

十九日　晨陣雨一刻鐘　八時晴　晚月色大佳
　　　八月十三日　星期六

　　五時半黑雲急起，即布滿天，大雨到地矣，一刻鐘即止。命賢遂送米回鄂城。下午聞上店歸來者云，夢閑昨日未搭上車，今日有車云云。

二十日　早小雨旋晴熱　午後二時半大雨如注半時止
　　　夜間时雨時晴　八月十四日　星期日

　　九時起。此間空氣濕重，時晴時雨，悶閉不堪。各家割穀曬穀搶雨，一日數次忙過不了。農人之苦匪可言喻。此已到手之穀而天如此，真陷人於絶境矣。

廿一日　早陰八時以後小雨旋大雨　晚北風十一時月光明朗
　　　八月十五日　星期一

　　八時起。天氣鬱悶沈黑，十時大雨。午後店上帶來信，係劉金生十三日所發，云房租事實係馮姓作梗，此則予不及料者也。人面獸心者何多也。昨日下午遲生來鄉間，知其本月十一日又添次子，余已得次孫矣。回想先君於辛壬之際思抱孫甚切，則不勝天倫之感。次孫當錫名爲仲曾。長孫念曾三十六年冬月初九戌時生，予取名曰念曾，意念其曾祖仁甫公也。

廿二日　晴　晚月光如水　有北風　八月十六日　星期二

　　今日整理舊日記。鄉間各家割穀打穀忙甚。農人所望於收穫者已到手矣。不知新政府何日再來收穀收捐也。晚寢涼甚，夢王雨香、嚴惠之兩同學爲監試員，其座中零落未交卷者尚有八九人，年俱五六十歲。予過其門與王語，又至程少松家，其家洋樓已毀，由一蒲圻木匠導予入，至則不見少松，僅見其室下爲漢川某姓居之。

廿三日　晴　熱　晚涼甚　八月十七日　星期三

　　今晨太炳到店買物，予囑其接夢閑，下午二時歸。聞無下車，夢閑未回。晚涼甚，早寢。

廿四日　晴　小雨一次　仍晴

今日補寫日記。天氣已不似從前之熱。下午四時夢閑歸。帶回各物，與從前價目不相上下，惟銀元絕對禁用，生意冷落萬分。又聞在省諸友未離開者均在受訓。范尚立亦受訓，日食難籌。范雖六十餘，非受訓不可。

廿五日　晴

今日仍整理日記。晨命遲生帶省宅契約所有權狀往省登記。午後四時以未搭上汽車，仍回宿。

廿六日　晴陰不定

晨又命遲生至段家店搭車，賢遂回云已搭上行矣。朱趨庭春堂送綠豆、糯米來，談甚久去。

廿七日　晴陰不定　小雨數次　八月廿一日　星期日

今日席儒到縣城購物，聞王小亭、周冠寅曾以不完糧被押，又述東門外事。華容劉伯陽函已送到。邦丞歸述各事。今晚開單，囑賢遂上省購零物，備廿九日請道人為香生在佛前記名事。

廿八日　早陰沈悶　九時以後雨大　東南風達旦未已
　　　　八月廿二日　星期一

命賢遂上店買雜物備素菜之用。晚風雨特大，天氣如初冬。現時氣候劇變，如此殊為怪事，近三十餘年所未見者。

廿九日　陰　風　寒甚　午後四時見太陽　旋又大風雨
　　　　八月廿三日　星期二

早起。大風未止，着夾衣。下午二時辦菜齊，請楊道士素酌。彎中貴堂、太杏、邦臣、次山、秉文作陪。香生明晨至龍王廟祀關帝，記名爲道士也。星家云小兒八字太硬，五行缺金，須過房或記名爲僧道以解之，余亦從俗例。道人云起法名爲宗金云。晚早寢，十二時夢廖純古、袁子青同在一辦公室辦事，約三十餘人，餘均不識。聞忽電話謂某北方被炸矣。廖送余出門，余夾衣包一，雇車，似回家。車夫亂走，見一叉街三歧，平地水深尺餘，不能行。余下車又至一叉街，泥水亦深尺餘，不能行，且係上坡泥路。余又恐靴濕，見街頭有人力車，三呼之，云不能至保安門。是時純古已先別予去。天近黑，又慮戒嚴，急行中不知保安門向何處走，心念恐孟夫人候予也，焦灼甚，遂醒。旋又夢帶童子看光，似定生，略小，僅九歲孩童。予念咒語，急手執劍訣，正畫符念天尤咒，囑童子看光，遂醒。

閏七月

初一日　晴熱

　　早起。九時半飯畢，囑夢閑帶同香生到廟中進香謝佛，讀祝文焚表。楊道人招呼行祀，小兒拜師，名宗金小道人，記名歸。正午命賢遂上店。今日遲生仍未回鄉。晚間次山、席儒來決定學生上學事。十一時寢，夢宋濟賢等請予教學。旋又至大廟中，見有三尸正在大殮，三棺在旁，予甚惡之，未正視即出門。濟賢仍在後面追予欲有言，予似拒其言，遂醒。唐宣宗大中六年閏七月，乙未朔八月初一日甲子秋分。本月一日丙戌八月初二秋分，丙戌見李義山《壬申閏秋贈烏鵲》。

初二日　晴熱　晚涼

　　早起。清理各事。朱春堂來說彼處有學生五人，言定初四日上課。晚涼早寢，疲倦甚，起二次。今日遲生仍未回鄉。

初三日　晴熱

　　晨起，腳軟，理案上淩亂之件，補寫日記。今日往後宅清書，以天熱未上樓。下午五時太輔送來一通知，晚與次山等談，心煩意亂。夜寢不成寐，展轉不安。

初四日　晴　極熱　八月廿七日　星期六

早起，胡心田來述各事，方知通知來源。作一文，午後次山代書就，命賢遂送去，晚歸云不行。今晨季香到縣，予以爲夜間必歸，候至轉鐘仍未歸，不知縣宅情形如何。心煩亂甚。寢後數起，舊病已發。十二時後夢鄧次臣、王小齋、張肖谷與予同行甚急，似至某棧住宿者。未至，途中遇張立群，仍如舊日貌，架眼鏡，與一陣人同行，似覓其妻者。予詢之，爲乘大輪船，初上岸，匆匆與予數語。予呼肖谷出，不得見，小齋立茶館口欲有言，遂醒。

初五日　晴　熱　八月廿八日

早起，請北分人持原書再向區府聲述予確係患病甚重，胡昆亦同去報到。正午歸，云可俟病愈往縣，原書帶回。所述情形亦無從縣度也。心煩甚。夜囑賢清明晨往樊口，向其戚述各事。十一時寢，不安。

初六日　晴熱　八月廿九

今晨各家雞鳴造飯，各出一人往華容遊行，聞爲處理姜姓惡霸事。壪間人下午三時以後方歸，詢之則姜伯華、少舟等四人重利盤剝窮民，以勢壓弱小，衆人數其罪而願除此二人。而原因則姜胡命案至今未調省以致之。而二姜竟數年圖倖免以至於此。予今日自度須往華容到區署面見區長，說明病狀，緩到鄂城，囑太寅等送予。自晚至轉鐘三時並未合眼，起四五次，精神疲甚，咳嗽不止。此景狀自民十五年在沙市受過一次，精神恍惚，胸鬱，萬分難受，不料年六十四又經此一夜也。

初七日　晴　早陰　午後熱甚　八月三十日

五時太寅等飯畢，以轎抬予行至汽車路，緩步經一時許到區署。已見區長，口述病狀，另一人閱予報告，細問各事，囑區長寫通知交予手。已知予無田地且爲窮教授教員十餘年，家有老幼十口也。午前十時到家，疲甚，心稍安。今晨太長同至華容，分路往省約遲生歸。

初八日　晴熱　八月三十一日

昨睡稍安。胡昆帶回一信，其兄昨晚送來，謂受訓人數已齊，下期再報到，此時即報到亦不收矣。飯後仍臥，身疲軟，以昨行路腰足隱痛。午後二時太長回鄉，帶回已登記之文契，貼印花五千餘元。遲生竟搭車回縣去，明日可來云云。晚寫信，囑賢遂明晨送米到縣，並帶樊口一函，仍托謝君關照也。

初九日　晴熱　九月一日

賢遂早由樊口到縣，仍返鄉間，稱遲生能來就來。下午三時熊國華來坐談。三時四十分忽聞飛機聲往鄂黃一帶。四時又聞機槍炸彈二聲，鄉人立視，判斷爲黃州城邊。傍晚賢遂歸，云遲生今日才搭車回縣，與彼談半時，胡昆在座，彼明日回鄉轉省。云黃城及江邊今日機聲，係炸商輪一艘未中。夜寢，多雜夢。

初十日　晴熱　九月二日

今日清書籍文稿等。下午國華再來談。今日借米三升，合計已借六家共二斗。

十一日　晴熱　九月三日

鄉間許借予穀二擔，可感也。以後如何還法？予家三代無田一棱，向居城市，七事所需，俱賴錢買。今無錢無米，人口又多，將奈之何？今日遲生未來，不知縣中情事，心亂如麻。夜寢，夢至一古廟，有道人三四，疊來招呼予，似表好感者。又夢三一曾、周、馮三人，與予話辦學事。

十二日　晴熱　九月四日

　　早起。心亂如麻。借米借穀以後如何辦法？縣城又不能住，省城已失業久，如何打算乃能安居？今日四時仍未見遲生來，天順到灣，予囑其明晨到縣探聽家中情況，並約遲生來鄉問明各事。晚寢多夢，均奇離不可記者。劉金生來說紹湘已死信。

十三日　晴熱　九月五日

　　今日大壩上邦蓮來數次，已借得穀，可感也。香齋來取件去。下午遲生同天順來，述各事。經生在此休息一天，明晨回去。予睡不安。

十四日　晴　熱甚　九月六日

　　四時经生準備吃飯，六時回去，天剛明也。予醒後即不能睡。午後天氣轉熱，晚尤甚。囑遲生在堂屋宿，門外亦無露，蓋乾燥已十四天矣。睡後夢在湖堂要補習數門乃算畢業，同學竟有不認識之人。

十五日　晴極熱　晚略有北風　九月七日

　　早六時起，祀三官神，問二，一不吉，似一時不能了結者。一囑示做生意頗佳。又祀裴仙，問二，首云吉，似增壽者，次更吉，則指及周老人事矣。予將來必務農以教子孫有恒其業矣。午後閱湖堂同學錄，職教員六十四人中現尚存五人，年齡七十三歲以上皆當時年輕教習也。兩齋同學連湘桂南皮及蘇浙各省共六十九名，與湖北同學辛亥八月存者共四百卅一人，現僅存鄂籍同學五十九人。抗戰期間另有二十餘名存者，復員後如譚鳳藻等數人尚存，今春聞亦去世。是抗戰復員初共死去卅二人。外籍同學當時均係送來就學者，年齡比同班約年輕五六歲，逆料存者必有十人。以四百卅一人共計之，則存者不過七十人而已。噫，辛亥起義至今三十八年矣，其間經過多少變亂。人壽不滿百，獨惜乎吾輩。當時青年至民國初年不祿者如劉介眉、黃浩民，不中壽即作古，亦可哀已。晚寢仍多夢。

十六日　晴極熱　晚八時大北風　氣候轉寒

今日聞次珊上華容。予心煩者數日，連日外間消息無聞也。晚至三官神前問籤，屬於己身者去。惟昨寢後夢不能記，無以證明也。徐二嫂未來述夢。

十七日　陰　北風寒甚

今日補寫舊日記，天氣仍寒。下午二嫂來，予問以夢，則云老叟老嫗前後行，一馬後隨之，未能解也。夜九時寢，轉鐘四時有人呼軋花，遂醒。至天明未寐也。

十八日　晴熱

早起，問大仙籤語，自問本身極佳，問他事則否。九時半帶遲生、定生、太長，往大林指示各祖墳，如宜選公之□公，徐孺人高墳，無碑之鄧石孺人合葬處，一一囑記之。午後國華來談甚久去。

十九日　晴熱

早補寫舊日記。下午一時半，高空中有飛機一架，行甚遲，往東去。晚胡昆歸，云此機在鄂城上空繞一次方往下遊飛去，人民驚懼萬分。夜夢孟岳父、岳庶母、亡室在一室中，余往問行李事。

二十日　陰　晴熱　九月十二日　星期一

今日遲生回縣，帶米五升去。昨夜夢蕭液垓、舒峻山比鄰居。予曾與語。再往孟岳家比鄰舒宅，亡室卓芳起招扶，予蓋負氣後往岳家也。噫，此何兆歟？丙寅秋九月居沙市招商局時，神經錯亂時見如此現象者半月。今晚經生來此。

廿一日　晴　極熱如伏　晚月色大佳

昨睡亦不安，多雜夢，一辦公室置桌六乘，予桌居首，約略記之。三時睡，一小時始起，天熱甚，洗澡後補日記。晚十時寢。夢作畫二幀，一松鼠，一不明。另一人開電燈閱此畫。又夢大學發榜分系，大約百餘人，書余爲負責人，不用廳名義。未揭時見余名，在榜中段或後段，余謂榜須蓋騎縫印，一書記持長方印蓋二次，武大篆字不明。

廿二日　晴　熱極如伏天　月色佳　九月十四日　星期三

今日下午極熱如伏天。節過白露六日猶如此熱，豈非怪異？晚以金生明晨往省，寫信致成大問各事。十時寢，寢後仍多夢，醒時已不能記矣。

廿三日　晴熱如伏　天□日　九月十五日　星期四

六時半起，七時聞飛機聲似在黃州城東北遠地，約半時方遠去。午後補寫日記至五時。天熱甚，晚寢亦不離扇，十時寢。夢至某地，友人多。忽曹仲和在前行，囑同行人聯句。曹思索半天得一句云："先生自昔長虛龍。"予接第二句曰："海內文章夙所宗。"次由范尚立接得，久不得句。醒時視鐘已轉一時矣。自是難寐，四時又成夢，不能記矣。

廿四日　晴　大東風　晚轉西北風

早，太杏送柴來，賢遂往縣送米去，晚六時方歸。問之縣中如常，並帶遲生一函來，亦無事可述也。預計金生當到省矣。晚寢有夢不能記，睡甚恬，五時半方醒。

廿五日　陰晴　八時後天明似有雨狀
晚北風寒甚　九月十七日

早起進香問事，有"春風又綠江南岸，時雨時晴見太平"句。與前夕三官所示"否去泰來"句相合也。寢後多夢不能記，轉鐘四肢酸痛，似感寒。

廿六日　晴　晚寒　九月十八日　星期日

七時起，八時三刻忽聞巨聲一響，震動瓦屋。後問鄉人，云似在西北角。向晚以四肢酸痛早寢，多夢不能記。雞鳴後又夢予似得一另住宅者，非保安門也。寬敞甚，房尤大，有對流之空氣，極佳。左有大曬廠，與人共之。

廿七日　晴　九月十九日　星期一

早起，因堂中煩語聲不能安睡。午後身不適，似熱寒不勻，五時頭發熱四肢冷，遂臥床未食也。胡二嫂來，留便飯，問以省城事。季香在店買來《大剛報》，囑次山閱過向余述之。九時寒熱交作，心煩腹餒，極難過。

廿八日　晴燥　九月二十日　星期二

昨夕似脾瘧疾，今日午後一時吞奎寧丸一粒，下午五時仍寒熱交作。今日接朱成大函。晚間劉金生來此，帶來報紙四份，予未能起閱也。晚十時至十二時寒熱未退，口渴心煩腹餒，極難耐。蓋今日三次僅食清粥二小碗也。

廿九日　晴熱　九月廿一日

早起，食飯半碗即止，胃亦不納。下午一時聞飛機，出視之，見其由東向西飛，經此屋上空過去二架，先後飛行。一說止一架，曾盤旋云。晚六時後脾寒又作，四支冷，胸腹燒，口乾，展轉不寢。小便熱痛，色金黃，內熱甚。

八　月

初一　晴熱　九月廿二日

　　早起吃稀飯一碗，胸腹內稍鬆，大便少而結。十二時次山來，云西方有高射炮聲四五次，又聞炸聲三次。下午二時由西至東似沿長江下，有大飛機一架掠過，行甚速。約一刻鐘又一飛機由東直飛西方，頃刻即聞炸聲，不知係武漢或他處也。午後一時服奎寧丸二粒。晚間脾寒未發，寢稍安，多奇離之夢。明天派人約遲生來鄉。

初二日　晴　大東風　晚仍熱　今日秋分
九月廿二日　星期五

　　經生在此留一天，候遲生到後，夢閑與經生同往省也。下午四時遲生來，問以縣中各事。十時寢，展轉至轉鐘一時猶未寐也。作駭人之夢，後與王小齋同出，□隨之出者則石雲衢、廖純古諸人也。自是三時至四時稍睡着。五時夢閑起來弄飯，予未安枕。

初三日　晴熱　風　轉鐘十二時大雨如住

　　五時半金生同夢閑往省。七時起，今日柴米俱缺，小孩又吵鬧，予心煩甚。晚寢時大風，蓋棉被，至十二時大雨如注，達旦未止。枕上雜夢二次，奇離甚。

初四日　雨寒

　　自朝至午大雨未止。夢閑昨晚已抵達武昌否？如未到，午後一時可動身。二時雨又大作矣。三時雨止，九時寢多夢。

初五日　陰雨　九月廿六日

　　連日缺柴，下午少清來，云已定有柴三擔，明晨去挑。向國□借二千元湊足，明晨再請人挑歸。轉鐘以後未成寐也。九時夢杜振卿請宴。

初六日　晴

早六時起，分付老七等挑柴，賢遂上店。

初七日　早陰　午後四時小雨

早六時，賢遂到鄂城，下午五時歸，云予宅又駐兵。夜夢先君開燈示予。今日午前夢王珍歸。

初八日　陰　小雨　午後晴　九月廿九日

早起，聞昨夕王珍爲予籌借穀以維持火食。下午四時各份籌借者已有十三擔，甚可感也。

初九日　晴　下午陰　風寒　九月卅日

早六時，赤日如火照前宅。九時余持杖外出，至田畔小立，片時即歸。

初十日　陰　小雨　晚小雨　十月一日

六時起，連日腹中極不適，有氣，大解亦不利。午後國華來談甚久去。

十一日　陰

早起，連日身體不適。隨時檢取日記補之。筆力已減，執筆即倦矣。午後三時仍未見夢閑歸。彼到省已九天，晚寢亦不適。飲食未增，飢時似欲吃許多者，到手而胸腹似飽矣！

十二日　陰

今日未作事，心煩意亂，夢閑仍未回。

十三日　晴風　月色佳　十月四日　星期二

今日手足俱疲，未作事。遲生明晨回縣，下午四時仍未見夢閑歸。晚作三絕句。

十四日　晴　月色大佳

六時，賢遂同遲生送米回縣去，下午三時仍未見夢閑回，予到茅屋問籤。三官神示："行人舟馬俱受驚駭。"此次似受危險耶。四時半夢閑方歸。始知前到省步行到王家店時，發頭暈，倒地頭破出血過多，抬往省城後診三日，睡未能起也。此亦人禍未能免也。省中平安，租金已討半數。

十五日　晴　月光大佳　十月六日　星期四

早起，今晨托人買肉二斤，連旬未吃葷，病後飯量大減。族間有三家送糯米粉來做湯元者，思食之。

十六日　晴熱　月光如畫

每欲執筆身疲遂止。昨今兩日飲食稍增。

十七日　陰小雨　晴　下午四時小雨　晚見月光

今日飲食漸增。邦臣到縣，便托買食物菜英等件，五時歸。五時半劉金生夫婦同來。

十八日　晴　燥　今日寒露

早起，天晴甚快。飯後寫日記。胡敬之姚家外孫送肉來，並月餅二枚。久思月餅吃，惜非佳者。

十九日　陰　十月十日　星期一

鄉間爲出穀事天天開會。金生今日賣貨不行。今日爲亡兒根生忌日。

二十日　陰　晚小雨　十月十一日　星期二

金生今日□另至畈上買物，頗暢消甚矣，事物之重需要也。

廿一日　陰　晚小雨

金生夫婦早六時即行矣。下午四時予瘧病又發，夜間極難過。

廿二日　陰　夜轉鐘後見月光甚强

廿三日　晴　十月十四日　星期五

廿四日　晴　十月十五日　星期六

廿五日　晴燥　十月十六日　星期日

今日晴燥，身軟，未能行動，病後未復原也。晚寢後，夢懸二證章於胸前。

廿六日　早晴　十一時小雨

早起，四肢無力，未作事。午後四時金生來，攜有黃松師函，彼未知武漢情形也，並問李範一代印詩集，記曾問過數次，予亦答復數次。最後一函請師直接寄李範一索取。不知六閱月中黃師何以忘卻也！

廿七日　晴燥

今日未作事。後邊茅屋金生一人整修之。鄉人忙甚，不能約人幫助也。下午四時呂炳卿、朱陽春來，談片刻去。晚寢後類傷風之症又發，已七日咳嗽不暢，心胸俱塞，致不成寐。

廿八日　晴

早起，飯後無聊，至彌臣學屋略坐即歸。

廿九日　晴

三十日　晴

早起，補寫舊日記。正午區署派隊來，傳邦臣、弼臣等五人去。

九　月

初一日　晴燥

今日上午十時遷至茅屋居住。下午佈置未就緒，逆料此屋過冬甚暖。

初二日　晴

內子今日清理佈置屋中事，整日未停，甚勤勞。

初三日　晴

初四日　晴

初五日　晴

初六日　晴

初七日　晴　夜轉鐘後大風

連日心煩意亂，足軟無力，亦未出門一步。臥床上思過去卅年前事，因果報應絲毫不爽。對于童年應試仇視諸人，清末即窮窘已死，遲至民初者得惡疾遭顯報以死，六家之中僅一家有後，餘均絕嗣。嗚呼，孰謂天道不惡凶惡哉。

初八日　晴　大北風　寒

近日報紙及公事文告，已改書一九四九年，不書中華民國三十八年矣。

初九日　晴寒

早起，以連日未出門遂至經堂略坐。正午至祠堂祭祖畢，身體覺寒不可禁，遂歸。午後三時解衣臥，寒愈甚，予病又發矣。晚間寐後多雜夢。

初十日　小雨　風　陰

予病未愈，午睡後夢劉金生着女衣來鄉，予醒後告之內子，內子謂金生此時必不來。予疑前次午睡夢王珍，王果於當晚歸也。下午五時遲生自省歸，云金生果與彼同來，在後尚未到。噫，夢境何其靈。予之靈魂於夢寐時在空中離腦筋之部而外遊耶？然何以大事不靈哉？

十一日　晴

十二日　晴陰不定

連日咳嗽甚重，白天咳十餘次，夜間不咳即閉悶不堪。

十三日　陰寒下午晴　月色佳　夜轉鐘以後大霧

十四日　放晴　寒　月色大佳　露重

早起見露，過草堆地面，似小雨過後者。

十五日　晴　夜月色大佳　十一月五日　星期六

咳疾未愈。予定明晨乘輿赴省診治，以便早□。晚間決定清兒、獎兒、太平三人抬予往省，略事清理文件。劉金生在此染病，予亦欲急往省，囑其妻來招呼也。晚十時寢，轉鐘三時起。

十六日　晴　下午二時小雨　六時以後大雨
十一月六日　星期日

三時起，四時飯熟。獎兒、清兒、太平來吃飯，五時畢，六時起行。行至華容天已大明。予腹時痛，大便不能如時解出。輿行速，腰疼，直坐極不可耐也。途中時逢小雨，慮天變。下午四時距武漢大學甚近，得人力車乘之。遂囑太平等轉去。五時到朱成大家小憩後，天大雨矣。飯後買傘一柄乘車至劉金生家，與其妻説明各事，囑其明晨到鄉間。晚十時寢朱宅樓上。十二時起如廁，雨大甚寒。

十七日　雨　陰寒　十一月七日　星期一

早起又如廁，腹中不潔，大便不暢。八時半至人民銀行還房捐，人數擁擠，三四次乃得入。繼以數字錯，下午改正。乃繳清一萬四千元之房捐。至保安門，晤保甲長任容，説明各事。又囑托朱哲先女教員各事。得黃師自粵二次來函，仍以李範一印詩事相詢。李爲勢利人，現已入京做部長，攜眷去漢，心中那裡記得印詩事耶？

十八日　晴陰不定　晚又雨　十一月八日

上午訪熊予佛未晤，途遇韓英華談片刻。午後一時再訪予佛打針，得悉武漢各事並北京情形。晚間大便，起數次，頗爲苦事。朱宅火食甚好，住亦甚安，只解溲不便。

十九日　早陰　午後小雨

早起發家信。至保安門討租金。下午訪李西平填表。馮聖佛、高運籌、張深安三叟均晤見，述近事，不甚感慨。晚至玉兒家吃飯。

二十日　陰　晚大雨達旦　十一月十日　星期四

早飯後渡江至朱金瑞家談各事，晤及滌新之妻。十二時至曹漢臣家談詢縣中各事，彼生意尚好。下午就其家晚飯，以雨大遂宿其家。曹太婆以三萬元給予繳地價稅。曹宅招待予每次甚好。十時寢甚適。

廿一日　早小雨　午後轉晴　夜雨達旦

早起，訪佘子祥，知其被徵應診，午後乃歸。僅與其妻談片刻出。訪宋濟賢，知其出米甚重。訪朱伊仲未遇，僅與其妻問各事，知其不得意。又至金瑞家，約以星期日到朱寓。午後五時渡江至玉兒家吃飯。忽發冷，似脾寒又發，歸朱宅早寢。雞鳴後又如廁，此真苦事也。

廿二日　雨　夜大北風

早至省銀行繳地價稅二萬六千二百元，後宅尚不在內。午後收劉祥發二萬元作米四斗。午後訪劉伯陽並晤林淵泉，談二小時歸。范尚立來談，今日又發瘧疾。

廿三日　雨　大風　陰轉晴

天未明即如廁，未幾又一次，小睡後又一次。裏熱未清，咳嗽未愈，殊為焦灼。下午又發瘧，气虛甚。

廿四日　大霜　晴　十一月十四日　星期一

九時早點畢，同成大渡江。先至漢正街永大紙店吃飯，同二吳及滌新之侄乘車訪滌新，久候方歸，與談一小時出。至金瑞寓，晚餐歸。咳疾稍好，腹疾仍未愈。今晚途遇祁運春，知鄧北堂七月初病故。北堂素健，三天病不救。

廿五日　晴　下午陰

早起，似又發瘧疾，請予佛打針後發冷，遂雇車至魯文卿診所，請給脾寒藥，歸寓。

廿六日　陰　晴　下午三時寒甚　十一月十六日　星期三

飯後至保安門討租金。訪松山，同其至至善堂，爲牆腳事。歸後聞伯陽、英華來，未晤也。閱報知☐。

廿七日　晴大風　午後小雨　星期四

早出，途遇伯陽。胡松林送錢來，予未遇，未能告知其家中事也。晚同周伯陽至浴室洗澡一次。

廿八日　晴　十一月十八日

早韓英華來談一小時去。胡松山、鳳祥二家接予早晚餐，俱去。吃過至高運籌家略談。途遇劉成禹，售以胡玉齋所編《武昌開國實錄》，給三千元去。

廿九日　晴　十一月十九日

早起外出一遊。來省已十四日，予擬回鄉。因各友已晤，應辦之事已畢也，惟咳嗽尚未大愈。近數日說話多，不能休養，不如回鄉靜養。換去金銀及曹宅所借款，當渡江購物，歸以圖微利作零用也。昨途遇朱賢守，云陶季賢以癆病死。今日途遇周生，云鄧映宇病死，鄧今年尚未五十也。

十　月

初一日　晴　夜小雨二次　十一月廿日

早，柳文相之妻來述鄉間瑣事去。飯後又同成大渡江再晤滌新一次。與吳司夫同至三鎮市場購帽襪等件，去洋六萬餘元。渡江後已下午五時。

予至玉生家吃飯。晚八時孫祖德來談片刻去。

初二日　晴　夜大風　十一月廿一日

早起至韓英華家略坐，便至予佛處打針。又至省立醫院，未晤鮑壽山。晚至玉生家，囑其買鹽十斤。今午遇朱賢守，至郵局談片刻。

初三日　大風寒甚　晚風更大　十一月廿二日　星期二

早起，發廉方函，遇伯陽、兆吉，至車站探車子，知已漲價。至段家店每人七千伍百元，漲一倍矣。晚送錢至玉生處囑買鹽。夜寢後十二時又如廁，腹疾未愈，咳亦未愈，奈何？寢不安。準備明晨回鄉，與成大談，囑各事。

初五日　晴　十一月廿四日　星期四

早起，飯后往弼臣、邦臣、右臣、玉廷、邦煥諸家去慰問。因彼五人曾爲區政府拘押二旬出獄者。

初六日　晴

今日下午又發咳疾，寢後更甚。

初七日　陰

咳嗽甚劇，予回鄉時尚好，僅隔三天咳發轉劇。飲食大減。

初八日　雨　十一月廿七日　星期日

昨夜咳甚劇，連服治咳片及參蘇理肺丸，效驗甚微。

初九日　陰雨　寒甚　十一月廿八日　星期一

咳嗽愈劇，早晚不安。

初十日　陰雨　十一月廿九日　星期二

今日病仍重，口胃不開，亦不思食。

十一日　陰寒甚

今日飲食稍好，嘗菜則不知味，喉頭痛甚。

十二日　陰　十二月一日　星期四

昨夜咳甚，早起視痰中有血，甚紅。肺火上灼不得出，不知何日可痊也。天陰寒不見太陽，於病人有莫大關系也！

十三日　晴　十二月二日

咳未止，飲食不佳，喉頭肺管俱痛。今午攬鏡，面瘦削難看。

十四日　晴　十二月三日　星期六

病未減，今日閱報，無多新聞。

十五日　晴　十二月四日

病未減，今午出外閑眺，至經堂略坐。

十六日　陰　十二月五日　星期一

十七日　陰寒　十二月六日

今日欲補寫日記，執筆即倦。晚寢大咳不止，十二時乃安睡至天明。

十八日　霜厚　寒甚　十二月七日

九時起，觉咳嗽較減，人亦清爽，連日服參蘇理肺丸之功耶。

十九日　陰　寒甚　十二月八日　星期四

今日咳稍減，惟痰仍濃如膠液，至不能扯斷。晚睡稍安。

二十日　陰　寒甚　夜子正大風　十二月九日

今日覺病更減輕矣。寫信二付賢遂明日往武漢，帶金戒指二個去換錢。還成大欠款兼買帽襪回鄉，謀零用之費也。

廿一日　陰寒甚

今日病似更減。晚間賢遂來取物件金飾，云明晨往省。

廿二日　大風寒甚　早陰晚雨　十二月十一日　星期日

聞賢遂早行矣。

廿三日　小雨大風寒甚　十二月十二日

昨夜咳嗽次數減少，今午飯量稍增，病狀已鬆。

廿四日　晴

早起，病已退。飯後外出，無他處可散步者，僅至經堂小坐而已。予回鄉已八閱月，無讀書人來往，悶坐斗室。乃隔數日閱報一二次，百事無聞。

廿五日　大霜　晴　十二月十四日　星期三

病已漸痊，飲食亦增。下午六時賢遂自省歸，帶回貨物函件。

廿六日　晴

廿七日　晴

廿八日　晴

廿九日　晴

檢閱廉訪先生自京來函，欲作覆，中止。如此時情，非急謀一事以救目前不可。

三十日　陰

今日疾似大退，飲食亦大增，惟元氣未大復耳。廉方年七十二，春霆先生年七十三，俱在現時代做事，能吃苦，其實兩先生俱有子有收入，身亦非強健者，何苦冒習苦之名耶？今冬百物飛漲，食米每升至八九百元，聞銀元黑市價已至一萬元。從前解放軍到兩月後，銀元黑市不過三千元。旋一度不用，收兌八百元漸漲至一千二百五十元一塊，而黑市隨漲為四千元至五千餘元矣。以後情形自可推想。晚早寢多夢。

冬　月

初一日　陰小雨　下午六時大雨　寒甚

早起，咳疾已大愈，今日飲食更進。下午以穀二擔換雜樹濕柴一千四百斤。囑太平等六人搬運歸。胡魚山來借金箍子去抵買妻帳。

初二日　陰雨寒甚

今日飲食更進，咳疾或可自此止矣。

初三日　陰　下午似有晴意　今日冬至節

早起，今日以穀一石易肉十三斤。鄉間今冬甚苦，食肉者少。政府催糧，尚有未盡繳清者。

初四日　陰雨寒甚　晚大北風達旦未止

咳疾漸痊，飲食已增，從茲可望復元氣矣。晚寢連夕甚安。今夢予坐一室中，忽見屋頂有瓦製海島，諸佛像懸空中。又見于清端公成龍，着清代便服，架眼鏡，坐空中，向予表示好感者。于公予宰岡邑時所敬佩者也。

初五日　陰寒　晚晴　十二月二十四日　星期六

早醒後連朝腎氣似已復原，小便多而暢。午飯後檢朱成大來函，彼擬之自傳，略爲更改。

初六日　早晴旋陰　大風飛雪寒甚

初七日　早小雨轉晴

初八日　晴　大霧

早起，咳疾似完全愈矣。連日飲食增加，可望復從前狀態也。晚早寢，腎氣已舒。倦甚，寢甚安恬。

初九日　晚雨　寒　十二月廿八日　星期三

昨睡甚安，遲起。欲清檢文集詩稿，室內陽光不佳，未能即辦爲憾。

初十日　陰雨　寒　十二月廿九日　星期四

十一日　雨　大風　十二月三十日　星期五

十二日　雨　風寒甚　十二月三十一日　星期六

連日聞段家店準備唱戲、玩燈，慶賀新年。又知新曆改稱一九五零云云，所謂行公曆也。

十三日　陰　風寒　元月一日　公曆一九五〇年元旦

九時起，聞段家店小學舉行元旦慶祝。此保內兩小學帶學生參加，今日泥深天陰，未能往也。

十四日　大風寒甚

今日寫三函付太平，明日往省便討租金買雜物。附成大傳稿。

十五日　晴陰不定　風　元月三日

太平已往省。

十六日　早雨一陣　午後晴　晚見月光

今日派人上店買菜，帶回成大致予函，係書初八所發，謂其子槐義初六已行結婚禮矣。此函郵票蓋印不明，不知果爲初八所發否？設早，可囑太平帶禮送之矣。

十七日　陰　大風

十八日　晴　今日小寒節

十九日　陰　元月七日　星期六

今日外出閒眺。午後補寫日記。晚八時太平回，帶回成大函一件及配就紙筆等件，又報紙三份，又黃石港魏麗生函，並附予民國九年爲香屏先生所作序言，已印譜上寄二份贈閱者。知魏姓今年修譜矣。檢成大寄來《長江日報》社論《爲解放臺灣而戰》約八千餘字。又一欄曰"加緊出賣臺灣"題。另一行曰："美帝國主義與臺灣國民黨成立秘密協議。"係新華社北京一月三日電，謂秘密協議正在進行。臺省美援聯會委員會要求在一九五〇年二月十五日以前，動用該項中的一千零五十萬美元，已有三十二個美軍官抵臺省。又美國鑄造存在菲律賓一批銀元，共五千多箱，總值約二千萬美元。又美造坦克車二百五十輛及其他軍火武器，已陸續已達臺灣南部。美海軍部于上月廿九日公開宣佈，已派出一艘二萬七千頓航空母艦、兩只驅逐艦至亞洲海面。

二十日　大霧竟日不散　晚九時霧未收
元月八日　星期日

早起，大霧自辰至夕。憶辛未冬月有此一夕現象，次年大水。

廿一日　晴

今夕聞南山家中請大仙決判昨夕菜園中見火光事。太長降神，神云前年鳳山家被焚未打醮云云。

廿二日　晴　晚熱燥

廿三日　晴燥

今日小伢周歲，請灣中男女客二桌，辦葷素各一，胡同盛、姚國池俱來。午後二時開席。忽聞天空有飛機一架掠空過，武漢有高射炮聲。

廿四日　晴燥　晚間尤熱

廿五日　晴燥　晚大風　元月十三日　星期五

早飯後擬為成大寫屏。趙濟華來寓，予問以縣中各事，乃知孫錦祥、少衡死狀。今日又聞高射炮三四次。

廿六日　晴　晚大風寒甚　元月十四日　星期六

今日寫復各處函，並寄朱伊仲一信。連日身體已復原。早寢。

廿七日　晴陰不定　大東北風　元月十五日

九時起，倦甚，足軟。午後與熊國華談一時許。

廿八日　晴　夜轉鐘一時大風雷雨　一月十六日　星期一

昨疲倦，今早仍腰痛，不思起。九時食豆皮甚佳。正午聞飛機聲，午後三時又聞一次，有轟炸聲二次，似甚近。早寢。轉鐘一時先聞雷聲甚遠，二時大雷，風雨。雷聲振耳十餘次，如夏日。迅雷風烈，奇矣！

廿九日　雨　晚大風

昨夜雷雨至今晨未止。明日即臘，雷聲甚烈，天變於上。

臘　　月

初一日　陰晴　晚大風　元月十八日　星期三

今日囑太杳磨墨，備明日爲成大寫屏對。

初二日　晴大風　元月十九日　星期四

飯後爲朱成大寫行書，四尺屏十幅三行，寫共七百餘字。

初三日　晴　晚陰寒甚　今日大寒節　元月二十日　星期五

早起，飯後爲太寅寫屏四張，亦三行，寫予舊詩也。又爲成大寫中堂二張，一爲鐘鼎文，一畫竹菊，又對聯一付。以有餘墨，予自寫五尺聯三付，有二付甚佳。兩月未寫，字多，手倦無力。晚寢多夢，昨夕亦如此。生者張肖鵠、易泮香諸人，已故者程稚松、王浩如諸人。

初四日　陰寒　晚雨　轉鐘後大北風　元月廿一日　星期六

今日寫信分致胡松林、朱成大。明日當着人發出。

初五日　晴

四時聞北風大作。九時起，今日天晴，東北風仍未息也。晚寢多夢。

初六日　晴　風　結薄冰　霜重　元月廿三日　星期一

早起，寒甚。今日裁縫來爲小兒縫衣服。此旬內鄉間尚平安無事。政府自收糧以後，聞清算尚未舉行也。晚寢後夢李佛波請予及先母宴，在樓上。住李宅人多，予則先辭歸家。

初七日　晴　大東風　寒甚　元月廿四日　星期二

初八日　陰

今日晚做豆豉，臘月八俗有做醬做米粥之習，僧人尤重之。

初九日　晴燥　晚大北風

早起，徐裁縫來做小伢棉袍。胡炳南云漢口物價又漲，銀元黑市每元值人民券一萬五千元矣。往後跌落可想見。晚穀今日每擔六萬五千元，較一周前漲一萬元云云。午後三時外出閑遊。四時小雨一次。

初十日　陰　晚十一時以後大北風達旦

今日下午再外出，僅看附近田園。四時小雨二次。晚以頭痛早寢。

十一日　風雨交作　寒甚　早下雪子片刻

九時半起，今日午後更寒。已寫劉金生、張重心、黃松師三函仍未發，上宅人未交帶去。近來風雨，更不知遲至何時發出也。

十二日　早雨寒甚午後三時半大雪　元月廿九日　星期日

九時半起。連夕咳嗽時少，寢後甚安，多雜夢如平時，予亦不願記也。昨三函，今晨香齋往華容，黃師信加二倍餘，去價一千六百元，不知是新章更變否。今日午後三時寒甚，下雪，予飲藥酒二次，以蘿蔔、白菜雜蝦米煮之，和以灣間人家所送豆絲及糍粑，亦甚可口。噫，予窘居鄉間，今風雪聲中居茅屋而享此片刻之樂，同予身份住武漢之友人甚多，尚有衣食不完者，奈之何哉。政治不定，謀食無方，可慨也已。晚十時半寢，後夢黃稷丞與予同賃一大宅住，是時延見賓客。未幾，鄧北堂亦來延客，予曾問及今春二月交彼之《修禊圖》尚存否。

十三日　陰寒　晚晴見月

九時半起，今日爲成大、太寅所寫之屛對蓋私印畢，手僵冷甚。晚十時寢。夢過黃州，入洗白街，已上燈時，醒後記其情狀甚晰。一時半又夢至一辦公廳，僅一桌，有二役，予一人清理字條，問寢室何在。僕云仍係原房，先生床鋪則董□□位置是也。醒又記之，視小鐘已五時半。旋睡後又夢見孔聖，依稀似之。此爲一夜三夢矣。

十四日　早陰沈　旋大雨　寒甚　下午結冰

昨夜夢多，今晨補睡，十時方起。晚寢後夢予補某大學教授，教音乐，學生男女約十班，校址較武漢大學尤大。教授皆青年，僅有一白鬚叟正講書，予着新花緞棉袍，正卸裝行李覓寢室也。

十五日　雪寒　晚晴見月

今日天寒甚，未作事。早見雪大，約昨晚轉鐘後所下也。

十六日　晴　早大霜

早起。午後寫致伯陽函，並囑其覓舊曆書。晚間遲生來，八時半祀先君，僅具香燒紙而已。今夕爲先君忌日第三十五周年，設生存今年九十五矣！椿蔭漸遠，不勝悵然。

十七日　晴　午後陰寒　晚月色昏黃

早起，午後寫信致呂益三並朱成大二函。

十八日　晴　今日立春

今日寫信二件。下午外出一次，無地可遊，此鄉人又無可共語者。

十九日　晴

今晚遲生來，面與說回縣後問徐平夫諸事。

二十日　晴　午後六時大風

今日賣秧生穀五斗，每斗六千七百元。備明日到縣買黃□、糖食等物也。晚寫朱士垠、李廉方等函，又致縣中取書四函，備明日賢遂往縣。

廿一日　陰　大東風寒　午後雨　晚十時以後大風雨
二月七日　星期二

早起，賢遂往縣，晚八時方歸。帶回各物均漲價，又加一半。

廿二日　陰雨　二月八日

早起，清理案上雜書，補寫日記。連夕又患咳，但不如從前厲害也。

廿三日　陰雨　午後晴　晚十二時後風雨

早起咳嗽有氣，午後補寫辛丑日記一則。晚寢後天欲曙時喘氣。

廿四日　陰雨　寒甚大風　二月十日　星期五

昨夕咳後氣喘甚，約一刻鐘。九時方起。今日天寒甚，早寢。雞鳴二次時，氣閉，咳不得痰，遂起。咳竟再睡，心煩甚。

廿五日　雨陰寒甚　夜轉鐘後北風大起下乾雪
二月十一日　星期六

昨夜大風雨。九時起，室外風大不能開門。今冬之寒恐以此日爲最，從前結冰尚不如此之冷。晚寢後仍咳嗽不已，心煩甚。服各樣咳嗽藥未見有效，惟煙灰能止六小時。挨至天明再咳濃痰七八口。

廿六日　陰寒　雪　結冰　二月十二日

九時起，天寒甚。今日不能作事。閱二月五日《長江日報》，載中南軍政委員會成立，林彪爲主席，鄧子恢、葉劍英、張難先、陳潛爲副主席，委員湖北省李步青、熊晋槐、李先念、潘正道、周蒼柏、賀衡夫、吳德峰等等。

廿七日　雪陰寒　夜間奇寒　二月十三日

九時起。風大，寒甚，不能開門作一事。晚寒更甚，早寢。

廿八日　陰晴不定　結冰奇寒　二月十四日　星期二

十時起，賢遂上店買物。次山取回朱成大轉北京一函，係蓋有公文快信四字，董必武覆予者。元月七日所發，展轉月餘方到灣中。今日打魚，每人不論大小分得魚四斤，聞店上魚價每斤三千元。細閱董必武函，措詞甚謙。謂予事於教育廳長來京時，已面囑即聘予爲委員。

廿九日　晴陰不定

十時起，寒甚。瓦上雪、地面雪融僅一半，足見寒度高矣。今日華容魚價尤高，每斤四千餘元。

三十日　舊除日　時陰時晴　晚見星斗
二月十六日　星期四

九時起。今年除日無所準備，僅存人民券六千餘元，尚有胡同盛一萬欠款未還也。去年今日，共軍已到孝感之花園等地，武漢危險萬分，商民愁鎖眉際，均存不安之象。今年雖無此狀，而窮困者十分之九五，予亦愁困之人。午後四時，具肴四品祀先父母及亡室孟氏，盡盡心而已。晚十二時即寢。夢賀有年及尉遲二太太，予問其曾頂百川之產業否。轉鐘二時醒後記此夢甚詳。明年果大有年與？賀葆三未往廣東，予九月杪在省途遇之，未與言。彼與林彪係熟人，或不困乏也。前聞蕭液垓、佘子祥、胡干城均爲省府聘爲代表。賀大約與此類民主人士一樣路線耳。